Über die Autorin:

Iny Lorentz ist das Pseudonym des Autorenpaars Iny Klocke und Elmar Wohlrath. Ihr größter Erfolg »Die Wanderhure« erreichte ein Millionenpublikum und wurde ebenso wie fünf weitere ihrer Romane verfilmt. Außerdem wurde dieser Roman für das Theater adaptiert. Seit der »Wanderhure« folgt Bestseller auf Bestseller. Viele ihrer Romane wurden zudem ins Ausland verkauft. Neben anderen Preisen wurde das Autorenpaar mit dem »Wandernden Heilkräuterpreis« der Stadt Königsee ausgezeichnet und in die »Signs of Fame« des multikulturellen und völkerverbindenden Friedensprojekts »Fernweh-Park« aufgenommen.
Besuchen Sie auch die Homepage der Autoren und ihren Facebook-Auftritt:
www.inys-und-elmars-romane.de
https://www.facebook.com/Inys.und.Elmars.Romane

INY
LORENTZ

DIE
PERLEN
PRINZESSIN

– LUCKY JIM –

Roman

Besuchen Sie uns im Internet:
www.knaur.de

Aus Verantwortung für die Umwelt hat sich die Verlagsgruppe
Droemer Knaur zu einer nachhaltigen Buchproduktion verpflichtet.
Der bewusste Umgang mit unseren Ressourcen, der Schutz unseres
Klimas und der Natur gehören zu unseren obersten Unternehmenszielen.
Gemeinsam mit unseren Partnern und Lieferanten setzen wir uns
für eine klimaneutrale Buchproduktion ein, die den Erwerb von
Klimazertifikaten zur Kompensation des CO_2-Ausstoßes einschließt.
Weitere Informationen finden Sie unter: www.klimaneutralerverlag.de

Originalausgabe April 2023
Knaur Taschenbuch
© 2022 Knaur Verlag
Ein Imprint der Verlagsgruppe
Droemer Knaur GmbH & Co. KG, München
Alle Rechte vorbehalten. Das Werk darf – auch teilweise –
nur mit Genehmigung des Verlags wiedergegeben werden.
Redaktion: Regine Weisbrod
Covergestaltung: ZERO Werbeagentur, München
Coverabbildung: Composing unter Verwendung von Motiven
von Joanna Czogala/Arcangel.com und Shutterstock.com
Abbildungen im Innenteil: Maria Averburg / Shutterstock.com
Satz: Adobe InDesign im Verlag
Druck und Bindung: GGP Media GmbH, Pößneck
ISBN 978-3-426-52608-8

2   4   5   3

●

RIVALEN

Die beiden Hamburger Kapitäne Simon Simonsen und Jörgen Mensing sind Rivalen um die Gunst der schönen Mina Thadde. Als Mensing die Reedertochter durch Intrigen gewinnt, wird aus der Rivalität bittere Feindschaft. Mit Minas Mitgift baut Mensing sich eine kleine Reederei auf. Simon Simonsen erhält durch seinen einstigen Schiffer Hauke Lüders eine Chance. Dafür aber muss er dessen Tochter Erna heiraten, wider Erwarten wird es eine sehr glückliche Ehe.

Simon Simonsen macht sich in der Folge mit dem Handelsschiffer Samuel Bartlett und dem englischen Seeoffizier Gervase Smyth zwei weitere Feinde. Sein Sohn Jakob Simonsen rettet etliche französische Royalisten vor der Guillotine, darunter ist auch Frieda, seine spätere Ehefrau.

Als Napoleon Bonapartes Truppen Hamburg besetzen, folgen schlimme Jahre. Simon Simonsen wird von Jörgen Mensings Sohn Derek als englischer Spion denunziert und von den Franzosen standrechtlich erschossen. Jakob und Frieda Simonsens kleine Tochter Ruth erschießt mit der Pistole einen französischen Soldaten, der Molly Steeden, eine Freundin der Familie, vergewaltigen will.

Jörgen Mensing überlebt den Krieg ebenfalls nicht. Simon Simonsens einstige Liebe Mina Mensing will eine Aussöhnung zwischen den Familien herbeiführen und schlägt ihrem Enkel Mathias vor, Ruth Simonsen zu heiraten. Mathias will jedoch die Simonsens vernichten und gleichzeitig seinen Bruder Hinrich beseitigen, um alleiniger Herr der Reederei zu werden. Daher schlägt er vor, dass Hinrich Ruth heiraten soll.

Da Mathias Mensing seinem Bruder den Posten eines Missionars in der Südsee verschafft hat, müssen Ruth und Hinrich überstürzt nach England, um das Schiff zu erreichen, das sie dorthin bringen soll. Angeblich leben auf der ausgewählten Insel Menschen, die sanften Gemüts und leicht zu lenken seien.

Der Kapitän dieses Schiffes ist Gervase Smyth, ein Handlanger von Samuel Bartletts Sohn Zechariah. An Bord ist mit James Hutton ein Verwandter von Zechariah Bartletts Ehefrau Ellinor. Aufgrund der komplizierten Erbregelung der Huttons steht nur noch James zwischen Ellinor und ihrer Nachfolge ihres Vaters als Countess of Huttonsfield. Sowohl Ruth und Hinrich Mensing wie auch James Hutton sollen den Befehlen Zechariah Bartletts und Mathias Mensings zufolge die Südsee nicht mehr lebend verlassen.

●

KANNIBALEN

*A*uf Tahiti heuern Ruth und Hinrich den Eingeborenen Tahitoa als Diener und Dolmetscher an. Wie auch James Hutton warnt Tahitoa sie vor der Insel Hiva Oa, auf der Hinrich missionieren will. Dieser nimmt ihre Warnungen jedoch nicht ernst.

Der Stamm der Hanatea empfängt Hinrich und Ruth zunächst freundlich. Es gibt jedoch bald Probleme zwischen Ruth und Hinrich. Damit sie sich von den dort heimischen Frauen abhebt, verlangt Hinrich von ihr, weiter ihre für das Klima ungeeigneten Kleider zu tragen. Als Ruth schwanger wird, wird es für sie doppelt schlimm.

In der Zeit landen die Walfänger um Rave Wally an der Insel an, machen die Eingeborenen samt Hinrich betrunken und wollen mit reichlich Beute und Gefangenen verschwinden. Ruth verhindert es mithilfe der Waffen, die ihr Mann von James Hutton erhalten hat. Der Preis ist jedoch hoch, denn sie verliert danach ihr Kind.

Bald darauf wird Ruth erneut schwanger und bringt mit Jan ihren ersten Sohn zur Welt. Dann aber will der Stamm der Hanamate die Hanatea angreifen. Hinrich kann sie mit den bereits erwähnten englischen Waffen zurückschlagen. Der oberste Häuptling der Feinde wird gefangen und soll in einer großen Zeremonie rituell verspeist werden. Als Hinrich dies begreift, zertrümmert er im heiligen Zorn die Götterstatuen der Hanatea. Daraufhin wird er von den empörten Inselbewohnern getötet und soll nun selbst verspeist werden. Ruth kann seinen Leichnam retten und flieht mit ihrem Sohn, Tahitoa und dessen Frau Aipua mit einem Kanu nach Tahiti.

Unterdessen hat Captain Smyth den Auftrag Bartletts erfüllt und James Hutton heimlich niedergeschlagen und über Bord geworfen. James trägt allerdings den Namen Lucky Jim nicht zu Unrecht, denn er konnte sich auf ein winziges Atoll retten. Anschließend lauert Smyth Ruths Vater Jakob Simonsen auf, der mit seinem neusten Schiff aufgebrochen ist, um seine Tochter aufzusuchen. Dabei wird Ruths Vater ermordet.

●

MISSIONARE

*R*uth hat nach ihrer Flucht von Hiva Oa Tahiti erreicht und lebt dort in der Siedlung der Missionare. Als schöne Witwe mit einem kleinen Sohn spricht sie die ritterlichen Gefühle des jungen Missionars Hiram Perell an, den Mildred Wiggles, die Ehefrau des Leiters der Mission, jedoch für ihre Tochter gewinnen will. Daher überzeugt Mistress Wiggles ihren Mann davon, Ruth den Posten als Leiterin des Handelspostens zu verschaffen, in der Hoffnung, dass die Witwe scheitert und in Verruf gerät. Reverend Wiggles will dabei jedoch die Zügel selbst in der Hand behalten. Zu seinem Pech erweist sich Ruth – Tochter eines Reeders und Handelsherrn – als äußerst fähig und lässt sich nicht von ihm beherrschen.

Der auf einem winzigen Atoll gefangene James Hutton wird von Rave Wallys Mannschaft gerettet und muss als Walfänger arbeiten. Eine Walkuh rächt jedoch den Tod ihres Jungen, indem sie die Walboote und zuletzt auch das Schiff zerstört. Außer James Hutton und Wally überleben nur wenige Walfänger. Diese werden von einem Schiff gerettet und nach Tahiti gebracht. Dort erkennt Wally in Ruth die Frau, die ihn und seine Männer von Hiva Oa verjagt hat, und will sich rächen. Außerdem will er ihr neues Schiff stehlen und damit fliehen. James bekommt Wind von diesen ruchlosen Plänen und greift auf Ruths Seite ein. Wally stirbt durch eine Kugel, und Ruth schlägt James vor, ihre *Hiva Oa* als Kapitän zu führen.

Nach einer Probefahrt bricht James Hutton mit Tahitoa und dem chinesischen Gehilfen Lu Po zusammen nach China auf, um von dort Waren mitzubringen. Sie können sich dort gegen üble Schurken durchsetzen und kehren früh genug zurück, damit Ruth ihre Schulden bei der Krone Tahitis zahlen kann.

In England gelingt es unterdessen Zechariah Bartlett, seine Frau Ellinor als neue Countess of Huttonsfield durchzusetzen, nachdem Captain Smyth bei seiner Rückkehr James Huttons Tod vermeldet.

Mathias Mensing vergiftet derweil in Hamburg Frieda Simonsens Verstand durch eine Droge. Deren Mann ist verschollen, ebenso ihr jüngster Sohn David. Allerdings wurde David von Walfängern gerettet, die zu ihren Fanggründen im Südpazifik unterwegs sind.

Mathias Mensing hält sowohl Jakob Simonsen wie auch David für tot und holt nun zum Schlag gegen Ruths älteren Bruder Jeremias aus. So redet er ihm zu, David zu suchen und dafür Zechariah Bartlett in London aufzusuchen. Dieser soll Jeremias umbringen lassen. Bartlett entscheidet sich jedoch dafür, Jeremias zu betäuben und auf ein Sträflingsschiff bringen zu lassen, das nach Australien unterwegs ist. Dort sollen Jeremias und Bill Butcher, ein vielleicht vierzehnjähriges Bürschlein, mit dem er seinen Verschlag teilt, lebenslang Zwangsarbeit leisten.

ERSTER TEIL

DIE LEHRE
VON YIN UND YANG

1.

*A*müsiert ließ Ruth Mensing den Blick über die Teerunde schweifen, die sie um sich versammelt hatte. Die englischen Damen aus der Missionssiedlung wären schockiert gewesen, hätten sie ihre jetzigen Gäste sehen können. Zu ihrer Rechten saß Lu An, die weit über siebzig Jahre alt war und klein und verhutzelt wirkte. Trotz ihres hohen Alters erschien sie lebendiger, als es die englischen Damen je sein würden. Außerdem beherrschte sie ihre Sippe mit eisernem Griff. Selbst Lu Po, der älteste Sohn ihres ältesten Sohnes und offiziell das Oberhaupt der Lu-Sippe auf Tahiti, wagte es nicht, sich dem Willen der Matriarchin zu widersetzen.

Der energischen alten Dame entging nichts. So bekam gerade ihre Urenkelin Lu Yi ihren Zorn zu spüren. »Was bist du nur für ein dummes, unnützes Ding!«, schalt sie das Mädchen. »Du hättest Schläge verdient, deine Herrin derartig zu kränken, indem du ihr eine angeschlagene Tasse vorsetzt. Schande über dich! Ich werde ein anderes Mädchen bestimmen müssen, das Frau Men Sing Ru Ti besser bedient als du.«

»Verzeih, alte Drachenfrau! Es war ein Versehen und wird nicht wieder vorkommen«, rief Lu Yi und warf sich vor ihrer Großmutter auf den Boden.

Diese versetzte ihr einen Fußtritt, bei dem Ruth durchaus merkte, dass er mehr angedeutet als fest war, dann wandte die alte Frau sich ihr zu und verneigte sich. »Ich bitte dich, diese nichtsnutzige Lu Yi so zu bestrafen, wie du es für richtig hältst.«

»Ich werde mit ihr zum Strand gehen und ihr den Hai zeigen, dem wir sie vorwerfen werden, wenn sie Ruhutia einmal richtig erzürnt«, witzelte Aipua, Ruths Dienerin und engste Freundin, die nun ihr Kleid öffnete, um ihre kleine Tochter an die Brust zu legen.

Lu An sah ihr wohlgefällig zu. »Das ist ein schönes, gesundes Kind!«, sagte sie, und wandte das Gesicht einer jungen Frau zu, die am anderen Ende des Tisches saß. »Ich hoffe, bald zu sehen, dass Lu Mei ebenfalls ein Kind nährt, am besten einen Sohn, der meinem Enkel Po einmal als Oberhaupt der Lu nachfolgen wird.«

Lu Mei stand auf und verbeugte sich. Dabei erklärte sie zwitschernd in ihrer Sprache, dass ihr Ehemann Lu Po und sie alles tun würden, um der alten Drachenfrau diesen Wunsch so rasch wie möglich zu erfüllen.

Ruth wurde das von Lu Yi leise übersetzt. Längst wunderte sie sich nicht mehr über die fremdartigen Sitten der Söhne und Töchter der Han, wie die Chinesen aus Lu Pos Sippe ihr Volk nannten. In Hamburg hätten Enkel und Enkelinnen, welche die Großmutter »alte Drachenfrau« nannten, äußersten Anstoß erregt. Auch hätte keine Großmutter die Enkelin bei einem sanften Tadel ein dummes und unnützes Ding genannt, das Schläge verdiente. Und Lu Ans Erwähnung geschlechtlicher Angelegenheiten, um der Frau ihres Enkels zu erklären, wie ein Sohn am schnellsten gezeugt werden konnte, wäre in Hamburg als Tischgespräch ganz bestimmt nicht geeignet gewesen.

Lu An erteilte Lu Mei jedoch unbefangen ihre Ratschläge. Obwohl Ruth zunächst ein wenig die Nase darüber rümpfte, übte die bildhafte Erzählung eine gewisse Wirkung auf sie aus. Sie war eine junge Frau und hatte das intime Zusammensein mit ihrem Ehemann stets als angenehm empfunden. Nun war Hinrich bereits über zwei Jahre tot und ihre Trauer zu einem stillen Gedenken geworden. Mit einem gewissen Spott sagte sie sich, dass sie solche Ratschläge, wie Lu An sie von sich gab, nicht mehr brauchte, denn sie hatte bereits einen Sohn. Jan war mittlerweile ein Wirbelwind von gut drei Jahren und sammelte gerade mit Tahitoa in ihrem Kokoshain Kokosnüsse.

Bei dem Gedanken an Tahitoa wanderte Ruths Blick zu dessen Ehefrau hinüber, und sie nahm den zärtlichen Ausdruck auf Aipuas Gesicht wahr, mit dem diese ihre kleine Tochter anschaute. Plötzlich erfasste Ruth die Sehnsucht, das Kind in den Armen zu halten, und so bat sie Aipua, ihr die Kleine zu reichen, sobald sie satt sei.

»Ein wirklich schönes Kind!«, erklärte Lu An noch einmal und strich dem Säugling mit dem Zeigefinger zärtlich über die Wange.

»Heirani ist ein wunderschönes Kind«, bestätigte Ruth und blickte wie verzaubert auf die Kleine. Dabei entgingen ihr die Blicke, die Aipua und Lu An miteinander wechselten.

»Ich hoffe, dass Lu Mei meinem Enkel nicht nur einen Sohn gebiert«, fuhr die alte Frau fort. »Ein Sohn allein ist zu wenig. Wie leicht kann ein Unglück geschehen oder das Schicksal auf andere böse Weise eingreifen. Ich habe siebzehn Kinder geboren. Elf davon überstanden die Kindheit und blieben am Leben. Meinen Ehemann und drei unserer Söhne haben die Soldaten des Statthalters während der Zeit der Unruhen getötet. Zwei Töchter und mehrere Schwiegertöchter wurden verschleppt, und wir haben nie mehr etwas von ihnen gehört. Nun lebt von meinen Söhnen nur noch Lu Yang.«

Lu An verstummte für einen Augenblick und sah Lu Mei nachdenklich an. »Möge Hsi Wang Mu geben, dass die Zeit der Prüfungen für die Lu vorüber sind und wir auf Tahiti eine Heimat gefunden haben.«

»Das hoffe ich auch!«, antwortete die junge Frau.

Lu An wandte sich wieder Ruth zu. »Wir Lu sind dir zu großem Dank verpflichtet. Du hast uns aus An Tsing und damit der Armut holen und hierherbringen lassen. Auf Tahiti leben wir besser, als wir es je getan haben. Es ist zwar nicht die gelbe Erde unserer Ahnen, doch ein sehr schönes Land mit freundlichen Menschen. Vor allem lohnt sich die Arbeit, die wir hier tun. Lu Yang führt für dich die Herberge, Lu Po den Laden und meine Schwiegertochter Lu Tse das Haus der Blumen und Weiden. Habe ich einen vergessen? Ach ja, Lu Wei und seine Wäscherei. Auch sie bringt Geld.«

Die alte Frau wirkte hochzufrieden, doch Ruth war es ebenfalls. Mit Lu Pos Hilfe und der seiner Verwandten war es ihr gelungen, den Handelsposten auf Tahiti, den man ihr vor gut zwei Jahren übertragen hatte, auszubauen und mit ihm gute Einnahmen zu erzielen. Mittlerweile hatte sie nicht nur neue Gebäude für den Laden, die Wäscherei und das Gasthaus errichten lassen, sondern besaß auch mit der *Hiva Oa* und der *Tahuata* zwei Schiffe für den Handel zwischen den Inseln. Ihr Großvater Simon Simonsen hatte seinerzeit in Hamburg mit weniger anfangen müssen.

Dazu wurde nur wenige Hundert Schritt von ihrem Haus entfernt gerade letzte Hand an ihr neuestes Schiff gelegt. Es war weit größer als die bisherigen und dazu bestimmt, sie und Jan, sobald die Zeit gekommen war, nach Hamburg zurückzubringen. Sie hatte es *Mohotani* nennen wollen, nach der Insel, auf der ihr Ehemann Hinrich begraben lag, sich dann aber aus einer gewissen Scheu heraus für *Poerava* – Schwarze Perle – entschieden.

Während die Frauen sich weiter angeregt unterhielten, glitten Ruths Gedanken in die weit entfernte Heimat. Vor fast sechs Jahren hatte sie Hamburg verlassen und gehofft, ihr Vater oder ihr Bruder Jeremias würden die lange Seefahrt in die Südsee einmal wagen. Doch die beiden waren nicht gekommen, sondern hatten ihr nur Briefe geschickt. Die letzten hatte die englische Fregatte *Andromache* mitgebracht, die als Ablösung für die *Penelope* nach Tahiti gekommen war. Laut diesen Briefen ging es ihren Lieben zu Hause gut. Alle hatten sie grüßen lassen, ihr aber auch geraten, so lange in der Südsee zu bleiben, bis Jan mindestens sieben oder acht Jahre alt war. Jünger, so hatte ihr Vater erklärt, könne er diese Reise womöglich nicht überstehen, und da er Hinrichs einziger Sohn sei, müsse sie alles dafür tun, damit er das Vermächtnis seines Vaters weiterführen könne.

Obwohl ihr Vater und ihre Mutter liebe und freundliche Worte gefunden hatten, zog es Ruths Herz zusammen, wenn sie die Zeilen las. Sie glaubte, eine gewisse Kälte darin zu spüren, so, als hätten ihre Lieben sie während der langen Abwesenheit bereits halb vergessen.

Ein Stupsen riss Ruth aus ihren Gedanken. Sie blickte auf und sah Aipua den Kopf schütteln. »Du denkst zu viel nach, Ruhutia, und vergisst ganz, dass du Gäste hast. Lu An fragte gerade, wo sich Te'ema befindet?«

Te'ema, das war James Edward Hutton, früherer Seeoffizier der englischen Marine und nun ihr bester Kapitän. Tahitoa und Aipua hatten ihm diesen Namen nach hiesiger Sitte gegeben. So wie Hinrich einst Hiniriki genannt worden war und man sie immer noch als Ruhutia bezeichnete. Auch Lu An hatte ihren Namen resolut auf die Art ihres Volkes umgeändert. Für die Chinesen auf Tahiti war sie Men Sing Ru Ti, da die Chinesen aus Ruth unverständlichen Gründen den Familiennamen voransetzten. Es war ein sehr langer Name, der die Achtung ausdrücken sollte, welche die Lu-Sippe für sie empfand.

»James ist mit der *Tahuata* auf Handelsfahrt zu den Tuamotu-Inseln unterwegs«, erklärte sie und musste schmunzeln. »Im Gegensatz zu Missionaren ist er dort willkommen, und das sind auch die Waren, die das Schiff dorthin bringt.«

»Die Missionare sind … nun ja, Leute, die besser dort geblieben wären, wo sie hergekommen sind.« Lu An machte kaum einen Hehl daraus, wie wenig ihr die Bewohner der Missionarssiedlung behagten. Gewohnt, sich den Lebensunterhalt mit eigenen Händen zu erarbeiten, waren ihr die Missionare suspekt, die sich dafür, dass sie zwei- oder dreimal in der Woche für eine Stunde in der Kirche predigten, von den Eingeborenen der Inseln wie hohe Herrschaften versorgen ließen.

»Gewiss wird Te'ema dir wieder ein paar wunderschöne Perlen mitbringen«, sagte Aipua.

Ruth errötete leicht, denn die schwarzen Perlen der Südsee übten einen besonderen Reiz auf sie aus. Wo es nur ging, besorgte sie sich welche. Die einfacheren wollte sie nach ihrer Rückkehr in die Heimat verkaufen, die schönsten aber selbst behalten und tragen.

»Ja, ich vermute, er wird wieder ein paar auftreiben«, antwortete sie.

»Der Kapitän ist auch ein besonderer Mann. Obwohl er eine Langnase ist, würde ich, falls er eine meiner Enkelinnen als Ehefrau wünscht, mir überlegen, ob ich sie ihm nicht doch geben sollte«, erklärte Lu An kichernd.

Ruth fühlte einen leichten Ärger, ohne so recht zu begreifen, warum. Die alte Frau empfand sie heute als anstrengend, denn deren unverblümten sexuelle Anspielungen reizten ihren Körper, der schon seit langer Zeit auf ein eheliches Beisammensein hatte verzichten müssen. Auch gefiel ihr Lu Ans Bereitschaft, James mit einer ihrer Enkelinnen zu verheiraten, ganz und gar nicht. Sie war daher froh, als Lu Pos Großmutter befand, dass es Zeit sei, nach Hause zu gehen, und sich von ihr verabschiedete.

»Diese Chinesen sind wirklich ein seltsames Volk«, sagte Ruth, sobald sie mit Aipua allein war.

Die Polynesierin lachte. »Ich glaube nicht, dass wir in ihren Augen weniger seltsam sind als sie für uns. Ich mag sie auf jeden Fall lieber als die Paratane in der Missionarssiedlung.«

Die Paratane, das waren die Engländer oder Briten auf der Insel. Da sie großen Einfluss auf den Hofstaat der Königin ausübten, besaßen sie Macht, und es war daher nicht klug, es sich mit ihnen zu verderben. Mit Wiggles, dem früheren Leiter der Mission, hatte Ruth so manchen Strauß ausfechten müssen. Das neue Oberhaupt der Missionare, George Pritchard, ließ ihr beim Handel jedoch freie Hand. Ihn interessierten nur die Steuern und Abgaben, die sie an die Krone und die Mission bezahlen musste. Sowohl die Königin wie auch Pritchard wussten das Geld zu schätzen. Während Aimata Vahine Pomare IV. mit diesem gerne Feste ausrichtete, baute Pritchard dafür Kirchen und Schulen. Er sorgte zudem dafür, dass die Missionare wieder etwas schlichter lebten als zu Reverend Wiggles' Zeiten. Sechs Bedienstete, wie dessen Ehefrau Mildred sie sich geleistet hatte, waren in seinen Augen ein Zeichen von Hochmut und Stolz, die im Widerspruch mit den Regeln der Missionsgesellschaft standen.

Mit einem gewissen Spott dachte Ruth daran, dass Harriet Baker, Susan Peabody, Margery Longfellow und wie sie alle hießen, nun selbst die Hände rühren mussten, wenn sie nicht George Pritchards Missfallen und das von dessen Ehefrau Eliza erregen wollten.

»Du denkst heute wieder zu viel!«, tadelte Aipua sie. »Kannst du eine Weile auf Heirani aufpassen? Ich will sehen, wie weit Maire mit dem Abendessen ist.«

»Aber bis dorthin sind doch noch ein paar Stunden Zeit«, rief Ruth überrascht, doch da war ihre Freundin schon verschwunden.

2.

Eigentlich hatte Ruth nach Lu Ans Besuch ihre Rechnungsbücher nachtragen wollen. Nun aber hielt sie Aipuas und Tahitoas kleine Tochter im Arm und brachte es nicht übers Herz, diese auf eine Matte zu legen, um sich ihren Pflichten zu widmen. Stattdessen setzte sie sich auf ihren Stuhl und wiegte das Kind.

Heirani war allerliebst. Nun lächelte sie Ruth an und fasste mit ihren kleinen Händen nach ihren Haaren, aber ohne daran zu zerren, wie Jan es in ihrem Alter gelegentlich getan hatte. Ruths Herz schmolz förmlich dahin, und obwohl sie sich zunächst ein wenig geärgert hatte, weil Aipua ihr die Kleine aufgedrängt hatte, bedauerte sie es direkt, als ihre Freundin zurückkehrte und ihr Kind wieder übernahm.

»War Heirani auch brav?«, fragte Aipua.

»Das war sie«, antwortete Ruth und streckte die Hand aus, um die Kleine zu streicheln.

Aipua bemerkte es mit einem feinen Lächeln. Sie sagte jedoch nichts, sondern legte ihre Tochter in die Wiege und begann aufzuräumen.

»Aber das können doch Vaimiti und Lu Yi erledigen«, wandte Ruth ein.

»Die beiden sind nicht hier. Vaimiti ist in den Laden gegangen, und Lu Yi begleitet ihre Großmutter nach Hause.«

»Es ist ihre Urgroßmutter«, korrigierte Ruth sie freundlich.

»Auf jeden Fall ist sie eine sehr alte Drachenfrau«, erklärte Aipua und lachte. »Du hast schon recht! Diese Chinesen sind wirklich seltsame Leute.«

»Wie kommst du jetzt darauf?«, fragte Ruth verwundert.

»Schon allein, wie sie heiraten! Erinnere dich, wie Lu Po an seine Frau gekommen ist.«

»Und wie?« Ruth hatte nur gehört, dass Lu Mei auf der Rückkehr von der letzten Handelsfahrt nach An Tsing auf dem Schiff gewesen war. Lu Po hatte sogar eine Steuer an die Krone entrichtet, damit sie Tahiti betreten durfte, und das war etwas, was er bei seinen übrigen Verwandten nicht getan hatte.

»Warte, ich mache zwei Kokosnüsse auf, so dass wir deren Saft trinken können! Dann erzähle ich es dir«, sagte Aipua fröhlich und verschwand kurz.

Als sie zurückkehrte, brachte sie zwei noch unreife Kokosnüsse mit, dazu ein Haumesser und zwei halbierte Kokosnussschalen, die als Trinkgefäße dienen sollten. Zwar gab es auch Gläser und Porzellanbecher, doch Aipua zog die Schalen der Kokosnüsse vor. Nachdem sie beide Nüsse geöffnet hatte, füllte sie die Schalen und reichte Ruth eine davon.

»Lu Yi hat es mir erzählt«, begann sie. »Lu Pos Großmutter hat noch, bevor sie mit diesem zusammen China verließ, eine Vermittlerin beauftragt, eine passende Braut für ihn zu suchen. Sie mussten aber zu schnell abreisen, um auf ein Ergebnis warten zu können. Daher hat sie bei den weiteren Handelsfahrten nachfragen lassen, ob die Vermittlerin bereits jemanden gefunden habe. Bei der vorletzten Fahrt gab diese einen Brief für sie mit, in dem die Vorzüge der infrage kommenden Mädchen beschrieben worden sind. Lu An hat sich dann für Lu Mei entschieden. Diese wurde bei der letzten Fahrt auf das Schiff gebracht und hierhergeschafft. Sie wusste weder, wie Lu Po aussieht, noch, was für ein Mensch er ist, und er dies ebenso wenig von ihr. Da ist es kein Wunder, dass Lu An die beiden drängt, so oft wie möglich die Matte zu teilen. Dies sorgt nicht nur dafür, dass Lu Mei schwanger werden kann, sondern lässt die beiden auch Gefallen daran finden, miteinander verheiratet zu sein.«

»Das war aber ein langer Vortrag«, sagte Ruth amüsiert. Sie stellte sich das Paar für einen Augenblick in der Zurückgezogenheit ihrer Schlafkammer vor, schüttelte diesen Gedanken jedoch rasch wieder ab, da er ihr allzu schlüpfrig erschien, und schnupperte hörbar. »Es sieht aus, als müsstest du Heiranis Windeln wechseln!«

»Kannst du es für mich übernehmen? Dann verlernst du es nicht, wenn du später einmal ein weiteres Kind haben wirst«, antwortete Aipua.

»Wie soll ich zu einem Kind kommen? Mein Mann ist tot!«, antwortete Ruth. Dabei spürte sie schon geraume Zeit, dass sie einer zweiten Ehe bei Weitem nicht mehr so ablehnend gegenüberstand wie noch vor mehreren Monaten.

Mit einer spöttischen Bemerkung holte sie die Kleine, legte sie auf eine Matte und löste die Windel. Heirani gluckste und streckte die Arme nach ihr aus.

»So geht es nicht!«, tadelte Ruth sie sanft und begann, sie zu säubern. Aipua reichte ihr etwas Noni-Öl, um die Kleine einzucremen, und entfernte dann die volle Windel, während Ruth eine neue anbrachte und diese dann kritisch musterte.

»Wie du siehst, kann ich es noch«, sagte sie zu Aipua.

»Ja, das kannst du noch!« Aipua lächelte zufrieden, da ihr nicht entging, welche Wirkung ihre Tochter auf Ruth ausübte. Wie es aussah, begann die Sehnsucht nach einem neuen Leben in ihrer Freundin zu erwachen. Da zu einem Kind auch ein Mann gehörte, der es zeugte, würde gewiss bald die Sehnsucht nach trauter Zweisamkeit in ihr aufkommen, und dafür gab es einen sehr guten Kandidaten. Der aber hielt sich derzeit noch auf den Tuamotu-Inseln auf. James Hutton würde jedoch bald zurückkommen, und bis dorthin galt es für sie und ihre Mitverschworenen Lu An, Lu Yi, Maire und Vaimiti, dafür zu sorgen, dass er auch auf Ruths Matte willkommen war.

Aipua konnte nicht ahnen, wie erfolgreich sie war. In dieser Nacht träumte Ruth zum ersten Mal seit Hinrichs Tod davon, in den Armen eines Mannes zu liegen, und dieser Mann trug die Züge von Lucky Jim, wie James Edward Hutton einst von den Matrosen des Schiffes, auf dem er gedient hatte, genannt worden war.

3.

James Hutton musterte den Häuptling mit einer gewissen Anspannung. Obwohl er selbst nicht gerade ein Zwerg war, überragte der Mann ihn um mehr als einen halben Kopf. Da der Häuptling lediglich einen knappen Lendenschurz trug, konnte man sehen, dass sein Leib, seine Beine und Arme, ja, sogar das Gesicht und der kahl rasierte Kopf über und über mit Tataus bedeckt waren, jeder Quadratzoll Haut wies diese blauschwarzen Zeichnungen auf. Gleichförmige Linien zierten seine fast mannslange hölzerne Keule als Schnitzerei. Es musste eine mühselige Arbeit gewesen sein, diese Waffe so zu verzieren. Spuren am Schlagkopf zeigten zudem, dass sie nicht nur als Standessymbol diente, sondern durchaus gebraucht wurde.

Selbst in dem Augenblick bestand diese Gefahr. Wenn der Häuptling sich ärgerte, war diesem zuzutrauen, seine Waffe gegen ihn zu schwingen. Die geladene Muskete, die einer seiner Matrosen in der Hand hielt, konnte in diesem Fall lebensrettend sein, aber nur dann, wenn der Mann die Situation rasch genug erkannte.

Der Handel mit den Tuamotu-Inseln war stets ein Risiko. Allerdings war er lohnend, und so fuhr James immer wieder diese Atolle an. Auch diesmal hatte er Messer, Kochkessel und andere Dinge bei sich, die für die Eingeborenen von Wert waren. Dem Häuptling lag allerdings offensichtlich nichts an diesen Waren. Stattdessen äugte er gierig auf die Muskete.

»Du geben Feuerstock vieles und bekommen drei Perlen für jeden!«, versuchte er, mit James ins Geschäft zu kommen.

James wusste, dass neun von zehn Händlern darauf eingehen würden. Ruth Mensing war jedoch strikt dagegen, den Eingeborenen Feuerwaffen zu verkaufen, mit denen sie sich gegenseitig niedermetzeln konnten. Hätte er die Ausrede gelten lassen, dass die Insulaner sich mit diesen Musketen gegen üble weiße Schurken wie den glücklicherweise verstorbenen Raphael Wally verteidigen und sie nicht aufeinander richten würden, wäre auch er in Versuchung geraten, sie ihnen zu verkaufen. Der Preis, den der Häuptling dafür bot, war nämlich hoch. Auch wenn die schwarzen Perlen der Südsee hier nur als schöner Schmuck galten, war jede davon in Europa mehr wert als ein Dutzend Musketen.

Doch ebenso wie für Ruth Mensing galt auch für ihn Moral mehr als Gewinn. Daher schüttelte er den Kopf. »Ich verkaufe keine Musketen. Entweder du nimmst die Messer und andere Waren, die wir dir anbieten, oder wir laden alles wieder ein und kehren zu unserem Schiff zurück.«

Für einige Augenblicke sah es so aus, als wolle der Häuptling es darauf ankommen lassen, denn er wusste zwanzig erfahrene Krieger hinter sich. Das Knacken, mit dem der Matrose die Muskete spannte, wie auch die Mündungen der beiden Kanonen auf der in der Lagune ankernden *Tahuata* ließen ihn jedoch davon absehen.

»Ihr bekommen für all das«, er wies auf die Auswahl an Waren, die James an Land hatte schaffen lassen, »drei Perlen!«

Das wiederum war James zu wenig, und so schüttelte er den Kopf. »Zehn Perlen – und zwar schöne große!«

»Ich nicht haben so viel. Drei Perlen und zehn, die kleiner!«

»Zeigen!«, sagte James.

Der Häuptling warf einen begehrlichen Blick auf die Waren, die James anbot, und winkte einen seiner Männer herbei. Dieser reichte ihm zwei kleine Beutel aus Fischhaut. Aus dem etwas größeren zählte der Häuptling zehn kleine Perlen in verschiedenen Farbtönen von Silber bis Grau.

»Die sind in Ordnung«, sagte James und war gespannt auf die drei anderen Perlen.

Der Häuptling öffnete die Bastschnur, mit der der zweite Beutel verschlossen war, und legte James drei Perlen von schier unwahrscheinlicher Größe und Reinheit hin, so dass dieser überrascht die Luft einsog. Allein für diese Perlen hätte James ihm die Waren überlassen. Um den Mann nicht zu betrügen, befahl er seinem Helfer Lu Mong, ihm noch einmal halb so viel zu reichen, wie bereits vor dem Häuptling lag, und machte diesem klar, dass alles ihm gehörte.

Der Eingeborene musterte ihn erstaunt und nickte dann. »Du Mann von Prinzessin der Perlen. Sie gerecht! Anders als andere weiße Männer!«

Es klang anerkennend, und James fragte sich, wie Ruths Ruf bereits in dieses abgelegene Atoll der Tuamotu-Inseln gelangt sein konnte. Er war jedoch zufrieden und reichte dem Polynesier die Hand. »Dieses Schiff ist ein Schiff der Perlenprinzessin. Sie ist unser …«, er suchte nach einem Ausdruck, den der andere verstehen konnte, und entschied sich für »Häuptling!«.

»Du willkommen! Nicht aber Männer mit Buch, die fluchen auf den roten Oro, auf Makemake und auf Tangaroa!« Mit diesen Worten legte der Häuptling James kurz die Hand auf die Schulter und wies seine Männer an, die Waren in das etwa zweihundert Schritt entfernte Dorf zu tragen. Dann wandte er sich wieder James zu.

»Du und deine Männer bleiben. Gast bei Vahine!«

Es war das Angebot, die Nacht mit einer Frau dieser Insel zu verbringen. Einem Europäer mochte dies seltsam erscheinen, doch James hatte begriffen, dass damit den Stämmen frisches Blut zugeführt und der Inzucht durch die Abgelegenheit ihrer Inseln vorgebeugt werden sollte.

Abwehrend hob er die Hand. »Wir müssen heute noch weiter! Die Perlenprinzessin wartet auf uns.«

Er atmete auf, als der Häuptling nickte. Ihn zu verärgern oder gar zu beleidigen, hätte ein Ende des Handels mit diesem Atoll bedeutet. Da es hier die schönsten schwarzen Perlen der Südsee gab, wäre dies ein herber Verlust gewesen.

Er verabschiedete sich und kehrte mit Lu Mong und den drei tahitianischen Matrosen, die ihn begleitet hatten, an Bord der *Tahuata* zurück. Das Schiff war kleiner als die *Hiva Oa*, mit der er sonst die Meere befuhr, und verfügte nur über eine kleine Heckkajüte. Da James sich angewöhnt hatte, außer bei Regenwetter wie die Matrosen an Deck zu schlafen, nutzte er sie kaum. In der Kajüte befand sich jedoch der Kasten, in den er die eingetauschten Perlen legte. Er hatte auf dieser Fahrt bereits einige erhalten und in drei Gruppen eingeteilt. In der untersten waren die unterschiedlich gefärbten kleinen Perlen wie die zehn, die er hier erhalten hatte. Die mittlere Gruppe bestand aus größeren, ebenfalls verschieden gefärbten Perlen und die oberste aus großen, reinschwarzen Perlen. Als er die drei Neuerwerbungen dazulegte, war er fast so weit, für diese eine vierte als höchste Kategorie einzuführen. Es waren Perlen von einer Güte, die Ruth Mensing niemals verkaufen, sondern selbst behalten würde.

James atmete tief durch, als er an Ruth dachte. Sie war nicht nur eine wunderschöne Frau, sondern auch durchsetzungsfähig und klug. Daher war es ihr in den letzten zwei Jahren gelungen, sich gegen den Willen der Missionare ihren Platz auf Tahiti zu erkämpfen, und mittlerweile war sie reich und mächtig genug, um dort keinen Gegner mehr fürchten zu müssen. Doch gerade das machte es ihm unmöglich, ihr zu zeigen, was er für sie fühlte. Sie war die Herrin und er der Knecht.

Mühsam schüttelte er diesen Gedanken ab und stieg wieder an Deck, um das Lichten des Ankers und das Auslaufen zu überwachen. Seine Matrosen waren fröhliche Männer, die vergnügt ihre Arbeit taten, und es war kein Vergleich zu den englischen Matrosen, bei denen oft genug der Tampen des Bootsmannes oder die neunschwänzige Katze für den nötigen Arbeitseifer sorgen musste.

Lu Mong trat neben ihn. Er war kein Matrose, sondern für die Waren an Bord zuständig. Doch wenn es nottat, packte auch er mit an. »Wir haben gute Geschäfte getätigt, Captain Sir! Die große Herrin wird mit uns zufrieden sein!«

James nickte. »Ja, das wird sie.«

»Sie wird uns eine schöne Prämie geben, Captain Sir«, fuhr Lu Mong fort. Auf sein sonst so unbewegtes Gesicht trat ein Lächeln. »Bald werde ich genug Geld haben, um mir eine Frau aus meiner Heimat holen zu lassen. Vielleicht wird das bereits auf Ihrer nächsten Fahrt nach An Tsing geschehen. Die alte Drachenfrau wird Ihnen einen Brief an die Vermittlerin mitgeben. Es gibt viele Familien dort, die froh sind, wenn sie eine ihrer Töchter gut verheiraten können. Vielleicht sollten Sie sich auch eine Frau aus Ihrer Heimat schicken lassen.«

James lachte leise. »Ich weiß niemanden in meiner Heimat, der eine – wie sagten Sie? –, eine Vermittlerin kennt. Zudem würde keine Familie ein Mädchen, das meinen Ansprüchen genügt, in die Ferne schicken.«

»Es ist nicht einfach, ein Captain Sir zu sein, wenn man heiraten will«, philosophierte Lu Mong. »Als Matrose könnten Sie sich gewiss ein einfaches Mädchen aus Ihrer Heimat schicken lassen.«

»Als einfacher Matrose wäre ich zu arm, um mir eine Frau aus England schicken zu lassen. Als solcher würde ich eine Tahitianerin heiraten und mit ihr glücklich werden.« James lachte immer noch, während seine Gedanken erneut zu Ruth wanderten. Sie war die Sonne, die hoch am Zenit stand. Ohne sie konnte er nicht leben, doch ebenso wenig war er in der Lage, zu ihr aufzusteigen und sie zu bitten, die Seine zu werden.

»Ja, Mister Lu Mong, es ist nicht leicht, ein Captain Sir zu sein«, antwortete er und befahl dem Rudergänger, zwei Strich nach Backbord abzufallen.

4.

Viele Tausend Meilen von den Tuamotu-Inseln und Tahiti entfernt beobachtete Mathias Mensing die Schneeflocken, die vom Wind durch die Straßen geweht wurden. Draußen war es kalt, und die Schiffe im Hafen lagen fest vertäut und warteten darauf, bis das Wetter es wieder zuließ, mit den verschiedensten Gütern beladen die sieben Meere zu befahren.

Dazu zählten auch die Schiffe der Reederei Mensing und die der Reederei Simonsen. Mathias entfuhr ein leises Lachen, als er daran dachte. Die Reederei Simonsen existierte nur mehr dem Namen nach. Er befand sich in dem Gebäude, in dem die Familie gelebt hatte, und wartete auf die Herren des Senats, die ihm bescheinigen mussten, dass er die Reederei im Namen der Witwe und deren Töchter weiterführen sollte. Dabei handelte es sich um eine reine Formalität, denn immerhin war sein Bruder mit einer Simonsen verheiratet gewesen. Hinrich war tot, und seine Schwägerin weilte in der Südsee und würde auch in den nächsten Jahren nicht nach Hamburg zurückkommen. Bis jetzt wusste niemand in Hamburg von Hinrichs Tod, da er vorgab, als lebe dieser noch und ließe ihm Briefe zukommen. Nun bot ihm diese Verwandtschaft die Gelegenheit, offiziell der Treuhänder der vier Frauen dieser Familie zu werden.

Ein Blick auf seine Taschenuhr verriet ihm, dass nicht mehr viel Zeit blieb, bis die Herren Sölter und Godehard und deren Begleiter hier erscheinen würden. Mathias betrat die gute Stube, einen durchaus beachtlichen Raum, der Platz für etwa dreißig Gäste bot. An den Wänden hingen die gemalten Porträts der Simonsens, vom alten Simon Simonsen und dessen Ehefrau Erna angefangen über deren Sohn Jakob, dessen Frau Frieda bis hin zu deren Kindern Jeremias, David, den Zwillingen Anna und Esther sowie Ruth, die durch die Heirat mit seinem Bruder nun den Namen Mensing trug.

Mathias stellte sich vor, wie er diese Bilder in den Hof schaffen, auf einen Haufen werfen und verbrennen lassen würde. Doch das hatte Zeit. Zunächst galt es, den fürsorglichen Treuhänder zu spielen, bis die Hamburger vergessen hatten, dass es hier jemals einen Simonsen gegeben hatte. Bis dorthin hatte er deren Reederei mit der seinen vereinigt und konnte nach einer passenden Heirat darauf pochen, in den Senat gewählt zu werden. Dann hatte er das erreicht, von dem schon sein Großvater Jörgen Mensing geträumt hatte.

Ein Diener erschien und neigte kurz den Kopf. »Verzeihen Sie, Herr Mensing. Die Herren der Kommission sind erschienen. Soll ich sie hierherführen?«

Nun spürte Mathias die Kälte in dem Raum, der seit vielen Tagen nicht beheizt worden war, und rieb sich die klammen Hände. Er schüttelte den Kopf. »Nein, führe sie in einen Raum, in dem es warm ist, und sorge dafür, dass Punsch gebracht wird. Die Herren wollen sich gewiss aufwärmen.«

Und ich mich auch, fügte er insgeheim hinzu.

»Das Kontor ist geheizt, da die Kommis noch einige Schreibarbeiten zu erledigen haben. Wenn es genehm ist?«, fragte der Diener.

»Es ist genehm!«, antwortete Mathias.

Wenn er die Handelsherren in Jakob Simonsens Kontor empfing, war dies wie ein Symbol dafür, dass er ab diesem Zeitpunkt die Geschäfte der Reederei führte. Daher folgte er dem Diener.

Seit sein Bruder Hinrich Ruth geheiratet hatte, war er öfter im Kontor gewesen, doch an diesem Tag war es anders. Er betrachtete den Raum mit seinen dunklen Möbeln, dem großen Schreibtisch und den Gemälden mit den Schiffen der Reederei an den Wänden und musste an sich halten, um seinen Triumph nicht hinauszuschreien. Bereits als Knabe hatte er sich gewünscht, die Simonsens in den Staub treten und vernichten zu können. Jahrelang hatte es so ausgesehen, als würde ihm das auf keinen Fall gelingen. Ausgerechnet der Versuch seiner Großmutter Mina, den alten Streit mit den Simonsens durch Hinrichs Heirat mit Jakob Simonsens ältester Tochter zu beenden, bot ihm nun die Möglichkeit dazu.

Mathias widerstand dem Wunsch, sich hinter den Schreibtisch zu setzen und die Herren vom Senat so zu empfangen, als wäre er hier der Hausherr. Stattdessen begrüßte er sie stehend und neigte bei jedem kurz den Kopf, um ihm seine Hochachtung zu bezeugen. Im Geiste nannte er sie vollgefressene Narren, die irgendwann an ihrer eingebildeten Wichtigkeit ersticken würden.

»Guten Tag, meine Herren!«, sagte er und forderte den Diener auf, dafür zu sorgen, dass genug Stühle gebracht wurden.

Erst als die Senatoren Platz genommen hatten, setzte er sich auf den Stuhl, von dem aus Jakob Simonsen lange Jahre die Reederei geleitet hatte. Er wartete, bis jeder ein Glas Punsch erhalten hatte, und trank von dem seinen. Danach zauberte er den betrübten Ausdruck auf sein Gesicht, den er in den letzten Tagen vor dem Spiegel eingeübt hatte.

»Meine Herren, ich danke Ihnen, dass Sie sich bei diesem Wetter die Mühe gemacht haben, hierherzukommen!«, setzte er an.

»Es ist nicht gerade mollig draußen. Doch der gute Punsch vertreibt die Kälte aus den Knochen«, erklärte Sierk Godehard.

Dolf Sölter und die beiden anderen Männer der Kommission nickten zustimmend. Ein Senatsschreiber, der sie begleitete, zog nun aus einer Mappe amtlich aussehende Papiere mit großen Briefköpfen und Siegeln und reichte sie Mathias.

»Hier steht alles verzeichnet, was in dieser Situation von Wichtigkeit ist«, erklärte er.

Mathias nahm das erste Dokument an sich und las es durch. Es besagte, dass er befugt sei, die Reederei Simonsen im Auftrag der Frauen der Familie zu führen. Bei dem Zusatz, dass er der vom Senat eingesetzten Kommission Rechenschaft abzulegen habe, schnaubte er leise. Diese Herren nahmen sich wahrlich zu wichtig. Da er jedoch auf ihr Wohlwollen angewiesen war, gab er vor, mit den einzelnen Paragrafen einverstanden zu sein.

Das nächste Blatt beurkundete seine Vormundschaft für Frieda Simonsen und ihre Töchter. Auch hier gab es etwas, das ihm nicht gefiel. Es waren außer der Mutter nur Anna und Esther aufgeführt. Ruths Name hingegen fehlte.

»Ist diese Urkunde vollständig?«, fragte er.

»Was sollte fehlen?«, klang es von Godehard zurück.

»Nun ja, der Name meiner Schwägerin und meines Neffen. Immerhin soll ich auch ihr Erbe verwalten!«, erklärte Mathias mit nur mühsam unterdrückter Schärfe.

»Ruth Simonsen ist die Frau Ihres Bruders und steht unter dessen Vormundschaft«, erklärte der Schreiber. »Die treuhänderische Verwaltung ihres Erbes ist in der nächsten Urkunde verzeichnet! Sie haben für Ruths Erbteil Ihrem Bruder Hinrich gegenüber Rechenschaft abzulegen.«

»Wie soll das gehen, solange mein Bruder und seine Frau auf irgendeiner Südseeinsel sitzen?«, fragte Mathias und wurde nun doch etwas laut.

»In dieser Urkunde ist auch verzeichnet, dass unsere Kommission während der Abwesenheit Ihres Bruders und Ihrer Schwägerin die Abrechnungen bezüglich deren Geschäftsanteile stellvertretend prüfen wird«, erklärte Sierk Godehard begütigend.

»Es sei denn, Sie wollen persönlich in die Südsee reisen, um mit Ihrem Bruder darüber zu sprechen, wie er sich die Verwaltung des Erbes seiner Ehefrau vorstellt«, ergänzte Dolf Sölter. Er klang spöttisch, und Mathias verfluchte die Tatsache, dass ausgerechnet dieser Mann vom Senat zum Vorsitzenden der Kommission ernannt worden war.

Sölter sprach auch gleich weiter. »All diese Verfügungen sind vorläufiger Natur und in dem Augenblick obsolet, in dem wieder ein männliches Mitglied der Familie Simonsen erscheinen sollte. Ebenso erlöschen sie bei der Volljährigkeit Ihres Neffen Johannes. Als Sohn der ältesten Simonsen-Tochter gebührt ihm das Vorrecht, die Leitung der Reederei zu übernehmen.«

Mittlerweile hatte Mathias sich wieder im Griff und nickte. »Das ist selbstverständlich!«

Insgeheim amüsierte er sich. Von Jakob Simonsen wusste er hundertprozentig, dass dieser tot war. Das Schiff mit seinem jüngeren Sohn David war in einen Hurrikan geraten und gesunken, und Jeremias war durch seinen Onkel Zechariah Bartlett aus dem

Weg geschafft worden. Überdies war sein Bruder Hinrich den Kannibalen in der Südsee zum Opfer gefallen, und dessen Sohn war noch ein kleines Kind.

Während Godehard noch einige Punkte vorbrachte, dachte Mathias an den letzten Brief seines Vetters Anthony aus London. Darin hatte dieser sich über einen Testamentsvollstrecker lustig gemacht, der durch alle möglichen Einwände die Übernahme des Grafentitels der Huttons durch Anthonys Mutter habe hinauszögern wollen. Wie dieser Anwalt, so kamen ihm auch die löblichen Herren vor, die der Senat zu ihm geschickt hatte. Die Angelegenheit war erledigt, und er hatte das alleinige Verfügungsrecht über die Reederei Simonsen.

Doch nun brachte sich Sölter wieder in Erinnerung. »Wie ich gehört habe, haben Sie Frau Frieda Simonsen und ihre Töchter fortschaffen lassen!«

Das hört sich nicht gerade freundlich an, dachte Mathias. Er hatte sich jedoch eine Ausrede zusammengestellt, die auch dem misstrauischsten dieser Herren einleuchten musste.

»Bedauerlicherweise ist mir nichts anderes übrig geblieben. Wie Sie alle wissen, hat Frieda Simonsens Geist unter den Schicksalsschlägen, die ihre Familie getroffen haben, schwer gelitten. Sie war zuletzt so weit, dass wir sie von ihren Töchtern trennen mussten, aus Angst, sie könnte ihnen etwas antun. Ein Arzt, den ich zu Rate gezogen habe, schlug vor, sie in eine andere Gegend schaffen zu lassen, fernab der See und der Elbe, da deren Anblick ihren Wahn nur verstärken würde. Er empfahl mir einen Freund, der ein Haus für geistig verwirrte Menschen führt, und erbot sich, Frau Frieda dorthin mitzunehmen. Ich sah keinen Grund, dies auszuschlagen.«

»Den sehe ich auch nicht«, antwortete Godehard, der in dieser Sache zwar streng nach dem Gesetz handeln wollte, aber nicht vergaß, dass Mathias Mensing bereits hatte andeuten lassen, er könne sich seine Tochter Adele als Hausfrau vorstellen.

Auch Sölter vermochte nichts dagegen zu sagen, waren Frieda Simonsens Tobsuchtsanfälle doch bereits Stadtgespräch gewesen. Eine Sache aber störte ihn. »Warum haben Sie Frau Friedas Zwillingstöchter aus Hamburg wegbringen lassen? Die beiden Mädchen hätten doch wohl in der Stadt bleiben können!«

»In diesem Haus konnte ich sie allein nicht wohnen lassen, und sie zu mir zu nehmen, verbietet sich, solange ich noch unvermählt bin. Daher habe ich sie zu Frau Molly Steeden geschickt, einer alten Freundin der Familie Simonsen. Deren Ehemann Geert Steeden war viele Jahre Handelsagent in Sankt Petersburg und lebt nun als Repräsentant einer großen Handelsgesellschaft auf Sizilien.« Mathias Mensing lächelte bei diesen Worten, während er insgeheim über die Abordnung des Senats spottete. Diese Männer hatten nicht die geringste Ahnung, was wirklich geschehen war und noch geschehen würde. Anna und Esther befanden sich zwar an Bord eines Schiffes, doch das würde sie nicht nach Palermo bringen, sondern nach Tunis, wo sie als Sklavinnen verkauft würden. Ihre Mutter befand sich auch nicht in einem angenehmen Heim für geistig Verwirrte besseren Standes, sondern in einem entsetzlichen Narrenhaus in einer abgelegenen Ecke des Königreichs Bayern. Damit waren bis auf Ruth und ihr Balg alle Simonsens beseitigt. Bei den beiden hoffte er, dass sie bereits von den Kannibalen der Südsee aufgefressen worden waren oder bald aufgefressen wurden. Sollten sie wider Erwarten überleben, würde er sich für sie etwas Besonderes einfallen lassen. Das aber hatte noch Zeit. Zuerst musste er die Reederei der Simonsens übernehmen und mit seiner eigenen vereinen. Wenn dann sein Neffe als letzter Besitzer starb, war er dessen natürlicher Erbe.

»Meine Herren, darf ich Ihnen vielleicht noch etwas Stärkeres anbieten als Punsch?«, fragte er. »Im Haus befindet sich ein ausgezeichneter Cognac, der Ihnen gewiss munden wird!«

»Sehr gerne!«, antwortete Godehard.

Doch Sölter brannte noch eine Frage unter den Nägeln. »Können Sie uns die Adresse der Anstalt mitteilen, in die Sie Frau Simonsen haben einweisen lassen?«

»Sehr gerne!«, antwortete Mathias mit einem Lächeln, das ihn sehr viel Selbstbeherrschung kostete. »Sie werden aber warten müssen, bis der Arzt, der sie dorthin begleitet hat, zurückgekehrt ist. Ich habe mich voll und ganz auf dessen Urteil verlassen.«

»Das verstehe ich«, sprang Godehard ihm bei. »Ich würde eine solche Angelegenheit, sollte sie in meinem Haus vorkommen, auch den Ärzten überlassen. Was unsere Herren Doctores über Frau Frieda gesagt haben, wissen wir alle.« Er lachte kurz und nickte Mathias zu. »Dann wünschen wir Ihnen Glück und immer eine Handbreit Wasser unter dem Kiel!«

»Ein wenig mehr darf es schon sein«, antwortete Mathias und spottete in Gedanken erneut über die Herren.

Der Arzt, der ihm jenes Narrenhaus empfohlen hatte, hatte Frieda Simonsen zusammen mit zwei gemieteten Knechten dorthin gebracht. Dort war sie unter falschem Namen in die Liste eingetragen worden, so dass niemand wusste, wer sie war oder woher sie stammte. Selbst dem Arzt, der ein besserer Scharlatan war und für Geld die eigene Großmutter verkaufen würde, hatte er Friedas wahren Namen verschwiegen, so dass er auch in dieser Beziehung abgesichert war. Zu gegebener Zeit würde er ein gefälschtes Schreiben vorlegen, das ihr Ableben bekundete, und bald darauf würde die Frau von jedermann vergessen sein. Auch das Schicksal der Zwillinge konnte nicht bis zu ihm zurückverfolgt werden, da er diese Sache wie schon so manches andere seinem Onkel Zechariah Bartlett überlassen hatte. Dieser würde ihn zu gegebener Zeit von Ruth und ihrem Sohn befreien.

5.

Während in Hamburg die Schneeflocken durch die Straßen wirbelten, herrschte auf Tahiti ewiger Sommer. Wieder einmal hatte Ruth eine Teegesellschaft um sich versammelt. Diesmal waren es die Damen aus der Missionarssiedlung, und da ging es bei Weitem nicht so lustig zu, wie wenn Aipua, Lu An und einige Tahitianerinnen bei ihr eingeladen waren.

Die Damen saßen aufrecht am Tisch, tranken ihren Tee und naschten ein wenig Trockenkuchen. Ihre Gespräche wurden mit gedämpfter Stimme geführt und alle irgendwie anzüglichen Themen meilenweit umgangen. Wenn einer tatsächlich ein Wort entschlüpfte, das als zweideutig gesehen werden konnte, blickte die Sprecherin erschrocken zu Eliza Pritchard hinüber, der Ehefrau des Leiters der Mission auf den Gesellschaftsinseln. Anders als sein Vorgänger Wiggles achtete George Pritchard darauf, dass die ihm unterstellten Missionare und deren Familien ein frommes und gottgefälliges Leben führten. Auch die Tahitianer mussten sich den strikten Regeln beugen, die die Gesellschaft vorgab. Die Einzige, die sich einen gewissen Freiraum hatte schaffen können, war Königin Aimata Vahine Pomare IV. Doch auch sie wurde bedrängt, weniger Tänzern zuzusehen und Liedern zu lauschen, als vielmehr zu beten.

Ruth war in Hamburg aufgewachsen und hatte dort ein gefestigtes Christentum erlebt. So streng aber, wie George Pritchard die Bibel auslegte, hatten es die Pastoren in der Heimat niemals getan. Für die Tahitianer, in deren Kultur Gesang und Tanz hoch geachtet wurden, waren diese Regeln bedrückend. Auch taten ihr die englischen Frauen leid, denen hier eine sinnvolle Beschäftigung fehlte. Wären sie in England die Ehefrauen einfacher Landpastoren, würden sie dort Kranke besuchen, Armen Almosen bringen und die Ehefrauen besser betuchter Herrschaften in wohltätigen Zirkeln um sich versammeln.

Hier hatten sie hingegen nicht viel mehr zu tun, als ihre Hausangestellten zu überwachen und Kleider für sich und ihre Kinder zu nähen. Dabei waren ihnen nicht die Kupferstiche der Modezeitschriften das Vorbild, sondern die sittsame Tracht, die ihre Missionsgesellschaft für richtig hielt. Da helle Farben verboten waren, wirkten die Frauen auf Ruth wie eine Schar dunkelbrauner und grauer Hühner. Kräftiges Tuch und mehrere Unterröcke sowie eine Stoffhaube waren unerlässlich, obwohl diese gänzlich ungeeignet für das hiesige Klima waren. Einen aus Palmblattfasern geflochtenen Hut, so wie Ruth ihn sich aufsetzte, wenn sie ins Freie ging, galt den frommen Damen bereits als frivol.

Gerade erzählte eine der jüngeren Missionarsfrauen, wie sich ihr Sohn das Knie aufgeschlagen habe und von einem Tahitianer zu einem einheimischen Heiler gebracht worden sei. Die Mutter ließ sich lang und breit über die Salbe aus, die dieser Mann auf die Wunde gestrichen hatte. »Ich habe sie natürlich sofort entfernt und das Knie so verbunden, wie es sich gehört«, setzte sie mit Nachdruck hinzu.

Um Ruths Lippen spielte ein verächtliches Lächeln. Sie kannte die Arzneien der Inselbewohner und verwendete sie gerne für Jan und sich. Ein fester Verband auf einer schlichten Abschürfung war in diesen Breiten falsch. Die Haut darunter würde schwitzen und das Knie womöglich eitern.

In ihren ersten Monaten auf Tahiti hatte Ruth noch versucht, den Frauen Ratschläge zu erteilen. Da sie damit auf wenig Gegenliebe gestoßen war, ließ sie es mittlerweile sein. Sie hatte auch schon überlegt, ihre Teenachmittage aufzugeben, da das, was die Damen zu sagen hatten, sich immer und immer wieder in leichten Variationen wiederholte. Allerdings mochte sie den Kontakt zu den Europäern auf der Insel nicht gänzlich abbrechen, denn sie erfuhr doch gelegentlich etwas, das auch für sie von Interesse war.

An diesem Tag wirkten ihre Gäste ein wenig bedrückt und ungewöhnlich wortkarg. Ruth hoffte schon, dass die Frauen nicht mehr zu lange bleiben würden, als Harriet Baker sie direkt ansprach. »Ich weiß nicht, ob Sie es bereits gehört haben, Mistress Mensing?«

Ruth drehte ihr den Kopf zu. »Da ich nicht weiß, worum es geht, kann ich es nicht sagen.«

»Der arme Mister Collins! Wir haben gehört, dass er von den Kanaken umgebracht und … noch Schlimmeres wurde.«

Ruth strich sich mit dem Zeigefinger über die Stirn. »Nein! Das war mir bis jetzt unbekannt.«

»Der arme Mister Collins!«, wiederholte Margery Longfellow seufzend. »Er war ein so freundlicher und bescheidener junger Mann, wie man sich einen angehenden Missionar nur wünschen kann.«

»Und nun ist er tot!« Susan Peabody wischte eine imaginäre Träne von der Wange.

»Er wollte das Christentum zu den Tuamotu-Inseln tragen, nachdem er hier eine schwere Enttäuschung erlitten hatte.«

Der Blick, mit dem Harriet Baker Ruth bei den Worten maß, verriet dieser deutlich, wem die Missionarsgattin die Schuld an der schweren Enttäuschung gab, die Archibald Collins dazu bewogen hatte, auf den Tuamotu-Atollen das Christentum predigen zu wollen.

Ruth schnaubte leise. Sollten ihr die Damen auf diese Weise kommen, würden sie in den nächsten Wochen auf die Teenachmittage in ihrem Haus verzichten müssen. Collins war einer der beiden Jungmissionare gewesen, die sich Hoffnungen gemacht hatten, sie heiraten zu können. Der Zweite, Hiram Perell, hatte vor einiger Zeit die Mission verlassen und nach England zurückkehren müssen, weil er das Bordell frequentiert hatte. Ob er die gut dotierte Pfarrstelle und das Erbe, das er sich von einem Onkel erhofft hatte, nach seiner Rückkehr auch bekommen würde, hielt Ruth für zweifelhaft. Mehrere Missionare und deren Frauen hatten seine Fehltritte in ihren Briefen an seine Angehörigen ausführlich beschrieben.

Mitleid mit Perell empfand Ruth nicht, denn dafür war der Mann zu sehr von sich eingenommen gewesen. Ihre Trauer um Collins hielt sich ebenfalls in Grenzen. Anders als Perell hatte dieser den bescheidenen und nur für seinen Glauben lebenden Mann gespielt, um seinen brennenden Ehrgeiz zu verbergen. Insgeheim hatte er ihr sogar angeboten, die Handelsstation für sie zu führen. Sie hatte eine gewisse Geldgier bei ihm bemerkt – und auch eine Unduldsamkeit, der sie sich niemals ausgeliefert hätte. Außerdem war ihr der Handel zu wichtig, um ihn einem Mann zu überlassen, der nichts davon verstand.

»Sie sagen nichts dazu, Mistress Mensing?«, stichelte Harriet Baker.

»Ich tröste mich damit, dass Mister Collins als Märtyrer seines Glaubens von unserem Herrn Jesus Christus an der Hand genommen und an dessen rechte Seite gesetzt wurde«, antwortete Ruth mit einem sanften Lächeln, bei dem jene, die sie besser kannten, auf der Hut gewesen wären.

Die Damen sprachen nun ausführlich über Archibald Collins und lobten seine Bescheidenheit, seine Stärke im Glauben und etliche Vorzüge, die Ruth niemals an ihm bemerkt hatte. Zu ihrer Erleichterung bezog man sie kaum in diese Unterhaltung ein, so dass sie genussvoll ihren Tee trinken und von dem guten Kuchen essen konnte, den ihre Köchin Maire gebacken hatte.

»Ich sage, man kann diesen Eingeborenen einfach nicht trauen«, erklärte Margery Longfellow eben. »Selbst hier auf Tahiti würde ich es nicht wagen, des Nachts durch die Straßen zu gehen.«

»Wenn es denn Straßen gäbe!«, spottete Susan Peabody. »Hier gibt es nur Trampelpfade, auf denen man nicht einmal reiten kann, geschweige denn mit einem Wagen fahren.«

Das war eine Übertreibung, fand Ruth. Es gab einige gute Wege und auch leichte Kutschen und Pferde, die jedoch nicht von der Mission benützt wurden, sondern von der Königin und einigen Europäern, die sich hier angesiedelt hatten, um Plantagen anzulegen. Noch war deren Ertrag gering, doch Ruth ging davon aus, dass sich dies in wenigen Jahren ändern würde. Spätestens, wenn sie in der Lage war, Schiffe bis nach Europa zu schicken, würden auch die Plantagenbewohner gutes Geld verdienen. Ob es ihnen allerdings gelang, die Bedeutung der Missionare auf der Insel zu übertreffen, bezweifelte Ruth. Dafür hatten diese bereits zu viel Macht an sich gerissen und standen als grimmige Wächter zwischen dem Diesseits und dem Himmelreich.

Ruth verwarf diese Überlegung, um sich wieder ihren Gästen zu widmen, denn Eliza Pritchard erwies ihr die Ehre, ein paar Worte an sie zu richten.

»Sie leben hier gut, Mistress Mensing!«

In Ruths Ohren klang es so, als wünschte die Frau sich, dass sie bescheidener leben solle, um die anderen Missionarsfrauen nicht in Versuchung zu führen.

»Ich bin Händlerin, Mistress Pritchard, und dadurch gezwungen, wohlhabend zu erscheinen. Von meinem Vater habe ich gelernt, dass ein Handelsmann, der zu bescheiden auftritt, bei seinen Handelspartnern leicht als zu arm gilt, um weiterhin gute Geschäfte mit ihm zu tätigen. Würde aber mein Handel zurückgehen, wäre es auch ein Schaden für die Missionsgesellschaft, da meine Abgaben geringer würden!«

Ruth lächelte, während Eliza Pritchard säuerlich das Gesicht verzog. Der Hinweis auf den Handel entwaffnete diese jedoch. Ohne das Geld, das sie George Pritchard übergab, würden die Missionarsfamilien noch weit bescheidener leben müssen, als es bereits jetzt der Fall war.

Nach diesem kurzen Einwand saß die Ehefrau des Missionsleiters wieder schweigend da und hob nur hie und da eine Augenbraue, um anzuzeigen, dass ihr eine Bemerkung oder Formulierung nicht zusagte. Da Mistress Pritchard auch nicht auf Archibald Collins und dessen schreckliches Ende einging, verloren die anderen Frauen bald das Interesse an diesem Thema und sprachen wieder über ihre Kinder, den Ärger mit ihren Hausangestellten und über die kleinen Schwächen ihrer Ehemänner, die so harmlos waren, dass in Hamburg kein Hahn danach gekräht hätte.

Plötzlich wurde es draußen laut, und Jan stürmte herein. In den Händen hielt er eine riesige Kokosnuss und stellte diese mitten auf den Tisch.

»Die habe ich selbst hierhergetragen, Mama!«, rief er fröhlich.

Die Missionarsfrauen starrten das Kind konsterniert an. Jans Haut war von der Sonne gebräunt, um die Hüften trug er ein Lendentuch wie die Eingeborenen, dazu war er barfuß und nicht allzu sauber.

»Sie lassen Ihren Sohn aber wirklich verwildern!«, rief Harriet Baker entsetzt.

Mit einem tadelnden Blick auf ihren Sohn nickte Ruth. »Ich muss Ihnen recht geben, Mistress Baker, denn ich merke einen Mangel an Manieren bei ihm, den ich nicht goutieren kann. Jan, wie du siehst, haben wir Gäste! Wie hast du dich da zu benehmen?«

Der Junge schluckte, nahm die Kokosnuss wieder vom Tisch und reichte sie Vaimiti, die ihm helfend die Hände entgegenstreckte. Danach wandte er sich den Frauen zu und verbeugte sich. »Ich wünsche den Damen einen wunderschönen Tag und hoffe, dass Sie sich in unserem Haus wohlfühlen! Fāna'o maita'i!«

Das Letzte verstanden Ruths Gäste nicht und sahen sie fragend an.

»Mein Sohn wünscht Ihnen eine gute Zeit«, antwortete diese mit zuckenden Lippen. Die Verwandlung vom kleinen Rabauken zu einem ebenso kleinen Kavalier hatte die Missionarsfrauen sichtlich verblüfft.

»Ich schließe mich der Meinung der Tahitianer an, dass man ein Kind nicht mit Strenge erziehen soll. Höflichkeit aber muss sein! Hätte Aipua seinen Auftritt gesehen, wäre Jan eine Strafpredigt nicht erspart geblieben, und auch Captain Hutton hätte ihn aufgefordert, vor Ihnen seinen Diener zu machen, wie es sich gehört«, erklärte Ruth den Frauen.

»Der gute Captain Hutton!«, sagte Harriet Baker seelenvoll. »Er ist ein so freundlicher und höflicher junger Mann. Man muss bedauern, dass er nicht zu unserer ehrenwerten Missionsgesellschaft zählt. Mein Mann will unsere Abigail leider nur mit einem anderen Missionar verheiraten, müssen Sie wissen. Aber derzeit befindet sich kein junger, aufstrebender Missionar auf der Insel.«

Ruth ärgerte sich zunehmend über diese verbohrten Frauen. Damals, als James Hutton als abgebrannter Matrose eines gesunkenen Walfängers nach Tahiti gekommen war, hatten die Bewohner der Missionarssiedlung ihn keines zweiten Blickes gewürdigt. Nun aber, da er als Kapitän in ihren Diensten stand, schien Harriet Baker ihn als passenden Ehemann für ihre Abigail ins Auge zu fassen und eine weitere Missionarsfrau mit einer heiratsfähigen Tochter ebenso.

Mit einem weiteren Schnauben dachte Ruth daran, dass sie keine dieser faden Schnepfen, wie sie die Missionarstöchter insgeheim nannte, auch nur halbwegs für einen Mann wie James Edward Hutton geeignet hielt. Dabei kannte man hier auf Tahiti nicht einmal seine wahre Herkunft, denn tatsächlich war er, wenn der alte Earl of Huttonsfield bereits das Zeitliche gesegnet hatte, dessen Nachfolger als der neue Earl. Ob er diese Stellung je würde einnehmen können, war allerdings zweifelhaft, denn seine Verwandtschaft hatte alles darangesetzt, seine Erbfolge zu verhindern, und war dabei auch vor Mordanschlägen nicht zurückgeschreckt.

Wahrscheinlich galt er in England bereits als tot. Hinsegeln und behaupten, der echte James Edward Hutton zu sein, würde ihm angesichts der Macht seiner Feinde wenig nützen.

Erneut schlugen Ruths Gedanken eigene Wege ein, und sie war froh, als die Damen sich nach der dritten Tasse Tee und dem zweiten Stück Kuchen verabschiedeten. Diese kleine Völlerei war die einzige Schwäche, die sie sich erlaubten, und für einen Augenblick schämte Ruth sich, weil sie ihnen diese missgönnte.

»Ich würde mich freuen, wenn Sie mich nächsten Dienstag wieder besuchen könnten«, sagte sie daher freundlich und hielt sich dabei für eine arge Pharisäerin. In Wahrheit wäre sie froh gewesen, mit diesen Frauen nichts mehr zu tun zu haben.

Das wird kommen, tröstete sie sich. In zwei oder drei Jahren ist Jan so weit, dass wir die Heimreise nach Hamburg unbedenklich antreten können. Dabei erinnerte sie sich an die im Lauf der Zeit kühl gewordenen Briefe ihrer Eltern und gestand sich ein, dass ihr Heimweh dadurch etwas geringer geworden war.

6.

Kaum hatten die Missionarsfrauen das Haus verlassen, um den Hügel hinab zur Anlegestelle zu gehen, holte Jan seine Kokosnuss und stellte sie wieder auf den Tisch.

»Tahitoa sagt, es sei die größte Kokosnuss, die er je gesehen hat«, erklärte er.

»Das heißt Mister Tahitoa«, erklärte Ruth streng.

»Er sagt, ich darf Tahitoa zu ihm sagen«, antwortete der Kleine. »Genauso darf ich James zu Captain Lucky sagen. Richtig höflich muss ich nur zu den Bibelburschen und ihren angetrauten Hühnern sein.«

»Johannes!« Wenn Ruth Jans Taufnamen voll aussprach, war dies für den Jungen ein Zeichen, dass er kurz davor war, sich eine empfindliche Strafe zuzuziehen.

Er sah seine Mutter treuherzig an. »Das mit den angetrauten Hühnern hast du selbst gesagt.«

»Es mag sein, dass ich das einmal aus Ärger erwähnt habe. Es ist aber kein Grund für dich, es ebenfalls zu tun. Die Bibelburschen sind jedoch gewiss nicht von mir.«

Ruth gab sich Mühe, streng zu wirken, denn wenn sie dem Jungen diese Ausdrücke durchgehen ließ, würde er es einmal bei einer Gelegenheit sagen, die äußerst peinlich für sie werden konnte.

»Das habe ich in der Schenke gehört. Einer der Walfangkapitäne hat es gesagt, und wenn ein Captain es sagen darf …«

»… darfst du es noch lange nicht! Verstanden? Sollte ich noch einmal ein solches Wort von dir hören, erhältst du einen Klaps aufs Hinterteil!« Ruth hoffte, dass sie ihren Worten nicht Taten folgen lassen musste, denn Aipua, Vaimiti und Maire würden sofort alles tun, um den Kleinen zu trösten, und ihr deswegen Vorhaltungen machen. Das wiederum würde einer Bestrafung den nötigen Zweck nehmen und sie selbst als die Böse dastehen lassen.

»Du wirst diese Worte nicht mehr verwenden. Hast du mich verstanden?«, ermahnte Ruth ihren Sohn. »Außerdem hast du in der Schenke nichts verloren. Sollte mir zu Ohren kommen, dass du dich wieder einmal hingeschlichen hast, werde ich dir eine englische Gouvernante besorgen, die weiß, wie man aus einem kleinen Bengel wie dir einen wohlerzogenen Knaben macht!«

»Ja, Mama!«, antwortete der Junge und lächelte so süß, dass Ruth ihre ernste Miene nicht mehr aufrechterhalten konnte. Sie hob ihn auf und drückte ihn an sich.

Aipua sah es und lächelte. »Das ist eine schöne Kokosnuss, die du mitgebracht hast, Ianoa«, lobte sie.

»Tahitoa sagt, es ist die größte, die er je gesehen hat«, erklärte Jan munter.

»Wir werden sie aufmachen und sehen, ob noch etwas Saft darin ist. Von dem geben wir Heirani ein wenig zu trinken!«, schlug Aipua vor.

»Ist Heirani nicht zu klein dafür?«, fragte der Junge verwundert.

Aipua schüttelte lächelnd den Kopf. »Gewiss nicht! Nur zum Probieren. Sonst bekommt sie Milch, wie es sich gehört! Ich glaube, sie hat wieder Hunger«, sagte sie, da die Stimme der Kleinen mäkelnd erklang. Sie öffnete ihr Kleid und legte Heirani an die Brust. Diese suchte mit ihrem Mündchen die nährende Quelle und begann zu saugen, während Jan mit leuchtenden Augen zusah.

»Das solltest du in Anwesenheit der Missionarsfrauen nicht tun, Aipua. Sie wären schockiert!«, sagte Ruth mit einem Hauch von Tadel.

»Das sind ja auch Hühner!«, erklärte ihr Sohn unverbesserlich.

Ruth hob mahnend den rechten Zeigefinger. »Jan, was habe ich dir gesagt?«

»Ich soll die Hühner nicht mehr Hühner nennen!«

»Ich glaube, es war von mir anders gemeint. Du sollst die Damen aus der Missionssiedlung nicht als Tiere bezeichnen. Sonst …«

»… kriege ich eines dieser Hühner als Gouvernante«, fiel Jan ihr ins Wort.

Ruth konnte nicht mehr anders und musste lachen. Dann aber schüttelte sie den Kopf. »Es wird Zeit, dass Captain Hutton zurückkommt. Der weiß, wie man einen aufmüpfigen Matrosen zur Räson bringt.« Es schwang ein Hauch Ärger mit, da ihr Sohn James gehorchte, wenn dieser nur eine Augenbraue hob, während er sich bei ihr manchmal arg widerspenstig zeigte.

»Ja, es ist an der Zeit, dass Te'ema zurückkommt«, sagte Aipua lächelnd.

»Vorerst aber kommt die große Drachenfrau«, meldete in dem Moment Lu Yi, die ihre Urgroßmutter den Hang heraufkommen sah.

»Die ist mir ehrlich gesagt weitaus lieber als die Damen aus der Siedlung«, sagte Ruth und wies Lu Yi an, dafür zu sorgen, dass Lu An ebenfalls Tee und Kuchen aufgetragen wurde.

Die alte Frau kam herein, grüßte Ruth höflich und reichte ihr einen in Seide gehüllten Gegenstand. »It is a gift!«, sagte sie in singendem Englisch.

»Ein Geschenk! Für mich?«, fragte Ruth.

Lu An nickte. »It is for you!«

Verwundert entfernte Ruth die Seidenumhüllung und blickte auf eine runde Glasscheibe, die aus zwei Teilen bestand, die perfekt ineinanderpassten. Der eine Teil war weiß, der andere schwarz.

»Was ist das?«, fragte sie die alte Frau.

Lu An musterte sie ernst. »Dies zeigt die Lehre des Yin und des Yang. Yin ist das weibliche Element und Yang das männliche. Allein sind sie nichts, doch gemeinsam bedeuten sie das Leben! Daran solltest du denken. Du bist zu jung, um einsam durchs Leben zu gehen.« Obwohl die alte Frau sich auf Tahiti ein einfaches Englisch angewöhnt hatte, ließ sie diese Sätze durch Lu Yi übersetzen, damit Ruth es auch sicher verstand. Den beschwörenden Klang ihrer Stimme vernahm Ruth aber auch so. Sie nahm beide Teile in die Hand, trennte sie und legte sie wieder zusammen.

»Es ist ein schönes Symbol«, sagte sie zu Lu An.

»Das ist es!«, stimmte ihr Aipua zu, während sie die gesättigte Heirani zurück in die Wiege legte. »Du solltest dir das, was Lu An gesagt hat, zu Herzen nehmen. Noch stehst du allein, doch es gibt jemanden, der für dich da sein könnte!« Bei diesen Worten legte sie ihre Hand auf das Yin-Symbol.

»Wen meinst du damit?«, fragte Ruth, obwohl sie ahnte, worauf ihre Freundin aus war.

»Captain James Hutton! Er liebt dich! Nein, er verehrt dich fast wie eine Göttin. Mit ihm an deiner Seite könntest du sehr viel erreichen – und vor allem glücklich sein!«

»Er hat nie Anzeichen gezeigt, dass ich ihm mehr bedeute als andere Frauen«, wehrte Ruth ab.

Aipua lächelte. »Weil du zwar Augen hast und doch nicht sehen willst.«

»Aber …«, begann Ruth und verstummte dann. »Warum zeigt er mir seine Verehrung nicht offen?«

»Du bist seine Herrin, die Ariki rahi, und er ist der Pekio. Tahitoa hätte es niemals gewagt, Ari'iheivas Tochter Manahere zu bitten, mit ihm in den Kokoshain zu gehen. Daher wird auch Captain Lucky Jim es nicht tun.«

In Hamburg wäre es für eine Frau undenkbar gewesen, über eine frühere Liebschaft ihres Ehemanns zu reden, wie Aipua es nun tat. Ruth begriff aber, was sie meinte, und hob in komischer Verzweiflung die Hände. »Ich kann mich James Hutton doch nicht anbieten wie eine Hure!«

»Das ist ein Problem, das du bald lösen solltest«, sagte Aipua und zwinkerte der alten Chinesin zu, die ihre engste Verbündete geworden war, um Ruth und James endlich zusammenzubringen.

7.

In London schneite es um diese Zeit zwar nicht wie in Hamburg, es war jedoch kalt, und es herrschte so dichter Nebel, dass selbst die Sänftenträger Mühe hatten, ihren Weg zu finden. Sie hatten schon einmal angehalten und angenommen, ihren Passagier zu dessen Haus gebracht zu haben. Anhand des schemenhaft zu erkennenden Treppenaufgangs hatte Zechariah Bartlett jedoch erkannt, dass dies nicht sein Zuhause sein konnte, und ihnen befohlen, ihn weiterzutragen.

Als die Sänftenträger das nächste Mal stehen blieben, stieg er aus. Er drückte dem vorderen Mann missmutig ein paar Münzen in die Hand und ging die Treppe zum Eingang hoch. Die beiden Sänftenträger blickten ihm enttäuscht nach, hatten sie doch auf ein besseres Trinkgeld gehofft.

Bartlett war jedoch nicht in der Stimmung, großzügig zu sein. Während er mit seinem Spazierstock gegen die Tür schlug und die Sekunden zählte, die sein jetziger Türwächter brauchte, um ihm zu öffnen, verfluchte er in Gedanken seinen Neffen Mathias Mensing. Er hatte gehofft, mit Jeremias Simonsens unfreiwilliger Deportation als Strafgefangener nach Australien die Rache an den Simonsens abschließen zu können. Doch nun hatte Mathias ihm zwei weitere faule Eier ins Nest gelegt. Streng genommen waren es drei, dachte er verärgert, denn zu den beiden Mädchen kam noch deren deutsche Gouvernante, die diese begleitete.

Laut seinem Neffen sollte er dafür sorgen, dass die drei niemals an ihrem eigentlichen Ziel, nämlich Palermo, ankommen durften, sondern nach Tunis in die Sklaverei verkauft wurden.

»Was denkt Mathias sich eigentlich?«, fragte er sich.

Augenblicke später wurde die Tür geöffnet, und er schnauzte seinen Türsteher an. »Das hat verdammt lange gedauert!«

»Ich habe sofort geöffnet, Sir, als Sie geklopft haben«, antwortete der Mann.

»Frecher Hund! Als Polliver noch die Tür hütete, ging es schneller!« Bartlett hob seinen Stock, als wolle er seinen Diener schlagen, beließ es aber bei dieser Beschimpfung. Kurz darauf erreichte er sein Kontor, warf seinen Spazierstock auf die Anrichte und läutete nach seinem Kammerdiener.

»Einen Cognac, Polliver!«, befahl er barsch.

»Sehr wohl, Sir!«, antwortete der Diener und stolzierte davon wie ein Storch.

»Aber ein wenig hurtig! Kapiert?«, rief Bartlett ihm zornig nach.

Polliver kümmerte sich nicht um die Laune seines Herrn. Vermutlich hatte Bartlett an diesem Tag schlechte Geschäfte gemacht und ärgerte sich darüber. Dass dessen Unmut mit den beiden Mädchen und der Frau aus Hamburg zusammenhängen könnte, die am Vortag ins Haus gekommen waren, konnte sich der Diener nicht vorstellen.

Nachdem er den Cognac serviert bekommen hatte, beruhigte Bartlett sich wenigstens vordergründig und nahm auf seinem Sessel Platz. Er empfand eine widerwillige Bewunderung für seinen Neffen, aber auch eine unterschwellige Angst vor ihm. Mathias hatte sich der Familie Simonsen heimtückisch entledigt und war nun dabei, deren Reederei der seinen anzugliedern. Sobald dies geschehen war, war Mathias nicht mehr der kleine Neffe, auf den er hinabsehen konnte, sondern ein ebenso großer und erfolgreicher Reeder wie er. Ihm hingegen hatte seine Rache an Simonsen außer größeren Kosten nichts eingebracht.

»Wenn Mathias denkt, er kann mich zu seinem Handlanger machen, hat er sich geirrt!«, rief er aufgebracht.

Tatsächlich aber hatte sein Neffe bei seinen Besuchen in London aus seinen Plänen nie einen Hehl gemacht.

»Er hat bereits damals die Absicht gehabt, Simonsen und dessen Familie um Geld und Leben zu bringen«, führte er sein Selbstgespräch fort. »Wer weiß, was er jetzt plant.«

Bartlett haderte mit seiner Frau Ellinor, die ihm nur einen einzigen Sohn geboren hatte. Zudem war Anthony wie der Spross einer Adelsfamilie aufgezogen worden und nicht wie der eines Reeders. Nun rächte dies sich, denn sein Sohn zeigte nicht das geringste Interesse für Handel und Geschäft und würde Mathias ohne Bedenken die Führung der Reederei überlassen.

»Anthony muss Söhne zeugen!«, sagte Bartlett verärgert zu sich selbst. »Darunter mindestens einen, der für die Reederei taugt.«

Doch bis ein solcher Enkel alt genug war, um ihm die Reederei unbedenklich überlassen zu können, würden mindestens dreißig Jahre vergehen. Ob Gott ihm noch so viele Jahre schenkte? Bartlett betete, dass der Herrgott es tat. Er war jetzt Mitte fünfzig und kannte nicht wenige Männer, die auf die neunzig zugingen. Auch wenn ein paar davon wunderlich geworden waren, besaßen andere noch immer den scharfen Verstand, der sie so viele Jahre ausgezeichnet hatte.

»Warum sollte es bei mir anders sein?«, sagte er und trank sein Glas leer.

Schon bewegte seine Hand sich in Richtung Klingelzug, als er innehielt. Er durfte nicht zu viel trinken, denn er hatte viele Männer gesehen, die der Alkohol ins Verderben getrieben hatte. Außerdem ersparten ihm seine Überlegungen bezüglich der Zukunft nicht die jetzigen Probleme. Drei davon – zwei dreizehnjährige Mädchen und deren Gouvernante – befanden sich in einem Zimmer seines Hauses und warteten darauf, dass er ihnen eine Möglichkeit verschaffte, nach Palermo weiterreisen zu können.

Bartlett erwog kurz, sie in England zu behalten, um sie später gegen seinen Neffen ausspielen zu können. Der Gedanke, dass Mathias ihm im Gegenzug etliches ans Zeug flicken konnte, ließ ihn davon absehen. Auch der Gedanke, die drei an ein Bordell in England zu verkaufen, erschien nur auf den ersten Blick vorteilhaft. Wenn eines der Mädchen einen einflussreichen Gönner fand, der es von dort wegholte, musste er damit rechnen, dass die Sache aufkam und er gesellschaftlich isoliert und ruiniert sein würde.

Er überlegte, die beiden Mädchen und ihre Gouvernante schlicht und einfach umzubringen. Doch auch das barg Gefahren, die er lieber meiden wollte. Jemand konnte etwas mitbekommen und ihn entweder erpressen wollen oder es den Behörden melden.

Denn was auch immer mit den Zwillingen geschah, so sollte ein anderer daran schuld sein und nicht er.

Zudem ging es Mathias wie auch ihm um die Rache an der Familie Simonsen, die ihm bei Mord irgendwie unvollkommen erschien. Daher freundete Bartlett sich immer mehr mit dem Plan seines Neffen an, Anna, Esther und deren Begleiterin an einen Sklavenhändler des Maghreb zu verkaufen.

Es kostete Zechariah Bartlett etliche Stunden strengsten Nachdenkens, bis sich in ihm eine Idee formte, die ihm Erfolg versprechend erschien. Nun bedauerte er, dass Captain Gervase Smyth, sein bester Handlanger, mit dem Gefangenentransportschiff *Darling* nach Australien unterwegs war. Daher musste er diese Sache selbst erledigen.

8.

Am nächsten Morgen schrieb Bartlett mehrere Briefe und schickte Botenjungen mit ihnen los. Danach fragte er Polliver nach den Gästen aus Hamburg und erfuhr, dass diese bereits ihr Frühstück einnähmen.

»Gut, dann kann ich mich ihnen für ein paar Minuten widmen«, antwortete Bartlett und begab sich in das Zimmer, in dem sich Anna und Esther Simonsen zusammen mit ihrer Gouvernante Erdmuthe Künne aufhielten.

Bei seinem Eintreten legten sie ihr Besteck weg und sahen ihm neugierig entgegen.

»Guten Morgen!«, grüßte Bartlett auf Englisch und war erleichtert, weil alle drei seine Muttersprache beherrschten.

»Guten Morgen, Sir Bartlett!«, grüßte Esther zurück.

»Wenn, dann Sir Zechariah, sonst Lord Bartlett«, korrigierte Bartlett sie.

Er hob beschwichtigend die Hand, als das Mädchen rot wurde und sich entschuldigen wollte. Dabei musterte er sie und ihre Zwillingsschwester. Sie waren bereits jetzt sehr hübsch und würden als Erwachsene mit ihrem leicht kupfern schimmernden Blondhaar und blauen Augen als Schönheiten gelten. Ihre Gouvernante war knapp unter dreißig und unscheinbar. Auch wagte sie kaum, ihn anzureden.

»Wie ihr wisst, hat mein Neffe Mensing mich gebeten, euch eine Passage nach Palermo zu verschaffen«, begann Bartlett. »Nun hat sich die Situation ergeben, dass ich Geschäfte in jener Weltgegend zu tätigen habe. Aus diesem Grund habe ich beschlossen, euch selbst dorthin zu bringen.«

»Besten Dank, Sir Lord!«, sagte Anna.

»Nur Sir oder Mylord«, erklärte Bartlett, da er es als frisch geadelter Baron mit der Anrede noch recht genau nahm.

»Verzeihen Sie, Sir!« Anna stand auf und knickste.

Ihre Schwester tat es ihr gleich, während ihre Gouvernante erleichtert zu dem Reeder aufblickte.

»Sie sind sehr gütig, Herr Baron!«

Den ersten Teil des Satzes sagte sie auf Englisch, die Anrede aber auf Deutsch, um ja nichts falsch zu machen.

»Sie brauchen mir nicht zu danken, denn es handelt sich um Geschäfte, die ich keinem anderen überlassen kann.«

Und zwar, euch drei in die Sklaverei zu verkaufen, setzte Bartlett für sich hinzu, um dann weiterzusprechen. »Es wird noch etwa eine Woche dauern, bevor wir Segel setzen können. So lange seid ihr meine Gäste. Ach ja, wir werden unterwegs einen Abstecher zu den Kanarischen Inseln machen, denn ich muss dort noch jemanden aufsuchen, bevor ich ins Mittelmeer einlaufen kann.«

»Machen Sie sich bitte unseretwegen keine Umstände, Sir«, sagte die Gouvernante.

Gerade euretwegen muss ich sie mir machen, dachte Bartlett grimmig, behielt aber seine freundliche Miene bei und sprach in schwärmerischen Worten von Gran Canaria und erklärte, dass seinen Gästen der Aufenthalt dort gewiss gefallen werde. Danach kehrte er in sein Frühstückszimmer zurück. Während er dem Lendenbraten, den Bücklingen und den Würsten zu Leibe rückte, die dort auf ihn warteten, überlegte er, ob er vor der Fahrt nach Gran Canaria noch kurz zu Frau und Sohn nach Huttonsfield reisen und ihnen seine Abwesenheit ankündigen sollte. Er entschied sich dagegen. Anthony würde ihn nur um Geld anbetteln, um es vergeuden zu können, und seine Ehefrau war ihm in ihrer kalten Art direkt widerwärtig geworden.

9.

Da Bartlett für die Simonsen-Zwillinge und ihre Betreuerin keine Passage auf einem fremden Schiff buchen und darauf hoffen konnte, dass dieses auf dem Weg nach Palermo von den Piraten der Maghreb-Küste überfallen wurde, musste er sich selbst auf den Weg machen. Er wählte mit der *Rose of Avon* eines der kleineren Schiffe seiner Reederei und ließ es in aller Eile für die Fahrt ins Mittelmeer ausrüsten.

Am meisten Arbeit bereitete dabei die Kajüte für den Reeder. Bartlett hatte sich einen gewissen Luxus angewöhnt und wollte diesen auch auf Reisen nicht missen. Der Kapitän musste mit dem Quartier seines Stellvertreters vorliebnehmen, während im Zwischendeck für die Passagiere ein Verschlag mit einem breiteren Bett für die Zwillinge und einem schmäleren für deren Gouvernante eingerichtet wurde.

Die Tage bis zur Abfahrt nutzte Bartlett, um seine Geschäfte zu ordnen, damit diese auch während seiner Abwesenheit in seinem Sinne weiterliefen, und ließ schließlich sich und seine Gäste samt Gepäck zur *Rose of Avon* bringen.

»Wir werden bereits heute Abend auf der *Rose* dinieren«, erklärte Bartlett, als sie den Liegeplatz des Schiffes erreicht haben. »Captain Toller will noch vor dem Morgengrauen ankerauf gehen, um den Ebbstrom auszunützen.«

»Das verstehen wir, Sir«, sagte Anna.

Die Schwestern hatten zu Hause genug über die Seefahrt gelernt, um den Nutzen der Flut beim Einlaufen in einen Fluss und den des Ebbstroms beim Ablaufen zu kennen.

Sie überwanden ohne Schwierigkeiten die schmale Planke, die vom Kai zum Schiff führte, während ihre Gouvernante sich schwertat und schließlich von einem Matrosen gepackt und an Bord getragen wurde.

»Ist alles bereit, Captain Toller?«, fragte Bartlett.

Der Kapitän trat näher und nickte. »Das ist es, Sir!«

»Unser erstes Ziel ist Las Palmas auf Gran Canaria. Danach geht es ins Mittelmeer hinein. Wurde die *Rose* entsprechend bestückt, um sich gegen Piraten behaupten zu können?«, fragte Bartlett.

»Selbstverständlich, Sir! Wir haben sechs sechzehnpfündige Karronaden an Bord, dazu Drehbassen und genug Musketen, um einen Krieg beginnen zu können.«

»Ein Krieg wäre das Letzte, was ich will«, erklärte Bartlett. »Am besten wäre es, wir würden das Zeug überhaupt nicht brauchen. Allerdings muss man auf alles vorbereitet sein.«

»Aye, aye, Sir, das muss man!«, antwortete der Kapitän. Dann fragte er Bartlett, ob er sich auf dem Schiff umsehen wolle. Da er die Aufgaben, die noch zu erledigen waren, seinem Stellvertreter überlassen konnte, hatte er Zeit, dem Reeder alles zu zeigen. In erster Linie wollte er Bartlett beweisen, wie rasch und sorgfältig er dessen Anweisungen umgesetzt hatte, um sich als Kapitän für ein größeres Schiff empfehlen zu können.

Während Bartlett sich von Toller durch das Schiff führen ließ, bezogen Anna und Esther zusammen mit Erdmuthe Künne ihren schmucklosen Verschlag. Die letzten Monate waren für die Zwillinge wegen der Sorgen um den Vater und die Brüder sowie der in den Wahnsinn abgleitenden Mutter nicht leicht gewesen. Daher waren sie froh und erleichtert, dass sie Hamburg hatten verlassen können. Sie kannten Molly Steeden von ihren Besuchen in Hamburg und mochten sie.

Erdmuthe Künne hingegen war gar nicht glücklich, ins Ausland ziehen zu müssen. Da ihr früherer Schützling jedoch ihrer Aufsicht entwachsen war, hatte sie ihre Stellung verloren und musste froh sein, einen neuen Wirkungskreis gefunden zu haben. Sie war erst seit ein paar Wochen bei den Zwillingen und wusste daher wenig über deren familiäre Verhältnisse. Deswegen kannte sie auch Molly Steeden nicht und fragte sich, wie diese sie und die beiden Mädchen empfangen würde.

»Sie machen so ein ernstes Gesicht, Frau Künne«, sagte Anna, nachdem sie sich mit ihrer Schwester geeinigt hatte, wer in dem Bett an der Wand und wer auf dem Rand schlafen würde.

»Mir war bei der Fahrt von Hamburg hierher sehr übel, und ich fürchte, dass es nun wieder so sein wird«, redete Erdmuthe Künne sich heraus. Ihre wahren Ängste wollte sie vor ihren Schützlingen nicht verraten.

»Sie haben Gott Neptun wirklich sehr geopfert. Aber bei der zweiten Fahrt ist es gewiss besser«, meinte Esther mitleidig.

»Wollen wir es hoffen! Mir wird jetzt schon ganz schummrig«, bekannte die Gouvernante.

Die beiden Mädchen sahen sich kurz an, um ihre Heiterkeit verbergen, denn das Schiff lag noch fest vertäut am Anlegesteg und schwankte kaum. Jemand, der gewohnt war, auf Schiffen zu fahren, würde es nicht einmal bemerken.

»Sie sollten heute Abend nicht zu schwer und nicht zu viel essen«, riet Anna ihrer Betreuerin.

Erdmuthe Künne nickte. »Ich glaube nicht, dass ich auch nur

einen einzigen Bissen hinunterbringen werde. Am besten wird sein, mich ins Bett zu legen und es erst wieder zu verlassen, wenn es mir besser geht.«

»Aber Sie müssen uns doch zu den Mahlzeiten begleiten. Allein dürfen wir nicht daran teilnehmen.«

Da ihnen in Bartletts Kajüte aufgetischt werden sollte, war Annas Einwand berechtigt.

Erdmuthe Künne nickte bedrückt. »Ich werde sehen, ob es mir gut genug geht, so dass ich mitkommen kann.«

»Sonst müssen wir wie bei der Fahrt von Hamburg hier in der engen Kabine essen, und das ist äußerst unangenehm!« Esther erinnerte sich mit Grauen an den Geruch nach Erbrochenem, der ihrer Schwester und ihr den Appetit verdorben hatte.

»Wenn es Frau Künne auf dieser Fahrt erneut so übel wird, sind wir verhungert, bevor wir die Kanarischen Inseln erreichen«, raunte sie ihrer Schwester zu.

Ihre Gouvernante vernahm es trotzdem und beschwor Gott im Himmel, sie diesmal vor der Seekrankheit zu verschonen. Wenn die Mädchen Molly Steeden berichteten, wie sehr sie unter ihrer Übelkeit gelitten hatten, hatte diese einen Grund mehr, sie zu entlassen. In der Fremde plötzlich allein auf der Straße zu stehen, erschien Erdmuthe Künne als das Schlimmste, was ihr passieren konnte.

10.

Mithilfe einer kräftigen Prise Hirschhornsalz kam Erdmuthe Künne so weit auf die Beine, dass sie ihre Schutzbefohlenen zum Abendessen begleiten konnte. Wie erwartet waren sie mit Bartlett und Captain Toller allein. Letzterer war ein Mann mittleren Alters, der die beiden hübschen Mädchen mit einem wohlwollenden

Blick betrachtete. In fünf Jahren, dachte er, waren die beiden genau richtig, um geheiratet zu werden. Der Gouvernante hingegen widmete er weniger Aufmerksamkeit.

Fräulein Künne forderte auch keine ein, sondern saß wie ein Bild des Leidens auf ihrem Stuhl und stocherte in ihrem Essen herum. Der Gedanke daran, bereits am nächsten Morgen auf einem schaukelnden Schiff unterwegs zu sein, verleidete ihr den Appetit ebenso wie das ungewohnte englische Essen.

Die Zwillinge hingegen langten wacker zu. Sie hatten schon öfter auf Schiffen mitfahren dürfen und wussten sich gegen Seekrankheit gefeit. Auch Toller ließ es sich schmecken. Da Bartlett an der Reise teilnahm, wurde weitaus besser aufgetischt als üblich.

Es gab sogar Cognac, und da dieser so gut schmeckte, ließ Toller sich von Polliver mehrmals nachschenken. Bartletts Kammerdiener musste seinen Herrn zu seinem Leidwesen begleiten und ihn wie ein gewöhnlicher Lakai bedienen.

Schließlich schob Toller seinen Teller zurück und deutete Polliver an, dass sein Glas wieder leer sei.

Der säuft ja noch mehr als Smyth, dachte Bartlett verärgert und hatte Bedenken, ob seine Cognacvorräte für diese Reise reichen würden. Er beschloss, Polliver anzuweisen, dem Kapitän bei den weiteren Mahlzeiten nur noch billigen Rum vorzusetzen. Zwar hielt er sich nicht für geizig, sagte sich aber, dass ein Händler darauf schauen musste, was bei einem Geschäft heraussprang. Bei Simonsen hatte er bis jetzt nur kräftig zugezahlt, und diese Reise würde ihn ebenfalls einiges kosten.

Unbelastet von den trüben Gedanken seines Reeders, erzählte Toller Anekdoten aus seiner Zeit auf See und sah schließlich die beiden Mädchen listig an. »Ihr jungen Dinger habt Mut! Andere hätten für die Strecke von Hamburg nach Palermo den Landweg vorgezogen und ein Schiff nur für die Fahrt über die Straße von Messina gewählt. Auf unserer Strecke müssen wir nämlich nicht nur mit Stürmen und Seeungeheuern rechnen, sondern auch mit den Piraten der Barbareskenküste!«

»Piraten?«, rief Erdmuthe Künne erschrocken. »Aber das ist entsetzlich!«

»Lassen Sie sich von Captain Toller nicht Bange machen. An unserem Schiff weht der Union Jack, und kein Pirat wird es wagen, ein Schiff unter dieser Flagge anzugreifen«, sagte Bartlett beruhigend.

Die Zwillinge sahen einander mit einer Mischung aus Abenteuerlust und einer gewissen Angst an. »Werden wir solche Piraten sehen?«, fragte Anna.

»Ich hoffe nicht!«, rief ihre Gouvernante aus.

»Wenn wir die Straße von Gibraltar durchqueren, werden wir viele Schiffe sehen«, erklärte der Kapitän. »Ob sie harmlos sind oder Piraten, wird sich zeigen.«

»Ihr braucht keine Angst zu haben!«, erklärte Bartlett den Zwillingen. »Die *Rose of Avon* ist gut bewaffnet, und wir haben fast die doppelte Mannschaft an Bord, verglichen mit anderen Fahrten. Daher können wir diese Reise frohen Mutes antreten.«

Er hob sein Glas und trank es leer. Auf einen Wettkampf mit dem Kapitän wollte er es allerdings nicht ankommen lassen, denn Toller sah so aus, als könnte er etliches vertragen. Er hingegen musste Herr seiner Sinne bleiben, um seine wahren Absichten nicht durch eine unbedachte Äußerung zu verraten.

ZWEITER TEIL

DER TRIUMPH
DER FEINDE

1.

*J*eremias Simonsen schreckte durch einen Schrei hoch und begriff, dass er selbst geschrien hatte. Im nächsten Augenblick erhielt er einen heftigen Fußtritt.

»Mach dich nicht so breit! Und weck mich nicht, wenn ich gerade von etwas Schönem träume«, schalt jemand ihn missmutig.

Um ihn herum war alles dunkel. Wo war er hier?, fragte er sich. Es war feucht und klamm, und er fror. Nur mit Mühe erinnerte er sich daran, dass er sich auf dem englischen Gefangenenschiff *Darling* befand, das nach Australien segeln sollte.

Noch immer begriff er nicht, wie er auf dieses Schiff geraten war. Das Letzte, woran er sich erinnern konnte, war seine Reise nach London, bei der er Mathias Mensings Onkel Zechariah Bartlett aufsuchen wollte.

Das stimmt nicht, sagte etwas in ihm. Er musste sich schon etliche Wochen an Bord der *Darling* befinden, doch sein Verstand hatte ihn im Stich gelassen. Wurde er vielleicht genauso verrückt wie seine Mutter und stellte sich diese entsetzliche Situation nur vor? Er bewegte sich, hörte das Klirren der Kette, mit der sein rechter Fuß an einen Balken befestigt war, und versuchte, sich zu erinnern.

»Ich sagte, du sollst dich nicht so breitmachen!« Erneut traf ihn ein Fußtritt, wenn auch nicht mehr so fest wie noch eben.

»Verzeih, Bill, ich …« Er brach ab und fasste sich an den Kopf. Woher wusste er, dass die Person neben ihm Bill hieß?

»Schon gut!«, hörte er Bill sagen. »Es sieht aus, als wärst du endlich wieder bei Verstand. Die müssen dir ja ein Teufelszeug eingegeben haben, weil du so lange dazu gebraucht hast.«

»War es schlimm?«, fragte Jeremias, der sich an das, was bisher auf der *Darling* geschehen war, nur bruchstückhaft erinnern konnte.

»Es geht! Am Tag warst du meist still und hast stumpf vor dich hingestarrt. In den Nächten hast du immer wieder geschrien und etliche Male im Schlaf gesprochen.«

»Was habe ich erzählt?«, fragte Jeremias.

»Woher soll ich das wissen? Du hast deine Muttersprache verwendet. Auch wenn das eine oder andere Wort ähnlich klingt, habe ich nicht das Geringste davon verstanden«, erklärte Bill.

»Es tut mir leid! Ich ...« Jeremias brach ab und fragte sich, warum er nun annahm, wieder bei Sinnen zu sein. Er konnte nicht ahnen, dass Zechariah Bartlett, um ihn zu betäuben, ein exotisches Mittel benutzt hatte, das beinahe ausgereicht hätte, um ihn in den Wahnsinn zu treiben. Erst nach langen Wochen hatte sein Körper sich von dieser Vergiftung befreien können.

Jeremias fühlte sich fürchterlich. Sein Kopf schmerzte ebenso wie seine Arme und Beine, und er litt an grauenhaftem Durst.

»Gibt es hier etwas zu trinken?«, fragte er mit schwacher Stimme.

»Ich habe hier noch einen Rest Wasser im Krug. Seit wir unterwegs sind, habe ich dir das meiste unserer gemeinsamen Ration zukommen lassen.«

»Wo ist der Krug?«, wollte Jeremias wissen.

»Ich reiche ihn dir! Gib aber acht, dass du nichts verschüttest. Wir bekommen erst am Morgen wieder unsere Wasserration.«

Jeremias spürte, wie Bill nach seinen Händen tastete. Augenblicke später wurde ihm ein klobiges Gefäß in die Hand gedrückt. Während er durstig trank, hörte er Bill leise lachen.

»Das Ding wäre schwer und stabil genug, um dem Storch, der uns das Essen bringt, den Schädel einzuschlagen. Aber inmitten der See und mit diesen Ketten am Bein würde uns eine solche Tat nur schlimme Strafen einbringen.«

»Wer ist der Storch?«, fragte Jeremias verwundert.

»Der Matrose, der uns das Essen bringt und den Eimer ausleert.«

»Den willst du erschlagen? Nun, welche Strafe kann schlimmer sein als das, was wir erleiden müssen?«, fragte Jeremias weiter.

»Du würdest anders reden, wenn man dich an Deck schleift, dir dein Hemd vom Oberkörper reißt und dich an den Mast bindet, während der Bootsmann mit der neunschwänzigen Katze in der Hand bereits darauf wartet, dir damit den Rücken zerfetzen zu können!« Bills Stimme schwankte dabei so, dass Jeremias erschrocken fragte, ob ihm das schon passiert sei.

»Nein, glücklicherweise nicht! Ich würde es auch nicht wagen, mein Schicksal so herauszufordern.«

Es klang so dünn und ängstlich, dass es Jeremias erschütterte. Nun bedauerte er die Dunkelheit, die hier herrschte, denn er hätte Bill gerne gesehen. Jedenfalls musste dieser noch sehr jung sein, und so fragte er sich, welches Verbrechen dieses halbe Kind begangen haben mochte, um zu lebenslanger Zwangsarbeit am anderen Ende der Welt verurteilt zu sein.

»Das, was uns bevorsteht, weiß ich, aber nicht, wie es dazu gekommen ist«, murmelte er auf Deutsch.

»Was sagst du?«, wollte Bill wissen.

»Ich beklage mein schlechtes Gedächtnis! Ich kann mich nicht erinnern, was in der letzten Zeit geschehen ist. Ich weiß nicht einmal, wie du aussiehst.«

»Das ist nicht von Belang«, antwortete Bill. »Könntest du mir den Krug zurückreichen. Ich habe nämlich auch Durst!«

Jeremias schüttelte kurz den Krug und merkte entsetzt, dass dieser fast leer war. »Es tut mir leid, es ist nicht mehr viel darin«, sagte er bedauernd.

»Ein Schluck tut's auch!«, fauchte Bill und nahm Jeremias den Krug aus den Händen, nachdem er ihn ertastet hatte. Er trank und setzte das Gefäß dann stöhnend ab.

»Es war wirklich nur noch ein Schluck – und ein recht kleiner dazu!«

»Ich sagte doch, es tut mir leid. Du kannst morgen dafür einen Teil meiner Ration haben«, bot Jeremias an.

»Ich werde dich daran erinnern!«, sagte Bill burschikos. »Wenn du vielleicht noch ein bisschen zur Wand rücken könntest. Ich habe hier sehr wenig Platz, und es ist zudem nass.«

»Können wir die Plätze nicht tauschen?«, fragte Jeremias.

»Und würden uns dabei mit den Ketten verheddern. Übrigens, wenn du den Eimer suchst. Der ist auf meiner Seite neben der Tür!«

»Welchen Eimer?«

»Der, in den wir hineinmachen müssen. Ich hoffe, du achtest jetzt darauf, dass du es auch tust. Es war manchmal schwer, dich dazu zu bringen, ihn zu benützen.«

»Das tut mir leid! Ich war wohl eine arge Plage für dich.« Jeremias schämte sich, auch wenn er sich sagte, dass es wegen seines zerrütteten Verstands nicht seine Schuld gewesen war. Für Bill musste es trotzdem unangenehm gewesen sein.

»Wir sollten wieder schlafen«, schlug Bill vor.

Jeremias stöhnte. »Ich glaube nicht, dass ich es jetzt kann. Es ist zu viel auf mich eingeströmt.«

»Na gut, dann bleiben wir eben wach. Wir haben untertags nichts so Eiliges zu tun, als dass wir nicht jederzeit ein Stündchen schlafen könnten.«

Jeremias hörte, wie Bill sich bewegte, und nahm ihn trotz der Dunkelheit als leichten Schatten wahr, der gegen die Seitenwand gelehnt neben ihm saß.

»Ich finde, wir sollten uns einander vorstellen. Mein Name ist Jeremias Simonsen, und ich stamme aus Hamburg.«

»Das warst du vielleicht einmal, sofern es stimmt. Hier bist du John Jones aus Ballyjamesduff in Irland. Das solltest du dir merken. Leutnant Torbyn, der bei uns die Runde macht, schlägt jedes Mal mit dem Stock zu, wenn du ihm einen anderen Namen nennst.«

»Torbyn? Ist das der große, blonde Kerl mit dem rundlichen Gesicht?«, fragte Jeremias.

»Torbyn ist mittelgroß, untersetzt und dunkelhaarig«, antwortete Bill. »Der, den du meinst, könnte Leutnant Simmons sein, der erste Offizier. Seltsam, dass du dich an den erinnern kannst, aber nicht an Torbyn und an mich!«

»Das ist wirklich seltsam«, antwortete Jeremias und durchforstete sein Gedächtnis. »Irgendwie sind bei mir die Erinnerungen durcheinandergeraten. Ich kann mich noch sehr gut daran erinnern, wie ich in Hamburg an Bord unserer *Mellum* gegangen bin, um nach London zu segeln. Aber was danach kommt, ist alles verschwommen und unwirklich.«

»Wenn du wirklich ein German bist, muss es einen Grund geben, weshalb man dich unter einem falschen Namen auf dieses Schiff gebracht hat. Ich schätze, dass irgendjemand Captain Smyth sehr viel Geld dafür gegeben hat.«

»Smyth, sagst du?«, unterbrach Jeremias den Jungen. »Aber der wollte doch in die Karibik segeln!«

»Den kennst du also auch.«

»Ja! Ich habe ihn bei Bartlett getroffen, und er bot mir eine Passage auf seinem Schiff zu den Antillen an.« Mit einem Mal wusste Jeremias auch das und schüttelte verwundert den Kopf.

Neben ihm begann Bill zu lachen. »Wie es aussieht, bist du Smyth wie ein Gimpel auf den Leim gegangen. Ich glaube aber nicht, dass er dich aus eigenem Antrieb auf dieses Schiff gebracht hat. Jedenfalls tat er es heimlich, denn er hatte nur Leutnant Simmons und einen anderen Mann bei sich, und der sah nicht wie ein Matrose, sondern eher wie ein Diener aus.«

Jeremias konnte sich keinen Reim darauf machen und schlug daher noch einmal vor, dass sie sich gegenseitig von sich erzählen sollten.

»Du kannst anfangen!«, schlug Bill vor und lauschte aufmerksam, als Jeremias von seiner Heimatstadt Hamburg und von seiner Familie erzählte.

Durch die Ritzen in der Stückpforte fiel bereits ein dünner Lichtschein, als Jeremias mit seinem Bericht am Ende war. Sein Gedächtnis war so weit zurückgekehrt, dass er sich erinnern konnte, als Gast bei Zechariah Bartlett, dem Onkel seines Schwagers Hinrich, gewesen zu sein.

»Was danach kommt, sind nur noch Fetzen wie aus einem Fiebertraum«, endete er mit einem bedauernden Seufzen.

»Wir sollten auf jeden Fall immer wieder über das Ganze reden. Vielleicht finden wir heraus, wie du in diese Situation geraten bist, und vor allem, wem du sie zu verdanken hast.«

Bills Rat erschien Jeremias gut, und er nickte. »Machen wir das! Aber jetzt solltest du von dir erzählen.«

»Ich bin zu müde!«, wehrte Bill ab.

»Dann sollten wir zusehen, ob wir noch ein wenig schlafen können, und du erzählst es später«, bot Jeremias an.

Bill wollte sich bereits hinlegen, hielt aber dann inne und zuckte mit den Schultern. »Da es nicht mehr lange dauern wird, bis wir unser fabulöses Frühstück bekommen, können wir auch wach bleiben. Also, ich bin das, was man im freundlichsten Fall ein Kind der Liebe nennt. Üblicher sind Bezeichnungen wie Bastard, Bankert oder Hurenkind. Meine Mutter war aber keine Hure!«

Mittlerweile war es in der kleinen Kammer so hell geworden, dass Jeremias die Tränen wahrnehmen konnte, die Bill über die Wangen liefen.

»Es tut mir leid! Ich hätte vielleicht nicht fragen sollen«, sagte er unglücklich.

Bill sah ihn kopfschüttelnd an. »Seit du wieder bei Verstand bist, entschuldigst du dich andauernd. Ich habe gehört, Männer sollen das nicht tun, weil es sie schwach erscheinen lässt.«

»Ich finde, dass man zu dem stehen soll, was man sagt und tut. Wenn ich jemandem Schmerzen bereite, so wie dir eben, ist es meine Pflicht, mich dafür zu entschuldigen.«

Bill hob die Hände. »Ist ja schon gut! Du hast mir auch nicht wehgetan. Es ist nun einmal die Wahrheit, dass meine Mutter nicht mit meinem Vater vor den Traualtar getreten ist. Sie hätten es auch nicht tun können, denn Vater war bereits verheiratet. Nun sagst du nichts mehr?« Bill lachte kurz und bitter auf, während Jeremias nach seinen Händen fasste.

»Solche Dinge geschehen oft. Weshalb sollte ich mich daran stören?«

»Andere tun es!«, sagte Bill und wischte sich die Tränen aus dem Gesicht. Es war ein hübsches Gesicht, fand Jeremias, mit sanft geschwungenen Wangen und einem zierlichen Mund mit vollen Lippen, die sich, wenn der Junge älter würde, wohl bald verlieren würden. Jedenfalls schien Bill jünger zu sein, als er zu Beginn gedacht hatte.

Der Junge sah ihn nun wieder an. »Aber jetzt wirst du lachen und mich eine…n Aufschneider nennen. Mein Vater war nämlich ein Lord!«

Der Junge wartete auf eine Reaktion von Jeremias, der aber nickte lächelnd und forderte ihn auf, weiterzusprechen.

»Mein Vater war Lord und meine Mutter die Tochter eines seiner Pächter. Er war zu dem Zeitpunkt, als er sie kennenlernte, bereits zwanzig Jahre verheiratet und kinderlos. Zudem hasste er mittlerweile die Frau, die sein Vater ihm aufgezwungen hatte. Ihm gefiel meine Mutter, und er brachte sie dazu, mit ihm auf eine seiner kleineren Besitzungen zu gehen. Bis auf die Zeit, die er in London verbringen musste, lebten sie dort so zusammen, als wenn sie verheiratet wären. Nach einem Jahr kam ich zur Welt, und mein Vater war glücklich. Sein Erbe als Lord war nämlich ein Vetter, den er nicht mochte. Den Titel und die Besitzungen musste er diesem überlassen, wollte mich aber gut versorgt sehen. Daher legte er Geld für mich an, von dem Mutter und ich nach seinem Tod leben sollten.« Erneut rannen Tränen über Bills Gesicht. »Mama ist aber gestorben und zwei Monate später völlig unerwartet auch mein Vater. Er hinterließ mir ein Schreiben, in dem stand, dass ich mich an James Halverstock, einen Anwalt in London, wenden sollte. Ich sandte diesem zwar noch einen Brief, doch bevor ich Antwort erhielt, erschien der Erbe meines Vaters mit mehreren Knechten und bemächtigte sich meiner. Zuerst wurde ich in einem abgelegenen Haus eingesperrt und ein paar Wochen später auf die *Darling* gebracht. Und jetzt bin ich hier.«

»Jetzt sind wir beide hier!«, antwortete Jeremias.

Bill hatte so aufrichtig geklungen, dass ihm kein Zweifel an seinem Bericht kam. Es passte alles zusammen. Bei einem einfachen Landlümmel hätte man sich nicht die Mühe gemacht, ihn heimlich auf ein Gefangenenschiff zu bringen. Da hätte das Wort eines höheren Herrn ausgereicht, um ihn ins Gefängnis zu bringen. Bei Bill aber ging es darum, etwas zu verbergen. Gerade als Jeremias danach fragen wollte, vernahmen sie draußen Schritte, und die Tür wurde aufgerissen.

2.

Es kam jedoch nicht Leutnant Torbyn herein, wie Bill es erwartet hatte, sondern Trevor Simmons, der von seinem Onkel Smyth beauftragt worden war, einmal in der Woche die Gefangenen zu inspizieren. Seine speziellen Gefangenen hatte Smyth von den anderen isolieren lassen.

Simmons wusste, dass die beiden von keinem Gericht zu der Strafe verurteilt worden waren, der sie zugeführt wurden, empfand aber kein Mitleid mit ihnen. Er versetzte Jeremias und dann auch Bill einen Fußtritt, bevor er zu sprechen begann. »Hier stinkt es! Cushing, hole zwei Eimer Seewasser und sorge dafür, dass hier sauber gemacht wird«, befahl er dem ihm folgenden Matrosen. »Zur Strafe, dass die beiden so dreckig waren, kriegen sie heute Morgen weder Essen noch Wasser.«

Jeremias wollte aufbegehren, doch da krallten sich Bills Fingernägel schmerzhaft in seinen Arm. Er begriff die Warnung und hielt den Mund. Jeder von ihnen erhielt noch einen Fußtritt, dann verließ Simmons den Verschlag, um seine Runde fortzusetzen. Auch der Matrose ging, um das Seewasser zu holen.

»Was für Abschaum!«, stieß Jeremias hervor.

»Leutnant Simmons ist der Abschaum! Der Storch Cushing macht nur seine Arbeit und versorgt uns, wie ein Farmknecht die Schweine in seinem Stall versorgt«, antwortete Bill. »Wir sollten aufstehen. Cushing wird gleich mit dem Wasser kommen und es ausschütten. Im Stehen werden nur unsere Füße nass, sonst auch unsere Kleidung, und es dauert hier fürchterlich lange, bis sie wieder trocknet.«

Widerwillig kämpfte Jeremias sich auf die Beine und spürte, wie schwer es ihm fiel. Bill hielt ihn fest, als er schwankte.

»Während du krank warst, hast du nicht viel gegessen. Ich musste dich teilweise sogar füttern. Ab jetzt werde ich dir einen Teil meiner Ration abgeben, damit du wieder zu Kräften kommst!«

»Das wäre ja noch schöner, Junge! Immerhin musst du wachsen, und ich weiß, was ich in deinem Alter alles in mich hineingeschlungen habe.«

Noch im Sprechen fiel Jeremias auf, wie schmal Bills Handgelenke waren und wie zierlich dessen Hände. Das sprach dafür, dass er tatsächlich als Adelskind aufgewachsen war. Doch dann kam ihm ein anderer Verdacht, der durch das hübsche, wenn derzeit auch arg schmutzige Gesicht erhärtet wurde. Ein Blick auf Bills bloße Füße verstärkte den Eindruck, dass es sich entweder um einen sehr zart gebauten Jungen handelte oder um jemanden, der kein Junge war.

Plötzlich schämte Jeremias sich. Welches Bild mochte Bill sich während der Phase seines Wahnsinns von ihm gemacht haben. So wie dieser – oder dieses Mädchen? – sich anhörte, musste er oder sie ihn nicht nur gefüttert, sondern ihm auch geholfen haben, seine Notdurft in jenes Gefäß an der Tür zu verrichten.

Der Matrose kehrte zurück, in jeder Hand einen Eimer. »Ihr seid aufgestanden. Das ist gescheit von euch!«, sagte er, stellte einen Eimer ab und schüttete aus dem anderen Wasser in den Raum.

Jeremias hatte diesen nicht als schmutzig empfunden, sah nun aber doch, dass eine dreckige Brühe durch eine Öffnung bei der Bordwand ein Deck tiefer floss.

Nun zog der Matrose eine Luntenbüchse aus dem zweiten Eimer. »Ich werde euch jetzt Licht machen, damit ihr sehen könnt, wo ich diesen Eimer mit einem Krug Wasser, etwas Salzfleisch und ein paar Zwieback vergesse«, sagte er. Nachdem die Lampe brannte, stellte er den Eimer neben die Tür, schloss diese und verriegelte sie wieder.

Bill wartete einen Augenblick und sah dann Jeremias an. »Verstehst du nun, was ich meine? Cushing riskiert die Peitsche, denn wenn Simmons sehen würde, dass er uns Wasser und Essen gibt, würde er bestraft.«

»Warum tut er das? Aus Barmherzigkeit?«, fragte Jeremias.

»Das kann möglich sein. Ich glaube aber eher, er will nicht, dass wir zu schwach werden, um den Eimer benützen zu können. Dann müsste er hier richtig sauber machen und nicht nur alle paar Tage einen halben Eimer ausschütten. Außerdem würde es hier bald so stinken, dass einem übel würde.« Bill schnupperte und wies auf das Loch, durch das das schmutzige Wasser nach unten gelaufen war. »Wenn du hier mal dran riechst, dann weißt du, was ich meine!«

Unwillkürlich tat Jeremias es und prallte entsetzt zurück. »Das stinkt ja wie die Pestilenz!«

»Dort unten sind die übelsten Schurken aus den Gossen von London eingepfercht«, berichtete Bill. »Die Matrosen müssen dort häufig den Boden mit den Pumpen abspritzen, um die Exkremente wegzuspülen. Uns würde das auch blühen, hielten wir uns nicht sauberer als die da unten. Deshalb kam es zu diesem stillschweigenden Einverständnis mit Cushing. Er tut so, als befolge er Leutnant Simmons' Befehle, und versorgt uns heimlich. Da Simmons nur einmal in der Woche kommt, haben wir die meiste Zeit Ruhe vor ihm.«

»Und wie ist dieser Torbyn?«, fragte Jeremias.

»Für den sind wir nur Namen auf einer Liste. Er kommt jeden Morgen, sieht nach, ob einer über Nacht gestorben ist, und gibt den Befehl, die Toten in ein Stück Leinwand zu nähen und mit einer Kanonenkugel versehen über Bord zu werfen. Das war es wohl auch, was sich Sir Edward von mir erhofft hat. Bei Gott, ich weiß nicht, ob es nicht besser wäre, ein nasses Grab zu finden, denn als Sträfling nach Australien zu kommen und zu wissen, dass man nie mehr frei sein wird.«

Bill klang mutlos, und Jeremias bemerkte erneut die Tränen, die ihm über die Wangen rannen. Bills Augen waren zwar feucht, aber es waren schöne, große Augen mit einem betörenden Glanz. Augenblicke später raffte Bill sich auf und zog den von Cushing zurückgelassenen Eimer zu sich her.

»Wir sollten schauen, was er uns hiergelassen hat«, sagte er und zog einen irdenen Krug aus dem Eimer. »Hast du etwas dagegen, wenn ich als Erster trinke?«

Jeremias schüttelte den Kopf. »Bei Gott, nein! Immerhin habe ich dir in der Nacht fast alles weggetrunken.«

Er sah, wie der Junge, der seiner Ansicht nach ein Mädchen war, durstig trank, sich dann aber doch beherrschte und den Krug mit einem Seufzer wieder absetzte.

»Es ist eine Schande, dass wir ranziges Salzfleisch zum Essen bekommen und nur so wenig Wasser. Dabei macht das Salz noch mehr Durst.«

»Das tut es fürwahr!«, sagte Jeremias. Er überlegte, wie er sich verhalten sollte. Bill auf den Kopf zusagen, dass er ihn für ein Mädchen hielt, erschien ihm zu plump und würde Peinlichkeiten nach sich ziehen. Daher beschloss er, weiterhin so zu tun, als wäre Bill ein Junge. Dies hieß auch, den bewussten Eimer so zu benützen, dass er sich nicht vor ihr schämen musste.

Er hatte es kaum gedacht, als Bill mit einem Seufzer aufstand und an der Schnur nestelte, die ihre Hose hielt. Sie sah ihn dabei so ängstlich an, dass er sich einen Narren schalt, weil er sie noch immer anstarrte. Mit einem leisen Brummen drehte er ihr den Rücken zu und erklärte, er wäre von der Nacht noch müde und wolle schlafen. Er hörte ihr erleichtertes Aufseufzen und fragte sich, was für ein Schuft der Erbe ihres Vaters sein musste, ein unschuldiges Mädchen einem so schrecklichen Schicksal auszuliefern.

3.

Während Jeremias überlegte, wie Bill und er die lange Seefahrt in der engen Kammer überstehen konnten, ließen Captain Smyth und sein Neffe sich in der Kapitänskajüte den Rum schmecken. Smyth war ein hagerer, von Wind und Wetter gezeichneter Seemann, der nach seiner Rückkehr von dieser Fahrt in den Ruhestand treten würde.

»Es hat sich gelohnt, noch einmal an Bord eines Schiffes zu steigen, nachdem ich unsere *Hesione* meinem Nachfolger übergeben habe«, sagte er zu seinem Neffen.

Simmons hingegen haderte mit seiner Situation, denn er hatte gehofft, Kapitän auf einem von Zechariah Bartletts Handelsschiffen zu werden. Aber sein Onkel hatte ihn wieder zu des Königs Marine geholt, und er würde sich am Ende dieser Fahrt mit dem Rang eines Commanders zufriedengeben müssen. Er trank missmutig, winkte dann aber ab. »Wenigstens führe ich dann ein eigenes Schiff!«

»Was sagst du?«, fragte Smyth nach.

»Ich sagte, dass ich, wenn wir wieder zu Hause sind, mein eigenes Schiff kommandieren werde.«

»In ein paar Jahren bist du Captain, und wenn der Himmel dir gewogen ist, wirst du auch einmal als Admiral in den Ruhestand treten können, so wie ich.«

Viele Jahre lang hatte es nicht so ausgesehen, als könne es noch dazu kommen. Nun aber war Smyth froh, zur richtigen Stunde am rechten Ort gewesen zu sein. Die Herren der Admiralität hatten einen Nachfolger für den im Suff ertrunkenen Kapitän der *Darling* gebraucht, und just in dem Moment war er bei ihnen erschienen.

»Nach all den Jahren, die ich Seiner Majestät, dem König, treu gedient habe, habe ich mir das verdient«, setzte er zufrieden hinzu und zwinkerte Simmons zu. »Und weißt du, was das Beste ist?«

»Nein, Sir!«, antwortete sein Neffe.

»Ich werde nicht auf die Pension angewiesen sein, die mir die Admiralität auszahlen lassen wird, sondern habe ein hübsches Sümmchen gespart. Mister Bartlett war sehr großzügig und wird es auch weiterhin sein.«

Simmons wiegte zweifelnd den Kopf. »Ich würde ihn an Ihrer Stelle nicht durch Geldforderungen erzürnen, Sir! Bartlett ist nicht der Mann, der sich erpressen lassen wird.«

Smyth lachte. »Wer redet hier von Erpressung? Das eine oder andere Geldgeschenk wird er mir wohl als Dank für das, was ich für ihn getan habe, zukommen lassen können. Immerhin habe ich einige Leute für ihn aus dem Weg geräumt. Auch hier an Bord ist jemand, von dem er in diesem Leben nichts mehr hören und sehen will.«

»Er hat Sie sehr gut dafür bezahlt!« Simmons ärgerte sich, weil er für seine Mithilfe von seinem Onkel mit einem besseren Taschengeld abgespeist worden war, während dieser die Sovereigns haufenweise hatte einstecken können.

»Es war eine angenehme Summe«, gab Smyth zu.

»Ebenso wurden Sie für diesen Jungen bezahlt, Sir, diesen Bill Butcher!« Auch wegen der Angelegenheit ärgerte Simmons sich, denn sein Onkel hatte den Löwenanteil für sich behalten.

Smyth kicherte. »Ja, das hat sich wahrlich gelohnt, und es wird sich wahrscheinlich noch mehr lohnen!«

»Wie das?«, fragte sein Neffe erstaunt.

Sein Onkel zog ein Zeitungsblatt aus einer Schublade und reichte es ihm. »Lies!«

»Sir Melville Morley, Squire of Jadenhurst, meldet die Geburt seines Sohnes Torquil!«

»Nicht das, sondern das, was ich angestrichen habe«, unterbrach Smyth seinen Neffen spöttisch.

Dieser suchte die entsprechende Stelle. »Sir Edward Tremond tritt das Erbe seines verstorbenen Vetters Sir Rowland Tremond als Baron Tremond of Longley an.«

»Lies weiter!«, wies Smyth Simmons an.

»Sir Rowland Tremond verstarb ohne legitime Nachkommen. Doch wird kolportiert, er habe eine Tochter zur linken Hand, die er in seinem Testament großzügig bedacht hat.« Simmons sah fragend auf. »Und was soll das?«

»Ich dachte, Gott hätte dir wie den meisten anderen Menschen auch in seiner großen Güte ein Gehirn geschenkt, mit dem du nachdenken kannst. Ein Edelmann stirbt und hinterlässt nur einen Bastard, dem er sehr viel Geld zukommen lassen will. Seinem Erben, einem Vetter, passt das nicht, und was macht er? Er bietet eine gewisse Summe, damit dieser Bastard für immer verschwindet.«

»Sind Sie sich sicher, dass Bill Butcher dieser Bastard ist?«, fragte Simmons und sah seinen Onkel nicken.

»Das würde bedeuten, dass er ein Mädchen ist!«, rief Simmons verdutzt.

Sein Onkel nickte erneut. »Natürlich ist er das! Anders als der Deutsche wurde die Kleine bereits mit diesen stinkenden Fetzen bekleidet an Bord gebracht. Aber ihr Haar war gestutzt, und zwar so schlecht, dass jeder Bader dafür Prügel bezogen hätte. Außerdem habe ich mich von ihrem Geschlecht überzeugt!«

»Sie haben sie nackt gesehen?«

Diesmal schüttelte Smyth den Kopf. »So weit bin ich nicht gegangen. Ich habe ihr, als sie noch betäubt war, die Hand unters Hemd gesteckt, und ich will verdammt sein, wenn ich da nicht eine weibliche Brust zwischen den Fingern hatte.«

»Vielleicht können wir sie hierher in Ihre Kajüte holen und uns mit ihr vergnügen«, schlug Simmons vor, dem bereits bei dem Gedanken daran ein gewisser Körperteil steif wurde.

Smyth winkte ab. »Das wäre zu auffällig! Dann würden auch andere merken, dass es sich bei Bill Butcher um ein Mädchen handelt, und sich fragen, wie diese unter einem falschen und noch dazu männlichen Namen an Bord gekommen ist. Das könnte eine Untersuchung nach sich ziehen, die ergibt, dass zwei Gefangene mehr an Bord sind, als von den Gerichten in London zur Deportation verurteilt worden sind. Damit könnte ich meinen Admiral und du deinen Commander in den Wind schreiben.«

»Das darf nicht aufkommen, da haben Sie recht«, erwiderte Simmons. »Aber wie ist es in Australien? Wenn die merken, dass es ein Weibsstück ist?«

»Da können wir nichts dafür! Die werden gewiss nicht nach England schreiben und nachfragen, was es damit auf sich hat, sondern sie zu den Huren stecken, die sie brauchen, um, wie du sagst, sich mit ihr zu vergnügen.« Smyth kicherte erneut, schlug dann aber auf den Tisch. »Und jetzt kein Wort mehr davon! Du bist der Einzige, der weiß, wer und was Bill Butcher in Wirklichkeit ist. Selbst mein Diener Benson darf es nicht erfahren.«

»Jawohl, Sir!«, antwortete Simmons.

In seinem Kopf spukte jedoch längst der Gedanke herum, dass sich in jener abgesonderten Kammer im unteren Kanonendeck ein junges Mädchen befand. Zwar gab es unter den Deportierten auch Frauen. Das aber waren Schlampen aus der Drury Lane, die bereits jeden männlichen Bewohner und Besucher der Stadt zwischen den Schenkeln empfangen hatten. Eine Jungfrau, so wie er es sich bei Bill Butcher erhoffte, war gewiss nicht darunter.

4.

Zechariah Bartlett saß in seiner Kajüte und grübelte über seinen Plänen. Die *Rose of Avon* hatte Gran Canaria erreicht und lag im Hafen von Las Palmas vor Anker. Obwohl die Insel auch von Schiffen aus Marokko und den angrenzenden Ländern des Maghreb angelaufen wurde, konnte er nicht einfach nach einem Sklavenhändler fragen, dem er die Zwillinge und ihre Gouvernante verkaufen konnte. Er musste sein Gehirn anstrengen und sah die Sache mittlerweile wie einen jener sportlichen Wettkämpfe an, die sein Sohn Anthony so sehr liebte. Dieser lenkte ein leichtes Sportkabriolett, weil es in seinen Kreisen so Mode war, boxte mit Freunden in den entsprechenden Etablissements und ritt bei jeder Fuchsjagd mit, zu der er eingeladen wurde.

In Bartletts Augen war dies ein Leben voller Müßiggang und sinnloser Beschäftigung, die eines Mannes, der vorwärtskommen und viel Geld verdienen wollte, unwürdig war. Längst ärgerte er sich, weil er seiner Frau freie Hand bei der Erziehung des Sohnes gelassen hatte. Auf diese Weise würde Anthony niemals ein gleichwertiger Gegner für Mathias Mensing werden, sondern seinem Vetter die Führung des Handelshauses und der Reederei leichthin überlassen.

»Ich brauche einen Enkel, der fähig ist, Mathias die Zähne zu zeigen«, murmelte Bartlett. Anthony war nun bereits ein paar Wochen verheiratet, und das sollte wohl ausgereicht haben, um seine Frau zu schwängern.

Er brach diesen Gedankengang wieder ab, da er ihm in seiner jetzigen Situation nicht weiterhalf. Jetzt galt es, die beiden Simonsen-Töchter so loszuwerden, dass nicht der geringste Schatten auf ihn fiel.

Im Augenblick kam ihm zugute, dass Erdmuthe Künne sich nach der teilweise stürmischen Seefahrt unwohl fühlte und in ihrer Kabine lag. Ohne ihre Gouvernante durften die Zwillinge das Schiff nicht verlassen, und so wussten außer ihm und seiner Besatzung niemand, dass sie sich an Bord befanden.

Bartlett hatte nach dem Handelsagenten geschickt, der auf den Kanarischen Inseln seine Interessen vertrat, und wartete nun auf dessen Ankunft. Allerdings ließ der Mann sich Zeit, und das war Bartletts Laune wenig förderlich.

Als der Agent endlich erschien, konnte der Reeder seinen Ärger nicht verbergen. »Wieso hat das so lange gedauert?«, fragte er ungehalten.

»Einen schönen guten Tag wünsche ich, Sir«, antwortete der Handelsagent freundlich.

»Er wäre besser gewesen, wenn Sie schneller gekommen wären«, schalt Bartlett ihn und wies Polliver an, zwei Gläser Cognac zu bringen.

»Ich danke Ihnen, Sir! Was meine Verspätung betrifft, so bin ich, nachdem ich Ihre Nachricht in Händen gehalten habe, so rasch gekommen, wie es nur ging. Allerdings bin ich erst vor weniger als zwei Stunden von Teneriffa zurückgekehrt, da ich dort ebenfalls Geschäfte zu tätigen hatte.«

»Aber keine Geschäfte für mich!« Bartlett ärgerte es, dass dieser Agent nicht ausschließlich für ihn arbeitete. Doch die Geschäfte, die er über die Kanarischen Inseln abwickelte, waren nicht so bedeutend, dass es sinnvoll war, einen eigenen Mann hierherzuschicken.

»Bedauerlicherweise nicht.« Der Handelsagent lächelte, doch war ihm eine gewisse Anspannung anzumerken. Obwohl er bereits seit vielen Jahren für Bartlett arbeitete, war dieser noch nie nach Gran Canaria gekommen, sondern hatte es stets bei schriftlichen Anweisungen belassen.

Bartlett atmete mehrmals tief durch und sah den Mann anschließend durchdringend an. »Ich brauche so schnell wie möglich eine Auflistung der nordafrikanischen Schiffe, die hier in Las Palmas vor Anker liegen.«

»Aber da hätten Sie sich doch nur an die Hafenverwaltung wenden müssen?«

»Damit jeder weiß, dass ich danach gefragt habe?«, antwortete Bartlett schnaubend. »Diese Angelegenheit muss diskret behandelt werden.«

»Das verstehe ich.« Der Handelsagent wusste, dass gewisse Geschäfte besser geheim blieben. Er trank seinen Cognac und versprach, sich umzusehen. »Es kann aber einen oder zwei Tage dauern, da ich nicht offen vorgehen kann«, setzte er hinzu.

»Ein Tag wäre mir lieber, aber ein vollständiger Überblick ist besser als einer, bei dem vielleicht das Schiff fehlt, das für mich von Wichtigkeit ist.« Bartlett lächelte kalt, denn er konnte nur hoffen, dass ein Kapitän oder Händler vor Ort war, der ihm weiterhelfen konnte. Wenn nicht, würde er warten müssen, bis einer von diesen Gran Canaria anlief.

Da er seine übrigen Geschäfte nicht vernachlässigen wollte, fragte er den Handelsagenten, wie sich diese hier entwickelt hatten, und ließ durchblicken, dass er für Informationen über Konkurrenten durchaus empfänglich sei. Es gelang ihm damit, den eigentlichen Zweck seines Hierseins ein wenig zu verschleiern. Ein paar Goldstücke, die er über den Tisch zu seinem Gast hinschob, lösten dessen Zunge, und so erfuhr er einiges, was er zu seinen Gunsten verwerten konnte.

5.

Zechariah Bartlett erhielt die gewünschte Liste am Abend des folgenden Tages. Da der Handelsagent gehofft hatte, in dieser Angelegenheit weiter tätig sein zu können, wurde er enttäuscht. Bartlett überreichte ihm mehrere Sovereigns als Belohnung und verabschiedete ihn dann.

Als Polliver wenig später erklärte, das Diner stehe bereit, betraten auch Erdmuthe Künne und die Zwillinge die Kapitänskajüte. Die Gouvernante sah erholt aus und ließ erkennen, dass sie mit ihren Schutzbefohlenen am nächsten Tag gerne das Schiff verlassen würde.

»Wir wollen doch ein wenig in der Stadt flanieren. Wer weiß, ob wir wieder einmal hierherkommen werden«, sagte sie und fragte Bartlett, was er ihnen als Sehenswürdigkeiten empfehlen könne.

Bartlett lachte. »Ich bin hier, um Geschäfte zu tätigen, und nicht, um mir Dinge anzusehen, die es in England weit besser gibt. An Ihrer Stelle würde ich zudem noch warten, bis Sie Ihre Schwäche ganz überwunden haben. Wir sind hier bei den Spaniern, und Sie werden, wenn Sie erschöpft sind, keine Hilfe von diesen Leuten erhalten.«

»Aber wir wollen uns doch nur ein wenig in der Stadt umschauen?«, wandte Anna ein.

»Ohne männliche Begleitung kann ich das nicht empfehlen. Wie erwähnt, leben auf dieser Insel Spanier, und das ist ein ganz eigenes Volk. Uns Engländer mögen sie gleich gar nicht, seit Francis Drake ihre Schiffe im Hafen von Cadiz zusammengeschossen hat.«

»Ist dieser Drake nicht der Pirat der Königin Elisabeth gewesen?«, fragte Esther. »Das ist schon lange her! Wie können die Spanier deswegen noch zornig sein?«

»Da sieht man, was für ein Volk es ist«, erklärte Bartlett. Er war bereit, die Zwillinge und ihre Gouvernante in ihrer Kabine einzuschließen, wenn er sie anders nicht daran hindern konnte, das Schiff zu verlassen. Da dies aber der Besatzung auffiele, tat er alles, um Erdmuthe Künne eine starke Abneigung gegen die Insel und ihre Einwohner einzuflößen, so dass diese freiwillig an Bord blieb. Ohne ihre Gouvernante durften die Mädchen das Schiff nicht verlassen.

»Wie lange werden Ihre Geschäfte auf dieser Insel noch andauern?«, fragte Anna.

»Das ist unbestimmt«, antwortete Bartlett. »Es mag sein, dass wir schon morgen den Anker lichten, oder aber erst in zwei Wochen.«

»Wenn wir länger vor Anker liegen, könnten Sie uns vielleicht einen zuverlässigen Führer besorgen, der uns sicher durch die Stadt führen wird«, sagte Anna. Ebenso wie ihre Schwester hatte auch sie die Absicht nicht aufgegeben, sich in Las Palmas umzusehen. Vom Schiff aus hatten sie eindrucksvolle Bauten entdeckt, die sie unbedingt erkunden wollten. Bartlett blockte jedoch ab, und Erdmuthe Künne stimmte dessen Einwänden auch noch zu, anstatt sich auf die Seite der Zwillinge zu stellen.

Als sie nach dem Abendessen ein wenig an Deck spazieren gingen, blickte Anna begierig zur Stadt hinüber. »Es ist bedauerlich, dass wir nicht mit einem Schiff unserer Reederei unterwegs sind.

Dessen Kapitän wäre gewiss nicht so ungefällig, uns den Landgang zu verweigern«, sagte sie verärgert.

»Ihr solltet Sir Zechariah dankbar sein, dass er sich eurer angenommen hat. Ich muss Herrn Mensing tadeln, denn er hätte bessere Vorbereitungen für unsere Reise nach Palermo treffen müssen. So hat er uns einfach zu seinem Onkel bringen lassen und diesem die Weiterreise überlassen. Mich wundert es nicht, dass Sir Zechariah darüber ein wenig ungehalten ist«, erklärte Erdmuthe Künne, um ihren Schützlingen ins Gewissen zu reden.

Damit mochte sie zwar recht haben, aber den beiden dreizehnjährigen Mädchen gefiel es trotzdem nicht, auf diesem Schiff wie in einem Käfig eingesperrt zu sein, wie Esther es nannte.

Während seine Gäste vom Deck sehnsüchtig zur Stadt hinüberblickten, saß Bartlett in seiner Kabine und las die Liste durch, die ihm sein Handelsagent besorgt hatte. Es lagen mehrere Schiffe aus dem Maghreb vor Anker. Nach einiger Überlegung entschied er sich für einen Kapitän, der aus Tunis stammte, und schrieb diesem einen kurzen Brief, in dem er ihn um ein Treffen bat. Da er weder dessen Schiff betreten noch ihn auf der *Rose of Avon* sehen wollte, schlug er eine Taverne am Rand des Hafenviertels vor.

Damit seine Mannschaft von seinen Verhandlungen nichts erfuhr, ließ er sich an Land rudern. Dort angekommen, schritt er, seinen Spazierstock schwingend, durch die Gassen am Hafengelände und winkte einen jungen Burschen zu sich.

»He du! Komm her!«, rief er auf Englisch.

Der Junge sah ihn an und sagte etwas auf Spanisch.

»Kannst du nicht Englisch?«, fragte Bartlett ungehalten.

»E littel bittel«, klang es fast unverständlich zurück.

Bartlett zückte den Brief. »Das sollst du Kapitän Mansur al Ghuni von der *Samak al-qir* bringen. Dafür bekommst du einen Shilling!« Er wies dem Jungen die Münze vor und weckte damit Interesse.

»Wenn du innerhalb einer Stunde mit einer Antwort in die Fonda *Cristobal* kommst, erhältst du noch einen Shilling«, sagte Bartlett und ließ eine zweite Münze aufblitzen.

Der Junge nickte eifrig, nahm den Brief und den ersten Shilling entgegen und verschwand in einer Geschwindigkeit, die Bartlett ihm nicht zugetraut hatte. Bartlett wanderte weiter, bis er das Gasthaus erreichte, nahm darin Platz und bestellte sich einen Krug Kanarenwein. Danach wartete er und überlegte, wie er die Sache abwickeln konnte, ohne dass sein Name damit in Verbindung gebracht wurde.

6.

Nach kaum mehr als einer Stunde erschien der Junge wieder, und er war nicht allein. Ein Mann mittleren Alters mit kurz gehaltenem schwarzen Vollbart und einem roten Fes auf dem Kopf folgte ihm. Der Mann trug ein weißes Hemd, eine ärmellose blaue Weste mit Stickereien und eine dunkle Hose in eigenartiger Form, die wie ein Sack bis zu den Knien hing.

»Guten Tag, Mister! Sie wollen mich sprechen«, grüßte er in einem verständlichen Englisch.

Bartlett war froh darum, denn er hätte nur ungern die Dienste eines Übersetzers in Anspruch genommen. »Bist du Captain Mansur al Ghuni von der *Samak al-qir*?«

»Der bin ich!«

»Willst du dich nicht setzen und ein Glas Wein mit mir trinken?«, fragte Bartlett weiter.

Da zupfte ihn der Junge am Ärmel und zeigte ihm den Shilling, den er erhalten hatte. Wie es aussah, wollte er nun dessen Bruder haben.

Bartlett reichte ihm den zweiten Shilling und sah ihn fröhlich pfeifend davongehen. Kapitän Mansur blickte dem Burschen kurz nach, richtete dann aber sein Augenmerk auf sein Gegenüber. »Es muss sich um eine bedeutende Sache handeln, wegen der du mich hast rufen lassen. Sonst seid ihr Engländer zu Botenjungen nicht so großzügig.«

»Es handelt sich vor allem um eine vertrauliche Angelegenheit«, erklärte Bartlett. »Ich bin auf der Suche nach jemandem, der mir helfen kann, Kontakt zu einem Sklavenhändler aufzunehmen.«

»Diese findest du in verschiedenen spanischen oder sizilianischen Häfen. Meist sind es Mönche oder Patres, die sich bemühen, christliche Sklaven freizukaufen«, sagte der Tunesier in einem Tonfall, der deutlich zeigte, dass er seine Zeit verschwendet sah.

»Ginge es nur darum, eine Person aus der Sklaverei freizukaufen, würde ich deinen Vorschlag befolgen. Die Sache ist aber etwas delikater. Ein hoher Herr – ich will seinen Namen nicht nennen – wünscht sich eine orientalische Gespielin. Da Sklaverei in England mittlerweile verboten ist, muss dies heimlich geschehen.«

»Ich werde nicht mithelfen, eine Muslima einem Giaur auszuliefern!«, erklärte Mansur al Ghuni scharf und wollte gehen.

Bartlett hielt ihn fest. »Wer sagt, dass es eine Araberin sein soll? Mein Auftraggeber will ein farbiges Mädchen.«

»Das kann er sich doch auch aus Amerika holen lassen!« Trotz dieser Worte war dem Kapitän anzumerken, dass ihn die Angelegenheit wieder interessierte.

»Es soll eine Orientalin sein, sanft und zierlich, und keines dieser plumpen Weiber aus den rebellischen Kolonien!«, erklärte Bartlett.

Auch wenn er Handel mit den Vereinigten Staaten trieb, so hatte er nicht vergessen, dass die Yankees nach ihrer erfolgreichen Rebellion gegen den englischen König den Besitz seines Vaters in Baltimore enteignet und bis zum heutigen Tag keine Entschädigung dafür gezahlt hatten.

Kapitän Mansur al Ghuni waren solche Spitzfindigkeiten fremd. Er überlegte kurz und sah dann Bartlett an. »Es gibt mehrere Sklavenhändler, die ich dir nennen kann.«

»Diese müssen sehr diskret sein«, erklärte Bartlett.

»Händler tragen ihr Herz nicht auf der Zunge, und Männer, die mit Sklaven handeln, noch weniger«, antwortete Mansur al Ghuni mit einem gewissen Spott.

»Ich würde gerne mit dem Verschwiegensten dieser Sklavenhändler sprechen. Kannst du das vermitteln?« Bartlett legte seinen Geldbeutel auf den Tisch und zählte mehrere Sovereigns ab.

»Das kann ich! Du hast Glück, denn ich weiß zufällig, dass sich Raschid ibn Wahid derzeit in Sidi Boulfdail befindet. An diesen könntest du dich wenden. Da mein Schiff bereits beladen ist, kann ich bei gutem Wind in drei Tagen dort sein. Du kannst mir mit deinem Schiff folgen.«

Genau das wollte Bartlett vermeiden. Seine Besatzung sollte nicht merken, dass er mit Barbaresken verhandelte. Er wog das Risiko, das er einging, wenn er Mansur bat, ihn mitzunehmen. Allerdings würde er das nicht unter dem Namen Bartlett tun, sondern sich für Mansur und den Sklavenhändler als kleinen Handelsagenten ausgeben, der, um zu überleben, sich auch auf etwas anrüchige Geschäfte einlassen musste.

»Kannst du mich zu diesem Sklavenhändler bringen?«, fragte er.

»Ich müsste dich wieder hierher zurückbringen, denn vor Sidi Boulfdail ankert kein europäisches Schiff«, antwortete Mansur zögernd.

Bartlett zog weitere Sovereigns aus seiner Börse. »Mein Auftraggeber hat mir ein wenig Geld mitgegeben, um solche Ausgaben zu begleichen.«

»Solange genug übrig bleibt, um auch den Sklavenhändler bezahlen zu können, soll es mir recht sein!« Mansur verzog das Gesicht zu etwas, das einem Lächeln gleichkommen sollte, und spottete insgeheim über die Engländer, die so auftraten, als wären sie die Krone der Schöpfung, und die doch wie alle anderen nur Nachkommen von Adam und Hawa waren.

»Sei morgen bei Tagesanbruch an Bord, dann werde ich dich mitnehmen. Ich warte nicht!« Damit stand der Kapitän auf und ging.

Bartlett sah erst jetzt, dass der Kapitän den Wein, den er ihm hatte hinstellen lassen, nicht angerührt hatte. Damit Mansur al Ghuni nicht herausfinden konnte, mit welchem Schiff er gekommen war, blieb er in dem Gasthaus, aß dort zu Mittag und zu Abend und kehrte erst nach Einbruch der Nacht auf die *Rose of Avon* zurück.

Dort informierte er Captain Toller, dass er mehrere Tage lang ausbleiben würde, und forderte ihn auf, mit dem Schiff nach Lanzarote zu segeln.

»Dort werde ich zurück an Bord kommen«, setzte er hinzu, da Mansur al Ghuni ihn gewiss lieber zu der näher bei Sidi Boulfdail gelegenen Insel bringen würde. Zudem wurde der Hafen von Arrecife weitaus seltener angelaufen als der von Las Palmas, und so würden die Zwillinge dort von weniger Menschen gesehen werden, falls sie über die Insel streiften. Doch ob sie das wollten, bezweifelte Bartlett ohnehin. Im Gegensatz zu Gran Canaria war Lanzarote kahl und abweisend, und es gab wenig dort zu sehen, was halbwüchsige Mädchen interessieren konnte.

Da die Zwillinge bereits zu Abend gegessen hatten und sich in ihrer Kabine befanden, begegnete Bartlett ihnen nicht mehr, bevor er die *Rose of Avon* verließ. Ein Beiboot brachte ihn ans Ufer, und dort forderte er einen einheimischen Bootsführer auf, ihn zur *Samak al-qir* zu bringen. Er erreichte das Schiff, kurz bevor Kapitän Mansur den Anker einholen lassen wollte.

7.

Anna und Esther waren enttäuscht, als Captain Toller ihnen mitteilen ließ, dass die *Rose of Avon* noch am selben Tag Gran Canaria verlassen würde. Als sie darüber klagten, tadelte Erdmuthe Künne sie.

»Sir Zechariah nimmt solche Mühen auf sich, damit ihr sicher zu Frau Molly Steeden und deren Ehemann nach Palermo gelangt, und ihr dankt es ihm mit Vorwürfen. Das hat er nicht verdient!«

»Weshalb ist er eigentlich hierhergesegelt, wenn wir unverrichteter Dinge wieder abfahren?«, maulte Esther.

»Für Sir Zechariah war dieser Aufenthalt gewiss sehr wichtig. Auch hörte ich, dass er mehrere Tage hierbleiben wird«, wandte ihre Gouvernante ein.

»Dann hätte die *Rose of Avon* auch bleiben können.« Anna haderte mit Bartletts Entscheidung, das Schiff nach Lanzarote zu schicken. Doch ebenso wie bei ihrer Schwester schwand ihr Unmut, als der Anker gelichtet wurde und die *Rose of Avon* Fahrt aufnahm. Die Nachbarinsel Teneriffa kam in Sicht, und sie sahen den markanten Vulkankegel des Pico del Teide in den Himmel ragen.

»Was für ein gewaltiger Berg!«, rief Anna, die bis zu dieser Reise keine größere Erhebung als die Insel Helgoland gesehen hatte.

Esther war ebenfalls beeindruckt und wünschte sich, die *Rose of Avon* könnte hier anlanden und sie sich gründlich umsehen.

Im Vergleich dazu war Lanzarote mit seinen eintönigen, schwarzen Lavahügeln eine Enttäuschung. Die Zwillinge ließen sich davon jedoch nicht verdrießen, sondern suchten in Begleitung ihrer Gouvernante und unter dem Schutz von Captain Toller die Stadt auf. Dort gab es genug zu schauen, so dass keine Langeweile aufkam, und da beide ein wenig Geld bei sich führten, konnten sie sogar einige Andenken erstehen.

Während die Zwillinge den Aufenthalt auf Lanzarote genossen, stand Zechariah Bartlett an Bord der *Samak al-qir* und starrte aufs Meer. Um ihn herum gab es nur Orientalen, und das Schiff wurde anders geführt als die europäischen Schiffe. Mansur al Ghuni achtete auf Sauberkeit und fuhr einen seiner Männer, der Bartlett absichtlich anrempelte, scharf an, dies zu unterlassen.

Bartlett war sein Gast und erhielt dasselbe Essen wie er. Für den Magen des Engländers war dies eine Herausforderung, ebenso der süße Tee, den der Diener des Kapitäns fast zu jeder Tagesstunde aufbrühen musste.

Daher war Bartlett froh, als die Küste in Sicht kam und das Schiff auf der Reede vor Sidi Boulfdail Anker warf. Da Mansur al Ghuni erklärt hatte, europäische Schiffe liefen diesen Ort niemals an, wunderte Bartlett sich, weil dort eine nach italienischer Art getakelte Bark vor Anker lag. Dazu gab es noch eine bereits in die Jahre gekommene Schebek. Ansonsten waren lediglich auf das Ufer gezogene Fischerboote zu sehen. Der Ort bestand aus wirr zusammengewürfelten Häusern sowie einer alten Festung, die sich über der Stadt erhob.

»Wir sind angekommen, Engländer! Es ist besser, du bleibst an Bord, denn du würdest an Land wenig Freude haben. Ich bringe den Sklavenhändler zu dir.«

Bartlett nickte. Zwar wollte er die Gespräche mit dem Sklavenhändler nicht in Mansur al Ghunis Beisein führen, doch ebenso wenig wollte er an Land gehen und dort belästigt werden. »Ich würde mich freuen, wenn dies nicht zu lange dauern würde.«

»Das wird es nicht!«, versprach Mansur al Ghuni und verließ das Schiff.

Bartlett blieb zurück und dachte sich, dass sein Vater stolz auf ihn wäre, denn Samuel Bartlett war jedes Risiko eingegangen, um reich zu werden. Wahrscheinlich wäre er ungeachtet der Warnung des Kapitäns mit an Land gegangen. So weit wollte er jedoch nicht gehen. Er stellte sich an die Reling und blickte zur Stadt hinüber. Es dauerte eine Weile, bis sich dort ein Boot vom Ufer löste und auf das Schiff zukam. Bartlett erkannte darauf Mansur al Ghuni und einen Mann, der in einem weiten, goldgelben Kaftan steckte und sich einen Turban um den Kopf gewunden hatte. Das war kein Seemann, sondern ein Händler, der zeigen wollte, dass er mit Erfolg Geschäfte tätigte.

Während Mansur al Ghuni geschmeidig an Bord stieg, brauchte der Sklavenhändler die Hilfe mehrerer Matrosen, die ihn heraufzogen. Kaum war dies geschehen, trat er auf Bartlett zu.

»Du willst eine Schwarze kaufen?«, fragte er unverblümt.

»Nicht ganz schwarz, eher braun. Doch darüber sollten wir unter vier Augen sprechen«, antwortete Bartlett.

»Dann hättest du zu mir kommen sollen und mir nicht die Mühe aufhalsen, dieses Schiff zu betreten«, erklärte der Sklavenhändler scharf.

In London hätte Bartlett sich einen solchen Tonfall niemals gefallen lassen. Hier aber beherrschte er sich und wies auf Mansur al Ghuni. »Der Kapitän meinte, es wäre zu gefährlich für mich, an Land zu gehen!«

»Du kannst auf mein Schiff kommen«, erklärte der Händler und wies auf die italienisch wirkende Bark.

»Dann sollten wir das tun!« Bartlett drehte sich zu Mansur al Ghuni um. »Kannst du uns dort hinüberbringen lassen?«

»Das kann ich! Vielleicht findet Raschid ibn Wahid auch eine Möglichkeit für dich, wieder nach Gran Canaria zurückzukommen. Ich könnte dann weiterfahren.«

Bartlett warf dem Sklavenhändler einen kurzen Blick zu und sah diesen nicken.

»Dann soll es so sein! Besten Dank, dass du mich hierhergebracht hast.«

»Dein Gold hat meine Segel gefüllt«, antwortete Mansur al Ghuni spöttisch.

»Wohl eher deinen Beutel!«, antwortete Bartlett und stieg zu dem Boot hinab, mit dem der Kapitän und der Händler gekommen waren.

Letzterer brauchte wieder die Hilfe mehrerer Matrosen, wirkte aber bei Weitem nicht mehr so mürrisch wie noch zuvor.

»Ich kann dir mehrere schöne braunhäutige Frauen anbieten, Engländer«, sagte er, während das Boot sich mit steten Ruderschlägen seinem Schiff näherte. »Allerdings«, fuhr er fort, »befinden diese sich alle in Tunis.«

»Weshalb bist du an diese abgelegene Küste gekommen?«

»Hier endet eine der Karawanenstraßen aus der Sahara. Ich bin hier, um frische Ware zu kaufen. Deshalb wählte ich dieses Schiff.« Der Sklavenhändler wies stolz auf die Bark, bei der Bartlett jetzt auch die Flagge Siziliens am Heck hängen sah. Auch trug das Schiff mit *Santa Elisabetta* einen italienischen Namen.

»Ich begreife nicht …«, setzte Bartlett an, wurde jedoch sogleich unterbrochen.

»Ein sizilianisches Schiff mit einem sizilianischen Kapitän und vorwiegend italienischer Mannschaft wird man kaum verdächtigen, Sklaven zu transportieren. Auf die Weise komme ich billiger zu meiner Ware, als wenn ich in Tunis darauf warten würde, bis man sie mir bringt.« Aus dem Sklavenhändler sprach ein gewisser Stolz, die europäischen Seemächte und vor allem die Engländer an der Nase herumführen zu können. Seinen Blicken aber entnahm Bartlett, dass er dem Mann zu einem guten Geschäft verhelfen musste, wenn er dessen Schiff als freier Mann verlassen wollte.

Als sie die Bark erreichten, wurde Raschid ibn Wahid mit einem Bootsmannsstuhl hochgehievt. Mittlerweile begriff Bartlett, dass er sich nicht helfen ließ, weil er sich zu unsicher fühlte, eine Jakobsleiter zu benützen, sondern seine Bedeutung dadurch herausstreichen wollte. Eitelkeit war ein Charakterzug, an dem man einen Menschen leicht einfangen kann, dachte Bartlett zufrieden. Zu plump durfte er es nicht angehen, doch wenn er es richtig begann, konnte diese Sache für ihn mit einem satten Gewinn enden.

An Deck übernahm der Sklavenhändler die Führung und brachte ihn in seine Kajüte. Auf dem Weg dorthin wunderte Bartlett sich, denn die Matrosen sahen aus wie Italiener und verwendeten auch die Sprache, die seines Wissens auf Sizilien gesprochen wurde. Nicht wenige hatten Silberkettchen mit einem Kreuz oder Kruzifix um den Hals hängen.

»Sind das wirklich Christen?«, fragte er Raschid.

»Zu einem großen Teil. Sie arbeiten gerne für mich, denn ich bezahle sie gut«, antwortete dieser und bedeutete einem schwarzen Sklaven in blauen Pluderhosen und roter Weste, Bartlett aus einem Flakon einzuschenken.

»Es ist Cognac! Ich habe ihn hier, um Leuten, die ich nicht daran hindern kann, an Bord zu kommen, einen Drink anzubieten«, sagte der Sklavenhändler spöttisch.

»Aber gewiss nicht in dieser Kleidung!«, warf Bartlett ein.

»Natürlich nicht! Ich habe eine wundervolle Uniform und echte Schiffspapiere, ausgestellt auf einen italienischen Namen und mit eigenhändiger Unterschrift Seiner Majestät Franciscos, König beider Sizilien!« Raschid lachte und schob das Glas Bartlett zu.

Angesichts der Tatsache, dass er selbst bereits etliche Male bei solchen Getränken Gift verabreicht hatte, zögerte dieser. Als der Sklavenhändler dies sah, füllte er eigenhändig ein Glas und wies seinen Diener an, es auszutrinken. Dieser tat es mit Begeisterung, so dass Bartlett seinen Verdacht vergaß und ebenfalls trank.

»Du kannst unbesorgt sprechen! Ali ist stumm, und er ist auch des Schreibens nicht mächtig«, erklärte Raschid, dessen freundliche Miene einem geschäftsmäßigen Ausdruck gewichen war.

»Das ist gewiss von Vorteil, wenn ein Diener nichts verraten kann«, meinte Bartlett mit einem unterdrückten Lachen.

»So ist es! Und nun komm zum Geschäft. Du willst eine farbige Sklavin kaufen. Wie dunkel darf sie sein? Vielleicht ist unter den Frauen, die ich hier erworben habe, eine, die dir passt. Sie sind noch nicht gezähmt, doch dürften ein paar Hiebe auf den Hintern ausreichen, um sie zum Gehorsam zu zwingen.« Raschid ibn Wahid klang fordernd, und so begriff Bartlett, dass er jetzt seine Karten offenlegen musste.

»Das war nur ein Vorwand, um mit dir ins Gespräch zu kommen. Ich will nicht kaufen, sondern verkaufen.«

Der Sklavenhändler griff unwillkürlich zum Dolch, der unter seinem Kaftan zum Vorschein kam. »Willst du dich über mich lustig machen?«, fragte er scharf.

Bartlett hatte die rechte Hand in seine Jackentasche gesteckt und schloss sie um die kleine Pistole, die er darin versteckt hatte. Er zog sie jedoch nicht, sondern zwang seiner Miene ein Lächeln auf.

»Glaubst du, ich würde so etwas wagen, auf deinem Schiff und inmitten deiner Männer?«

»Du bist ein Engländer, und Engländer sind verrückt«, antwortete Raschid ibn Wahid. »Doch angenommen, du sprichst die Wahrheit, was willst du mir anbieten?«

»Ein Zwillingspaar, bald vierzehn Jahre alt und bereits jetzt recht ansehnlich. In ein paar Jahren werden die beiden Mädchen Schönheiten sein, wie man sie nur selten sieht. Beide sind blond und haben blaue Augen.«

»Und warum willst du sie verkaufen?«, fragte Raschid, der sichtlich Feuer gefangen hatte.

»Ich will sie nicht verkaufen, denn ich bin nur der Makler. Verkaufen will sie ein Mann in Deutschland. Es sind die Töchter eines armen Paares, das seinen Sohn auf die Universität schicken will, aber das Geld dafür nicht hat.«

Dieses Märchen hatte Bartlett sich ausgesponnen, um die Wahrheit zu verschleiern.

Der Sklavenhändler überlegte. »Du sagst, beide Mädchen sind blond und angenehm anzusehen?«

»So ist es!«

»Ich will mich persönlich davon überzeugen!« Raschid ibn Wahids Augen glitzerten begehrlich. Nachdem Frankreich den Bei von Algier abgesetzt und die Vereinigten Staaten dem Beilerbei von Tunis mehrere schmerzhafte Niederlagen beigebracht hatten, war es schwer geworden, europäische Schiffe zu kapern oder die nahe gelegenen Küstenstriche heimzusuchen. Europäische Mädchen waren knapp und entsprechend teuer, insbesondere, wenn sie blond waren. Als Zwillinge waren sie sogar fast unbezahlbar. Selbst wenn die beiden Mädchen nur durchschnittlich aussahen, würde er mit ihnen ein gutes Geschäft machen.

»Du kannst sie dir ansehen!«, antwortete Bartlett. »Es muss aber im Geheimen sein. Der Handelsherr, der mich im Namen der Eltern mit dem Verkauf beauftragt hat, hat die Mädchen unter dem Vorwand, sie zu Bekannten nach Sizilien bringen zu lassen, auf das Schiff gelockt. Da fällt mir ein: Dein Schiff ist doch in Sizilien registriert. Das könnte uns helfen!«

»Und wie?«

»Mein Auftraggeber könnte den Mädchen erklären, dass dein Ziel Sizilien ist und du sie auf der Heimfahrt dorthin mitnehmen kannst.«

Raschid ibn Wahid sah ihn einen Augenblick an und musste lachen. »Du bist sehr geschickt, Engländer! Ich glaube nicht, dass es klug ist, dein Feind zu sein.«

Bartlett war der gleichen Meinung und lächelte. In den nächsten Minuten schmiedeten sie den Plan, wie sie Anna und Esther Simonsen mitsamt ihrer Gouvernante von der *Rose of Avon* auf die *Santa Elisabetta* locken konnten, und waren, als der Abend hereinbrach, die besten Freunde geworden. Am nächsten Morgen lichtete die Bark den Anker, und während sie auf Lanzarote zusegelte, ließ Raschid ibn Wahid mehrere Änderungen vornehmen, so dass aus der *Santa Elisabetta* eine *Vesuvio* wurde und jeder sie für ein anderes Schiff halten musste.

8.

Während Erdmuthe Künne die Insel öde fand, waren Anna und Esther begeistert, darauf herumstreifen zu können. Einmal mietete Captain Toller sogar Esel, so dass sie einen größeren Teil der Insel erforschen konnten. Ihre Gouvernante musste notgedrungen mitkommen und klagte hinterher über Schmerzen an dem Körperteil, der am intensivsten mit dem Eselsrücken in Berührung gekommen war. Den Zwillingen tat sie zwar leid, das minderte jedoch nicht deren Begeisterung.

Da die Schmerzen ihrer Gouvernante schlimmer wurden, mussten sie am Folgetag an Bord bleiben und sahen vom Deck aus zu, wie ein Stück von der *Rose of Avon* entfernt eine fremde Bark auf Reede Anker fallen ließ. Ein Boot wurde ausgesetzt und an Land gerudert. Er war zu weit weg, als dass sie in dem Passagier Zechariah Bartlett hätten erkennen können.

In dessen Begleitung befand sich ein Sizilianer mittleren Alters, den Raschid ibn Wahid als Kapitän der *Santa Elisabetta* und nunmehrigen *Vesuvio* angeheuert hatte. Er trug die Schiffspapiere bei sich, die auf den jetzigen Namen ausgestellt waren, und legte sie, als das Land erreicht war, den Hafenbehörden vor.

Bartlett verabschiedete sich von ihm und ließ sich wenig später von einem Boot zur *Rose of Avon* rudern. Dort angekommen, grüßte er Toller leutselig und begab sich in seine Kajüte, um sich zu waschen und von Polliver rasieren zu lassen. Nachdem er frische Kleidung angezogen hatte, suchte er die kleine Kabine auf, in der die Zwillinge mit ihrer Gouvernante untergebracht waren.

»Guten Tag! Ich hoffe, ihr habt die Tage während meiner Abwesenheit gut verbracht«, sagte er mit einem Lächeln.

Anna knickste. »Das haben wir, Sir! Wir durften sogar auf Eseln ins Innere der Insel reiten. Es war wunderschön, leider nicht so sehr für Fräulein Künne. Die hat sich …«

»Kind, so etwas erwähnt man doch nicht vor einem Herrn!«, unterbrach die Gouvernante sie tadelnd.

»Verzeihung!« Anna schwieg nun, während Bartlett sie und ihre Schwester musterte und sich sagte, dass Raschid ibn Wahid mit den beiden hochzufrieden sein dürfte. Er würde allerdings auch die Gouvernante mit übernehmen müssen. Was aus den dreien danach einmal werden würde, ging ihn nichts mehr an.

»Ich habe eine schlechte, aber auch eine erfreuliche Nachricht für euch. Ich fange mal mit der schlechten an. Ich habe in den letzten Tagen einige Dinge erfahren, die meine unverzügliche Rückkehr nach London erfordern, und kann euch daher nicht persönlich nach Sizilien bringen.«

Die Mädchen wirkten verwirrt, während Erdmuthe Künnes Miene einen entsetzten Ausdruck annahm. Der Gedanke, nach London zurückzumüssen, um dann erneut auf ein Schiff zu steigen, das sie und die Zwillinge nach Palermo brachte, erschreckte sie zutiefst.

»Und nun kommt die gute Nachricht!«, fuhr Bartlett fort. »Ich habe einen vertrauenswürdigen sizilianischen Schiffer getroffen, der sich auf dem Heimweg befindet und euch für eine kleine Summe an euer Ziel bringen wird. Vielleicht habt ihr seine Bark schon gesehen.«

»Gesehen schon, aber nicht darauf geachtet«, sagte Esther.

»Nun, wenn Sie sich für den Kapitän verbürgen, Sir Zechariah, könnten wir mit diesem Schiff zu Frau Steeden nach Palermo segeln!« Erdmuthe Künne war erleichtert, nicht noch einmal nach England zu müssen, und spielte Bartlett damit in die Karten.

»Selbstverständlich verbürge ich mich für den Captain der *Vesuvio*!«, erklärte er mit Nachdruck. »Dann ist es abgemacht! Da der Captain der *Vesuvio* nur mir zuliebe diese Insel angelaufen hat, sollten wir euren Wechsel auf das andere Schiff rasch hinter uns bringen, damit er ankerauf gehen kann. Wenn es genehm ist, werde ich ihm einen Boten schicken, der ihm mitteilt, dass wir heute Abend das Diner auf seinem Schiff einnehmen werden. Ihr könnt dann gleich drüben bleiben!«, erklärte Bartlett.

»Nur dann, wenn uns das Schiff gefällt«, sagte Erdmuthe, da sie ihre Obsorge für die Zwillinge nicht ihrer eigenen Bequemlichkeit opfern wollte.

»Es wird euch gewiss gefallen!« Bartlett war nicht bereit, die drei wieder auf sein Schiff zurückzubringen, und wenn man sie gefesselt und geknebelt in den Kielraum der Bark stecken musste.

Er verabschiedete sich nun und ließ sich an Land rudern. Der Kapitän der *Vesuvio* hatte in einer Schenke auf ihn gewartet und kehrte mit der Nachricht zu Raschid ibn Wahid zurück, dass die beiden Mädchen noch an diesem Abend an Bord gebracht würden.

9.

Es war ein wunderschöner Abend mit einer milden, samtigen Luft, die den Lungen schmeichelte. Die Sonne stand bereits weit im Westen und ließ die Schatten der Schiffsmasten schier unendlich lang wachsen. Anna und Esther hatten ihren Spaß daran, sich umzusehen, während Erdmuthe ziemlich schief im Boot saß, da die Schmerzen in ihrem Hintern weiter zugenommen hatten.

Die *Vesuvio* war ein schönes Schiff und, wie Esther fand, für schnelle Fahrt gebaut. Diese Aussage gefiel Erdmuthe, bedeutete sie doch, dass sie Palermo bald erreichen würden.

Um an Bord zu gelangen, musste Erdmuthe den Bootsmannsstuhl benützen, während die Zwillinge das Schiff über die Jakobsleiter enterten. Sie ahnten nicht, dass Raschid ibn Wahid die beiden aus der Deckung des Deckshauses heraus beobachtete.

Der Sklavenhändler war beeindruckt. Der Makler, für den er Bartlett hielt, hatte nicht zu viel versprochen. Jedes Mädchen wirkte wie eine getreue Kopie der jeweils anderen. Zudem versprachen sie bereits jetzt, Schönheiten zu werden, wie selbst er sie nur selten gesehen hatte.

Unterdessen begrüßte der Kapitän die Gäste mit einem Schwall sizilianischer Begrüßungsformeln, von denen Erdmuthe, die neben der englischen auch die italienische Sprache gelernt hatte, nur einen Bruchteil verstand. Die Mädchen hörten diesem rauschenden Strom unbekannter Sätze staunend zu. Ihnen gefiel der Capitano in seiner goldstrotzenden Uniform, in der ihn in Hamburg jeder für einen Admiral gehalten hätte. Auch das Essen begeisterte sie. Es war schmackhaft und – wie Esther ihrer Schwester zuraunte – Gott sei Dank völlig anders als die englische Kost, mit der sie sich in den letzten Wochen hatten zufriedengeben müssen.

Es wurde ein angenehmer Abend. Die Zwillinge und ihre Gouvernante waren froh, dass sie Palermo nun bald erreichen würden, und hätten dafür sogar gewisse Einschränkungen hingenommen. Danach aber sah es nicht aus. Die Kabine, in die sie geführt wurden, war ein Traum. Es gab darin zwei weiche Betten. Die Bordwand wurde durch eine Art Vorhang verdeckt, und es stand sogar eine kleine Anrichte mit einem Spiegel und ein Waschtisch mit eingelassener Schüssel und Fächern für Seife, Handtücher und Schminksachen an der Wand. Am meisten wunderten die Zwillinge und Erdmuthe sich über die in einer winzigen Nebenkammer angebrachte Toilette, die ihnen in der Nacht den Weg zum Abtritt am Heck ersparen würde.

Selbst Bartlett war beeindruckt. So viel Luxus hatte er höchstens auf einer der Privatjachten gesehen, mit denen ebenso reiche wie exzentrische Herren auf Seereisen gingen. Diese Einrichtung war allerdings nicht für Reisende gedacht und auch nicht für normale Sklavinnen, sondern für ganz besondere Mädchen, die als Odalisken zu hohen Würdenträgern, ja, sogar zum Padischah das Osmanischen Reiches gebracht wurden. Für die Zwillinge und ihre Begleiterin war diese Kabine nur ein Lockmittel, damit sie freiwillig an Bord blieben.

Dazu waren die drei gerne bereit und auch froh, dass Bartlett in weiser Voraussicht ihre Schiffstruhen hatte herüberbringen lassen. Während Anna und Esther sich zur Ruhe begaben und Erdmuthe mit ihrem wehen Hintern haderte, traf er sich mit Raschid ibn Wahid in dessen Kajüte, um das Geschäft abzuschließen.

»Nun, bist du zufrieden?«, fragte er den Sklavenhändler.

Dieser nickte. »Die Mädchen sind schön und vor allem jung genug, um als Gespielinnen für einen hohen Herrn ausgebildet werden zu können. Ihre Begleiterin hingegen taugt höchstens als Küchensklavin. Für die kann ich dir nicht viel geben.«

»Was zahlst du für die Mädchen?« Nachdem Bartlett einiges hatte anstellen müssen, um den Auftrag seines Hamburger Neffen ausführen zu können, wollte er dafür anständig belohnt werden.

Die Summe, die der Sklavenhändler nannte, stellte ihn zufrieden. Er fragte sich trotzdem, ob er versuchen sollte, noch mehr herauszuschlagen. Ein Blick in das Gesicht des Sklavenhändlers ließ ihn davon Abstand nehmen.

»Dann ist es abgemacht!«, sagte er daher.

Zu seiner Verwunderung holte Raschid ibn Wahid nicht das Geld heraus, sondern Papier, Tinte und Feder und begann zu schreiben.

»Was schreibst du da?«, fragte Bartlett verwundert.

»Den Verkaufsvertrag über die Zwillinge und die Frau«, antwortete der Sklavenhändler und fertigte zwei Ausgaben an. Danach setzte er seinen Namen darunter und schob die beiden Verträge Bartlett zu.

»Unterschreibe!«

Für Zechariah Bartlett war es unmöglich, den eigenen Namen unter ein Dokument zu setzen, das den Verkauf zweier christlicher Mädchen in die Sklaverei beurkundete. Da er sich Raschid ibn Wahid jedoch als Handelsagent vorgestellt hatte, konnte er jeden Namen nehmen, der ihm einfiel.

Aus einer gewissen Bosheit heraus wählte er den Namen Mathias Mensing. Er hatte die Unterschrift seines Neffen oft genug gesehen, um sie halbwegs zu Papier bringen zu können. Der Vertrag war auf Arabisch abgefasst, die Kaufsumme somit in den gewohnten Ziffern, und sie stimmte.

Nun hob Raschid ibn Wahid eine Truhe auf den Tisch, öffnete sie und zählte Bartlett das Geld hin. Es handelte sich um gute englische Guineas, die zwar mittlerweile von Sovereigns abgelöst worden waren, aber immer noch ihren Wert besaßen. Als er darüber nachdachte, fand er, dass sich dieses Geschäft wider Erwarten für ihn gelohnt hatte. Da fiel ihm ein, dass sein Neffe einen Anteil an der Verkaufssumme fordern konnte, und das sah er nicht ein.

Weiß Mathias, wie viel Sklavinnen hier wert sind?, fragte er sich und beantwortete die Frage selbst mit Nein. Kurz entschlossen sprach er den Sklavenhändler an.

»Ich brauche noch einen zweiten Vertrag, und zwar über dreißig Silberlinge!«

»Willst du deine Auftraggeber betrügen?«, fragte der Sklavenhändler misstrauisch.

»Nein, die Steuereintreiber!«, antwortete Bartlett gelassen.

»Und warum sollen es dreißig Dirham sein?«, wollte Raschid ibn Wahid wissen.

»Dreißig Silberlinge sind genau die Summe, für die Judas Iska-
riot unseren Herrn Jesus Christus an die Römer verriet«, sagte
Bartlett und setzte für sich hinzu, dass sein Neffe auch ein Judas
war, da er den eigenen Bruder dem Verderben ausgeliefert hatte.

Raschid ibn Wahid überlegte kurz, nahm dann aber Papier zur
Hand und schrieb, dass er dreißig Dirham für zwei Mädchen und
eine Frau bezahlt hätte. Er unterzeichnete auch diesen Vertrag,
fertigte ihn jedoch nur einmal aus und schob ihn Bartlett zu. Dieser nahm ihn ebenso an sich wie das Geld, zu dem nun noch die
dreißig Silbermünzen kamen, und verabschiedete sich freundlich.

Während Bartlett zu seinem Boot hinabstieg und sich zur *Rose
of Avon* rudern ließ, fand Raschid ibn Wahid, dass er ein ehrlicher
Sklavenhändler war, der andere aber ein Schurke.

10.

Die Zwillinge schliefen in dieser Nacht gut, doch ihre Gouvernante lag lange wach. Die verletzte Stelle an ihrem Gesäß brannte wie
Feuer, und sie verspürte ein Pochen darin, als würde jemand mit
einem kleinen Hammer darauf schlagen. Sie hatte noch auf der
Rose of Avon Salbe aufgetragen, diese schien jedoch nicht zu helfen.

Ihr Verstand sagte ihr, dass sie dringend einen Arzt zu Rate ziehen sollte. Dafür aber müssten die Zwillinge und sie wieder von
Bord gehen, und das war unmöglich. Der Kapitän wollte am
nächsten Morgen den Anker lichten und würde gewiss nicht auf
sie warten.

Schließlich nickte sie doch ein, wurde aber nach kurzer Zeit
durch schluchzendes Weinen geweckt. War etwas mit ihren
Schützlingen?, fragte sie sich entsetzt. In der Kabine war es zu
dunkel, um etwas erkennen zu können. Doch als sie aufstand und

zu deren Bett hintrat, waren nur die leisen Atemgeräusche der Zwillinge zu hören. Das Schluchzen schien von weiter unten zu ihnen hochzudringen.

Verwirrt kehrte Erdmuthe zu ihrem Bett zurück, beschloss dann, dem Weinen nicht zu viel Bedeutung beizumessen, und legte sich wieder hin. Diesmal schlief sie schneller ein und wachte erst auf, als sie einen ärgerlichen Ausruf hörte.

»Die Tür ist von außen verschlossen!«

Anna hatte diese öffnen wollen, um nach draußen zu schauen. Nun wandte sie sich verwundert ihrer Gouvernante zu.

»Wissen Sie, was das bedeutet?«, fragte sie. »Auf der *Rose of Avon* war das nicht so.«

»Ich kann es auch nicht sagen.« Erdmuthe stand auf und tastete sich zur Tür. Doch als sie daran rüttelte, saß diese fest.

»Da hat sich jemand einen Scherz mit uns erlaubt«, meinte Esther und suchte nach der Lampe. Die aber war am Abend gelöscht worden, und es gab keine Möglichkeit, sie wieder zu entzünden.

»Wir müssen warten, bis jemand kommt«, erklärte Erdmuthe und kehrte in ihr Bett zurück. Die Wunde brannte wie Feuer, und als sie vorsichtig unter ihr Nachthemd griff, fühlte sich die Stelle feucht an. Ich habe doch nicht etwa ins Bett genässt?, dachte sie erschrocken. Doch als sie die entsprechende Stelle im Bett abtastete, war dort alles trocken.

»Seltsam«, murmelte sie. Sie erinnerte sich an das Schluchzen in der Nacht. Das ist gewiss nur ein Schiffsjunge gewesen, der wegen eines Fehlers bestraft worden ist, dachte sie in dem Versuch, sich zu beruhigen. Als jedoch die Zeit fortschritt, ohne dass jemand kam und die Tür öffnete, bekam sie es mit der Angst. Es musste längst Tag sein, denn sie hörten die Geräusche von Schritten an Deck, und gelegentlich klang auch eines der Kommandos zu ihnen herab.

»He, hallo, kommt endlich jemand?«, rief Anna wütend und klopfte gegen die Tür.

Draußen klangen Schritte auf, und sie nahmen an, es würde geöffnet. Doch das Geräusch entfernte sich wieder.

Anna schlug erneut gegen die Tür, ohne dass sich jemand um sie kümmerte. Schließlich gaben die Mädchen auf und setzen sich aufs Bett. Während Esther zu jammern begann, stieß ihre Schwester Verwünschungen aus, die sie nicht in der Schule, sondern nur von den Matrosen der väterlichen Reederei gelernt haben konnte.

Nach einer Weile benutzten sie nacheinander den kleinen Abtritt. In der Dunkelheit und bei dem auf den Wellen schaukelnden Schiff fiel es ihnen nicht gerade leicht.

Esther kamen die Tränen. »Ich habe Hunger und Durst!«

»Nicht nur du!«, fauchte ihre Schwester, was Erdmuthe kaum mehr wahrnahm, weil sich der Schmerz von ihrer verletzten Stelle immer weiter ausbreitete.

»Wir hätten mit Sir Zechariah nach London zurückfahren sollen«, jammerte sie, obwohl sie den Wechsel des Schiffes selbst gewünscht hatte, um nicht so lange auf See bleiben zu müssen.

»Vielleicht können wir die Tür aufbrechen«, schlug Esther vor.

»Was hätten wir damit gewonnen? Wir sind auf einem Schiff inmitten der See«, wandte ihre Schwester ein.

»Der Kapitän würde merken, dass er uns vergessen hat.«

Anna lachte bitter. »Ich glaube nicht, dass er es getan hat! Die Türe ist unzweifelhaft von draußen verriegelt. Daher befürchte ich, dass wir uns in einer äußerst unangenehmen Lage befinden. Sir Zechariah war wohl zu vertrauensselig, was dieses Schiff betrifft.«

»Du meinst, die wollen uns gefangen nehmen?«, fragte Esther entsetzt.

»Ich muss dich korrigieren, Schwesterchen. Wir sind bereits gefangen! Gebe Gott, dass wir heil hier herauskommen.«

»Aber wieso?«

»Wahrscheinlich hat Sir Zechariah erwähnt, dass wir zur Ree-derfamilie Simonsen gehören, und der Kapitän dieses Schiffes hat gefunden, dass er für uns Lösegeld verlangen könnte.«

In Annas Augen war dies die wahrscheinlichste Lösung. Das aber verschlimmerte ihre Situation, denn ihr Vater und ihre Brü-der waren verschollen, die Mutter verrückt geworden. Ihr blieb daher nur die Hoffnung auf Mathias Mensing, der für ihre Familie die Geschäfte der Reederei führte.

»Ruths Schwager wird das Lösegeld bezahlen, und wir kommen wieder frei«, erklärte sie, um Esther und auch Erdmuthe zu trös-ten. Letztere lag schluchzend auf ihrem Bett. Die beiden Mädchen ahnten nicht, dass es weniger ihrer Situation galt als vielmehr den Schmerzen, die immer heftiger wurden.

11.

Raschid ibn Wahid wusste aus Erfahrung, dass Hunger und Durst die Widerstandsfähigkeit des mutigsten Mädchens brechen konn-ten. Er wartete daher bis zum Mittag des zweiten Tages, bis er die Tür zu der Kabine öffnen ließ. Eine schwarze Sklavin und ein Eu-nuch begleiteten ihn.

Als der Eunuch die Laterne in die Kammer hielt, sah Wahid die beiden Mädchen auf ihrem Bett sitzen, während die Gouvernante wimmernd in dem ihren lag und ihm ängstlich entgegenstarrte.

»Was soll das? Warum haben Sie uns so lange hier in der Kabine eingesperrt?«, fragte Anna zornig und sah dann erst, dass nicht der sizilianische Kapitän, sondern ein Mann in orientalischer Tracht vor ihnen stand.

»Weil ich das Recht dazu habe«, antwortete Raschid ibn Wahid auf Englisch.

»Sie haben nicht das geringste Recht!«, fauchte Esther ihn an.

»Oh doch!«, antwortete Raschid ibn Wahid lächelnd und zog den Vertrag hervor, den er mit Bartlett abgeschlossen hatte. »Hier steht es! Ich habe euch für soundso viele Dinare von einem Mister Mensing gekauft.«

»Das ist eine bösartige Lüge!«, brauste Anna auf.

»Es ist die Wahrheit, und ihr werdet euch darin fügen müssen. Gehorcht ihr nicht, werdet ihr bestraft! Und nun geht es in euer neues Quartier. Es ist etwas schlichter eingerichtet als das hier, aber es muss euch genügen.«

Nach diesen Worten erteilte Raschid ibn Wahid dem Eunuchen und der Frau einen Befehl auf Arabisch. Der Eunuch ergriff Esther und schob sie der Frau in die Arme. Danach packte er Anna und versetzte ihr, als diese sich zur Wehr setzen wollte, ein paar Ohrfeigen.

Die beiden Mädchen begriffen, dass Widerstand im Augenblick sinnlos war, und ließen sich ein Deck tiefer schaffen. Erdmuthe hingegen blieb liegen.

»Was soll das? Aufstehen!«, befahl der Sklavenhändler sowohl auf Englisch wie auch auf Sizilianisch.

»Kann nicht! Zu schwach! Zu viele Schmerzen«, wimmerte Erdmuthe auf Deutsch.

Ärgerlich trat Raschid ibn Wahid nach draußen und rief nach dem Eunuchen und der Sklavin. Diese kamen und meldeten, dass sie die Zwillinge zu den frisch gekauften Mädchen gesteckt hätten. Dann wandten sie sich Erdmuthe zu. Die Frau legte ihre Hand auf deren Stirn. »Sie hat hohes Fieber! Möge Allah verhüten, dass es alle ergreift.«

Raschid ibn Wahid wich zurück. »Waren die Mädchen krank?«, fragte er und ärgerte sich, weil er sie bereits nach unten hatte schaffen lassen.

Der Eunuch schüttelte den Kopf. »Nein, Sidi! Keine von ihnen hat Fieber.«

»Möge Allah geben, dass sie und auch wir davon verschont bleiben. Was dieses Weib hier betrifft, so schafft es nach oben und werft es über Bord!« Raschid ibn Wahid hoffte, damit eine Krankheit auf dem Schiff verhindern zu können, und kehrte in seine Kabine zurück.

Die Sklavin und der Eunuch wickelten Erdmuthe in ein großes Tuch und trugen sie an Deck. Die frische Seeluft, die in ihre Lungen strömte, tat der Frau gut. Im nächsten Augenblick aber spürte sie, wie sie durch die Luft flog, und dann wurde es nass um sie. Sie schnappte entsetzt nach Luft, Wasser drang in ihren Schlund ein und füllte die Lunge. Wenig später war es vorbei. Während die *Santa Elisabetta,* wie sie jetzt wieder hieß, mit gefüllten Segeln auf die Straße von Gibraltar zuhielt, sammelten sich Haie um den im Wasser treibenden Leichnam und schnappten begierig zu.

12.

Eine einzige, düstere Lampe über der Tür beleuchtete den Raum, in den Anna und Esther gestoßen wurden. Vier Mädchen saßen dort mit dem Rücken gegen die Wand gelehnt und starrten sie aus großen Augen an. Worte in einer ihnen unbekannten Sprache klangen an ihr Ohr. Dann erhob sich ein schlankes Mädchen geschmeidig, trat auf sie zu und fuhr ihnen mit Zeige- und Mittelfinger der rechten Hand über die Gesichter. Danach sah sie die beiden Finger an und schüttelte den Kopf.

»Wie es aussieht, haben die gedacht, wir wären weiß angemalt«, flüsterte Anna ihrer Schwester zu.

Esther nickte und musterte staunend die vier Mädchen. Die Älteste hatte ihnen höchstens ein oder zwei Jahre voraus, die Kleinste zählte ungefähr ebenso viele Jahre weniger als sie. Alle waren schlank und langgliedrig, und ihre Haut wirkte in dem trüben

Licht noch dunkler, von Pechschwarz bis Mittelbraun. Eine hatte glattes Haar, das aber ebenso schwarz war wie das der anderen, wobei es sich bei einer wirklich kräuselte, während es bei den beiden Letzten nur stark gelockt erschien.

»Wo sind wir denn hier hingeraten?«, fragte Esther entsetzt.

»Das weiß ich nicht. Wir sollten zusehen, ob eine von ihnen eine Sprache spricht, die wir verstehen«, antwortete Anna.

Zunächst sprach sie die vier Mädchen auf Deutsch an. Als diese nicht reagierten, versuchte sie es mit Englisch und hatte ebenso wenig Erfolg. Sie raffte das Wenige, das sie an Italienisch gelernt hatte, zusammen und zuletzt die paar Brocken Französisch, die Erdmuthe ihr und ihrer Schwester beigebracht hatte. Die Reaktion war stets die gleiche: Die vier verstanden kein Wort.

Nun sprach die Hellhäutigste unter ihnen sie an und verwendete ebenfalls mehrere Sprachen.

Anna schüttelte den Kopf. »Ich verstehe nicht das Geringste!« Sie blickte Hilfe suchend ihre Schwester an. »Kannst du mir sagen, weshalb Gott es zugelassen hat, dass es so viele unterschiedliche Sprachen auf der Welt gibt?«

»Es war wegen des Turmbaus zu Babel. Die Menschen waren zu stolz geworden und wollten sein wie Gott.«

»Wir beide sind nicht stolz, und wir wollen auch nicht wie Gott werden. Trotzdem leiden wir unter dem, was damals geschehen ist«, rief Anna empört. Noch während sie überlegte, was sie tun konnte, wurde die Tür geöffnet, und ein feister Mann stellte ihnen einen Krug und eine Schüssel in den Raum.

Esther nahm den Krug und schnupperte daran. »Es scheint Wasser zu sein«, sagte sie und reichte ihn trotz ihres brennenden Durstes an die Schwester weiter.

»Trink du als Erste!«

»Nein, du!«

»Nein, du!«

Da Anna wusste, dass es endlos so weitergehen würde, wenn keine nachgab, setzte sie den Krug an und trank rasch ein paar Schlucke, bevor sie den Krug an Esther zurückgab.

Diese trank nun ebenfalls. In der Folge wechselte der Krug mehrmals von einer Schwester zur anderen, bis beide ihren Durst gelöscht hatten. Da noch Wasser übrig war, fragte sie die anderen Mädchen, ob sie auch trinken wollten, erntete aber nur verwirrte Blicke von ihnen.

Danach betrachteten sie die Schüssel. Es war genug darin für sie beide, allerdings gab es keinen Löffel. Esther sah ihre Schwester fragend an, doch die zuckte nur mit den Achseln.

Eine der jungen Frauen stand auf, ergriff die Schüssel mit einer Hand und fuhr mit der anderen in den zähen Brei. Dabei holte sie eine kleine Portion heraus und steckte sie sich in den Mund. Danach lächelte sie die Zwillinge auffordernd an.

»Sollen wir etwa mit den Händen essen!«, rief Esther entsetzt.

»Es wird uns wohl nichts anderes übrig bleiben«, antwortete Anna und blickte zur Tür. »Wo Fräulein Künne nur bleibt!«

•

DRITTER TEIL

EINE ANSTÄNDIGE FRAU

1.

*L*ucky Jim war zurück. Von der Höhe ihres Hauses beobachtete Ruth, wie die *Tahuata* in die Lagune einlief und von James Hutton geschickt zu ihrem Liegeplatz manövriert wurde. Er war ein ausgezeichneter Seemann. Das konnte sie als Tochter eines Reeders, die zusammen mit ihrem Bruder Jeremias viel über Handel, Schiffe und Seefahrt gelernt hatte, mit Fug und Recht beurteilen. Darüber hinaus war er ein gut aussehender Mann. Noch wichtiger aber war für sie seine Freundlichkeit und die Geduld, die er ihrem Sohn gegenüber an den Tag legte. Als sie bei dem Gedanken nach Jan Ausschau hielt, sah sie den Kleinen bereits den Hügel hinablaufen, um zur *Tahuata* zu gelangen.

Im ersten Impuls wollte sie nach Aipua rufen, damit diese dem Ausreißer nacheilte. Aber diese musste sich um Heirani kümmern, und so stand Ruth selbst auf, um zum Hafen zu gehen.

Lu Yi eilte ihr nach und wies auf den Jungen. »Soll ich hinter ihm herlaufen?«, fragte sie.

Ruth sah, dass James ihren Sohn bereits bemerkt hatte, und schüttelte den Kopf. »Lass ihn! Captain Hutton wird ihm schon sagen, dass ein echter Seemann nicht unerlaubt das Schiff – oder in diesem Fall das Haus – verlassen darf!«

Sie lächelte zufrieden, denn James besaß eine unnachahmliche Art, Jan so zu erziehen, wie es sein sollte. Der Junge wuchs freier auf als die Knaben aus der Missionarssiedlung, kannte aber anders als diese Grenzen, vor denen er haltmachen musste. Bei dem Gedanken erinnerte sie sich an Lofton, einen der Missionare, der seinen vierjährigen Sohn mit dem Gürtelriemen blutig geschlagen hatte, weil dieser seiner Mutter nicht gehorcht hatte.

Für die Tahitianer und für Aipua war eine solche Erziehung unverständlich. Die Engländer aber waren der Ansicht, dass aus einem unverständigen Knaben nur dann ein Mann werden konnte, wenn er ordentlich gestäupt wurde. Bei Jan zuckte manchmal auch ihre Hand, doch sie beließ es meist bei einem tadelnden Blick.

Sie beobachtete, wie der Kleine auf den Anlegesteg lief und dort von James abgefangen wurde. Dieser hob ihn hoch, schwang ihn durch die Luft und lachte mit ihm um die Wette. Jan jauchzte fröhlich, sah dann aber mit einem besorgten Blick zu seiner Mutter hin, deren ernstes Gesicht ihm Ungemach ankündigte.

Zuerst aber begrüßte Ruth James. »Willkommen zurück, Captain Hutton! Ich hoffe, Sie hatten eine gute Fahrt!«

»Es war eine gute Fahrt, in jeder Hinsicht«, antwortete James und wies auf Lu Mong, der eben mit einer langen Liste in der Hand auf Ruth zutrat.

»Wenn Sie hören wollen, was wir alles eingetauscht haben, kann Mister Lu Mong Ihnen am besten Auskunft geben!«, fügte er hinzu.

»Das hat Zeit«, antwortete Ruth. »Jetzt ist es mir wichtiger, Sie alle gesund und vollständig wiederzusehen.«

»Die Eingeborenen der Tuamotu-Atolle haben mehr Appetit auf Missionare als auf Seeleute«, antwortete James und wunderte sich, da Ruths Miene mit einem Mal sehr ernst wurde.

»Sie wissen es vielleicht noch nicht«, sagte sie. »Mister Archibald Collins hat sich von dem Schiff der Mission zu den Tuamotus bringen lassen, um den Menschen auf diesen Inseln das Evangelium zu verkünden. Er fand dort den Tod!«

James senkte betroffen den Kopf. »Das wusste ich nicht. Schade um ihn! Ich hätte ihm ebenso Erfolg bei seiner Missionierung gewünscht, wie ich es vor gut fünf Jahren Ihrem Ehemann gewünscht habe.«

»Die Hingabe zu Gott hat Hinrich kein Glück gebracht und Mister Collins ebenso wenig. Können Sie mir sagen, Captain Hutton, weshalb vernünftige Männer in entlegene Weltgegenden ziehen, um den dortigen Eingeborenen einen Glauben zu predigen, der ihnen ihre Sitten und Gebräuche verbietet und sie zu einem Leben zwingt, das sie im Grunde ihres Herzens nicht annehmen wollen?«

Bei dem Gedanken an ihren toten Ehemann empfand Ruth Bitterkeit, doch die war lange nicht mehr so schmerzhaft wie noch vor etlichen Monaten.

»Ich bin Seemann und kein Mann der Kirche«, antwortete James nachdenklich. »Was ich davon halte, habe ich Ihnen schon während der Fahrt auf der *Hesione* gesagt. Ich möchte mich dafür noch im Nachhinein entschuldigen. Es war ungehörig, einer jungen Lady wie Ihnen solche Dinge zuzumuten.«

»Ich bin keine Lady, sondern die Tochter und Enkelin von Männern, die noch selbst am Ruder ihrer Schiffe gestanden haben. Daher habe ich Ihren Vortrag vernünftig gefunden und teile Ihre Ansichten noch immer«, antwortete Ruth beschwichtigend. Dann schüttelte sie den Kopf, so dass sich ihr Sonnenhut aus geflochtenen Palmblattblättern selbstständig machte.

James fing ihn auf und reichte ihn ihr.

»Danke!« Ruth setzte den Hut wieder auf und blickte auf die *Tahuata*. »Wir sollten jetzt weniger über Dinge sprechen, die zu ändern außerhalb unserer Macht liegt, sondern uns um unsere eigenen Belange kümmern. Sie sagen, Ihre Fahrt war erfolgreich?«

»Das war sie«, erklärte Lu Wong, um sich in Erinnerung zu bringen. »Madam können bei der normalen Ware mit einem Gewinn von mehr als tausend Dollar rechnen. Dazu kommen die Perlen, die Captain Hutton eingetauscht hat.«

»Sind schöne dabei?«, fragte Ruth interessiert.

»Die, die Mister Lu Po nach China verkaufen kann, habe ich bereits Mister Lu Wong übergeben. Es sind einige sehr schöne Perlen übrig geblieben. Wenn Sie diese sehen wollen?«, fragte James.

»Das will ich, aber nicht hier! Kommen Sie mit nach oben. Maire wird gewiss schon Tee aufgesetzt haben. Doch nun will ich mir erst einmal unseren kleinen Schlingel vornehmen. Jan, komm her!«

Der Junge folgte nur zögernd dem Befehl der Mutter.

»Habe ich dir nicht deutlich genug erklärt, dass du nicht ohne meine Erlaubnis zum Hafen laufen darfst?«, fragte diese streng.

Jan nickte unglücklich.

»Und warum hast du es doch getan?«, kam die nächste Frage.

»Weil Captain Lucky Jim zurückgekommen ist!«, sagte der Junge mit einem Hilfe suchenden Blick auf James.

»Sie sehen also, Madam, dass eigentlich ich der Schuldige bin. Wäre ich nicht zurückgekommen, wäre unser kleiner Held auch nicht hierhergelaufen«, wandte James ein und zwinkerte Jan dabei zu.

Ruth musste sich beherrschen, um nicht in Lachen auszubrechen. »Wenn das so ist, muss ich euch beide bestrafen«, sagte sie mit zuckenden Lippen.

Ihr Sohn schüttelte heftig den Kopf. »Du darfst Captain Lucky nicht bestrafen! Er hat mir nicht gesagt, dass ich zum Schiff laufen soll, wenn es einläuft. Er hat gesagt, ich darf es nicht ohne deine Erlaubnis tun.«

»Und warum hast du es doch getan, mein Sohn?«, fragte Ruth.

»Weil ich mich so gefreut habe, dass Captain Lucky wieder hier ist«, antwortete Jan. »Das tust du doch auch, Mama!«

Eine leichte Röte huschte über Ruths Gesicht, und sie wagte es nicht, James anzusehen. Stattdessen blickte sie streng auf ihren Sohn hinab. »Diesmal werde ich noch einmal Gnade vor Recht ergehen lassen, mein Sohn! Solltest du aber das nächste Mal unerlaubt fortlaufen, werde ich mir überlegen müssen, ob ich mir nicht von Missionar Lofton den Gürtelriemen ausleihen sollte.«

Jan blickte lächelnd zu ihr auf. »Aipua sagt, wer Kinder schlägt, ist böse – und du bist nicht böse!«

»Es gibt auch andere Strafen«, antwortete Ruth. »Du wirst in den nächsten drei Tagen keinen Kuchen essen dürfen.«

»Aber Mama, du hast gerade gesagt, dass ich diesmal nicht bestraft werde«, wandte der Kleine ein.

Ruth sah seufzend zu James hin. »Es würde auch nichts nützen, da Aipua, Vaimiti, Maire und Lu Yi ihm heimlich mehr Kuchen zustecken würden, als er sonst bekommt.«

»Dann wäre es für Jan mehr eine Belohnung als eine Strafe!« James lachte und wies auf Lu Wong, der darauf wartete, dass seine Herrin sich die Waren ansah, die sie unterwegs eingetauscht hatten.

»Sie sollten Mister Lu Wong den Gefallen tun und seine Einkäufe bewundern. Er hat ausgezeichnete Arbeit geleistet!«

»Sie aber auch, Captain Sir!«, antwortete der junge Mann. »Captain Lucky spricht mit dem Meer, und es sagt ihm, wie er segeln muss, um in die Lagunen einzulaufen. Auch kann er sehr gut handeln. Ich bin nur sein Helfer.«

»Stellen Sie Ihr Licht nicht unter den Scheffel, Mister Lu Wong!«, erklärte James mit Nachdruck. »Die nächste Fahrt können Sie mit Mister Tahitoa machen, und dieser wird Ihnen den Handel zum größten Teil überlassen. Auf einigen Inseln habe ich das auch getan, und nicht zu Ihrem Schaden, Madam!«

Ruth nickte zufrieden. Mit James Hutton und Tahitoa verfügte sie über Kapitäne, die zwischen den Inseln dieser Weltgegend segeln konnten wie niemand sonst, und mit Lu Po und dessen Sippe Leute, denen sie den Handel getrost überlassen konnte.

»Dann schauen wir nach unten, Mister Lu Wong. Wenn diese Fahrt wirklich so ertragreich ist, wie Mister Hutton behauptet, haben Sie und er sich eine Prämie verdient!«

Als Lu Wong das Wort Prämie hörte, lächelte er. Zwar standen er und alle anderen aus seiner Familie in Lu Pos Schatten, der als Ruths Stellvertreter die Handelsstation führte. Doch jeder von ihnen hoffte auf ein eigenes bescheidenes Vermögen. Für Lu Wong hieß dies, genug Geld zu verdienen, um sich ebenso wie sein Vetter Lu Po eine Braut aus seiner Heimat kommen zu lassen. Bei einer Herrin wie Ruth Mensing standen die Chancen gut. Anders als die übrigen Europäer auf der Insel betrachtete diese sie nicht als Kulis, die gerade einmal zu primitiven Tätigkeiten fähig waren, sondern als Menschen mit Verstand, und gab ihnen die Gelegenheit, diesen auch zu nutzen.

Während der junge Chinese sich freudigen Zukunftsträumen hingab, stieg Ruth in das Ladedeck der *Tahuata* hinab und musterte die sorgfältig gestapelten Waren. Sie konnte zufrieden sein, denn James und Lu Wong hatten reichlich getrocknetes Kokosmark geladen, dazu ganze Kokosnüsse, Nonifrüchte und etliches mehr, was teilweise hier verarbeitet und nach China oder Europa verschickt werden konnte.

»Ich bin beeindruckt!«, sagte sie. »Jeder von Ihnen hat sich zehn Prozent des Reingewinns als Prämie verdient.«

»Das ist zu viel«, wandte James ein.

Lu Wong war nicht dieser Ansicht, behielt diese Meinung aber für sich und forderte Ruth auf, sich die Perlen anzusehen, die für die nächste Fahrt nach China gedacht waren.

Ruth folgte ihm und James in die Kapitänskajüte. Dort stellte Lu Wong den Korb mit den einfacheren Perlen auf den Tisch. Als Ruth sah, wie viele es waren, funkelte sie Lu Wong und James warnend an.

»Ich will nicht hoffen, dass Sie die Inselbewohner auf üble Weise betrogen haben!«

James hob beschwichtigend die Hand. »Das haben Mister Lu Wong und ich nicht getan, Madam. Wir wissen beide, dass steter

Handel mehr Gewinn bringt, als die Leute einmal übers Ohr zu hauen und danach keine einzige Kokosnuss mehr einhandeln zu können.«

»Ich will Ihnen glauben!« Ruth rief sich die Waren ins Gedächtnis, mit denen James und Lu Wong von hier aufgebrochen waren, und stellte sie in Relation zu den Dingen, die diese mitgebracht hatten. Die beiden hatten gute Geschäfte gemacht, waren aber noch in dem Rahmen geblieben, den sie für vertretbar hielt.

Da ertönte von oben ein entsetzter Schrei.

»Was ist denn da los?«, rief Ruth und stürmte an Deck. Ein paar Schritte von ihr entfernt stand Aipua mit Heirani auf dem Arm und starrte nach oben.

Als Ruth ihrem Blick folgte, blieb ihr beinahe das Herz stehen. Während sie unten die Waren betrachtet hatte, war Jan die Wanten zum Hauptmast emporgeklettert und hing nun in etwa zehn Yards Höhe fest. Seiner verzweifelten Miene nach schienen seine Kräfte nachzulassen.

»Sprechen Sie ihm Mut zu«, forderte James sie auf und wies dann Lu Wong an, sich so zu stellen, dass er den Jungen notfalls auffangen konnte. Er selbst stieg langsam und vorsichtig nach oben.

»Hörst du mich, Jan? Halte dich gut fest«, forderte Ruth ihren Sohn auf.

»Ja, Mama!«, kam es jämmerlich zurück.

»Captain Lucky ist gleich bei dir und wird dir helfen«, fuhr Ruth fort. »So lange musst du dich festhalten. Hast du verstanden?«

»Ja, Mama!« Jan wagte nun einen Blick nach unten und sah James hochkommen. Nun sprach auch dieser ihn an.

»Ich bin gleich bei dir, Matrose! Bis dorthin hältst du dich fest. Du weißt, ein Matrose muss den Befehl seines Captains immer befolgen.«

»Aye, aye, Sir!« Jan biss die Zähne zusammen und bemühte sich, das Zittern in seinen Armen in den Griff zu kriegen. Seine

Füße hingen in der Luft, und so versuchte er, eine Stelle zu finden, auf die er sie stellen konnte.

»Nein, Jan! Nicht zappeln!«, rief Ruth voller Angst.

»Nichts tun, Matrose! Bleib still und halte dich fest. Ich komme!«

James wurde schneller und schnappte mit der rechten Hand nach dem kleinen Kletterer. Es war keinen Augenblick zu früh, denn Jans Kraft war verbraucht, und er ließ die Leine los, an der er sich festgehalten hatte.

James zog ihn zu sich her und hielt ihn mit einem Arm fest, während er vorsichtig wieder in die Tiefe stieg. Unten wartete Lu Wong auf ihn und streckte die Arme auf, um den Kleinen entgegenzunehmen. Ruth war jedoch schneller, fasste nach ihrem Sohn und stellte ihn auf den Boden.

Neben ihr stand Aipua als ein Häuflein Elend. »Ich konnte ihn nicht aufhalten! Er war einfach zu flink«, jammerte sie.

»Schon gut«, sagte Ruth in dem Versuch, sie zu beruhigen. »Aber eines sage ich dir! Jan bekommt heute seine Tracht Prügel, und wenn du mich deswegen für ein Ungeheuer hältst!«

»Darf ich eine Bitte äußern?«, fragte James, der jetzt wieder auf das Deck zurückgekehrt war.

»Selbstverständlich«, antwortete Ruth.

»Überlassen Sie die Bestrafung des Jungen mir. Er hat seinen Schrecken erlebt. Dieser wird ihm eine Lehre sein. Ihn dafür auch noch zu schlagen, wäre grausam.«

»Ich glaube, dass Mister Lofton anders darüber denkt«, antwortete Ruth verärgert.

»Mister Lofton ist Engländer, Madam! Dort zählt der Gürtelriemen nun einmal als Mittel der Erziehung.«

»Und woher stammen Sie, Mister Hutton?«, fragte Ruth beißend.

»Aus England, Madam! Ich bin aber kein Missionar, sondern Seemann und habe oft genug erlebt, wie die neunschwänzige Katze auf einen nackten Matrosenrücken traf. Jede andere Strafe wäre besser gewesen. Bei einem Kind ist es nicht anders.«

»Sie wären wahrscheinlich ein besserer Missionar geworden als jene dort«, antwortete Ruth mit einem Blick zur Europäersiedlung. »Predigen können Sie jedenfalls gut. Aber ich muss mich für meine harschen Worte entschuldigen, denn ich verdanke es Ihnen, dass mein Sohn nicht den Halt verloren hat und auf das Deck gefallen ist. Verzeihen Sie mir bitte! Was die Strafe für Jan betrifft, so lege ich diese in Ihre Hand.«

James streifte sie mit einem sanften Blick. »Ich habe Ihnen nichts zu verzeihen, Madam. Ich bin der Kapitän dieses Schiffes und trage auch hier im Hafen die Verantwortung für alles, was die *Tahuata* und die Menschen auf ihr betrifft. Ich hätte jemanden bestimmen müssen, der auf den Knaben achtet.«

»Das wäre meine Aufgabe gewesen«, wandte Aipua ein.

James schüttelte den Kopf. »Sie haben sich um Heirani zu kümmern.« Er widmete sich für einen Augenblick Aipuas Töchterchen. »Na, du Kleine? Du siehst ja prächtig aus!«

»Heirani ist schön!«, erklärte Jan, der den Schreck, den er in den Wanten durchlebt hatte, bereits verdrängte. Er strich der Kleinen sanft über das Gesicht und freute sich sichtlich, als diese ihn anlächelte.

Unterdessen fand Ruth, dass ihr Sohn nicht so einfach davonkommen sollte, und wandte sich James zu. »Und welche Strafe halten Sie in diesem Fall für angemessen?«

James winkte den Jungen mit strengem Blick zu sich. »Komm her, Matrose!«

Der Junge gehorchte sofort, doch James' Miene blieb fest.

»Was habe ich dich über die Pflichten eines Matrosen gelehrt?«, fragte er.

»Ein Matrose muss seinem Kapitän gehorchen!«, antwortete der Junge.

»Außerdem steigt ein Matrose nicht auf den Mast, wenn er Lust dazu hat, sondern wenn sein Kapitän ihm den Befehl dazu erteilt. Habe ich dir diesen Befehl gegeben?«

Der Junge schüttelte unglücklich den Kopf. »Nein, Captain Lucky!«

»Also bist du ohne Befehl hinaufgestiegen! Du weißt, was mit Matrosen passiert, die gegen ihre Befehle verstoßen?«, fragte James, der nur mit Mühe seine ernste Miene beibehalten konnte.

»Sie werden in den Kielraum gebracht und in Eisen geschlossen!« Nun rann doch eine Träne über Jans Wange.

»Genauso ist es! Da Aipua den Befehl hat, auf dich achtzugeben, muss auch sie mit in den Kielraum und ebenso Heirani, da diese bei der Mutter bleiben muss.«

»Nicht Heirani!«, stieß der Kleine schluchzend aus. »Mich kannst du in Eisen schließen lassen, aber Heirani nicht. Das erlaube ich nicht.«

»Das hört sich ja direkt nach einer Meuterei an!«, sagte Ruth mit schwankender Stimme.

»Jedenfalls setzt Jan sich für die ein, die er liebt!«, antwortete James, hob den Kleinen auf und trug ihn vom Schiff.

»Da ich Heirani um alles in der Welt nicht in Eisen schließen will, bleibt es auch dir erspart. Eine Strafe für dich muss aber sein. Du wirst vorerst aus der Musterrolle gestrichen und bist daher kein Matrose mehr, bis deine Mutter findet, dass du wieder würdig bist, einer zu sein! Du darfst damit kein Schiff mehr betreten, außer deine Mutter gestattet es dir ausdrücklich.«

James wollte Ruth nicht übergehen und ihr daher die Entscheidung überlassen. Viel länger als ein paar Tage würde diese Strafe nicht dauern. Jan musste begreifen, dass ein Schiff nicht nur ein schöner Platz zum Spielen war, sondern auch ein Ort, auf dem es für ein Kind Gefahren gab, die es meiden musste.

Das enttäuschte Gesicht des Kleinen brachte Ruth fast dazu, ihm die Strafe auf der Stelle zu erlassen. Damit aber hätte sie James' Autorität untergraben, und er war immer noch derjenige, auf den ihr Sohn am meisten hörte.

»Du wirst jetzt mit Aipua wieder nach oben gehen und Maire sagen, dass sie Tee aufschütten und Kuchen auftischen soll, falls sie das nicht ohnehin schon vorbereitet hat. Ach ja, du erhältst heute keinen Kuchen. Ich werde Captain Hutton bitten, jeden für eine Nacht in Eisen zu schließen, der dir ein Stück Kuchen zusteckt!«, erklärte Ruth mit aller Autorität, die sie noch aufbringen konnte.

Als James das hörte, verzog er grinsend das Gesicht. »Wenn Sie wirklich darauf bestehen, Madam, glaube ich, wird der Kielraum der *Tahuata* für all diese Leute nicht ausreichen.«

Jetzt war es um Ruth endgültig geschehen, und sie platzte vor Lachen heraus. »Sie sind einfach unmöglich, Captain Lucky Jim!«, brachte sie mühsam hervor.

Aipua winkte Jan näher und beugte sich zu ihm herab. »Von mir bekommst du auf jeden Fall ein Stück Kuchen!« Zu ihrer Verwunderung schüttelte der Junge den Kopf.

»Das darfst du nicht tun, Aipua! Sonst lässt Mama dich doch noch mit Heirani in den Kielraum sperren.«

James hörte es und drehte sich zu Ruth um. »Ihr Sohn ist ein prächtiger Junge, Madam, und er hat das Herz auf dem richtigen Fleck.«

2.

Die Angst um ihren Sohn hatte Ruth arg zugesetzt, und es dauerte eine Weile, bis sie wieder ihre gewohnte Ruhe gefunden hatte. Daher genoss sie zuerst Tee und Kuchen und bat James, von seiner Fahrt zu den Tuamotu-Atollen zu berichten. Neben ihr hatte Jan auf einem etwas höheren Stuhl Platz genommen und trank von dem Saft einer Kokosnuss, die Tahitoa für ihn mit einem Haumesser geöffnet hatte. Die Kuchen, die Maire darbot, ignorierte er heldenhaft.

Schließlich schnitt Ruth einen schönen Teil ihrer eigenen Portion ab und schob ihn Jan hin. »Hier, iss!«, sagte sie und wandte sich dann James zu. »Ich hoffe, ich muss mich nun nicht selbst dazu verurteilen, im Kielraum der *Tahuata* in Eisen geschlossen zu werden?«

Um James' Lippen erschien ein Lächeln. »Selbstverständlich nicht, Madam! Sie sind hier die oberste Richterin, und was Sie sagen, ist Gesetz.«

»Auch ich muss mich an Regeln und Gesetze halten«, erwiderte Ruth und bat Maire, ihr noch ein Stück Kuchen zu bringen.

»Wollen Sie einen Schluck Rum?«, fragte sie James.

»Danke, mir reicht Tee! Und Ihnen, Mister Lu?«

Die Frage galt Lu Wong, der sofort versicherte, mit Tee zufrieden zu sein.

Als Maire und Vaimiti den Tisch abgeräumt hatten, zog James das Kästchen heran, in das er jene Perlen getan hatte, die für Ruth gedacht waren. »Wollen Sie sie jetzt sehen?«

»Gerne!« Ruth beugte sich vor und sog bei dem Anblick der Perlen die Luft ein. »Bei Gott, sind die herrlich! Die hier erst!« Damit deutete sie auf jene drei, die James als Letzte eingetauscht hatte. Sie wurde ernst. »Ich hoffe, Sie haben genug dafür bezahlt?«

»Der Häuptling war jedenfalls sehr zufrieden, obwohl er auf Musketen gehofft hatte«, antwortete James.

»Das kann ich bestätigen!«, schaltete sich Lu Wong ein. »Captain Hutton hat dem Häuptling noch extra einige Waren gegeben, damit dieser sich nicht betrogen fühlen konnte.«

»Entschuldigen Sie, das war eine dumme Frage. Ich weiß, was für ein ehrenhafter Mann Sie sind«, sagte Ruth an James gewandt.

»Sie müssen sich nicht entschuldigen! Ich habe Männer gekannt, für die ich die Hand ins Feuer gelegt hätte, und dennoch haben sie Dinge getan, die ich nicht gutheißen konnte.« James lächelte versonnen, denn eine Frau wie Ruth, dachte er, die ihre Fehler erkannte und zu ihnen stand, konnte es so schnell kein zweites Mal geben. Mehr denn je bedauerte er, als mittelloser, auf Tahiti gestrandeter Seemann zu ihr gekommen zu sein. Zwar hatte sie ihn zum Kapitän ihres ersten Schiffes ernannt, doch sie war nun einmal seine Herrin und er ihr Knecht. Es war daher unmöglich, ihr zu sagen, was ihn in seinem Herzen bewegte.

James ahnte nicht, dass Aipua ihn heimlich beobachtete. Sie las ihm seine Gefühle vom Gesicht ab und wünschte ihm ein wenig mehr Selbstvertrauen. Dabei fehlte es ihm gewiss nicht an Mut. Sein Spitzname Lucky Jim erzählte davon, dass er vielen Gefahren begegnet und aus allen heil wieder herausgekommen war. Ruth zu sagen, wie sehr er sie begehrte, wagte er jedoch nicht. Dabei bedurfte es nur eines winzigen Anstoßes, damit die beiden begriffen, wie gut sie zueinander passten.

Ruth bewunderte unterdessen die anderen Perlen und beschloss, die schönsten zu behalten. Einen etwas größeren Teil wollte sie, wenn sie nach Hamburg kam, dort verkaufen.

»Ich will in meiner Heimat auf eigenen Füßen stehen und nicht auf andere angewiesen sein«, setzte sie hinzu, nachdem sie dies erklärt hatte.

»Aber Sie haben doch dort Ihre Familie, und Ihr Sohn ist zudem Miterbe der Reederei Mensing«, wandte James verwundert ein.

»Das mag alles sein, aber ich habe nicht gelernt, hier auf Tahiti auf eigenen Beinen zu stehen, um in Hamburg von anderen Menschen abhängig zu werden.« Ruth klang so enttäuscht, dass James sie am liebsten in die Arme genommen und getröstet hätte.

»Haben Sie schlechte Nachrichten erhalten?«, fragte er.

Ruth schüttelte den Kopf. »Seit die *Hesione* diese Gewässer verlassen hat, kamen noch dreimal Briefe von meiner Familie. Obwohl mein Vater und meine Mutter schreiben, dass sie mich vermissen und ihren Enkel gerne sehen würden, erscheinen mir ihre Briefe seltsam kalt. Sie mögen mich eine Närrin heißen, aber für mich sieht es so aus, als würden sie dies nur schreiben, weil es sich so gehört.«

»Das muss nicht sein«, meinte James.

»Es ist ein Gefühl, das mich jedes Mal überkommt, wenn ich die Briefe lese. Diese sind kurz, als hätte man sie noch rasch geschrieben, um sie einem Schiff mitgeben zu können. Sie berichten auch nicht viel über sich selbst, sondern belassen es bei ein paar nichtssagenden Zeilen. Früher hat Vater mit mir über seine Pläne gesprochen, und ebenso Jeremias. Die Briefe, die Vater aus England geschrieben hat, als Napoleon Hamburg besetzt hielt, waren ganz anders. Da merkte man seine Sehnsucht, uns wiederzusehen. Mir schreibt er jetzt in einem Satz, wie sehr er wünschen würde, ich könnte zu ihm reisen, und rät mir im nächsten, noch einige Jahre in der Südsee zu verbringen, bis Jan alt genug für die Reise ist.«

»Aber das ist doch das, was Sie tun wollen«, sagte James verwundert.

»Für mich wirken die Briefe so, als würde es meine Familie nicht mehr kümmern, was aus mir und meinem Sohn wird. Vaters Briefe lesen sich fast so wie die meines Schwagers, und auf den will ich ganz bestimmt nicht angewiesen sein. Hinrich hat nicht viel über seinen Bruder erzählt, aber ich konnte fühlen, dass zwischen ihnen keine Liebe geherrscht hat.« Ruth seufzte. »Nennen Sie es eine Grille, wie sie Frauen von Zeit zu Zeit überfallen«, sagte sie schließlich und war froh, als Lu Po hinzukam, den der Ertrag dieser Fahrt nicht weniger interessierte als sie.

Sie überließ nun den Männern das Wort und hob Jan auf ihren Schoß. Der Kleine schmiegte sich an sie und lächelte selig.

»Du bist alles, was ich noch habe«, sagte Ruth leise und kämpfte gegen die Tränen an, die in ihr aufsteigen wollten.

Ihr Blick suchte James, der sich mit Lu Po über die geplante nächste Reise nach An Tsing unterhielt. Aipuas Worte kamen ihr in den Sinn, denen zufolge sie noch viel zu jung war, um auf Dauer als Witwe zu leben. Sie erinnerte sich auch an die Lehre von Yin und Yang, von der ihr Lu Pos Großmutter Lu An erzählt hatte.

Hatte sie nach Hinrichs Tod geglaubt, nie wieder Gefühle für einen Mann entwickeln zu können, so spürte sie nun, dass ihr Herz schneller schlug, wenn sie James ansah oder auch nur an ihn dachte. Sie nahm an, dass er etwas für sie empfand. Doch war es mehr als eine gewisse Sympathie und Dankbarkeit, weil sie ihm, als er ohne Geld und Hoffnung nach Tahiti gelangt war, eine Stelle als Kapitän der *Hiva Oa* angeboten hatte? Ohne seine Hilfe wäre es Wiggles, dem damaligen Leiter der Mission, und dessen tahitianischem Verbündeten Ari'iheiva gelungen, ihr die Leitung der Handelsstation abzunehmen, so dass sie jetzt arm und auf die Gnade und Barmherzigkeit der Missionare angewiesen ihr Leben fristen müsste.

Außerdem hatte er das Leben ihres Sohnes und das ihre gerettet, als die schurkischen Kapitäne Wally und Barrows sie überfallen hatten. Die beiden und ihre Kumpane hatten sie und Jan entführen und mit ihnen auf der *Hiva Oa* fliehen wollen. Was danach mit ihr und ihrem Kind geschehen wäre, wollte sie sich nicht ausmalen.

Sie war ihm daher zu großem Dank verpflichtet. In ihrem Herzen fühlte sie jedoch nicht nur Dankbarkeit, sondern auch die Scham, sich ihm anbieten zu müssen. Wenn er wenigstens einen Schritt auf sie zugehen würde, dachte sie traurig.

Unterdessen waren James und Lu Po zu einer Einigung gekommen. »Mister Lu schlägt vor, dass wir in zwei Monaten wieder nach China segeln«, sprach James sie an.

Ruth nickte. »Das wird wohl das Beste sein! Geben Sie aber acht, dass Mister Lu nicht wieder die halbe Bevölkerung von An Tsing mitbringt. Ich glaube nicht, dass ich der Königin und ihren Beamten dies erklären könnte.«

»Haben Sie keine Sorge«, erklärte Lu Po freundlich. »Meine Sippe ist, soweit sie mitkommen wollte, hier, und jetzt geht es nur noch darum, das eine oder andere Mädchen als Braut für einen von uns zu holen, oder einen jungen Mann, der eine meiner Nichten heiraten kann.«

»Was bei der nicht gerade geringen Zahl Ihrer Nichten und Neffen mindestens drei Schiffsladungen heiratswilliger Mädchen und Jünglinge bedeutet«, antwortete Ruth mit einem gewissen Spott.

»Die Königin ist nicht böse, dass wir hier sind, sondern im Gegenteil sehr froh. Mehrere meiner Nichten können sehr geschickt mit Nadel und Faden umgehen, und Aimata Vahine Pomare IV. trägt gerne schöne Kleider«, sagte Lu Po lächelnd.

Er wusste, dass Ruth nichts dagegen hatte, wenn sie bei ihren Fahrten nach China ein paar Landsleute mitbrachten. Sie befand sich jedoch nicht im Gleichgewicht, wie seine Großmutter es nannte. Dies ließ eine Frau launisch werden. Am besten war es, nicht darauf zu achten, sondern von dem zu reden, was wichtig war.

»Ich habe mir die Freiheit genommen, dem letzten Schiff, das nach England aufgebrochen ist, einige Waren mitzugeben, damit sie dort verkauft werden können. Ein Viertel des Erlöses soll der Missionierung der hier lebenden Völker zugutekommen. Das habe ich Reverend Pritchard dafür versprochen«, erklärte er Ruth.

»Es wird dauern, bis wir das Geld für diese Waren sehen, wenn überhaupt«, antwortete Ruth und fand selbst, dass sie zu negativ klang. »Sollte es jedoch gelingen, bringen wir dadurch in Erfahrung, welche unserer Erzeugnisse in Europa gefragt sind, und können entsprechend planen«, setzte sie daher hinzu und begann mit Lu Po, seinem Vetter Lu Wong und James ein längeres Gespräch darüber, bei welchen Waren sie die größte Hoffnung hatten, sie könnten in Europa willige Abnehmer finden.

»Ich würde sagen, dass Kokosöl wohl am leichtesten Abnehmer findet. Man kann damit Lampen füllen, und diese verbreiten, wenn sie brennen, einen angenehmen Geruch. Vielleicht könnte man damit den Waltran ersetzen. Es schmerzt mich, dass diese herrlichen Tiere, die Gott in seiner Güte geschaffen hat, abgeschlachtet werden, nur damit mit ihrem Tran die Kammern in Europa und Amerika erhellt werden können«, sagte James nachdenklich.

»Da es Wale gibt, kann man sie jagen und ihren Tran auskochen«, wandte Lu Po ein. »Das sollte uns aber nicht daran hindern, von den Bewohnern der Insel Kokosnüsse zu kaufen, diese zu Kopra zu trocknen und daraus Öl zu pressen. Sobald die *Poerava* fertiggestellt und erprobt ist, sollte Captain Hutton sie nach Europa steuern, und zwar mit sehr vielen Fässern Kokosöl in den Laderäumen«, fuhr er mit dem Anflug eines Lächelns fort.

»So stelle ich es mir auch vor!«, sagte Ruth.

Sie überlegte, ob sie mitfahren sollte. Immerhin war Jan schon über drei Jahre alt und so gesund und kräftig, wie er nur sein konnte. Die Sehnsucht nach ihrer Familie war nach den letzten Briefen aus Hamburg jedoch geringer geworden. Früher hatte Jeremias ihr seine Geheimnisse anvertraut. Jetzt beschränkte er sich auf einen Satz, den er wohl nur deshalb den Briefen ihrer Eltern hinzugesetzt hatte, weil er dazu aufgefordert worden war.

Ruth ärgerte sich, weil sie sich von den Briefen aus der Heimat gekränkt fühlte. Doch in den fünf Jahren, die sie nun schon bald in der Südsee weilte, hatte ihr Vater kein einziges Schiff hierhergeschickt. Dabei hatte er hoch und heilig versprochen, es zu tun.

Sie verbannte diesen Gedanken, da sie sich um ihre Gäste kümmern musste, und brachte den Nachmittag mit einem ebenso interessanten wie auch angenehmen Gespräch hinter sich.

3.

Ruth lud James, Lu Po und dessen Vetter zum Abendessen ein. Als die drei gegangen waren, räumten Vaimiti und Lu Yi ab, während Aipua auf einer Matte saß und die kleine Heirani auf dem Schoß hielt, während Jan sich an sie schmiegte. Ruth sah den dreien zu und verspürte mit einem Mal Sehnsucht danach, selbst ein so kleines Kind wie Heirani in den Armen zu halten – und zwar ein eigenes.

Sie fand den Gedanken verwunderlich, freundete sich aber immer mehr damit an. Immerhin war sie den Zwanzigern noch um einen Hauch näher als den Dreißigern, und ihre Ehe war sehr kurz gewesen.

Insgeheim ließ Aipua Ruth nicht aus den Augen. Deren Mienenspiel war beredt genug, um erkennen zu können, was sie bewegte. »Du bist heute wieder ein ganzes Stück reicher geworden«, begann Aipua das Gespräch.

»Es ist der Sinn des Handels, dass man Gewinn erwirtschaftet«, erklärte Ruth.

»Man darf darüber aber nicht vergessen, dass es auch andere Dinge gibt als viel Geld und Schiffe mit vollen Laderäumen«, fuhr Aipua lächelnd fort. »Mister Lu Po denkt etwas zu viel an Geld, Captain Lucky Jim für einen Paratane zu wenig.«

»Und ich denke deiner Meinung nach auch zu viel daran?«, fragte Ruth.

»Teilweise ja. Doch du bist anders als die Paratane. Bei denen denken nur die Männer an Geld, selbst die Missionare, die von sich behaupten, ein bescheidenes Leben zu führen.«

Ruth lachte leise auf. »Du kannst Mister Pritchard und die anderen Missionare nicht der Völlerei und Zügellosigkeit zeihen. Sie trinken keinen Schnaps, kleiden sich schlicht, und keiner von ihnen denkt auch nur im Traum daran, die Frau eines anderen zu verführen.«

Nun musste auch Aipua lachen. »Das stimmt alles! Doch dieses Leben erfüllt sie mit zu viel Stolz. Sie sagen, sie seien die Knechte Gottes, doch sie benehmen sich, als wären sie selbst der Herr im Himmel.«

»Das ist wohl etwas übertrieben«, erwiderte Ruth kopfschüttelnd. Aber so ganz falsch lag ihre Freundin nicht. Die Missionare glaubten sich auf dem rechten, ihnen von Gott gewiesenen Pfad und schauten mit einem erkennbaren Hochmut auf andere Menschen herab. Die Einheimischen waren in ihren Augen unverständige Kinder, die man notfalls mit der Rute oder der Muskete zum wahren Glauben bekehren musste. Für die Matrosen auf den Kriegsschiffen und den Walfängern hatten sie nur Verachtung übrig, und auch ihr gegenüber zeigten sie deutlich, wie wenig es ihnen gefiel, dass sie als Frau allein leben und zudem Erfolg haben konnte.

Als sie dies zu Aipua sagte, lachte ihre Freundin noch mehr. »Einem Tahitianer kann man in christlicher Nächstenliebe verzeihen, wenn er einmal den roten Oro oder Tangiroa in den Mund nimmt anstatt Iesua oder den Heiligen Geist. Den Matrosen sehen sie nach, wenn diese in ihren Augen fehlen, da es nur schwache Menschen sind. Du aber stellst eine Gefahr für sie dar!«

»Eine Gefahr? Weshalb?«

»Du bist eine Frau und müsstest demütig und gehorsam sein und dich ihrem Willen beugen. Stattdessen führst du mit großem Erfolg die Handelsstation, die dein Vorgänger, ein Mann, hat verkommen lassen. Nun bist du sogar aus eigener Kraft wohlhabend geworden und einflussreich und widersprichst damit in den Augen der Pritchards, Bakers und wie sie alle heißen, dem Bild der Frau, wie Gott es angeblich haben will.«

Aipua wurde ernst. Derzeit hielten die Missionare still, da Ruth durch ihre Erfolge in der Gunst der Königin stand. Sollten sie jedoch einmal die Gelegenheit sehen, ihre Freundin auf den Platz zu verweisen, der ihr ihren Lehren nach gebührte, würden sie alles daransetzen, damit es auch dazu kam. Allein würde Ruth ihnen nur schwer widerstehen können.

»Morgen kommen wieder die Frauen der Missionare zu uns«, fuhr Aipua fort. »Sie tun es nicht allein, weil der Tee und die Kuchen bei uns besser schmecken als bei ihnen, sondern auch als Spioninnen ihrer Männer!«

»Als Spioninnen?«

»Die meisten von ihnen wissen es nicht einmal, sondern erzählen ihren Männern, was sie gesehen und gehört haben. Wäre etwas dabei, was diese gegen dich verwenden könnten, würden sie es tun.«

Aipuas Warnung schien Ruth berechtigt. Sie durfte sich auf keinen Fall zu sicher fühlen. Auch wenn sie George Pritchard, dem Leiter der Missionsstation, nicht zutraute, ihr auf krummen Wegen schaden zu wollen, wie dessen Vorgänger Wiggles es versucht hatte, so musste sie doch damit rechnen, dass er seinen Einfluss ausnützte, um sie von Dingen abzuhalten, die seinem Weltbild widersprachen.

»Hab Dank, dass du mir den Kopf zurechtgerückt hast«, sagte sie lächelnd zu ihrer Freundin, die eben Heirani die Brust bot.

»Ich hoffe, es kommt keine der Missionarsfrauen herein oder gar einer ihrer Männer. Sie wären entsetzt, weil du deinen kleinen Schatz nährst, obwohl Jan zusehen kann«, sagte sie mit einem Schmunzeln.

»Maire oder Vaimiti würden uns rechtzeitig warnen«, antwortete Aipua und sah Ruth auf einmal sehr ernst an. »Findest du nicht auch, dass Captain Lucky Jim ein sehr dummer Mann ist?«

Ruth riss es förmlich herum. »Wie kommst du auf den absurden Gedanken?«

»Wäre er nicht dumm, müsstest du ihn nicht andauernd tadeln!«, behauptete Aipua.

»Das ist nicht wahr! Ich tadle ihn nie, sondern freue mich, dass er so erfolgreich Handel treibt«, widersprach Ruth vehement.

»Immer wieder wirfst du ihm an den Kopf, dass du ihn verdächtigst, die Einheimischen zu betrügen. Selbst heute hast du es getan, als er nach mehreren Wochen zurückgekommen ist. Irgendwann wird er es leid sein, von dir andauernd so unfreundlich empfangen zu werden, und sich ein Schiff suchen, das ihn von hier fortbringt!« Aipua musste sich das Lachen verbeißen, als sie Ruths fassungsloses Gesicht sah.

»Aber ich …«, begann diese, wurde aber von Aipua sofort unterbrochen.

»Männer haben ihren Stolz! Wird dieser andauernd verletzt, darf man sich nicht wundern, wenn es ihnen einmal zu viel wird und sie gehen.«

»Aber ich bin mit Captain Hutton sehr zufrieden!«, rief Ruth, die langsam die Geduld mit ihrer Freundin verlor. »Ich habe ihm immerhin eine hübsche Prämie für diese Handelsfahrt versprochen.«

»Auch du solltest wissen, dass ein freundliches Wort und ein Dankeschön mehr wiegen als diese gelben oder weißen Metallscheiben, die für euch Weiße so heilig sind.«

Ruth sah ihre Freundin an und nickte. »Vielleicht hast du recht! Ich sollte Captain Hutton zeigen, wie wertvoll er für die Handelsstation ist. Ohne ihn könnte Lu Po nicht nach China fahren, es gäbe kaum Handel mit den anderen Inseln, und wir beide würden mit Jan und Heirani in einer Hütte am Rande der Missionarssiedlung unser Leben fristen müssen.«

»Es ist schön, dass du das einsiehst«, erklärte Aipua lächelnd. »Weißt du was? Lade Captain Lucky morgen zum Abendessen ein. Maire wird ein wundervolles Mahl – wie sagst du immer? – hinzaubern! Du kannst ihm bei dieser Gelegenheit am besten sagen, wie wertvoll er für dich geworden ist.«

Es klang ein wenig zweideutig, doch Ruth spürte, wie ihr Blut rascher durch ihre Adern strömte. So wie jetzt konnte es auf Dauer nicht weitergehen. Entweder fasste James den Mut, ihr zu gestehen, dass er sie liebte, oder … Dieses Oder gefiel ihr gar nicht, denn es würde bedeuten, dass James Hutton Tahiti verlassen und sie allein zurückbleiben würde, und das in einem Umfeld, in dem sie ein noch größerer Fremdkörper war, als sie es auf Hiva Oa je gewesen war.

»Also gut, laden wir Lucky Jim für morgen Abend ein«, sagte sie zu Aipua.

Diese lächelte und sagte sich, dass sie bis dorthin alles vorbereiten würde, damit es so kam, wie sie es sich wünschte.

4.

Weit entfernt von den sonnendurchwärmten Stränden Tahitis tobte der Sturm um ein einsames Gebäude, das in einer engen Schlucht zwischen zwei steil aufragenden, waldbedeckten Hängen stand.

Das Erdgeschoss war aus Ziegeln gemauert, das Obergeschoss bestand aus Holz. Das krumme Dach bog sich unter der Last des Schnees, der sich draußen auftürmte und bis zur Hälfte der unteren Fenster reichte.

Das Erdgeschoss bestand aus der Küche und mehreren Kammern sowie einem großen Raum, in dem Dutzende Menschen der eisigen Kälte trotzten. An der Wand stand ein schlichter Kachelofen, dessen zweiter Teil in die Küche ragte und dort den Herd bildete. Von dort aus wurde der Ofen befeuert und spendete nun denjenigen einen Hauch von Wärme, die draußen auf der Ofenbank saßen. Es waren zwei Männer und zwei Frauen, die Wärmesuchende mit Fußtritten zurückstießen.

»Wenn ihr nicht sofort kuscht, gibt es Schläge!«, rief der Ältere der beiden Männer und versetzte einer alten Frau einen schmerzhaften Hieb mit einem Stock.

Diese zog sich wimmernd zurück, während andere begehrlich auf die Plätze am Ofen starrten.

Eine der Frauen am Ofen sah den Mann mit dem Stock an. »Hoffentlich können wir die auch weiterhin zurückhalten, Martin. Wenn sie gemeinsam kommen, werden wir ihrer nicht mehr Herr!«

»Ich hoffe, dass sie auch in Zukunft nicht begreifen, wie arg sie uns an Zahl überlegen sind«, sagte ihre Gefährtin und blickte zur Küchentür. »Es wird bald Zeit zum Kochen, Franzi!«

»Dann tut das!«, antwortete Martin, der als oberster Aufseher tätig war. »Geht sparsam mit den Lebensmitteln um. Wir wissen nicht, ob bei diesem Wetter ein Wagen durchkommt, um frische zu bringen!«

»Dass die das Narrenhaus so abgelegen haben bauen müssen! Wir haben jetzt das Geschiss damit«, rief der zweite Aufseher missmutig.

»Für uns langt das Essen alleweil noch. Die dort können von mir aus hungern«, erwiderte Franzi spöttisch und wies mit dem Kinn auf die zerlumpten Menschen, die sich aneinanderkauerten, um einander zu wärmen. Dann stand sie auf und stupste die zweite Frau an. »Komm jetzt, Ria! Packen wir's an.«

Die Frauen verschwanden in der Küche. Sofort wollten Bedürftige ihre Plätze einnehmen. Martin und sein Gehilfe Ludwig trieben sie jedoch mit harten Stockschlägen zurück.

»Bleibt, wo ihr seid!«, schrie Martin sie an. »Ihr stinkt mir zu arg!«

Ein Mann wollte nicht aufgeben, sondern versuchte, an den Kachelofen zu kommen. Da ihn Schläge nicht daran hinderten, prügelten die beiden Aufseher gemeinsam auf ihn ein, bis er wimmernd am Boden lag.

»Bist selber schuld! Hättest ja an deinem Platz bleiben können«, spottete Martin und sah dann seinen Gehilfen an. »Ich glaub, in der Küch' wird's jetzt wärmer. Außerdem hab ich Hunger!«

Die beiden verließen nun ebenfalls ihre Plätze. Doch anders als eben wagte sich zunächst keiner der hier Eingepferchten an den Ofen. Ein vielleicht vierzehnjähriges Mädchen schlich vorsichtig zur Küchentür und spähte durch einen Spalt hinein. Ihr kamen die Tränen, als sie sah, wie Martin und Ludwig sich eben eine Leberwurst teilten und diese mit etwas Brot verzehrten. Sie spürte, wie der Hunger in ihren Eingeweiden wühlte, wusste aber auch, dass die Aufseher keinen Unterschied zwischen den Geschlechtern machten, wenn sie ihre Stöcke schwangen.

Wenigstens hatten Martin und Ludwig die Bank vor dem Kachelofen in der großen Kammer geräumt. Wärme half gegen Hunger, dachte sie und wollte sich setzen. Sofort waren etliche da und vertrieben sie mit Faustschlägen. Beinahe jeder versuchte, an den Ofen zu gelangen, um sich die von der Kälte steif gewordenen Glieder aufzuwärmen. Dabei setzten sie Fäuste, Ellbogen und sogar Zähne ein. Nur ein paar Kranke, die zu schwach waren, blieben auf ihren Plätzen.

Das junge Mädchen fand sich neben einem Neuankömmling wieder und bekam es mit der Angst zu tun. Die Fremde war während der paar Tage, die sie hier war, bereits mehrfach äußerst rabiat geworden. Ein paar Insassen, die so unvorsichtig gewesen waren, sich ihr zu nähern, trugen heute noch die Spuren ihrer Fingernägel im Gesicht. Einigen gönnte es die Kleine auch, denn es handelte sich um die größten Rüpel, welche alle anderen zurückstießen, sei es beim Ofen oder bei der Essensausgabe. Sie machten auch voreinander nicht halt, sondern prügelten sich um die besten Plätze, obwohl sie wussten, dass die Aufseher bald zurückkommen und sie mit Schlägen vertreiben würden.

Das Mädchen versuchte, vorsichtig von der Fremden abzurücken, da packte diese sie unversehens und zog sie an sich.

»Anna«, sagte sie.

»Ja!«, antwortete das Mädchen, da dies sein Name war.

»Anna!« Die Frau – Anna schätzte, dass sie auf die sechzig zuging – schlang die Arme um sie und wiegte sie wie ein kleines Kind.

Anna musterte die Fremde genauer. Ihre Kleidung war schlicht, aber noch ziemlich neu und sah anders aus als die Gewänder, welche die Frauen in dieser Gegend trugen. Auch ihre Sprache deutete darauf hin, dass sie von weit her kam. Vielleicht gibt es dort keine Anstalten wie hier, dachte Anna. Sie wusste, dass sie sich in einem Narrenhaus befand, und ihr graute vor diesem Ort. Zu Hause hatte sie jedoch nicht bleiben dürfen, weil sie, wie ihr alle gesagt hatten, verrückt wäre und zu keiner Arbeit tauge.

Einigen, die man hier eingesperrt hatte, war der Verstand vollkommen abhandengekommen, und ihr einziges Bestreben war es zu essen. Manche benützten nicht einmal den Abtritt im Anbau, sondern machten einfach dorthin, wo sie saßen. Selbst wenn Martin und Ludwig sie deswegen blutig schlugen, sahen sie diese nur verständnislos an und taten es wieder. Auch wenn es stank und man aufpassen musste, um nicht hineinzutreten, waren sie nicht die Schlimmsten an diesem Ort.

Am meisten Angst hatte Anna vor einem bulligen Mann mittleren Alters, der keinen Namen hatte, sondern von den Wächtern nur der Stier genannt wurde. Dieser konnte stundenlang still sitzen, um dann, vom Rappel gepackt, den Frauen nachzustellen. Anstatt ihn, wie es Anna es sich insgeheim wünschte, an der Wand festzuketten, sahen die Aufseher ihm zu und wetteten, welche Frau diesmal sein Opfer werden würde. Meistens rieb er sein Glied nur an der Kleidung, bis es feucht und eklig vorne herauskam. Wenn sich Martin und Ludwig über eine der Frauen geärgert hatten, legten sie diese auf den Rücken und schlugen ihr Kleid hoch, so dass der Stier sie keuchend begatten konnte. Anna fürchtete auch die beiden Aufseher. Vor allem bei wärmerem Wetter holten diese sich von Zeit zu Zeit die eine oder andere Frau in eine der Kammern. Bis jetzt war sie noch zu jung dafür gewesen und daher verschont geblieben. Doch wie lange würde das noch der Fall sein?

Der Gedanke, noch Jahre, vielleicht sogar Jahrzehnte in diesem Haus verbringen zu müssen, war für Anna so schrecklich, dass sie am liebsten sterben würde. Sie schenkte der Frau, die sie in den Armen hielt und zärtlich streichelte, wenig Beachtung, sondern behielt die Küchentür im Auge. Sobald das Essen ausgegeben wurde, musste sie schnell sein, wenn sie etwas erwischen wollte. Ein paar der hier Eingesperrten waren nicht mehr dazu in der Lage und würden diesen Winter nicht überleben.

Anna hatte einmal versucht, ihr Leben durch Verhungern zu beenden, es aber nur zwei Tage lang durchgehalten, nichts zu essen. Danach hatte sie förmlich vom Boden aufgeleckt, was aus den Schüsseln der anderen gefallen war. Damals war die Vorratskammer voll gewesen, und es hatte für alle genug gegeben. Ich hätte es im Winter versuchen müssen, dachte Anna bedrückt. Da es zu wenig zu essen gab, hätte man sie weggestoßen, und sie wäre verschmachtet, wie sie es erhofft hatte.

5.

Nachdem der Kampf um die Plätze beim Kachelofen zugunsten der Stärksten entschieden war, richtete sich die Aufmerksamkeit aller auf die Küchentür. Auch wenn der Verstand noch so zerrüttet war, so war der Hunger eine einigende Kraft. Einige saßen mit verzerrten Gesichtern da, anderen troff der Speichel aus halb geöffneten Mündern. Es war ein schreckliches Bild. Gleichzeitig bemitleidete Anna die bedauernswerten Geschöpfe. Wir sind doch auch Menschen, fuhr es ihr durch den Kopf. Warum muss man uns schlechter behandeln als das Vieh?

Als die Tür geöffnet wurde, stand die Fremde auf, zog Anna mit hartem Griff auf die Beine und zerrte sie hinter sich her. Martin und Ludwig kamen als Erste aus der Küche und trieben die auf Nahrung Lauernden mit Stockschlägen zurück.

»Wollt ihr wohl warten, ihr Gesindel!«, brüllte Martin, als eine der alten Frauen versuchte, an ihm vorbei zu Ria zu gelangen, die eben mit den ersten hölzernen Schalen herauskam.

»Hunger!«, stöhnte die Alte.

»Gleich kriegst du was!«, antwortete Ria und wollte ihr eine Schale reichen. Der Stier war jedoch schneller und entriss ihr die Schale.

»Wenn du dich nicht benehmen kannst, kriegst du eine drüber«, drohte Ludwig und ließ den Worten auch gleich die Tat folgen.

Der Stier heulte auf, als ihn der Stock traf, hielt aber seine Schüssel fest und verschwand in die hinterste Ecke. Unterdessen teilte Ria die nächsten Schüsseln aus. Die alte Frau wurde immer und immer wieder von den anderen verdrängt.

Schließlich stand die Fremde vor Ria. Da die meisten deren Tobsuchtsanfälle miterlebt hatten, hielten sie sich zurück. Die Frau nahm eine Schüssel, reichte diese an Anna weiter und nahm Ria zwei weitere ab.

»He, das geht fei nicht!«, rief die Magd zornig.

Da drückte die Fremde eine der Schüsseln der Alten in die Hand und suchte sich eine Stelle am Boden, an der es keine Kot- oder Urinflecken gab, so dass sie und Anna sich dort setzen konnten.

Anna war ganz verwundert, mit welcher Selbstverständlichkeit die Fremde sich durchgesetzt hatte. Die Frau strahlte etwas aus, das andere dazu brachte, ihr den Vortritt zu lassen. Beim ersten Mal hatte sie allerdings kämpfen müssen und den anderen mit ihrer Härte Respekt eingeflößt.

»Du hättest dir auch nicht träumen lassen, einmal hier zu sein«, sagte das Mädchen.

Auf dem ernsten Gesicht der Frau erschien ein Lächeln. »Anna!«, sagte sie und begann zu essen.

Mangels Löffel mussten sie die Finger nehmen. Das Essen bestand aus einem Brei aus geschrotetem Getreide mit sehr viel Spelzen und ein paar Steckrübenstücken. Es schmeckte nach nichts und war zudem viel zu wenig, um die hungrigen Mägen zu beruhigen.

Anna dachte an die Würste, die Martin und Ludwig verzehrt hatten, und hätte am liebsten geweint. Ihre Wärter ließen es sich im Rahmen ihrer Möglichkeiten gut gehen, während jene, die hier eingesperrt waren, ohne jede Hoffnung elender dahinvegetierten als ein Schwein im Koben.

Viel zu schnell waren die Schüsseln leer, und Ria sammelte sie wieder ein. Wenn einer der hier Eingesperrten die Hand nach ihr ausstreckte, schlug Ludwig sofort zu.

»Dass man die Narren nicht gleich abtut! Dann hätten wir unsere Ruh«, knurrte er.

»Dann tätest du dir den Buckel als Knecht auf einem Bauernhof krumm schinden«, spottete Ria. »So haben wir ein gutes Leben, wenig Arbeit, und keiner steht mit der Geißel hinter uns, um uns anzutreiben.«

»Trotzdem könnte ich mir was Schöneres vorstellen!« Ludwig versetzte einer Frau, die ihre Schale nicht rasch genug hergab, einen Schlag und stand dann vor Anna und der Fremden.

Anna nahm dieser die Schale aus den Händen und streckte sie Ria entgegen.

»Na, wie ist es mit dir? Wie bist du hier hereingeraten?«, fragte Anna die Fremde, in der Hoffnung, ein Gespräch mit ihr anfangen zu können.

Die Frau lächelte jedoch nur und sagte »Anna!«.

»Bei dir fehlt's wohl doch stärker im Kopf«, sagte Anna bedrückt. »Dabei siehst du im Gegensatz zu den meisten anderen hier eigentlich ganz normal aus.« Ihr Blick schweifte über die übrigen Insassen. Ein paar war es gelungen, anderen ihre Schüsseln wegzunehmen. Dazu zählte auch der Stier. Sein Gesicht wurde rot, und er griff sich immer wieder in den Schritt. Anna wusste, was kommen würde. Schon bald würde er sein Glied hervorholen, seinen Schwanz, wie man hierzulande zu sagen pflegte, und dann die nächstbeste Frau bedrängen.

So war es auch jetzt. Er zupfte an seiner Hose, und danach ragte dieses Ding tiefrot gefärbt steil nach oben. Ein paar Frauen rückten von ihm weg. Bei anderen war der Geist so getrübt, dass sie den Mann kaum wahrnahmen, wenn er sich an ihnen rieb. In neun von zehn Fällen kam es auch nicht zum Äußersten. Da war der Stier kein Stier, sondern mehr wie ein kleiner Hund, der sich am Bein seines Besitzers rieb.

Diesmal aber schien er mehr zu wollen. Sein Blick glitt prüfend über die Frauen im Raum und blieb dann auf ihr haften. Sie sah seinen verzerrten Mund, den Speichel, der ihm über das Kinn lief, und schüttelte sich vor Ekel.

Da kam er schon auf sie zu und fasste nach ihr. Dabei bewegte er seinen Unterkörper wie unter einem Zwang vor und zurück. Im nächsten Augenblick stieß die Fremde einen gellenden Schrei aus, fuhr hoch und hämmerte ihm das Knie mit aller Kraft zwischen die Beine.

Der Stier sank zusammen und heulte vor Schmerz. Einen Augenblick später hatte die Fremde ihn gepackt, zog ihn herum und drehte seinen Kopf so fest zur Seite, dass es knirschte.

»Die bringt ihn um!«, kreischte Ria.

Martin und Ludwig stürmten heran, doch selbst Stockhiebe brachten die Frau nicht zur Räson. Schließlich gelang es ihnen, den Stier ihren Händen zu entwinden. Sie schleiften ihn in die andere Ecke und ließen ihn dort liegen.

»Lebt er noch?«, fragte Ria.

»Wie du siehst, rührt er sich noch, also ist er nicht tot«, antwortete Martin, sah dabei aber mehr die Fremde an. Diese hatte sich wieder gesetzt und hielt Anna umschlungen.

»Sie hätte ihn fast umgebracht!«, meinte Ria schaudernd. »Dass sie tobsüchtig ist, haben wir gewusst, aber so wild hab ich sie noch nie erlebt.«

»Es heißt, dass eine verrückte Frau in ihrem Wahn stärker ist als jeder Mann!« In Ludwigs Stimme schwang ein gewisser Respekt für die Frau mit, die einen kräftigen Mann wie den Stier ohne Mühe niedergerungen hatte.

»Wisst ihr, wo die herkommt?«, fragte Ria weiter.

Die beiden Wärter schüttelten den Kopf.

»Als sie gebracht worden ist, hat mir keiner was gesagt«, antwortete Martin.

»Sie ist jedenfalls kein Bauerntrampel, sondern wahrscheinlich was Besseres. Die hat man wegbringen lassen, damit keiner weiß, dass sie übergeschnappt ist«, schloss Ria aus dem wenigen, was sie wusste.

»Wir sollen gut auf sie aufpassen, hat's geheißen. Vielleicht hat die daheim schon jemanden umgebracht.« Ludwig schüttelte es.

Ria nickte. »Das mag schon sein! Aber eines rat ich euch: Lasst den Drachen in Ruh und das Madel am besten auch. Sie ist auf den Stier los, als der beim Tschapperl aufdringlich geworden ist. Ich glaub nicht, dass es euch besser gehen tät. Jetzt habt ihr zu zweit sein müssen, um den Stier aus ihren Klauen zu holen. Wenn sie einen von euch erwischt, schafft das der andere nicht!«

»Die schlag ich zusammen, bis sie mir die Zehen leckt!«, stieß Ludwig wütend hervor.

»Und bist schneller tot, als du denken kannst! Du hast die Frau vorhin gesehen. Schläge halten die nicht auf!«

»Die Ria hat recht! Wir sollten das Weibsstück in Ruh lassen – und ebenso die Anna! Die Fremde hat einen Narren an ihr gefressen. Wenn dich dein Stangerl juckt, kannst du es auch bei der Ria probieren«, schlug Martin vor.

Die Magd hob entrüstet eine Schüssel, als wolle sie damit zuschlagen. »Willst du damit sagen, dass ich so eine bin?«

»Ich wollte damit bloß sagen, dass ich lieber mit dir das tun täte als mit einer der Verrückten.«

»So wie die Weiber ausschauen, ist das kein besonderes Lob«, meinte Ria beleidigt.

Anna gab nichts auf das Gerede der Wärter und der Magd. Erst einmal war sie zufrieden, dass Martin und Ludwig sie in Ruhe lassen wollten, und das verdankte sie ganz allein der Fremden.

»Bist ein gutes Weib!«, sagte sie und schmiegte sich an die Frau.

»Anna!«, antwortete diese lächelnd. Dann wurde ihr Blick suchend. »Esther! Wo ist Esther?«

»Das weiß ich leider nicht«, antwortete Anna und hoffte, dass der Geist der Fremden einmal klar genug sein würde, damit sie erfahren konnte, was es mit dieser Esther auf sich hatte.

6.

Ruth musterte den Tisch und schüttelte mit einem nachsichtigen Lächeln den Kopf. Aipua und ihre Gehilfinnen hatten ihn für zwei Personen gedeckt und mit einer Unmenge duftender Blumen geschmückt. In der Mitte befand sich ein fast zwei Fuß hoher Aufsatz in Form eines Porzellanelefanten mit hochgerecktem Rüssel, auf dem in einer Art Traggestell ein Paar in festlicher chinesischer Tracht saß. Dieses voluminöse Ding hatte Lu Po bei seiner letzten Chinareise als Geschenk mitgebracht. Die Damen aus England, die einen Tisch ohne einen solchen Aufsatz für nackt hielten, hatten den Elefanten wortreich bewundert. Nun dachte Aipua wohl, dass James Edward Hutton als Engländer daran Gefallen finden würde.

Der soll an mir Gefallen finden, dachte Ruth und setzte ihre Besichtigung fort.

Das Geschirr war das Beste, was Lu Po aus China hatte besorgen können, ebenso die Gläser und die Tassen. Als Ruth sich dem Besteck zuwandte, sah sie, dass es aus Silber war. Dabei konnte sie sich gar nicht erinnern, es in Auftrag gegeben zu haben. Mit einem leisen Schnauben wandte sie sich an Vaimiti, die sich erwartungsfroh lächelnd im Hintergrund hielt.

»Habe ich vergessen, dass ich die Königin zum Abendessen eingeladen habe, weil ihr alles so festlich gestaltet habt?«

»Oh nein! Ihre Majestät kommt erst nächste Woche. Tahitoa hat Freunde auf Moorea. Die reisen mit Kanu und Fackeln an und machen viel Tanz und Musik, wie Königin Aimata es liebt«, antwortete ihre Zofe.

»Und wer ist dann heute zu Gast?«, fragte Ruth mit zuckenden Mundwinkeln.

»Heute kommt Captain Lucky Jim Sir, Madam«, antwortete Vaimiti so ernsthaft, wie sie es gerade noch vermochte.

»Dann muss Captain Lucky Jim Sir ein bedeutender Mann sein, weil ihr so für ihn gedeckt habt. Wenn ich mich zu Tisch setze, sind meistens nur ein paar Blumen darauf!«, erklärte Ruth.

»Oh, das kommt davon, weil Madam nie bei Madam zu Gast ist! Wenn Madam sagt, sie will einmal bei sich zu Gast sein, stellen wir auch viele Blumen und schönes Geschirr auf den Tisch.« Vaimitis Lächeln wurde zu einem breiten Grinsen, denn sie begriff, dass ihre Herrin angespannt war. Immerhin war heute ein besonderer Tag oder, besser gesagt, ein besonderer Abend. Wenn alles so ablief, wie sie und ihre Verbündeten es sich erhofften, würden Ruth Mensing und James Hutton am nächsten Morgen ein Paar sein.

Ruth blickte noch einmal auf den Tisch, trat dann zur Wand und sah, dass die Matten geschlossen waren.

»Warum habt ihr sie zugemacht?«, fragte sie. Sie ließ diese meist offen, damit die Luft zirkulieren konnte.

»Aipua sagt, sonst flackern die Kerzen zu sehr!«, antwortete Vaimiti.

»Welche Kerzen?«, fragte Ruth, da auf dem Tisch nur zwei Leuchter aus halbierten Kokosnussschalen brannten und einen angenehmen Geruch verbreiteten.

Auf Vaimitis Gesicht erschien wieder jenes übermütige Grinsen. »Aipua sagt, man soll die Kerzen nicht zu früh anzünden, sonst sind sie zu schnell alle!«

Da Kerzen einige Stunden brannten, schüttelte Ruth erneut den Kopf. So lange, dachte sie, wird James gewiss nicht bleiben wollen, und empfand bei dem Gedanken eine gewisse Enttäuschung. Sofort rief sie sich zur Ordnung. Sie war die Witwe eines Pastors, und da gehörten sich solche frivolen Überlegungen nicht.

»Madam sollten sich jetzt umziehen«, drängte Vaimiti.

»Ich finde mein Kleid passend.«

Vaimiti schnaubte kurz. »Für eine Teegesellschaft vielleicht, aber am Abend muss es etwas Besseres sein.«

Da ihre Zofe nicht nachgab, folgte ihr Ruth in das Schlafzimmer, wo Vaimiti ihr neues Kleid bereitgelegt hatte. Es war aus einer silbern schimmernden Seide gefertigt, die wunderbar mit ihrem rötlichen Haar harmonierte. Der Ausschnitt war gerade noch züchtig zu nennen, und es lag eng genug an, um sowohl ihre schlanke Gestalt wie auch ihre Formen zu betonen. Ruth hatte es sich nähen lassen, aber bisher nicht gewagt, es zu tragen.

Bevor sie zu einer Entscheidung kam, begannen Vaimiti und die ihr zu Hilfe eilende Lu Yi, sie zu entkleiden. Wenig später steckte Ruth in dem silbernen Kleid und fragte sich, was James wohl von ihr halten würde, wenn er sie darin sah. Ihre beiden Plagegeister hingegen waren mit ihrem Werk zufrieden. Vaimiti steckte Ruth noch eine Blume hinters rechte Ohr und hängte ihr nach einem prüfenden Blick einen Blütenkranz um.

Ruth sah, dass ein weiterer Blütenkranz für James vorbereitet worden war. Es war die Sitte der Einheimischen, Freunde so zu begrüßen.

Ein mahnender Ruf brachte Vaimiti dazu, Ruth in Richtung des Speisezimmers zu schieben. »Captain Lucky Jim Sir wird gleich hier sein!«

Ruth trat angespannt in das Zimmer, wo in ihrer Abwesenheit die Kokosöllampen durch vier Kerzen ersetzt worden waren. Diese verbreiteten ein warmes Licht.

Kurz darauf ertönte ein Muschelhorn. Augenblicke später klopfte es an der Tür. Vaimiti eilte hin, öffnete und hängte dem überraschten James den Blütenkranz um. »Seien Sie willkommen, Captain Lucky Jim Sir! Madam erwartet Sie bereits.«

James blickte an Vaimiti vorbei auf Ruth und sog überrascht die Luft ein. So schön, so stolz und so hoheitsvoll war sie ihm noch nie erschienen.

»Guten Abend, Madam. Ich …« Er brach ab und blickte an sich herab. Dem Klima angepasst war er mit leichten Leinenhosen und einem Baumwollhemd erschienen. »Wenn ich gewusst hätte, was auf mich wartet, hätte ich meine Uniform angezogen«, setzte er seinen abgebrochenen Satz etwas anders fort.

»Guten Abend, Captain! Sie sehen mich auch etwas überrascht, doch meine fleißigen Helferinnen waren der Ansicht, dass ich Sie heute in einem gediegeneren Rahmen empfangen soll als bei einer Teegesellschaft«, antwortete Ruth mit gepresster Stimme, denn James Edward Hutton sah auch ohne Uniform hinreißend aus.

»Es ist mir eine Ehre«, antwortete er mit einer Verbeugung.

»Und mir eine große Freude! Sie sind nun schon so viele Monate Kapitän meines kleinen Handelshauses, und ich habe Ihnen
noch nie so richtig dafür gedankt, dass ich meinen Erfolg vor allem Ihnen und Ihren Bemühungen zu verdanken habe.«

Ruth lächelte so sanft, dass James an sich halten musste, um sie
nicht in die Arme zu nehmen. Sie ist schön, klug und reich, dachte er.
Was bin ich gegen sie? Ein Seemann, der froh sein darf, dass sie mich
in ihre Dienste genommen hat. Würde es sie nicht geben, müsste ich
zusehen, ob ich als Matrose auf irgendeinem Schiff unterkomme.
Wenn ich Pech hätte, würde ich wieder unter einem Kapitän wie Raphael Wally oder Charles Barrows landen, für die die Bezeichnung
Schurken weitaus treffender war als die eines Gentleman.

»Sie sind mir keinen Dank schuldig, Madam. Das Gegenteil ist
der Fall! Ich muss Ihnen danken, denn Sie haben mich aus einer
prekären Lage gerettet«, antwortete James mit einer weiteren Verbeugung.

Um Ruths Mundwinkel zuckte es. »Nun, Captain Hutton, wir
können noch länger hier stehen und uns versichern, dass wir uns
gegenseitig mehr zu verdanken haben als andersherum.« Sie
musste. »Ich hoffe, Sie verstehen, was ich meine. Aber setzen Sie
sich doch! Ich hoffe, dass das Mahl, das man uns auftischen wird,
der Dekoration gerecht wird.«

»Für jemanden wie mich, der monatelang von rohem Fisch und
Kokosnüssen gelebt hat, wird jedes Mahl himmlisch sein«, sagte
James und trat zu dem Stuhl, den Ruth ihm wies. Er wartete, bis sie
Platz genommen hatte, dann setzte auch er sich.

Nun erst bemerkte Ruth, dass sie nicht wie sonst an der Stirnsei-
te des Tisches saß, sondern auf der schmalen Seite James direkt
gegenüber. Sie hätte nur die Hand ausstrecken müssen, um ihn zu
berühren.

Es war, als wäre dies ein Signal gewesen, denn vor dem Haus
ertönten auf einmal Musik und Gesang. Vier Tänzerinnen, die mit

Grasröcken und die Brust verhüllenden Baumwolltüchern bekleidet waren, traten in den Raum und schlugen ihre Rasseln im Takt
der Musik.

»Eigentlich dachte ich, Tahitoa hätte die Sänger und Tänzerinnen erst für nächste Woche bestellt, wenn die Königin hierher-
kommt!«, rief Ruth fassungslos.

»Wahrscheinlich üben sie für dieses Ereignis«, antwortete James
trocken.

Ruth kicherte. »So muss es wohl sein! Ich will hoffen, dass man
über dem Musikgenuss nicht den für den Gaumen vergessen hat.«

James schnupperte und lächelte. »Ich glaube nicht! Es duftet
nämlich sehr verführerisch.«

Jetzt roch Ruth es auch und war gespannt, was auf den Tisch
kommen würde. Zunächst aber erschienen Vaimiti und Lu Yi und
kredenzten jedem von ihnen einen vollen Becher. James nippte
vorsichtig daran.

»Es ist Pflaumenwein, wie ich ihn schon in China kennengelernt habe, und Gott sei Dank nicht das Himmelsfeuer nach dem
Rezept von Lu Pos Großvater.«

Ruth nahm nun ebenfalls ihren Becher. »Lu Pos Großmutter
ließ mich einmal einen winzigen Schluck von diesem Himmelsfeuer kosten. Ich wäre daran fast erstickt, aber sie trinkt ihn, als
wäre es Wasser.«

Noch während sie sprach, betraten sechs Mädchen den Raum.
Diese waren ebenfalls mit Grasröcken und Baumwolltüchern bekleidet und trugen Schalen mit allerlei Speisen herein. Als sie diese auf den Tisch stellten, kniff Ruth überrascht die Augen zusammen.

»Wie es aussieht, haben Maire und Aipua alles in einem Erdofen gekocht, so wie es bei den großen Festen auf Hiva Oa der Fall
ist. Greifen Sie zu, Captain Hutton! Ich kann Ihnen versichern, es
schmeckt köstlich.«

James hatte die Speisen zuerst misstrauisch beäugt. Nach Ruths Worten nahm er sich ein Stück Schweinefleisch auf den Teller und kostete. Seine Augen weiteten sich, als er den angenehmen Geschmack auf der Zunge fühlte.

»Bei Saint George! Wenn Sie der Besatzung eines englischen Kriegsschiffs ein solches Mahl vorsetzen, wird keiner von ihnen mehr an Bord gehen und sich von Salzfleisch und Schiffszwieback ernähren wollen.«

»Es schmeckt Ihnen also?«, fragte Ruth und legte ihm eine der Früchte vor, die mit im Erdofen gedünstet worden war. »Das sollten Sie auch probieren«, sagte sie lächelnd.

James tat es und sah sie erstaunt an. »So gut wie heute habe ich noch nie gegessen!«

»Wenn ich an die Kost auf den Kriegsschiffen des Königs von England denke, ist das kein Wunder«, sagte Ruth mit sanftem Spott.

»Ich meine damit auch in meiner Jugend. Meine Großmutter hat gut und gerne gekocht. Ihr hätte es heute auch geschmeckt. Leider starb sie zu früh.« Ein Hauch von Trauer beschattete James' Gesicht.

Ruth konnte nicht anders und fasste nach seiner rechten Hand. »Sie haben sie wohl sehr geliebt?«

»Das habe ich!«, antwortete James leise. »Nach ihrem Tod war ich mit meinem Vater allein. Doch für ihn galten nur Gin und Whisky sowie die Pferde, die er züchten konnte. Mit mir wusste er wenig anzufangen.«

»Das ist wahrlich traurig! Ich habe meine Großmutter auch sehr geliebt. Sie starb, als ich fünfzehn war. Aber ich hatte ja auch meine Mutter und meinen Vater, nachdem dieser nach Napoleons Sturz aus England zurückgekommen war.« Ruth seufzte, denn diese Zeit schien so entrückt, als wäre es nur noch eine schwache Erinnerung.

Danach atmete sie tief durch, ließ James' Hand los und wies auf das reichlich vorhandene Mahl.

»Wir sollten jetzt weiteressen, sonst kränken wir noch unsere Hausgeister. Sie haben sich sehr viel Mühe gemacht.«

Sie ließen es sich schmecken, während draußen Lieder erklangen und wie bunte Schmetterlinge ihre Ohren umflatterten. Die Tänzerinnen hatten sich zurückgezogen, und Vaimiti und Lu Yi ließen sich nur sehen, wenn es etwas Neues aufzutragen oder leere Platten zu entfernen gab.

Zuletzt waren Ruth und James so satt wie lange nicht. Sie glaubten bereits, der Abend wäre zu Ende, da erschien Vaimiti und wies auf die Terrasse. »Den Tee werden Sie gewiss draußen einnehmen wollen.«

»Tee gerne, aber bitte keinen Kuchen. Ich platze sonst«, rief Ruth und sah James fröhlich an. »Jetzt sind Sie gewiss schockiert, denn eine Dame sagt so etwas nicht.«

»Ich glaube, Damen sagen noch ganz andere Dinge.«

Das gute Essen, die samtige Stimmung und Ruths Nähe hatten James in eine Wolke des Behagens gehüllt, und so folgte er ihr nach draußen. Dort brannten Kokosöllampen, und der Tee stand bereit. Auch auf der Terrasse hatten Vaimiti und Lu Yi sich bei Ruths bestem Teeservice bedient. Es gab keinen Kuchen, dafür aber kleine Kekse, die zu gut schmeckten, um sie nicht zu beachten.

Die Sängerinnen und Sänger ließen sich noch immer vernehmen und priesen die Liebe in einer eindeutigen Weise. Ruth konnte nur hoffen, dass James nicht genug von der Sprache Tahitis gelernt hatte, um es zu verstehen. Sie selbst spürte die Wirkung und wusste, dass dieser Abend, wenn James nur ein wenig Mut zeigte, nicht so bald zu Ende gehen würde.

7.

Lu Yi entzündete Lampions im Haus, verneigte sich dann vor Ruth und verschwand ebenso wie Vaimiti. Aipua hatte Jan schon am späten Nachmittag mit nach Hause mitgenommen. Da auch die Sänger und Sängerinnen ihren Auftritt beendet hatten, saßen Ruth und James schließlich allein auf der Terrasse. Die Sterne leuchteten über ihnen wie ein Dach aus funkelnden Diamanten. Während sie den leichten Punsch tranken, den Maire aus den Säften einheimischer Früchte und gutem Rum zubereitet hatte, berichteten sie einander aus ihrer Jugend.

Immer wieder fasste Ruth nach James' Händen, wenn dieser schmerzliche Erinnerungen preisgab, und er nach den ihren, wenn dies bei ihr der Fall war. Es hätte ewig so weitergehen können, doch Ruth begriff, dass die Zeit, in der sie James noch hätte fortschicken können, langsam verstrich. Er aber sah sie bewundernd an und wünschte sich nichts mehr, als dass sie ihm wenigstens einmal gehören würde. Noch wagten beide nicht, es dem anderen einzugestehen.

»Es ist ein schöner Abend«, sagte James und fand diesen Ausspruch so banal, dass er sich dafür fast schämte.

»Das ist er wirklich«, stimmte Ruth ihm zu. »Ich hätte Sie schon viel früher einladen sollen. Zum Beispiel, als Sie das erste Mal aus An Tsing zurückgekommen sind.«

»Das haben Sie doch! Tahitoa, Lu Po und ich haben uns sehr darüber gefreut, Ihre Gäste sein zu dürfen.«

»Ich meinte nicht Tahitoa und Lu Po, sondern Sie. Die beiden sind brave und ehrenwerte Männer, doch Sie entstammen dem gleichen Kulturkreis wie ich, und wir haben doch mehr gemeinsam. Ach, jetzt höre ich mich fast so überheblich an wie die Missionare, über die ich sonst immer spotte.« Ruth schüttelte in komischer Verzweiflung den Kopf und brachte James damit zum Lachen. Er wurde jedoch sofort wieder ernst.

»Ich würde Tahitoa mein Leben anvertrauen, und vielleicht sogar auch Lu Po. Bei den Missionaren ist das ganz anders. Ihre Art erinnert mich zu sehr an die Pharisäer aus der Bibel. Sie sind hochmütig und eingebildet und verachten alle, die nicht ihrem erlauchten Kreis angehören.«

»Sie, Lucky Jim, sind mir als Gast ebenfalls tausendmal lieber als die Missionare!« Ruth ergriff erneut seine Hand und sah ihn mit einem Blick an, der selbst ein Herz aus Stahl zum Schmelzen gebracht hätte.

»Das ist eine hohe Ehre, die Sie mir erweisen, Madam. Es gibt keine Frau, nein, keinen Menschen auf der Welt, den ich höher achte als Sie. Ich habe Sie bereits bewundert, als Sie mit Ihrem Mann auf die *Hesione* gekommen sind. Nicht, dass Sie mich falsch verstehen. Es waren keine unrechten Gefühle dabei. Sie waren wie eine Heilige für mich!«

»Jetzt stellen Sie mich auf ein Podest, das mir nicht zusteht«, antwortete Ruth lächelnd.

»Sie sind eine Frau, wie man sie nicht unter tausend, nein, unter Millionen findet! Keine andere hätte sich auf dieser Insel so durchgesetzt wie Sie und wäre dabei so schön und so weiblich geblieben.«

»Sie meinen, ich hätte ein Drache werden können?«, fragte Ruth kokett.

»Niemals! Sie sind die Krone unter den Frauen!« James stand auf, und für Augenblicke fürchtete Ruth, er würde über seine eigenen Worte erschrocken gehen.

Daher erhob sie sich rasch und hielt seine Hände fest. »Es war eine Fügung des Schicksals, die uns zusammengeführt hat. Sie waren für mich der Halt, den ich gebraucht habe, und ich konnte Ihnen den Halt gegeben, der für Sie nötig war. Uns verbindet damit sehr viel!«

Entweder küsst du sie jetzt, oder du suchst dir eine eiskalte Quelle und kühlst dich darin ab, durchfuhr es James. Bevor er überhaupt nachdenken konnte, zog er Ruth sanft an sich und berührte, als sie es geschehen ließ, ihre Lippen mit den seinen.

Ruth erwiderte den Kuss und dachte für einen Augenblick an Aipua. Diese hatte ihr zugeraten, James zu ermutigen, als sie noch nicht daran gedacht hatte. Nun spürte sie mit jeder Faser ihres Körpers, wie sehr es sie nach ihm verlangte. Doch was würde er von ihr halten, wenn es wirklich geschah? Augenblicke später war dieser Gedanke entschwunden, und sie genoss es, seine Arme um sich zu spüren und seinen sanften und doch fordernden Kuss.

»Wir sollten ins Haus gehen«, sagte sie und strich ihm sanft über die Wange. »Ich liebe dich, Lucky Jim!«

»Ich liebe dich mehr als alles andere, was ich je geliebt habe und lieben werde«, antwortete James zärtlich und folgte ihr.

Die Tür ihres Schlafzimmers stand offen, und die Matte, auf der sie immer schlief, war mit Blumen geschmückt. James achtete nicht darauf, doch Ruth begriff, dass Aipua alles bis ins Kleinste geplant hatte und Vaimiti, Maire und Lu Yi ihr dabei kräftig geholfen hatten.

James und sie küssten sich, bis sie beide von ihren Gefühlen hinweggetragen wurden. Sie hatten die Liebe zueinander lange im Herzen getragen, ohne sie sich einzugestehen. Nun gab es kein Halten mehr. James öffnete ihr Kleid und musste sich beherrschen, um die kostbare Seide nicht zu beschädigen. Als sie schließlich nackt, wie Gott sie geschaffen hatte, vor ihm stand, erschien sie ihm wie die Inkarnation einer antiken Göttin, halb Pallas Athene, halb Aphrodite und doppelt so begehrenswert wie beide zusammen.

Ruth half ihm beim Ausziehen und fand, dass kein Mann, Hinrich vielleicht ausgenommen, auch nur halb so gut aussehen konnte wie er. Dann galten ihre Gedanken nur noch einander und der Liebe, die sie endlich teilen konnten.

8.

Als Ruth am Morgen erwachte, schien alles verändert. Sie fühlte sich in einer Weise zufrieden, wie sie es seit vielen Monaten nicht mehr erlebt hatte, und hätte dieses Gefühl für immer empfinden mögen. Ein unerwarteter Laut ließ sie aufsehen. James lag neben ihr, die Decke halb abgestreift, und schien gerade zu erwachen.

Als er die Augen öffnete, sah er sie an und richtete sich erschrocken auf. »Bei Gott, was haben wir getan?«

»Das sind nicht die Worte, die eine Frau hören will, mit der man die Nacht verbracht hat!« Ruth klang eingeschnappt.

Daher hob James sofort die Hände. »Verzeih! Es war das Schönste, was ich je erleben durfte.«

»Das hört sich schon besser an«, sagte Ruth halb versöhnt.

»Du bist die schönste Frau, die ich kenne, und es war wie ein Traum, dass ich dich in meinen Armen halten durfte.«

Es klang so, als glaubte er, dass es bei diesem einen Mal bleiben würde. Doch so einfach war die Sache nicht, dachte Ruth. Sie stand auf und suchte nach ihrem Unterhemd. Sie fand es ebenso fein säuberlich zusammengefaltet wie ihr Kleid und James' Sachen. Vaimiti oder Lu Yi mussten im Zimmer gewesen sein und aufgeräumt haben. Obwohl Ruth wusste, dass die beiden mit Aipua und Maire zusammen genau das geplant hatten, was geschehen war, fühlte sie eine gewisse Scham.

Sie sah James daher ernst an. »Auch wenn es vielleicht nicht so aussehen mag: Ich bin eine anständige Frau! Wenn man so etwas mit mir macht, will ich geheiratet werden.«

James stieß ein bitteres Lachen aus, das Ruth noch mehr erboste.

»Ich meine es ernst!«

James holte sich nun ebenfalls seine Kleidung und zog sich an. »Sie sind eine reiche Frau, Madam, und zudem die Tochter eines bedeutenden Hamburger Reeders. Was bin ich dagegen? Ein Mann, der sich glücklich schätzen kann, dass Sie ihm eines Ihrer Schiffe anvertraut haben. Sonst wäre ich ein einfacher Mann vor dem Mast, dem der Maat jederzeit eins mit dem Tampen oder einem Belegnagel überziehen kann.«

»Sie … Halt! Nach dem, was heute Nacht zwischen uns geschehen ist, erlaube ich mir, Du zu sagen! Du bist James Edward Hutton, der Erbe von Lord Humphrey Hutton und damit ein Mann von Adel. Wenn wir heiraten, ist es fast eine Mesalliance für dich.«

»Bei Gott! Du vergisst Zechariah Bartlett und dessen Ehefrau. Die beiden haben alles getan, um zu verhindern, dass ich Sir Humphrey einmal nachfolgen kann. Sie schreckten nicht einmal davor zurück, mir Mordbuben auf den Hals zu hetzen. Wahrscheinlich ist mein Ableben in England längst bekannt gegeben worden. Wenn ich jetzt dorthin zurückkehre, ist es mir unmöglich, zu beweisen, wer ich bin. Captain Smyth und sein Neffe werden jeden Eid schwören, dass ich niemals James Hutton sein kann.«

»Es wird andere geben, die es tun«, erklärte Ruth mit Nachdruck. »Bartlett mag reich wie Krösus sein, doch auch er ist den Gesetzen in England unterworfen. Du solltest dich daher nicht Bange machen lassen. Immerhin bist du Lucky Jim.«

Ruth eilte zu einer ihrer Truhen, öffnete sie und nahm eine Handvoll wundervoller schwarzer Perlen heraus. »Du sagtest vorhin, ich wäre reich! Wenn wir diese Perlen in England verkaufen, haben wir das Geld, um den Kampf mit Zechariah Bartlett aufnehmen und gewinnen zu können.«

James wollte schon sagen, dass er es für besser halte, wenn sie auf den Inseln blieben und sich hier eine Heimat schufen. Dann aber dachte er an Ruths Verwandte in Hamburg, die sie gewiss wiedersehen wollte, und an seinen Wunsch nach Vergeltung. Captain Gervase Smyth hatte nicht nur jenen Mordanschlag auf ihn unternommen, den er nur mit sehr viel Glück überlebt hatte, sondern ihn auch jahrelang auf gefährlichste Missionen geschickt, von denen er nicht zurückkommen sollte. Er selbst hatte alles heil überstanden, doch andere waren ums Leben gekommen. Die Schuld daran trugen Smyth und Bartlett.

»Sie ... oder wenn ich sagen darf: Du! Du hast recht. Auch wenn das Leben hier schön ist und man das Gefühl hat, für immer bleiben zu können, dürfen wir niemals vergessen, woher wir kommen und welche Rechnungen noch offenstehen. Sobald Jan alt genug ist, um die Seereise mit ihm wagen zu können, werden wir nach England segeln und Zechariah Bartlett die Stirn bieten!«

»Das sind Worte, wie ich sie von Lucky Jim Hutton hören will«, antwortete Ruth und küsste ihn.

9.

Wenig später kam Aipua herein. Sie trug Heirani auf dem Arm und lächelte zufrieden, als sie die beiden zwar angezogen, aber noch im Schlafzimmer antraf. Doch sogleich versuchte sie, ihrer Miene einen ernsten Anstrich zu geben.

»Es war sehr unbedacht von dir, Ruhutia, mit Captain Lucky Jim so zu tun, als wärst du seine Vahine und er dein Tane! Du kennst doch das Gesetz, das Reverend Wiggles damals verkündet hat und auf das sich auch Mister Pritchard beruft: Wer ohne verheiratet zu sein, so tut, als wäre er es, muss streng bestraft werden! Sehr streng sogar, denn Reverend Wiggles sagte damals, die es tun, müssen sterben!«

»Was für ein verrücktes Gesetz!«, rief James, während Ruth schallend zu lachen begann.

»Aipua!«, sagte sie, nachdem sie sich etwas beruhigt hatte. »Da weder James noch ich die Absicht haben, wegen außerehelichen

152

Beischlafs mit dem Tode bestraft zu werden, werden wir Mister Pritchard noch heute aufsuchen und ihn auffordern, uns zu trauen. Das ist doch auch in deinem Sinne, James, oder?« Es war ein neckischer, kleiner Stich, den sie ihm verpassen musste.

James nickte lächelnd. »Da du so begierig darauf bist, als Lady Hutton dem Adel anzugehören, bleibt mir nichts anderes übrig!« Er bückte sich gerade noch rechtzeitig, um ihrer Haarbürste zu entgehen. Danach brachen beide in schallendes Gelächter aus.

Aipua betrachtete sie nachsichtig und dachte sich, dass es wirklich höchste Zeit gewesen war, die beiden zusammenzubringen.

VIERTER TEIL

•

DIE HOCHZEIT

1.

*D*avid Simonsen goss aufatmend den letzten Tran in das Fass und sah zu, wie Moses es verspundete.

»Wir haben es geschafft, Jüngelchen! Das hier war das letzte Fass, das noch zu füllen war«, sagte der dunkelhäutige Koch der *Namasket* zufrieden.

»Was machen wir mit dem Walspeck, den wir übrig haben?«, wollte der Junge wissen.

»Den, mein Junge, überlassen wir einem Walfänger, der weniger Glück hatte als wir. Es steht schon in der Bibel: Wer zu viel hat, soll mit dem teilen, der zu wenig hat!«, sagte Captain Queek, der hinzugetreten war. Er legte David die Hand auf die Schulter. »Du bist ein Bursche nach meinem Herzen. Hättest du nicht deine Familie, die gewiss bereits um dich trauert und sich umso mehr freuen wird, dich wiederzusehen, würde ich sagen, bleib bei mir und lerne den Walfang, so wie ich ihn gelernt habe.«

»Ich weiß nicht, ob ich das möchte«, antwortete David leise. »Mir tun die Wale leid, die auf diese Weise getötet werden.«

»Es ist Gottes Wille! Er schuf alle Pflanzen und alles Getier, damit es dem Menschen dienen soll. Machet euch die Erde untertan, so steht es in der Bibel geschrieben. Dazu gehört auch, Wale zu jagen, um mit ihrem Tran unsere Stuben auszuleuchten.«

»Das mag sein«, antwortete David. »Trotzdem gefällt es mir nicht, Walfänger zu sein. Ich würde lieber Handelsschiffe über die Meere steuern.«

»Das wirst du auch, mein Junge! Wer weiß, vielleicht legt dein Schiff einmal in New Bedford an, und wir können einen Becher Rum miteinander trinken.« Queek klopfte David auf die Schulter und half dann mit, das Fass auf die *Namasket* zu verladen.

In der Nähe des Schiffes lag ein noch recht großer Teil des Walspecks. Dort hatten sich zwei wettergegerbte Gestalten eingefunden und musterten den Haufen. Schließlich wandten sie sich Queek zu.

»Guten Tag, Captain! Wie es aussieht, sind Ihre Laderäume voll«, sagte der Ältere der beiden.

Queek nickte. »Es sieht nicht nur so aus, sie sind es wirklich!«

»Das war anscheinend ein großer Wal, weil noch so viel Speck übrig ist.«

»Das ist wahr!«, erklärte Queek.

Nun ergriff der zweite Walfänger das Wort. »Unser Captain schickt uns, damit wir fragen, ob der Speck frei ist oder ob Sie ihn für jemand Bestimmten aufheben.«

»Ihr seid doch von der *Mary Ann!* Das ist ein gutes Schiff unter einem wackeren Kapitän und mit einer ehrlichen Mannschaft. Warum also sollte ich den Speck nicht euch überlassen? Euer Captain kann mir dafür einmal einen Becher Rum spendieren«, erwiderte Queek mit einer großzügigen Pose.

»Bei einem Becher Rum wird es gewiss nicht bleiben. Da soll schon jeder aus Ihrer Mannschaft einen bekommen, und einen zweiten dazu!«

Der Mann wirkte erleichtert. Die Laderäume der *Mary Ann* waren schon recht voll, aber die Zahl der leeren Fässer noch zu groß, um die Heimfahrt antreten zu können. Wenn sie diesen Walspeck bekamen und auskochen konnten, würden auch sie ihr Soll erfüllt haben.

»Ich habe nichts gegen einen Becher für meine Mannschaft. Es stellt jedoch keine Bedingung dar. Ich brauche den Speck nicht mehr, und er würde nur verderben.« Queek wusste selbst, dass es dazu nicht kommen würde, da mit Sicherheit andere Walfänger ihn sich holen würden. Ihm war es jedoch lieber, ihn Leuten zu geben, mit denen er gut auskam, und nicht solchen wie Rave Wally von der *Newport* aus Nantucket.

Bei dem Gedanken fiel ihm etwas ein, und er zeigte auf David. »Dieses Bürschchen haben wir unterwegs aus dem Meer gefischt. Ihr habt gesehen, dass er gut arbeitet. Wenn ihr ein paar Dollar für ihn übrig habt, würde er euch sicher helfen. Es wäre auch ein christliches Werk, ihm ein wenig Geld für die Heimreise zukommen zu lassen.« Queek hob die Hand, als der Steuermann der *Mary Ann* sprechen wollte.

»Nicht, dass ihr denkt, er bekäme von uns nichts. Jeder bei uns an Bord, von mir angefangen bis hin zum Schiffsjungen, wird ihm einen Teil seiner Heuer geben. Er ist ein guter Schiffskamerad geworden und hat es wahrlich verdient.«

Bei so viel Lob wurde David verlegen. »Also, Captain, ich bin Ihnen und den anderen an Bord der *Namasket* dankbar für das, was Sie für mich getan haben. Sie müssen nicht auch noch Geld für mich opfern. Ich finde gewiss ein Schiff, auf dem ich nach Hamburg kommen kann.«

»Mit ein paar Dollar in der Tasche reist es sich angenehmer als ohne«, antwortete Queek.

»Also, wenn der Junge mithelfen will, hätte ich nichts dagegen«, sagte der Steuermann der *Mary Ann*, der damit auch eine Möglichkeit sah, Dankbarkeit für den überlassenen Speck zu zeigen. Ohne diesen hätten sie selbst noch einen Wal fangen müssen und danach mehr als die Hälfte von dessen Speck anderen Walfängern überlassen müssen. So aber hatten sie die Hoffnung, Kap Hoorn noch vor den Herbststürmen umrunden zu können, und würden die Heimat um viele Wochen früher erreichen, als wenn sie im Südpazifik überwintern müssten.

»Dann hilf den Männern der *Mary Ann,* mein Junge! Wir werden bei Hopkins noch einen Schluck Rum trinken, auch wenn er nach Tran schmeckt. Wenn dann alle Luken verschalkt sind, segeln wir nach Tahiti, um Frischwasser und frischen Proviant an Bord zu nehmen. Danach geht es heim! Na, was sagst du dazu?«

»Das wäre schön«, antwortete David, obwohl er wusste, dass es, nachdem die *Namasket* ihren Heimathafen New Bedford erreicht hatte, noch Wochen dauern würde, bis er die Marschen an der Elbe und Hamburg wiedersehen konnte.

2.

Die Arbeit war schwer, doch David leistete sie gerne. Ihm ging es dabei nicht um die paar Dollar, die er dafür bekommen würde, sondern darum, Captain Queek und seinem Freund Moses zu zeigen, dass sie sich auf ihn verlassen konnten. Während der Captain und die meisten Matrosen der *Namasket* zu Hopkins' Schenke gegangen waren, war Moses bei David geblieben, um ihm zu helfen.

»Kannst doch nicht alles allein machen, Jüngelchen. Gib den Schöpfer her und ruh dich ein wenig aus. Suche dir aber eine gute Stelle im Windschatten. Es bläst kalt, und der gute Moses will nicht, dass du dir etwas holst«, erklärte der Koch.

David überlegte kurz und reichte ihm dann den Schöpfer. »Aber nur für ein paar Minuten. Außerdem wirst du mir erlauben müssen, dir einen Schnaps zu zahlen, wenn wir fertig sind!«

»Jaja, Jüngelchen!«, antwortete Moses gutmütig und machte sich ans Schöpfen.

David stellte sich unterdessen in die Deckung zweier Fässer, die noch darauf warteten, gefüllt zu werden. »Unser nächstes Ziel heißt also Tahiti«, sagte er zu dem Koch.

Dieser nickte. »Das stimmt! Ist dort aber nicht mehr so schön wie früher, als wir Seeleute dort mit offenen Armen empfangen worden sind. Das waren noch Zeiten! Da konntest du dir noch die schönste Frau aussuchen und hattest mit ihr richtig Spaß. Jetzt sagen die Missionare, dass das nicht mehr geht. So was nennt man Zivilisation! Schön ist es dort aber immer noch, und es soll guten Schnaps geben. Der ist zwar noch nichts für dich, doch der gute Moses wird sich das eine oder andere Glas schmecken lassen. Ist jetzt auch anders als früher, als noch Landers den Laden und die Schenke führte. Soll jetzt direkt gesittet dort zugehen. Liegt wahrscheinlich an der Frau des Missionars, die dort nun das Sagen hat.«

»Meine Schwester Ruth ist auch die Frau eines Missionars, aber nicht auf Tahiti, sondern weiter nördlich. Die Insel nennt sich Dominica, wenn du sie kennst?«, wandte David ein.

Moses schüttelte den Kopf. »Das weiß vielleicht der Captain und vielleicht noch der Steuermann. Ich bin Koch, kein Navigator. Ich kann dir ein Essen bereiten, dass du in deinem Leben nichts anderes mehr haben willst. Aber für den Kurs nach Tahiti fragst du besser den Kapitän.«

»Dominica gehört zur Inselgruppe der Marquesas«, erklärte David.

Als Moses das hörte, verzog er abwehrend das Gesicht. »Oh! Das ist gar nicht gut! Segelt nicht zu den Marquesas, sagen die Eigentümer unseres Schiffs immer. Dort leben die schlimmsten Kannibalen der Welt.«

»Dann kann Ruth nicht dort sein. Es hieß nämlich, dass auf Dominica ein sanftes, freundliches Volk leben soll. Vater hätte Ruth sonst auch nicht mitreisen lassen.«

Trotz seiner Beteuerung fühlte David sich bedrückt. Solange er zu Hause gewesen war, hatten sie von Ruth und deren Ehemann Hinrich nur einmal einen Brief erhalten. Aber der war in Kapstadt geschrieben worden und nicht in der Südsee.

»Wird schon nicht eine dieser Kannibaleninseln sein, Jüngelchen«, sagte Moses und füllte das Fass bis zum Spund. »Wenn du den Stopfen für mich einschlägst, kann ich gleich mit dem nächsten Fass weitermachen, und wir werden schneller fertig!«, schlug er David vor.

Dieser tat es und stellte danach die letzten Fässer bereit. »Noch ein Fass, dann bin ich wieder mit dem Schöpfen dran.«

»Ist schon richtig, Jüngelchen!« Moses lächelte, denn der Junge war freundlich und hilfsbereit, und jeder an Bord hätte ihn auch auf ihrer nächsten Fahrt gerne als Kameraden dabeigehabt.

Aber David war der Sohn eines Reeders und stammte zudem aus einem anderen Land. Seine Familie glaubte ihn wahrscheinlich bereits tot, und so war es dringend nötig, dass er, sobald sie in New Bedford eingelaufen waren, auf schnellstem Weg nach Hamburg zurückkehrte. Bleiben würde jedoch die Erinnerung, und die, so hoffte Moses, würde David mit ihnen teilen.

Er reichte dem Jungen die Schöpfkelle und legte getrocknete Walknochen nach, damit das Feuer nicht zu früh niederbrannte. Gleichzeitig schafften zwei Matrosen der *Mary Ann* die vollen Fässer an Bord. Als schließlich das letzte gefüllt, verspundet und verstaut war, brachten sie vier Becher mit und reichten Moses und David je eines.

»Das ist ein Rum, für den wir diesem verdammten Hopkins kein Geld in den Rachen stopfen müssen«, meinte der eine Matrose und stieß mit ihnen an.

»Sei vorsichtig, Jüngelchen!«, warnte Moses David.

Dieser nickte lächelnd. »Als ich zehn war, hat mir ein Matrose einen Becher Rum gegeben. Ich hatte Durst und habe deswegen hastig getrunken. Ich hätte fast keine Luft mehr bekommen.« Dabei dachte er, dass seitdem über fünf Jahre vergangen waren. Mehr als anderthalb davon hatte er auf der *Namasket* verbracht. Vom heute an aber würden die Segel heimwärts gerichtet sein, auch wenn sie noch einen Abstecher nach Tahiti machten, um das Schiff für die Heimfahrt zu verproviantieren.

David trank vorsichtig und stellte fest, dass er den Schnaps nicht besonders mochte. Vielleicht lag es daran, dass er kein richtiger Seemann war, sondern nur der Sohn eines Reeders. Er war ein Simonsen, rief er sich zur Ordnung. Die Simonsens waren immer Seeleute gewesen. Wie viele Geschichten über seinen Großvater Simon Simonsen hatte er gehört, über dessen Vater und über Hauke Lüders, den Vater seiner Großmutter Erna. Diese Männer, so sagte er sich, wären stolz auf ihn gewesen, weil er sich auf der *Namasket* bewährt hatte.

Es war Schiffsrum, nicht der beste, aber stark, und er wärmte Kehle und Magen. Trotzdem überlegte David, ob er den Rest heimlich ausschütten sollte. Dann aber schüttelte er den Kopf. Es wäre nicht ehrlich gehandelt. Er nippte noch einmal und reichte den halb vollen Becher an Moses weiter. »Der ist für dich!«

»Bist ein kluges Bürschlein, Jüngelchen! Du weißt, wann du aufhören musst. Der gute alte Moses würde sich auch freuen, wenn er das wüsste. Aber da der Schnaps nun einmal so gut schmeckt!« Moses klopfte David auf die Schulter, trank dessen Becher aus und reichte beide an den Matrosen der *Mary Ann* zurück. »Ihr seid Männer, wie ich sie mag!«

»Ihr habt auch gut gearbeitet. Wie es aussieht, werden wir jetzt eine Zeit lang um die Wette segeln. Mal sehen, welches Schiff als Erstes in New Bedford einläuft, unsere *Mary Ann* oder eure *Namasket*!«

»Es wird das sein, was schneller ist!«, antwortete Moses grinsend.

»Du solltest Wahrsager werden, denn deine Orakel treffen immer zu«, spottete der Matrose der *Mary Ann*. Dann blickte er zum Schiff, auf dem sich nur noch die Ankerwache befand, und wies in die Richtung von Hopkins' Schenke. »Ich weiß nicht, wie es euch geht, aber ich habe so ein komisches Brennen in der Kehle, das dringend gelöscht werden muss! Der alte Hopkins hat genau das richtige Mittel dagegen.«

»Sagt der Mann, der uns eben einen Rum gebracht hat, der besser ist als alles, was Hopkins ausschenken kann«, sagte Moses. Doch auch ihn lockte es, sich in die Schenke zu setzen und andere Männer zu sehen als nur die, die sich auf seinem Schiff befanden.

Mit einer freundschaftlichen Geste legte er David den Arm um die Schulter. »Du solltest keinen Rum dort trinken, Jüngelchen. Dir wird sonst morgen ganz übel sein, und das mag unser Captain nicht. Der sagt immer, man darf so viel trinken, wie man aushalten kann. Wenn er einen auf den Mast schicken muss, kann er nicht erst fragen, ob der Mann nüchtern ist oder nicht.«

»Das verstehe ich«, antwortete David und hoffte, dass Hopkins neben Schnaps auch so etwas wie Limonade hatte. Allerdings fragte er sich, woher der Schankwirt hier auf dieser kahlen Insel die frischen Früchte dafür hernehmen sollte, und machte sich auf ein paar trockene Stunden gefasst.

3.

Die Männer mussten etwa eine Meile über glatt geschliffenen Fels gehen. Gelegentlich trafen sie auf eine Eisplatte, die sie sich, wie Moses sagte, genau einprägen sollten. »Weißt du, Jüngelchen, wenn man ein wenig viel Rum trinkt und dann nicht aufpasst, kann man auf so einer Eisplatte leicht ausrutschen und sich das Bein brechen. Das sieht der Captain gar nicht gerne.«

»Das kann ich mir vorstellen«, erwiderte David mit einem Auflachen und nahm sich vor, auf dem Rückweg achtzugeben, damit er und der Koch wieder heil auf die *Namasket* zurückkehren konnten.

Als sie die Schenke erreichten, wirkte das Bauwerk auf David wie ein wirr aufeinandergestapelter Haufen aus Steinen, ein wenig Holz und Walfischrippen. Wer diese Hütte gebaut hatte, musste jedoch gewusst haben, wie man ein solches Gewölbe errichtet. Als sie durch die Tür traten, sah er einen Raum vor sich, der groß genug war, um die Besatzungen mehrerer Schiffe aufzunehmen.

Noch war man mitten in der Fangsaison, und von den hier liegenden Walfängern hatten nur die *Namasket* und die *Mary Ann* ihre Jagd beendet. Die meisten Matrosen zechten daher noch einmal, bevor es wieder auf die raue See hinausging, um erneut auf den Ruf »Wal, da bläst er!« zu warten. Andere Walfänger waren erst vor Kurzem eingetroffen, und so wurden eifrig Nachrichten und Informationen ausgetauscht.

Ein Kapitän zahlte eine Runde, da ihm ein Neuankömmling berichtet hatte, er sei Vater eines Sohnes geworden.

»Sind Sie sicher, auch wirklich der Vater zu sein?«, fragte ein Matrose grinsend und rechnete laut nach, wie viele Monate das Schiff schon auf See war.

»Verdammter Idiot!«, fuhr ihn der Kapitän an. »Du vergisst die Zeit, die die *Samantha* bis hierher gebraucht hat. Ich war bis sieben Monate vor der Geburt zu Hause, und es soll ein prachtvoller Bursche sein, der da zur Welt gekommen ist.«

»Da haben Sie recht, Captain! Jeder vernünftige Mann weiß, dass ein Kind neun Monate braucht, bis es im Bauch der Mutter richtig ausgebacken ist. Käme es früher zur Welt, wäre es arg mickrig und würde wahrscheinlich sterben.« Moses lachte und forderte Hopkins auf, ihm einen Rum einzuschenken. »Für das Jüngelchen tut es notfalls Wasser, wenn du nichts anderes hast«, setzte er hinzu.

»Ich kann ihm einen leichten Grog machen«, sagte der Wirt brummig und machte sich an die Arbeit.

Moses suchte derweil für sich und David einen Platz, und sie lauschten den Gesprächen um sie herum.

»Wie sieht es auf Tahiti aus?«, fragte da gerade Asher, der Steuermann der *Namasket*. »Wir wollen uns dort verproviantieren. Soviel ich gehört habe, soll der alte Wirrkopf Landers nicht mehr hinter dem Tresen stehen?«

Hopkins machte eine wegwerfende Handbewegung und brachte die Getränke zu David und Moses. »Landers ist schon vor über zwei Jahren in die Grube gefahren. Wer jetzt einen Schnaps trinken will, wird von einem Schlitzauge bedient.«

Asher tat diesen Einwand ab. »Das war seinerzeit nicht anders! Meistens hat dieser Lu Dingsbums die Getränke ausgeschenkt, weil Landers zu besoffen war. Also hat sich nichts geändert!«

Hopkins hätte ihm sagen können, dass sich einiges geändert hatte, doch er verkniff es sich und holte ein neues Fässchen Rum von hinten.

Einem seiner Gäste ging das zu langsam. »Komm, Hopkins, alte Haifischflosse, schenk mir schneller ein, damit ich nicht verdurste!«

»Mir auch!«, rief ein Zweiter, und zuletzt forderte ein gutes Dutzend Walfänger ebenfalls neuen Rum.

Hopkins kam dem Begehren nach, stellte dann die Flasche auf einen flachen Walknochen, der ihm als Ablage diente, und verzog das Gesicht zu einer Grimasse. »Ihr werdet staunen, wenn ihr nach Tahiti kommt! Dort geht es jetzt anders zu als zu des seligen Landers' Zeiten.«

Einer der Matrosen lachte. »Landers und selig! Der sitzt ganz warm unten beim Luzifer und säuft diesem den Schnaps weg.«

»Da wir gerade bei der Hölle und dem Schnaps sind. Ich habe hier einen Stoff, der nur für harte Männer geeignet ist. Dieser Chinese hat ihn mir besorgt. Stammt noch aus seiner Heimat. Wollt ihr ihn probieren?«

Die Frage war überflüssig. Jeder Walfänger hielt sich für einen harten Mann, und so wurde die Flasche, die Hopkins von hinten holte, rasch leer. Er selbst schenkte sich nur einen halben Becher Rum ein.

»Also, wie wär's? Runter mit dem Zeug!« Wie ein Walkalb der Mutter folgten die Männer ihm und stürzten den Schnaps in einem Zug hinab.

Danach erfüllten minutenlang Röcheln, ersticktes Keuchen und Husten den Raum. Auch Moses rang verzweifelt nach Atem, während ihm die Tränen über die Wangen liefen.

»Was ist denn das für ein Teufelszeug?«, fragte Asher, als ihm seine Stimmbänder wieder gehorchten.

»Nennt sich ›Himmelsfeuer‹ und wurde, wie Lu Po sagte, von seinem Großvater gebrannt.«

»Der Teufel soll dieses Himmelsfeuer holen, und diesen Lu Po und seinen Großvater dazu«, stöhnte Queek.

»Sie haben noch einen vergessen, Captain«, wandte Asher ein, »nämlich Hopkins selbst! Wir sollten ihn packen, ihm eine volle Flasche von diesem Teufelszeug in den Rachen stecken und sie erst wieder wegnehmen, wenn sie leer ist.«

»Ihr könnt es ja versuchen!«, meinte der Wirt und streichelte den Lauf seiner Schrotpistole, die griffbereit auf dem Tresen lag.

»Das war ein verteufelt übler Scherz, Hopkins! Solltest du es noch einmal versuchen, werden wir uns überlegen, ob wir Mister Ashers Vorschlag nicht doch ausführen sollten«, erklärte der Kapitän der *Mary Ann*.

»Da werdet ihr Pech haben! Es war nämlich die einzige Flasche, die ich hatte.« Hopkins grinste.

»Erzähle mehr über diese Missionarswitwe! Das muss ja ein arger Drachen sein, wenn sie die anderen Missionare so einfach beiseitegedrängt hat«, forderte Captain Queek den Wirt auf.

»Die gehört nicht zu diesen Leuten, sondern ist eine Fremde«, begann Hopkins und berichtete ausführlich über Ruth und die Ereignisse, die mit dieser in Zusammenhang standen.

»Ihr kennt doch alle den alten Schurken Rave Wally?«, sagte er nach einer Weile.

»Das Wort Schurke stimmt bei dem wirklich!«, rief einer der Matrosen dazwischen.

»Das ist ein übler Kerl, dem man nur deshalb ein Schiff anvertraut hat, weil er die Wale, die er fangen will, förmlich riechen kann«, erklärte Queek voller Abscheu.

»Er war ein übler Kerl!«, korrigierte Hopkins ihn. »Diese Missionarswitwe hat ihn nämlich über den Haufen geschossen. Er hatte in letzter Zeit Pech, denn sein Walriecherorgan hatte ihn im Stich gelassen. Mehr als anderthalb Jahre hat er keinen einzigen Wal gefangen. Dann ist ihm auch noch sein Kahn abgesoffen, und er kam abgebrannt auf Tahiti an. Dort beging er den Fehler zu glauben, er könnte die Witwe überfallen, ausrauben und mit ihrem Schiff verschwinden. Als Folge hat man ihn irgendwo auf Tahiti verscharrt.«

»Das hört sich ja nicht gerade nach einer Betschwester an«, sagte Queek kopfschüttelnd.

»Das können Sie laut sagen, Captain! Dieses Weib hat den alten Wiggles so lange um den Finger gewickelt, bis der gemerkt hat, dass er nichts mehr zu sagen hat. Aber da war es für ihn zu spät. Sie hat ein paar Schiffe bauen lassen, mit denen sie Handel mit den Inseln treibt. Es gibt auch einen richtigen Gasthof, in dem man nicht nur saufen, sondern auch essen kann. Wenn euch die Schwänze jucken, findet ihr dort sogar einen Puff. Dort arbeiten vor allem Chinesinnen. Aber die haben was drauf, kann ich euch sagen.«

»Und das alles soll diese Missionarswitwe zugelassen haben?« So ganz konnte Captain Queek es nicht glauben.

»Den Puff nicht! Den führt dieser Chinese. Er hat extra die Erlaubnis von Wiggles dafür bekommen. Übrigens ist der nicht mehr auf Tahiti. Seine Missionsgesellschaft hat ihn abgesetzt. Seinem Nachfolger Pritchard bleibt aber nichts anderes übrig, als die Mensing tun zu lassen, was sie will.«

Bislang war David bei Moses gesessen, hatte gelegentlich an seinem leichten Grog genippt und einfach zugehört. Jetzt aber schreckte er hoch. »Wie, sagen Sie, heißt diese Missionarswitwe?«, fragte er angespannt.

»Mensing, Ruth Mensing. Ihr Mann hat versucht, die Kanaken auf den Marquesas-Inseln zu bekehren. Ist ihm aber nicht gut bekommen, denn die haben ihn aufgefressen. Sie konnte nach Tahiti fliehen und hat sich dort dick und fett in die Wolle gesetzt.«

Hopkins sagte noch mehr, doch das ging an Davids Ohren vorbei. Der Junge dachte nur an eines: Seine Schwester war auf Tahiti und galt als Witwe. Am liebsten hätte er Captain Queek gebeten, sofort aufzubrechen. Er beherrschte sich jedoch. Da bis Tahiti etliche Tage zu segeln waren, konnte er warten, bis die *Namasket* Kurs dorthin nahm. Doch mit einem Mal sehnte er die Ankunft auf Tahiti so sehr herbei wie bisher nichts in seinem Leben.

4.

Während auf der südlichen Hemisphäre Sommer war und Captain Queek sich sagte, dass es richtig gewesen war, den Walen im arktischen Winter nach Norden zu folgen und sie dort zu jagen, herrschte in Hamburg eisige Kälte.

Mathias Mensing hatte die Übernahme der Simonsen-Reederei so gut wie abgeschlossen. Einwände oder gar Proteste gab es keine. Jakob Simonsen und dessen jüngerer Sohn David wurden schon so lange vermisst, dass niemand mehr damit rechnete, sie könnten je zurückkehren. Jeremias Simonsens Spur hatte sich ebenfalls verloren. Es hieß, er sei von London aus in die Karibik aufgebrochen, dort aber nie angekommen. Frieda Simonsen wähnte man unter bester Betreuung und die Zwillinge Anna und Esther bei Molly Steeden in guter Hut.

Was nun Jakob und Frieda Simonsens älteste Tochter Ruth betraf, so war diese mit Mathias' Bruder Hinrich verheiratet und lebte in der Südsee, wo ihr Mann ein gottgefälliges Werk tat, indem er dort das Christentum predigte.

Es gab daher nichts, was Mathias Mensing hätte stören können. Und doch starrte er mit erboster Miene auf den Brief, den ihm sein Onkel Zechariah Bartlett nach dessen Rückkehr nach London geschickt hatte. Dieser bestand aus einigen unverfänglichen Zeilen über den Handel sowie aus der Ankündigung, dass Lady Persephone Bartlett, die Schwiegertochter seines Onkels, seit Neuestem guter Hoffnung sei.

Es war weniger der Brief, der Mathias Zahnschmerzen bereitete, als vielmehr das, was darüber hinaus in dem Leinenumschlag gesteckt hatte. Auf dem Tisch vor ihm lagen dreißig Silbermünzen mit fremdartigen Schriftzeichen, aber ohne jede Abbildung, und ein in einer ihm unbekannten Schrift ausgefüllter Vertrag, der mit Mathias Mensing unterzeichnet war. Zechariah Bartlett hatte dafür ohne Hemmungen seine Unterschrift gefälscht.

»Verflucht soll er sein!«, rief Mathias Mensing aufgebracht. Er hatte sofort begriffen, dass die Münzen auf die dreißig Silberlinge hindeuteten, für die Judas Ischariot Jesus Christus an die Römer verkauft hatte. Im Grunde war es eine Kampfansage. Sein Onkel zeigte ihm unmissverständlich, dass er ihm nicht mehr traute.

Zudem fühlte er sich betrogen. Auch wenn er nicht genau wusste, was Mädchen wie Anna und Esther in arabischen Landen kosteten, so konnte man bei so hübschen Zwillingen ein Vielfaches dieser Summe erwarten. Die hatte Bartlett offenbar in die eigene

Tasche gesteckt, anstatt sie ihm auszuhändigen oder wenigstens mit ihm zu teilen.

Mathias Mensing las noch einmal den Brief. Die Nachricht von der Schwangerschaft seiner Schwiegertochter hatte sein Onkel besonders hervorgehoben. Darunter stand, dass Bartlett auf viele Enkel hoffte. Auch dies war eine eindeutige Botschaft. Bartlett wollte mindestens einen Enkel als seinen Nachfolger in der Reederei und dem Handelshaus erziehen.

Leise fluchend legte Mathias den Brief auf den Tisch. Zechariah Bartlett zeigte ihm deutlich, dass er ihn nicht als seinen Nachfolger in der Reederei sehen wollte. Mathias überlegte, wie alt sein Onkel war. Wahrscheinlich Mitte fünfzig. Wenn Bartlett es bis knapp unter achtzig schaffte, konnte er einen von Anthony gezeugten Balg so weit bringen, die Reederei weiterzuführen. Damit würde er selbst ein kleiner, auf Hamburg beschränkter Schiffseigner bleiben, dem der Weg zur wahren Größe versagt blieb.

»Wenn du den Kampf willst, kannst du ihn haben, Onkel!«, sagte er böse vor sich hin und begriff im selben Augenblick, dass sein Onkel ihm in dieser Hinsicht einiges voraushatte – und zwar Helfer, die bereit waren, jemanden für ein paar Taler um die Ecke zu bringen, er hingegen hatte niemanden. Das war seine Schuld, denn bislang hatte er Bartlett die schmutzigen Arbeiten überlassen. Der Vertrag vor ihm und die Silberlinge verrieten jedoch deutlich, dass Bartlett nicht mehr dazu bereit war.

Mathias begriff das Ganze auch als Warnung. Dieser Brief, so freundlich er klang, kündete ihm im Zusammenspiel mit den arabischen Münzen und dem Vertrag an, dass Bartlett nichts mehr mit ihm zu tun haben wollte.

»Im Augenblick muss ich das hinnehmen«, sagte Mathias zu sich selbst. »Aber der Onkel wird nicht jünger. Irgendwann erwische ich ihn.« Er machte eine Handbewegung, als wollte er eine Laus zerknacken. Mit Anthony würde er sich schon einigen. Sein

Vetter wollte in erster Linie englischer Lord spielen. Die Beschäftigung mit dem Handel war dabei nicht nur hinderlich, sondern sogar ein Makel.

»Das hast du nicht umsonst getan, Onkel!« Mathias lächelte höhnisch. Da er um mehr als zwanzig Jahre jünger war als Bartlett, konnte er auf eine passende Gelegenheit warten, um zuzuschlagen. Sein Onkel hingegen musste hoffen, dass Gott ihn nicht zu früh von der Welt holte. Sollte dies zu lange dauern, musste er eben nachhelfen. Doch das eilte nicht. Wichtiger waren im Augenblick die Witwe seines Bruders und deren Bengel. Um die beiden zu beseitigen, hätte er Bartlett gebraucht.

»Das kann ich immer noch«, dachte er spöttisch.

Er würde so tun, als bewundere er den Onkel für dessen Macht und Einfluss, und ihn dann geschickt dazu nutzen, seine eigene Macht zu steigern.

Mathias nahm daher einen Bogen Papier und setzte einen Antwortbrief auf. Darin beglückwünschte er Bartlett zu seiner baldigen Großvaterschaft. Insgeheim wünschte er diesem einen Haufen Enkelinnen, aber keinen männlichen Erben für den Titel eines Earls of Huttonsfield. In vorsichtigen Worten fragte er dann an, ob sein Onkel geneigt sei, ihm bei der Beseitigung eines Problems in südlichen Meeren behilflich zu sein. Wie er Zechariah Bartlett kannte, würde dieser aus Stolz auf seine Fähigkeiten und die Härte, mit der er seine Geschäfte verfolgte, dazu bereit sein.

Nachdem er den Brief zusammengefaltet und versiegelt hatte, fiel sein Blick noch einmal auf das Geld und den Vertrag. Am besten war es wohl, den Vertrag zu verbrennen und die Münzen irgendwo in die Elbe zu werfen. Er griff schon nach dem Papier, um es ins Kaminfeuer zu stecken, hielt dann aber in der Bewegung inne. Irgendwie war dieses Blatt ein Symbol für seinen Sieg über die Simonsens, und so beschloss er, es samt den Silberlingen vorerst als Trophäe aufzubewahren.

5.

Ruth hatte sich vorgestellt, es würde reichen, sich von George Pritchard oder einem der anderen Missionare trauen zu lassen und danach mit einer Handvoll von Freunden zu feiern. Dabei hatte sie jedoch nicht bedacht, dass sie als Leiterin der Handelsstation als bedeutende Persönlichkeit galt und ihre Hochzeit für Tahiti eines der herausragenden Ereignisse des Jahres darstellte.

Kaum hatte man in der Missionarssiedlung von ihrer geplanten Heirat erfahren, als auch schon der Trubel begann. Harriet Baker und die übrigen Mütter heiratsfähiger Töchter jubelten. Es war nämlich angekündigt worden, dass junge Missionare nach Tahiti kommen würden, und so manche Frau hatte sich mit Zahnschmerzen daran erinnert, wie Hiram Perell und Archibald Collins die schöne Witwe einst umworben hatten.

George Pritchard, Baker und die anderen Missionare waren froh, dass die von Gott gewollte Ordnung durch diese Heirat wiederhergestellt wurde. Es war ihnen arg zuwider gewesen, eine Frau an der Spitze der Handelsstation zu sehen. Nun würde Ruth, so wie es sich gehörte, hinter ihren Mann zurücktreten müssen.

Anders als in der Europäersiedlung, in der die eigenen Vorteile dieser Hochzeit im Vordergrund standen, freute Aimata Vahine Pomare IV. sich uneingeschränkt darüber, dass ihre Freundin Ruth ihre Liebe gefunden hatte. Allerdings war die Königin auch dafür verantwortlich, wie diese Hochzeit gefeiert wurde.

»Es fehlt nur noch, dass Aimata einen Staatsfeiertag für heute ausgerufen hätte«, stöhnte Ruth, als Vaimiti und Lu Yi sie unter den kritischen Augen der alten Lu An an diesem Morgen für die Hochzeit ankleideten.

»Die meisten werden sowieso nichts tun, sondern in die Kirche kommen«, meinte Vaimiti lachend. »Es wird ein Fest werden, an das man sich noch nach Jahren erinnern wird.«

»Das befürchte ich auch!«, stöhnte Ruth.

Die Königin hatte nämlich beschlossen, nach der Trauung eine Feier auf dem alten und bereits mehrere Jahre nicht mehr benützten Festplatz in der Nähe des Ortes abhalten zu lassen. Aipua und Maire waren bereits dort, um bei den Vorbereitungen zu helfen.

Als Vaimiti und Lu Yi den Spiegel brachten, so dass Ruth sich betrachten konnte, seufzte sie noch mehr. Sie trug ein grünes Seidenkleid, das den Feuerglanz ihres rötlich schimmernden Blondhaars voll zur Geltung brachte. Den Hals schmückte eine dreifach geschlungene Kette aus schwarzen Perlen. Mit weiteren dreifachen Perlenbändern waren ihre Handgelenke dekoriert und andere schwarze Perlen in ihre Brautkrone eingestickt worden. Sie hatte Aipua erzählt, dass in Hamburg Bräute bei ihrer Hochzeit so etwas trugen, und so hatten ihre Dienerinnen nicht eher nachgegeben, bis sie ihnen erlaubt hatte, für sie eine Brautkrone anzufertigen. Diese bestand aus Perlen, Perlmuttscheiben und Blumen und zwang sie, den Kopf nur vorsichtig zu bewegen, damit das Ding nicht ins Rutschen kam.

»Wie sieht es aus? Können wir aufbrechen?«, fragte sie.

Vaimiti huschte zur Tür und blickte hinaus. »Es ist alles bereit, Madam!«

»Dann bringen wir es hinter uns. Zum Glück muss ich nicht auch noch eine Schleppe hinter mir herschleifen!« Ruth lachte nervös und fragte sich, was James zu alldem sagen würde. In seiner Heimat würde wohl in den Gazetten stehen, dass Seine Lordschaft Sir James Edward Hutton die Ehe mit der Reedertochter Ruth Mensing einzugehen bereit sei. Nicht Reedertochter, sondern Missionarswitwe, korrigierte sie sich mit einem liebevollen Gedanken an ihren ersten Mann. Nun würde James an dessen Stelle treten.

»Das Leben zwingt einem so manchen verschlungenen Pfad auf«, sagte sie leise.

»So ist es!«, erklärte die alte Lu An und trat näher. In der Hand hielt sie eine Art Brosche mit dem Yin- und Yang-Symbol. Sie steckte diese Ruth an und klatschte zufrieden in die Hände. »So ist die himmlische Harmonie wiederhergestellt!«

»Das pfeifen auch die Vögel in der Missionarssiedlung von den Dächern«, warf Vaimiti grinsend ein. »Die Prediger Gottes glauben, dass Madam von nun an sittsam schweigen und Captain Lucky Jim der große Mann hier sein wird. Laut Captain Lucky Jim werden sich die Herrschaften noch wundern, denn er denkt nicht daran, Madam in die Handelsgeschäfte dreinzureden.«

»Ich hoffe doch, dass er mich beraten wird«, antwortete Ruth und trat ins Freie.

Der Weg zum Anlegesteg wurde durch Stecken flaniert, die Blumensträuße trugen. Als sie nach unten schaute, lag nicht ein einfaches Auslegerkanu am Steg, sondern ein Doppelrumpfboot mit einer Plattform, die genug Platz für ihre gesamte Begleitung bot. Das Boot war reich mit Blumengirlanden geschmückt, und die Männer, die es paddelten, trugen gleichfarbige Lendentücher sowie Blumenkränze um den Hals und auf dem Kopf.

Ein Stück weiter strebte bereits ein ähnliches Doppelrumpfkanu der Anlegestelle der Missionarssiedlung zu. Es war ebenfalls über und über geschmückt, und darauf erkannte Ruth außer James noch den Schiffsbauer Fara und Tahitoa, der ihr zuwinkte.

Mit einem Gefühl, das zwischen Lachen und komischer Verzweiflung lag, ging Ruth nach unten. Wahrscheinlich würde ich diesen Aufwand genießen, wenn es meine erste Hochzeit wäre, dachte sie, korrigierte sich dann aber. Nach all den Jahren, in denen sie alleinverantwortlich gehandelt hatte, störte es sie, dass andere an einem der für sie wichtigsten Tage im Leben darüber bestimmten, wie dieser ablaufen sollte, und nicht sie selbst.

Sie begriff es auch als Mahnung. Zwar hatte James beteuert, ihr nicht in die Handelsgeschäfte dreinreden zu wollen, doch er hatte als ihr Ehemann ein Anrecht darauf, dass sie ihn um Rat fragte und wichtige Entscheidungen mit ihm besprach. Wenn sie das tat, würde es eine gute Ehe werden. Er war nicht der Mann, der sich in den Vordergrund drängen und ihr das Steuer aus der Hand nehmen wollte, wie es nach Meinung der Missionare von Gott bestimmt worden war. Doch wussten diese wirklich, was Gott für richtig hielt und was nicht?, fragte sie sich. Der Gedanke war ketzerisch, aber in ihren Augen naheliegend.

Sie beschloss, alles Störende von sich zu schieben, und legte die letzten Schritte zum Boot zurück. Zwei junge Frauen standen bereit, ihr auf die Plattform zu helfen, und führten sie zu einem blumengeschmückten Stuhl.

Vaimiti, Lu Yi, Lu An, Lu Pos schwangere Ehefrau Lu Mei und weitere Frauen folgten ihr, mussten aber stehen, weil es nur diesen einen Platz gab. Ruth wollte der alten Frau anbieten, zu sitzen, doch diese schüttelte den Kopf.

»Noch tragen mich meine Beine!«, erklärte Lu An stolz.

»Dann sollte wenigstens Lu Mei sitzen«, drängte Ruth, doch auch diese schüttelte den Kopf.

»Madam sind zu gütig, aber es ist wirklich nicht nötig. Ich fühle mich sehr gut!«

Vaimiti legte die Hand auf Ruths Schulter, als wolle sie diese auf dem Stuhl festhalten. »Sie sollten sitzen bleiben, Madam. Sonst denken die Leute noch, Captain Lucky Jim wolle Lu An oder Lu Mei heiraten.«

»Was bei Letzterer kaum möglich ist, da sie bereits verheiratet ist!«, antwortete Ruth amüsiert.

»Nicht nach den Regeln der Missionare, sondern nach denen der Söhne und Töchter der Han«, warf Lu Yi fröhlich ein.

Ruth begriff, dass sie an diesem Tag die Gefangene der Umstände war, und beschloss, das Beste daraus zu machen.

6.

Als das Doppelrumpfkanu die andere Anlegestelle erreichte, stand dort eine blumengeschmückte Sänfte für Ruth bereit. Es war wie damals bei ihrem Eintreffen im Hanatea-Tal auf Hiva Oa, fuhr es ihr durch den Kopf. Hoffentlich war dies kein schlechtes Omen. Mit diesem Gedanken setzte sie sich auf die Sänfte, die von acht blumengeschmückten Männern getragen wurde. Zwölf junge Frauen gingen voran und schlugen mit ihren Rasseln den Takt.

Nun kam die Kirche in Sicht. Es war ein schlichter Bau nach europäischer Art, an dessen Wänden zu diesem Anlass Blumengirlanden prangten. Vor der Kirche warteten die meisten Bewohner der Missionarssiedlung. Ihren Mienen nach schien ihnen diese Blütenpracht wenig zu gefallen. Die einheimischen Tahitianer und die kleine chinesische Gruppe standen ihnen gegenüber und winkten Ruth fröhlich zu.

Das werden die Missionare mir nicht so schnell verzeihen, dachte Ruth. Sie straffte den Rücken und stieg von der Sänfte, kaum dass diese abgesetzt worden war. Tahitianerinnen eilten ihr entgegen und legten ihr vorsichtig Blumenkränze um den Hals. Dann trat Tahitoa an ihre Seite, den James und sie als Brautführer bestimmt hatten. Er reichte ihr stolz den Arm, und sie betraten Seite an Seite die Kirche.

Innen war diese ebenso schmucklos ausgestattet wie von außen, allerdings verliehen ihr unzählige Blütengirlanden und -sträuße ein festliches Aussehen. James stand bereits vor dem Altar. Er trug die Uniform eines Schiffskapitäns, allerdings waren die entsprechenden Abzeichen von den Blumenkränzen verdeckt, die man ihm übergestreift hatte. Der Blick, mit dem er Ruth empfing, hatte etwas rührend Hilfloses an sich.

»Hoffentlich ist das bald vorbei!«, stöhnte er, als Ruth neben ihm stand.

»Ihr müsst noch ein wenig warten. Es fehlt noch die Hauptperson«, meinte Tahitoa grinsend.

»Das Brautpaar ist hier, und draußen stehen genug Missionare, um ein halbes Heer zu trauen«, sagte Ruth verwundert.

»Ihr vergesst die Königin! Bei der Hochzeit von zwei so wichtigen Persönlichkeiten muss sie dabei sein. Sie hat sich überdies ausbedungen, eine der Trauzeuginnen zu sein«, erklärte Tahitoa.

»Dann wollen wir hoffen, dass sie nicht mehr zu lange auf sich warten lässt«, stöhnte Ruth. Da sie Königin Aimata kannte, fürchtete sie das Schlimmste.

Erst einmal wurde ein blumengeschmückter Korbstuhl für die Königin hereingebracht, und ein wenig später kündete sich nähernder Gesang ihre Ankunft an. Als Aimata Vahine Pomare IV. eintrat, verbeugten sich alle Männer einschließlich der Missionare, während die Frauen knicksten. Ruth und James folgten dem Beispiel und wurden mit einem freundlichen Lächeln belohnt.

Da Aimata diese Feier beehrte, blieb George Pritchard nichts anderes übrig, als die Trauung als Oberhaupt der Mission selbst durchzuführen. Er tat es mit dem angemessenen Ernst und sah dabei großzügig über den, wie er es nannte, barbarischen Schmuck des Brautpaars hinweg.

Seine wahre Leidenszeit begann jedoch, als die Zeremonie vollendet war. Ruth und James wurden auf eine Sänfte mit zwei Sitzen gebeten und mit Gesang und Tanz zum Festplatz gebracht. Pritchard und die Missionare hätten sich gerne von diesen Feierlichkeiten ausgeschlossen. Da sie damit aber die Königin brüskiert hätten, blieb ihnen nichts anderes übrig, als dem Festzug mit ihren Frauen und den älteren Kindern zu folgen.

Bei dem nun schon seit Jahren nicht mehr benützten Festplatz war der Bewuchs entfernt und die Plattform gesäubert worden. Bequeme Korbstühle standen für die Königin, das Brautpaar und die europäischen Gäste bereit. Die Missionare und deren Familien nahmen mit Mienen Platz, als befürchteten sie, gleich den alten Göttern der Tahitianer geopfert zu werden.

Es wurde jedoch nur gesungen und getanzt. Tahitoas Freunde aus Moorea traten ebenso auf wie die Tänzerinnen und Tänzer von Bora Bora, die am höchsten in der Gunst der Königin standen. Diese wirkte überaus vergnügt, und Ruth ahnte den Grund. Aimata Vahine Pomare IV. wollte mit diesem Fest demonstrieren, dass immer noch sie die Königin der Inseln war und daher bestimmte, wie gefeiert wurde, und nicht die Missionare. Diese hatte sie schon lange satt, weil sie ständig von ihr verlangten, zu beten, anstatt Sängern zu lauschen und Tänzerinnen zuzusehen.

Ruth fragte sich, ob James und sie sich durch dieses Fest die ewige Feindschaft der Missionare zuziehen würden. Sie fasste nach James' Hand und sah ihn an. »Ich hoffe, es wird dir nicht zu viel?«

»Das müsste eher ich dich fragen. Wo ist eigentlich Jan?«

Ruth blickte sich suchend um. Schließlich entdeckte sie ihn am Rande des Festplatzes bei Aipua. Dort saß er mit der kleinen Heirani, die sich an ihn schmiegte, und sah interessiert zu, wie Frauen unter Aipuas Anleitung den Erdofen öffneten. Auch das hatte es hier schon geraume Zeit nicht gegeben, und so freuten die einheimischen Gäste sich auf den lange vermissten Genuss.

Als Pritchard und dessen Frau nach der Königin, aber vor dem Brautpaar vorgelegt wurde, sahen die beiden aus, als fragten sie sich, ob das Schweinefleisch war oder nicht doch ein Rückgriff auf den längst vergessen geglaubten Verzehr von Menschenfleisch.

Wenig später brachte Aipua selbst das Essen für Ruth und James und wirkte dabei so glücklich, dass Ruth sich ihrer schlechten Gedanken über dieses Fest schämte.

»Maururuu roa – herzlichen Dank!«, sagte sie zu der Freundin und begann zu essen.

Auch James tat es, und ebenso die Königin. Selbst Pritchard erlag der Verlockung der köstlichen Speisen und griff, nachdem er ein gedünstetes Schweineohr entdeckt hatte, beherzt zu.

Nach einer Weile beugte die Königin sich zu Ruth hin. »Dies ist ein Tag, an den man sich noch lange erinnern soll.«

»Er wird mir gewiss im Gedächtnis bleiben«, antwortete Ruth.

Die Königin lachte. »Meine eigene Hochzeit soll ähnlich schön werden!«

Es klang laut genug, damit Pritchard und ein paar andere Missionare es hören konnten.

»Nun, Eure Hochzeit, Majestät, ist auch ein Staatsakt!«, rang Pritchard sich als Antwort ab.

Dem einfachen Volk konnte er im Namen Jesu Christi üppige Feste und ihm unziemlich erscheinendes Verhalten untersagen. Bei der Königin war dies unmöglich.

»Sie haben erzählt, dass Jesus Christus Wasser in Wein verwandelt hat, Reverend«, fuhr die Königin an Pritchard gewandt fort.

»So ist es, Euer Majestät! Man nennt es das Wunder von Kana«, erklärte der Missionar eifrig.

»Dann hat Jesus Christus gewiss nichts dagegen, wenn wir zur Feier des Tages ein Glas Wein trinken!« Das Lächeln der Königin war wie eine Waffe, der Pritchard und die Missionare nichts entgegenzusetzen hatten.

Auf ein Zeichen Aimatas verteilten junge Mädchen halbierte Kokosnussschalen, in denen sich, wie Ruth durch kurzes Probieren herausbrachte, chinesischer Pflaumenwein befand. Es war nicht viel für jeden, aber Pritchard machte trotzdem ein besorgtes Gesicht.

»Eure Majestät wissen, dass Alkohol auf Dauer und in zu großen Mengen genossen sehr von Übel ist.«

Ruth ahnte, dass der Missionar auf den Vater der Königin anspielte, von dem es hieß, dass er durch den regelmäßigen Genuss von Rum und Brandy viel zu jung das Zeitliche gesegnet habe. Sie selbst hatte Lu Po eingeschärft, keinen Schnaps an die Einheimischen zu verkaufen.

Pritchard lehnte den Pflaumenwein ab, und so mussten es ihm die anderen Missionare nachtun. Von den Frauen hatten mehrere bereits bei Ruth davon gekostet, und diese sahen ganz so aus, als würden sie ganz gerne einige Schlucke trinken. Eliza Pritchards strenger Blick ließ sie jedoch davon absehen.

Unterdessen winkte James Maire zu sich. »Bringe Jan bitte zu uns. Er soll sich nicht ausgeschlossen fühlen.«

Die junge Tahitianerin lachte. »Das tut er gewiss nicht. Er hat uns begeistert bei den Vorbereitungen geholfen und ist auch schon so satt, dass er keine einzige Banane mehr essen kann.«

»Er sollte trotzdem bei uns sitzen«, sagte James und wandte sich lächelnd zu Ruth. »Jan gehört zu uns, und er soll nie das Gefühl bekommen, es wäre nicht so.«

Ruth nickte. Gleichzeitig schalt sie sich, weil sie nicht selbst daran gedacht hatte. Sie war wohl zu sehr gewohnt, dass Aipua oder Vaimiti sich um den Jungen kümmerten, wenn sie beschäftigt war. James hatte jedoch recht. Jan gehörte zu ihnen und sollte dies auch spüren.

»Hole Ianoa!«, bat sie Maire.

Diese eilte lachend los und kehrte kurz darauf mit Jan auf dem Arm zurück.

»Komm, mein Kleiner!«, sagte Ruth und streckte ihm die Arme entgegen.

Maire reichte ihr den Jungen, und dieser schmiegte sich eng an seine Mutter. Dann zwinkerte er James zu. »Aipua sagt, du bist jetzt auch der Captain von Mama.«

»Wenn Aipua das sagt, muss es stimmen«, antwortete Ruth und küsste ihren Sohn. Dann reichte sie ihn an James weiter.

Dieser setzte ihn sich auf den Schoß und reichte ihm eine halbierte Kokosnussschale. »Trink, Matrose!«

»Aber doch nicht Pflaumenwein!«, rief Ruth.

James schüttelte grinsend den Kopf. »Das ist noch viel stärker, nämlich Kokossaft!«

Ruth widerstand dem Wunsch, zu probieren, was Jan wirklich trank, sah aber, wie Maire eine begütigende Handbewegung machte, und sagte sich, dass ihre Dienerinnen wussten, was für den Kleinen bekömmlich war.

7.

Nun führten die Tänzerinnen und Tänzer aus Bora Bora ihre traditionellen Tänze auf. Bei dem Anblick verzogen die Missionare die Gesichter, denn auf sie wirkten diese Tänze anzüglich und voller Unmoral. Ruth hatte noch weit ekstatischere Tänze auf Hiva Oa erlebt, spürte aber auch diesmal die Verlockung und freute sich, bald mit James allein zu sein.

Jan gähnte und schlief auf ihrem Schoß ein. Als Maire ihn an sich nehmen wollte, schüttelte Ruth den Kopf. »Lass ihn bei mir.«

»Aipua meint, er ist heute müde genug, um die ganze Nacht durchzuschlafen. Um ihn zu wecken, bräuchte es schon Kanonenschüsse.«

Maire klang anzüglich. Schließlich waren Ruth und James nun verheiratet und sollten auch etwas davon haben. Bis jetzt aber sah es nicht so aus, als würde das Fest so bald enden. Dem Brautpaar wurde noch einmal etwas zu essen gereicht, von dem sie unter den anzüglichen Kommentaren einiger Freunde ein wenig verzehrten. Ein Blick zu den Plätzen der Missionare zeigte Ruth, dass diese sich klammheimlich verabschiedet hatten. Die werden in den nächsten Tagen einiges zu reden haben, dachte sie und sah dann Tahitoa mit Fara und einigen Freunden herankommen.

Tahitoa stellte sich in Positur und rief mit lauter Stimme, dass Ruth Mensing und James Hutton hier vor Gott und der Welt ein Paar geworden seien. Aipuas Vorhersage, dass Jan Kanonenschüsse brauche, um geweckt zu werden, erfüllte sich, denn der Junge schlief ungestört weiter.

Nun wies Tahitoa in Richtung des Strandes. »Es wird Zeit, euer Heim aufzusuchen!«

Sofort erschienen die Sänftenträger und warteten darauf, dass Ruth und James sich daraufsetzten. Die beiden sahen sich an, standen dann auf und verneigten sich vor der Königin. Diese winkte gönnerhaft und lachte fröhlich. Sie hatte den Missionaren, die ihr immer vorhielten, zu viel an ihr Vergnügen und zu wenig an Gott zu denken, endlich einmal zeigen können, dass sie es war, die hier auf Tahiti und den Inseln den Ton angab.

Als Ruth und James auf die Sänfte stiegen, übernahm James den Jungen und betrachtete ihn liebevoll. Er war ein Teil von Ruth und ihm damit ebenso heilig wie diese selbst.

Im Schein der Fackeln ging es zum Strand. Zu Ruths Verwunderung lag dort jedoch keines der Doppelrumpfboote, mit denen James und sie hierhergebracht worden waren, sondern ein mit Blumen geschmücktes Auslegerkanu mit zwei Paddeln.

Tahitoa, der an seiner Aufgabe als Zeremonienmeister großen Gefallen zu finden schien, wies mit der rechten Hand darauf. »Von nun an werdet ihr beide gemeinsam in einem Va'a paddeln und müsst euch einigen, wohin sein Bug zeigen soll!«

»Ich würde sagen, erst einmal nach Hause«, schlug Ruth vor und sah James fröhlich nicken.

Während sie im Boot Platz nahmen, zündeten Tahitoas Freunde die Fackeln an, die an dem Kanu festgemacht worden waren. Aipua reichte ihnen noch eine Matte, damit Jan weich liegen sollte, danach ergriffen sie die Paddel.

»Wenn wir uns jetzt blamieren, werden uns unsere Freunde noch in zehn Jahren damit verspotten«, raunte James Ruth zu.

»Ich habe zwar schon lange Zeit kein Paddel mehr in der Hand gehalten, werde es aber führen können«, erklärte Ruth mit dem festen Entschluss, kein beschämendes Beispiel zu liefern. Da sie vorne saß und James hinter ihr, musste sie den Takt vorgeben.

»Wir paddeln immer zugleich einmal auf der linken und einmal auf der rechten Seite. Richte dich nach mir. Es wird schon gelingen!«

»Dann soll es so sein! Stoße uns ab, Tahitoa«, forderte James den Freund auf. Dieser tat es grinsend, und das Kanu entfernte sich vom Ufer.

Ruth hob ihr Paddel, atmete kurz durch und legte los. »Links«, sagte sie und spürte, dass James ihrem Beispiel folgte.

»Nun rechts!«

Das Boot zog in gerader Linie durch das Wasser, und sie hörten, wie ihre Freunde hinter ihnen in die Hände klatschten und jubelten.

»Bis jetzt ging es ja ganz gut!«, rief James. »Allerdings müssen wir bald die Richtung ändern.«

»Das machen wir, in dem wir mehrfach hintereinander auf der gleichen Seite paddeln. Ich wollte dies nicht zu nahe am Ufer tun, um unseren Freunden keinen Grund zum Lachen zu geben. Es könnte nämlich sein, dass wir uns damit ein wenig schwertun!«

»Wo müssen wir eigentlich hin?«, fragte James, da die Insel in der Nacht nur wenige Anhaltspunkte bot.

»Siehst du das Licht dort halb links vor uns? Das muss die Schenke sein. Ein Stück dahinter brennen Fackeln. Das ist unser Ziel. Wir müssen jedoch achtgeben, dass wir nicht gegen eines der Schiffe prallen, die hier vor Anker liegen. Die müssten eigentlich Lampen anzünden, damit man sie sehen kann, doch kaum einer tut es.«

Es schwang eine gewisse Kritik an den Kapitänen mit, die glaubten, hier aller Verpflichtungen und Regeln ledig zu sein, die sie in europäischen Häfen befolgen mussten. Sie passierten die Schiffe mit genügend Abstand, dann sahen sie bereits ihre Anlegestelle vor sich. Dort brannten nun noch mehr Fackeln, so dass sie sie nicht mehr verfehlen konnten.

Tahitoa wartete bereits auf sie. Zusammen mit seinen Freunden war er mit raschem Paddelschlag vorausgeeilt und hatte alles für den Empfang des Brautpaars vorbereitet. Sie halfen den beiden auf den Steg, einer band das Kanu fest, dann hob Tahitoa auffordernd eine Fackel.

Diesmal sang niemand. Dafür wartete Maire an der Tür und reichte Ruth und James je eine halbe Kokosnussschale mit einer Flüssigkeit. In dem Glauben, diese wäre mit Pflaumenwein gefüllt, trank Ruth und merkte erst dann, dass es sich um Kawa handelte, jenes leicht alkoholische Getränk, das von jungen Frauen aus den zerkauten Wurzeln eines einheimischen Strauchs gebraut wurde. Die Missionare hatten den Genuss verboten, doch Aipua, die das Christentum wie eine Hülle trug, im Innern aber noch immer an die eigenen Götter glaubte, handelte auch hier nach den Sitten ihres Volkes.

»Te ha'apoupou atu nei!«, sprach sie die auf Tahiti gebräuchliche Glückwunschformel aus und wies dann auf Jan. »Soll ich ihn nicht doch besser zu mir nehmen?«

Ruth schüttelte den Kopf. »Mein Sohn soll, wenn er morgen erwacht, es dort tun, wo er es gewohnt ist.«

»So sehe ich es auch«, sagte James und trug den schlafenden Jungen ins Haus.

Wenig später lag dieser auf seiner Schlafmatte. Ruth deckte ihn zu, umarmte dann Aipua und die anderen Frauen, die mit hereingekommen waren, und war kurz darauf doch froh, als sie und James endlich allein waren.

»Was für ein überflüssiger Aufwand«, sagte sie lachend. »Und doch war es wunderschön!«

»Ja, das war es! Auch wenn Mister Pritchard und die Seinen wohl nicht dieser Meinung sein werden.« James lachte ebenfalls, denn das Mienenspiel der Missionare war beredt gewesen. Diese hatten sich so viel Mühe gegeben, den Einheimischen allen Frohsinn und die Erinnerung an alte Bräuche auszutreiben, um nun erleben zu müssen, dass ihnen dies nicht so gelungen war, wie sie gehofft hatten.

Ruths Blick suchte den schlafenden Jan. »Es war schön, dass mein kleiner Schatz dabei sein konnte.«

»Es ist unser kleiner Schatz!«, korrigierte James sie lächelnd. »Ich hoffe, ich kann ihm der Vater so sein, wie dein verstorbener Mann es gewesen wäre.«

»Das wäre schön!«, antwortete Ruth und lehnte sich gegen ihn. »Ich weiß, es ist schon recht spät, doch ich wünsche mir so sehr, eins mit dir zu sein.«

»Diesen Wunsch kann ich dir gerne erfüllen«, antwortete James und begann, sie auszuziehen.

8.

Die angeblich in Palermo auf Sizilien beheimatete *Santa Elisabetta* lief eine kleine Bucht an der nordafrikanischen Küste an. An Land lagen die traurigen Ruinen eines einstigen Dorfes, das bei den vielen Kriegen und Überfällen irgendwann aufgegeben worden war. Ein einziges Gebäude war notdürftig instand gesetzt worden und diente dem Sklavenhändler Raschid ibn Wahid als Magazin. In der Nähe lagerte eine Gruppe Beduinen mit ihren Kamelen. Deren Anführer wirkte nicht gerade erfreut, als Raschid ibn Wahid auf ihn zutrat.

»Du kommst spät! Ich hatte dich viel früher erwartet!«, fuhr er diesen an.

»Salam aleikum!«, grüßte ihn der Sklavenhändler. »Du musst wissen, das Meer ist unberechenbar, und manchmal kommt noch ein Handel dazwischen, den man nicht ausschlagen kann. Du erhältst den doppelten Preis dafür, dass du mich und meine Ware heil nach Tunis bringst.«

Die Augen des Beduinen leuchteten auf. »Den doppelten Preis? Damit muss es ein sehr guter Handel gewesen sein!«

»Das war er, Scheich Nadir! Es wird sich sowohl für dich wie für mich lohnen. Ich hoffe, du hast genug Kamelsänften bei dir?«

»Zwölf Stück, so wie jedes Mal.«

»Dann werden mehrere schwarze Frauen zu Fuß gehen müssen. Ich hätte siebzehn Sänften gebraucht!« Raschid ibn Wahid lächelte zufrieden. Im unteren Deck der *Santa Elisabetta* waren über dreißig Frauen und Mädchen eingesperrt. Die meisten waren »gewöhnliche Ware«, an der er normal verdienen würde. Einige Mädchen waren jedoch von besonderer Schönheit, und die Zwillinge, die jener Handelsagent ihm verkauft hatte, würden allein so viel Gewinn bringen wie alle anderen zusammen.

»Wir werden die Frauen und Mädchen morgen nach dem ersten Gebet an Land schaffen und umgehend aufbrechen«, erklärte er, denn er wollte hier nicht zu lange an der Küste bleiben. Es tauchten immer wieder fremde Schiffe auf, die nach versteckten Winkeln suchten, in denen sich Piraten verbergen konnten. Er wollte auch nicht, dass die *Santa Elisabetta* mit ihm und seinem Sklavenhandel in Verbindung gebracht wurde. Daher legte er die letzten zweihundert Meilen nach Tunis jedes Mal mit Kamelen zurück, damit es so aussah, als erhalte er seine Ware auf diesem Weg.

Nadir nickte. »Meine Männer sind bereit. Wir warten schon lange und wollen zu unseren Zelten zurückkehren.«

»Das werdet ihr, und zwar mit vielen Dirhams und Schmuck für eure Frauen!«, erklärte Raschid ibn Wahid lächelnd. Er war als Sklavenhändler erfolgreicher als andere, weil er sein Geschäft mit Umsicht betrieb. Zudem war er durch seine Mutter mit Nadir und dessen Stamm verbunden und konnte sich deren Unterstützung sicher sein. Dies hieß aber auch, sie so zu belohnen, dass sie zufrieden waren. Bei den Gewinnen, die er machte, fiel ihm das nicht schwer.

Er folgte dem Scheich zum Lager, setzte sich in den Kreis der Beduinen und nahm Datteln und einen Becher mit süßem Tee entgegen. Nadir berichtete von Schwierigkeiten seines Stammes mit Nachbarn und was er sonst so für erwähnenswert hielt. Es waren Geschichten, wie Raschid ibn Wahid sie schon oft gehört hatte und denen er auch diesmal gerne lauschte. Es war ein wunderschöner Abend unter einem samtschwarzen Himmel mit Tausenden von Sternen, deren Leuchten von Horizont zu Horizont reichte, und mit einem kühlen Wind, der die Zweige der Palmen zum Rauschen brachte.

Das Lagerfeuer und der weite Beduinenmantel aus Wolle, den er um sich geschlungen hatte, hielten ihn warm, und als er zu später Stunde zum Schiff zurückkehrte, war Raschid ibn Wahid so zufrieden wie lange nicht mehr.

9.

Noch vor dem Morgengrauen erklang das Gebet der sich in Richtung Mekka beugenden Männer. Doch kaum war es verstummt, wurde es sowohl auf dem Schiff wie auch an Land lebendig. Die Kamelsänften wurden auf die Tiere gebunden, und auf der *Santa Elisabetta* holte man die Sklavinnen aus ihren Verschlägen und trieb sie an Land.

Anna und Esther starrten auf die im Schein des ersten Sonnenlichts karg erscheinende Landschaft und fassten einander an den Händen. Um sich herum und vom Ufer her vernahmen sie laute Rufe, verstanden aber nicht, was gesagt wurde. Raschids Sklavenaufseherinnen schoben sie in Richtung der Planke, die das Schiff mit dem Ufer verband. Als Anna dort den Sklavenhändler bemerkte, eilte sie, ihre Schwester hinter sich herziehend, zu diesem.

»Wo ist unsere Gouvernante?«, fragte sie, da sie Erdmuthe Künne nicht unter den gefangenen Frauen sah.

Obwohl sie es auf Deutsch sagte, ahnte Raschid, was sie meinte.

»Das Weib ist tot!«, erklärte er in schwerfälligem Englisch. »Ein Fieber hatte es befallen, und es starb daran.«

Den Mädchen zu sagen, dass er ihre Begleiterin noch lebend über Bord hatte werfen lassen, hielt er für falsch, da sie sich sonst in ihrer Verzweiflung zu Taten entschließen würden, die nicht in seinem Sinne waren. Er hatte bereits erlebt, wie geraubte Mädchen sich erhängt hatten. Bei diesen beiden Prachtstücken durfte ihm dies nicht passieren.

»Wie ...«, begann Anna, verstummte dann aber.

Ebenso wie Esther erinnerte sie sich daran, dass Erdmuthe bereits auf Bartletts *Rose of Avon* über Schmerzen geklagt hatte. Der Gedanke, dass sie an einer Krankheit gestorben war, war für die Zwillinge entsetzlich. In dieser grässlichen Lage, in der sie sich befanden, hätten sie den Halt durch ihre Gouvernante gebraucht. Stattdessen waren sie ganz allein auf sich gestellt.

Eine Sklavenaufseherin schwang eine Peitsche und fuhr die beiden Mädchen scharf an. Als diese nicht sofort reagierten, wollte sie zuschlagen.

Doch Raschid fiel ihr zornig in den Arm. »Gib acht, dass keine Narben zurückbleiben! Es würde ihren Wert mindern. Wenn dies geschieht, werde ich dich an ein Schifferbordell auf Sizilien verkaufen!«

»Den beiden Goldstücken wird nichts geschehen!«, erklärte die Frau eifrig und schob die Zwillinge auf die wartenden Kamele zu.

Die Männer, die dort standen, wirkten auf die Mädchen hager, sehnig und hart. Sie trugen kuttenartige Hemden und darüber Mäntel aus dunkler Wolle. Die Köpfe hatten sie mit Tüchern umwickelt.

»Das müssen Araber sein«, flüsterte Anna ihrer Schwester zu. »Siehst du die Kamele?«

Esther nickte bedrückt. »Wir sind also in Afrika. Glaubst du, dass wir wirklich Sklavinnen sind? Die gibt es doch nur in Romanen!«

»Anscheinend nicht!« Anna fauchte leise, konnte sich aber ebenso wenig wie ihre Schwester einen Reim darauf machen, wie sie in diese Lage geraten waren.

»Glaubst du, dass wir uns in diese komischen Dinger setzen müssen, die wie kleine Häuser aussehen?«, fragte da Esther und wies auf eine Kamelsänfte.

»Ich befürchte es«, antwortete Anna, da eben mehrere Mädchen paarweise die Sänften besteigen mussten. Sie packte die Hand ihrer Schwester und hielt sie fest in der ihren, um sich ja nicht von ihr trennen zu lassen.

Raschid ibn Wahid hatte dies erwogen, sich aber dagegen entschieden, damit die Mädchen nicht aufsässig wurden. Mit glatter Haut waren sie Gold wert, doch bereits eine sichtbare Narbe würde ihren Wert erheblich mindern. Er sah zu, wie der Eunuch die beiden zu einer Kamelsänfte brachte. Es dauerte jedoch, bis die Mädchen sich überwanden, das Ding zu besteigen.

Als das Kamel sich aufrichtete, wurden Anna und Esther zuerst nach vorne und dann nach hinten geschleudert und kreischten voller Angst auf.

»Du hättest ihnen zeigen müssen, wie sie sich festhalten sollen«, fuhr Raschid den Eunuchen an.

»Habt ihr euch verletzt?«, rief er dann den Zwillingen zu.

Anna wechselte einen kurzen Blick mit Esther. »Wenn wir jetzt Ja sagen, kommen wir vielleicht wieder auf das Schiff?«

»Was würde das bringen?«, fragte Esther.

Das wusste Anna auch nicht. Durch einen Spalt in der zeltartigen Hülle der Sänfte sah sie, wie nun auch die letzten Frauen von

Bord gescheucht wurden. Bei ihnen wurde sogar von der Peitsche Gebrauch gemacht.

»Wir haben wahrscheinlich ein paar blaue Flecken«, antwortete sie dem Sklavenhändler, da sie Angst hatte, Esther und sie würden ebenfalls geschlagen, wenn sie sich weigerten, auf dem Kamel zu bleiben. Zudem war dieses Tier sehr hoch, und sie konnten sich bei dem Versuch, herabzuklettern, die Knochen brechen.

»Wir tun so, als würden wir uns mit unserem Schicksal abfinden«, raunte sie Esther zu und setzte sich hin.

Auch Esther nahm Platz. Da die Kamelsänfte ganz verhüllt war, herrschte im Innern ein Halbdunkel, in dem nur feine Lichtstreifen wanderten. Trotzdem nahm sie den verzweifelten Ausdruck auf Annas Gesicht wahr.

»Ich glaube nicht, dass wir das vorspielen müssen. Wir haben ganz einfach keine andere Wahl«, sagte Anna und kämpfte mit den Tränen.

»Wenn doch nur Frau Künne noch bei uns wäre!«

»Die würde jetzt nicht bei uns sitzen«, antwortete Anna herb und überlegte, ob es nicht doch eine Möglichkeit gab, dem Sklavenhändler und damit ihrem Schicksal zu entgehen.

10.

Der schaukelnde Trott des Kamels war für Esther und Anna zunächst schlimm. Sie wurden von einer Seite auf die andere gestoßen, und nach einer Weile erklärte Anna, dass ihr übel wäre.

»Und das sagt eine Simonsen, deren Vorväter alle zur See gefahren sind und Neptun niemals ein solches Opfer bringen mussten«, antwortete Esther und ignorierte dabei das Grummeln im eigenen Bauch.

»Vater, Großvater und alle anderen sind mit Schiffen gefahren und haben nicht auf solch elenden Kamelen gesessen«, sagte Anna bissig.

»Nennt man die Kamele nicht Wüstenschiffe?«, fragte Esther.

Anna widerstand nur mit Mühe dem Wunsch, ihr einen Hieb zu verpassen. Dann aber schämte sie sich. Esther und sie hatten sich nur selten gestritten und das niemals ernsthaft.

»Ich glaube, du hast recht«, meinte sie. »Dieses Viehzeug nennt man wirklich Wüstenschiffe. Wahrscheinlich, weil einer Landratte auf so einem Biest ebenso schlecht wird wie auf einem Schiff.«

»Wir sind keine Landratten, sondern die Töchter von Jakob Simonsen, der die sieben Weltmeere befahren hat, ohne dass ihm ein einziges Mal übel geworden ist. Wir müssen uns unseres Vaters und aller Simonsens würdig erweisen.«

Noch während sie es sagte, stieß Esther heftig auf, und spürte, wie sich ihr Magen langsam beruhigte.

Auch Anna ging es nun besser, und so spähten beide durch die dünnen Spalten, die ihnen der Zeltvorhang der Sänfte ließ. Obwohl die Kamele gemächlich dahintrotteten, lag das Meer bereits ein ganzes Stück hinter ihnen, und um sie herum gab es nur kahle Berge und Felsgestein. Gelegentlich entdeckten sie ein paar grüne Flecken. Es handelte sich zumeist um ein Gebüsch, das mickrig wirkte, wenn sie näher kamen.

Schon bald verloren die Zwillinge das Interesse an der Landschaft und wandten sich ihren Begleitern zu. Es waren über dreißig Mann, von denen etwa die Hälfte auf Kamelen saß. Sie hockten nicht wie sie zu zweit in einer Sänfte, sondern ritten allein auf einem Tier und hatten ein Bein um das Sattelhorn gelegt, um Halt zu finden. Mit ihren von der Sonne verbrannten Gesichtern und den dunklen Bärten wirkten sie auf die Mädchen bedrohlich. Jeder trug eine lange Flinte seltsamer Machart in der Hand, und bei den meisten entdeckten Anna und Esther auch säbelartige Schwerter und Dolche.

Manche Männer gingen zu Fuß und führten die mit Sänften beladenen Kamele. Ihre Kleidung wirkte schlichter als die der Kamelreiter, und daher hielten die Zwillinge sie für Knechte. Auch trugen diese keine Waffen außer einem Dolch.

Einige Frauen gingen ebenfalls zu Fuß. Die Mädchen bedauerten sie, denn sie mussten barfuß über den heißen, steinigen Boden laufen. Auch bestand ihre Kleidung teilweise nur noch aus Fetzen. Alle waren von dunkler Hautfarbe, und bei manchen bemerkten sie narbenartige Wülste im Gesicht.

»Was mögen das für Menschen sein?«, fragte Esther verwundert.

»Es sind schwarze Afrikanerinnen«, erklärte Anna. »Ich habe mal in einem Buch Kupferstiche mit Menschen verschiedener Völker gesehen. Unsere damalige Gouvernante durfte mich nicht beim Blättern erwischen, denn etliche der abgebildeten Frauen hatten obenherum nichts an – und so etwas sollte ein sittsames Mädchen sich nicht anschauen.«

»Du hättest mir das Buch zeigen sollen«, beschwerte sich Esther.

»Das wollte ich ja, aber dann ist Mama immer seltsamer geworden, und ich habe nicht mehr daran gedacht.« Anna schluckte die Tränen, die beim Gedanken an die Mutter in ihr aufsteigen wollten, und fasste nach der Hand ihrer Schwester. »In dem Buch habe ich auch ein Bild von den Menschen jener Inseln gesehen, auf denen Ruths Ehemann das Christentum predigt. Die hatten oben auch nichts an.«

»Oh Gott, so würde ich nicht herumlaufen wollen!«, rief Esther entsetzt. »Was mag Ruth sich da nur gedacht haben?«

»Wir werden es wohl nie erfahren«, antwortete Anna leise und konnte die Tränen nun nicht mehr zurückhalten.

Auch Esther kämpfte mit Tränen und blickte dann nach vorne. Dort saß Raschid ibn Wahid auf einem Kamel und unterhielt sich mit dem Anführer der Karawane. Selbst auf die Entfernung hin war zu erkennen, dass er vor Zufriedenheit fast platzte.

Esther empfand Hass, aber auch den festen Willen, sich nicht unterkriegen zu lassen. Erregt zupfte sie am Ärmel ihrer Schwester. »Gleichgültig, was kommen mag! Wir werden alles tun, um zusammenbleiben zu können. Irgendwann wird sich die Gelegenheit zur Flucht ergeben.«

»Wir sind so weit weg von zu Hause«, sagte Anna unter Tränen. »Dazu verstehen wir weder die Sprache der Leute, noch haben wir Geld!« Sonst war sie immer die Mutigere der beiden gewesen. Nun aber sah sie eine Gefangenschaft und das Los der Sklaverei vor sich und verzweifelte schier.

»Wir sollten so viel lernen, wie es nur geht. Sprechen wir die hiesige Sprache, haben wir bereits einen Vorteil. Einen zweiten und dritten werden wir uns wohl noch verschaffen können. Denke immer daran, wir sind Jakob Simonsens Töchter, und ein oder eine Simonsen hat noch niemals aufgegeben!«

Esther klang so eindringlich, dass Anna nickte. »Du hast recht. Wir werden nicht aufgeben! Erinnerst du dich daran, wie Jeremias einmal erzählte, dass Ruth als Kind einen französischen Soldaten erschossen hat, der Molly etwas Schlimmes antun wollte? Wir sollten alles tun, um uns auch unserer Schwester würdig zu erweisen.«

»Das werden wir!«, antwortete Esther, und es klang wie ein Schwur.

11.

Raschid ibn Wahids Karawane zog erst südwärts und schlug dann einen Bogen, so dass es aussah, als erreichten sie Tunis von der Wüste aus. Für die Zwillinge war es eine Tortur. Sie wurden zu früher Stunde, oft noch in der Nacht, geweckt und nach einem

Frühstück, das aus einem Schluck Wasser und ein paar Datteln bestand, in die Kamelsänfte gescheucht. Danach setzte sich die Karawane in Bewegung. Nach einigen Stunden, wenn die Sonne zu heiß vom Himmel brannte, wurde im Schatten einiger Felsen gerastet. Sie erhielten erneut einen Schluck Wasser und ein paar Datteln und konnten sich mit den anderen Sklavinnen zusammen unter einem rasch errichteten Zeltdach ausruhen.

Da es nur selten Büsche gab, die ihnen Deckung boten, waren Anna und Esther ebenso wie die anderen Sklavinnen gezwungen, ihre Notdurft etwas abseits von den Männern zu verrichten. Überwacht wurden sie von dem Eunuchen und zwei Dienerinnen des Sklavenhändlers. Letztere waren resolute Frauen, die sich nicht scheuten, die Peitsche zu benützen und den wertvolleren Sklavinnen wie Anna, Esther sowie der hellhäutigen Titrit und der etwas dunkleren Chichimma Ohrfeigen zu verpassen, wenn sie nicht auf Anhieb gehorchten.

Bislang hatten die Zwillinge den Eunuchen für einen fetten Mann gehalten. Als sie sich wieder einmal in die nicht vorhandenen Büsche schlugen, um ihre Blase zu entleeren, tat dies nicht weit entfernt von ihnen auch der Eunuch. Plötzlich rief eine der anderen Dienerinnen etwas, und er drehte sich um. Esther starrte auf den Unterleib des Eunuchen und zuckte zusammen.

»Sieh, Anna!«, sagte sie zu ihrer Schwester. »Was ist mit diesem Mann?«

Anna hob den Kopf und sah hin. Zwischen den Beinen hing ein winziges, verschrumpeltes Ding, und dahinter war nichts. Da Anna wusste, dass bei einem Mann dort mehr hätte sein müssen, schüttelte sie den Kopf. »Das ist kein Mann, Esther, sondern ein Verschnittener! In dem Buch, von dem ich dir erzählt habe, war beschrieben, was das ist.«

»Und was ist das?«, fragte Esther, deren Wissensdurst zu Hause geringer gewesen war als der ihrer Schwester.

»Du weißt, was ein Kapaun ist?«, fragte diese.

»Ja, ein großer Vogel, der zu Hause manchmal auf den Tisch gekommen ist.«

»Es war nicht irgendein Vogel, sondern ein Hahn, dem man das entfernt hat, was ihn zum Hahn macht. Er ist damit sozusagen ein Hühnerwallach. Was das ist, weißt du sicher?«, erklärte Anna und sah ihre Schwester nicken.

»Ja, das weiß ich! Aber das macht man doch gewiss nicht mit Menschen?« Esther klang entsetzt und schaute noch einmal zu dem Eunuchen. Der hatte mittlerweile seinen Leib wieder bedeckt.

Auch die beiden Mädchen standen auf und zogen ihre Kleidung zurecht. Bald danach wurden sie zurück in die Sänften gesteckt, und es ging weiter. Es war immer noch heiß. Erst in der Nacht befahl der Scheich Halt, und sie schlugen ihr Lager auf. Das Abendessen bestand aus etwas mehr Wasser, süßem Tee, frisch gebackenem Fladenbrot und Datteln. Hatten die Früchte den Zwillingen zu Beginn noch geschmeckt, so stieß dieses eintönige Essen sie immer mehr ab.

»Wie lange werden wir noch durch diese Wüste ziehen müssen?«, fragte Esther, als sie ihre Decken ausbreiteten.

»Da müsstest du schon den Sklavenhändler fragen! Ich weiß es nämlich nicht.« Anna klang gereizt, umarmte dann aber ihre Schwester. »Verzeih, ich habe es nicht böse gemeint!«

»Schon gut! Ich habe nur den Eindruck, als wären wir bereits seit Anbeginn aller Zeiten unterwegs.« Esther blickte zum Sternenhimmel auf, der sich wie ein riesiges Zelt über sie spannte, und entdeckte plötzlich einen über das Firmament ziehenden Strich. Eine Sternschnuppe!, fuhr es ihr durch den Kopf. Wer eine sah, konnte sich etwas wünschen, das in Erfüllung gehen würde.

»Anna und ich sollen frei sein und wieder nach Hause kommen«, flüsterte sie und fasste nach der Hand der Schwester. Sie ließ diese auch im Schlaf nicht los.

12.

Als die Zwillinge bereits annahmen, es würde endlos so weitergehen, tauchte die Stadt vor ihnen auf. Bereits der erste Anblick wirkte fremdartig. Es gab zwar eine Mauer, doch die Zinnen waren nicht eckig, wie sie es gewohnt waren, sondern liefen oben spitz zu. Das Tor, auf das sie zuritten, sah ebenfalls anders aus als in ihrer Heimat und war mit seltsam verschlungenen Linien geschmückt. Die Wachsoldaten trugen zwar eine Art Uniform, doch diese bestand aus sackartigen Hosen, einem bis über die Hüfte reichenden Hemd und roten, ärmellosen Westen. Auf dem Kopf trugen sie spitz zulaufende Helme, die mit Tüchern umwickelt waren. Ihre Waffen waren lange, dünne Flinten und Krummsäbel. Bei ihrem Anführer steckte noch eine Pistole ähnlicher Machart wie die Flinten im Gürtel.

»Wo sind wir hier nur hingeraten?«, stöhnte Esther.

Auch wenn der Kamelritt durch die Wüste kaum mehr als ein Dutzend Tage gedauert hatte, fühlte sie sich zermürbt und wünschte sich nur noch einen Platz, an dem sie sich gemeinsam mit ihrer Schwester verkriechen konnte.

Sie und Anna hörten, wie Raschid ibn Wahid ein paar Worte mit den Wachen wechselte. Danach durften sie passieren. Zuerst brachte man sie zu einem kleinen Platz, der von eng aneinandergebauten Häusern umschlossen wurde. Von dort führte eine einzige Gasse tiefer in die Stadt hinein. Diese war so schmal, dass die Mädchen Angst bekamen, ihre Sänfte könnte bei dem schaukelnden Gang der Kamele gegen die Hauswände schlagen.

»Ein Karren würde hier nicht hindurchkommen, und das nicht nur wegen der Enge«, meinte Anna, als sie sah, dass ihr Weg teilweise mit kleinen Stufen aufwärtsführte.

Hatten sie aus der Ferne noch eine Burg auf einem Höhenzug über der Stadt entdeckt, wurde ihr Gesichtsfeld nun von den

Hauswänden begrenzt. Bei den Untergeschossen gab es nur die Haustür und ein kleines Guckloch, durch das man spähen konnte, wer davorstand. Im höheren Stockwerk ragten geschlossene Balkone aus Holz nach vorne und engten die Straße noch mehr ein. In den Balkonen gab es mehrere Fenster, doch diese waren durch geschnitztes Gitterwerk so verschlossen, dass nicht einmal ein Schatten dahinter zu erkennen war.

Auch war die Straße nicht sonderlich belebt. Die Zwillinge sahen nur wenige Männer, von denen die meisten lange Hemden trugen und einige in weiten, sackartigen Kutten steckten. Alle hatten sich entweder ein Tuch um den Kopf gewickelt oder wenigstens eine Art Mütze aufgesetzt.

»Wären wir auf einer gewöhnlichen Reise, würde ich sagen, hier gibt es viel zu schauen«, meinte Anna.

»Ich sehe nur Wände!«, antwortete Esther, die von ihrem Platz aus die Passanten nicht so gut beobachten konnte wie ihre Schwester.

Wenig später bog die Karawane in eine noch schmälere Gasse ein. Die Kamele schienen sich auszukennen, denn trotz der Enge berührte die Sänfte nur einmal die Wand eines Hauses. Dann bogen sie in eine weitere Gasse ab, die nach kurzer Zeit vor einer Hauswand endete. Zur linken Seite war ein größeres Tor zu sehen. Dieses wurde geöffnet, und die Kameltreiber führten die Tiere hinein. Die Reiter blieben auf ihren Kamelen sitzen. Nur Raschid ibn Wahid brachte sein Kamel mit einem Befehl und einem leichten Klopfen mit dem Stock dazu, sich hinzulegen, damit er absteigen konnte.

Er verabschiedete sich von dem Anführer der Karawane und trat durch das Tor. Die Kamele mit den Sänften wurden ebenfalls hindurchgeführt. Zuerst gerieten sie in einen von Mauern umschlossenen Innenhof. Darin entdeckten die Schwestern die auf der Straße vermissten Fenster. Die auf der hinteren Seite waren mit einem ähnlichen Gitterwerk verschlossen wie die Balkone, die sie unterwegs gesehen hatten.

Die Kamele wurden dazu gebracht, sich hinzulegen, und die Dienerinnen und der Eunuch trieben die Sklavinnen durch eine Tür in das Gebäude mit den Gitterfenstern. Als Vorletzte waren Titrit und Chichimma an der Reihe. Die Zwillinge hatten sich unterwegs ein wenig mit den beiden angefreundet, waren aber mangels einer gemeinsamen Sprache nicht in der Lage gewesen, zu erfahren, woher sie stammten, und vor allem, wohin sie gebracht wurden.

Das Klopfen einer Dienerin mit dem Peitschenstock gegen die Sänfte beendete die Überlegungen der beiden Mädchen, und sie beeilten sich, aus der Sänfte zu steigen. Sofort wurden sie von Dienerinnen durch die Tür geschoben. Zwei Männer standen im Flur, jeder mit zwei Pistolen und einem riesigen Säbel bewaffnet. Ihre Gesichter waren bartlos, und sie betrachteten die Sklavinnen, die sich dort sammelten, nicht mit dem Interesse von Männern, sondern eher so, als seien sie Schafe, deren Wert sie schätzen wollten.

»Ich glaube, das sind auch Eunuchen«, raunte Anna Esther zu.

»Meinst du wirklich?«, antwortete diese zweifelnd.

Anna antwortete nicht, da nun Raschid ibn Wahid hereintrat. Ein weiterer Mann erschien, bei dem Anna gewettet hätte, dass es sich ebenfalls um einen Eunuchen handelte. Er verbeugte sich tief vor Raschid und schien mit schnellen Worten zu berichten. Dem zufriedenen Kopfnicken des Sklavenhändlers nach war alles so, wie er es sich vorstellte.

Danach erteilte Raschid mehrere Befehle, und die neu angekommenen Sklavinnen wurden aufgeteilt. Auf Anna und Esther trat der als Frau verkleidete Eunuch zu und forderte sie mit Gesten auf, mit ihm zu kommen. Die Mädchen sahen einander kurz an und gehorchten.

Der Weg führte durch die Tür in das hintere Gebäude und dann über eine Treppe nach oben. Die Mädchen mussten einen langen

Korridor entlanggehen, von dem in unregelmäßigen Abständen Türen abgingen. Ganz hinten öffnete der Eunuch eine davon und scheuchte die beiden wie Hühner hinein.

Innen befand sich eine Anrichte mit einer großen, wassergefüllten Schüssel, zwei Tüchern, einem Stück Seife und mehreren Glasflakons. Auf einem kleinen Tisch entdeckten die Mädchen Kleidung unbekannter Art.

Der Eunuch machte ihnen mit Gesten klar, dass sie sich ausziehen, waschen und dann die neuen Kleider anziehen sollten. Obwohl er kein Mann mehr war, sondern ein Verschnittener, waren Esther und Anna nicht bereit, sich vor ihm nackt auszuziehen.

Daher wiesen sie auf die Tür und machten ihm mit Handbewegungen deutlich, dass er gehen sollte. Der Eunuch funkelte sie zornig an, begriff dann aber, dass die beiden sich eher schlagen lassen würden, als nachzugeben, und verließ den Raum.

Rasch schlüpften die Zwillinge aus ihren arg mitgenommenen Kleidern, wuschen sich nicht weniger eilig und zuckten zusammen, als die Tür geöffnet wurde. Aber es war nicht der Eunuch, der hereinkam, sondern eine dunkelhäutige Frau. Diese packte ihre abgelegten Kleider und verschwand mit ihnen nach draußen.

»Jetzt müssen wir doch das Zeug da anziehen«, fauchte Anna. Die Tracht bestand aus einem weißen Hemd, das bis über die Knie ging, sowie einem ärmellosen Jäckchen. Dazu war da noch etwas, das wie eine Hose mit sehr voluminösen Beinen aussah.

»Sollen wir das auch anziehen?«, fragte Esther verwundert.

Da Anna Stiche mit ähnlicher Kleidung gesehen hatte, nickte sie. Es dauerte, bis ihre Hosen saßen und sie diese mit einer dünnen Seidenschnur so gebunden hatten, dass sie nicht über den Hintern rutschten.

»Jetzt habe ich Hunger«, erklärte Anna.

»Ich eher Durst!« Esther sah sich um, doch da gab es nichts.

Wenig später kam der Eunuch herein und deutete auf sich. »Halil«, sagte er, und die Mädchen nahmen an, dass dies sein Name war.

»Wir haben Durst und Hunger«, zischte Anna ihn an.

Halil winkte ihnen, ihm zu folgen, und führte sie in ein nicht allzu großes Zimmer, in dem eine Art niedriges Kanapee stand. Vor den Polstern gab es einen kleinen Tisch, der kaum höher war als eine Elle. Darauf befanden sich Schüsseln mit Hühnerschenkeln, kleinen gebratenen Fleischspießen und eine Keramikschale mit einem dicken, aus gemahlenem Getreide bestehenden Brei, dem Gemüse und wohl auch Fleisch beigegeben worden war.

Obwohl die Mädchen Hunger hatten, übte eine Schale Wasser weitaus mehr Anziehung auf sie aus. Als Anna sie aufheben und daraus trinken wollte, klopfte ihr der Eunuch auf die Finger und deutete mit Gesten an, dass dieses Wasser zum Waschen der Hände bestimmt war.

»Wir haben Durst! Verstehst du? Durst!«, schrie Anna ihn aufgebracht an.

Esther befürchtete schon, er würde ihre Schwester schlagen, doch der Eunuch trat zu einer kleinen Anrichte, auf der eine Silberkanne und zwei Becher standen. Er nahm die Kanne und füllte die Becher mit klarem Wasser. Danach trat er beiseite und wies einladend darauf.

Die Mädchen tranken hastig. Das Wasser war wunderbar kühl und schmeckte nach einem Hauch Zitrone. Als Anna danach zu einem Hühnerschenkel greifen wollte, schob der Eunuch sie zurück und deutete auf die Wasserschüssel.

»Er will anscheinend, dass wir uns die Hände waschen! Dabei haben wir uns eben schon sauber gemacht«, erklärte Esther, tat es aber.

Anna wusch sich ebenfalls die Hände. Als dies geschehen war, reichte ihnen der Eunuch zwei Teller aus bemalter Keramik, und dann durften sie nach Herzenslust essen. Es schmeckte ungewohnt, war aber nach dem Fladenbrot und den Datteln, die es tagein, tagaus gegeben hatte, direkt ein Genuss.

Der Eunuch sah ihnen zu und klatschte dann, als sie fertig waren, in die Hände. Zwei dunkelhäutige Frauen erschienen und räumten die Reste des Mahles weg. Eine brachte noch frisches Wasser zum Händewaschen und eine frische Kanne mit Trinkwasser. Dann wurden noch zwei Teller mit Trauben und anderen Früchten auf den Tisch gestellt.

Als Töchter eines Reeders hatten Anna und Esther gelegentlich fremde Früchte gesehen, die von den Schiffen ihres Vaters mitgebracht worden waren, und auch davon kosten dürfen. So kannten sie einen Teil des Obstes, das ihnen hingestellt worden war, und hielten sich zunächst daran.

Schon nach den ersten Bissen sah Esther ihre Schwester an. »Das schmeckt besser, als ich es in Erinnerung habe.«

»Verhungern lässt man uns wenigstens nicht. Das ist gut so, da wir all unsere Kräfte für die Flucht brauchen werden«, antwortete Anna mit blitzenden Augen, auch wenn sie im Moment nicht die geringste Ahnung hatte, wie sie Raschid ibn Wahids Haus verlassen konnten, ohne von dessen Wachen gesehen zu werden.

Sie folgten den Gesten des Eunuchen, der ihnen befahl, auf dem Kanapee Platz zu nehmen, und sahen, dass er in die Hände klatschte.

Augenblicke später führte eine der Mägde einen alten Mann herein, der ein langes, hemdartiges Kleidungsstück trug und wie die meisten Männer ein Tuch um den Kopf gewickelt hatte. Sein Gesicht war durch eine hässliche Narbe quer über beide Augen entstellt. Wie es aussah, war er blind, denn er brauchte die helfende Hand der Magd, um sich vor dem Tisch setzen zu können, und drehte dann hilflos den Kopf hin und her, als wisse er nicht, ob jemand anderes im Raum war und wo dieser sich befand.

Der Eunuch sagte ein paar Worte. Der Alte nickte und fing an, in einem verständlichen Deutsch zu sprechen.

»Ich bin Jusuf al Mani und werde euch die arabische Sprache lehren und dafür Sorge tragen, dass ihr zum wahren Glauben bekehrt werdet.«

Anna fuhr auf, doch bevor sie etwas antworten konnte, zupfte Esther sie am Kleid. »Wir sollten vorsichtig sein!«

»Wir sind Simonsens! In unserer Familie hat noch nie jemand aufgegeben«, zischte Anna leise.

»Auch unser Vater und unser Großvater haben einen Sturm abgewettert, wenn es nicht anders ging. Diesem Beispiel sollten wir folgen«, ermahnte Esther sie und wandte sich dann an Jusuf. »Du sprichst unsere Sprache? Wer bist du?«

»Ich bin ein bescheidener Diener des hochherzigen Raschid ibn Wahid«, erklärte der Alte.

»Woher kommst du?«, fragte Esther weiter.

»Woher ich komme, ist nicht von Belang. In meiner Heimat hat man mich längst vergessen. Meine Aufgabe ist es, euch die arabische Sprache zu lehren und euch zum wahren Glauben zu bekehren.«

Der Mann klang leiernd, und die beiden Mädchen begriffen, dass sein Geist sehr engen Bahnen folgte. Dennoch schöpften sie Hoffnung. Auch wenn der Alte sich einen getreuen Diener des Sklavenhändlers nannte, glaubten sie doch, ihn so weit zu bringen, dass er ihnen genug über ihre Umgebung erzählte, so dass sie eine Flucht wagen konnten.

FÜNFTER TEIL

EIN WIEDERSEHEN

1.

Seit einer Stunde sprach George Pritchard über die Situation auf den Inseln und erlaubte sich immer wieder kleine Ausfälle gegen die Königin, die ihm nicht fromm genug war, und verklausuliert auch gegen Ruth. Daher war James mehrfach kurz davor, ihm ein paar deutliche Worte an den Kopf zu werfen. Um aber keinen Streit mit den Missionaren vom Zaun zu brechen, der Ruth und ihren Geschäften schaden würde, hielt er sich zurück.

Zu trinken gab es Tee, den Pritchards Frau Eliza eigenhändig aufgesetzt hatte. Im Gegensatz zu Mildred Wiggles, der Ehefrau des früheren Oberhaupts der Missionare, überließ sie solche Arbeiten nicht ihren einheimischen Dienerinnen.

Der Tee zu Hause schmeckt besser, dachte James bedauernd und wünschte sich, er könnte ein wenig Rum hineintun. Doch der Genuss von Alkohol galt in diesen Räumen nun einmal als Teufelswerk, das gemieden werden musste. Innerlich seufzend hörte er weiter Pritchard zu, der ihn nun direkt ansprach.

»Ich bin sehr froh, Mister Hutton, dass jetzt Sie die Handelsstation führen. Ihre Ehefrau konnte zwar ein paar Erfolge erzielen, hatte aber großes Glück dabei. Es wäre jedoch vermessen zu hoffen, dass es weiterhin anhalten würde.«

Was für ein Trottel!, dachte James. Ruths Erfolge hatten nichts mit Glück zu tun, sondern mit Verstand und dem rechtzeitigen Erkennen von Möglichkeiten.

»Es ist nun so, dass Ihre Ehefrau, Mister Hutton, ebenso wie die Königin glaubt, Tahiti und die Inseln wären ein gefestigtes Königreich. Dem ist jedoch nicht so. Zwar ist es König Pomare II. gelungen, einige der anderen Inseln zu unterwerfen, doch diese sind weniger Provinzen des Reiches Tahiti denn tributpflichtige Länder unter eigenen Herrschern. Nicht jedem davon gefällt es, vor einer jungen Frau das Knie beugen zu müssen.«

Eher vor euch Missionaren! Einen Augenblick befürchtete James, es laut gesagt zu haben, doch weder Pritchard noch die anderen Herren schauten auf oder sahen ihn gar empört an.

Seiner Ansicht nach waren die Missionare selbst das Problem dieser Inseln. Sie hatten den Bewohnern Tahitis und seiner Nachbarinseln das Christentum aufgezwungen und taten alles, um die Kultur und die Sitten dieser Völker zu unterdrücken. Obwohl er selbst Christ war, hielt James diese gewaltsame Bekehrung für falsch, und er wusste, dass Ruth dies ebenso sah.

Unterdessen sprach Pritchard weiter. »Wir sind die Speerspitze Gottes in diesen Landen und müssen achtsam sein, auf dass der Satan unser Werk nicht wieder zerstört. Hier auf Tahiti scheint es gefestigt zu sein, und auch auf Moorea wächst das Reis, das wir gepflanzt haben. Doch je weiter man sich von Tahiti entfernt, umso größer ist die Gefahr, dass Satan sein unheilvolles Treiben weiterführt. Bora Bora zum Beispiel ...«

Hier hielt James es für angebracht, einzugreifen. »Königin Aimata und der König von Bora Bora sind eng befreundet, und es heißt sogar, dass Ihre Majestät erwägt, ihn zu ehelichen.«

»Bora Bora ist eine ferne Insel, und unsere Mission dort ist klein. Wir fürchten jedoch weniger Bora Bora selbst als die anderen Inseln. Tahaa und Raiatea beugen sich nur widerwillig der Krone von Tahiti. Und Raiatea ist zudem ein Zentrum des Heidentums, das auszurotten unsere größte Aufgabe sein muss. Mein Vorgänger Wiggles hat diesbezüglich vollkommen versagt.«

»Sie befürchten einen Aufstand?«, fragte James.

Pritchards heftiges Nicken war eigentlich Antwort genug. Dennoch erklärte er seine Ansicht ausführlich. »Tahiti bräuchte einen Herrscher mit fester Hand und kein Mädchen, dessen Bestreben mehr den Festen und der Musik gilt. Wenn ihr Großvater, König Pomare I., in den Krieg zog, sammelten sich Tausende Krieger um ihn. Ebenso um seinen Sohn Pomare II. Doch wenn Aimata einen Krieg führen muss, um Aufstände zu unterwerfen, werden ihr nur wenige Dutzend folgen. Das Reich zusammenzuhalten ist damit unmöglich.«

»Hatten nicht sowohl Pomare I. wie auch sein Sohn europäische Söldner als Kern ihrer Armeen?«, fragte James.

Erneut nickte Pritchard. »Das stimmt, und es wird auch wieder so sein müssen. Doch Söldner kosten Geld. Auch müssen sie transportiert werden.«

Das war nicht mehr das sanfte Trapsen einer Nachtigall, sondern schon das Stampfen schwerer Hufe, dachte James. Er wusste genau, von wem die Missionare das Geld für europäische Söldner haben wollten und wer diese transportieren sollte. Zum Letzten würde Ruth sich bereit erklären müssen. Eigenes Geld aber über das hinaus, was sie der Krone und der Mission als Steuern und Abgaben bezahlen mussten, würde sie ihnen nicht überlassen.

»Sie können uns einen Gefallen tun, Mister Hutton. Sie haben zwei Schiffe, mit denen Sie mit den anderen Inseln Handel treiben. Ihre Matrosen kommen mit den Leuten dort ins Gespräch und erfahren dabei gewiss vieles, was für uns von Interesse ist.«

Es war der kaum verhohlene Auftrag, für die Missionare zu spionieren. Am liebsten hätte James deutlich gesagt, dass sie Ruth und ihn damit in Ruhe lassen sollten. Da es aber zu gefährlich war, Pritchard zu verärgern, lächelte er nur und dachte sich seinen Teil.

Kurz darauf beendete Pritchard seine Vorträge, und seine Gäste verabschiedeten sich. Als James ebenfalls aufbrechen wollte, trat

Pritchard auf ihn zu. »Wir leben in unruhigen Zeiten, Mister Hutton. Das darf uns nicht daran hindern, unserem Ziel zu folgen. Gott wäre zu Recht zornig, würden wir dabei zögern!«

»Meine Frau und ich werden alles tun, um den Frieden zu erhalten. Für den Handel ist das am besten«, antwortete James.

»Für uns alle ist es am besten, wenn Gott seine Gnadensonne über uns leuchten lässt«, erklärte Pritchard und reichte ihm die Hand. »Ich weiß, dass ich mich auf Sie verlassen kann!«

»Danke!«, antwortete James nur.

Er hasste es zu lügen, denn seine und Ruths Ziele unterschieden sich grundsätzlich von denen der Missionare. Die strenggläubigen Prediger waren in diese abgeschiedene Weltgegend gekommen, um Gottes Wort zu verbreiten, nahmen dafür auch Not und Elend in Kauf und – wenn es sein musste – selbst den Tod, um Gott dadurch näherzukommen. So weit reichte jedoch Ruths und sein Christentum nicht.

James war froh, als er Pritchards Haus verlassen und zum Anlegesteg gehen konnte. Ob Pritchard mit seinen Befürchtungen recht hatte, konnte er nicht sagen. Bislang war es auf den anderen Inseln ruhig geblieben. Deren Oberhäupter erkannten Tahitis Herrschaft an, und solange Aimata sich mit Tribut und Geschenken zufriedengab, hatten Tahaa, Huahine, Bora Bora und die benachbarten Inseln keinen Grund, sich gegen sie zu erheben. Zudem war die Zahl der Menschen auf Tahiti größer als auf allen anderen Inseln zusammen. Sollte Aimata sich tatsächlich einmal gezwungen sehen, ein Heer auszuheben, würden ihr nicht nur ein paar Dutzend Krieger folgen, sondern eine weitaus größere Zahl.

Zudem war Aimata reich genug, um ihr Heer mit Feuerwaffen und sogar Kanonen auszurüsten, während die anderen Könige höchstens ihre Kernscharen mit alten Musketen bewaffnen konnten und ihre restlichen Krieger mit Keule und Speer in den Kampf ziehen mussten. Daher konnte nur ein Narr versucht sein, das jetzige Gleichgewicht zu zerstören – oder die Missionare, indem sie den Inselbewohnern das Christentum auf eine zu rüde Weise einhämmerten. James schüttelte sich bei dem Gedanken an die Folgen solchen Handelns und richtete den Blick auf ein Schiff, das eben in die Lagune einlief.

Es war ein Walfänger. Der zerfetzten Fahne nach, die am Heck flatterte, musste er aus den Vereinigten Staaten stammen. Wenn ein Walfänger um die Jahreszeit nach Tahiti kam, hieß dies, dass sein Laderaum voll war und er Vorräte für die Heimreise erstehen wollte.

James stieg in sein Kanu und wies seine Paddler an, nahe an dem Walfänger vorbeizufahren. »Meine Frau und Mister Lu wollen sicher erfahren, was für ein Schiff es ist«, erklärte er.

»Madam wird es bereits wissen, denn sie hat das lange Rohr, das es ihr sagt«, antwortete einer der Männer grinsend.

»Also gut! Ich gebe zu, dass ich neugierig bin«, antwortete James. Dabei lächelte er über die Umschreibung des Fernrohrs, mit dem Ruth die einlaufenden Schiffe beobachtete.

Als sie das Schiff passierten, las James den Namen Namasket. Er hatte in der kurzen Zeit, die er auf Rave Wallys Newport verbracht hatte, mehrere Walfangschiffe kennengelernt, doch dieses war nicht darunter gewesen. Es machte einen guten Eindruck, denn es wirkte sauber, die Segel waren gut geborgen, und die Mannschaft winkte fröhlich zum Ufer hinüber. Dort hatten sich etliche Dutzend Einheimische eingefunden, um den Neuankömmling zu begrüßen. Dem Kanu, das unweit von ihnen vorbeischwamm, schenkte hingegen niemand Beachtung.

2.

Das also ist Tahiti, dachte David Simonsen. Die Insel wirkte auf ihn wie ein Bild aus einem wunderschönen Traum, mit einem Grün, das sich weit über die Hänge der hoch aufragenden Berge erstreckte, fröhlich winkenden Menschen und einer kleinen Siedlung in der Nähe des Strandes.

»Da soll mich doch der Affe lausen!«, rief Moses, der neben David stand. »Da ist man ein paar Jahre nicht hergekommen, und es hat sich alles verändert.«

»Was hat sich verändert?«, fragte David verwundert.

»Die Handelsstation! Als wir das letzte Mal hier waren, bestand sie aus einem Schuppen, der zum Teil als Schenke diente. Jetzt stehen hier etliche Häuser, und wenn das da drüben kein Gasthaus ist, soll mich …«

»Der Affe lausen?«, fragte David grinsend.

Moses schüttelte den Kopf. »Nein, ein Pferd treten!«

Captain Queek trat zu ihnen. »Moses, David, ihr werdet heute die Ankerwache halten! Morgen könnt auch ihr von Bord!«

David dachte an seine Schwester Ruth, die hier auf Tahiti sein sollte, und ihn überkam große Sehnsucht.

»Captain, darf ich nicht doch mit an Land?«, bat er.

»Das wäre ein gutes Werk, Captain. Unser Jüngelchen hätte es wirklich verdient, bei der ersten Insel, die sich lohnt, nicht zur Ankerwache verdonnert zu werden«, setzte sich auch Moses für David ein.

»Ich würde es dir gerne gestatten, aber meine Männer dürsten nach einem Schluck Rum und nach etwas, für das du noch zu jung bist, David. Ich müsste einen von ihnen als Ankerwache einteilen und ihm damit die Freude verderben. Du kannst morgen unter Tag an Land und dich umsehen. Es ist auch das einzige Mal, dass du hier als Ankerwache eingeteilt wirst. Versprochen!«

David hatte die Seeleute auf der *Namasket* kennen- und schätzen gelernt und nannte die meisten Freunde. Daher wollte er ihnen nicht den Spaß verderben und nickte. »Sehr wohl, Captain! Ich bleibe heute als Ankerwache an Bord.«

»Gut so!« Queek klopfte ihm auf die Schulter und rief den Matrosen, dass sie von Bord gehen könnten. »Macht mir aber keine Dummheiten! Jedes Glas, das ihr zerbrecht, und jeder Stuhl, der zu Bruch geht, wird euch von eurem Gewinnanteil abgezogen.«

Die Männer grinsten und ließen zwei Walboote zu Wasser. Anders als auf einem Kriegsschiff mussten sie nicht mehrfach fahren, um alle ans Ufer zu bringen. David sah ihnen zu, wie sie in die Schenke strömten, und seufzte. Er wäre doch zu gerne dabei gewesen. Andererseits war es wichtig, die Disziplin an Bord zu wahren. Auch wenn das Feuer in der Kombüse gelöscht worden war, so gab es andere Gefahren, die einem Schiff drohen konnten, das ohne Wache zurückblieb.

»Ich will hoffen, dass du morgen die Schenke meidest.« Moses sah ihn mit ernstem Blick an.

»Warum?«

»Sie ist noch kein Ort für dich. In drei oder vier Jahren kannst du so ein Haus aufsuchen. Aber selbst dann solltest du dich von den losen Weibern fernhalten, die dort nach Gimpeln suchen, die ihnen ein paar Pennys in die Hand drücken, um mit ihnen nach oben gehen zu dürfen. Diese Weiber haben oft Krankheiten, die nicht gut sind. Schon mancher Seemann, der an fernen Küsten Huren aufgesucht hat, brachte diese Krankheit mit nach Hause, und sein armes Weib hatte sie danach auch.«

David verstand nicht so genau, was Moses damit meinte. Für ihn ging es darum, seine Schwester zu finden, und am ehesten würde er wohl in der Schenke Auskunft erhalten. Nein, in der Handelsstation, korrigierte er sich und richtete seinen Blick dorthin.

Während er sich mit Moses unterhielt, betrachtete David die Menschen, die dort ein und aus gingen. Seine Schwester, so viel war er sicher, war nicht dabei. Fünf Jahre lang hatte er Ruth nicht mehr gesehen, und nun ärgerte er sich, dass er noch eine ganze Nacht auf die Begegnung mit ihr warten musste. Wenn es sich wirklich um Ruth handelte, schränkte er für sich ein. Diese Unsicherheit, aber auch die Angst, auf dem Schiff als Aufschneider zu gelten, hatten ihn bisher davon abgehalten, darüber zu sprechen. Nun überlegte er, sich doch Moses anzuvertrauen. Da huschte ein Lächeln über sein Gesicht. Es war viel besser, seinen Freund und die ganze Besatzung zu überraschen, wenn die Frau, die er suchte, wirklich Ruth war.

3.

In dieser Nacht kehrte keiner der Matrosen der *Namasket* auf das Schiff zurück. Auch am nächsten Vormittag dauerte es einige Stunden, bis das erste Boot vom Ufer ablegte und auf das Schiff zufuhr. David hatte wie auf Kohlen gesessen und war entsprechend verärgert. Doch da legte Moses ihm die Hand auf die Schulter. »Beruhige dich, Jüngelchen! Das ist es wirklich nicht wert, sich zu streiten. Nun werden wir von Bord gehen und zusehen, was es an Land für uns gibt.«

»Zu zweit kriegen wir das große Walboot niemals an Land«, wandte David ein.

»Wir beide waren die Ankerwache, Jüngelchen! Also sind die anderen uns zu Dank verpflichtet, und das heißt, dass sie uns auch an Land bringen müssen.«

Moses' freundliches Lächeln besänftigte David, und so begrüßte er die an Bord steigenden Matrosen munter. Eigentlich hatte er erwartet, die anderen bitten zu müssen, Moses und ihn an Land zu bringen. Als er jedoch ins Boot hinabschaute, sah er sechs Mann an den Riemen sitzen.

»Kommt schon herunter! Los, Moses, alter Krauskopf, setz dich in Bewegung, und du, David, wenn du dich nicht beeilst, bleibst du an Bord zurück«, rief ein Matrose zu ihnen hoch.

Moses zwinkerte David zu. »Da sollten wir uns nicht lange bitten lassen!«

Beide stiegen die Jakobsleiter ins Boot hinab und setzten sich auf eine Ruderbank.

»Wir helfen wohl besser mit«, meinte Moses grinsend. »Ihr seht mir nach dieser Nacht doch ein wenig schwächlich aus!«

»Wenn du nicht unser Koch wärst, würden wir dich jetzt ins Wasser werfen, damit du an Land schwimmen kannst«, antwortete einer der Männer und lachte. »Ihr werdet nicht glauben, was euch dort erwartet! Das Gasthaus könnte genauso in New Bedford oder Boston stehen. Es ist sauber, dort gibt es guten Schnaps und sogar Bier, und das Essen, das sie einem auftischen, ist so gut, dass du deinen Fraß, den du für uns kochst, vergessen kannst.«

»Sag so etwas nicht!«, antwortete Moses beleidigt.

Der Matrose hob beschwichtigend die Rechte. »Jetzt friss mich nicht gleich! Einen besseren Schiffskoch als dich gibt es nicht. Was du aus Salzfleisch und getrocknetem Gemüse zauberst, da kommt kein anderer mit. Hier aber haben sie die Fülle der Natur zur Verfügung, und sie machen das Beste daraus.«

»Es ist auch nicht teuer«, mischte sich ein anderer Matrose ein. »Irgendein Chinese steht dort am Herd. Andere Chinesen bedienen. Als wir letztens hier waren, gab es nur einen von der Sorte, dafür aber den alten Landers. Wenn du dem einen Schnaps bezahlt hast, hatte der nichts dagegen, dass du mit seiner Alten nach oben gegangen bist, um ein bisschen Spaß zu haben.«

»Es gibt auch einen richtigen Puff! Die haben dort einige Chinesinnen, und die sind so auf Sauberkeit bedacht, dass sie dich erst waschen, bevor sie dich drüber lassen. Und sie können es, sage ich dir!«

So ging es munter weiter, während sie dem Ufer zuruderten. David hörte eine Weile zu und stellte dann die Frage, die ihm am meisten auf dem Herzen lag. »Habt ihr die Besitzerin der Handelsstation gesehen?«

Die Männer schüttelten den Kopf.

»Haben wir nicht!«, berichtete einer. »Aber wir haben von ihr gehört. Sie war Witwe und hat vor Kurzem wieder geheiratet. Es soll das größte Fest seit der Krönung der Königin gewesen sein. Die Frau ist so reich, dass sie es nicht nötig hat, selbst hinter dem Ladentisch zu stehen. Das übernehmen alles ihre Chinesen.«

In Davids Kopf wirbelten die Gedanken. War die Leiterin der Handelsstation wirklich seine Schwester? Und wenn ja, welchen Mann hatte sie nach Hinrich geheiratet? Wie würde dieser sich zu ihm als Schwager stellen?

Je näher sie dem Ufer kamen, umso unsicherer wurde er. Als das Boot mit einem leichten Stoß den Anlegesteg berührte, versetzte Moses ihm einen Klaps. »Es geht an Land, mein Guter! Willst du mit in die Schenke gehen? Es scheint ja doch ein vorzeigbarer Ort sein. Ein Bier würde ich dir zahlen.«

David war kurz davor, das Angebot anzunehmen. Dann aber dachte er sich, dass es nichts brachte, das, was geschehen musste, zu weit hinauszuschieben, und schüttelte den Kopf. »Nein, ich sehe mich lieber ein bisschen um.«

»Das wird auch besser sein! Schon so mancher, der mit Bier begonnen hat, ist beim Rum geendet. Aber sobald dich der Hunger packt, kannst du in die Schenke kommen. Der gute Moses zahlt dir eine Mahlzeit. Sage aber später nicht, es hätte dir besser geschmeckt als das, was ich koche!« Moses lachte fröhlich, stieg auf den Steg und wartete, bis David ihm gefolgt war.

Vor dem Gasthaus trennten sie sich. Während Moses, von dem angenehmen Geruch angelockt, ins Innere trat, ging David weiter zum Ladengeschäft. Dort sah er sich von Taurollen, Segeltuch, Fässern und vielen anderen Dingen umgeben. Hier, dachte er, konnte sich ein Schiff ausrüsten, selbst wenn ein Sturm das letzte Tau zerrissen und das letzte Segel zerfetzt hatte.

Ein Chinese in einem blauen Hemd und blauen Hosen kam auf ihn zu und fragte ihn nach seinen Wünschen.

David schluckte mehrmals, um seine trockene Kehle zu befeuchten, und sah den Mann bittend an. »Ich hätte gerne Frau ...« Mensing konnte er doch nicht sagen, wenn seine Schwester wieder verheiratet war, fuhr es ihm siedend heiß durch den Kopf.

»Ich hätte gerne die Leiterin der Handelsstation gesprochen«, sagte er daher.

Erstaunt musterte der Chinese ihn. Die Kunden, die hier hereinkamen, wollten entweder ihr Schiff neu ausrüsten oder kauften Tabak, Kautabak oder Schnitzereien als Andenken. Nach Ruth Hutton hatte noch niemand gefragt.

»Was willst du von Mistress Hutton?«, fragte er daher.

Wenn die Frau nicht seine Schwester war, wollte David nicht mit der Tür ins Haus fallen. »Ich habe gehört, sie soll aus der gleichen Stadt stammen wie ich!«

Sein Gegenüber dachte nach. »Ich werde Po holen«, sagte er und verschwand.

David ärgerte sich über seinen Mangel an Mut. Er hätte dem Mann sagen sollen, dass die Frau seine Schwester sei, und sich hinterher entschuldigen können, wenn dies nicht der Fall war.

Er sah sich um und begriff rasch, dass er nicht das Geld hatte, sich auch nur das billigste Ding im Laden zu kaufen. Wenn die Frau nicht Ruth war, würde er auf der *Namasket* bis nach New Bedford fahren, um von dort aus den Heimweg nach Hamburg anzutreten.

Unterdessen erschien der Chinese mit einem Landsmann, der ebenfalls Hose und Hemd trug, allerdings aus Seide. Er musterte David und wirkte nicht gerade so, als freue er sich, weil ihm so ein Lümmel seine Zeit stahl.

»Sind Sie Mister Po?«, fragte David.

»Mister Lu! Po ist mein Vorname«, antwortete Lu Po. »Du behauptest, du würdest aus der gleichen Stadt kommen wie Madam?«

»Es hieß, sie würde von dort stammen.«

»Dann kannst du sicher auch den Namen der Stadt nennen?« Lu Po klang scharf. Wenn der junge Bursche den falschen Namen nannte, sollte dieser schnell wieder gehen, bevor er ihn durch ein paar seiner Neffen hinausschaffen ließ.

»Ich komme aus Hamburg. Das liegt an der Nordsee und gehört zum Deutschen Bund«, erklärte David.

Der Deutsche Bund und die Nordsee interessierten Lu Po wenig. Der Name Hamburg aber ließ ihn aufmerksam werden. Der Bursche war recht jung – Lu Po schätzte ihn auf fünfzehn oder sechzehn Jahre – und musste zu der Zeit, in der Ruth ihre Heimat verließ, noch ein Kind gewesen sein. Da er sicher war, dass Ruth gerne Nachrichten aus der Heimat hören wollte, forderte er David auf, ihm zu folgen.

»Ich werde Madam fragen, ob sie Zeit für dich hat«, erklärte er.

»Danke!« David atmete erst einmal auf und ging hinter Lu Po her. Kurz darauf sah er das stattliche Haus seiner Schwester vor sich. Es war in einheimischem Stil errichtet und wirkte gediegen. Seine Nervosität stieg, als Lu Po klopfte und eine junge Chinesin öffnete. Diese verneigte sich vor seinem Begleiter, als wäre dieser ein hoher Herr, und sah dann ihn an.

Was sie sagte, verstand David nicht, ebenso wenig Lu Pos Antwort. Die junge Frau verschwand wieder im Haus, während sein Begleiter und er davor warteten. Nun kam es darauf an, ob die

Leiterin der Handelsstation ihn empfing und ob es sich bei ihr wirklich um seine Schwester handelte, dachte er und richtete ein verzweifeltes Gebet gen Himmel.

4.

Ruth lauschte gerade dem Bericht, den James von seiner Zusammenkunft mit Pritchard gab. Als Lu Yi hereinkam und sagte, dass ihr Onkel einen Schiffsjungen gebracht habe, der behauptete, aus Ruths Heimatstadt zu kommen, reagierte sie zunächst abweisend. »Sag ihm, er soll später wiederkommen. Ich habe jetzt keine Zeit.«

Bevor Lu Yi den Raum verlassen konnte, griff James ein. »Meine Liebe, das solltest du dir noch einmal überlegen. Wenn du den Jungen jetzt wegschickst, findet er vielleicht nicht mehr den Mut, wiederzukommen. Wer weiß, vielleicht hat er eine Nachricht von deiner Familie bei sich.«

»Dann hätte er das doch gewiss gesagt«, antwortete Ruth, fand dann aber, dass James ihr auch später berichten konnte, und nickte. »Lass ihn herein, Yi! Maire soll einen Imbiss auftischen. Ich will nicht, dass es in Hamburg einmal heißt, man müsse vom Tisch einer Simonsen hungrig aufstehen.«

»Sehr wohl, Madam!« Lu Yi kehrte zur Tür zurück und sah den Hamburger Jungen an.

»Madam sagt, dass du willkommen bist!« Dabei zupfte sie eine Blüte aus einem Blumenkranz, den Vaimiti am Morgen gebracht hatte, und steckte sie dem Jungen ans Ohr. Den ganzen Kranz wollte sie ihm nicht umhängen, da sie nicht wusste, wie wichtig oder unwichtig dieser Besuch sein mochte.

David folgte ihr ins Haus und fand sich in einem Raum wieder, den er für das Wohnzimmer hielt. Zwei Personen hielten sich darin auf, ein junger, gut aussehender Mann in einem weißen Hemd und hellen Kniehosen sowie eine schöne, ernst blickende Frau, deren rötlich schimmernde Locken ihm den letzten Zweifel nahmen, dass es sich nur um Ruth handeln konnte.

Diese blickte ihm entgegen und kniff die Augen zusammen. Es war nun fünf Jahre her, dass sie David zum letzten Mal gesehen hatte, und aus dem Kind war ein Jüngling geworden. Dennoch entdeckte sie eine Ähnlichkeit mit ihrem älteren Bruder Jeremias und mit ihrem Vater. Es dauerte einige Sekunden, bis sie sich sicher war, dann stand sie auf und ging ihm entgegen.

»David? Bist du es wirklich?«

»Ruth! Schwester!«

Mit zwei Schritten war David bei ihr und umarmte sie unter Tränen. »Bei Gott, es ist so lange her, dass du aus Hamburg fortgegangen bist«, brachte er mühsam hervor.

Ruth hielt ihn lächelnd in den Armen, während ihre Gedanken in die Heimat wanderten und sie ihre Lieben so vor sich sah, wie sie sie damals verlassen hatte. Die Anwesenheit ihres Bruders konnte in ihren Augen nur eines bedeuten: Ihr Vater hatte ein Schiff geschickt. Selbst war er wohl nicht mitgekommen. Es versetzte ihr einen leichten Stich, der jedoch sofort wieder schwand. Ihr jüngerer Bruder war hier, und das allein zählte.

»Ich bin so froh, dass du gekommen bist. Ich hatte manchmal solche Sehnsucht nach zu Hause, dass ich mir gewünscht hätte, ein Schiff besteigen und heimfahren zu können. Auch hatte ich die Hoffnung, Vater oder Jeremias würden einmal kommen, doch ich wartete vergebens«, sagte sie und konnte nun ebenfalls die Tränen nicht zurückhalten.

»War Vater denn nicht hier?«, fragte David verwundert. »Er ist vor ein paar Jahren mit unserer neuen *Neuwerk* losgesegelt und wollte dich und Hinrich aufsuchen.«

Ruth schüttelte den Kopf. »Nein, ich habe Vater nicht gesehen. Wollte er wirklich kommen?«

»Wie seltsam. Das Letzte, was wir von ihm gehört haben, war, dass die *Neuwerk* Kap Hoorn gut umrundet und in Valparaiso frischen Proviant aufgenommen hat.«

»Oh Gott!«, rief Ruth erschrocken. »Hoffentlich ist er nicht nach Hiva Oa gesegelt und dort den Eingeborenen zum Opfer gefallen!«

»Davon hätten wir erfahren!«, wandte James ein. »Immerhin hat Tahitoa im Frühjahr mit der *Tahuata* die gleichnamige Insel angelaufen, um zu erkunden, ob auch dort Handel möglich ist. Man hätte ihm gewiss berichtet, wenn auf der Nachbarinsel ein großes Schiff überfallen worden wäre.«

Ruth hatte lange genug auf Hiva Oa gelebt, um zu wissen, dass der Kontakt zwischen den einzelnen Stämmen zwar gering war, aber Nachrichten sich trotzdem verbreiteten. Dies bedeutete jedoch nicht, dass ihr Vater nicht dort gewesen sein konnte.

»Wir werden ein Schiff hinschicken, das Erkundigungen einziehen soll«, erklärte sie und überlegte, ob sie selbst mitfahren sollte. Der Schmerz über Hinrichs Tod war mittlerweile so weit abgeklungen, dass sie glaubte, den Anblick der Insel ertragen zu können, auf der sie mit ihm glücklich gewesen und auf der er gestorben war. Der Gedanke erinnerte sie daran, dass sie ihrer Familie zwar von Hinrichs Tod geschrieben hatte, diese aber nichts von ihrer zweiten Heirat wussten.

»David, das hier ist Captain James Hutton. Wir haben vor Kurzem geheiratet.«

Der Junge sah James an, der ihn freundlich anlächelte, und fand ihn sympathisch. »Captain, Ihr Diener!«, sagte er mit einer Verbeugung.

James hob lachend die Hand. »Ich glaube, dass auf dieser schönen Insel steife Förmlichkeiten fehl am Platze sind. Ich bin James und hoffe, dich David nennen zu dürfen.«

»Aber gewiss, Captain … James!« David löste sich aus den Armen seiner Schwester und streckte James die Hand hin. Dieser ergriff sie und wies auf die Tür zum Nebenzimmer. »Maire hat gewiss schon den Tisch gedeckt und würde böse sein, wenn wir zu lange trödeln.«

»Du sprichst ein wahres Wort! Wir können uns auch beim Essen unterhalten. Mit welchem Schiff bist du gekommen?« Ruths letzter Satz galt David.

»Mit der *Namasket,* einem Walfänger aus New Bedford. Captain Queek und seine Männer haben mich vor über einem Jahr aus dem Wasser des Atlantischen Ozeans gezogen.«

Noch während David es sagte, schüttelte Ruth irritiert den Kopf. Irgendetwas stimmt hier nicht, dachte sie, schob es aber für den Moment zurück, sondern ging mit Mann und Bruder in den Nebenraum, wo sich ein Tisch bereits unter der Last der Speisen bog, die Maire aufgetragen hatte.

Da er die zwar schmackhafte, aber auf Dauer doch eintönige Kost gewohnt war, die Moses an Bord der *Namasket* hatte zubereiten können, fühlte David sich wie im Paradies. Er aß mit gutem Appetit und trank verwundert den Saft der Kokosnüsse, der als Getränk gereicht wurde.

Ruths Gedanken galten unterdessen dem Vater. Sie kannte ihn als umsichtigen Mann, der gewiss nicht die Vorsicht außer Acht gelassen hätte, wenn er vor einer unbekannten Küste Anker warf. Auch hatte James damit recht, dass die Nachricht von einem Überfall auf ein europäisches Schiff von Insel zu Insel gegangen wäre. Trotzdem war sie froh, als David schließlich die Hände hob und erklärte, so satt zu sein, dass er gleich platze.

»Ich hoffe, dass du das unterlassen wirst«, erklärte Ruth und forderte ihn auf, von zu Hause zu erzählen.

»Den Zwillingen und Jeremias geht es gut, nur Mutter ist, nachdem Vater in See gestochen ist, ein wenig seltsam geworden«, berichtete David, während Ruths Gedanken Kapriolen schlugen.

»Wann, sagtest du, ist Vater losgesegelt, um hierherzukommen?«, fragte sie.

Als David ihr Tag, Monat und Jahr nannte, schüttelte sie den Kopf. »Das ist unmöglich! Er hat mir später noch aus Hamburg geschrieben! Auch dein letzter Gruß ist nicht so lange her, wie du behauptest, auf diesem Walfänger zu sein!«

David starrte sie verständnislos an. »Ich habe nichts geschrieben!«

»Hast du doch!«

Ruth stand auf und verließ das Zimmer, um die Briefe zu holen, die sie von ihrer Familie erhalten hatte. Es waren drei Stück, die sie nach einer zweijährigen Wartezeit bisher erhalten hatte. Jeder davon stammte von ihrem Vater, und sowohl die Mutter wie auch alle Geschwister hatten ihr Grüße ausrichten lassen!

David las einen nach dem anderen durch und warf sie mit entgeisterter Miene auf den Tisch. »Das ist unmöglich!«, rief er. »Kein einziger dieser Briefe stammt von uns! Bei zweien von ihnen war Vater nicht mehr zu Hause, und beim letzten war ich es nicht mehr.«

»Das verstehe ich nicht!«, rief Ruth und starrte die Briefe an, als könnte sie auf diese Weise deren Geheimnis erfahren.

»Diese Briefe stammen nicht von uns!«, erklärte David mit Nachdruck.

»Wer kann sie sonst geschrieben haben?«, fragte Ruth fassungslos.

»Das ist ein Geheimnis, das wir noch ergründen müssen!«, sagte James. »Jedenfalls ist das hier so faul wie Bilgenwasser. Wer bekam die Briefe eigentlich in die Hand?«

David zuckte mit den Schultern. »Das weiß ich nicht. Vater und später wir haben die Briefe durch deinen Schwager Mathias nach England schicken lassen, damit sie von dort mit Schiffen hierhergebracht werden.«

»Wer in England hätte Grund, eure Briefe zu unterschlagen und mir gefälschte zu schicken?«, fragte Ruth verwirrt.

James lag der Name Bartlett auf der Zunge, sprach ihn aber nicht aus. Immerhin waren die Briefe in einem hamburgisch gefärbten Deutsch verfasst, und das hätte Zechariah Bartlett niemals hinbekommen.

»Wie es aussieht, tappen wir im Dunkeln«, sagte er nachdenklich.

»Das tun wir wirklich!«, stimmte Ruth ihm zu.

»Und doch muss es einen Grund dafür geben. Wir werden in der nächsten Zeit sehr viel miteinander reden müssen, über eure Familie, vor allem aber über alte Feindschaften, die es noch geben kann«, fuhr James fort.

»Wir Simonsens haben keine Feinde«, erklärte Ruth. »Die einzige Feindschaft, die wirklich bedeutend war, wurde durch meine Heirat mit Hinrich beendet.«

»Ich erinnere mich daran, wie wir dich und deinen Ehemann damals in die Südsee gebracht haben. Damals habe ich mich gewundert, dass Hinrich ausgerechnet auf einer Insel missionieren wollte, von der bekannt war, dass sie von berüchtigten Kannibalen bewohnt wird«, erklärte James.

»Ich weiß! Du wolltest Hinrich und mich noch warnen, doch wir haben dir nicht geglaubt. Schließlich hatte man uns weisgemacht, die Insel werde von einem sanften, friedlichen Volk bewohnt.« Ruth klang bitter, denn es war schlimm für sie gewesen, als sie die Wahrheit erkannt hatte. Zwar war sie mit dem Stamm der Hanatea gut ausgekommen, aber Hinrichs Missionsversuch war gescheitert, und er hatte auf der Insel den Tod gefunden.

Da Aipua gerade mit Jan und Heirani den Raum betrat, schob Ruth diese Gedanken fürs Erste beiseite. Sie winkte ihren Sohn zu sich und zeigte auf David.

»Weißt du, wer das ist?«, fragte sie den Kleinen. Dieser schüttelte den Kopf.

»Das ist dein Onkel David! Er ist aus unserer Heimat gekommen, um uns zu besuchen.«

»Fa'ari'i mai te tāpa'o nō'u manave tae!«, sagte der Junge und verbeugte sich dann. »Dein ergebenster Diener!«

David betrachtete den munteren Dreikäsehoch verblüfft. Dabei wunderte er sich nicht nur über das einfache Überwechseln von einer Sprache zur anderen, sondern auch über Jans Aussehen. Der Junge trug zwar ein Hemd, hatte aber ein buntes Baumwolltuch um die Hüften geschlungen und lief barfuß umher.

»Bist du auch ein Captain wie Captain Lucky?«, fragte Jan neugierig.

»Nein, noch bin ich Schiffsjunge«, antwortete David.

»Dann bin ich mehr«, erklärte der Junge stolz. »Captain Lucky sagt, dass ich Matrose bin!«

»Wurdest du nicht letztens suspendiert?«, fragte Ruth.

Das hatte der Junge bereits vergessen, und so zog er den Kopf ein. »Captain Lucky und Mama sind zornig gewesen, weil ich ohne Befehl den Mast hochgeklettert bin!«, gab er schniefend zu.

David konnte es kaum glauben, dass so ein kleiner Junge die Wanten eines Schiffes hochgeklettert sein konnte. An Ruths und James' Mienen sah er jedoch, dass Jan die Wahrheit gesprochen hatte.

»Als Schiffsjunge oder Matrose klettert man nicht ohne Befehl auf den Mast«, erklärte er, damit der Junge dies auch richtig begriff und es nicht noch einmal versuchte.

»Das ist richtig!«, erklärte Ruth und wies auf Aipua. »Darf ich vorstellen? Meine Freundin Aipua und ihre Tochter Heirani. Das hier ist mein Bruder David. Er ist mit der *Namasket* gekommen.«

»Es freut mich, dich kennenzulernen«, sagte Aipua in einem guten Deutsch mit einem Akzent, der vor allem die Vokale betonte.

»Es ist mir eine Ehre!«, antwortete David.

Er wunderte sich noch mehr, weil seine Schwester ganz selbstverständlich mit dieser Inselbewohnerin umging. Da waren auch noch die Chinesen, die für sie arbeiteten, und sie hatte eine wundervolle Köchin. Bei dem Gedanken spürte er doch wieder ein wenig Hunger und griff nach einer der kleinen Bananen, die mit anderen Früchten zusammen in einer Schale lagen.

Jan schnappte sich ebenfalls eine und hatte sie so rasch geschält, dass David kaum mit dem Schauen mitkam. Wie es aussah, war sein Neffe ein sehr selbstständiges Kind, das sich stark von Hamburger Kindern im selben Alter unterschied.

5.

Erst nach dem Abendessen kamen Ruth, James und David wieder dazu, über Privates zu sprechen. Ruth wollte mehr über ihre Mutter wissen, und natürlich auch über ihre Schwestern. Aber das, was David ihr erzählen konnte, war leider schon weit über ein Jahr alt. So wandten sie sich erneut den seltsamen Briefen zu. Sie lasen diese noch einmal aufmerksam durch, und Ruth machte sich ebenso wie David Notizen. Danach berichtete David von dem Brief, den sie von Ruth und Hinrich erhalten hatten. Hinrich hatte diesen in Kapstadt aufgegeben, und er entsprach dem, der auch abgeschickt worden war. Ruths spätere Briefe kannte David nicht. Diejenigen, die noch zu seiner Zeit in Hamburg eingetroffen und von dort losgeschickt worden waren, entsprachen jedenfalls nicht denen, die sie oder die Familie geschrieben hatten. Das jeweilige Datum aber war korrekt, soweit er sich erinnern konnte.

»Ich bin mir mittlerweile gewiss, dass die Briefe ausgetauscht worden sind«, schloss James daraus.

»Ich werde mit der *Namasket* nach New Bedford segeln und von dort aus die schnellste Passage nach Hamburg wählen«, schlug

David vor. »Ich bringe unserer Familie damit wenigstens Nachricht von dir, aber leider auch die, dass Vater dich nicht angetroffen hat.«

Er klang traurig, denn ebenso wie seine Schwester bezweifelte er, dass ihr Vater diese Weltgegend verlassen hätte, ohne zumindest in Tahiti anzulegen und nach ihr zu fragen.

Ruth wollte ihm zustimmen, als James einen Einwand brachte. »Mein Gefühl rät mir davon ab, David allein nach Hamburg zurückkehren zu lassen. Jemand hat dafür gesorgt, dass falsche Briefe hierhergekommen sind, und diese Person wird nicht wollen, dass David es in der Heimat bekannt gibt.«

»Du glaubst, David würde dadurch in Gefahr geraten?«, fragte Ruth.

James nickte. »Diese Briefe sind kein Scherz, sondern eine ganz üble Angelegenheit. Jemand wollte, dass du glauben sollst, in der Heimat wäre alles so, wie du es dir wünschst. Wir wissen nicht, ob das wirklich so ist.«

»Du machst mir Angst!«, erwiderte Ruth und wurde bleich.

»Angst ist gut, denn sie macht vorsichtig. Wir dürfen uns nur nicht von ihr beherrschen lassen«, erklärte James. »Nach dieser Richtlinie sollten wir unsere Schritte planen.«

Ruth sah ihn fragend an. »Was schlägst du vor?«

»Erst einmal müssen wir herausfinden, ob dein Vater wirklich auf Hiva Oa gewesen ist. Das übernehme ich mit der *Tahuata*. David kann mich begleiten, wenn er will.«

»Ich würde schon wollen, muss aber erst auf der *Namasket* abmustern«, wandte David ein.

»Da du nicht zu der Besatzung gehörst, die von New Bedford aufgebrochen ist, dürfte dies nicht schwer sein. Bedanke dich beim Kapitän und erkläre ihm, dass du hier auf der Insel deine Schwester gefunden hast und mit dieser nach Hause zurückkehren willst.«

»Wir sollten Captain Queek und seinen Steuermann zu uns einladen. Immerhin haben wir ihnen Davids Leben zu verdanken«, sagte Ruth. »Hätten sie ihn nicht schiffbrüchig im Meer gefunden, wäre er elendig umgekommen!«

»Darf ich auch Moses einladen?«, fragte David. »Er hat am meisten dazu beigetragen, um mich am Leben zu erhalten. Er ist allerdings von schwarzer Hautfarbe.«

Ruth sah ihn ernsthaft an. »Das wird mich ganz gewiss nicht stören! In den fünf Jahren, die ich nun schon von zu Hause fort bin, habe ich gelernt, dass nicht das Aussehen eines Menschen seinen Wert bestimmt, sondern sein Charakter und sein Wesen. Du hast Aipua kennengelernt. Sie ist die beste Freundin, die ich je hatte, und ihr Ehemann Tahitoa ist der treueste Mann, den man sich an seiner Seite wünschen kann.«

»Es gibt bei jedem Volk gute und schlechte Menschen. Es ist nur nicht immer leicht zu erkennen, wer zu welcher Sorte zählt«, erklärte James.

»Wenn du damit jene Person meinst, die mir die falschen Briefe geschickt hat, muss ich dir recht geben. Ich zerbreche mir den Kopf, wer einen Grund dafür haben könnte, und finde keine Antwort!« Ruth klang enttäuscht, aber auch kämpferisch. Sie hatte sich gegen französische Soldaten, gegen Kannibalen und gegen die Missionare auf Tahiti durchsetzen können und sah daher keinen Grund, ausgerechnet in dieser Sache aufzugeben.

»Wer es auch immer sein mag: Irgendwann wird er einen Fehler machen, und dann fassen wir ihn«, sagte sie entschlossen. »Vor allem sind wir jetzt gewarnt und werden uns nicht noch einmal hinters Licht führen lassen!«

»So sehe ich es auch!«, stimmte James ihr zu. »Ich werde noch in dieser Woche mit der *Tahuata* aufbrechen und nach eurem Vater forschen. Wenn er in dieser Weltgegend war, werden wir seine Spur finden, oder ich bin die längste Zeit Lucky Jim gewesen.«

»Was ich nicht hoffen will!«, sagte Ruth und schenkte ihrem Mann ein strahlendes Lächeln. Gleichgültig, was auch kommen mochte. Sie wusste James an ihrer Seite, und das gab ihr die Sicherheit, alle Stürme, die noch kommen mochten, zu überstehen.

6.

Captain Queek und sein Steuermann Asher waren erstaunt, als sie die Einladung der Leiterin der Handelsstation erhielten. Noch mehr wunderten sie sich, dass auch ihr Schiffskoch mit eingeladen worden war. Eines ihrer Walboote brachte sie zum Anlegesteg der Handelsstation, wo sie Moses aufsammelten. Von dort ging es nicht zum Gasthaus und auch nicht zum Laden, sondern den Hügel hinauf zu einer in einheimischem Stil errichteten Villa.

Maire, Vaimiti und Lu Yi empfingen sie an der Tür und hängten ihnen Blumenkränze um. Danach führten sie die Gäste ins Speisezimmer, dessen Tisch bereits festlich gedeckt war. Ruth und James erwarteten sie, David hielt sich zunächst im Hintergrund.

»Einen schönen guten Tag wünsche ich Ihnen«, begrüßte Ruth die drei Männer von der *Namasket.*

»Besten Dank auch für die Einladung! Ich weiß nicht, was ich sagen soll«, erwiderte Queek. Dann starrte er erst sie an und dann David, der nun zu ihnen trat. Die Familienähnlichkeit war unverkennbar.

»Es ist an uns, Ihnen Dank zu sagen!«, antwortete Ruth lächelnd. »Schließlich verdanken wir Ihnen das Leben meines Bruders.«

»David ist uns direkt vor den Bug getrieben worden. Wir konnten ihn schlecht im Wasser lassen«, erklärte Queek und erhielt von Vaimiti ein Glas in die Hand gedrückt. Asher und Moses bekamen ebenfalls eins. Auch Ruth, James und David nahmen Gläser zur Hand und stießen mit ihnen an.

»Möge Ihre *Namasket* stets unbeschadet die Meere durchpflügen und erfolgreich in die Heimat zurückkehren!«, sagte Ruth, trank einen Schluck und sah zu, wie sich die Augen ihrer Gäste vor Erstaunen weiteten. Was ihnen serviert wurde, war guter Cognac aus Frankreich und nicht der scharf schmeckende Rum, der an Bord von Schiffen ausgeschenkt wurde. Lächelnd bat sie die Männer, Platz zu nehmen, und das Mahl begann. Zu diesem wurde Pflaumenwein gereicht und schließlich Bier.

Moses wollte nicht glauben, was da aufgetischt worden war. Zwar war er wahrlich kein schlechter Koch, aber Maire hatte sich wieder einmal übertroffen. Für ihn, Queek und Asher wurde es ein Abend, wie es ihn nur wenige Male in einem Jahrzehnt gab.

Nach dem Essen sah Ruth den Kapitän lächelnd an. »Ich habe Mister Lu angewiesen, Ihnen Ausrüstung und Proviant zu konzilianten Preisen zu überlassen. Ihr Koch«, Ruths Blick wanderte zu Moses weiter, »wird etliche Vorräte erhalten und auch die Information, wie sie am besten zu verwenden sind.«

»Ich danke Ihnen!«, antwortete Queek verblüfft.

Preisgünstiger Proviant bedeutete mehr Gewinn. Männer wie Rave Wally, dachte er, würden die Differenz in die eigene Tasche stecken. Er aber wollte ehrlich sein und zusammen mit dem Geld einen getreuen Bericht abliefern, mit der Bitte, einen Teil der ersparten Summe als Prämie für seine Matrosen zu verwenden. Er wandte sich wieder Ruth zu. »Wenn ich es recht verstanden habe, wird Ihr Bruder hier bei Ihnen bleiben?«

»So ist es. Wir werden die Heimreise zu einer gewissen Zeit gemeinsam antreten.«

»Wir werden aber trotzdem vor Ihnen zu Hause sein. Daher könnten Sie uns einen Brief an Ihre Familie mitgeben. Ich werde ihn umgehend nach Boston bringen und ihn einem Hamburger Schiffer übergeben, der ihn in seinen Heimathafen mitnehmen kann.«

Ruth, James und David hatten dieses bereits erwogen. Da es ein anderer Weg war als der, den ihre bisherigen Briefe genommen hatten, wäre Ruth bereit gewesen, diesen Vorschlag anzunehmen. James hatte jedoch eingewandt, dass man nicht wisse, wer für die gefälschten Briefe verantwortlich war. Sollte dieser erfahren, dass David überlebt hatte und zu Ruth gekommen war, konnte dies für den Jungen gefährlich werden.

Sie wussten nicht, was mit diesen Briefen bezweckt werden sollte. Eines war ihnen allen bewusst: Ein Freund konnte derjenige, der die echten Briefe unterschlagen und durch Fälschungen ausgetauscht hatte, nicht sein.

Ruth hatte sich daher etwas überlegt. »Ich würde mich freuen, wenn Sie einen Brief nach Hamburg versorgen könnten, Captain Queek. Sie erhalten ihn, bevor Sie Tahiti wieder verlassen.«

»Dieser Brief wird sein Ziel erreichen, und wenn ich ihn persönlich nach Hamburg bringen muss!«, versprach der Kapitän.

David zupfte seine Schwester am Ärmel. »Wem willst du den Brief schicken? Wir waren uns doch einig, nicht an unsere Familie zu schreiben!«, fragte er leise.

»An den Kaufherrn Dolf Sölter. Er war immer ein guter Freund unserer Familie und soll Mama und Jeremias ausrichten, dass du lebst und bei mir bist, sie aber auch auffordern, dies niemand anderem gegenüber verlauten zu lassen.«

»Das könnte gelingen«, meinte David, der Dolf Sölter als guten Freund ihres Vaters kannte.

Dann aber schob er den Gedanken an seine Familie fürs Erste beiseite und widmete sich den Männern der *Namasket,* die viele Monate sein Leben gewesen waren und von denen er nun in Kürze scheiden musste.

7.

Der Abschied von der *Namasket* war kurz, aber herzlich. David ließ sich noch einmal zum Schiff hinüberrudern. Dort bedankte er sich bei Captain Queek für dessen Fürsorge und umarmte dann jeden Mann an Bord einzeln. Am längsten hielt er Moses in den Armen.

»Wenn es einen gütigen Gott gibt, werden wir uns wiedersehen, mein Freund!«, sagte er und schämte sich der Tränen nicht, die ihm über die Wangen liefen.

»Das werden wir, Jüngelchen! Das werden wir gewiss!« Auch Moses hatte einen Kloß im Hals. Er hatte David lieb gewonnen und schied nur mit Schmerzen von ihm. Aber als Koch der *Namasket* war er seinem Kapitän und seinen Schiffskameraden verpflichtet und vermochte daher nicht, sie im Stich zu lassen.

»Fahrt mit Gott!«, rief David und trat auf die Jakobsleiter.

Als er in das Kanu stieg, das ihn zurück an Land bringen sollte, wusste er, dass ein wertvoller Abschnitt seines Lebens hinter ihm lag. Auf der *Namasket* war er vom Kind zum Jüngling geworden. Außerdem hatte er dort genug über Schifffahrt gelernt, um sich überall behaupten zu können.

Mit diesem Gedanken kehrte er zu Ruth und James zurück und sah von der Höhe aus zu, wie der Walfänger den Anker einholte und die Segel setzte. Noch lange war eine Gestalt am Heck zu sehen, die zur Insel winkte.

Erst als die Segelpyramide der *Namasket* hinter dem Horizont verschwunden war, drehte David sich zu James um. »Man muss in Not geraten, um zu erkennen, was wahre Freundschaft wert ist!«

»Sagen wir, in der Not bewährt sich wahre Freundschaft, während vorgetäuschte Freundschaft verfliegt.« James legte David den rechten Arm um die Schulter und wies mit der linken Hand auf die *Tahuata*, die eben für ihre Fahrt zu den Marquesas-Inseln beladen wurde.

»Wir können morgen aufbrechen. Natürlich wird die Reise nicht ohne Gefahren sein, aber ich halte das Risiko für vertretbar.«

»Ich wünschte, ich könnte mitkommen!« Ruth war an ihre Seite getreten.

»Es ist besser, du bleibst hier! Wir wissen nicht, welchen Unsinn die Missionare als Nächstes anstellen. Außerdem wäre es zu schmerzlich für dich, die Insel wiederzusehen, auf der Hinrich den Tod gefunden hat.«

James vermied in seinen Gesprächen mit Ruth die Formulierung »erster Ehemann«, sondern sprach von Hinrich, als wäre dieser ein guter Freund von ihm gewesen. In gewisser Weise stimmte dies auch, denn sie waren auf der Fahrt von London bis Hiva Oa sehr gut miteinander ausgekommen.

»Ich glaube, mittlerweile könnte ich es ertragen«, antwortete Ruth leise, wohl wissend, dass sie, wenn sie einmal Hiva Oa erreicht hatte, die Geister der Vergangenheit nicht mehr würde fernhalten können.

»Du hast recht! Es ist besser, wenn ich bleibe. Seid bitte vorsichtig! Diese Insel hat mich einen Ehemann gekostet. Meinen zweiten will ich länger behalten.«

»Das wirst du auch, mein Schatz!«, sagte James und küsste sie. »Immerhin nennt man mich seit über einem Jahrzehnt ›Lucky Jim‹, und ich will hoffen, dass das Glück, das man mir nachsagt, nicht ausgerechnet auf dieser Fahrt enden wird.«

Ruth lachte leise auf. »Das hoffe ich auch! Dennoch bitte ich euch, nicht zu viel zu wagen.«

»Das werden wir nicht«, versprach James.

»Wo wollt ihr die Suche beginnen?«

»Wir werden zunächst eine der kleineren Inseln anfahren, Fatu Hiva oder Tahuata. Vielleicht können uns die dortigen Bewohner schon etwas sagen.«

Ruth überlegte kurz. »Ihr solltet Tahuata anfahren. Fatu Hiva liegt zu weit entfernt. Auf Tahuata wissen sie gewiss, wenn etwas auf der Nachbarinsel vorgefallen ist.«

»Das ist ein guter Rat! Sollten wir auf Tahuata und Hiva Oa keine Nachricht über deinen Vater erhalten, segeln wir weiter nach Nuku Hiva. Es mag sein, dass dein Vater die eine Inselgruppe verfehlt hat und auf die andere getroffen ist.«

»Das ist eine kluge Entscheidung«, antwortete Ruth. Sie hatte von Nuku Hiva und deren Nachbarinseln gehört, und es gab auch gewisse Kontakte zwischen dem nördlichen und dem südlichen Teil der Marquesas-Inseln. Doch wie weit diese auseinanderlagen, wusste sie nicht.

»Und was machen wir, wenn wir auch dort nichts finden? Segeln wir dann weiter nach Hawaii?«, fragte David.

James überlegte kurz und schüttelte dann den Kopf. »Euer Vater kannte den Breitengrad, auf dem Hiva Oa liegt, und hätte sich niemals so weit nördlich gehalten.«

Um zu das zu veranschaulichen, bat er Ruth und David ins Haus und holte die Karte hervor, die er von diesem Seegebiet angefertigt hatte. Die Entfernung von den Marquesas zu den Hawaii-Inseln betrug ein Vielfaches der Strecke von Tahiti zu den Marquesas.

»Nicht einmal Captain Smyths Neffe Simmons könnte seinen Kurs so falsch setzen, um dorthin zu geraten«, sagte er und sorgte mit Simmons' Erwähnung dafür, dass Ruth erneut von einem Hauch der Vergangenheit gestreift wurde.

8.

Während Ruth, James und David ihre nächsten Schritte berieten, segelte Seiner britischen Majestät Schiff *Darling* mit über zweihundert Gefangenen an Bord weiter in Richtung Australien. Es war Captain Gervase Smyths letzter Auftrag vor seinem Abschied, und er nahm ihn sehr ernst, denn danach konnte er, wenn alles gut ging, im Rang eines Admirals in den Ruhestand treten.

Die aufsässigsten Gefangenen hatte man im Kielraum angekettet. Doch auch viele der im Deck darüber untergebrachten Deportierten lagen in Eisen, um jeden Gedanken an Meuterei zu unterbinden. Im unteren Kanonendeck, das etwas luftiger war als die stinkenden Räume darunter, hatte Smyth die weiblichen Sträflinge unterbringen lassen sowie jene der zur Verbannung verurteilten Männer, die ihre Strafe in ein paar Jahren verbüßt haben und dann ein neues Leben als Siedler auf dem südlichen Kontinent beginnen würden.

Um zu verhindern, dass die Disziplin an Bord litt, hatte Smyth seiner Besatzung verboten, sich mit den verurteilten Frauen einzulassen. Wer erwischt wurde, dass er zu deren Quartieren schlich, wurde zu zwanzig Peitschenhieben verurteilt.

Auch an diesem Tag gab es wieder eine Auspeitschung, und Smyth ließ sie rigoros durchführen. Nachdem der Matrose zwanzig Stück aufgezählt bekommen hatte, wurde ihm ein Eimer Meerwasser über den blutigen Rücken geschüttet. Das war ein ebenso einfaches wie wirksames Mittel, um Entzündungen zu verhindern.

Als der Matrose losgebunden worden war, wandte Smyth sich an seine Mannschaft. »Ihr könnt, wenn wir in Australien Anker geworfen haben und das Sträflingsgesindel von Bord ist, so viel huren, wie ihr lustig seid! Hier auf meinem Schiff werdet ihr euch von den Weibern fernhalten. Wer es nicht tut, wird das Schicksal dieses Mannes teilen. Wird einer ein zweites Mal erwischt, lasse ich ihn kielholen!«

Die Männer zogen die Köpfe ein. So mancher hatte gehofft, sich auf dieser Fahrt der deportierten Frauen bedienen zu können. Es waren einige ansehnliche Dinger dabei, nicht nur Huren, sondern auch Frauen, die ihren verbannten Männern folgten, und Bettlerinnen.

»Das, was ich früher von Captain Smyth gehört habe, hörte sich nicht nach dem bigotten Tugendbold an, den er jetzt zu sein vorgibt«, sagte einer missmutig.

»Das ist nur der Neid!«, erwiderte ein Kamerad. »Der Sanitätsgast hat erzählt, dass der Captain an einer Krankheit seines unteren Rüssels leiden soll, die es ihm unmöglich macht, mehr damit zu tun, als ein wenig Pisse herausrinnen zu lassen. Da er selber nicht kann, vergönnt er es auch uns nicht.«

»Der Teufel soll ihn holen!«, erwiderte der Matrose und tröstete sich damit, dass sie auf dem Weg nach Australien noch den einen oder anderen Hafen anlaufen würden, und dort gab es erfahrungsgemäß Huren für alle.

So lange warten, bis sie einen Hafen anliefen und er ein Hurenhaus betreten konnte, wollte Smyths Neffe Trevor Simmons jedoch nicht. Ihm ging es auch nicht um die deportierten Huren, Diebinnen und Bettlerinnen, sondern um jene ganz spezielle Gefangene seines Onkels, die ihren Verwandten im Weg gewesen war, so dass sie ihr diese Passage nach Australien verschafft hatten.

Simmons grinste bei diesem Gedanken. Laut dem, was er von seinem Onkel gehört hatte, musste »Bill Butcher« mindestens fünfzehn Jahre alt sein, und das reichte aus, um etwas mit ihr anfangen zu können. Außerdem war sie abgesondert untergebracht, und es gab nur drei Männer, die die Erlaubnis hatten, ihre Kammer zu öffnen. Der eine war der Matrose Cushing, der die Gefangenen versorgte, der Zweite Leutnant Torbyn und der Dritte er. Im Gegensatz zu Cushing und Torbyn, die an feste Zeiten gebunden waren, konnte er die Kammer betreten, wann er wollte.

Bei dem Gedanken wurde ihm in den unteren Regionen richtig warm, und er beschloss, sich noch in dieser Nacht um »Bill Butcher« zu kümmern. Nun aber sah er zu, wie Smyth die Mannschaft wegtreten ließ, und gesellte sich zu ihm.

»Ein prachtvolles Beispiel, Onkel! Jetzt wird dieses Gesindel es sich zweimal überlegen, Ihre Befehle zu missachten.«

Smyth sah ihn tadelnd an. »Onkel kannst du mich an Land nennen! Hier an Bord heißt es Sir und Captain. Haben Sie verstanden, Mister Simmons?«

»Aye, aye, Sir!« In Gedanken spottete Simmons über seinen Onkel, den die Aussicht, die Royal Navy wider Erwarten doch als Admiral verlassen zu können, dazu brachte, so streng auf Disziplin zu achten wie niemals zuvor in seinem Leben. Seinen Spaß würde er sich von ihm jedoch nicht verderben lassen.

»Mister Simmons! Wie ich sehe, zieht das Vorsegel nicht richtig. Kümmern Sie sich darum, dass es richtig getrimmt wird!«

»Aye, aye, Sir!« Simmons salutierte und eilte nach vorne, um ein paar Matrosen anzutreiben, das Segel so zu stellen, dass sein Onkel zufrieden war. Auch in der Beziehung zeigte dieser sich penibel. Auf der *Hesione* waren ihm solche Kleinigkeiten selten aufgefallen. Hier aber musste man jederzeit damit rechnen, seine tadelnde Stimme zu hören.

In solchen Augenblicken wünschte Simmons sich, Zechariah Bartlett hätte sein Angebot aufrechterhalten, ihn zum Kapitän eines seiner Handelsschiffe zu machen. Sein Onkel hatte jedoch erklärt, er müsse bei der Kriegsmarine bleiben, und so hatte Bartlett es zurückgezogen. Nach dieser Reise bin ich meinen Onkel endlich los und befehlige als Commander selbst ein Schiff, dachte er und machte sich auf den Weg, seinem Onkel zu melden, dass das Vorsegel wieder vorschriftsmäßig gesetzt war.

Smyth hatte sich in seine Kajüte zurückgezogen und von seinem Diener Benson einen Becher Rum einschenken lassen. Allerdings dachte er nicht daran, seinem Neffen auch einen Becher anzubieten. Dieser bedauerte es daher sehr, dass ihr alter Trinkkumpan Merrick nicht an Bord war. Mit diesem wäre die Reise gewiss lustiger geworden. So aber hockte sein Onkel wie ein lauernder Drache in seiner Kajüte, um jederzeit Feuer zu speien, wenn ihm etwas nicht passte.

»Was ist, Mister Simmons? Haben Sie keine Arbeit an Bord?« Smyths Stimme klang streng.

Simmons unterdrückte den Fluch, der ihm auf der Zunge lag, und salutierte. »Verzeihen Sie, Sir! Ich nahm an, Sie hätten Befehle für mich.«

Smyth überlegte kurz und nickte. »Das habe ich, Mister Simmons! Ich habe heute Morgen das untere Gefangenendeck inspiziert. Es stank erbärmlich. Sorgen Sie dafür, dass es öfter mit Seewasser abgespritzt wird. Wir holen uns sonst noch die Seuche an Bord.«

»Aye, aye, Sir!« Simmons wollte sich abwenden, als Smyth noch etwas einfiel.

»Lassen Sie auch das Bilgenwasser öfter abpumpen, als es bis jetzt geschehen ist – und vor allem gründlicher! Es ist mit dem Kot und dem Urin der Gefangenen vermischt und könnte ebenfalls Krankheiten hervorrufen. Lassen Sie die Bilge nach dem Leerpumpen erneut mit sauberem Wasser ausspritzen und dieses wiederum abpumpen!«

»Aye, aye, Sir!« Simmons hätte seinen Onkel am liebsten erwürgt. Auch wenn er selbst körperlich nicht tätig werden musste, würde er Stunde über Stunde damit beschäftigt sein, diese Arbeit zu überwachen. Die Matrosen, die dabei die drei- bis vierfache Zeit an den Pumpen verbringen mussten, würden ihn dafür verfluchen.

»Verzeihen Sie, Sir, wenn ich einen Einwand bringe. Wir haben nicht genug Matrosen an Bord, um alles reinigen zu können. Einige müssten Wache um Wache schieben. Sollten wir nicht besser die Gefangenen an die Pumpen stellen?«

»Machen Sie es, wie Sie wollen«, antwortete Smyth und wies Benson an, ihm den Becher neu zu füllen.

Simmons verließ die Kajüte mit einer Wut im Bauch, die bald darauf etliche Matrosen zu spüren bekamen. Als er nach unten in den Kielraum stieg, um zu prüfen, wie hoch das Bilgenwasser stieg, verschlug es ihm schier den Atem. Er hielt den Ärmel vor den Mund, um den Gestank ertragen zu können. Dann sah er auch, weshalb sein Onkel so zornig geworden war. Die Matrosen hatten das nächste Deck kräftig mit Wasser ausgespritzt, allerdings ohne das Bilgenwasser so gründlich abzupumpen, wie es notwendig war.

»Schaut euch das an!«, brüllte Simmons. »Im Kielraum steht die Scheiße- und Pissebrühe so hoch, dass die hier eingesperrten Gefangenen fast ersaufen. Wenn das nicht bis zum Abend anders ist, wird morgen die neunschwänzige Katze auf euren Rücken tanzen, und das nicht zu knapp!«

»Scheiße!«, stöhnte einer der Matrosen.

Simmons erinnerte sich an seinen Vorschlag, Gefangene pumpen zu lassen. »Ihr habt Glück«, meinte er etwas versöhnlicher. »Ich habe dem Captain den Vorschlag gemacht, dass die Gefangenen vom Kanonendeck die Drecksarbeit machen sollen.«

Die Matrosen, die sich bereits bis in die Nacht hinein an den Pumpen arbeiten gesehen hatten, atmeten auf. »Das ist ein sehr guter Gedanke, Sir! Wir haben mit dem Schiff genug zu tun, während diese Kerle sich einen faulen Lenz machen können.«

»Dann sollen sie auch lenzen!« Ein anderer Matrose grinste, und ein Zweiter stimmte ein Hurra auf Mister Simmons an.

Dieser sah zufrieden zu, wie die Männer etliche Gefangene holten und an die Pumpen stellten. Es war eine mörderische Arbeit, und eine stinkende und dreckige dazu. Simmons ließ jeweils eine Gruppe der Gefangenen bis zur Erschöpfung arbeiten und dann durch eine weitere ablösen.

Allmählich nahm die im Kielraum und in der Bilge schwappende Brühe ab. Sie mussten jedoch mehrmals mit Wasser nachspülen, bis es so sauber war, dass Simmons es dem Kapitän vorzeigen konnte.

»Das macht ihr von nun an jeden zweiten Tag, verstanden?«, erklärte er den Matrosen.

Diese nickten grinsend, denn die harte Arbeit, nämlich das Pumpen, würden von nun an die Gefangenen aus dem Kanonendeck übernehmen müssen.

»Wie ist es eigentlich, Mister Simmons? Müssen wir das Kanonendeck nicht auch abspritzen?«

»Vor allem bei den Weibern wäre es nötig«, setzte ein Zweiter anzüglich hinzu.

»Euch juckt wohl der Buckel, damit er die Katze zu spüren bekommt«, antwortete Simmons spöttisch. »Die Weiber machen jedoch so brav ins Töpfchen, wie es sich gehört. Außer den Männern, die ihnen unter meiner Aufsicht oder der von Mister Torbyn das Essen bringen, hat keiner etwas in deren Quartieren verloren. Schreibt euch das hinter die Ohren, wenn ihr des Schreibens mächtig seid. Sonst sollen es die tun, die es können. Und jetzt räumt auf, verdammt noch mal! Es ist spät geworden, und ich will ins Bett!«

»Haben Sie nicht die erste Wache, Mister Simmons?«, fragte ein Mann.

Simmons fiel siedend heiß ein, dass er das ganz vergessen hatte, und stapfte vom Gelächter der Matrosen verfolgt nach oben.

9.

Ruths Bruder Jeremias und Bill war die Unruhe in den Decks unter ihnen nicht entgangen, ebenso das Fluchen der Gefangenen, die von dem kalten Wasserstrahl getroffen worden waren. Gegen Abend hatte der Gestank, der bisher von unten hochgedrungen war, ein wenig abgenommen. Nachdem ihnen das Essen gebracht worden war, sagte Jeremias zu seinem Mitgefangenen: »Es sieht aus, als hätten sie in den unteren Decks endlich klar Schiff gemacht.«

Bill zuckte mit den Schultern. »Mag sein! Bisher wurde das Schiff ja wie ein Schweinestall geführt.«

»Wenn auf Sauberkeit geachtet wird, ist die Gefahr von Krankheiten geringer, und das erhöht die – wie nennt ihr Engländer es? – ach ja, die Chancen, gesund am Ziel anzukommen.«

»Ist das so erstrebenswert?«, fragte Bill. »Wir sind beide zu lebenslanger Zwangsarbeit bestimmt. Da ist der Tod durch eine Krankheit hier auf dem Schiff womöglich gnädiger.«

Jeremias wusste, was Bill damit meinte. Auch wenn dieser in Männerkleidung steckte, war er eine Sie. Als Frau aber würde sie in Australien den Begehrlichkeiten des Wachpersonals ebenso ausgeliefert sein wie denen der männlichen Gefangenen. Es war ein grässliches Schicksal, und er verstand, dass sie den Tod vorzog. Selbst ihn überkam wieder absolute Mutlosigkeit, die ihn wünschen ließ, die *Darling* würde im Sturm scheitern oder auf ein Felsenriff laufen. Da er angekettet war, würde es ein kurzer Kampf gegen das Ertrinken sein und danach das ewige Leben an der Seite Jesu Christi.

Zu anderen Zeiten aber sagte er sich, dass er ein Simonsen war, und ein Simonsen hatte noch nie aufgegeben. Wäre seine Schwester Ruth an seiner Stelle, würde sie wohl mit allen Sinnen nach einem Ausweg suchen. Er hingegen lag wie ein Stück morsches Holz in dieser Kammer und gab sich seiner Verzweiflung hin.

Wenn Bill wenigstens Vertrauen zu ihm fassen würde, dachte er bedrückt. Sie hatten in den letzten Tagen zwar viel über sein Schicksal gesprochen, doch von sich selbst hatte sie nur das Nötigste preisgegeben.

»Wir sollten essen! Sonst kommt der Storch und holt die Schüsseln. Dann müsstest du hungern«, mahnte Bill ihn.

Jeremias tauchte seinen Löffel in die Brühe, die aus Wasser, getrocknetem Gemüse und nachlässig geschrotetem Hafer bestand, und würgte sie hinab.

»Dieses Lokal kann ich wahrlich nicht empfehlen«, meinte er, als seine Schüssel leer war.

Bill kicherte leise, wurde aber rasch ernst. »Das Essen ist wirklich schlecht. Wenn es in Australien nicht besser ist, wäre dies ein weiterer Grund, dieses Land nicht erreichen zu wollen.«

Denkt sie an Selbstmord?, fragte sich Jeremias, und dieser Gedanke lag schwer auf seinem Gewissen. Sollte er sie daran hindern, obwohl er nicht wusste, wie schlimm es für sie werden konnte?

»Ich wünschte, meine Schwester wäre an meiner statt hier!«, entfuhr es ihm.

»Bei Gott, hasst du sie so sehr?«, rief Bill erschrocken.

»Selbstverständlich nicht! Ich liebe sie heiß und innig. Doch sie ist findig und von kaltem Blut, und das sind alles Dinge, die mir fehlen. Sie wüsste längst, wie sie freikommen und dieses Schiff verlassen könnte, ohne dass es einer bemerkt.«

Bill spürte, dass diese Worte ernst gemeint waren. Ihr Mitgefangener liebte seine Schwester, verehrte sie sogar, aber er fühlte sich im Vergleich zu ihr schwach und gering.

»Ich hätte deine Schwester gerne kennengelernt«, sagte sie leise.

»Sie würde dir gefallen und du ihr«, erklärte Jeremias. »Ich habe noch zwei weitere Schwestern. Die sind aber noch Kinder. Es gab auch noch einen Bruder, doch der ist bei einem Hurrikan ums Leben gekommen.«

»Ich habe keine Geschwister«, sagte Bill traurig. »Es ist wohl auch besser so. Man hätte ihnen gewiss ein ähnliches Schicksal bereitet wie mir.«

Die Rückkehr des Matrosen Cushing, den Bill wegen seines dünnen Halses und dem vorspringenden Adamsapfel den Storch genannt hatte, beendete fürs Erste das Gespräch. Er nahm die

Schüsseln an sich und blies die Unschlittkerze der Lampe aus. Dann waren Jeremias und Bill wieder allein, und um sie herum war nichts als Schwärze. Es war wie im Bauch eines Wals, dachte Jeremias, doch würden sie nicht wie einst Jonas an einer fremden Küste ausgespuckt, sondern in Sydney in Ketten von Bord gebracht werden, um dort Zwangsarbeit zu leisten.

»Du sagtest einmal, ein Vetter deines Vaters hätte dich an Bord schaffen lassen? Wie konnte das vor sich gehen?«, fragte Jeremias, um das Gespräch wieder in Gang zu bringen.

»Der Kapitän dieses Schiffes steht kurz vor seiner Pensionierung. Da kamen ihm hundert Sovereigns als Belohnung gerade recht. Bei dir war es ja genauso! Wenn ich das, was du mir erzählt hast, richtig betrachte, muss Zechariah Bartlett hinter deinem Unglück stecken.«

»Und nicht nur er!«, antwortete Jeremias mit einem leisen Schnauben. Er hatte zwar keinen Beweis für seinen Verdacht, doch er erinnerte sich daran, wie Mathias Mensing ihn gedrängt hatte, Bartlett aufzusuchen. Da sein Vater und sein Bruder David verschollen waren, konnte Mensing sich jetzt zum Herrn der Reederei aufschwingen, zumal Ruth mit dessen Bruder verheiratet war.

»Die Mensings waren schon immer Ratten«, stieß er wütend hervor.

»Hattet ihr schon früher mit ihnen zu tun?«, wollte Bill wissen.

»Das kannst du mit goldenen Lettern auf Pergament schreiben und an die Kirchentür nageln!« Jeremias schnaubte erneut und begann, die Geschichte seiner Familie von dem Tag an zu erzählen, an dem sein Großvater Simon voll froher Erwartung mit der *Pelikan* des Handelsherrn Thadde in die Karibik aufgebrochen war.

»Er wollte Thadde beweisen, dass er der richtige Mann für dessen Tochter wäre. Sein Konkurrent war jedoch diese Ratte Jörgen Mensing. Dieser hat mit Lügen und Intrigen den Ruf meines

Großvaters zerstört und Thaddes Tochter bekommen. Großvater hat dann Großmutter geheiratet, was auch viel besser war. Eine feinere Frau als sie konnte man nicht finden.«

Jeremias erzählte weiter. So erfuhr Bill, dass Ruth mit sieben Jahren einen französischen Soldaten erschossen hatte, der eine Freundin der Familie hatte vergewaltigen wollen. Jeremias gab offen zu, dass Ruth ihm später beim Lernen geholfen hatte, da er nicht allein mit dem Stoff zurechtgekommen war.

Nun begriff Bill, weshalb Jeremias Ruth so sehr aufs Podest hob. Sie hätte ihm mehr Selbstvertrauen gewünscht, denn immerhin hatte er nicht nur die Schule mit Erfolg abgeschlossen, sondern auch sein Steuermanns- und sein Kapitänspatent mit Auszeichnung errungen.

Als Jeremias ihr vom Tod seines Großvaters berichtete, der von den Franzosen als englischer Spion hingerichtet worden war, empörte sich ihr Herz, und sie wünschte allen Mensings die Pest an den Hals.

Über dem Reden wurden beide müde und legten sich schlafen. »Gute Nacht, Bill!«, sagte Jeremias und erhielt ein Gemurmel zur Antwort, das ebenfalls gute Nacht bedeuten konnte.

10.

Es war gewiss noch nicht viel Zeit verstrichen, als Jeremias hochschreckte. Nur einen Augenblick später schwang die Tür auf. Der Schein einer Laterne fiel herein und blendete ihn kurz. Dann erkannte er Leutnant Simmons. Diesmal hatte er auf Uniformrock und Hut verzichtet. Sein Gesicht wirkte erwartungsfroh, aber auch höhnisch.

Noch während Jeremias sich fragte, was Simmons um die Zeit hier wollte, stieß dieser mit dem Fuß die noch schlafende Bill an.

Diese schreckte mit einem leisen Ruf hoch und blickte sich verwirrt um.

»Wir beide werden uns jetzt ein wenig miteinander vergnügen!«, erklärte Simmons ihr grinsend.

»Niemals!«, rief Bill ebenso entsetzt wie empört.

»Du kannst natürlich versuchen, dich zu wehren und um Hilfe zu schreien. Wenn du das jedoch tust, werden nach mir alle Matrosen dieses Schiffs zu dir in die Kammer kommen, damit auch sie ihren Spaß haben. Du solltest daher besser brav sein und mir ein wenig Freude gönnen.«

Simmons grinste noch breiter, denn das Mädchen war ihm auf Gedeih und Verderb ausgeliefert. Auch wusste er, dass ihre Verwandten nichts dagegen hätten, wenn sie Australien nicht erreichte. Daher konnte er mit ihr machen, was er wollte.

»Also wird's bald? Zieh die Hose aus!« Simmons trat auf Bill zu, sah, wie diese mit den Beinen nach ihm stieß, und lachte.

»Wenn du es nicht freiwillig tust, machen wir es eben auf die raue Art!«

»Lass sie in Ruhe!«, sagte Jeremias erregt und wollte aufstehen.

Da traf ihn Simmons Fußtritt wie ein Hammerschlag. Er prallte gegen die feuchte Schiffswand und hatte das Gefühl, als hätte der Mann ihm mehrere Rippen eingetreten. Für einen Moment war er wie gelähmt. Dafür hörte er Simmons' von Hohn triefende Stimme so laut und deutlich wie den Posaunenklang vor Jericho. »Ich habe deinen Vater erschossen und mit ihm die Haie gefüttert, Simonsen, und ich habe nicht die geringste Hemmung, auch mit dir die Fische zu füttern. Hast du verstanden?«

Bei diesen Worten versetzte er Jeremias einen weiteren Fußtritt und grinste, als dieser sich vor Schmerz krümmte.

Danach wandte Simmons sich wieder Bill zu, trat ihr zwischen die Beine, packte sie bei der Schulter und schlug ihr zweimal kräftig ins Gesicht. »Damit du von vornherein weißt, wer hier das

Sagen hat!«, erklärte er feixend, quetschte ihr die Hände zusammen und fesselte sie mit seinem Taschentuch.

Bill wand sich wie eine Schlange, doch gegen die Kraft des Mannes kam sie nicht an. Simmons öffnete die Schnur, die ihre Hose hielt, und zerrte ihr diese vom Hintern. Als er das entblößt sah, was ihn so lockte, öffnete er seine eigene Hose und schob sich auf sie.

Für Jeremias war es eine Qual, zusehen zu müssen. Doch allmählich gewann er die Gewalt über seine Glieder zurück. Im Ringkampf war ihm der Leutnant über. Sein Blick wurde daher von Simmons' Dolch angezogen. Doch um an diesen zu gelangen, musste er aufstehen, und das würde nicht unbemerkt bleiben. Einen weiteren Fußtritt, das spürte er, würde er nicht mehr überstehen.

Da hörte er das Klirren der Kette, mit der Bill gefesselt war, und ihm kam eine andere Idee. Ohne dass Simmons es bemerkte, schwang er sein Bein so hoch, dass seine Kette sich um dessen Hals legte. Als er das Bein wieder ausstreckte, spannte sich die Kette und riss Simmons zu Boden. Dieser wollte nach seinem Dolch greifen. Da stieß Bill mit dem rechten Fuß gegen seinen Arm und prellte ihm die Waffe aus der Hand.

Jeremias nahm nun auch noch die Hände zu Hilfe, um an der Kette zu ziehen. Von Simmons kam noch ein gurgelndes Geräusch, dann war es vorbei. Die Kette hatte ihm die Luftröhre zerquetscht.

Im ersten Augenblick war Bill erleichtert, weil sie Simmons' Gier entkommen war. Dann aber schlug sie entsetzt die Hände vors Gesicht. »Mein Gott, was haben wir getan?«, flüsterte sie mit zitternden Lippen.

»Wir haben dieses Schwein daran gehindert, dir Gewalt anzutun!«, sagte Jeremias mit grimmiger Zufriedenheit.

»Er war der Neffe des Kapitäns! Smyth wird uns umbringen lassen. Vorher aber werde ich noch jeden einzelnen Matrosen und Gefangenen ertragen müssen! Da sterbe ich lieber!« Bill hatte es kaum gesagt, da ergriff sie Simmons' Dolch und setzte sich die Klinge an die Kehle.

Jeremias konnte sie gerade noch rechtzeitig aufhalten. »Tu es nicht!«, flehte er. »Es muss einen Ausweg geben.«

»Welchen?«, fragte Bill schluchzend. »Wenn der Storch morgen früh kommt, wird er den Toten finden. Was danach geschieht, wage ich mir nicht einmal vorzustellen.«

Unterdessen wanderte Jeremias' Blick zu der geschlossenen Stückpforte, durch die vor Jahren eine Kanone ihre tödlichen Geschosse zum Feind geschickt hatte.

»Jetzt kommt es darauf an, ob sie von draußen zugenagelt worden ist«, sagte er mit entschlossener Miene.

»Ich verstehe nicht, was du meinst«, sagte Bill.

Unterdessen löste Jeremias seine Kette von Simmons' Hals und robbte zur Stückpforte. Diese war mit einem eisernen Haken verschlossen, der bereits verrostet war. Ohne Werkzeug war da nichts zu machen.

»Gib mir den Dolch«, forderte Jeremias Bill auf.

Sie reichte ihm die Waffe und zog ihre Hose wieder an.

Jeremias bearbeitete den Verschluss der Stückpforte und musste dabei achtgeben, dass die Dolchklinge nicht zerbrach.

»Wir haben Glück, dass es auf einem Schiff immer Geräusche gibt. Daher dürfte niemandem aufgefallen sein, dass es hier für ein paar Augenblicke etwas lauter geworden ist.«

Bill nickte, sie hatte sich offenbar etwas beruhigt. »Ich danke dir, dass du das Schlimmste verhindert hast! Ich bitte dich nur um eines!«

»Und das wäre?«

»Wenn du die Stückpforte nicht öffnen kannst, flehe ich dich an, mich zu töten. Es selbst zu tun, habe ich nicht mehr den Mut.«

»Wir werden diese Stückpforte öffnen und diesen elenden Kadaver hinauswerfen«, erklärte Jeremias verbissen. Er blickte sich um. »Die Kerze in Simmons' Lampe ist fast ganz runtergebrannt. Zünde bitte die unsere an, damit wir Licht haben. Der Storch wird morgen schon nicht merken, dass sie weiter abgebrannt ist.«

Bill befolgte seine Anweisung. Kurz danach erlosch Simmons' Laterne, und sie waren beide froh, nicht im Dunkeln agieren zu müssen. Endlich merkte Jeremias, dass sich der Haken ein kleines Stück bewegen ließ. Er wartete, bis das Schiff von einer Welle getroffen wurde und in seinen Verbänden ächzte, und klopfte dann mehrfach gegen den Haken.

»Er geht auf!«, rief er für sein Gefühl fast zu laut.

Bill kroch an seine Seite und sah zu, wie er den Haken aus seiner Halterung löste.

»Bete, dass draußen keine Nägel eingeschlagen sind. Sonst können wir alles vergessen«, sagte er und stemmte sich gegen die Stückpforte. Seit Jahren war diese nicht mehr geöffnet worden. Das Holz hatte sich verzogen, auch waren Salz und Schmutz in den Spalt geraten. Sie saß daher so fest, dass Jeremias schier verzweifelte.

»Es sieht aus, als wäre sie doch zugenagelt worden«, stöhnte er enttäuscht.

»Sie hat sich eben ein Stück bewegt. Ich habe es genau gesehen!« Nun drückte auch Bill dagegen, und Jeremias spürte, dass sie recht hatte.

»Also keine Nägel! Sie klemmt nur«, sagte er und forderte Bill auf, noch einmal kräftig zu drücken.

Auch er tat es, obwohl der Schmerz in den geprellten Rippen ihm die Tränen in die Augen trieb. Ich muss es schaffen!, dachte er. Ich muss es schaffen, allein um Bills willen.

Er wusste, was oft mit Frauen passierte, die in Männerkleidung angetroffen wurden. Captain Smyth würde sie unbesehen seinen Matrosen zum Fraß vorwerfen. Wenn er dies verhindern wollte, musste er sie entweder töten – oder endlich diese verdammte

Stückpforte aufbringen. Dieser Gedanke spornte ihn an. Bills leiser Jubelruf verriet ihm, dass die Stückpforte sich wieder ein Stück bewegt hatte.

»Noch einmal mit aller Kraft!«, keuchte er und warf sich mit der Schulter gegen das Holz. Es knirschte, und dann schwang die Stückpforte nach außen. Sofort zog Jeremias sie bis an die Bordwand zurück.

»Es ist wegen der Lampe«, erklärte er. »Nicht, dass sich deren Licht im Wasser spiegelt!«

»Soll ich sie löschen?«, fragte Bill.

»Nein, wir brauchen sie noch, um alle Spuren des Kampfes zu beseitigen. Wir sollten sie nur verhängen!«

»Womit?« Noch während Bill es sagte, zog Jeremias dem Toten die Weste aus.

»Hier! Die werfen wir hinterher ins Wasser. Aber du wirst mir helfen müssen, den Kerl hinauszuschieben. Das schaffe ich nicht alleine!«

Bill legte Jeremias die Hand auf den Arm. »Er hat dich beinahe totgetreten, und du hast mich trotzdem gerettet.«

Ihre Bewunderung tat Jeremias gut. Er packte Simmons, schleifte ihn zur Stückpforte und machte sich daran, ihn hindurchzuschieben. Bill half ihm dabei, so gut sie es vermochte. Danach wartete Jeremias ab, bis sich das Schiff auf ihre Seite neigte, und versetzte dem Leichnam einen letzten Stoß.

Simmons rutschte hinaus und fiel mit einem leichten Klatschen ins Meer. Kurz darauf flog seine Weste hinterher. Als Jeremias auch den Dolch hinauswerfen wollte, hielt Bill ihn auf.

»Können wir ihn nicht behalten? Ich würde mich sicherer fühlen!«

Jeremias schüttelte den Kopf. »Das geht nicht! Wir haben hier keine Möglichkeit, ihn zu verstecken. Wird er bei uns gefunden, weißt du, was uns blüht.«

Es schauderte Bill bei dem Gedanken, hier liegen zu müssen, während ein Matrose nach dem anderen kam, um sie zu vergewaltigen.

»Du hast recht!«, sagte sie und sah sich in der Kammer genau um. Da entdeckte sie Simmons' Geldbeutel und reichte ihn Jeremias.

Dieser öffnete ihn kurz und sah die goldenen Sovereigns und silbernen Schillinge glänzen. Für einen Augenblick überlegte er, wenigstens das Geld zu behalten, um nicht mittellos in Australien anzukommen. Für die Münzen galt jedoch das Gleiche wie für den Dolch. Er sah keine Möglichkeit, sie zu verstecken. Daher warf er beides mit einem gewissen Bedauern zur Stückpforte hinaus und wollte diese wieder schließen, als Bill einen leisen Ruf ausstieß.

»Simmons' Laterne! Die hätten wir beinahe vergessen!«

»Sei gesegnet, weil du daran gedacht hast!« Jeremias atmete tief durch, dann folgte auch die Laterne ihrem Herrn. Anschließend zogen sie die Stückpforte wieder zu, und Jeremias schloss den Haken.

Damit war alles, was auf Leutnant Simmons hindeutete, beseitigt. Jeremias fühlte sich allerdings so erschöpft, dass er taumelte. Sofort kam Bill an seine Seite, um ihn zu stützen.

»Tut es sehr weh?«, fragte sie, als er stöhnte.

Jeremias zog mit schwerfälligen Bewegungen sein Hemd aus. Auf seiner Brust war Simmons' Stiefelabdruck zu sehen, und seine Hüfte färbte sich blau.

»Wenigstens kann ich morgen liegen bleiben und muss nicht irgendwo arbeiten«, meinte er mit Galgenhumor und zog das Hemd wieder an.

»Wir sollten die Kerze ausblasen und uns schlafen legen«, schlug er vor.

»Müssen wir die Laterne wirklich löschen? Ich würde sie gerne noch ein wenig brennen lassen«, sagte Bill.

»Dann brennt sie zu weit ab, und der Storch merkt es«, gab Jeremias zu bedenken, überließ es aber Bill, ob sie die Lampe ausmachen wollte oder nicht.

Bill kämpfte mit sich, blies dann aber die Lampe aus.

Als Jeremias sich hinlegte, hörte er ihr leises Schluchzen und streckte den Arm aus, um sie zu trösten. »Es ist alles gut!«, sagte er. »Wir haben es geschafft und werden auch alles andere schaffen.«

»Wir haben einen Menschen umgebracht«, erwiderte Bill weinend.

»Wir haben einen üblen Schurken in Menschengestalt in Notwehr getötet. Gott wird uns das verzeihen!«, antwortete Jeremias. Er merkte, wie Bill zitterte, und zog sie näher zu sich heran.

»Schlaf!«, sagte er. »Es wird alles gut.«

»Ich kann noch nicht schlafen«, antwortete Bill. »Es ist zu viel passiert!«

»Wir haben es überstanden!«, versuchte Jeremias, ihr Mut zu machen.

»Ich weiß nicht, was noch auf uns zukommen wird«, sagte Bill leise. »Du weißt jetzt, dass ich ein Mädchen bin!«

»Das weiß ich schon lange«, antwortete Jeremias sanft. »Ich habe es mir nur nicht anmerken lassen, damit du dich nicht bedrängt fühlst.«

Bill atmete tief durch. »Das würdest du nie tun! Du bist nicht wie dieser Simmons oder andere Männer.«

»Ich hoffe doch, dass ich das nicht bin!« Jeremias lachte leise und strich ihr über die Wange. »Was auch immer vor uns liegen mag. Ich werde alles tun, damit dir nichts geschieht!«

»Das weiß ich!«, sagte Bill, schmiegte sich an ihn und schloss die Augen. Obwohl sie nicht geglaubt hatte, noch einmal in ihrem Leben einschlafen zu können, dämmerte sie weg und fühlte sich im Traum geborgen.

11.

Simmons' Fehlen fiel kurz vor dem Morgen auf, als der Leutnant nicht zur Ablösung erschien. Der wachhabende Midshipman übernahm daher auch die nächste Wache und meldete die Tatsache, dass Simmons nicht erschienen war, Leutnant Torbyn erst danach.

Da Simmons der Neffe des Kapitäns war und er diese Verwandtschaft bereits mehrfach ausgenützt hatte, dachte Torbyn sich nichts dabei, sondern inspizierte zuerst die Gefangenen. Als Simmons jedoch auch nicht zum Frühstück in die Messe kam, begab er sich zur Kapitänskajüte und klopfte. Seine Erwartung, Simmons bei dessen Onkel anzutreffen, erfüllte sich jedoch nicht.

»Verzeihen Sie, Sir, wenn ich Sie störe! Ich muss Ihnen melden, dass Leutnant Simmons heute nicht zum Dienst erschienen ist.«

»Vielleicht ist er krank. Schauen Sie in seinem Quartier nach und schicken Sie den Arzt zu ihm«, antwortete Smyth und widmete sich wieder seinem Frühstück.

Torbyn verließ die Kajüte und ärgerte sich, weil er nicht vorher in Simmons' Unterkunft nachgeschaut hatte. Als er diese betrat, fand er dort zwar Simmons' Uniformjacke und Hut vor, aber nicht diesen selbst. Zum Kapitän wollte er nicht mehr zurück, daher machte er sich auf die Suche. Wegen der Größe des Schiffs bestimmte er mehrere Matrosen dazu, ihm zu helfen.

Obwohl sie die *Darling* in den nächsten Stunden förmlich auf den Kopf stellten, fanden sie nicht die geringste Spur von Simmons. Torbyn holte immer mehr Matrosen und Maate hinzu und ließ jeden Winkel durchsuchen. Kurz nach Mittag blieb ihm nichts anderes übrig, als erneut an Smyths Kabine zu klopfen.

Der Kapitän war gerade dabei, seine Lieblingsmedizin gegen die galante Krankheit, die er sich bei einer Hure zugezogen hatte, zu sich zu nehmen, nämlich Cognac, und sah unwillig auf. »Was gibt es, Mister Torbyn?«

Dieser salutierte. »Sir, ich muss Ihnen melden, dass wir das gesamte Schiff von der Bilge bis zur Mastspitze durchsucht haben, ohne Leutnant Simmons zu finden.«

»Was sagen Sie? Mister Simmons soll verschwunden sein?«

Smyth war betrunken, aber noch in der Lage, halbwegs klar zu denken. Eine seiner Überlegungen war, dass sein Neffe sich am Rumvorrat des Schiffes gütlich getan hatte und in irgendeiner Ecke seinen Rausch ausschlief.

»Durchsuchen Sie das Schiff noch einmal, und diesmal gründlich, haben Sie mich verstanden, Mister Torbyn?«

»Aye, aye, Sir!«, antwortete der Leutnant und klammerte sich an die Hoffnung, dass Simmons bei der Suche übersehen worden war.

Man suchte erneut, und diesmal so gründlich, dass sie hinterher die genaue Zahl der Schiffsratten an Bord hätten benennen können. Bill und Jeremias vernahmen Befehle und Schritte und wussten, was sie bedeuteten. Als die Tür ihres Verschlags aufgerissen und eine Laterne hereingehalten wurde, biss Bill sich in die Hand, um nicht ihre Beherrschung zu verlieren. Der Matrose Cushing leuchtete in den Raum hinein, sah, dass nur sie beide darin waren, und schlug die Tür wieder zu.

Als die Nacht hereinbrach, blieb Leutnant Torbyn nichts anderes übrig, als sich erneut zu Captain Smyth zu begeben und diesem zu berichten, dass die Suche nach dessen Neffen ohne Erfolg geblieben sei.

»Haben Sie wirklich überall gesucht?«, fragte Smyth angespannt.

Torbyn nickte. »Jawohl, Sir, das haben wir! Wir haben auch in allen leeren Fässern und in allen Seekisten nachgesehen und die Gefangenen gezählt. Daher kann ich mit Bestimmtheit sagen, dass Leutnant Simmons nicht mehr an Bord ist.«

Für Smyth war die Nachricht ein Schlag. Zwar war sein Neffe nicht besonders zuverlässig gewesen und auch nicht allzu hell im

Kopf, dennoch hatte er sich als brauchbarer Helfer erwiesen. Nun sollte er spurlos verschwunden sein? Das Letzte, was man ihm von Simmons melden konnte, war, dass dieser am letzten Abend nach der Säuberungsaktion noch seine erste Wache absolviert, etwas in der Messe gegessen und sich anschließend in sein Quartier zurückgezogen hatte. Was danach geschehen war, vermochte keiner zu sagen.

Smyth musste daher zum zweiten Mal in seiner Karriere das spurlose Verschwinden eines ersten Offiziers in sein Logbuch eintragen. James Edward Hutton hatte er selbst zu einem ewigen Bad im Ozean verholfen, doch was mit seinem Neffen Trevor Simmons passiert war, blieb für ihn ein Rätsel.

•

SECHSTER TEIL

VERGEBLICHE SUCHE

1.

James Edward Hutton blickte auf die Insel, die nun immer näher kam, und in ihm stieg ein seltsames Gefühl auf. Dort auf Mohotani hatte Ruth Hinrich Mensing, ihren ersten Ehemann, begraben müssen. Dabei war sie auf der Flucht vor Feinden gewesen, die sie hatten fangen und aufessen wollen, um die geistige Kraft, die ihr zugesprochen worden war, für sich zu gewinnen. Was für eine wunderbare Frau sie doch ist!, dachte er und winkte David zu sich. »Dort auf dieser Insel befindet sich das Grab deines ersten Schwagers. Wüssten wir die Stelle, könnten wir ankern und mit dem Boot hinüberfahren.«

David zog die Schultern hoch. »Ruth und Tahitoa haben zwar versucht, es ungefähr zu erklären, doch wir müssten mindestens an drei oder vier Buchten landen und dort suchen.«

Trotz seiner ablehnend klingenden Worte war ihm anzumerken, dass er Hinrichs Grab gerne besuchen würde.

James überlegte und nickte. »So viel Zeit sollte Hinrich Mensing uns wert sein. Er war ein prachtvoller Mensch, und ich bedauere seinen Tod aufrichtig.« Dabei dachte er, dass Hinrichs Tod es ihm ermöglicht hatte, die beste Frau der Welt für sich zu gewinnen, und fühlte sich in dessen Schuld.

Er erteilte dem Rudergänger den Befehl, auf die Insel zuzuhalten, und ließ an einer ihm passend erscheinenden Stelle Anker werfen.

»Vier Männer kommen mit uns! Alle sollen Musketen mitnehmen. Wir wissen nicht, ob wir auf Menschen treffen. Außerdem brauchen wir eine Schaufel. Die, die auf dem Schiff zurückbleiben, sollen die See im Auge behalten. Gebt Alarm, sobald sich etwas nähert!«, befahl er seinen Matrosen.

Bewusst hatte er für diese Fahrt die doppelte Mannschaftszahl an Bord genommen. Die Gegend hier war nicht ungefährlich, und er wollte nichts riskieren.

»Sollen wir die Kanonen laden, Captain Sir?«, fragte Lu Wong, der es sich nicht hatte nehmen lassen, auch diesmal mitzukommen. Immerhin hatten sie Waren an Bord, und er hoffte, mit den Inselbewohnern Handel treiben zu können.

James schüttelte den Kopf. »Noch nicht! Wir müssten sie, wenn nichts geschieht, entweder abschießen oder wieder entladen. Das Erste könnte die Leute erschrecken, mit denen wir reden wollen, und das Zweite ist mir zu gefährlich.«

»Wir bereiten aber alles vor, damit das Laden schnell geht«, antwortete Lu Wong.

Diesmal nickte James. »Macht das! Doch lasst zunächst das Beiboot zu Wasser, damit wir an Land rudern können.«

»Welche der Buchten sollen wir uns als erste vornehmen?«, fragte David.

James musterte die Insel, deren Ufer zum größten Teil steil abfiel, und versuchte, sich zu erinnern, wie Ruth ihm die Bucht beschrieben hatte. Schließlich wies er auf die am weitesten links liegende. »Wir fangen mit der an. Zwar glaube ich nicht, dass sie es ist, will aber methodisch vorgehen und nicht wie ein Irrwisch zwischen den Buchten herumrudern.«

»So schnell wie ein Irrwisch werden wir kaum rudern können«, antwortete David lächelnd. »Ich halte es aber für richtig, dass wir sie in einer passenden Reihenfolge aufsuchen. So finden wir die richtige Stelle vielleicht später, als wenn wir auf gut Glück bei der entsprechenden Bucht anlanden würden. Aber auf zu viel Glück sollte man selbst dann nicht hoffen, wenn man Lucky Jim genannt wird.«

»Das Boot ist auf dem Wasser!«, meldete da einer der Matrosen auf Tahitianisch.

»Sehr gut«, sagte James und war froh, dass seine Matrosen von Tahiti stammten und die Sage, die sich um diese Insel rankte, nicht kannten. Männer von den anderen Marquesas-Inseln hätte er selbst mit vorgehaltener Muskete nicht dazu gebracht, hier an Land zu gehen. Nun aber versetzte er David einen aufmunternden Klaps. »Komm! Je rascher wir Hinrichs Grab finden, umso schneller können wir nach eurem Vater suchen.«

Sie stiegen in das Auslegerkanu und nahmen wie ihre vier Matrosen je ein Paddel an sich. Während sie sich mit stetem Schlag der Insel näherten, musterte James das Ufer.

»Wir laufen die Bucht dort an!«, erklärte er kurz entschlossen.

»Hast du eine Landmarke erkannt?«, fragte David, während der Bug des Kanus herumschwang und sie auf die Bucht zuhielten.

»Siehst du diesen Felsen dort links ein Stück hinter dem Strand?«

»Ja!«, antwortete David.

»Es könnte die Stelle sein, an der Ruth, Aipua und Tahitoa mit Jan Schutz vor dem Unwetter gesucht haben.« Im Näherkommen sah James, dass der Strand dort nicht flach auslief, sondern leicht höher lag. Dies deckte sich mit Ruths Bericht, und so schöpfte er Hoffnung, richtig entschieden zu haben.

»Vorsicht, Leute! Nicht zu eifrig!«, mahnte er seine Paddler. »Wir warten auf eine höhere Welle, die uns auf den Strand trägt.«

Für mehrere Minuten hielten sie einen gewissen Abstand vom Ufer, dann sah James, wie sich eine hohe Welle näherte, und rief seinen Männern zu, jetzt zu paddeln!

Der Strand kam näher und ragte noch einen guten Yard vor ihnen in die Höhe. Kurz bevor sie gegen die Felsen prallen konnten, wurde ihr Kanu von der Welle hochgehoben und sanft auf dem Land abgesetzt.

»Raus und hochziehen, damit das Kanu nicht wieder ins Wasser geschwemmt wird!«, rief James.

Augenblicke später war es geschafft. Das Boot lag ein Stück weiter oben und wurde auch vor höheren Wellen geschützt. James sah sich um und wurde immer sicherer, dass sie den richtigen Ort gefunden hatten. »Ruth hat erzählt, dass sie das Grab mit Steinen eingefasst und ein Kreuz daraufgelegt haben. Haltet daher Ausschau nach einer Stelle, an der mehrere Steine zusammenliegen«, forderte James seine Männer auf.

Sie trennten sich und suchten nach dem Grab. Es war nicht leicht, denn die Bucht war dicht bewachsen, und die Steine konnten von Gras überwuchert sein. David rief sich immer wieder Ruths Bericht ins Gedächtnis. Nach deren Worten hatten sie und Tahitoa das Grab weit genug vom Ufer angelegt, damit auch eine Sturmflut es nicht mit sich reißen konnte. Schließlich entdeckte er ein paar Steine, die aus der Pflanzendecke herausragten. Der Junge beugte sich nieder und tastete den Boden ab. Unter dem Gras gab es weitere Steine – und sie bildeten ein Kreuz. »Ich habe es!«, rief er und faltete die Hände, um ein Gebet zu sprechen.

James eilte heran und blieb erschüttert neben dem Grab stehen. Er hatte Hinrich Mensing als lebensfrohen Menschen kennengelernt und empfand ehrliche Trauer um ihn. Zudem war er dankbar, dass Hinrich Ruth mit in diese Weltgegend gebracht hatte, in der er sie dann hatte kennenlernen dürfen.

»Ich bin dir einiges schuldig, Hinrich Mensing«, sagte er leise. »Gott möge mich strafen, wenn ich das jemals vergessen sollte. Ich werde deiner ... unserer Frau so zur Seite stehen, wie ich es vermag, und ich werde euren Sohn Johannes als ein Vermächtnis an-sehen, dessen ich mich würdig erweisen will. Er ist dein Sohn und soll immer wissen, dass du sein Vater bist und ich ihn als dein Vertreter aufziehe. Jan ist ein prachtvolles Bürschchen. Du kannst stolz auf ihn sein.«

»Das ist er!«, stimmte David ihm zu. »Aber auch du bist ein prachtvoller Bursche, wenn ich das sagen darf. Wenn einer außer Hinrich Ruth verdient hat, dann bist du es.«

Bei diesen Worten reichte David James die Hand. Obwohl er Hinrich kaum gekannt hatte, war er kaum weniger erschüttert als sein Schwager.

Dieser sprach noch ein Gebet und wies dann auf das Kanu. »Wir brauchen die Schaufel, um das Grab besser zu kennzeich-nen!«

»Ich hole sie!«, rief David und rannte los.

Als er zurückkehrte, nahm James ihm die Schaufel ab. »Es ist meine Verpflichtung, und das ebenso Ruth gegenüber wie Hin-rich«, sagte er und begann mit der Arbeit.

David und die Tahitianer halfen ihm und räumten erst ein-mal die Steine beiseite, damit er den Grabhügel etwas höher auf-schütten konnte. Danach suchten sie weitere Steine, um das Grab einzufassen, und legten zuletzt ein doppelt so großes Kreuz aus Steinen auf das Grab, wie Ruth es ein paar Jahre zuvor getan hatte.

Nachdem sie ein letztes Gebet gesprochen hatten, kehrten sie zum Kanu zurück, schoben es bis zur Wasserlinie und warteten auf eine Welle, der sie sich anvertrauen konnten. Weder James noch David sagten viel. Sie waren zu diesen Inseln gekommen, um nach Jakob Simonsen und seiner *Neuwerk* zu suchen. Begonnen aber hatten sie mit einem Grab, und sie beteten beide, dass dies kein schlechtes Omen sein möge.

2.

Auf die Entfernung wirkten Tahuata und Hiva Oa noch wie eine einzige Insel. Erst als sie näher kamen, trennte sich die Landmasse auf, und sie sahen auf der linken Seite das kleinere Tahuata, während nur wenige Meilen davon entfernt die große Insel Hiva Oa wie ein gewaltiger Riegel aus Stein aus dem Meer emporragte. James zählte die Berggipfel, die Ruth ihm genannt hatte, den Namana im Osten, den Ootua und den Heani im Zentrum der Insel und im Westen den Teavatiu, der den hinter ihm stehenden Pouoanuu verdeckte.

Doch Hiva Oa war nicht ihr erstes Ziel, sondern die Hanatetena-Bucht auf Tahuata. James blieb auf der Hut. Auch wenn hier gelegentlich Walfänger herkamen, um Proviant gegen Tand, aber auch gegen Musketen einzutauschen, so waren die Inselstämme kriegerisch und konnten versucht sein, ein kleines Schiff wie die *Tahuata* aufzubringen. Er hatte jedoch nicht die Absicht, sein Schiff vor der Insel scheitern zu lassen, deren Namen es trug.

Als sich vom Land her ein Dutzend Kanus näherte, ließ er kurz nacheinander die vier Kanonen abfeuern, um den Bewohnern zu zeigen, dass sie nicht wehrlos waren. Das Kaliber war zwar erbärmlich, doch mit gehacktem Blei und Nägeln geladen würden sie eine blutige Schneise durch die fremden Kanus ziehen.

Zu James' Erleichterung hielten die Kanus Abstand. Im vordersten stand ein Mann auf, der zwar ein Lendentuch trug und eine von der Sonne verbrannte Haut aufwies, aber kaum ein Tatau. Außerdem hatte er einen Vollbart und war sowohl auf der Brust wie auch auf dem Rücken kräftig behaart.

»Das muss der Weiße sein, von dem Tahitoa erzählt hat!«, sagte James zu David und stellte sich so, dass der Mann ihn sehen konnte.

»'ia ora na«, rief er ihm zu und wechselte dann ins Englische über. »Wir sind ein Schiff der Handelsstation von Tahiti und haben Waren an Bord!«

»Ka'oha nui!«, klang es zu James' Erleichterung zurück.

»Man heißt uns willkommen«, erklärte er David und winkte zu den Kanus hinüber. »Du und dein Boot können kommen und mit uns handeln!«

»Habt ihr Musketen zu verkaufen?«, fragte der Mann.

James schüttelte den Kopf. »Wir haben Messer, Beile, Kochtöpfe, Tuch und andere Dinge. Feuerwaffen verkaufen wir nicht.«

Auf dem Kanu entspann sich nun ein reges Gespräch. James hoffte, dass seine Weigerung, Gewehre zu verkaufen, nicht das Ende des Kontakts bedeutete. Nach einer Weile jedoch stießen die Männer auf dem Boot ihre Paddel ins Wasser und kamen auf sie zu.

»Bleibt wachsam!«, mahnte James und steckte seine Pistole so in den Gürtel, dass er sie rasch ziehen konnte. Eine zweite Pistole reichte er David. »Schieße nur, wenn ich es sage«, ermahnte er und sah zu, wie das Kanu näher kam und der Weiße und vier weitere Männer an Bord stiegen. Aus der Nähe war zu erkennen, dass der Europäer alt war. Die Haut war von der Sonne gegerbt, und seine Haare waren grau wie ein Nebelmorgen. Auch bewegte er sich schwerfälliger als seine Begleiter. Von diesen war keiner älter als vierzig, und jeder sah wie ein harter Krieger aus.

Da sie nur ein Stück Tapamatte um die Hüften geschlungen hatten, konnten James und David sehen, dass ihre Leiber über und über mit Tatau-Symbolen bedeckt waren. Von Ruth wusste James, dass die Männer auf den Marquesas umso höher im Rang standen, je mehr Tataus sie trugen. Demnach mussten ihre Besucher Männer im Häuptlingsrang oder knapp darunter sein.

»Manava – willkommen!«, grüßte er sie.

»Guten Tag, Captain!«, antwortete der Europäer. »Cedric Keel mein Name. Sie kommen von Tahiti?«

»So ist es! Nachdem mein Freund Tahitoa hier bereits gehandelt hat, wollen wir es ihm gleichtun!«, antwortete James.

»Haben Sie Pfaffen und Missionare an Bord? Die sollen brav auf dem Schiff bleiben, denn sie stehen bei meinen Freunden ganz oben auf dem Speiseplan. Die denken nämlich, solche Menschen hätten eine spezielle geistige Kraft, an der man sich fett futtern kann wie an einem gut gemästeten Schwein.« Der Mann lachte, so als gönnte er Geistlichen dieses Schicksal.

»Wie kommen Sie eigentlich hierher?«, fragte James.

»Ich hatte einen kleinen Disput mit meinem Captain, und der setzte mich hier aus. Dachte wohl, die Kanaken würden mich schlachten und als saftiges Steak braten. Die waren aber nicht so dumm, sondern haben sich gesagt, der gute Cedric Keel kann uns einiges beibringen. Das habe ich auch! Ich habe ihnen sogar gezeigt, wie man Eisen schmiedet. Es gibt nur zu wenig davon, darum sind meine Freunde sehr an Beilen und dergleichen interessiert.«

Keel sprach weiter, während James sich seine Gedanken über den Mann machte. Er schätzte, dass dieser Matrose oder höchstens Maat gewesen war und seinen Kapitän durch sein aufsässiges Wesen erzürnt hatte. Hier auf der Insel hatte er schließlich gefunden, was er sich erträumt haben mochte, ein gewisses Ansehen und vor allem genug Frauen, die bereit waren, mit ihm die Matte zu teilen. Wie es aussah, musste er auch nicht viel arbeiten und galt durch die Fähigkeit, Eisen bearbeiten zu können, als eine Art Zauberer.

Dies war nicht das Leben, das James gereizt hätte. Als er sich jedoch vorstellte, er wäre, nachdem Captain Smyth und dessen Neffe Simmons ihn ins Meer geworfen hatten, auf einer solchen Insel gestrandet, fragte er sich, ob er mit der Zeit nicht genauso geworden wäre wie Keel. Er schüttelte diesen Gedanken wieder ab und wies Lu Wong an, einige Waren an Deck zu holen und auszulegen.

Keels Begleiter waren von den Äxten und Messern entzückt und musterten nun die eisernen Kessel, die zum Kochen gedacht waren. Während sie unter sich ausmachten, was sie alles brauchen konnten, setzte James sein Gespräch mit Keel fort und lenkte es in die Richtung, die ihm wichtig war.

»Es kommen wohl viele Schiffe hierher?«, fragte er.

Keel machte eine wegwerfende Handbewegung. »Manchmal wirft hier ein Walfänger Anker. Auf den nördlichen Inseln soll allerdings mehr los sein. Auf Nuku Hiva soll es sogar eine Station geben, von der die Walfänger versorgt werden. Die Wilden dort sind zwar einander spinnefeind, doch mit den Walfängern halten sie Frieden. Es darf nur kein Missionar dort auftauchen. Bei solchen werden sie fuchsteufelswild und wollen sie fressen.«

Keel endete erneut mit einem Lachen, als hätte er einen guten Witz gemacht.

James' Meinung über ihn besserte sich dadurch nicht. Da er jedoch Auskünfte von Keel haben wollte, blieb er freundlich. »Wissen Sie, ob in den letzten drei Jahren hier bei diesen Inseln ein größeres Schiff gescheitert oder überfallen worden ist?«, fragte er weiter.

Keel überlegte kurz und schüttelte dann den Kopf. »Nein! Nicht dass ich wüsste. Drüben auf Hiva Oa haben sie mal versucht, einen Walfänger aufzubringen, aber das ist ihnen nicht gut bekommen. Ein paar Kanonenschüsse, und die Sache war gegessen. Vor knapp vier Jahren wurde die Besatzung eines Walfangschiffs von den Hanatea vertrieben. Die hatten sie betrunken gemacht – die Walfänger die Kanaken, meine ich, nicht umgekehrt – und wollten mit einigen hübschen Weibern und etlichen Vorräten verschwinden – hier meine ich die Walfänger! Es waren aber nicht genug Inselbewohner besoffen, und die jagten den Walfängern ihre Beute wieder ab. Die Ehefrau eines Missionars soll dabei ein paar Walfänger erschossen haben. Können Sie mir sagen, wie eine Weiße dazu kommt, wegen ein paar lumpiger Kanaken andere Weiße abzuknallen?«

James beschloss, auf diese Frage nicht zu antworten, musste aber in sich hineinlächeln, denn es war von Ruth die Rede.

Unterdessen sprach Keel mit spöttischer Miene weiter. »Auf jeden Fall hat das Amazonenstück seines Weibes dem Missionar nichts geholfen, denn ein paar Monate später haben die Hanatea ihn auf den Grillrost gelegt und gefuttert. Er scheint einiges an diesem Mana, wie sie die geistige Kraft nennen, intus gehabt zu haben, denn die Hanatea haben danach zwei andere Stämme angegriffen und fast ausgerottet.«

James ließ den Mann reden, ohne selbst etwas zu dem Gespräch beizutragen. Wie es aussah, hatten die Hanatea, der Stamm, bei dem Ruth und Hinrich mehrere Jahre gelebt hatten, die Ereignisse von damals auf eine Weise umgedeutet, dass es so aussah, als hätten sie Hinrich rituell verspeist und dadurch die Macht gewonnen, über ihre Feinde zu triumphieren.

Doch wichtig war, dass Cedric Keel offensichtlich nichts von Jakob Simonsen und seiner *Neuwerk* wusste. Wäre das Schiff von den Einheimischen überfallen und aufgebracht worden, hätte die Nachricht sich durch Trommeln und Gesang über die Inseln verbreitet.

James überlegte bereits, ob sie von Tahuata aus gleich weiter nach Norden segeln und Nuku Hiva anlaufen sollten. Dabei glitt sein Blick nach Hiva Oa hinüber. Auch wenn er nicht glaubte, dort Neues über Ruths Vater und dessen Schiff zu erfahren, so wollte er doch den Boden betreten, auf dem sie gelebt hatte, Jan geboren worden und Hinrich gestorben war.

Unterdessen trat Lu Wong auf ihn zu. »Captain Sir, diese Leute wollen mit Schweinen und Früchten bezahlen!«

»Sie halten uns wahrscheinlich für einen Walfänger. Die brauchen Vorräte. Uns ist an anderen Dingen gelegen.«

James wünschte sich, Tahitoa wäre bei ihnen. Dieser kannte von seinem Aufenthalt auf Hiva Oa her den hier gebräuchlichen Dialekt. Allerdings hatte Ruth ihm davon abgeraten. Als ihr Helfer bei den Hanatea war Tahitoa auf Hiva Oa zu bekannt, und seine Anwesenheit hätte unnötig Feindschaft wecken können. Nun übersetzte einer von Tahitoas Freunden namens Reia für sie, doch diesem waren die Unterschiede zwischen der auf Tahiti gebräuchlichen Sprache und der zwar ähnlichen, aber nicht gleichen auf den Marquesas nicht bekannt.

Der Mann gab jedoch sein Bestes und handelte Kokosnüsse, Nonifrüchte und Schnitzwerk ein. Schließlich bat er James zu sich. »Captain Sir, für den Rest bietet der Häuptling schwarze Perlen an. Wenn wir sie wollen, will er eines seiner Kanus ans Ufer schicken, damit sie diese holen!«

»Er soll es tun!«, antwortete James in der Hoffnung, Ruth ein paar schöne Exemplare mitbringen zu können.

Keel unterhielt sich mittlerweile mit David, der seinen blumigen Erzählungen mit Begeisterung lauschte. Da James das Geschwätz des alten Mannes nicht interessierte, begutachtete er die Waren, die Lu Wong eingehandelt hatte. Ruth kann zufrieden sein, dachte er, korrigierte sich aber, da sie es wohl nicht sein würde, weil es ihm nicht gelungen war, eine Nachricht über ihren Vater zu erhalten.

Die Perlen, die man ihm brachte, waren von guter Qualität. Eine oder zwei würde Ruth wohl für sich behalten. Der Rest würde in die Truhe wandern und darauf warten, in London oder Hamburg verkauft zu werden.

Als der Handel abgeschlossen war, stiegen die Inselbewohner wieder in ihr Kanu. Nur Keel zögerte. Schließlich kam er auf James zu. »Sir, Sie haben nicht zufällig ein Fässchen Schnaps an Bord, das Sie nicht mehr brauchen? Die Kawa, die die Leute saufen, ist nämlich nicht so mein Geschmack.«

James wollte schon eine abschlägige Antwort geben, als ihm die Flasche »Himmelsgeist« einfiel, die Lu Po ihm aus Jux mitgegeben hatte.

»David, kannst du die rötlich schimmernde Flasche aus meiner Kajüte holen?«, bat er Ruths Bruder.

»Sofort!« David verschwand und kehrte kurz darauf mit der gewünschten Flasche zurück.

»Ist das nicht das Zeug, vor dem Tahitoa mich gewarnt hat?«, fragte er.

»Junge Burschen wie du sollen auch noch keinen Schnaps trinken«, rief Keel und griff so hastig nach der Flasche, als hätte er Angst, sie könnte ihm doch noch verweigert werden. Danach reichte er sie ins Kanu hinab und beschwor dabei die Männer, ja achtzugeben, dass ihr nichts passierte.

Mit einem Grinsen streckte er James die Hand hin. »Es hat mich gefreut, Sie kennenzulernen, Captain! Ich hoffe, Sie kommen bald wieder. Lange wird die Flasche nämlich nicht reichen.«

»Vielleicht doch!«, antwortete James lächelnd und half ihm von Bord. Kaum hatte das Kanu abgelegt, gab er Befehl, den Anker einzuziehen und nach Hiva Oa zu segeln.

3.

Die *Tahuata* steuerte die Hanatea-Bucht an, und auch an dieser Stelle kamen ihr Kanus entgegen. Erneut gab James den Befehl, die vier Kanonen abfeuern zu lassen. Er fühlte sich seltsam zwiegespalten. Auf den Kanus befanden sich Menschen, unter denen Ruth und ihr Mann viele Monate gelebt hatten. Einige waren Freunde gewesen. Und doch hatten dieselben Männer Hinrich Mensing erschlagen und Ruth zur Flucht gezwungen.

»Diesmal sollen die Kanonen nachgeladen werden. Jeder Mann bekommt eine Muskete!« Seinen kriegerischen Worten zum Trotz hoffte James, dass auch diese Begegnung friedlich verlaufen würde. Er wollte jedoch auf alles vorbereitet sein. Waren die Hanatea auf Kampf aus, würden etliche von ihnen Hinrich in die Ewigkeit folgen.

Wie schon vor Tahuata hielten die Bewohner nach den Kanonenschüssen einen gewissen Abstand zum Schiff, und einer von ihnen rief etwas herüber.

»Er sagt, wenn wir Musketen haben, ist Handel gut, wenn nicht, ist Handel schlecht!«, übersetzte ihr Dolmetscher für James.

»Antworte ihm, dass wir keine Musketen verkaufen und uns auf einen schlechten Handel nicht einlassen werden. Daher lichten wir den Anker und segeln weiter.«

Um seinen Worten Nachdruck zu verleihen, ließ James das Ankertau ein wenig einholen.

Es war nun nicht gerade im Sinn der Hanatea, das Schiff weiterfahren zu lassen, ohne wenigstens ein paar begehrte Gegenstände einzuhandeln. Daher rief ihr Anführer rasch, dass der Handel auch ohne Musketen nicht schlecht wäre.

»Du bist wirklich gerissen!«, sagte David grinsend zu James, während dieser ihren Dolmetscher anwies, dass er mit zwei Begleitern an Land gehen und dort handeln wolle. Als Zeichen ihres guten Willens sollten drei Hanatea an Bord kommen und so lange bleiben, bis der Handel abgeschlossen war.

»Häuptling Matahi ist damit einverstanden«, übersetzte der Tahitianer die Antwort.

James dachte daran, dass Matahi vor ein paar Jahren Hinrich Mensing erschlagen hatte. Für einen Moment packte ihn die Wut, und er hätte am liebsten Befehl gegeben, mit allen vier Kanonen auf dessen Kanu zu feuern. Er beherrschte sich jedoch und wandte sich David zu. »Du wirst an Bord bleiben und auf unsere Gäste achtgeben. Ich will nicht, dass sie Sehnsucht danach bekommen, an Land zu schwimmen, bevor wir wieder an Bord sind. Mister Lu Wong und Reia kommen mit mir.«

»Aye, aye, Sir!« Obwohl es David drängte, ebenfalls an Land zu kommen, begriff er, dass es so besser war.

James klopfte ihm auf die Schulter. »In Nuku Hiva kannst du mit von Bord. Hier erscheint es mir zu gefährlich. Immerhin bist du Ruths Bruder, und da könnten die Leute bei dir ebenfalls ein sehr großes Mana vermuten.«

»Du meinst, sie würden mich schlachten und essen, weil es ihnen bei Hinrich und Ruth nicht gelungen ist?« David stieß ein missratenes Lachen aus und sah James ernst an. »Gib gut auf dich acht! Eines verspreche ich dir: Sollte dir etwas zustoßen, wird keine der Geiseln lebend dieses Schiff verlassen.«

»Wir sollten nicht das Schlimmste annehmen«, antwortete James. »Doch nun lass unser Boot ausschwenken, damit wir an Land gehen können. Mister Lu, wie sieht es mit den Waren aus, die wir mitnehmen wollen?«

»Die sind alle an Deck und bereit, eingeladen zu werden«, erklärte Lu Wong.

»Dann beeilen Sie sich, sonst bleiben wir noch die Nacht über auf der Insel!« Ein Blick zur Sonne, die bereits ein schönes Stück westlich jenseits des Zenits am Himmel stand, ließ ihn kurz erwägen, die Sache für diesen Tag aufzugeben. Dann aber dachte er daran, dass er Lucky Jim war und sein sprichwörtliches Glück wohl kaum hier enden würde.

»Sollten wir die Nacht an Land verbringen müssen, seid besonders auf der Hut!«, beschwor er David und die Matrosen und stieg ins eigene Kanu, während drei Hanatea an Deck der *Tahuata* kletterten und sich dort neugierig umsahen.

Auf dem letzten Stück wurde ihr Kanu von denen der Hanatea förmlich umringt. Doch niemand zeigte eine feindliche Haltung. Stattdessen wirkten sie eher erwartungsvoll.

Häuptling Matahi war einer der größten Männer, die James je gesehen hatte. Er musterte seinen Gast nachdenklich und schien in seiner Erinnerung zu kramen. James konnte nur hoffen, dass er ihn nicht mit seinem ersten Besuch auf dieser Insel in Verbindung brachte. Damals hatte er des Königs Rock getragen und war erster Offizier Seiner Majestät Fregatte *Hesione* gewesen. Vor allem aber hatte er Ruth und Hinrich Mensing hierher begleitet.

Nun ärgerte er sich, weil er daran nicht gedacht hatte. Er konnte nur hoffen, dass David und seine Begleiter gut auf die drei Geiseln aufpassten. Sonst musste er mit allem rechnen, auch mit dem Tod durch die Hanatea. Der Gedanke, eventuell auf derselben Insel sterben zu müssen wie Ruths erster Mann, hatte etwas Verrücktes an sich. Doch anders als damals gab es diesmal niemanden, der seinen Leichnam davor bewahren würde, gegessen zu werden.

James beschloss, die ganze Sache mit schwarzem Humor zu betrachten, sprang, als das Kanu am Strand auflief, ins Wasser und ging mit wenigen Schritten an Land. Danach half er seinen Männern, das Kanu weiter auf den Strand zu ziehen, und breitete zusammen mit Lu Wong ihre Waren auf einer Decke aus.

Die Hanatea sahen ihnen zu und schienen sich bereits darüber auszutauschen, wer welche Stücke auswählen wollte. James ließ ihnen durch Reia ausrichten, dass ihm am meisten an Kokosnüssen lag, er aber nur ein lebendes Schwein einhandeln würde, da sie nicht mehr an Bord brauchten.

Während sie handelten, erschienen mehrere Frauen. Zwei stachen James sofort ins Auge. Sie waren groß und nicht gerade schlank, aber von angenehmer Gestalt. Da sie unterschiedlich alt und einander sehr ähnlich waren, mussten sie Mutter und Tochter sein. Er hatte sie bei seiner Ankunft vor Jahren schon wahrgenommen und erinnerte sich nun, dass Ruth von ihrer Freundin Noelani und deren Mutter Noha'aia erzählt hatte. Die Jüngere war eine Schönheit und auch die Mutter ansehnlich. Sie traten auf ihn zu, warfen einen Blick auf die Waren und sprachen mit mehreren Männern.

»Sie sagen, sie wollen alles kaufen«, raunte Reia James ins Ohr.

»Das ist erfreulich!« James ließ die beiden Frauen nicht aus den Augen. Beide setzten sich ein Stück von ihm entfernt auf den Strand und beobachteten ihn mit scharfen Blicken. Schließlich sagte die Ältere etwas und wies auf eine Stelle neben sich.

»Noha'aia, die Mutter der Frau des Häuptlings, wünscht, dass Sie sich zu ihr setzen«, erklärte Reia.

James atmete einmal durch und stieg dann die leichte Anhöhe zu den beiden Frauen hinauf. Sie sahen zu, wie er Platz nahm, dann begann die Jüngere mit einem sehr eingeschränkten englischen Wortschatz zu sprechen und füllte jene Begriffe, die sie nicht kannte, durch solche aus ihrer eigenen Sprache auf.

»Du Mann, gebracht Ruhutia zu Hanatea!«

Sie hatte ihn also erkannt. Nun war James gespannt, welche Folgen dies für ihn und seine Begleiter haben würde. Lügen wollte er nicht und nickte daher. »So ist es!«

»Du wissen Ruhutia wo?«, fragte Noelani weiter.

James spürte ehrliche Sorge bei ihr und nickte erneut. »Ruhutia lebt nun auf Tahiti! Es geht ihr und ihrem Sohn gut.«

»Was Aipua? Schwester Mutter Tapuna Vahine ihr!«

James entnahm ihren Worten, dass die Schwester der älteren Frau Aipuas Großmutter sein könnte. »Aipua ist bei Ruhutia. Sie hat eine kleine Tochter«, sagte er lächelnd.

Er musste seine Hände und die Brocken Tahitianisch, die er sich angeeignet hatte, mit einsetzen, um sich verständlich zu machen. Die beiden Frauen begriffen, was er meinte, und atmeten sichtlich auf.

Noelani ergriff seine Hände. »Ruhutia, Aipua gut! Freude! Du willkommen. Machen Fest!«

James begriff, dass er an diesem Abend nicht mehr aufs Schiff zurückkommen würde, und ergab sich in sein Schicksal. Andererseits würde er nach seiner Rückkehr Ruth einiges über die Insel erzählen können, auf der sie mehrere Jahre gelebt hatte.

4.

Der Klang der Trommeln und der Haka-Tanz der Krieger hatten etwas Bedrohliches. Die Stimmung auf dem Festplatz war jedoch freundlich. Noha'aia reichte James die besten Stücke Schweinefleisch aus dem Erdofen, und Noelani sorgte dafür, dass ihm sofort nachgeschenkt wurde, wenn seine Trinkschale leer zu werden drohte. Wäre es Wein gewesen, hätte er auf den größten Rausch seines Lebens zugesteuert. Der Kokosnusssaft war jedoch ohne Alkohol und die Kawa leichter als das Bier, das an Bord eines Schiffes zusätzlich zum Wasser ausgegeben wurde.

Später tanzten die Frauen. Ähnlich hatte James es bereits auf Tahiti gesehen, doch hier wirkte es durch die nackten Brüste der Tänzerinnen um einiges aufreizender. James wusste nicht, ob er in früheren Zeiten der Verlockung der schönen Mädchen hätte widerstehen können. Nun aber schob sich Ruths Bild vor seine Augen, allerdings ohne Kleider, und er freute sich auf die Heimkehr und darauf, wieder mit ihr allein sein zu können.

Das Fest endete spät in der Nacht. Die Fackeln und Feuer brannten nieder, und Häuptling Matahi lud ihn ein, sein Gast zu sein.

»Ich danke dir!«, antwortete James und folgte ihm in sein Haus. Dort wurde eine Matte für ihn ausgelegt, und dann blieb er mit seinen Gedanken allein. Der Empfang durch die Hanatea war herzlich gewesen, und sein Dolmetscher Reia hatte ihm versichert, dass kein einziges feindseliges Wort gefallen sei. Auch der Handel war gut gelaufen. Lu Wong hatte seine Waren mit gutem Gewinn verkauft, und es sah so aus, als könnten sie weiterhin Schiffe in die Hanatea-Bucht von Hiva Oa entsenden, um Tauschhandel zu treiben.

Bisher hatte James noch nicht gefragt, ob die *Neuwerk* Jakob Simonsens bis zu dieser Insel gekommen war, und beschloss beim Einschlafen, es am nächsten Morgen zu tun.

5.

Als James erwachte, war es bereits heller Tag. Eine junge Frau brachte ihm das Frühstück, welches aus Fisch, Früchten und dem hier unvermeidlichen Popoi, einem Brei aus Brotfrucht, bestand. Zum Trinken gab es Kokossaft und Wasser.

»Mauruuru!«, sagte James und sah an ihrer Mimik, dass sie den tahitianischen Ausdruck des Dankes verstand.

Während er aß, setzte Noelani sich zu ihm. Reia war bei ihr und übersetzte.

»Ruhutia ist eine mächtige Frau mit einem großen Mana. Es ist gut, dass sie glücklich und zufrieden auf Tahiti lebt!«, begann Noelani das Gespräch.

»Das tut sie«, sagte James. »Sie denkt aber auch oft an Hiva Oa zurück.«

»Ich wünschte, dies geschähe ohne Bitterkeit!« Noelani klang traurig.

»Sie sagt, sie habe hier viele Freunde gefunden. Dich, deine Mutter, Hoani, Aipuas Großvater Mako, den großen Schnitzer Teomo und viele andere.«

»Sie hat hier aber auch sehr viel Leid erfahren. Unser Priester Aita'ha'anui befürchtet, mit ihrem starken Mana könnte sie im Zorn unserem Stamm schaden.« Noelani seufzte. Zwar hatte ihr Stamm durch seinen Sieg über die Hanamate und die Hakeani an Macht und Einfluss gewonnen, doch die Angst, Ruth könne auf Rache aus sein, lag wie ein düsterer Nebel über dem Hanatea-Tal.

»Ich kann dich beruhigen! Ruhutia wird deinem Volk niemals schaden. Dafür liebt sie dich, deine Mutter und etliche andere Hanatea zu sehr.« James lächelte und kam dann auf das zu sprechen, das ihn zu dieser Reise bewogen hatte.

»Weißt du von einem Schiff, das hierhergekommen ist, nachdem Ruhutia die Insel verlassen hat? Es stammt aus einem sehr fernen Land und kann hier entweder gescheitert oder weitergesegelt sein.«

Noelani dachte nach und sagte, es seien nur wenige Schiffe gesehen worden. »Es waren Walfänger«, setzte sie hinzu. »Mit einem haben wir Handel getrieben. Seitdem besitzen Matahi und mehrere andere Krieger jene langen Rohre, die ihr Musketen nennt. Das Zauberpulver, das sie ertönen lässt, ist ihnen jedoch ausgegangen.«

Sie sprachen weiter über Schiffe, die bei der Insel angelegt hatten oder gesehen worden waren. James kam dabei wie auf Tahuata zu der Überzeugung, dass Jakob Simonsen nicht hier gewesen war. Obwohl er Ruth gerne Nachricht über ihren Vater gebracht hätte, war er in gewisser Weise erleichtert. Solange es keine Nachricht über Jakob Simonsens Tod gab, bestand die Hoffnung, ihn noch lebend zu finden.

Nach dem Frühstück bat Noelani ihn, ihr zu folgen. Ein wenig verwundert tat James dies. Es ging durch das Dorf zu einem Weg, der so zugewachsen war, dass man ihn kaum noch erkennen konnte. Sie kamen an mächtigen Baumriesen mit unzähligen Luftwurzeln vorbei, an Brotfruchtbäumen, Bambus und anderen Gewächsen, so dass James sich wie in einer Wildnis vorkam.

Nach etlichen Hundert Schritten erreichten sie eine freie Stelle neben einer aufragenden Felswand. Dort stand ein halb zerfallenes Haus, und daneben gab es ein kleines, fest gefügtes Bauwerk. Es dauerte einen Moment, bis James in ihm den Schuppen erkannte, den er mithilfe einiger Matrosen der *Hesione* errichtet hatte. Das Haus hatten die Hanatea für Hinrich und Ruth gebaut. Es nun so verwildert zu sehen, schmerzte ihn. Gleichzeitig aber war es ein Zeichen, dass die Zeit niemals stehen blieb, sondern immer weitereilte.

Noelani ging an dem Haus vorbei zu dem Schuppen und öffnete die mit einem einfachen Riegel aus Holz verschlossene Tür. Es fiel genug Licht in das Gebäude, um einige halb verrottete Gegenstände zu erkennen sowie mehrere rostige Werkzeuge. In der Mitte stand eine Seekiste. Noelani wies mit ernster Miene darauf. »Du bringen Ruhutia!«

»Das werde ich!«, versprach James.

Er hatte es kaum gesagt, da klatschte Noelani in die Hände, und vier kräftige Hanatea kamen zwischen den Bäumen hervor. Ohne etwas zu sagen, ergriffen sie die Kiste und trugen sie den schmalen Weg entlang, der direkt zum Strand führte.

»Ich danke dir!«, sagte Noelani und verneigte sich vor James.

Dieser sah den Trägern nach und musterte dann die Sachen, die noch im Schuppen lagen. Es war nichts dabei, was für Ruth noch von Wert gewesen wäre. Als er in das Haus hineinschaute, war es bis auf einige vom Wind hereingewehte Blätter leer.

Noelani wies zum Strand und erklärte ihm mit wenigen Worten und vielen Gesten, dass sie Ruths und Hinrichs Besitz in diese Seekiste getan habe. Sie gab zu, dass Töpfe, Geschirr und Besteck, aber auch die Tuche unter den Hanatea-Frauen verteilt worden seien.

»Das wäre auch in Ruhutias Sinn gewesen«, sagte James und sah sie aufatmen.

Sie folgten den Trägern. Am Strand wartete bereits der halbe Stamm auf sie. Auch Reia stand dort und war offensichtlich erleichtert, James unversehrt wiederzusehen.

»Ich hatte ein wenig Angst, als Sie mit der Frau des Häuptlings mitgegangen sind und sie mich nicht mitgenommen hat«, sagte er zu James.

Dieser nickte, begriff aber, dass Noelani ihm die Sachen unter vier Augen hatte zeigen wollen. Er lächelte dieser zu und winkte dann zum Schiff hinüber, dass man Reia und ihn holen solle.

Als das Kanu am Strand auflief, sprang David als Erster an Land und umarmte ihn stürmisch. »Ich hatte doch ein wenig Angst, als Lu Wong gestern ohne dich aufs Schiff zurückgekehrt ist.«

»Was ist mit den drei Hanatea? Ihr habt sie hoffentlich gut behandelt?«, fragte James besorgt.

»Das sind fröhliche Burschen und haben sich bis tief in die Nacht hinein mit unseren Tahitianern unterhalten. Du siehst sie dort an der Reling stehen. Sie warten darauf, dass wir aufbrechen. Dann werden sie an Land schwimmen!«

James folgte Davids Fingerzeig und sah die drei Hanatea fröhlich winken. Er wandte sich wieder Ruths Bruder zu. »Zuerst muss diese Kiste an Bord gebracht werden. Danach sind wir dran. Ach ja, bringe eine der neuen Flinten mit und ein Fässchen Pulver!«

David wirkte erstaunt, half dann aber mit, die Kiste auf das Kanu zu laden. Danach war noch Platz für ihn und einen weiteren Mann. Als sie zu paddeln begannen, sprangen etliche Hanatea ins Wasser und schoben das Kanu schwimmend auf die *Tahuata* zu.

Als es zurückkam, waren die drei Hanatea an Bord.

»Ich dachte, wir geben ihnen ein Zeichen unseres guten Willens«, rief David fröhlich.

»Das war klug!«, sagte James und reichte dem Häuptling die Flinte. Diese schoss weiter und war zielsicherer als die Musketen, die hier noch Verwendung fanden. Er erklärte, wie sie zu benützen war, und zeigte auf das Pulverfässchen. »Das sind über dreihundert Schuss. Geht aber trotzdem sparsam damit um, denn ihr wisst nicht, wofür ihr sie noch brauchen werdet.«

Matahi starrte ihn mit großen Augen an und stieß dann einen Jubelruf aus. Unterdessen trat Noha'aia auf David zu und strich ihm sanft übers Gesicht. Was sie dabei sagte, verstanden weder er noch James. Anschließend kam sie auf James zu und berührte auch dessen Gesicht. Jetzt war Reia nahe genug, um übersetzen zu können.

»Die Frau nennt euch beide Männer mit großem Mana und bedauert, dass ihr nicht als Hanatea geboren seid. Ihr wärt mächtige Häuptlinge geworden.«

»Wir danken ihr und allen Hanatea für ihre Gastfreundschaft. Mag der Tag kommen, an dem wir wiederkehren!« James hob die Hand zum Abschied. »Nana 'e mauruuru roa! – Lebt wohl und habt Dank«, rief er und stieg in das Kanu. Als sie sich der *Tahuata* näherten, dachte er an die Seekiste und fragte sich, wie Ruth sich zu dieser Konfrontation mit ihrer Vergangenheit stellen würde.

6.

Nachdem James und David mit der *Tahuata* aufgebrochen waren, wurde Ruth auf Tahiti von einer eigenartigen Unruhe erfasst. Sie wanderte in ihrem Haus hin und her und ging immer wieder auf die Terrasse hinaus, um den Horizont mit ihrem Fernrohr abzusuchen. Schließlich kehrte sie ins Haus zurück und berechnete die Einnahmen des letzten Monats. Sie hatte wieder gut verdient und konnte mittlerweile trotz der Steuern und Abgaben an die Krone und die Mission und der notwendigen Investitionen weit über tausend Dollar in ihre private Kasse tun. Hier auf Tahiti half ihr das Geld wenig. Doch zusammen mit dem, was sie für ihre Perlen erlösen würde, konnte es ausreichen, um Bartlett zu stürzen und James zu dem Platz zu verhelfen, der ihm nach Recht und Gesetz zustand.

Ruth hatte mehrmals mit James beraten, wie sie gegen Zechariah Bartlett vorgehen sollten. Mittlerweile war sie zu der Überzeugung gelangt, dass dies nicht mit heißem Herzen, sondern mit der Kühle einer Geschäftsfrau geschehen musste. Vor allem brauchten sie mehr Informationen. James hatte Bartlett in seinem Leben nur einmal gesehen, als dieser ihn Captain Smyth als noch knabenhaften Midshipman überlassen hatte. Auch sie wusste wenig über Bartlett, dabei war dessen Schwester eine der Großmütter ihres Sohnes. Heather Mensing war jedoch früh gestorben und hatte sich auch vorher nicht so um Hinrich gekümmert, wie andere Mütter es taten. Die einzige Person in seiner Familie, zu der Hinrich ein engeres Verhältnis gehabt hatte, war seine Großmutter Mina gewesen. Sein Vater hatte ihn wenig beachtet, und selbst mit seinem Bruder hatte er sich, wie er einmal berichtet hatte, mehr gestritten als halbwegs vertragen. Liebe hatte er nie von seinem Bruder erfahren.

Bei ihren gedanklichen Ausflügen in die Vergangenheit erinnerte Ruth sich an die Informationen, die sie vor etlichen Monaten von George Pritchard erhalten hatte. Damals hatte sie sich zwar darüber gewundert, aber nichts unternommen. Mit dem zusammen, was David ihr berichtet hatte, schienen sie jedoch eine tiefere Bedeutung zu besitzen. Daher fand Ruth, dass es an der Zeit war, den Leiter der Missionsstation aufzusuchen.

Kurz entschlossen klatschte sie in die Hände. Sofort eilte Vaimiti herbei. »Was gibt es, Madam?«

»Richte Mister Tahitoa aus, dass er mich in einer halben Stunde zur Missionsstation bringen soll.«

»Sehr wohl, Madam!« Vaimiti wunderte sich, denn es war nicht der Tag, an dem Ruth den Teenachmittag bei den Missionsfrauen besuchte. Außerdem war es noch Vormittag und damit viel zu früh für den Tee.

»Gibt es etwas Besonderes, Madam?«, fragte sie neugierig.

Ruth schüttelte den Kopf. »Nein, wie kommst du denn darauf?«

»Sie fahren sonst nur zu den Teestunden zur Mission.«

»Heute ist eine Ausnahme! Ich will ein paar Dinge hinterfragen.« Trotz ihrer Anspannung gelang es Ruth zu lächeln. Das beruhigte Vaimiti, die nun flink wie ein Reh loslief, um Tahitoa davon zu unterrichten, dass er in einer halben Stunde mit dem Kanu bereitstehen solle.

Ruth wanderte erneut auf die Terrasse und wieder zurück. Ihre Gedanken hüpften von Hamburg nach Hiva Oa und von London nach Tahiti. Eine Bedrohung lag in der Luft, die sie weder fassen noch sich erklären konnte. Ihr Mann war dieser Gefahr bereits erlegen, und von ihrem Vater hatte sie seit Jahren nichts gehört. Er war verschollen – und doch hatten Briefe, die er ihr angeblich geschrieben hatte, den Eindruck erweckt, als lebte er froh und gesund in Hamburg.

»Madam, Tahitoa ist so weit!«

Vaimitis Bemerkung riss Ruth aus ihrem schlingernden Gedanken. Sie nickte und bat ihre Dienerin, während ihrer Abwesenheit auf Jan achtzugeben.

»Aber selbstverständlich, Madam!« Vaimiti lachte, denn Jan war ein fröhlicher Junge und sie flink genug, um ihn von Abwegen fernzuhalten.

Ruth setzte ihren Hut auf, sah an sich herab, ob das Kleid richtig saß, und verließ das Haus. Das Kanu lag unten am Anlegesteg bereit. Tahitoa war es in der kurzen Zeit gelungen, sechs Freunde dazuzuholen, die sie zur Missionsstation paddeln sollten. Er winkte Ruth fröhlich zu und wartete, bis sie sicher saß. Danach packten seine Freunde die Paddel, während er im Heck stand und das Kanu mit einem längeren Paddel steuerte.

Die Männer wollten Ruth zeigen, was sie konnten, und so flog das Kanu förmlich übers Wasser. So schnell hatte Ruth das Strandstück, hinter dem die Siedlung der Missionare lag, selten erreicht. Im Gegensatz zur Handelsstation gab es hier keinen Steg. Das Kanu lief am Strand auf, die Paddler sprangen heraus und schoben es so weit nach oben, dass keine Welle es erfassen und davontragen konnte.

Ruth stieg aus und wandte sich Tahitoa zu. »Ich weiß nicht, wie lange es dauern wird. Daher werde ich zu Fuß nach Hause gehen.«

»Als wenn wir Madam zu Fuß gehen lassen würden!« Tahitoa klang beleidigt, und seine Freunde stimmten ihm eifrig zu.

»Wir werden hier warten, uns unterhalten und Madam danach heimbringen.«

»Ich danke euch!« Obwohl sie schon seit etlichen Jahren in der Südsee weilte, wunderte Ruth sich gelegentlich noch immer über die Ruhe und Gelassenheit der hiesigen Bewohner. In Hamburg würde kein Bootsführer warten, es sei denn gegen harte Münze. Tahitoas Freunde hingegen ließen sich nicht bezahlen, sondern nahmen gelegentlich ein Geschenk für Dienste an, die sie ihr aus Anhänglichkeit erwiesen.

Ruth winkte ihren Helfern zu und richtete ihre Schritte auf das Missionsdorf. Noch immer gab es einen gewissen Abstand zur Einheimischensiedlung mit dem Palast der Königin, so als wollten die Missionare aus England damit zeigen, wie sehr sie sich über die hier lebenden Menschen erhaben fühlten. Kurz darauf erreichte sie das Haus, in dem die Pritchards lebten, klopfte und wurde von einer tahitianischen Dienerin eingelassen.

Eliza Pritchard kam ihr entgegen und begrüßte sie freundlich. »Seien Sie mir willkommen, Mistress Hutton!«

»Danke! Wenn ich nicht störe, würde ich gerne mit Ihrem Mann sprechen«, antwortete Ruth.

»George hat kurz das Haus verlassen, wird aber bald zurückkommen. Darf ich Ihnen in der Zwischenzeit eine Tasse Tee anbieten? Es ist zwar noch nicht Teezeit, aber so vergeht die Wartezeit angenehmer«, bot Eliza Pritchard an.

»Sehr gerne, Mistress Pritchard! Ihr Tee ist einer der besten.«

»Er stammt aus Ihrem Handelskontor«, antwortete die Frau lächelnd. Wie viele profitierte sie davon, dass Ruths *Hiva Oa* bis nach China fuhr und von dort mit begehrten Gütern zurückkkam.

Der Tee schmeckte tatsächlich recht gut. Ruth bemerkte zudem, dass Eliza Pritchard ihre einheimischen Dienerinnen besser behandelte, als es Mistress Wiggles früher getan hatte, auch wenn sie darauf bestand, dass diese christliche Namen trugen. Sie unterhielt sich mit der Frau des Missionsleiters und spürte, wie ihre Anspannung ein wenig wich. Diese kehrte aber sofort zurück, als George

Pritchard eintrat und sie überrascht begrüßte. »Wie geht es Ihnen, Mistress Hutton? Ich hoffe, Ihr Besuch erfolgt aus erfreulichen Gründen?«

»Guten Tag, Reverend! Ich bin gekommen, weil ich Sie um ein paar Auskünfte bitten möchte«, antwortete Ruth.

»Wenn ich in der Lage dazu bin, gebe ich sie Ihnen gerne.«

Pritchard bat Ruth, ihn in sein Studierzimmer zu begleiten, ließ aber die Tür offen, damit niemand etwas Falsches annehmen konnte. Er wartete, bis Ruth auf einem der Korbstühle Platz genommen hatte, dann setzte er sich selbst.

»Nun, Mistress Hutton, wie kann ich Ihnen dienen?«, fragte er.

»Sie haben mir vor etlichen Monaten einmal berichtet, dass Ihre Missionsgesellschaft sehr überrascht gewesen sei, weil mein damaliger Ehemann Hinrich ausgerechnet auf Hiva Oa missionieren wollte.«

»Das waren wir alle, in der Tat!«, erklärte Pritchard. »Auch wenn es ein löbliches Werk ist, das Wort Gottes in dieser Weltgegend zu verbreiten, so gibt es hier doch Inseln, zu denen sich nur die Kühnsten unserer Missionare wagen, und keiner wäre so verwegen, sein Weib mit dorthin zu nehmen, wie Ihr Ehemann es getan hat.«

»Darum würde ich gerne in Erfahrung bringen, weshalb Hinrich ausgerechnet auf dieser Insel missionieren wollte. Wären Sie so freundlich, mir alles zu berichten, was Sie darüber wissen? Könnten Sie mir vielleicht die Briefe überlassen, die Sie diesbezüglich erhalten haben?« Ruth konnte nur hoffen, dass in den entsprechenden Schreiben nicht auch Dinge erwähnt wurden, die Pritchard nicht weitergeben konnte oder wollte. Doch da stand er bereits auf, trat an einen Schrank und zog eine Mappe heraus.

»Das hier ist alles, was ich darüber habe. Es sind die Briefe, von denen ich bereits gesprochen habe, wie auch eine Notiz, die mich erst später erreichte. Sie besagt nicht mehr, als dass der Society for the Propagation of the Gospel in Foreign Parts, in deren Auftrag Ihr Mann in die Südsee gekommen ist, mitgeteilt wurde, dass dieser sich selbst um Informationen über diese Inseln bemüht habe und sie dies nicht für ihn tun müssten.«

Das war Ruth neu. Aber es passte zu dem, was geschehen war. Sie nahm die Blätter entgegen, warf einen kurzen Blick darauf und stand auf. »Ich will Sie nicht länger stören, Reverend. Nehmen Sie meinen aufrichtigsten Dank entgegen. Auf Wiedersehen!«

»Auf Wiedersehen, Mistress Hutton!«

Pritchard nickte ihr freundlich zu, denn er war zufrieden, dass sie inzwischen die Ehefrau eines Engländers war, wenn auch keines Missionars, sondern eines Seefahrers. James Hutton mochte vielleicht als Tramp nach Tahiti gelangt sein, doch er hatte sich in der Zeit, die er bereits hier weilte, als Gentleman erwiesen und war damit der richtige Mann, der diese Frau im Zaum halten konnte. Einige seiner Mit-Missionare hatten bereits die Befürchtung geäußert, dass der Frau, wenn man sie noch einige Jahre gewähren ließe wie bisher, bald die halbe Insel gehöre.

Ruth verließ das Haus, wanderte zum Strand und drückte die Mappe dabei wie etwas Kostbares an sich. Dort warteten Tahitoa und seine Freunde auf sie, um sie nach Hause zu bringen. Auf dem Kanu widerstand sie nur mit Mühe dem Drang, die Briefe herauszuholen und zu lesen. Angesichts des Wassers um sie herum, das leicht aufspritzen und die Blätter beschädigen konnte, ließ sie es sein.

Zu Hause wartete das Mittagessen auf sie. Bevor sie jedoch das Besteck in die Hand nahm, las sie die Briefe durch und fühlte sich wie jemand, der eine zerbrochene Schüssel kleben wollte, aber einige wichtige Stücke vermisste.

7.

Die *Tahuata* passierte Ua Pou im Abstand von zehn Meilen, und James überlegte kurz, ob sie nicht doch anhalten und nach Jakob Simonsen fragen sollten. Dann aber sagte er sich, dass sie auf Nuku Hiva eher eine Antwort bekommen würden. Dort gab es einen Stützpunkt von Walfängern, der auch von vielen Einheimischen aufgesucht wurde. Die Männer dieser Inseln waren aufgrund ihrer Größe und Kraft und der Fertigkeit, Speere zu werfen, als Harpuniere begehrt.

David trat an James' Seite und blickte zur Insel hinüber. »Es ist, wie Ruth es gesagt hat! Die Inseln sind gebirgig und teilweise schroff, sehen aber aus, als wären sie mit einem grünen Pelz überzogen.«

»Die Marquesas sind etwas schroffer als Tahiti oder Bora Bora. Vielleicht sind die Bewohner auch deshalb kriegerischer«, antwortete James.

»Die Hanatea, bei denen Ruth gelebt hat, erschienen mir recht friedlich. Es ist kaum zu glauben, dass sie Hinrich getötet haben sollen.« David haderte ein wenig mit dem Umstand, dass er den Strand nur einmal kurz hatte betreten können, denn er hätte jenen Stamm gerne näher kennengelernt. Nun aber wandte er Ua Pou den Rücken zu und blickte nach vorne. »Jetzt müsste Nuku Hiva bald in Sicht kommen.«

»Es wird nicht mehr lange dauern! Wenn wir es erreichen, will ich den Stützpunkt nicht am Abend aufsuchen, sondern unter Tag«, erklärte James.

David nickte. »Du meinst, am Abend sind die Leute zu betrunken, um uns noch Rede und Antwort stehen zu können.«

»Vor allem sind sie betrunken genug, um wegen jeder Nichtigkeit Streit anzufangen. Ich will mit den Menschen reden, aber mich nicht von ihnen abstechen lassen oder selbst jemanden töten müssen.«

»Du meinst, es ist so schlimm?«, fragte David betroffen.

»Jeder Hafen hat seine Tücken und seine Viertel, in denen das Gesetz weniger gilt. Auf Nuku Hiva gibt es jedoch kein Gesetz. Die Stämme bekämpfen einander und dulden den Stützpunkt nur, weil sie von den Walfängern Musketen und Rum bekommen. Er ist sozusagen der einzige Platz auf der Insel, an dem die Kriegskeulen nicht geschwungen werden. Es wäre eine lobenswerte Aufgabe für die britische Marine, dort für Ordnung zu sorgen. Doch solange immer nur eine einzelne Fregatte in den Weiten der Südsee patrouilliert, ist es dasselbe, als wolle man mit einem Schneeball ein brennendes Schiff löschen.«

James verzog angewidert das Gesicht, winkte dann aber ab. »Es ist nicht unsere Sache, David. Wir sind hier, um nach eurem Vater zu fragen. Dazu wird Lu Wong wissen wollen, ob sich der Handel lohnt. Vielleicht hat wenigstens er Erfolg.«

»Ich würde die Sache nicht so trüb sehen. Vielleicht ist Vater bis hierher gekommen und konnte nicht weiterfahren.« David versuchte, zuversichtlich zu klingen, doch auch ihm war klar, dass es seinem Vater in einem solchen Fall gelungen wäre, wenigstens eine Nachricht nach Tahiti zu schicken. Da dies nicht geschehen war, mussten sie annehmen, dass er die Marquesas nicht erreicht hatte.

Nun wurde es für David Zeit, den Rudergänger abzulösen. Die *Tahuata* war zu klein, als dass man groß zwischen Offizieren, Maaten und Matrosen hätte unterscheiden können, also musste jeder an Bord bereit sein, jede Arbeit zu tun, die anfiel. David wollte es auch nicht anders, denn auf diesem Schiff lernte er einen neuen Aspekt der Seefahrt kennen. Hier ging es um Handel und nicht um das Töten von Walen wie auf der *Namasket*. Ihn hatte es abgestoßen, die majestätischen Tiere zu jagen, nur um ihr Fett zu Tran zu kochen und diesen in Lampen gefüllt zu verbrennen.

James gesellte sich zu David und gab mit ruhiger Stimme seine Anweisungen. Sie mussten sich nun nördlich halten, um die große Bucht im Südosten von Nuku Hiva zu erreichen. Dort lag der Stützpunkt und damit auch die einzige Stelle der Insel, an der sie nicht damit rechnen mussten, von Kriegskanus angegriffen zu werden. Zwar mieden die Einheimischen große Schiffe, aber die kleine *Tahuata* mochte sie reizen, ihr Glück zu versuchen.

David grinste, als James ihm diese Befürchtung mitteilte. »Ich glaube, die Bewohner würden sich wundern, wenn unsere vier Kanonen krachen. Es sind zwar nur Knallbüchsen, aber auch eine Handvoll Blei- und Eisenstücke kann hässliche Wunden reißen.«

»Ich möchte am liebsten gar keine Wunden reißen«, antwortete James und nahm sein Fernrohr zur Hand.

»Zwei Strich Backbord! Wir kommen sonst Kap Tikapo zu nahe!«

David befolgte den Befehl und sah James nicken. »Traust du dir zu, die *Tahuata* in die Bucht zu steuern, oder soll ich dich ablösen?«, fragte dieser.

»Ich glaube, das schaffe ich!«, sagte David und biss die Zähne zusammen, um James nicht zu enttäuschen.

Schon bald sahen sie die Masten einiger Schiffe aufragen, die in der Bucht vor Anker lagen. David steuerte darauf zu und blickte dabei immer wieder zu ihren beiden Masten hoch. Schließlich erteilte James den Befehl, die ersten Segel einzuholen. Die *Tahuata* wurde langsamer und glitt zwischen die großen Walfänger wie ein Teichhuhn, das sich in eine Schar Schwäne verirrt hatte.

Die letzten Segel wurden geborgen und der Anker geworfen. Augenblicke später lag die *Tahuata* vor der Insel und wurde durch die Berge, die die Bucht umgaben, vor Stürmen und rauer See geschützt.

8.

Der Stützpunkt entpuppte sich als eine Ansammlung windschiefer Hütten, von Männern errichtet, die mit Segel und Harpune besser zurechtkamen als mit der Zimmermannsaxt. Die Wege zwischen den Gebäuden waren zertreten, und nur an ein paar Stellen gab es eine Art Gehsteig, so dass man dort bei Regen nicht durch den Schlamm waten musste.

Da es tatsächlich gerade zu regnen begann, waren James und David froh um ihre Stiefel, während ihr Begleiter Reia barfuß neben ihnen ging, ohne mit der Wimper zu zucken.

»Wo fangen wir an?«, fragte David.

James sah sich um und teilte die Hütten in mehrere Kategorien ein. Ein Teil diente zur Versorgung der hier vor Anker liegenden Schiffe mit Vorräten. Allerdings bezweifelte James, dass sie an Qualität und Auswahl der Waren auch nur halbwegs an die der Handelsstation auf Tahiti heranreichten. Eine Hütte mit einer nach vorne offenen Wand musste wegen der Theke und dem unter einem Vordach angebrachten Grillrost eine Schenke sein, und eine weitere pries einem primitiv gemalten Schild zufolge alle Freuden des Paradieses an, war also ein Bordell.

Es war nicht der Ort, den James gerne betrat, doch für eine Nachricht über Jakob Simonsen wäre er selbst in die Hölle gesegelt. Schließlich zeigte er auf die Schenke.

»Gehen wir dort hinein!«

Trotz der mittäglichen Stunde war es bereits ziemlich voll, und es dauerte, bis sie einen Tisch gefunden hatten.

Der Wirt, eine große, feiste Erscheinung mit einem Bulldoggengesicht, kam auf sie zu. »Ihr gehört wahrscheinlich zu dem kleinen Schiff da draußen«, sagte er und wies mit dem Kinn in etwa in die Richtung, in der die *Tahuata* lag.

»Kann schon sein!«, antwortete James.

»Ihr gehört bestimmt zu dieser Perlenprinzessin von Tahiti. Die hat in dieser Weltgegend solche Schiffe laufen«, fuhr der Wirt fort.

»Das kann auch sein«, sagte James freundlich.

Der Wirt verzog das Gesicht zu einem bösen Grinsen. »Ihr braucht nicht zu denken, dass ihr hier Fuß fassen könnt. Es gibt hier nur eine Kneipe, und das ist die meine, und auch nur einen Händler, der mit Konkurrenz ebenso rasch kurzen Prozess macht wie ich!«

»Wer sagt, dass wir hier Fuß fassen wollen?«, fragte James.

»Weshalb seid ihr sonst hier?«

»Wir wollen hier weder handeln noch eine Schenke aufmachen, sondern sind auf der Suche nach Informationen über ein Schiff, das vermisst wird. Es würde uns freuen, wenn du uns dazu verhelfen könntest.« James lächelte, doch sein kühler Blick warnte den Wirt davor, ihm irgendwelche Märchen aufzutischen und dafür Geld zu verlangen.

»Ich kann mich ja mal umhören«, brummte der Wirt und stemmte sich mit beiden Fäusten auf den Tisch. »So, und nun sagt, was ihr trinken wollt. Ich habe auch noch andere Gäste zu bedienen.«

»Bier, wenn du hast! Sonst einen Schnaps«, sagte James.

»Hier gibt's nur Rum. Wer den nicht mag, soll draußen Wasser saufen«, klang es schroff zurück.

»Also dann, dreimal Rum – und wir wollen auch etwas essen!«

»Fisch oder Schwein?«, fragte der Wirt.

»Beides!« James sagte sich, dass sie zu dritt waren und dann alles probieren konnten. Er sah dem Wirt nach, der drei Becher, die er kurz in einen Eimer Wasser getaucht hatte, aus einem Fass füllte und zu ihnen brachte.

»Auf euer Wohl!«

Irgendwann musste der Mann als Schenkkellner gearbeitet haben, denn die Gläser waren randvoll, und er hatte keinen Tropfen verschüttet.

»Dann trinken wir!«, sagte James zu David und Reia und trank vorsichtig ab, um keine Pfütze auf dem Tisch zu hinterlassen. Es war wie ein Hammerschlag gegen seinen Gaumen. Seine Zunge brannte, und er rang keuchend nach Atem.

David ging es noch schlechter, denn er hustete so sehr, dass sein ganzer Körper wackelte, und kippte den halben Inhalt des Bechers aus. Reia klopfte ihm auf den Rücken, und so ging es ihm langsam besser.

»Was ist das für ein Teufelszeug?«, brachte er schließlich heiser hervor.

»Der Wirt nennt es Rum. Wahrscheinlich hat er diesen mit allem Möglichen gestreckt. Bei Gott, da ziehe ich sogar Lu Pos Himmelsfeuer vor, und das ist ein Gebräu, bei dem man denkt, man wird innerlich von Säure zerfressen.« James schüttelte sich und hoffte, dass das Essen nicht der Qualität des Rums entsprach. Als er sah, dass eine Einheimische den Grillrost bediente, atmete er auf. Die Mahlzeit, die ihnen schließlich serviert wurde, konnte es zwar nicht mit dem Essen auf Tahiti oder dem Festmahl im Hanatea-Tal aufnehmen, war aber genießbar.

Im Lauf des Nachmittags sprach James mit vielen Männern und erhielt Informationen über mehrere in den letzten Jahren gescheiterte Schiffe. Die Namen der meisten waren bekannt, und bei keinem einzigen deutete etwas darauf hin, dass es sich um die *Neuwerk* handeln könnte.

9.

Gegen Abend beschloss James, mit der Suche abzuschließen. Bevor er die Zeche zahlen konnte, strömten die Besatzungen mehrerer Schiffe herein, und der Wirt musste erst diese bedienen. Es wurde unruhig, und ein paar Tische weiter kam es zum lautstarken Streit.

»Es wird Zeit, dass wir gehen«, sagte James zu David und Reia.

David warf den Streitenden einen kurzen Blick zu und nickte. »Wenn es so weitergeht, werden diese Kerle bald zu raufen beginnen.«

»Wir sollten darauf achten, dass wir nicht mit hineingezogen werden.«

James wollte bereits aufstehen, um dem Wirt ein paar Münzen in die Hand zu drücken. Da trat ein verwittert wirkender Matrose mit einem letzten Büschel grauer Haare auf dem Kopf an ihren Tisch und setzte sich zu ihnen.

»Die alte Schnapsnase von Wirt sagt, ihr würdet einem braven Matrosen einen Schnaps zahlen, wenn er euch von einem verlorenen Schiff berichten kann«, erklärte der Mann.

James schwankte, ob er bleiben sollte. Sie hatten an diesem Tag bereits etliche Geschichten über Schiffe gehört, die nichts mit der *Neuwerk* zu tun gehabt hatten, so dass ihn eine weitere nicht interessierte. Dann sah er aber das hoffnungsvolle Leuchten in Davids Augen und rief dem Wirt zu, noch eine Lage zu bringen.

»Nun erzähle!«, forderte er den alten Matrosen auf.

Dieser äugte so durstig auf einen noch halb vollen Becher, dass James ihm diesen hinschob. Der Mann trank den grauenhaften Schnaps in einem Zug und stieß einen Laut des Entzückens aus. Dann sah er James mit listigen Augen an. »Das, was ich dir sagen kann, habe ich nicht selbst gesehen, sondern von einem Fischer gehört, den ich in einer Schenke an der peruanischen Küste getroffen habe.«

Auf Davids Gesicht machte sich Enttäuschung breit. »Bis Peru wollte Vater gewiss nicht segeln«, raunte er James zu.

Dieser war kurz davor, den Mann wegzuschicken, als der Matrose bereits weitersprach. »Dieser Fischer hat von seinem Schwager, der als Matrose auf einem Schiff dieser reichen Dons dient, erfahren, dass sein Herr ein europäisches Schiff erhalten habe, welches sie umgebaut und dem sie einen neuen Namen verpasst haben. Das Seltsame daran ist, dass ihnen ein englisches Kriegsschiff dieses Schiff übergeben hat.«

Es war gut, dass in dem Augenblick der Wirt mit dem Schnaps kam. James hätte dem Matrosen sonst einiges an den Kopf geworfen. Eine verrücktere Geschichte hatte er bislang noch nicht gehört. Er nahm die Gelegenheit wahr, den Wirt zu bezahlen, und verließ mit seinen Begleitern die Schenke. Sie waren kaum draußen, als sie hörten, wie drinnen einiges zu Bruch ging. Flüche klangen auf und die Geräusche einer typischen Schlägerei.

»Ich glaube, wir sind gerade noch rechtzeitig herausgekommen«, sagte David und fragte dann, was James von dem Gehörten hielt.

»Ich will die Sache nicht als Märchen abtun. Wahrscheinlich hat dieses Kriegsschiff eine Piratenschaluppe aufgebracht und an diesen Don verkauft. Bei jedem Gespräch wurde die Schaluppe dann größer, bis sie schließlich zum Vollschiff geworden ist.«

»Du meinst, sie hat nichts mit Vater zu tun?«, fragte David weiter.

»Ich glaube nicht! Ein englisches Kriegsschiff bringt keinen Hamburger Kauffahrer auf.«

»Ein englischer Fregattenkapitän wirft auch nicht seinen ersten Offizier über Bord«, antwortete David heftig.

Für einen Augenblick sah James sich wieder auf der einsamen kleinen Insel, und er schüttelte sich. »Da hast du recht. Wir sollten die Aussage dieses Matrosen nicht ganz verwerfen. Um jedoch weiterforschen zu können, brauchen wir mehr Informationen als nur ein paar Sätze, die einer von einem gehört hat, der sie von einem anderen weiß.«

»Wie sollen wir an Informationen kommen, wenn wir nicht nachforschen?«, wollte David wissen.

»Das ist nun auch wieder wahr!« James musste lachen und wurde dann wieder ernst. »Jetzt kehren wir erst einmal zur *Tahuata* zurück und setzen morgen die Segel in Richtung Tahiti. Was dann kommt, müssen wir mit Ruth besprechen. Vielleicht weiß einer der Walfänger, die dort anlegen, etwas, das wichtig für uns sein könnte.«

10.

In Europa hatte unterdessen der Frühling den Winter besiegt. Auch in den abgelegenen Waldbergen des Königreichs Bayern war der Schnee getaut, und zögerliches Grün kündete die wärmere Jahreszeit an. In dem Narrenhaus, in dem Anna und ihre Beschützerin sich befanden, wurde nun der Schmutz des Winters mit scharfer Seife, viel Wasser und noch mehr Einsatz beseitigt.

Die Aufseher Martin und Ludwig, die Köchin Franzi und ihre Magd Ria taten dabei am wenigsten, sondern hielten die leichteren Fälle unter ihren Schützlingen zur Arbeit an. Anna zählte dazu – und mittlerweile auch ihre neue Freundin, die zwar immer noch kaum sprach, aber weitaus wacher in die Welt hineinschaute als noch vor ein paar Wochen.

Am heutigen Tag hatte Martin sie und die Fremde, wie diese immer noch genannt wurde, mit zu den Wasserträgerinnen gesteckt. Sie wurden zur Tür hinausgelassen und diese wieder versperrt, damit ihnen niemand folgen konnte. Auch wenn die meisten Verrückten nicht genug Verstand aufbrachten, um ernsthaft fliehen zu können, so machte es Martin zu viel Mühe, sie draußen wieder einzufangen und ins Haus zu treiben.

Daher mussten die Wasserträgerinnen bei ihrer Rückkehr rufen, um wieder eingelassen zu werden. Da Ludwig sich dabei kein Bein ausriss, standen sie das eine oder andere Mal minutenlang vor der Tür und warteten darauf, dass diese wieder geöffnet wurde.

Anna ärgerte sich darüber und gab einige bissige Bemerkungen von sich. Da legte ihr ihre mütterliche Freundin die rechte Hand auf den Arm. »Es ist gut!«, sagte sie mühsam, als müsse sie das Sprechen wieder lernen.

»Warum soll es gut sein?«, fragte Anna.

»Weil wir sehen!«

Anna drehte sich einmal um die eigene Achse und zuckte mit den Schultern. »Ich sehe nur Bäume und Berge!«

»Der Weg! Wohin führt er?«, fragte die Fremde.

»Das weiß ich nicht!«, sagte Anna.

Die Frau, die mit ihnen wartete, lächelte. »Ich weiß es!« Sie nannte eine Stadt, die Anna nichts sagte. Auch die Fremde schien sie nicht zu kennen. Nachfragen konnte diese aber nicht, weil Ludwig in dem Augenblick die Tür öffnete.

»Hereinkommen, faules Pack!«, rief er.

Sie hoben ihre Eimer auf. Ein paar drängten sich hastig zur Tür, dass sie einander behinderten und Wasser verschütteten.

»Gebt Obacht, ihr depperten Weiber! Sonst müsst ihr noch öfter laufen«, schimpfte Ludwig. Er wandte sich an Martin. »Wann kommt der nächste Transport aus der Stadt?«

Anna bemerkte, dass die Fremde die Ohren spitzte, und wunderte sich noch mehr über die Frau. Als diese gebracht worden war, war sie unansprechbar gewesen und geistig nicht weniger zerrüttet als die schlimmsten Fälle im Narrenhaus. Seitdem ging es mit ihr immer weiter bergauf. Auch wenn sie wenig sprach, wirkte sie auf Anna geistig frischer als die Köchin Franzi und die Magd Ria, obwohl die beiden mit Martin und Ludwig zusammen als Aufsichtspersonen galten.

Sie mussten noch mehrmals nach draußen an den Bach. Als Ludwig schließlich die Tür verriegelte und erklärte, dass es für heute vorbei sei, trat Annas neue Freundin zu ihm hin und zupfte an ihrem Kleid herum.

»Waschen!«, sagte sie.

»Was will die Alte?«, rief Martin durch den halben Raum seinem Untergebenen zu.

»Ich glaub, sie meint, dass sie ihr Gewand waschen will!«, gab Ludwig zurück.

»Das wär gar kein schlechter Gedanke! Aber das machen wir morgen. Heut ist's schon zu spät dafür.« Martin nickte zufrieden, denn es galt, das Narrenhaus auf Vordermann zu bringen, wenn die jährliche Inspektion erschien. Da machten sich ein schmieriger Boden und vor Dreck starrende, stinkende und teilweise in Fetzen hängende Kleidung schlecht.

»Franzi, schau zu, was in der Kiste ist! Ein paar brauchen andere Sachen zum Anziehen!«, befahl er der Köchin.

Diese wog unschlüssig den Kopf. »Du weißt schon, dass wir zum Sparen angehalten sind. Wer bei uns herinnen ist, der braucht kein Gewand mehr, mit dem er sich am Sonntag in der Kirch sehen lassen kann.«

»In spätestens zwei oder drei Wochen ist wieder Inspektion. Ihr wisst, dass die Herren im letzten Jahr nicht sehr zufrieden gewesen sind. Nicht, dass man uns entlässt und andere unseren Posten kriegen. Ich müsst als Bauernknecht arbeiten und du als Stallmagd. Außerdem darfst du deinem Bauern und dem Großknecht den Arsch hinhalten, wenn ihnen danach ist.«

Bei Martins Worten zogen seine Kollegen die Köpfe ein. Sie hatten hier ein zwar einsames, aber recht angenehmes Leben. Wenn die Inspektoren jedoch zu der Überzeugung kamen, sie würden ihre Schutzbefohlenen zu sehr verkommen lassen, war es damit vorbei.

»Also gut! Schauen wir zu, dass es hier in den nächsten Wochen sauber bleibt«, antwortete Franzi säuerlich. Für die Köchin hieß dies, mehr arbeiten zu müssen als bisher. Sie wusste allerdings selbst, dass sie bei der Inspektion einen besseren Eindruck machen mussten als beim letzten Mal. Zwar kochte sie hier für fast dreißig Leute, trotzdem war es auf jeden Fall leichter, als auf einem Bauernhof sein Auskommen suchen zu müssen.

»Wir waschen die Gewänder der Narren morgen und suchen denen, die nur noch Fetzen am Leib haben, in der Kiste was Neues heraus!« Martin grinste, denn die Kleidung, die ihnen für ihre Schützlinge gebracht wurde, bestand aus abgelegten Sachen, die dem Besitzer nicht mehr gut genug gewesen waren.

Oft mussten die Kleidungsstücke erst geflickt werden, bevor man sie brauchen konnte. Dies war bisher Rias Arbeit gewesen, doch jetzt zeigte er auf Annas Freundin. »Die Alte hat zwar einen ziemlichen Schaden im Hirnkastl, ist aber bei der Arbeit geschickt. Vielleicht kann man die dazu bringen, dass sie die Gewänder flickt. Das Tschapperl hat sich auch herausgemacht. Die kann es lernen!«

Ria würde in Zukunft weniger Arbeit haben, wenn die beiden Insassen flicken und nähen würden. Daher nickte sie. »Das mach ich! Du, Tschapperl, komm her!«

Anna sah sie erstaunt an, gehorchte aber. Auch ihre Freundin kam mit.

»Du wirst lernen, ein Gewand zu flicken, hast du mich verstanden?«, herrschte Ria Anna an.

Das kann ich nicht, dachte das Mädchen und fühlte im nächsten Moment die Hand der Fremden auf ihrem Arm.

»Ich zeige es dir!«, sagte diese mit stockender Stimme.

»Kannst du das überhaupt?«, fragte Ria spöttisch.

Da mischte sich Franzi ein. »Gib ihr doch Nadel und Faden und was zum Flicken. Dann sehen wir's!«

Ria folgte dem Ratschlag und brachte ein noch recht brauchbares Kleid. Für eine erwachsene Frau war es zu klein, doch die Frau betrachtete Anna und schien bei ihr Maß zu nehmen. Danach setzte sie sich in eine Ecke und begann, den aufgetrennten Saum zu nähen.

Als Franzi zu ihr trat, blieb ihr vor Staunen der Mund offen. Die Frau setzte so feine Nähte, wie sie selbst sie niemals hingebracht hätte.

»Ich tät gern wissen, was es mit der Frau auf sich hat. Die ist auf jeden Fall was Besseres gewesen. Wieso die in unseren Saustall gesteckt worden ist, ist mir ein Rätsel«, sagte sie zu ihren Kollegen.

»Auf jeden Fall ist sie übergeschnappt. Das haben wir alle gesehen«, meinte Ludwig mit einer verächtlichen Handbewegung.

»Außerdem geht's uns nix an!« Martin klang scharf und warnte Franzi, sich weiter Gedanken über diese Frau zu machen.

»Wir sind da, um auf die Narren aufzupassen. Sonst nix!«, setzte er hinzu und forderte Franzi auf, endlich das Abendessen zu kochen.

11.

Ein paar Tage später blickte Anna verwundert auf das Hemd, das sie eben geflickt hatte. Die Naht war zwar etwas krumm, doch sie hatte hier schon Kleidung erhalten, die weitaus schlechter ausgebessert worden war.

»Was meinst du, geht's so?«, fragte sie.

Ihre Freundin sah sich das Hemd an und nickte. »Du hast gut gelernt!«

Du aber auch, dachte Anna, da die Sprache der Frau immer flüssiger wurde. Mittlerweile hatte sie sich auch ein wenig an deren Dialekt gewöhnt, und diese an den ihren.

»Sollen wir noch etwas nähen?«, fragte sie.

Die ältere Frau nickte. »Warum nicht? Oder willst du so dasitzen wie einige von denen? Deren Geist ist zerstört, während du ein ganz normales Mädchen bist. Wie bist du eigentlich in dieses schreckliche Haus gekommen?«

Zuerst holte Anna noch zwei Kleider, die sie flicken konnten, und begann dann zu erzählen. »Ich bin fast so lange hier, wie ich mich erinnern kann. Als kleines Kind soll ich schwer krank gewesen sein und hab mit vier Jahren noch nicht laufen können. Auch mit dem Sprechen hab ich mich schwergetan. Da hat der Vater gesagt, da man mich auf dem Hof nicht brauchen kann und ich nicht sterben will, muss ich eben ins Narrenhaus!«

»Du Arme!«, sagte die Fremde und drückte Anna kurz an sich.

»Hier ist es mir besser ergangen als daheim. Da hat sich die Stallmagd um mich gekümmert, wenn sie Zeit gehabt hat, weil meine Mutter nichts mit einem Wechselbalg wie mir zu tun haben wollte. Im Narrenhaus hab ich auch mehr zu essen gekriegt, und schlechter als daheim hat es auch nicht geschmeckt. Jetzt, wo du da bist, geht es mir eigentlich ganz gut.«

»Denkst du nicht daran, wie es sein könnte, draußen in Freiheit zu leben?«

Anna zuckte mit den Schultern. »Ich weiß nicht, wie's draußen ist. Schenken tut einem da auch keiner was! Aber sag, was ist mit dir?«

Die Frau nähte eine Weile und schien dabei in eine Ferne zu sehen, in die Anna ihr nicht folgen konnte.

»Wenn ich schlafe, träume ich von zu Hause und weiß, wer ich bin. Doch wenn ich aufwache, ist alles wieder verschwunden. Eine gewisse Zeit habe ich dich für meine Anna gehalten. Mittlerweile weiß ich, dass du es nicht bist. Trotzdem bin ich sehr froh, dass es dich gibt.«

Sie schenkte dem Mädchen ein sanftes Lächeln und wurde dann wieder ernst und traurig. »Ich frage mich, wo meine Anna ist und …«

»Esther! Du hast von ihr gesprochen«, sagte Anna rasch.

»Esther! Ja, Anna und Esther, so heißen sie. Sie müssen so alt sein wie du. Wenn ich nur wüsste …« Die Frau brach ab, doch Anna sah eine Träne über ihre Wange laufen.

»So, jetzt sollten wir uns sputen, damit wir bis zum Mittagessen mit dem Nähen fertig sind«, sagte die Frau übergangslos und kam nicht mehr auf ihre mögliche Herkunft zurück.

Auch Anna nähte, die Zungenspitze leicht zwischen den Lippen herausgestreckt, und überlegte. Bis jetzt hatte sie kaum einen Gedanken daran verschwendet, wie es außerhalb dieser vier Wände sein mochte. Die Begegnung mit der »Fremden« hatte dies jedoch geändert. Die Frau gab ihr das Gefühl, nicht nur das nutzlose Tschapperl zu sein, als das Martin und dessen Untergebene sie immer verspottet hatten. Sie konnte Dinge lernen, die sie vorher für unmöglich gehalten hatte. So hatte sie rasch nähen gelernt und war bereit, sich auch anderes beibringen zu lassen.

Während Martin und Ludwig die Insassen des Narrenhauses beaufsichtigten und Anna und ihre Freundin alte Kleider flickten, kochten Franzi und Ria das Mittagessen. Ihre Vorräte waren mittlerweile nahezu aufgebraucht, und so schnaubte Franzi ärgerlich. »Wenn in der Woche kein Karren mit Graupen und Schmalz kommt, können wir nur noch die Hälfte ausgeben, und du weißt, wie unruhig die Narren werden, wenn sie hungern müssen.«

Sie wollte noch etwas hinzufügen, hob dann aber den Kopf. »Ich glaub, ich hör was!«

Nun spitzte auch Ria die Ohren und eilte zum Küchenfenster. »Da kommen mehrere Wagen! Vornweg ist eine Kutsche. Das müssen die Herren Inspektoren sein.«

»Die Inspektoren, sagst du? Die kommen heuer aber früher als im letzten Jahr. Sag dem Martin und dem Ludwig Bescheid, damit sie die Herren draußen empfangen können!« Franzi hatte das letzte Wort noch nicht ausgesprochen, da eilte Ria auch schon los, um die beiden Aufseher zu informieren.

Martin war nicht weniger überrascht als die Köchin, aber gleichzeitig froh, dass sie in den letzten Tagen alles gesäubert und die Insassen des Narrenhauses bei Bedarf neu eingekleidet hatten.

Ein kurzer Blick zeigte ihm, dass alle ruhig waren. Selbst der Stier hockte in einer Ecke und starrte missmutig vor sich hin. Seit die »Fremde« ihn vor geraumer Zeit übel zusammengeschlagen hatte, waren auch die anderen Frauen mutiger geworden und wehrten sich, wenn er zudringlich wurde. Versuchte er, Gewalt anzuwenden, bekam er von den Aufsehern den Stock über den Schädel gezogen.

Auch in dieser Beziehung war Martin froh, dass hier andere Sitten eingezogen waren. Bei der letzten Inspektion war der Stier auffällig geworden, und er hatte sich einiges anhören müssen. Nun aber trat er mit einer gewissen Erleichterung nach draußen, um die Ankömmlinge zu begrüßen.

Es war nicht nur eine Kutsche, eine zweite kam direkt hinterher. Weiter hinten sah Martin mehrere Karren sich nähern, und einer davon war zu seiner Verwunderung mit Kisten und Koffern beladen. Die anderen brachten die Nahrungsmittel, die sie bereits schmerzlich vermisst hatten.

Die vordere Kutsche hielt an, ein hinten auf einem Trittbrett stehender Diener stieg ab, öffnete den Schlag und klappte die Trittstufe herab. Dann schoben sich vier Herren nacheinander aus dem Kutschkasten. Es waren die Inspektoren, die das Narrenhaus jedes Jahr im Frühjahr inspizierten.

Martin trat näher, hielt die Mütze in der Hand und verbeugte sich. Dabei sah er, wie drei Männer die zweite Kutsche verließen. Einer war der Verwalter dieser Anstalt. Dessen Begleiter waren ihm unbekannt. Es handelte sich um einen kleinen, mageren Mann mit einem sehr hohen Zylinder und einen Jüngling mit einem großen Handkoffer.

»Wie du siehst, steht wieder die Inspektion an. Sollte das Ergebnis ähnlich aussehen wie im letzten Jahr, werden wir dich und deine Kollegen zum Teufel jagen und neue Leute holen«, erklärte der Verwalter kühl, ohne Martin eines Grußes zu würdigen.

»Wenn die Herren nachschauen wollen! Wir haben getan, was wir konnten. Aber zu viert ist es halt schwierig, vor allem, wenn der eine oder andere Narr renitent wird«, antwortete Martin und wies einladend zur Tür.

»Ich bin noch nicht fertig!«, wies ihn der Verwalter zurecht. »Das hier ist Doktor Emanuel Hausgeyer und das sein Assistent Molitor. Die beiden werden bis zum Herbst hierbleiben und einige Untersuchungen mit den Insassen anstellen, um herauszufinden, wie diese besser ruhiggestellt werden können. Vor allem dieser … wie nanntest du ihn letztes Jahr?«

»Den Stier!«, kam ein anderer der Herren dem Verwalter zu Hilfe.

»Vor allem dieser Stier ist eines der Studienobjekte für Doktor Hausgeyer. Er will herausfinden, wie man diese unnatürliche Gier solcher Männer unterdrücken kann, damit in dieser Anstalt endlich der Sittlichkeit Genüge getan wird.«

Martin glaubte, nicht recht zu hören. Während er hier bisher wie ein König geherrscht hatte, sollte er nun einem Arzt unterstellt werden, der jede Arbeit von ihm fordern konnte. Sich zu sträuben war jedoch unmöglich und würde mit seiner sofortigen Entlassung enden. Daher ließ er die Herren eintreten und folgte ihnen mit einer Miene, als hätte man ihn selbst in diese Anstalt eingewiesen.

Das, was sie auf Anhieb sahen, stellte die Herren zufrieden. Die Insassen des Narrenhauses saßen still im Raum verteilt und waren anständig gekleidet, während eine ältere Frau und ein etwa vierzehnjähriges Mädchen auf der Ofenbank saßen und Kleidungsstücke stopften.

Bei deren Anblick hob der Verwalter die Augenbrauen. »Hast du zwei weitere Mägde eingestellt?«, fragte er streng, da dies Mehrkosten verursacht hätte.

Martin wehrte mit beiden Händen ab. »Aber gewiss nicht, Euer Hochwohlgeboren! Die zwei gehören zu den Narren. Wir können sie aber zu kleinen Arbeiten anhalten. Ist ja auch zum Besten für alle!«

»Interessant!«, sagte da Doktor Hausgeyer und rückte seine Nickelbrille zurecht, um Anna und die Fremde genauer anzusehen. »Wirklich erstaunlich! Den beiden ist ihre Blödheit gar nicht anzusehen. Wenn man denen auf der Straße begegnet, würde keiner glauben, Wahnsinnige vor sich zu haben. Sind das Ihre leichtesten Fälle?«

Die Frage galt dem Verwalter, der sie an Martin weitergab. Dieser schüttelte sofort den Kopf.

»Nein, ganz und gar nicht, Herr Doktor! Das Tschapperl ist schon als Kind zu uns gekommen. Es hat noch nicht einmal richtig laufen und reden können. Und die Neue erst! Die war, als sie zu uns gekommen ist, vollkommen verrückt. Mit ihr ist es erst in letzter Zeit besser geworden.«

»Interessant!«, wiederholte der Arzt und wandte sich nun den Insassen zu, deren verkrümmte Gestalten und verzerrte Gesichter auf ihre Krankheit hinwiesen.

»Hier habe ich ein weites Betätigungsfeld«, sagte er zufrieden und fragte dann, wer denn dieser berüchtigte Stier sei.

Als Martin auf den in einer Ecke sitzenden und vor sich hinstarrenden Mann zeigte, musterte Hausgeyer diesen ausführlich.

»Er wirkt nicht so, wie ich es erwartet habe«, meinte er mit einer gewissen Enttäuschung.

»Das kommt schon wieder, Herr Doktor. Derzeit ist er halt ein bisserl ruhig. Aber sehen S', das Hosentürl hat er offen, und sein Wurm schaut heraus.«

»Unterbinde das!«, forderte der Verwalter ihn auf.

Diese Anweisung brachte dem Stier einen Schlag mit dem Stock ein, so dass er sich noch tiefer in seine Ecke verkroch und vor sich hin weinte.

Unterdessen nähte Annas Freundin scheinbar ungerührt weiter, sah dabei immer wieder zu den Herren hin, die nun ihre Inspektion begannen. Doktor Hausgeyer gab dabei verschiedene Kommentare von sich, die sein Assistent auf einem Block notierte.

Nach einer Weile stupste sie Anna an. »Diese Männer kommen aus der Welt außerhalb dieser Mauern. Sobald ich kann, werde ich von hier fliehen, und dich nehme ich mit.«

Anna wusste nicht zu sagen, ob dies nun eine Verheißung darstellte oder nicht eher eine Drohung. Sie hatte Angst vor der Welt draußen, doch diese Angst schien ihre Freundin nicht zu teilen.

•

SIEBTER TEIL

NEUE WEGE

1.

James' Augen leuchteten auf, als er Tahiti am Horizont auftauchen sah. Diese Insel bedeutete Wiedersehen mit Ruth und seinem wahren Glück. Zwar war ihnen auf ihrer Reise der Erfolg versagt geblieben, doch wenigstens konnte er seiner Frau mitteilen, dass ihr Vater die Marquesas-Inseln nicht erreicht hatte. Was mit der *Neuwerk* und Jakob Simonsen geschehen war, blieb ein Geheimnis.

David trat neben ihn. »Bald sind wir zu Hause!« Im nächsten Augenblick sagte er sich, dass Ruths und sein Zuhause Hamburg war und nicht diese Insel, so schön das Leben hier auch sein mochte.

»Ja, das sind wir!«, antwortete James.

»Ich habe auf dieser Fahrt viel gelernt und möchte mich für die Geduld bedanken, die du mir gegenüber bewiesen hast.«

»Irgendetwas musste ich ja tun, um mir die Langeweile zu vertreiben.« James lächelte zufrieden, denn David war ein ebenso eifriger wie guter Schüler gewesen. »Und es hat mir Freude bereitet, deine Fortschritte zu sehen. Ich würde dir, ohne zu zögern, die *Tahuata* oder die *Hiva Oa* anvertrauen, so dass du damit zwischen den Inseln segeln kannst«, fuhr er fort.

Das war ein hohes Lob, und David nahm sich vor, sich dessen würdig zu erweisen. »Ob Ruth schon auf uns wartet?«, fragte er dann.

»Ich schätze, sie tut es! Immerhin war es die erste Reise, die ich nach unserer Heirat unternommen habe, und da hofft man doch ein wenig, dass die Frau einen vermisst.«

Nun lachte auch David. James klopfte ihm anerkennend auf die Schulter und übernahm das Steuer für die letzten Meilen nach Tahiti. Er musste sich zusammennehmen und mehr auf die Fahrstrecke achten, denn sein Blick streifte immer wieder die Hügelkuppe, auf der Ruths und sein Heim lag. Sei vorsichtig, beschwor er sich. Du willst deiner Frau doch nicht das beschämende Schauspiel bieten, mit ihrem Schiff angesichts des Hafens gegen ein Riff zu laufen.

Er fand wie gewohnt seinen Weg vorbei an den Untiefen und steuerte die *Tahuata* so geschickt an den Anlegesteg, dass David und Reia auf diesen springen und das Schiff befestigen konnten. Tahitoa kam grinsend auf ihn zu und winkte.

»Maeva! Willkommen zurück!«

Hinter Tahitoa tauchte Jan auf. Der Junge wartete ruhig, bis die *Tahuata* fest am Steg vertäut lag, und blieb dann vor dem Schiff stehen.

»Matrose Jan bittet, an Bord kommen zu dürfen!«, rief er fröhlich.

»Erlaubnis erteilt!«, antwortete James und hob den Jungen auf, sobald dieser an Bord geklettert war. David zerzauste seinem Neffen lachend das Haar und winkte dann Ruth, die gerade noch langsam genug, um nicht hastig zu wirken, über den Steg ging.

»Ihr seid länger ausgeblieben, als ich es erwartet habe«, sagte sie und legte einen Arm um James.

»Wir wollten gründlich sein und haben daher auch Nuku Hiva angelaufen«, erklärte James.

»Das bedeutet, dass ihr auf Hiva Oa nicht fündig geworden seid.«

»Und auch nicht bei Nuku Hiva! Doch was Hiva Oa betrifft, so soll ich dich von deinen Freundinnen Noelani und Noha'aia grüßen. Sie haben mir deine Seekiste mitgegeben. Was darin ist, kann ich dir nicht sagen, denn ich habe sie nicht geöffnet.«

»Meine Seekiste?« Für einen Augenblick fühlte Ruth trotz der Hitze einen kalten Hauch im Nacken. Die Konfrontation mit ihrer Vergangenheit geschah doch etwas überraschend. Dann aber nickte sie. »Gut! Bringt sie bitte ins Haus. Ich sehe sie mir später an. Weißt du sonst noch etwas zu berichten?«

»Ich habe einen Abend mit den Hanatea gefeiert. Sie scheinen Hinrichs Tod sehr zu bedauern.«

Ruth seufzte tief. »Tahitoa sagte damals, dass Matahi im ersten Zorn zugeschlagen habe. Allerdings macht dies das Geschehene nicht weniger schlimm.«

»Hätte ich es dir verschweigen sollen?«

Ruth schüttelte abwehrend den Kopf. »Bei Gott, nein! So ein schwaches Ding bin ich wirklich nicht. Ich kann es verkraften. Jedenfalls freut es mich, dass du von den Hanatea freundlich empfangen worden bist.«

»Matahi, so glaube ich, hat sogar ein wenig Angst empfunden, während Noelani und deren Mutter überglücklich waren, als sie hörten, dass du Tahiti gut erreicht hast.«

James' Worte erinnerten Ruth an die Freundschaft zu den beiden Frauen und an die schönen Dinge, die sie miteinander erlebt hatten. »Es war gut, dass du die Hanatea aufgesucht hast. Auf diese Weise schwindet meine Bitterkeit doch ein wenig.«

»Was ist in der Kiste, Mama?«, fragte Jan, da vier Matrosen der *Tahuata* diese gerade von Bord trugen.

»Ich glaube, wir sollten nach oben gehen und nachschauen. Sonst lässt dir diese Neugiersnase keine Ruhe mehr«, warf David lachend ein. »Obwohl … Mich interessiert es auch, was darin steckt.«

»Wer ist also die Neugiersnase?«, fragte Ruth lächelnd. »Ihr werdet trotzdem einen Augenblick warten müssen. Ich will alle an Bord begrüßen.«

Die Mannschaft kam auf sie zu, und einer nach dem anderen deutete eine Verbeugung an. »Es war eine sehr schöne Fahrt, Madam«, sagte einer von ihnen.

»Das freut mich!« Ruth lächelte ihm zu und bemerkte dann Lu Wongs missmutige Miene.

»Was ist mit Ihnen, Mister Lu? Waren Sie mit der Fahrt nicht zufrieden?«

»Captain Sir Lucky Jim hat uns ausgezeichnet navigiert, Madam. Aber die Inseln sind nicht gut für den Handel. Auf Nuku Hiva will man uns vertreiben, sollten wir versuchen, dort Handel zu treiben, und bei Tahuata und den Hanatea auf Hiva Oa reicht es, wenn wir ein- oder zweimal im Jahr ein Schiff hinschicken. Außer Kokosnüssen gibt es dort für uns wenig zu holen!«

Lu Wong zeigte deutlich, dass der Profit für ihn das Wichtigste beim Handel war und Fahrten ohne Gewinn für ihn wenig Sinn ergaben.

Ruth sah die Angelegenheit nicht ganz so. In gewisser Weise freute sie sich, dass James die Hanatea aufgesucht hatte. Es machte es ihr leichter, an die Vergangenheit zu denken. Nun aber wollte sie Jan und David nicht länger auf die Folter spannen und schlug vor, nach oben zu gehen.

2.

Es war tatsächlich ihre eigene Seekiste, mit der sie vor gut fünf Jahren von Hamburg aufgebrochen war. Ruth sah sie an und spürte, wie die Hand, die sie danach ausstreckte, zitterte. Beinahe hatte sie das Gefühl, als wäre die Vergangenheit lebendig geworden. Mit einem leisen Fauchen schüttelte sie ihre Beklommenheit ab und schlug den Deckel auf.

Als Erstes sah sie eine fein gewebte Tapamatte, auf der ein kunstvoll geflochtener Korb stand. Dieser war mit herrlichen Perlen gefüllt, die zumeist von Dunkelgrau bis Schwarz schimmerten. Aber es gab ein paar, die wie Silber glänzten, und sogar ein paar rosafarbene. Auf ihrer Flucht von Hiva Oa hatte Ruth ihre eigenen Perlen mitgenommen. Diese Perlen waren ein Geschenk ihrer Freundinnen Noelani und Noha'aia und damit etwas ganz Besonderes für sie. Mit Tränen in den Augen wandte sie sich James zu. »Diese Perlen werde ich niemals verkaufen!«

»Das sollst du auch nicht, denn sie sind eine Erinnerung, die nicht verblassen soll.«

»Und was ist darunter?«, fragte David neugierig.

Ruth nahm nun den Korb an sich und barg ihn in einem Schrank, bevor sie sich wieder der Seekiste zuwandte. Als sie die Tapamatte wegnahm, kamen darunter Hinrichs Bücher zum Vorschein sowie eine Statue, die etwa einen Yard hoch war und einen besonders kunstvoll gestalteten Tiki darstellte.

»Den hat gewiss Teomo geschnitzt!«, rief Aipua, die sich zu ihnen gesellt hatte.

»Was für ein wunderschönes Geschenk!«, sagte Ruth ergriffen.

»Sie wird sich später in deinem Salon auf einem Untersatz sehr gut machen«, sagte James. »Du solltest ihn im Stil dieser Inseln einrichten. Diese Tapamatte sollte auch ihren Platz darin finden sowie einige der Dinge, die Tahitoa und ich von den Inseln besorgt haben.«

Ruth nickte und durchsuchte die Kiste weiter. Ein steinerner Tiki, so lang wie ihr Unterarm, war nun zu erkennen, dazu einige wunderbar geschnitzte Schüsseln und Schalen, Halsketten mit Haizähnen und viele andere Utensilien, die von den Hanatea auf Hiva Oa kunstvoll hergestellt wurden.

»Es ist eine sehr schöne Sammlung!«, erklärte James lächelnd. »Ich glaube nicht, dass jemand in England etwas besitzt, das auch nur annähernd an diesen Schatz heranreicht.«

»Auch die Bücher sind wertvoll«, antwortete Ruth. »Sie werden Jan an seinen Vater erinnern und ihm eine Hilfe sein, Wissen zu erwerben.«

»In zwei Jahren mag er darangehen, das Geheimnis der Buchstaben zu erlernen. Jetzt ist er noch zu klein.«

James hob lächelnd den Jungen auf, damit auch er in die Kiste schauen konnte. Zwar hatte Jan auf Tahiti bereits Reste der fast schon untergegangenen Kultur dieses Volkes gesehen, doch diese Dinge waren neu und von Menschen angefertigt worden, die noch eng mit ihnen verbunden waren. Der Kleine betrachtete staunend die hölzernen Schalen, sah dann seine Mutter an und deutete auf eine. »Die will ich!«

»Das geht nicht, denn ich will sie aufbewahren«, sagte Ruth.

»Ich kann mit Fara sprechen. Sein Bruder ist ein guter Schnitzer und wird Jan eine Schale nach diesem Vorbild anfertigen«, bot Tahitoa an.

»Tu das – und bitte ihn, mehr als nur eine Schale dieser Art zu schnitzen. Mir gefällt sie nämlich ebenfalls«, forderte James ihn auf.

»Dann will ich auch eine!« Zwar besaß Ruth schönes Geschirr und auch mehrere geschnitzte Schalen. Von diesen aber kam keine an die Teile aus Hiva Oa heran.

»Faras Bruder wird sich freuen«, sagte Tahitoa.

Unterdessen barg Ruth ihre Schätze mit Vaimitis Hilfe wieder in der Seekiste und bat, diese in einen Nebenraum zu stellen. Danach sah sie James und David auffordernd an. »Wir sollten uns nicht nur an diesen Dingen erfreuen, sondern uns auch Gedanken über das machen, was geschehen sein mag. Während ihr zu den Marquesas gesegelt seid, ist eine weitere englische Fregatte gekommen. Der Schreiber des Kapitäns hat mir Briefe übergeben. Ich werde sie euch vorlesen!«

James nickte und lauschte nun gemeinsam mit David ihrer Stimme.

In dem Brief, den angeblich ihr Vater geschrieben hatte, stand, dass alle wohlauf wären und immer an Ruth denken würden. Auch bedauerte er, dass er noch nicht in der Lage gewesen sei, ein Schiff in die Südsee zu schicken. Der Handel habe jedoch einen solchen Aufschwung genommen, dass jedes Schiff gebraucht würde. »Ich wollte dir Geld zukommen lassen«, schrieb er weiter. »Doch leider habe ich noch niemanden gefunden, dem ich eine solche Summe für eine so lange Reise anvertrauen kann. Da du jedoch bei den Missionaren auf Tahiti in guter Hut bist, kann ich damit warten, bis sich die passende Gelegenheit ergibt.«

Darunter hatte angeblich die Mutter ein paar Zeilen gesetzt, in denen sie Ruth bat, auf sich und ihren Sohn achtzugeben. Von Jeremias kamen ein paar Sätze, in denen er seine Hoffnung ausdrückte, ihr würde es gut gehen. David wünschte dasselbe, während ganz unten vor der Unterschrift des Vaters noch die Zwillinge der Schwester Grüße ausrichteten.

»Ihr lacht mich vielleicht aus, aber ich finde diesen Brief trotz aller guten Wünsche so kalt, dass es mich friert«, stieß Ruth hervor.

»Darf ich ihn selbst lesen?«, fragte David.

Ruth reichte ihm den Brief weiter.

Schon nach kürzester Zeit stieß er einen Fluch aus. »Das mit Vater stimmt nicht! Er ist losgesegelt, um dich aufzusuchen. Und das hier kann ich niemals geschrieben haben, denn da befand ich mich wie auch schon beim letzten Brief längst auf der *Namasket*. Es ist auch nicht meine Schrift!«

»Das ist sie. Ich kenne sie noch von zu Hause«, antwortete Ruth verwundert.

David schüttelte den Kopf. »Als Kind habe ich so geschrieben, aber jetzt nicht mehr!«

James schaltete sich ein. »Kannst du alle Briefe holen, die du erhalten hast, und sie der Reihe nach auf den Tisch legen?«, forderte er Ruth auf.

Diese tat es und sah zu, wie James jeden Brief genau betrachtete. Schließlich drehte er sich zu Ruth um. »Hast du irgendetwas, das dein Vater oder deine Mutter unzweifelhaft geschrieben haben?«

Ruth schüttelte bereits den Kopf, als sie sich mit der flachen Hand gegen die Stirn schlug. »Natürlich habe ich was. Wartet einen Augenblick!« Sie eilte zu der Seekiste, öffnete sie und kramte unter den Büchern. Schließlich reckte sie zwei davon triumphierend in die Höhe.

»Das ist ein Buch über Navigation, das mir Vater geschenkt hat. Es trägt eine Widmung von ihm, und hier hat Mama mir ein paar ihrer Rezepte notiert!« Sie brachte beides zum Tisch und legte sie so, dass die Handschriften ihrer Eltern zu sehen waren.

James betrachtete sie genau, und ebenso die Briefe. Nach einer Weile sah er auf. »Ich brauche Papier, Feder und Tinte!«

Vaimiti brachte es ihm, und Ruth sah verwundert zu, wie er fünfmal hintereinander »Ruth ist die beste Ehefrau der Welt« schrieb.

»Schaut es euch an«, bat er Ruth und David. »Fällt euch etwas auf?«

David schüttelte den Kopf, während Ruth sich über den Text beugte, um ihn genauer anzusehen.

»Auf den ersten Blick sehen die fünf Sätze gleich aus, doch wenn man genauer hinsieht, erkennt man, dass die Schleife bei dem f in ›wife‹ unterschiedlich lang ist. Es ist zwar nur ein geringer Unterschied, aber man merkt ihn!«

»Und jetzt sieh dir die Schrift auf den Briefen an!«, forderte James sie auf.

Ruth tat es und kniff nach einer Weile die Augen zusammen. »Zwischen den jeweiligen Schriften ist kaum ein Unterschied zu merken. Die Buchstaben wirken wie nach einer Vorlage gemalt!«

»Genau das meinte ich!«, erklärte James. »Davids Schrift ist bei dem letzten Brief dieselbe wie bei dem ersten. Dabei liegen fünf Jahre dazwischen. Bei deinen Schwestern ist es genauso. Deren Schrift hat sich ebenfalls nicht verändert. Ich frage euch: Schreibt ein Jüngling von fünfzehn Jahren noch immer so wie mit zehn oder eine Vierzehnjährige wie mit neun?«

Nach diesen Worten wurde es erst einmal still. Ruth schüttelte mehrmals verwirrt den Kopf, während David sich heftig am Kopf kratzte, als könnte er seine Gedanken auf die Weise dazu bringen, ihm dieses Geheimnis zu entschlüsseln.

»Diese Briefe wurden, wie Ruth schon sagte, nicht geschrieben, sondern gemalt! Wer auch immer hat sich die Handschriften deiner Familie besorgt und schickt dir falsche Nachrichten, die dir vorgaukeln sollen, dass zu Hause alles in Ordnung ist. Dabei ist dein Vater mit seinem Schiff verschollen und seit fast zwei Jahren auch David.«

»Aber wie kann das sein? Wer hätte Grund dafür?«

Zwar hatte Ruth schon einmal stundenlang über den Briefen gesessen und gerätselt, aber doch gehofft, dass sich diese Sache im Guten auflösen würde.

»Ich habe noch etwas«, sagte Ruth und holte die Briefe, die George Pritchard ihr gegeben hatte. Sie reichte sie James.

Dieser las sie und schüttelte verwirrt den Kopf. »Das verstehe ich nicht!«

»Irgendjemand wollte, dass Hinrich auf Hiva Oa missionieren soll, und hat alles getan, damit es dazu gekommen ist«, erklärte Ruth bedrückt.

»Aber weshalb?« Noch während er es sagte, erinnerte James sich an die unübliche Hast, die Captain Smyth an den Tag gelegt hatte, als Ruth und Hinrich von Hamburg kamen und sofort auf die *Hesione* gebracht worden waren. Hinrich hatte nicht einmal seinen Onkel Zechariah Bartlett in London besuchen dürfen.

Ebenso wenig hatte er sich bei der Missionsgesellschaft vorstellen können, wie es die Höflichkeit eigentlich erfordert hätte. Noch war es wie ein Bild, das nur in Teilen gemalt war, dennoch schälte sich ein Verdacht heraus.

»Ruth, kannst du dich erinnern, was Hinrich in London hatte unternehmen wollen, wenn ihr länger hättet bleiben können?«, fragte er.

Ruth überlegte. »Er wollte mich seinem Onkel vorstellen und dann die Missionsgesellschaft aufsuchen. Auch wollte er weitere Informationen über die Insel Dominica einholen, wie wir Hiva Oa damals noch nannten.«

»Und dabei wäre er unweigerlich darauf gestoßen, dass die Bewohner dieser Inseln im Ruf standen, berüchtigte Kannibalen zu sein. Ich glaube, das ist die Lösung!«

»James, du hast recht!«, sagte Ruth leise. »Hinrich war weisgemacht worden, auf dieser Insel lebte ein friedliches Völkchen, das leicht zum Christentum zu bekehren wäre.«

»Darum hat er meine Warnung auch nicht ernst genommen«, wandte James ein.

»Er hielt sie für Seemannsgarn!«, sagte Ruth leise. »Für ein Märchen, mit dem man Landratten erschreckt. Ich schwöre dir, Hinrich hätte mich niemals dorthin mitgenommen, wenn er auch nur einen Hauch von Gefahr vermutet hätte.«

»Dann war er entweder sehr leichtgläubig, was ich jedoch bezweifle, oder er hielt denjenigen, der ihm die falschen Informationen gab, für absolut zuverlässig. Weißt du, wer es gewesen sein könnte?«

Ruth wollte schon den Namen Bartlett nennen, als James noch etwas hinzusetzte. »Ich glaube, wir sind bisher von einer falschen Voraussetzung ausgegangen. Bis jetzt haben wir uns gefragt, wer für die falschen Briefe verantwortlich ist. Wir sollten uns besser fragen, welchen Nutzen derjenige davon hat.«

»Wem könnte so etwas denn nützen?«, fragte David verwirrt.

»Wir waren bisher zu sehr auf den Namen Bartlett versessen, da er mein Feind ist und es Ruths Worten zufolge eine alte Sache gibt, die zwischen eurem Großvater und Bartletts Vater vorgefallen ist.« James sah Ruth und David auffordernd an.

»Soviel ich weiß, hat Samuel Bartlett, als Großvater noch jung war, dessen Kapitän bei einem Streit erstochen. Großvater hat ihn dafür mit der Faust niedergeschlagen. Ich wollte, er hätte ihn über den Haufen geschossen!«, rief Ruth erbittert.

James fasste ihre Hand und zog sie tröstend an sich. »Sag so etwas nicht! Dann hätte es Hinrich nicht gegeben, und es würde auch Jan nicht geben.«

Ruth wischte sich die Tränen aus den Augen und nickte. »Du hast recht. Wir müssen die Sache so sehen, wie sie ist.«

»Und sie so lenken, dass nicht wir scheitern, sondern jene, die uns scheitern sehen wollen! Noch einmal zu Bartlett! Ein Faustschlag ist eine der schlimmsten Beleidigungen, die einem Mann zugefügt werden kann. Es ist allerdings kein Grund, ein solches Verwirrspiel zu treiben, und vor allem keiner, eine Frau auf eine Kannibaleninsel zu schicken, wie es bei dir geschehen ist. Bartlett mag seine Hände im Spiel haben, aber derjenige, der die Sache betrieben hat, muss ein anderer sein!«

James klang so überzeugend, dass Ruth unwillkürlich nickte. »Du dürftest auch diesmal recht haben. Die Briefe, die ich erhalte oder sende, gehen über England und von dort aus nach Hamburg. England bedeutet Bartlett, dem wir Hinrich zufolge die Briefe schicken sollten, damit dieser sie an meinen Schwager Mathias Mensing weiterleitet, der sie dann an meine Familie übergeben soll. Umgekehrt ging es über Mathias Mensing und Zechariah Bartlett.«

»Wäre Mathias Mensing in der Lage gewesen, an Proben der Handschriften deiner Familie zu kommen?«, fragte James Ruth, erhielt die Antwort aber von David.

»Ich glaube schon! Vater war froh, als dieser Streit zwischen unseren Familien durch Ruths Heirat mit Hinrich endlich beendet war. Mathias Mensing war auch öfter bei uns zu Besuch und …«

»Er musste sie doch gar nicht in unserem Haus in die Hände kriegen. Er bekam die Briefe auf dem Silbertablett serviert und musste sie nur öffnen und fälschen«, unterbrach Ruth ihren Bruder voller Zorn.

»Aber warum hätte er das tun sollen?«, fragte David.

Ruths Miene wurde düster. »Ich kann es dir sagen! Ihm ging es um Macht und Reichtum, und darum, uns Simonsens zu schaden. Und nicht nur uns! Er hat selbst vor dem eigenen Bruder nicht haltgemacht.«

»Du meinst, er hat Hinrich hierhergeschickt?«, fragte David weiter.

»Hinrich erwähnte einmal, dass Mathias ihm zugeraten hat, Pfarrer und später Missionar zu werden, damit die Großmutter ihre Ruhe hätte. Auch brachte Mathias die Nachricht von der Reise in die Südsee so knapp vor der notwendigen Abreise, dass keine Zeit mehr blieb, sie vorzubereiten. Es war fast wie bei einer Flucht. Hinrich und ich mussten rasch ein paar Sachen packen und auf das Schiff gehen.«

»So, wie ihr in London sofort auf die *Hesione* überwechseln musstet. So ergibt es Sinn!«, rief James aus.

»Aber warum?«, wiederholte David seine Frage.

»Unsere Reederei! Wenn Vater fort ist und es Mathias Mensing gelingt, auch Jeremias zu beseitigen, kann er sie übernehmen. Schließlich war ich mit seinem Bruder verheiratet und habe diesem einen Sohn geboren. Mein Gott, wenn es nur nicht zu spät ist! Ich werde den Kapitän der abgelösten Fregatte bitten, mich nach England mitzunehmen.«

»Das geht nicht!«, fiel Aipua Ruth ins Wort. »Jan ist noch zu klein für eine so lange Reise auf einem Schiff der Paratane.«

»Ich werde ihn hierlassen. Bei dir und Tahitoa ist er gut aufgehoben. Ich …«

»Du wirst dich erst einmal beruhigen. Es bringt nichts, die Sache übers Knie zu brechen«, erwiderte James.

»Es geht um meine Familie! Ich kann nicht hierbleiben und nichts tun«, rief Ruth zornig.

»Du wirst hierbleiben!«, erklärte James scharf. »Wenn du überstürzt nach Hamburg zurückkehrst, gibst du dem Feind die Gelegenheit, seine Heimtücke auch gegen dich zu richten, bevor du zu Hause überhaupt Fuß gefasst hast. Diese Sache muss anders angegangen werden.«

»Und wie?«, fragte Ruth bissig.

»Ich werde mit der Fregatte fahren. In Hamburg kennt mich keiner, und so kann ich mit eurer Familie Kontakt aufnehmen und sie warnen.«

»Ich glaube, das ist das Beste«, stimmte David ihm zu, da er James' Befürchtung teilte, Ruth könnte in Hamburg in Gefahr geraten.

Diese beruhigte sich wieder und sah James besorgt an. »Kannst du überhaupt mit dem englischen Schiff mitfahren? Genau betrachtet bist du für die Royal Navy ein Deserteur!«

»Ich werde nicht als James Edward Hutton an Bord gehen, sondern mich wie auf der *Newport* Jim Hansen nennen. Es gibt noch einen weiteren Grund, warum ich als Erster fahren will. In England kann ich Admiral Fitzwilliam aufsuchen und ihn bitten, alles über Bartlett in Erfahrung zu bringen, was für uns wichtig ist. Ohne diesen Mann hätte Mathias Mensing seine Intrige nicht beginnen können. Keine Angst, ich bleibe nur ein paar Tage in England, dann reise ich nach Hamburg weiter.«

»Dann soll es so sein«, erklärte Ruth und schloss ihn so fest in die Arme, als hätte sie Angst, ihn sonst zu verlieren.

3.

Zechariah Bartlett plagte das Gewissen. Es hing mit den Zwillingen Anna und Esther zusammen, die er in die Sklaverei verkauft hatte. Ein paar Monate früher hätte er das noch einen tollen Streich genannt, wie er nur einem Bartlett gelingen konnte. Doch nun verfolgte ihn die Erinnerung an die Mädchen, die zu ihm wie zu einem freundlichen Onkel aufgeblickt hatten, und er fühlte sich schlecht.

Allerdings war dieser Verkauf nicht die alleinige Ursache seines Unbehagens, sondern auch die Angst, die er vor seinem Neffen Mathias Mensing empfand. Er hatte dessen Skrupellosigkeit unterschätzt. Mittlerweile hatte Mathias alle Simonsens bis auf die Witwe seines Bruders und deren Sohn vernichtet, und auf deren Überleben würde Bartlett keine verschimmelte Zweipennymünze wetten.

Ihn interessierte das Überleben von Ruth Mensing und ihres Kindes jedoch weit weniger als sein eigenes, denn im Augenblick war er das schwächste Glied in der Kette. Wenn es Mathias Mensing gelang, ihn ins Himmelreich zu befördern, konnte sich dieser auch noch die Bartlett-Line unter den Nagel reißen. Seine Frau Ellinor und ihr gemeinsamer Sohn Anthony würden nur zu gerne bereit sein, die Reederei von Mathias führen zu lassen. In den Augen der beiden war Handel ein anrüchiges Gewerbe, von dem ein Gentleman die Finger lassen sollte. Als Viscount Broulie und Titelerbe des Earl of Huttonsfield hielt Anthony sich für einen Gentleman.

»Der Teufel soll ihn holen!«, rief Bartlett erregt aus und wusste im Augenblick nicht, ob er seinen Neffen oder seinen Sohn meinte. »Anthony soll endlich dafür Sorge tragen, dass es einen Enkel gibt und hinterher noch einen zweiten, den ich so aufziehen kann, dass er uns Bartletts Ehre macht.«

Er stieß die Luft aus den Lungen und schüttelte den Kopf. Damit es so weit kam, musste er überleben. So, wie er Mathias Mensing einschätzte, stand er allerdings als Nächster auf dessen Liste.

Der Appetit wächst mit dem Essen, dachte er, und seine Reederei und sein Handelshaus waren ein Bissen, den sein Neffe sich liebend gerne einverleiben würde. Dieser abgefeimte Kerl hatte ihn benutzt wie ein Werkzeug, und er war schafsdumm darauf eingegangen.

Doch damit war nun Schluss, sagte Bartlett sich. Als Erstes würde er jeden persönlichen Kontakt mit Mathias meiden. Er traute diesem zu, ihm Gift ins Glas zu träufeln, um sein Ableben zu beschleunigen. Und auch darüber hinaus würde er Vorsichtsmaßnahmen treffen müssen.

Eine besondere Rolle kam dabei seinem Kammerdiener Polliver zu. Dieser würde von nun an den besten Cognac, die edelsten Weine und ausgezeichnete Mahlzeiten genießen, denn Bartlett bestimmte ihn zu seinem Vorkoster. Dabei wusste er, dass dies nur eine halbe Sicherheit war, denn Mathias war gewiss in der Lage, ein langsam wirkendes Gift zu besorgen.

In dieser Zeit schlief Bartlett schlecht, er trank kaum ein Glas Cognac oder Wein außer Haus, und bei Einladungen stocherte er nur ein wenig auf seinem Teller herum, ohne wirklich etwas zu essen. Gleichzeitig schämte er sich seiner Feigheit. Sein Vater wäre nach Hamburg gesegelt, hätte diesen Lümmel erschossen und danach glücklich und in Freuden gelebt.

Er hingegen hatte sich angewöhnt, die schmutzige Arbeit von anderen erledigen zu lassen. Nun bedauerte Bartlett es, dass Captain Smyth und dessen Neffe Simmons nach Australien unterwegs waren. Die beiden hätte er nach Hamburg schicken und das Ärgernis dort beseitigen lassen können. Tausend Pfund für jeden, und sie hätten nicht mit der Wimper gezuckt.

»Sie werden zurückkommen, und dann geht es Mathias an den Kragen!«, stieß er gepresst aus.

Da klopfte es an der Tür.

»Was ist los?«, fragte er ungehalten.

Sein Kammerdiener trat ein und verbeugte sich. »Verzeihen Sie, Sir, der Reisewagen der Countess ist eben vorgefahren!«

»Meine Frau? Aber ...«

Bartlett verstummte. Seit seine Ehefrau als Nachfolgerin ihres Vaters auf Huttonsfield Castle lebte, hatte sie sein Haus in London nicht mehr betreten. Wenn sie es nun doch tat, konnte es sich entweder um eine grandiose Sache handeln – oder um eine Katastrophe.

Angespannt wartete Bartlett darauf, in die Gemächer seiner Frau gerufen zu werden, da sie sein Kontor aus Abscheu gegen seine Geschäfte stets gemieden hatte. Da wurde die Tür geöffnet, und sie trat ein. Lady Ellinor war in dunkles Violett gekleidet und hielt ein schwarzes Spitzentuch in der Hand, mit dem sie sich die Augen abtupfte. Auf ein Handzeichen von ihr verließ Polliver den Raum. Sie trat ein paar Schritte auf ihren Ehemann zu und blickte ihn mit düsterer Miene an.

»Ich muss Ihnen mitteilen, Sir, dass unsere Schwiegertochter, Lady Persephone, vor zwei Tagen mit einem tot geborenen Kind niedergekommen ist. Es wäre ein Sohn gewesen!«

Wie erstarrt sah Bartlett sie an, schnappte nach Luft und bat seine Frau, diese Nachricht zu wiederholen. Sie tat es in einem anklagenden Tonfall und wies dann mit ausgestrecktem Zeigefinger auf ihn. »Es ist die Strafe Gottes, die uns ereilt, wegen all der Verbrechen, die Sie begangen haben, Sir!«

»Unsinn!«, schnaubte Bartlett. »Solche Dinge passieren nun einmal.«

»Es hat Gott gefallen, unserem Sohn den Erben zu nehmen«, antwortete seine Frau. »Lady Persephone ist deswegen untröstlich, und der Arzt schlägt vor, sie sofort, wenn sie wieder reisefähig ist, an die See zu schicken. Bäder im Meerwasser würden ihr guttun und der Aufenthalt dort ihre Nerven beruhigen. Anthony soll sie begleiten und dort bleiben.«

»Dann soll es so geschehen! Die Hauptsache ist, dass sie bald wieder schwanger wird und einen Sohn gebiert, und ebenso einen zweiten. Dieser wird aber in meinem Haus aufgezogen. Haben Sie verstanden, Mylady?« Bartlett wollte dies von Anfang an klarstellen.

Die bedrückte Miene seiner Frau erhellte sich jedoch nicht. »Wenn Gott ein Erbarmen mit unserem Sohn und Lady Persephone hat, wird es geschehen! Doch ich bezweifle es. Er hat unsere Familie nach Ihren Taten gemessen, Sir, und seine Hand von uns genommen. Ich befürchte, er wird uns keinen Enkel gewähren. Lady Persephone ist sehr schwach, und es ist zweifelhaft, ob sie wieder gesund werden wird.«

Eine dahinsiechende Schwiegertochter, die nicht in der Lage war, Kinder zu bekommen, war das Letzte, was Bartlett brauchen konnte. Daher stieß er einen Fluch aus. »Verdammt! Ich hoffe, sie stirbt eher, als dass sie sich als Last erweist.«

Der Blick, mit dem seine Frau ihn maß, hätte einen Basilisken neidisch machen können. »Sie sind wie immer, Sir, plump, brutal und ohne jedes Mitgefühl für andere. Dabei ist es Ihre Schuld. Sie haben meinen Vetter James Hutton ermorden lassen und viele andere schlimme Dinge getan.«

Bartlett stand auf und ging ein paar Schritte auf sie zu. »Darf ich Sie daran erinnern, Mylady, dass Sie es waren, die unbedingt die Nachfolge Ihres Vaters antreten wollten, und mich aufforderten, dafür zu sorgen, dass Ihren auf einmal so heiß geliebten Vetter James Hutton ein frühes Ende ereilt?«

»Ich wollte nicht, dass Sie ihn umbringen lassen«, schrie Countess Ellinor ihn an.

»Hätte ich vielleicht zu ihm sagen sollen, mein lieber James, meine Gattin wünscht, Countess auf Huttonsfield zu werden. Hätten Sie daher die Güte, vorher zu sterben, damit dies eintreffen kann?«, fragte Bartlett in einer Mischung von Spott und Wut.

»Wohl wünschte ich es mir, doch ein Mord an meinem Vetter war für mich völlig ausgeschlossen.«

Zu seiner Überraschung begriff Bartlett, dass seine Frau es völlig ernst meinte. Sie hatte die Gespräche, die sie vor dem Tod ihres Vaters bis nach dessen Ableben geführt hatten, vollkommen verdrängt und schrieb ihm die alleinige Schuld an allem zu, was gekommen war. Es war wohl besser, wenn sie weiterhin getrennte Wege gingen, dachte er. Eines aber war für ihn klar: Wenn seine Schwiegertochter sich als unfähig erwies, ihn mit den gewünschten Enkeln zu versorgen, hatte sie kein Recht, länger mit seinem Sohn verheiratet zu sein. Entweder willigte sie in eine Scheidung ein, oder er würde eine andere Lösung finden.

Die Unsicherheit und die Zweifel an sich selbst, die der Gedanke an seinen Neffen in ihm hatte aufkommen lassen, schwanden, und er fühlte sich wieder voller Tatendrang. Wenn es um Scheidung ging, konnte auch er diese fordern und statt Ellinor eine jüngere Frau heiraten, die ihm noch Söhne gebären konnte. Was danach mit Anthony geschah, hatte ihn nicht mehr zu interessieren.

Dies war jedoch nichts, was er jetzt schon äußern durfte. Er wollte erst mit seinem Anwalt sprechen und die Angelegenheit so beginnen, dass Ellinor nichts anderes blieb, als in alles einzuwilligen.

Er betrachtete die unförmige Gestalt und das von Kummer zerfurchte Gesicht seiner Frau und fragte sich, weshalb er nicht schon längst auf diesen Gedanken gekommen war. Was scherte ihn der Titel eines Earls of Huttonsfield für seinen Sohn, wenn dieser nicht in der Lage war, ihn mit den Enkeln zu versorgen, die er benötigte? Außerdem war er ein Mann im besten Alter und hatte ein Recht darauf, im Ehebett ein williges Weib unter sich zu spüren.

»Mylady, ich schätze, dass Sie in Hutton House nächtigen werden. Wenn Sie mich noch einmal sprechen wollen, sollten Sie mir vorher Bescheid geben, damit ich Ihnen mitteilen kann, wann ich Zeit für Sie habe. Derzeit bin ich beschäftigt!«

Es war ein Hinauswurf, und Ellinor Bartlett empfand ihn auch als solchen. Sie bedachte ihren Ehemann mit einem vernichtenden Blick und rauschte davon.

Bartlett sah ihr nach und empfand eine gewisse Befriedigung, weil er sie endlich so behandeln konnte, wie er es sich seit jenem Tag gewünscht hatte, an dem sie das Erbe ihres Vaters übernommen und ihm gleichzeitig klargemacht hatte, dass er in ihrem weiteren Leben und dem ihres Sohnes keine Rolle mehr zu spielen hatte.

Nachdem er sich von Polliver ein Glas Cognac hatte bringen lassen, überlegte Bartlett, welcher Geschäftsfreund eine heiratsfähige Tochter hatte. Dabei kam ihm der Gedanke, dass es vielleicht klüger war, kein zu junges Mädchen zu wählen, sondern eines, das die zwanzig bereits überschritten hatte und dankbar dafür sein musste, wenn sich doch noch ein passender Freier einfand.

Was seinen Neffen betraf, so musste er diese Sache mit Verstand angehen, und davon besaß er gewiss mehr als Mathias. Sein Neffe war ein elender Feigling, der sich immer hinter anderen versteckte. Doch schon bald, schwor Bartlett sich, würde Mathias Mensing auch das nichts mehr helfen.

4.

Im fernen Tunis hatten die Zwillinge Anna und Esther den Gedanken an Flucht nicht aufgegeben, mittlerweile aber begriffen, dass diese nicht so leicht auszuführen war. Sie lebten gemeinsam mit der Berberin Titrit und der dunkelhäutigen Chichimma in zwei Räumen, die sie nur verlassen durften, um im kleinen Innengarten des Hauses herumzuwandern. Außer den beiden Dienerinnen, die sie versorgten, dem Eunuchen Halil und ihrem Lehrer Jusuf sahen sie keinen anderen Menschen.

Halil war freundlich und benützte seinen Stock nur selten, um zu bestrafen. Anna und Esther glaubten sogar, dass er ein wenig Mitleid mit ihnen empfand. Bei Jusuf war das gewiss nicht der Fall. Dieser alte Mann war wegen irgendeiner Sache geblendet worden und fristete nun sein Leben verbittert als Raschid ibn Wahids Sklave. Da er der deutschen Sprache mächtig war, oblag es ihm, ihnen das hier gebräuchliche Arabisch beizubringen. Bei Titrit und Chichimma war hierfür eine alte Sklavin verantwortlich, die Anna und Esther aber nie zu Gesicht bekamen, da deren Unterricht in einem anderen Zimmer erfolgte.

Auch an diesem Tag war Jusuf wieder bei ihnen und schimpfte, weil ihm ihre Aussprache nicht passte.

»Halil sollte euch mit dem Stock durchprügeln, ihr dummen Dinger! Ihr müsst die Sprache so lernen, dass sie wie der Wohlgesang einer Nachtigall klingt und nicht wie das Krächzen eines Raben.«

»Wir geben uns wirklich alle Mühe! Bei einigen Lauten weigern unsere Kehlen sich jedoch, sie auszusprechen«, antwortete Anna.

»Ihr werdet Arabisch lernen, und wenn Halil ein Dutzend Stöcke an euch zerbrechen muss! Raschid ibn Wahid hat mir aufgetragen, es euch zu lehren, und ich will wegen eurer Dummheit nicht selbst Hiebe bekommen.«

Jusuf klang so böse, dass Anna sich nicht zum ersten Mal fragte, ob es tatsächlich sinnvoll sein mochte, ihn zu fragen, wie sie dieses Haus heimlich verlassen und in die Heimat zurückkehren konnten. Vielleicht half es, wenn sie versprachen, ihn mitzunehmen und ihm ein friedliches und angenehmes Leben zu verschaffen.

»Wir haben uns alle Mühe gegeben, Herr Jusuf«, sagte Esther und versuchte, den geforderten Satz so auszusprechen, wie ihr Lehrer es von ihnen hören wollte.

»Schon besser!«, brummte Jusuf.

»Vielleicht würden wir besser lernen, wenn wir mehr über dieses Land wüssten«, sagte Anna listig.

»Wie lange bist du schon Sklave?«, fragte Esther, um ihre Schwester zu unterstützen.

»Über zwanzig Jahre!«, antwortete Jusuf bitter. »Damals habe ich auch mein Augenlicht verloren.«

»Das muss sehr schlimm für dich gewesen sein«, sagte Esther mitleidig.

»Das war es!«, stieß Jusuf mit einem Hass hervor, der die Zwillinge erschreckte.

Vorsichtig fragte Anna, wie es denn dazu gekommen wäre.

»Ein Günstling des Beis hat behauptet, ich hätte eines seiner Weiber bei einer Pilgerreise nach Kairouan belästigt. Der Schurke hatte mich vorher beleidigt und fürchtete meine Rache. Ohne mir die Möglichkeit zu geben, mich zu rechtfertigen, wurde ich gepackt und meines Augenlichts beraubt. Hätte Raschid ibn Wahid damals nicht jemanden gebraucht, der einer aus Österreich stammenden Sklavin Arabisch beibringt, hätte ich mein Leben als blinder Bettler fristen müssen.«

Die beiden Mädchen wunderten sich, klang dieser Bericht doch so, als hätte Jusuf davor als freier Mann hier gelebt.

»Du stammst doch aus deutschen Landen. Wie bist du hierhergekommen?«, fragte Anna.

Jusuf schnaubte und schlug dann mit der flachen Hand auf den Tisch. »Ich bin hier, um euch die arabische Sprache beizubringen, und nicht, um von Dingen zu berichten, die längst geschehen und fast schon vergessen sind.«

Eines war den Zwillingen klar: Vergessen hatte Jusuf die Vergangenheit nicht. Die Erinnerung daran schien ihm im Gegenteil das Leben zu vergällen. Da sie ihn einmal zum Sprechen gebracht hatten, hofften sie, dass ihnen dies auch später noch gelingen würde, und gaben sich nun besonders Mühe, ihre Aussprache des Arabischen zu verbessern, damit er zufriedener und damit auch zugänglicher wurde. Mehr blieb ihnen im Augenblick nicht übrig.

5.

Ohne zu wissen, wie schlimm ihre Familie bereits von Mathias Mensings Heimtücke betroffen war, bereitete Ruth James' Abreise vor. Einiges musste er jedoch persönlich erledigen, und dazu gehörte, den Kapitän der Fregatte aufzusuchen, die nach England zurückkehren würde, und ihn um Mitnahme zu bitten.

Captain Harding, ein mittelgroßer, untersetzter Mann mit kantigem Kinn, das ihm das Aussehen eines Nussknackers verlieh, musterte James mit einem kalten Blick. »Die *Andromache* ist ein Kriegsschiff Seiner Majestät, des Königs. Können Sie mir einen Grund nennen, weshalb ich einen lumpigen Zivilisten nach England bringen sollte?«

»Weil es der Wunsch Ihrer Majestät, Königin Aimata Vahine Pomare IV. ist«, antwortete James und war froh, dass Ruth ihm das Schreiben von der Königin besorgt hatte. Ohne das hätte Harding ihn eiskalt auf Tahiti zurückgelassen. Selbst jetzt schien der Kapitän noch lange nicht überzeugt.

»Königin! Pah! Diese Wilden bilden sich auch Wunder was ein. Damit eines klar ist, Mister Hansen: Auf meinem Achterdeck haben Sie nichts zu suchen. Treffe ich Sie dort an, lasse ich Sie an die Haie verfüttern. Außerdem haben Sie für Ihren Proviant und Ihren Wasservorrat selbst zu sorgen. Ich kann nicht das Fleisch, den Rum und das Wasser des Königs an eine lumpige Landratte vergeuden!«

»Selbstverständlich, Sir!«, sagte James todernst, obwohl er am liebsten laut gelacht hätte.

Captain Harding war auf jeden Fall ein Unikum. Dieser hätte ihn genauso gut in seine Kajüte einladen können oder in die Messe seiner Offiziere. Doch wenn der Kapitän es verlangte, würde er sich eben selbst ausrüsten und dabei sicher nicht schlechter speisen als dieser.

»Wir segeln morgen bei Tagesanbruch ab. Sehen Sie zu, dass Ihr Gepäck und Ihre Vorräte noch heute an Bord gebracht werden, und kommen Sie nicht zu spät! Ich werde nicht auf eine Landratte warten, die nicht rechtzeitig aus den Federn gekommen ist.«

Der Kapitän klang um keinen Deut freundlicher. James sah jedoch keinen Grund, ihm zu erklären, dass er keine Landratte war, sondern selbst schon Schiffe auf großer Fahrt geführt hatte.

Er verabschiedete sich freundlich von Captain Harding und verließ die *Andromache*. Tahitoa wartete im Kanu auf ihn und wirkte für seine Verhältnisse äußerst ernst.

»Sie sollten nicht alleine reisen, Captain Sir. Die Sache ist, wie Madam sagt, nicht ungefährlich!«, sagte Tahitoa, während seine Freunde das Kanu zum Strand paddelten.

»David will ich nicht mitnehmen, da er erkannt werden könnte. Da bleibt niemand anderes«, antwortete James.

»Doch, Captain Sir, ich!« Tahitoas Gesicht wandelte sich von einer ernsten Miene zu einem fröhlichen Grinsen.

»Das kann ich nicht annehmen. Aipua …«

»… hat mit Heirani derzeit noch genug zu tun. Da vermisst sie mich nicht«, unterbrach Tahitoa James.

»Außerdem sind Sie als Schiffskapitän für die Handelsstation unersetzlich«, fuhr James fort.

Tahitoas Grinsen wurde womöglich noch breiter. »Der Steuermann und mehrere Matrosen eines Walfängers haben sich mit ihrem Captain zerstritten, und dieser hat sie von Bord gejagt. Mister Lu Po hat sie gefragt, ob sie für die Handelsstation arbeiten wollen, und da waren sie sehr froh. Der Steuermann würde sich freuen, als Captain unsere *Hiva Oa* für die langen Fahrten zu kommandieren, und für die Fahrten zwischen den Inseln habe ich einige Freunde, die mich ersetzen können.«

James begriff, dass er Tahitoa nicht umstimmen konnte, wusste aber nicht, wie Ruth dazu stand. Als er diesen Einwand brachte, musste Tahitoa lachen.

»Aber Captain Sir, Ruhutia ist sehr dafür, dass ich mit Ihnen komme! Sie sagt, dort, wo wir hinsegeln, gibt es ganz böse Buben.«

»Also gut! Da ich es Ihnen ohnehin nicht ausreden kann, werden Sie noch heute unser Gepäck, ein Fass Wasser, ein kleineres Fass mit Rum und Vorräte für mehrere Monate an Bord der *Andromache* bringen. Captain Harding will morgen bei Tagesanbruch die Segel setzen. Halt, noch etwas! Allen auf dem Schiff gegenüber bin ich eine Landratte, die nichts von der Schifffahrt versteht.«

Tahitoa sah James erstaunt an, erinnerte sich dann aber daran, dass dieser in London einen Feind wusste, der ihn unter allen Umständen tot sehen wollte, und nickte. »Selbstverständlich, Captain Sir!«

»Sie sollen mich nicht mit Captain Sir ansprechen, sondern als Mister Hansen. Und noch etwas: Sie werden an Bord als mein Diener gelten müssen. Sie sind mir hoffentlich nicht böse, wenn ich Sie als solchen anrede?«

»Aber gewiss nicht, Captain Sir Hansen!«

»Wie heißt das?«, fragte James mit einer gewissen Schärfe.

»Mister Hansen Sir! Sie sollten jetzt zu Madam Ruhutia gehen. Es wird etliche Monate dauern, bis Sie sie wiedersehen.«

Tahitoa grinste, spürte aber selbst einen gewissen Abschiedsschmerz. Dieser galt nicht nur seiner Frau und seiner Tochter, sondern auch Ruth und Jan. Er sagte sich jedoch, dass es bereits in absehbarer Zeit ein Wiedersehen geben würde. Eine der Bedingungen, die Ruth gestellt hatte, bevor sie die Walfänger in die Dienste der Handelsstation nahm, war, dass der von ihr zum Kapitän beförderte Steuermann sie weiter in Navigation ausbildete. Auch hatte sie sich von James den besten Seeweg in die Heimat erklären lassen. Sobald die *Poerava* fertiggestellt war, würde Ruth James mit dem Schiff folgen, um ihn im Kampf gegen ihre Feinde zu unterstützen. Mit einem feinen Lächeln dachte Tahitoa an das, was Aipua dann tun wollte. Immerhin hatten er und seine Ahnen bereits vor tausend Jahren das weite Meer befahren und dabei auch Frauen und Kinder mitgenommen.

6.

Es war ihr letzter gemeinsamer Abend für längere Zeit. Ruth fühlte sich bedrückt, wollte es James jedoch nicht zeigen, um ihm den Abschied nicht schwer zu machen. Von Lu Po hatte sie erfahren, dass dieser mit Tahitoa zusammen alles an Bord der *Andromache* gebracht hatte, was James und Tahitoa auf der Reise benötigten. Sie würden zwar unterwegs Vorräte nachkaufen müssen, doch im Notfall mussten die vorhandenen bis England reichen.

Beim Abendessen saßen Tahitoa, Aipua, Lu Po und dessen Frau Lu Mei mit am Tisch und versuchten, die Stimmung fröhlich zu halten. Lu Po lächelte in sich hinein, denn er hatte auch mehrere Flaschen Himmelsfeuer mit an Bord geschickt. Zwar wusste er, dass James und Tahitoa diesen niemals trinken würden, doch es gab gewiss Männer, denen sie ein Glas davon einschenken konnten.

»Es wäre von Vorteil, wenn die Reederei Ihrer Familie eigene Schiffe hierherschickt«, sagte er zu Ruth. »Bis jetzt sind wir beim Handel mit Europa, aber auch mit den Vereinigten Staaten von Amerika auf fremde Schiffe angewiesen, und das verringert unsere Gewinnspanne enorm.«

Ruth sah James an. »Sollte bei meiner Familie wider Erwarten alles in Ordnung sein, könntest du Vater oder Jeremias auffordern, ein Schiff zu entsenden. Was hier alles gebraucht wird, soll Mister Lu dir aufschreiben.«

»Ist schon geschehen, Madam. Mister Hansen Sir hat die Liste bereits.«

James nickte. »Ich werde sie gut verwahren!«

»Nicht nur verwahren!«, wandte Lu Po ein. »Sie sollen sie auch der Familie von Madam zeigen, damit diese sieht, dass sich der Handel lohnt.«

»Das, Mister Lu, werde ich gewiss nicht vergessen«, versprach James lächelnd.

»Habt ihr daran gedacht, Mister Tahitoa so einzukleiden, wie es dem Diener eines Europäers zukommt? Er kann schlecht barfuß und nur mit einem Lendenschurz bekleidet in London oder Hamburg von Bord gehen!«, fragte Ruth.

Lu Po lächelte erneut. »Das haben wir, Madam! Dieses armselige Wesen Lu Mei, das sich meine Frau nennt, hat für Mister Tahitoa mehrere Hosen, Hemden und Jacken genäht.«

»Aber gewiss nicht in diesen wenigen Stunden?«, rief Ruth aus.

Lu Po schüttelte, noch immer lächelnd, den Kopf. »Das nicht, Madam! Doch seit beschlossen ist, dass Mister Hansen Sir nach Europa fährt, haben Lu Mei und die anderen Frauen meiner Familie kräftig für ihn und Mister Tahitoa genäht.«

»Hier muss ich Ihnen meinen Dank aussprechen, Mister Lu. Ich empfinde es jedoch empörend, dass Sie Ihre Frau ein armseliges Wesen nennen.« Ruth kam nicht darüber hinweg, dass die Chinesen einander oft mit Worten bezeichneten, die in ihrer Heimat, wenn nicht gleich zu Mord und Totschlag, aber gewiss zu einer handfesten Prügelei geführt hätten. Ein Mann, der seine Frau ein armseliges Wesen nannte, durfte froh sein, wenn er zu Hause überhaupt noch etwas zu essen bekam. Lu Mei hingegen lächelte, als hätte Lu Po ihr das schönste Kompliment gemacht. Da es ihr nicht gegeben war, sich in die Tiefen des chinesischen Gemüts zu versetzen, beließ sie es bei diesem Tadel und beschloss, Lu Mei und deren Schwiegergroßmutter Lu An in den nächsten Tagen zu sich einzuladen. Mit ihnen würde sie erfahrungsgemäß eine angenehmere Teestunde verbringen als mit den Damen aus der Missionarssiedlung.

Sie sprachen noch über ihren neuen Captain. Lucius Marble hatte angeboten, fünf Jahre für die Handelsstation zu fahren, um mit einer gewissen Ersparnis in seine Heimat zurückkehren zu können. Lu Po hielt ihn für einen guten Mann, dem man die *Hiva Oa* anvertrauen konnte. Ruth hätte zwar lieber die neue *Poerava* auf die Handelsfahrten nach China geschickt. Doch sie brauchte die *Schwarze Perle* selbst, um James in einigen Monaten nach Europa folgen zu können. Die Sorge um ihre Familie lag wie Gift auf ihrem Gemüt, und sie hätte sich gewünscht, mit James zusammen aufbrechen zu können. Doch er hatte recht. Es war klüger, wenn er vorausfuhr und ihre Familie vor Mathias Mensing warnte. Daher würde sie warten, bis die letzten Arbeiten an der *Poerava* erledigt waren, und eine Testfahrt mit ihr unternehmen, bevor sie James mit diesem Schiff folgte.

Ihre Mannschaft würde aus Tahitianern und Männern von den anderen Inseln bestehen, da kein weißer Mann bereit gewesen war, unter dem Kommando einer Frau zu segeln. Ruth fand diese Haltung lächerlich. War eine fähige, gut ausgebildete Frau nicht weitaus besser als Navigatorin geeignet als ein Mann, der sein Handwerk kaum beherrschte?

»So in Gedanken, meine Liebe?«, fragte James und strich ihr sanft über die Wange.

»Uns steht schließlich ein langer Abschied bevor«, sagte sie mit einem schmerzlichen Lächeln.

»Wir werden uns wiedersehen! Auf deine Bitte hin habe ich dir einen Kurs abgesteckt, auf dem du Hamburg erreichen wirst. Er führt südlich an Australien vorbei, durch den Indischen Ozean bis Kapstadt und von dort weiter bis Europa. Die geografische Breite zu bestimmen, hast du gelernt. Du musst nur auf die Längengrade achten. Dafür habe ich dir eine Sonnentabelle erstellt. Solange deine Uhr halbwegs richtig geht, wirst du den Kurs halten können!« James fasste ihre Hand und küsste sie. »Gib gut auf dich acht«, sagte er leise.

»Du aber auch auf dich!«, antwortete sie und lehnte sich an ihn. Sie war traurig, weil sie gezwungen waren, sich bereits nach wenigen Monaten Ehe zu trennen.

»Captain Hutton Sir, du solltest dich jetzt von Ianoa verabschieden. Er wird morgen noch schlafen, wenn du aufbrechen musst«, sagte Aipua, schenkte James ein Lächeln und sagte dem Jungen, dass er zu ihm gehen solle.

Jan wirkte missmutig. »Musst du wirklich fort, Captain Lucky Jim?«

James nickte. »Das muss ich, Matrose!«

»Nimmst du mich mit?«

»Das geht nicht, Matrose! Der Captain des englischen Schiffes sagt, dass ich nur einen Mann mitnehmen darf.«

»Und da nimmst du Tahitoa!« Jan zeigte deutlich, dass er sich dadurch zurückgesetzt fühlte. Er umarmte James trotzdem und verdrückte ein paar Tränen.

»Aber du kommst zurück?«

»Das werde ich, Matrose! Ich lasse doch deine Mutter und dich nicht im Stich.«

Es klang etwas gepresst, denn auch James fiel der Abschied schwer. Den Plänen zufolge, die er mit Ruth entwickelt hatte, würde Jan, wenn Ruth ihm mit der *Poerava* folgte, mit Aipua und Heirani auf Tahiti bleiben. Es mochten daher Jahre vergehen, bis sie einander wiedersahen. Dann rief er sich zur Ordnung. Tahitoa und Aipua würden ebenso lang getrennt sein, und das war weitaus schlimmer. Die kleine Heirani, die jetzt noch ein Säugling war, würde, wenn ihr Vater zurückkehrte, wahrscheinlich älter sein, als Jan es jetzt war.

»Ich glaube, wir sollten diesen Abend nun beschließen, sonst werden wir alle noch rührselig«, wandte Ruth ein und versetzte ihrem Sohn einen liebevollen Klaps auf den Po. »Du solltest jetzt schlafen gehen.«

»Tahitoa und ich nehmen ihn mit zu uns«, sagte Aipua lächelnd und winkte Jan, mit ihnen zu kommen. Ihr Mann trat auf Ruth zu und ergriff deren Hände. In seinen Augen schimmerte es feucht.

»Ich wünsche Ihnen viel Glück, Madam, und eine gute Fahrt mit der *Poerava!*«

»Viel Glück, Mister Tahitoa! Ich werde nie vergessen, was Sie alles für mich getan haben.«

»Ich werde noch sehr viel für Sie und Captain Lucky Jim tun, auch wenn er sich derzeit Mister Hansen Sir nennt.« Nun lächelte Tahitoa, umarmte Ruth und hob dann Jan auf, um ihn mit zu sich zu nehmen.

Lu Po und dessen Frau brachen ebenfalls auf. Auch sie wünschten James eine gute Reise, dann waren er und Ruth allein, denn Maire, Vaimiti und Lu Yi hatten sich bereits zurückgezogen.

7.

Einige Augenblicke saßen Ruth und James schweigend am Tisch. Dann lachte James bitter auf. »Wir könnten ein so schönes Leben führen, wenn es diese Schurken nicht gäbe!«

»Ich habe Angst«, bekannte Ruth. »Wozu diese Leute fähig sind, können wir daran ersehen, dass sie dich niedergeschlagen und mitten im Ozean ins Wasser geworfen haben.«

»Ich frage mich, was es mit diesen gefälschten Briefen auf sich hat. Ohne Grund macht das niemand, und ich fürchte, dass eine ganz üble Sache dahintersteckt«, antwortete James, dem im Augenblick Ruth und deren Familie wichtiger waren als Zechariah Bartlett und dessen Handlanger.

»Es ist unsere letzte gemeinsame Nacht für lange Zeit. Wir sollten sie uns nicht durch diese Schurken verderben lassen«, sagte Ruth.

»Du hast wie immer recht, mein Schatz!« James stand auf und nahm sie in die Arme. »Solange wir beide einander lieben, werden wir jede Klippe umschiffen.«

»Das werden wir …«, begann Ruth. Was sie noch weiter sagen wollte, wurde durch James' Kuss beendet.

Sie standen lange eng umschlungen, dann hob James Ruth auf und trug sie in das Schlafzimmer. Dort entkleidete er sie sanft und sagte sich dabei, wie glücklich er sich schätzen konnte, sie zur Frau gewonnen zu haben. Ruth half ihm, sich auszuziehen, und danach liebten sie sich weniger mit Leidenschaft als voller Zärtlichkeit.

Als sie später zufrieden und glücklich nebeneinanderlagen, lachte Ruth leise auf. »Ich hoffe, du hast dich nicht zu sehr verausgabt, mein Lieber, sonst verschläfst du am Morgen und siehst, wenn du aufwachst, die Segel der *Andromache* in der Ferne verschwinden!«

»Ich bin Seemann und wache in dem Augenblick auf, an dem ich es will. Außerdem würde Tahitoa mich wecken«, antwortete James lächelnd.

»Wenn er mit Aipua nicht dasselbe gemacht hat wie du mit mir. Auch für die beiden ist es die letzte Nacht, und sie werden bis zum Wiedersehen noch länger warten müssen als wir.«

»Du darfst nicht zu früh lossegeln!«, beschwor James Ruth. »Die Winterstürme müssen vorbei sein, wenn du Australien umrundest.«

»Vielleicht sollte ich doch die Strecke über Batavia wählen.«

»Das darfst du auf keinen Fall! Dieser Kurs führt an zu vielen Inseln vorbei, deren Buchten ausgezeichnete Verstecke für Piraten bieten. Die *Poerava* ist kein Kriegsschiff, das ein Dutzend dieser Sampans und Dschunken mit einer Breitseite versenken kann. Du wirst die Route nehmen, die ich für dich gewählt habe!« James klang eindringlich, denn er wollte nicht, dass Ruth unterwegs in Gefahr geriet.

Diese spürte seine Sorge um sie, streichelte ihn lächelnd und legte sich dann auf den Bauch. James setzte sich halb auf sie, strich mit der Hand sanft über ihre Pobacken und betrachtete das gut handtellergroße Tatau, das knapp darüber zu sehen war. Unwillkürlich fuhr er mit dem Zeigefinger die feinen Linien nach.

»Was tust du da?«, fragte Ruth.

»Ich bewundere dein Tatau. Es ist gut gemacht und beeinträchtigt deine Schönheit überhaupt nicht! Du hast zwar gesagt, dass es die Bedingung der Hanatea war, damit dein Mann und du bei ihnen bleiben konntet, aber nicht, was es bedeutet.«

»Es ist ein Symbol der Fruchtbarkeit, erklärte Noelani mir. Es soll Frauen helfen, schwanger zu werden und gesunde Kinder zur Welt zu bringen.« Ruth lachte, denn sie hielt dies für einen gewissen Aberglauben. Gleichzeitig wünschte sie sich sehr, ein Kind von James zu empfangen und ihrem Mann auf diese Weise ihre Liebe beweisen zu können.

»Woran denkst du?«, fragte James, da sie still geworden war.

»An ein Brüderchen für Jan«, antwortete Ruth versonnen.

»Das wäre schön!« James küsste sie und lachte kurz auf. »Würde es Bartlett nicht geben, wäre unser Sohn von Geburt an Viscount Broulie!«

»Gäbe es Bartlett nicht, wären wir beide uns vielleicht nie begegnet. Ohne den Mann wäre es Mathias Mensing schwergefallen, Hinrich auf die Inseln zu schicken.«

»Wobei wir wieder bei dem Grund für meine Reise wären, an die wir heute Abend nicht denken wollten«, meinte James mit einem leisen Schnauben. »Nun lass uns schlafen. Es liegt mir zwar noch so viel auf der Zunge, was ich dir sagen wollte, doch das sollten wir uns für unser Wiedersehen aufheben.«

»Das sollten wir!«, sagte Ruth und betete inständig, dass Gott ihnen dieses Wiedersehen so bald wie möglich gestatten würde.

8.

James wachte so rechtzeitig auf, wie er es vorausgesagt hatte, wusch sich in dem kleinen Freiluftbadezimmer am Hang und zog sich an. Unterdessen bereiteten Maire und ihre Helferinnen das Frühstück, während Ruth nicht so recht wusste, was sie tun sollte. Sie wartete, bis James hereinkam, und musterte ihn erstaunt. Lu Mei und die anderen Näherinnen hatten großes Geschick bewiesen. So trug James Kniehosen und Seidenstrümpfe wie ein Gentleman, ein seidenes Hemd und eine Weste mit Perlmuttknöpfen. Den Rock, der für dieses Klima zu warm gewesen wäre, hängte er über die Stuhllehne. Auch mit diesem konnte er sich in London und Hamburg sehen lassen. Einen Hut aber würde er sich kaufen müssen, denn die Brokatmütze, die Lu Pos weibliche Verwandtschaft angefertigt hatte, passte besser zu einem Herrn im Morgenrock und war zum Ausgehen ungeeignet.

»Nun, genug begutachtet?«, fragte James lächelnd.

»Ich finde, du bist ein stattlicher Herr! Ich hätte es schlechter treffen können«, erwiderte Ruth. Sie trat auf ihn zu und küsste ihn. Danach warf sie einen Blick auf den Tisch, der sich unter den aufgetragenen Köstlichkeiten förmlich bog.

»Glaubst du wirklich, dass du das alles essen kannst, ohne seekrank zu werden?«

»Einer der Gründe, die dazu führten, dass man mich Lucky Jim genannt hat, ist, dass ich im Gegensatz zu vielen auf der *Hesione* niemals von Seekrankheit gepeinigt wurde. Für einen Matrosen oder gar Kapitän ist diese eine Schande, und so mancher Seeheld hätte einen seiner Siege dafür hergegeben, wäre er von ihr verschont geblieben. Aber zu deiner Beruhigung: Ich werde weniger als ein Viertel davon essen können, und das ist schon viel. Den Rest solltest du dir zusammen mit Aipua, Jan, Vaimiti und wer noch alles kommen mag, schmecken lassen!« James lachte leise, aß ein paar Bissen und griff nach seinem Rock. »Es ist so weit!« Seine Stimme schwankte. Er zog Ruth an sich und hielt sie einige Augenblicke fest. »Gib gut auf dich und Jan acht!«

Dann sah er Tahitoa reisefertig bei der Tür stehen und löste sich aus Ruths Armen.

Diese entdeckte Tahitoa nun ebenfalls und musste sich das Lachen verkneifen. Meistens trug dieser ein Lendentuch. Zwar hatte sie ihn auch schon in Hosen und Hemd gesehen, doch jetzt wirkte er mit der dunklen Hose, dem weißen Baumwollhemd und der gestreiften Weste wie ein hochherrschaftlicher Lakai. Nur die leichten Stoffschuhe nach chinesischer Art passten nicht so recht dazu.

»Mister Hansen Sir! Die *Andromache* hat Signal gegeben, dass wir an Bord kommen sollen«, meldete er.

»Danke, Mister Tahitoa«, antwortete James.

»Sir, es wäre angemessen, wenn Sie mich von nun an mit dem Namen Thaddäus ansprechen. Diesen Namen haben mir vor Jahren die hiesigen Missionare gegeben, und er scheint mir für den Diener eines Gentlemans besser geeignet. Auch sollten Sie mich nicht Mister nennen. Kein Gentleman tut dies bei seinem Diener.«

Ruth hob kurz die Hand, um die beiden zu unterbrechen. »Du kannst weiter Tahitoa zu ihm sagen. Bei ihren hochrangigen Dienstboten verwenden Engländer den Familiennamen. Hinrich hat unseren Freund bei seiner Heirat mit Aipua als Thaddäus Tahitoa in sein Kirchenbuch eingetragen.«

»Das ist mir auch lieber«, sagte James, schluckte kurz und nickte Tahitoa zu. »Es geht an Bord!«

»Yes, Sir! Bis bald!« Tahitoa kämpfte damit, seine meist fröhliche Miene beizubehalten, als er allen noch einmal zuwinkte und dann das Haus verließ.

James folgte ihm. Ruth wollte hinterhergehen, nahm aber zunächst Aipua in den Arm, der man den Abschiedsschmerz ansah. »Es wird alles gut werden! Vertrau mir!«

Aipua nickte, nahm ihre Tochter auf den Arm und ging mit ihr und Jan zusammen nach unten zum Anlegesteg. Dort wartete bereits ein Kanu auf James und Tahitoa. Außerdem hatten sich eine Menge Leute versammelt, um Abschied zu nehmen. Ruth sah Lu Po und etliche aus seiner Familie, Tahitoas Freunde sowie alle Matrosen ihrer Schiffe und deren Familien. Der Klang von Trommeln, den die Missionare so hassten, erscholl, und die Frauen sangen jene alten Lieder, mit denen ihre Vorfahrinnen seit jeher die Seefahrer ihres Volkes verabschiedet hatten.

James blieb kurz stehen und winkte der Menge zu. »Nana, 'Ia mānuia – auf Wiedersehen und viel Glück!«

»'Ia maita'i te ho'ira'a! – Kommt bald zurück!«, scholl es aus Dutzenden Mündern zurück.

Sie bestiegen das Kanu. Die Männer darin ergriffen ihre Paddel, und auf einen Befehl ihres Steuermanns stachen sie in See.

Während das Kanu der *Andromache* zueilte, empfand Ruth eine tiefe Traurigkeit. Da trat Aipua an ihre Seite und legte ihr die Hand auf den Bauch. »Wenn du Lucky Jim wiedersiehst, wird er eine große Überraschung erleben!«

Ruth sah ihre Freundin zuerst verdattert an, dann weiteten sich ihre Augen. »Du glaubst, ich könnte …?«

»… schwanger sein!«, setzte Aipua den abgebrochenen Satz fort. »Ja, das glaube ich! Seit ein paar Tagen gibt es bei dir Anzeichen, die darauf hindeuten.«

»Aber …« Erneut brach Ruth den Satz ab. Seit sie Witwe geworden war, hatte sie nicht mehr auf ihren monatlichen Rhythmus geachtet, sondern ihn so hingenommen, wie er kam. Als sie nun nachdachte, begriff sie, dass ihre Blutung überfällig war. Sie hatte sich nicht darum gekümmert, doch Aipua war dies nicht entgangen.

»Oh Gott, das ist nicht gut!«, rief sie erschrocken. »Ich kann doch unmöglich mit dickem Bauch am Steuer der *Poerava* stehen.

Wir werden früher lossegeln und wohl doch die Passage durch die Arafura- und die Timorsee nehmen müssen!«

»Wir segeln so, wie Lucky Jim es gesagt hat, und auch zu der von ihm genannten Zeit«, antwortete Aipua lächelnd.

Ruth war durch die Erkenntnis, schwanger zu sein, so verwirrt, dass sie nicht bemerkte, dass ihre Freundin, die sie doch auf Tahiti zurücklassen wollte, von »wir« statt von »du« gesprochen hatte …

9.

An Bord der *Andromache* trafen James und Tahitoa auf die übliche Unruhe vor dem Lichten des Ankers. Die ersten Matrosen standen bereits auf den unter den Rahen angebrachten Seilen, um die Segel losmachen und setzen zu können. Während Captain Harding, der auf dem Achterdeck seine Befehle erteilte, den Passagieren keinen einzigen Blick gönnte, stach ein Midshipman auf die beiden zu und wies auf den nächsten Niedergang.

»Sie müssen sofort unter Deck! Hier stören Sie nur.« Da die Passagiere Captain Harding nicht willkommen waren, glaubte der junge Bursche, ihnen keine Höflichkeit zu schulden.

James zuckte mit den Schultern und drehte sich zu Tahitoa um. »Du weißt, wo unser Quartier ist?«

»Yes, Sir!«, antwortete Tahitoa schnarrend und ging voran. Ihr Gepäck war bereits am Vortag an Bord geschafft worden, und so hatten sie nicht viel bei sich.

Als sie nach unten stiegen, begriff James, es war wohl das erste Mal, seit sein Großonkel Humphrey Hutton ihn in die Marine gesteckt hatte, dass er das Auslaufen eines Schiffes unter Deck erleben musste. Er war jedoch nicht mehr Leutnant James Edward Hutton, sondern für die Männer auf der *Andromache* eine lumpige Landratte und wurde auch wie eine solche behandelt.

Ihr Quartier erwies sich als ein Raum, in dem in Kriegszeiten zusätzliche Kanonenkugeln geladen worden waren, und lag tief unten im Vorschiff. Die Bordwand war feucht, und zum Schlafen mussten Tahitoa und er zwei Hängematten an Haken befestigen. Ihr Gepäck war aber fein säuberlich verstaut und gesichert worden.

»Das haben meine Freunde und ich getan«, erklärte Tahitoa, bevor James den Schluss ziehen könnte, den Matrosen der *Andromache* dafür danken zu müssen.

»Gut gemacht, Mister Tahitoa!«, lobte James ihn.

»Nur Tahitoa, Sir!«, mahnte ihn dieser.

James lachte leise. »Gelegentlich muss ich es sagen, um es nicht zu vergessen.«

»Was sollen wir jetzt tun?«, fragte Tahitoa, als von oben das Klicken der Ankerwinde zu hören war.

»Da ich nicht glaube, dass man uns so rasch hier herauslässt, sollten wir die Hängematten aufhängen und ein wenig Schlaf nachholen. Die letzte Nacht war doch etwas kurz und anstrengend«, schlug James vor.

»Das war sie in der Tat, Sir!«, antwortete Tahitoa mit einem anzüglichen Grinsen und machte sich ans Werk.

10.

In jenem Narrenhaus in der tiefsten Waldprovinz des Königreichs Bayern beobachtete die Fremde, wie sie hier noch immer hieß, wie Doktor Hausgeyer den Stier behandelte. Mittlerweile wusste sie, dass ihr Name Frieda Simonsen war und sie aus Hamburg stammte. Sie erinnerte sich auch an ihre Zwillingstöchter und sah in ihren Gedanken deren Gesichter vor sich. Mit einem wehmütigen Lächeln dachte sie daran, dass sie in den schlimmsten Zeiten ihres

Wahns Anna für ihre gleichnamige Tochter gehalten hatte. Dabei waren ihre Töchter hübsche, blonde Mädchen.

Frieda schüttelte kurz den Kopf. Auch diese Anna würde hübsch werden. Ihr Haar war brünett, und sie hatte große, braune Augen und ein rundlicheres Gesicht als ihre Töchter. Nur ein Narr konnte sie für eine Wahnsinnige halten, und Doktor Hausgeyer war so ein Narr.

Frieda hatte selten einen Mann gesehen, der von seinen eigenen Fähigkeiten so überzeugt gewesen war wie dieser Irrenarzt, und mit Sicherheit keinen, bei dem Anspruch und Wirklichkeit so weit auseinanderklafften. Seine Methode, den »Stier« von seinem gefährlichen Verhalten zu heilen, bestand darin, diesen mit zusammengemischten Pulvern zu traktieren und ihm, wenn diese keine Wirkung zeigten, von Ludwig mit dem Knüppel auf den Kopf hauen zu lassen. Als dies erneut geschah, dachte sie bissig, dass dies gewiss die beste Methode war, den Mann endgültig in den Wahnsinn zu treiben.

Sie selbst war bis jetzt nur einmal von Hausgeyer angesprochen worden, hatte aber nicht das Gefühl, als interessierte er sich für sie oder für Anna. Da sie zu den harmloseren Fällen zählten, waren sie für ihn nicht von Belang. Der Arzt wollte sich einen Namen machen, indem er in Fachzeitschriften über Menschen mit extremen Wahnvorstellungen schrieb. Da er jedoch alle Insassen des Narrenhauses untersuchen sollte, richtete Frieda sich darauf ein, noch examiniert zu werden.

Dies störte sie, da sie viel lieber in Ruhe ihren Gedanken nachgegangen hätte. Zu vieles aus ihrer Vergangenheit lag noch hinter dichten Nebelschleiern verborgen, und um diese zu lüften, benötigte sie keinen Doktor Hausgeyer, sondern Zeit, um nachdenken zu können.

Da fiel ihr auf, dass der Arzt sie beobachtete. Er sprach sie jedoch nicht an, sondern wandte sich seinem Assistenten zu. »Meinen Untersuchungen zufolge wurde der Geist dieses Weibes durch ein schreckliches Ereignis zerrüttet und sie deshalb von ihrer Familie hierhergebracht. Es mag der Tod eines lieben Verwandten gewesen sein, wahrscheinlicher aber ein Fall von Notzucht, sei er an ihr oder einem ihr nahestehenden weiblichen Wesen begangen worden. Die Art, wie sie laut Martins Bericht den Stier niedergeschlagen hat, weist darauf hin.«

»Das ist eine sehr treffende Analyse, Herr Doktor«, stimmte Molitor seinem Mentor eifrig zu.

Dieser fuhr in seinem Dozententon fort: »Der Geist eines Weibes ist nun einmal leicht zu erschüttern. Das sieht man schon allein in diesem Narrenhaus. Mehr als zwei Drittel der Verrückten, die man hierhergebracht hat, sind Weiber.«

»Das ist mir auch schon aufgefallen, Herr Doktor!«, erklärte sein Assistent.

Frieda verzog grimmig die Lippen. Über die Hälfte dieser Frauen hätten auch außerhalb der Anstalt leben können. Sie waren zwar ein wenig seltsam, doch das lag mehr daran, dass man sie hier eingesperrt hatte und wie Wahnsinnige behandelte. Zumeist waren es Mägde, die zu alt und schwach geworden waren, um noch arbeiten zu können, und auffallende Gewohnheiten angenommen hatten, wie ältere Leute es manchmal taten. Um sie nicht weiter durchfüttern zu müssen, hatten ihre Dienstherren sie entweder aus dem Haus gejagt oder auf direktem Weg hierhergebracht. Durch ihre Hilflosigkeit waren sie leichte Opfer für Verrückte wie den Stier, aber zum Glück kam es bei dessen Anfällen nur in wenigen Fällen zum richtigen Geschlechtsverkehr. Doch auch so war es für die armen Wesen beschämend genug, wenn er sein Geschlechtsteil an ihnen rieb und ihre Kleidung mit seinem Erguss beschmutzte.

Unterdessen belehrte Hausgeyer seinen Adlatus ausschweifend, wie anfällig der weibliche Geist wäre, und wies dann auf Frieda.

»Ich werde nun ein Experiment durchführen, um dies zu beweisen. He, du da!«

Frieda begriff, dass es ihr galt, und stand auf. Der Arzt musterte sie überheblich und wies durch eines der winzigen Fenster nach draußen.

»Es ist ein schöner Tag, wie geschaffen zum Pilzesuchen. Du wirst hinausgehen und es tun. Dabei wirst du dich keine hundert Schritte von diesem Haus entfernen. Nimm dir einen Korb und etwas zu essen mit und kehre im letzten Schein des Tages hierher zurück! Hast du mich verstanden?«

»Ich soll hinausgehen, Pilze suchen und innerhalb von hundert Schritten beim Haus bleiben«, sagte Frieda leiernd.

»So ist es! Wenn die Sonne sinkt, kommst du zurück, aber keinen Augenblick früher!« Hausgeyer hob mahnend den Zeigefinger und forderte sie auf, sich etwas zu essen zu holen und zu gehen.

Frieda nickte, trat aber zuerst auf Anna zu. »Du wirst mitkommen!«

Verwirrt folgte das Mädchen ihr. Ludwig wollte es aufhalten, doch da klang Hausgeyers Stimme auf.

»Lass sie! Sie hängt an dem Mädchen und würde das Haus allein wohl nicht verlassen. Das ist ein deutlich erkennbares Zeichen ihres Wahns.«

Während Ludwig zurücktrat, ging Frieda in die Kammer, in der die für die Insassen des Narrenhauses gespendeten Kleider lagen. »Es kann draußen noch kalt sein«, sagte sie, als Ria verwundert zur Tür hereinschaute.

»Dann nimm dir halt was mit«, antwortete diese und verschwand wieder.

Frieda reichte Anna ein dickes Schultertuch, wählte sich selbst ebenfalls eines und stopfte ein weiteres unter ihr Kleid. Ein viertes, zwei weitere Kleider, mehrere Socken und ein paar Kopftücher wanderten in einen Korb.

»Was tust du da?«, fragte Anna verwirrt.

»Sei still!« Friedas Stimme klang leise, aber scharf genug, so dass das Mädchen gehorchte. Anschließend ging sie in die Vorratskammer und füllte dort ihren Korb mit Lebensmitteln.

Zu Annas Verwunderung landete ein ganzer Laib Brot im Korb, dazu ein Käse, ein schönes Stück geräucherter Speck und mehrere Würste. Frieda holte sich auch noch zwei Messer, zwei Holzbecher und eine Feldflasche aus Leder. Es war alles so seltsam, dass Anna befürchtete, Friedas Verstand hätte sich erneut getrübt. Dabei hatte es bereits so ausgesehen, als wäre die Frau wieder Herrin ihrer Sinne geworden.

Frieda deckte den vollen Korb mit ihrem Schultertuch ab und ging zur Tür. Auf Hausgeyers Zeichen öffnete Ludwig diese und ließ sie und Anna hinaus. Kaum war die Tür hinter der Frau und dem Mädchen geschlossen worden, blickte der Arzt auf seine Taschenuhr. »Es ist zehn Uhr am Vormittag. Diese Verrückte wird nun mindestens acht Stunden lang dieses Haus in einhundert Schritten Entfernung umkreisen und dabei keinen einzigen Pilz finden. Dies ist ein ebenso unzweifelhaftes wie beredtes Zeichen ihres Wahns!«

Während sein Assistent Molitor eifrig nickte, zuckte die Köchin Franzi mit den Achseln. »Die Fremde mag zwar verrückt sein, ist aber trotzdem noch eine der Helleren da herinnen.«

Diesen Glauben hatte Anna mittlerweile fast aufgegeben. Sie fasste Frieda beim Arm und wollte sie aufhalten. »Das Frühjahr hat gerade angefangen. Da gibt's noch keine Schwammerl. Da muss es erst Sommer werden!«

Nachdem sie den Wald erreicht hatten, blieb Frieda stehen und strich ihr mit der Linken über die Wange. »Das weiß ich selbst, mein Kind! Doch wenn der ehrenwerte Doktor Hausgeyer höchstpersönlich die Türe dieses entsetzlichen Hauses für mich öffnen lässt und mir fast einen ganzen Tag Zeit gibt, wäre ich wirklich wahnsinnig, dieses Geschenk nicht anzunehmen.«

»Welches Geschenk?«, fragte Anna verwundert.

»Die Freiheit, mein Kind! Bis jetzt hat man uns, wenn man uns wirklich einmal ins Freie ließ, stets unter Beobachtung gehalten. Doch nun ist es etwas anderes. Wir haben Zeit, bis die Sonne sinkt, Essen für mehrere Tage und zusätzliche Kleidung, um uns in der Nacht warm zu halten. Eine bessere Gelegenheit kommt nie wieder. Nun sollten wir uns sputen, um so viele Meilen wie möglich zwischen uns und diesen grässlichen Ort zu bringen.«

Damit schritt Frieda weiter und zog Anna einfach hinter sich her. Diese hatte das, was ihre Begleiterin Freiheit nannte, nie kennengelernt und verging fast vor Angst, als das Narrenhaus immer weiter hinter ihnen zurückblieb.

»Die wilden Tiere werden uns fressen oder Räuber uns umbringen, wenn wir nicht in das Haus zurückgehen«, jammerte sie.

Um Friedas Lippen spielte ein nachsichtiges Lächeln. »Ich glaube nicht, dass die Gefahr in diesen Landen groß ist, einem Bären oder gar Wölfen zu begegnen. Auch sind Räuber auf Reisende mit vollen Beuteln aus und werden sich nicht um zwei Bettlerinnen wie uns kümmern. Also hurtig ausgeschritten! Wenn der ehrenwerte Doktor Hausgeyer uns vermisst und suchen lässt, sollten wir weit genug von hier entfernt sein, um nicht gefunden zu werden. Übrigens musst du mich nicht mehr ›Fremde‹ nennen. Ich heiße Frieda. Und nun komm!«

Von den bisherigen vierzehn Jahren ihres Lebens hatte Anna zehn in diesem Narrenhaus verbracht und sich in der Zeit nie weiter als ein paar Dutzend Schritte davon entfernt. Nun verschwand es immer weiter hinter ihnen, und sie hatte Angst vor der Welt außerhalb dieser Mauern. Nach einer Weile fühlte sie sich erschöpft. Die Beine taten ihr weh, und sie flehte Frieda um eine Pause an.

»Später!«, sagte diese und versetzte Anna, als diese sich setzen wollte, einen sanften Klaps. »Wir sind noch zu nahe an diesem gräulichen Haus! Erst wenn wir den Weg, der dorthin führt, verlassen haben, können wir an eine Rast denken.«

»Ich kann nicht mehr!«, jammerte Anna.

»Der Mensch kann viel, wenn er muss«, herrschte Frieda sie an. »Also weiter!«

Anna taumelte weiter, fühlte, wie Frieda den linken Arm um sie legte, um ihr beim Gehen zu helfen, und setzte gehorsam einen Fuß vor den anderen.

Erst als Frieda endlich anhielt und erklärte, dass sie nun Rast machen könnten, bemerkte Anna, dass sie die Straße, die zum Narrenhaus führte, verlassen hatten und einem schmalen Waldweg folgten.

»Wo gehen wir hin?«, fragte sie besorgt, da Martin, Ludwig und die beiden Mägde die Insassen des Narrenhauses immer wieder mit Berichten über hungrige Bären und reißende Wölfe erschreckt hatten, um sie am Davonlaufen zu hindern.

»Wir gehen von nun an immer nach Norden. Dort liegt unser Ziel, wenn auch in weiter Ferne. Jetzt aber können wir uns einige Minuten ausruhen und etwas essen«, sagte Frieda, während sie ihre Feldflasche an dem kleinen Bach füllte, der quer über den Weg floss.

»Ich habe keinen Hunger!«, murmelte Anna. »Dafür tun mir die Haxen so weh, dass ich keinen Schritt mehr tun kann.«

»Eine bis zwei Meilen sollten wir heute noch schaffen«, erklärte Frieda. »Auch wenn unsere Beine jetzt noch wehtun, werden sie sich ans Wandern gewöhnen. Es wird dir gefallen, andere Menschen zu sehen als die, die du in all den Jahren ertragen musstest. Die ersten Dörfer werden wir allerdings meiden, damit niemand diesem aufgeblasenen Arzt berichten kann, er hätte uns gesehen. Und nun trink!« Frieda reichte Anna die Feldflasche. Diese trank durstig und reichte sie dann zurück.

»Ich werde sie, bevor wir weitergehen, noch einmal füllen. Jetzt sollten wir ein wenig Käse und Brot essen – und vielleicht ein kleines Stück Speck, damit wir mit frischen Kräften weitergehen können.« Sie nahm das Messer aus dem Korb, schnitt zwei Stücke von dem Brot ab, ebenso vom Käse und vom Speck, und reichte dem Mädchen seinen Anteil.

Obwohl Anna behauptet hatte, sie hätte keinen Hunger, verschlang sie alles so schnell, dass Frieda sie mahnte, langsamer zu essen und sorgsam zu kauen. Da sie beide erschöpft waren, blieben sie etwas länger sitzen, als Frieda gewollt hatte. Schließlich zwang sie sich, auf die Beine zu kommen, füllte die Flasche und nahm ihren Korb. »Wir müssen weiter!«

Anna stand seufzend auf und glaubte zunächst, keinen Schritt mehr tun zu können. Nach einer Weile wurde es jedoch besser, und als der Abend sank, waren sie so weit von dem Narrenhaus entfernt, dass Frieda nicht glaubte, dass man in dieser Gegend nach ihnen suchen würde. Wenn man es überhaupt tut, dachte sie. Schließlich ging es nur um zwei harmlose Insassinnen eines Narrenhauses, und da mochte Hausgeyer der Aufwand zu groß sein.

Ihr Schlafplatz war ein Gebüsch abseits des Weges. Dort richtete Frieda mit Blättern und dünnen Zweigen ein Lager her. Es war so warm, dass sie auf die zusätzlichen Kleider verzichten und nur die Schultertücher, die Frieda nicht ohne Absicht nach ihrer Größe ausgewählt hatte, als Decken hernahmen.

Zunächst lauschte Anna noch den Geräuschen des nächtlichen Waldes und glaubte nicht, hier draußen überhaupt einschlafen zu können. Doch kaum hatte sie das gedacht, fielen ihr auch schon die Augen zu, und sie wachte erst wieder auf, als Frieda sie am nächsten Morgen anstupste. »Aufstehen! Wir sollten uns am Bach waschen, frühstücken und weitergehen.«

»Ich kann nicht!«, wimmerte Anna, die von einem heftigen Muskelkater geplagt wurde.

»Wie sagte ich gestern? Man kann viel, wenn man muss! Doch wenn es dich tröstet: Wir werden heute weniger weit laufen als gestern. Da war es wichtig, um aus der Nähe des Narren-hauses zu kommen.« Frieda lächelte aufmunternd, und so fass-te Anna Mut, ihr zum Bach zu folgen. Dort forderte Frieda sie auf, sich bis auf die Haut auszuziehen und sich gründlich zu wa-schen.

Das Wasser war kalt, doch Anna spürte, dass das Bad sie er-frischte. Sie konnte danach mit gutem Appetit essen. Als sie auf-brachen, taten ihr zunächst noch die Beine weh. Bald aber wurde es besser, und sie konnte über eine lustige Bemerkung von Frieda lachen. Vielleicht, dachte sie, war die Freiheit doch nicht so schlimm, wie sie befürchtet hatte.

11.

James Hutton und Tahitoa konnten die mangelnde Gastfreund-schaft auf Seiner britischen Majestät Schiff *Andromache* beklagen, aber an Captain Hardings nautischem Können war nichts auszu-setzen. Die *Andromache* durchquerte in erstaunlich kurzer Zeit den Pazifik und legte in Valparaiso an, um Frischwasser und Vor-räte für die Umrundung Kap Hoorns an Bord zu nehmen.

James und Tahitoa mussten sich ebenfalls versorgen und ver-suchten dabei herauszufinden, ob Jakob Simonsens *Neuwerk* es überhaupt bis hierher geschafft hatte. Immerhin war es möglich, dass das Schiff bei dem Versuch, um Kap Hoorn herumzukom-men, gescheitert war. Laut Ruth waren ihr Vater und Kapitän Klemme ausgezeichnete Seeleute, doch selbst das bestgeführte Schiff konnte ein Opfer widriger Umstände werden.

Die Suche nach einer Nadel im Heuhaufen wäre ergiebiger ge-wesen. Die Unterlagen im Hafenamt reichten nur zwei Jahre zu-rück. Ältere Berichte waren entweder in die Hauptstadt geschickt oder vernichtet worden. Obwohl Santiago nicht weit entfernt lag, war für James eine Reise dorthin unmöglich. Captain Harding wollte so rasch wie möglich wieder in See stechen und hätte ihn, ohne mit der Wimper zu zucken, in Chile zurückgelassen.

Bei einem Schiffsausrüster erfuhren sie, dass immer mehr europäische Schiffe hierherkamen, um begehrte Güter zu laden. Ob dabei auch eines aus Hamburg dabei gewesen war, vermochte der Mann ihnen nicht zu sagen.

So blieb ihnen nichts anderes übrig, als die gekauften Vorräte an Bord der *Andromache* schaffen zu lassen und selbst dorthin zurückzukehren. Obwohl er nicht ernsthaft mit einem Erfolg gerechnet hatte, war James enttäuscht. Hätte er hier etwas von der *Neuwerk* erfahren, hätte sich das Gebiet, in dem sie verloren gegangen war, auf die Strecke von hier bis zu den Marquesas-Inseln eingeschränkt. Der Brief, den Jakob Simonsen angeblich aus Valparaiso nach Hause geschickt hatte, konnte ebenfalls gefälscht worden sein. Daher war es ungewiss, wie weit er gekommen war und wo er sich jetzt befinden konnte.

Da ihnen mangels anderer Gesprächspartner viel Zeit blieb, miteinander zu reden, gingen James und Tahitoa die einzelnen Situationen immer wieder durch. Beide begriffen immer mehr, dass sie nur Bruchstücke eines Bildes hatten und nichts davon zusammenpasste. Wenn sie mehr erfahren wollten, mussten sie sich bis Hamburg gedulden. Sie waren daher froh, als am nächsten Tag der durchdringende Ton der Bootsmannspfeife erklang und sie hörten, wie über ihnen die Matrosen aus den Niedergängen eilten.

»Es geht weiter!«, sagte Tahitoa. »Was meinen Sie, Mister Hansen Sir? Wie lange werden wir noch bis Europa brauchen?«

»Das kommt darauf an, wie wir um Kap Hoorn herumkommen. Geht es rasch, sind wir in wenigen Wochen in England. Pfeift uns der Wind scharf entgegen, kann es sein, dass wir umkehren und es im nächsten südlichen Frühjahr versuchen müssen.«

Es wäre die Lösung, die James am wenigsten behagte. Auf diese Art und Weise war es möglich, dass Ruth vor ihm in Hamburg ankam und ungewarnt in gefährliche Situationen geraten konnte.

Unruhig geworden, beschloss er, an Deck zu steigen, auch wenn ein paar Matrosen darüber schimpften. Er kannte sich jedoch an Bord einer Fregatte aus und wusste, wo er ihnen am wenigsten im Weg stand.

Oben gelang es James sogar, eine gewisse Zeit unbemerkt zu bleiben. Die Leistung der Matrosen, der Maate und Offiziere nötigte ihm Achtung ab. So wie Captain Harding hatte Gervase Smyth seine Mannschaft nie im Griff gehabt. Der Anker wurde gelichtet und die ersten Segel gesetzt, damit die Fregatte Fahrt aufnahm. Kurz darauf griff auch das Ruder, und so segelte die *Andromache* auf gutem Kurs aus der Bucht von Valparaiso hinaus.

James wollte wieder nach unten, als ein Maat auf ihn zutrat. »Sie können sagen, was Sie wollen, Sir, aber Sie kennen sich auf Schiffen aus. Sie waren die ganze Zeit an Deck, ohne dass es dem Captain oder einem der Offiziere aufgefallen ist. Das schafft keine Landratte!«

»Ich war – und eigentlich bin ich es noch – Handelsschiffer in der Südsee«, antwortete James, da er seine Zeit bei der Royal Navy nicht preisgeben wollte.

»Soso! Ein Handelsschiffer wollen Sie sein?«

Der Maat zeigte deutlich, dass er James nicht glaubte. Dieser wollte nun nach unten gehen, als er ein Schiff wahrnahm, das unter vollen Segeln auf den Hafen von Valparaiso zusteuerte. Es war größer als die Schiffe, die sonst diese Gewässer befuhren. Auch wenn die Besegelung der hier gewohnten entsprach, wirkte der Rumpf wie der eines englischen oder niederländischen Handelsschiffs.

Nur wenige Augenblicke später änderten beide Schiffe den Kurs, so dass es aus seinem Gesichtsfeld verschwand. Als James wieder nach unten stieg, erinnerte er sich an die Erzählung des alten Matrosen auf Nuku Hiva. Darin war von einem aufgebrachten Handelsschiff aus Europa die Rede gewesen. Steckte vielleicht doch ein Körnchen Wahrheit darin?, fragte er sich und wünschte, nach Valparaiso zurückkehren und dort genauer nachforschen zu können. James wusste jedoch, dass er Captain Harding mit einem solchen Wunsch erst gar nicht zu kommen brauchte. Daher kehrte er missmutig in sein Quartier zurück, um Tahitoa von seiner Entdeckung zu berichten. Wenigstens hatte er für einen Augenblick das Namensschild des fremden Schiffes gesehen und wusste daher, dass es *Santa Maddalena* hieß.

ACHTER TEIL

EINE VERZWEIFELTE LIST

1.

Die Stelle, an der Leutnant Trevor Simmons sein nasses Grab gefunden hatte, blieb immer weiter hinter der *Darling* zurück. Zwar war Jeremias Simonsen froh, Bill davor bewahrt zu haben, von Simmons vergewaltigt zu werden. Aber er spürte bald, dass das Mädchen die Sache nicht so leicht überwinden würde. Immer wieder brach Bill in Tränen aus und schluchzte zuletzt so herzzerreißend, dass er sie an sich zog und ihr sanft übers Haar strich.

»Es ist doch alles gut gegangen!«, sagte er, um sie irgendwie zu trösten.

Sie schüttelte verzweifelt den Kopf. »Nichts ist gut! Wir haben gegen jenes der Zehn Gebote verstoßen, das da heißt: Du sollst nicht töten. Wir sind zu Mördern geworden! Es wäre besser gewesen, ich hätte Simmons gewähren lassen. So aber haben wir Gottes Strafe auf uns herabgerufen.«

»So darfst du nicht denken!«, bat Jeremias. »Simmons war ein übler Schurke! Er zählte zu den Männern, die mich auf dieses elende Schiff verschleppt haben. Wahrscheinlich hat er auch mitgeholfen, dich zu entführen. Glaub mir, er hat den Tod verdient.«

»Das mag alles sein, aber wir haben unsere Hände mit seinem Blut befleckt«, jammerte Bill.

»Und wenn, so betrifft es nicht dich, sondern mich. Ich habe diesen Kerl umgebracht, und nicht du!« Jeremias wurde nun doch ungehalten, denn er wollte Bill nicht gerettet haben, um sich von ihr Vorwürfe anhören zu müssen.

»Das liegt mir ja so schwer auf dem Herzen! Ich will nicht, dass Gott dich meinetwegen verdammt«, rief Bill und brach erneut in Tränen aus.

»Wenn Gott mir dies ankreiden will, dann soll es so sein. Aber dann wird es in der Hölle verdammt eng werden, während man im Paradies durch himmlische Weiten wandern kann, ohne eine einzige reine Seele zu finden.«

»Versündige dich nicht!«, rief Bill erschrocken und klammerte sich an ihn. »Du bist der beste Mensch der Welt. Seit Wochen weißt du, dass ich kein Junge bin, und hast mich kein einziges Mal bedrängt.«

»Das wäre ja noch schöner!«, sagte Jeremias. »Wir sind Schicksalsgefährten, Bill, gemeinsam an eine Kette gebunden …«

»Es sind zwei Ketten!«, korrigierte ihn das Mädchen.

»Ich meine es symbolisch«, erklärte Jeremias. »Wir liegen seit Monaten Seite an Seite und werden bald nach Australien kommen.«

»Das macht mir noch mehr Angst! Man wird uns trennen, und ich werde ganz allein sein. Sobald man erkennt, dass ich ein Mädchen bin, kann ich mich glücklich schätzen, wenn ich von anderen Deportierten nicht sofort auf den Rücken gelegt und von einem nach dem anderen genommen werde. Selbst wenn ich Glück habe, wird man mich an einen Mann verkaufen, dem ich in allem dienen muss, so widerwärtig er mir auch sein mag.«

Als Jeremias darüber nachdachte, fand er Bills Ängste verständlich. Er wünschte sich, ihr helfen zu können. Doch als Verbannter würden ihm buchstäblich die Hände gebunden sein. Um sie auf andere Gedanken zu bringen, bat er sie, ihm noch einmal zu erzählen, wer ihr Feind war und aus welchen Gründen der Mann sie auf dieses Schiff hatte schaffen lassen.

»Ich weiß, du hast es mir schon berichtet, aber du hast mir noch nicht einmal deinen richtigen Namen genannt«, sagte er leise.

Bill schniefte leise und sah ihn dann an. »Ich heiße Kathleen Tremond. Mein Vater war Lord Rowland Tremond of Longley. Allerdings trage ich seinen Namen nur, weil er es so bestimmt hat.«

»Das ist eine üble Sache!«, sagte Jeremias. »Selbst wenn du in Australien behauptest, Kathleen Tremond und die Tochter eines Lords zu sein, wird dir keiner glauben.«

»Ebenso wenig, wie sie dir den Reedersohn aus Hamburg abnehmen werden«, sagte Kathleen mutlos.

»Wenn ich den in die Hände bekomme, der daran schuld ist …« Kaum hatte Jeremias es gesagt, stieß er ein wildes Gelächter aus. »Wir beide sind so hilflos wie Kälber, die zum Schlachter geführt werden! Sobald wir in Australien ankommen, sind wir nichts als verurteilte Sträflinge.«

»Sie werden uns trennen und …« Kathleen weinte erneut, denn dies erschien ihr als das Schlimmste. Würde sie bei Jeremias bleiben können, hätte sie ein wenig Hoffnung geschöpft. Doch von ihm getrennt zu werden und hilflos allen Menschen ausgeliefert zu sein, war ein Schicksal, dem sie sogar den Tod vorzog.

»Wenn ich nur wüsste, wie ich das verhindern kann«, stöhnte Jeremias verzweifelt.

»Es ist alles so entsetzlich!«, rief Kathleen. Sie sah die Zukunft schwarz in schwarz. Zwar hatte der Gedanke an ihr eigenes Schicksal ihre Gewissensbisse wegen Simmons' Tod verdrängt, doch nun fühlte sie sich fast noch schlechter als zuvor.

»Wie alt bist du eigentlich?«, fragte Jeremias.

»Wenn ich es recht bedenke, muss ich während der Fahrt sechzehn geworden sein«, antwortete Kathleen.

»Es ist eine Schande, dass man ein Kind wie dich auf ein solches Schiff gebracht hat und nach Australien verschleppt«, brach es aus Jeremias heraus.

»Ich bin kein Kind mehr!«, antwortete Kathleen beleidigt. »Meine Freundin Muriel ist nur ein Jahr älter als ich und bereits verheiratet.«

Das Wort verheiratet stieß etwas in Jeremias' Gedanken an, ohne dass er es zu fassen vermochte. Sie unterhielten sich noch eine Weile, dann erschien Cushing, der Storch, und brachte ihnen ihr Abendessen.

»Ist das letzte Mal, dass ihr hier an Bord futtern könnt. Morgen früh werden wir in den Hafen von Sydney einlaufen, und ihr werdet an Land geschafft«, erklärte er.

»Oh Gott, hilf uns in unserer Not!«, flüsterte Kathleen mit bleichen Lippen.

»Australien also! Es war nicht gerade mein Ziel, doch ich werde alles tun, um das Beste daraus zu machen«, sagte Jeremias.

Er erntete ein schallendes Gelächter des Matrosen. »Man wird euch eine Kette mit einer Eisenkugel ums Bein legen, und dann dürft ihr Steine klopfen, dass euch die Schwarte nur so kracht!«

2.

Captain Gervase Smyth war zufrieden, denn die *Darling* hatte Sydney heil erreicht. Zwar war sein Neffe Simmons unterwegs aus unbekannten Gründen über Bord gegangen, aber Smyth nahm an, dass dieser sich einen geheimen Alkoholvorrat besorgt und zu kräftig gebechert hatte. Danach musste er im betrunkenen Zustand gestolpert und über die Reling gestürzt sein. Für einen Augenblick überkam ihn die Erinnerung an James Edward Hutton, der vor mehreren Jahren ebenfalls über Bord gegangen war. Damals aber hatten Simmons und er kräftig nachgeholfen. Für ihn hatte es sich gelohnt, denn diese Sache war Zechariah Bartlett ein hübsches Sümmchen wert gewesen. Für seinen Neffen hingegen hatte es sich nicht ausgezahlt. Trevor hat ohnehin nichts getaugt, kommentierte er dessen Verlust und blickte auf die Leichter herab, die eben mit den ersten Sträflingen beladen wurden. Als Erstes sollten die Frauen an Land gebracht werden. In London und England waren sie Huren, Diebinnen und Bettlerinnen gewesen. Hier konnten sie darauf hoffen, dass Verbannte, die ihre Strafe bereits verbüßt hatten und nun als Siedler lebten, Gefallen an ihnen fanden und bereit waren, die Summe zu bezahlen, die für sie gefordert wurde. Da es zu wenige Frauen für diese Männer gab, konnte dies schnell gehen.

Smyth sah bei den Soldaten, die an Land die Gefangenen bewachen sollten, einige Zivilisten stehen. Auch ein Geistlicher war darunter, um die sich findenden Paare gleich hier zusammenzugeben.

Bei dem Gedanken an Frauen dachte Smyth an die Krankheit, die ihn seit ihrer Abfahrt aus London plagte. Hoffentlich gibt es in Sydney einen Arzt, der mir helfen kann, dachte er. Er wollte, wenn er nach England zurückgekehrt war, endlich wieder mit einer Frau verkehren können. Huren allerdings würde er in Zukunft meiden. Bei diesen hatte er sich schon ein paarmal etwas geholt, doch so schlimm wie beim letzten Mal war es nie gewesen.

Während Smyth seinen Gedanken nachhing, sah er, wie der Leichter mit den Frauen ans Ufer gerudert wurde. Ihm folgte das Boot mit den Männern, die einen gewissen Bildungsgrad besaßen, um hier als Schreiber und Aufseher von Nutzen zu sein. Sobald sie ihre Strafe verbüßt hatten, würden auch sie sich unter den deportierten Weibern eine Ehefrau aussuchen können und dann hier als Siedler leben.

Smyth kniff die Augen zusammen. Auf diesem Leichter befanden sich auch die beiden Spezialgefangenen, die er zusätzlich in die Liste eingetragen hatte. Diese hätten eigentlich als Letzte an Land gebracht werden sollen.

»Wahrscheinlich hat man sie mitgenommen, weil sie im Kanonendeck untergebracht waren, und nicht bei den Lebenslänglichen, zu denen sie eigentlich gehören«, murmelte Smyth und tat diese Tatsache mit einer Handbewegung ab. Er hatte sie jedenfalls hierhergebracht und gutes Geld daran verdient.

Da das Ausschiffen der Sträflinge eine zähe Angelegenheit war, verlor Smyth die Lust daran, weiter zuzuschauen, sondern winkte seinen ersten Offizier zu sich. »Mister Torbyn, sobald dieses Gesindel vollständig von Bord ist, lassen Sie das Schiff von oben nach unten gründlich säubern und ausräuchern. Danach kümmern Sie sich um die nötigen Reparaturen. Ich werde gleich von Bord gehen, um Gouverneur Darling meine Aufwartung zu machen!« Smyth musste grinsen, da der Gouverneur von Neusüdwales den gleichen Namen trug wie sein Schiff.

»Aye, aye, Sir!«

Torbyn, der nach Simmons' Verschwinden zum Stellvertreter des Kapitäns aufgerückt war, tippte mit zwei Fingern kurz an die Krempe seines Hutes und ging los, um Smyths Befehle auszuführen. Dieser sah noch zu, wie die ersten Leichter am Ufer anlegten, und wies dann einen Midshipman an, die Kapitänsgig bereit machen zu lassen und ihn zum Haus des Gouverneurs zu begleiten. An die Gefangenen, die eben an Land stiegen, verschwendete er keinen Gedanken mehr.

3.

Das Geräusch, mit dem der Anker ins Wasser klatschte, löste bei Kathleen Panik aus. »Jetzt werden sie bald kommen und uns holen!«

»Bleib ruhig!«, flehte Jeremias sie an. »Wir haben uns doch überlegt, was zu tun ist. Sobald wir an Land sind, wirst du auf den

Mann, der dort etwas zu sagen hat, zutreten, knicksen und erklären, ein Mädchen zu sein. Dies verhindert, dass du als angeblicher Bill Butcher unter eine Rotte übler Burschen gesteckt wirst, die dir, sobald sie dein wahres Geschlecht entdecken, Gewalt antun könnten.«

Es war ein verzweifelter Plan, aber für Jeremias die einzige Möglichkeit, um Kathleen zu helfen, in Australien ein für sie noch halbwegs verträgliches Leben führen zu können.

»Ich würde lieber bei dir bleiben!« Kathleen hatte mehr Angst um das, was mit Jeremias geschehen würde. Anders als sie gab es für ihn keinen Ausweg, der lebenslänglichen Zwangsarbeit zu entgehen. Sie selbst konnte immer noch sagen, man habe sie, weil sie Jungenkleidung getragen hatte, mit dem tatsächlich zur Deportation verurteilten Bill Butcher verwechselt. Allerdings würde man sie nicht nach England zurückschicken, sondern mit einem der hiesigen Siedler verheiraten. Laut Jeremias war dies das Beste, was ihr hier passieren konnte. Ihr Herz sagte etwas anderes, und so war sie den Tränen nahe, als raue Stimmen erklangen und die Gefangenen weiter hinten im Schiff aufforderten, an Deck zu steigen.

Plötzlich wurde die Tür ihrer Kammer aufgerissen und eine Laterne hereingehalten.

»Da sind auch noch zwei!«, sagte ein Mann, dessen Offiziersuniform zeigte, dass er vom Land her auf das Schiff gekommen sein musste.

»Das sind die Abgesonderten! Die sollen mit als Letzte ausgeladen werden«, erklärte Cushing.

Der Offizier schüttelte den Kopf. »Womöglich vergessen wir sie noch, und ihr nehmt sie mit nach England zurück. Wir räumen ein Deck nach dem andern.«

Auf einen Wink des Mannes kamen zwei Soldaten herein. Einer trug einen schweren Hammer und einen Meißel bei sich. »Bein ausstrecken!«, schnauzte er Kathleen an und zog, als sie nicht sofort gehorchte, ihr rechtes Bein auf sich zu.

»Festhalten!«, sagte er zu seinem Kameraden und setzte den Meißel an.

»Wollt ihr die Fußschelle nicht dran lassen?«, fragte der Storch, als der Mann die Schraube durchtrennen wollte.

Der lachte. »Wenn es üble Burschen sind, bekommen sie neue. Aber eigentlich sind die nicht nötig. Wenn sie wirklich so verrückt wären, zu fliehen, würden die Bluthunde des Gouverneurs sie innerhalb weniger Stunden erwischen. Sollten sie es dennoch schaffen, davonzukommen, haben sie auch nichts davon. Im Busch überlebt keiner länger als ein paar Tage. Entweder geht er vor Hunger ein, oder die Wilden erwischen ihn. Bei denen wandert er sofort in den Suppentopf!«

Auch wenn der Mann gewiss übertrieben hatte, so vermittelten seine Worte Jeremias wichtige Informationen. Ein Fluchtversuch würde bereits daran scheitern, dass Kathleen und er durch die lange Zeit auf dem Schiff zu schwach waren, um es wagen zu können. In ein paar Wochen sah es vielleicht anders aus, aber bis dorthin konnte viel passieren.

Jeremias sah zu, wie der Soldat zuerst Kathleens Fußschelle löste und sich dann an die seine machte. Besonders rücksichtsvoll ging er dabei nicht vor. Bei Kathleen bildete sich um den Knöchel herum ein blauer Fleck, und bei ihm rutschte der Meißel ab und zog eine blutige Schramme am Fuß.

»Und jetzt rauskommen! Wir haben noch mehr von euch Schurken zu holen«, blaffte der Soldat sie an.

Jeremias stand schwerfällig auf und half Kathleen auf die Beine. Als sie die Kammer verließen, schwankten sie wie betrunken. An Deck brannte die Sonne so hell, dass sie für einige Augenblicke die Lider schließen mussten. Ein Kolbenstoß in den Rücken bewies Jeremias jedoch, dass nicht die Zeit war, um stehen zu bleiben.

Blinzelnd ging er weiter und schob Kathleen vor sich her, damit wenigstens sie keine Schläge abbekam.

Die Jakobsleiter ins Boot zu bewältigen war eine Aufgabe, die schier über ihre Kräfte ging. Kathleen rutschte ab und platschte ins Boot. So schnell er konnte, folgte Jeremias ihr und setzte sich neben sie. »Hast du dir wehgetan?«

»Es ist zu ertragen«, antwortete sie und klammerte sich an ihn.

Sie waren die Letzten, die in dieses Boot geladen wurden, denn nun stießen die Ruderer es vom Rumpf der *Darling* ab und strebten dem Ufer zu. Dabei bedachten sie die neu angekommenen Sträflinge mit spöttischen Worten.

»Passt auf, dass euch die Kängurus nicht fressen«, sagte einer.

»Wenn ihr die Siedlung auch nur eine Meile verlasst, spießen euch die Wilden auf und stopfen euch in die Suppe!«, rief ein Zweiter.

So ging es weiter, bis das Boot am Steg anlegte. Die Soldaten trieben sie auf die Beine und scheuchten sie an Land. Kathleen und Jeremias fanden sich bei den leichteren Fällen wieder, die nur von ein paar Soldaten bewacht wurden, während auf die Schwerverbrecher eine ganze Kompanie wartete.

»Was machen die dort?«, fragte Kathleen und wies zu den deportierten Frauen.

Diese standen wie an einer Schnur aufgereiht und starrten teils ängstlich, teils hoffnungsvoll auf die Männer, die an ihnen vorbeigingen und sie musterten. Die Männer waren schlicht und derb gekleidet, ihre Gesichter von der Sonne verbrannt, und die Kommentare, mit denen sie sich über die frisch angekommenen Frauen ausließen, zählten zum übelsten Gossenjargon.

»Von denen will ich keinem gehören«, sagte Kathleen schaudernd, während Jeremias zusah, wie einer der Männer einer hübschen Frau zuwinkte, mit ihm zu kommen, und sie zu einer Gruppe von gut gekleideten Leuten führte. Ein Pfarrer im Talar sah ihnen wohlwollend entgegen, während ein Mann an einem Schreibpult die Feder zückte, um einen Eintrag zu machen.

»Was geschieht dort?«, fragte Jeremias einen Soldaten, der gemütlich auf den Lauf seiner Muskete gelehnt in der Nähe stand.

»Das ist eine Frischfleischversteigerung«, meinte der Mann launig. »Die Deportierten, die ihre Strafe abgebüßt haben, können sich unter den Weibern eine aussuchen und sie heiraten. Sie zahlen dafür eine gewisse Summe an die Krone und gelten danach als Siedler.«

»Was ist, wenn eine der Frauen den Mann nicht will?«, fragte Kathleen, der diese Art der Zwangsverheiratung zuwider war.

Der Soldat lachte. »Wenn eines der Weiber nicht will … nun ja, wir brauchen auch Huren!«

Kathleen schauerte es, während Jeremias den Blick nicht von dem Pfarrer ließ. Eben trat das erste Paar vor ihn hin. Der Pfarrer sagte ein paar Worte, von denen Jeremias nur den letzten Satz verstand.

»Und so erkläre ich euch für Mann und Frau!«

Da schoss ihm ein Gedanke durch den Kopf, verrückt, aber vielleicht die Rettung für Kathleen. Er packte sie bei der Hand und zog sie, da sie sich aus Schwäche hingesetzt hatte, wieder auf die Beine.

»Keine Sorge, wir fliehen gewiss nicht, müssen aber unter allen Umständen mit dem Pfarrer sprechen!«, sagte er zu dem Wachtposten und ging, die verwirrte Kathleen hinter sich herziehend, auf den Pfarrer zu.

»He, stehen bleiben!«, brüllte ein Soldat und schlug seine Waffe an.

Der Soldat, mit dem Jeremias gesprochen hatte, winkte jedoch ab. »Lass sie! Wenn sie ihr Gewissen erleichtern wollen, sollten wir sie nicht aufhalten. Davonlaufen können die beiden ja nicht.«

Der Soldat stellte den Kolben seiner Muskete schnaubend auf den Boden und sah zu, wie Jeremias mit Kathleen auf den Pfarrer zutrat.

»Was hast du vor?«, fragte Kathleen verwirrt.

Jeremias kniete vor dem Pfarrer hin und bedeutete ihr, das Gleiche zu tun. »Verzeihen Sie, wenn ich Sie störe, Reverend. Es geht jedoch um mich und meine Frau!«

»Frau?«, keuchte Kathleen, während der Pfarrer die beiden mit scharfen Blicken musterte.

Bei Jeremias war die Einordnung allein schon durch den Bart klar, der ihm fast auf die Brust reichte. Kathleens Wangen hingegen waren glatt und ihre Gesichtszüge zart genug, um den Verdacht aufkommen zu lassen, dass es sich um eine sehr junge Frau in Männerkleidung handeln könnte.

»Deine Frau?«, fragte er streng.

»So ist es, hochwürdiger Herr. Kathleen und ich haben geheiratet, doch wie das Unglück es wollte, wurden wir noch am selben Tag auf dieses Schiff gebracht und zusammen eingesperrt.«

»Und diese Kleidung?«, fragte der Pfarrer streng.

»Beim Hochzeitsmahl schüttete der Wirt aus Versehen einen Krug Bier über Kathleen aus. Da er nichts anderes hatte, musste sie die Kleidung seines Sohnes anziehen. Als wir dann nach Hause wollten, gerieten wir in einen Tumult und wurden mit etlichen anderen zusammen gefangen genommen. Wir hofften, unsere Lage am nächsten Tag klären zu können. Stattdessen wurden wir ohne Anhörung von einem Richter dazu verurteilt, nach Australien deportiert zu werden. Als wir auf die *Darling* gebracht wurden, wagten wir aus Angst, Kathleen könnte von Matrosen oder anderen Gefangenen Gewalt angetan werden, nicht, ihr wahres Geschlecht aufzudecken.«

Jeremias hatte sich diese Geschichte auf die Schnelle zurechtgelegt und hoffte, der Pfarrer würde ihm glauben. Dieser wandte sich nun Kathleen zu.

»Du bist wirklich weiblichen Geschlechts?«

Kathleen nickte zaghaft.

»Dies muss geprüft werden! Mister Fisher, wären Sie so gut, meine Frau und Sara zu holen? Sie sollen«, er blickte sich kurz um und wies auf das Haus der Hafenwache, »dieses Individuum dort untersuchen. Du bleibst derweil in meiner Nähe!«

Die letzte Anweisung galt Jeremias, der erleichtert aufatmete. Sobald Kathleens Geschlecht festgestellt war, würde die Erklärung, bereits verheiratet zu sein, sie sowohl vor einer Zwangsheirat wie auch vor dem Leben als Hure im Bordell beschützen.

4.

Kathleen hatte ihre Rechte in Jeremias' linke Hand verkrallt und begriff zunächst überhaupt nichts. Dann aber dämmerte es ihr, dass sie beide, wenn sie als verheiratet galten, zusammenbleiben konnten, und schöpfte Hoffnung. Trotzdem zitterte sie innerlich vor Angst, man könnte Jeremias nicht glauben und sie auseinanderreißen.

Die Ehefrau des Reverends erschien mit einer Miene, die ihren heftigen Unmut verriet, weil ihr Mann sie zum Hafen bestellt hatte. Den betrat eine Frau wie sie nur dann, wenn eine Seereise nötig war. Für sie war die Gegend ein Sündenpfuhl, gut genug für Matrosen und ähnliches Gesindel, aber nicht für jemanden wie sie, die ihre Abkunft auf einen Baronet in Mittelengland zurückführen konnte.

»Was wünschst du?«, fragte sie ihren Mann.

Der Pfarrer wies auf Kathleen. »Dieses Wesen behauptet, ein Weib zu sein. Da es nicht schicklich ist, es von Soldaten ausziehen zu lassen, würde es mich freuen, wenn du erforschen könntest, ob dies der Wahrheit entspricht. Ich habe im Haus der Hafenwache eine Kammer für dich frei machen lassen.«

Seine Frau musterte Kathleen mit einem eisigen Blick. »Welch ein Weib besäße die Frechheit, in solchen Kleidungsstücken herumzulaufen!«

Doch auch sie konnte nicht verhehlen, dass Kathleens Gesichtszüge für einen Knaben ihres Alters sehr zart und die Augen groß und ausdrucksvoll waren.

»Komm mit!«, forderte sie Kathleen auf. »Solltest du uns täuschen wollen und doch männlichen Geschlechts sein, wirst du für deine Lügen Prügel bekommen, die dich lehren, in Zukunft der Wahrheit die Ehre zu geben.«

Ihre Dienerin, eine grobschlächtige Frau mittleren Alters, packte Kathleen und zerrte sie mit sich zur Hafenwache. Einer der Beamten erwartete die Gruppe und verbeugte sich vor der Frau des Pfarrers. »Es ist alles vorbereitet, Mistress Haley. Wir haben sogar die Vorhänge zuziehen lassen, damit keiner von draußen in den Raum schauen kann.«

»Dann brauche ich Licht! Sorgen Sie für eine Lampe oder wenigstens eine Kerze«, forderte die Frau.

»Es steht alles bereit!« Der Beamte öffnete die Tür und führte die drei in das Zimmer. Darin war alles so vorbereitet, wie er es beschrieben hatte.

Die Frau des Pfarrers erklärte, dass er gehen könne, schloss die Tür hinter ihm und drehte sich zu Kathleen um. »Ziehe dich aus, und zwar zuerst oben!«

Für den Fall, dass Kathleen schon dort als Junge zu erkennen war, wollte die Frau den Rest nicht sehen, da dies sündhaft war.

Kathleen streifte die schmierig gewordene Jacke ab und dann zögerlich das Hemd. Als ihre noch kleinen, aber gut geformten Brüste zum Vorschein kamen, nickte ihre Prüferin unwillkürlich.

»Und nun den Rest!«

Kathleen gehorchte, drehte den beiden Frauen zunächst aber den Rücken zu. Die Magd packte sie jedoch und zog sie herum. Deren Herrin warf einen kurzen Blick auf Kathleens Unterleib und nickte erneut.

»Du bist wahrhaftig weiblichen Geschlechts. Wie kam es, dass du diese Kleidung trägst?«

Nun berichtete Kathleen ihr das Gleiche, was Jeremias dem Pfarrer gesagt hatte, nämlich, dass jemand Bier über sie geschüttet hätte und der Wirt ihr Hose, Hemd und Jacke seines Sohnes gegeben hatte, damit sie darin nach Hause gehen konnte.

»Unterwegs wurden wir gepackt und auf das Schiff geschleppt«, schloss sie und hoffte, dass die Frau, die ihr weitaus kritischer erschien als ihr Mann, ihr glauben würde. Die Wahrheit hätte zu märchenhaft geklungen und wäre Jeremias und ihr niemals abgenommen worden.

Die Frau des Pfarrers überlegte kurz und forderte Kathleen auf, sich wieder anzuziehen.

»Wenn ich bemerken darf, Madam, so stinken diese Lumpen zum Gotterbarmen«, wandte ihre Dienerin ein.

»Das tun sie in der Tat. Sobald wir zu Hause sind, wirst du sie verbrennen. Danach wirst du dieses Wesen in einen Bottich stecken und so lange abschrubben, bis es wieder sauber ist. Die Tochter unserer Nachbarin hat etwa ihre Größe. Ich werde sie um Gottes Barmherzigkeit willen bitten, mir eines ihrer Kleider zu geben, damit sie ihre Blöße bedecken kann.«

Sie wartete, bis Kathleen sich angezogen hatte, und scheuchte sie zurück ins Freie. Als sie zu ihrem Mann zurückgekehrt war, sah sie diesen mit dem Anflug eines Lächelns an.

»Dein Scharfblick ist bewundernswert, mein Lieber! Du hast dieses Wesen auf Anhieb als Weib erkannt, etwas, das den Seeleuten Seiner Majestät in etlichen Monaten nicht gelungen ist. Da es sich dem Anschein nach nicht um einen Trampel von Dienstmädchen oder gar ein Weib aus der Gosse handelt, sondern es sich ihrem Aussehen und ihrer Sprache nach in besseren Kreisen aufgehalten hat, werde ich es mitnehmen und von Sara säubern und ankleiden lassen. Wir brauchen sowieso eine zweite Magd!«

»Ich will nicht von meinem Ehemann getrennt werden!«, rief Kathleen entsetzt.

»Das wirst du auch nicht, mein Kind. Wir benötigen nicht nur eine weitere Magd, sondern auch einen Knecht«, erklärte der Pfarrer.

Der Hafenbeamte, der für die Übernahme der Sträflinge verantwortlich war, wagte einen Einwand. »Verzeihen Sie, Reverend, aber der Liste nach, die Leutnant Torbyn mir gegeben hat, wurden die beiden zu lebenslänglicher Zwangsarbeit verurteilt!« Dabei reichte er dem Pfarrer die von Smyth erweiterte Liste.

»Es ist mir neu, dass ein Mädchen auf den Namen Bill Butcher getauft worden sein soll. Auch John Jones erscheint mir eher erfunden. Wahrscheinlich musste die Zahl der zu deportierenden Sträflinge erreicht werden, und so traf es diese beiden unglücklichen Menschen«, antwortete der Pfarrer und beharrte darauf, Kathleen und Jeremias zunächst in seinen Haushalt aufzunehmen.

»Bei den Unterlagen, die Gouverneur Darling übergeben werden, befinden sich gewiss auch die Gerichtsurteile und genauere Angaben über diese beiden. Ich werde mich kundig machen und sie Ihnen dann vorlegen. Bis dorthin können die Galgenvögel bei Ihnen bleiben. Entkommen können sie ohnehin nicht. Hier in der Kolonie kennt jeder jeden, und sollten sie ins Land hinein fliehen wollen, werden ihnen die Eingeborenen rasch beweisen, dass dies kein guter Gedanke war.« Der Beamte wusste, dass er im Augenblick zurückstecken musste, wenn er den Pfarrer nicht verärgern wollte. Sobald er jedoch ein Gerichtsurteil für die beiden vorlegen würde, konnte auch dieser sich nicht gegen das Gesetz stellen.

Für Kathleen war im Augenblick nur wichtig, dass sie bei Jeremias bleiben konnte. Alles andere zählte nicht. Sie sah ihn erleichtert an und zauste ihm dann den Bart.

»Wenn es dir erlaubt wird, solltest du ihn dir abschneiden. Mit glattem Gesicht hast du mir besser gefallen!«

So hatte sie ihn zwar nur am Anfang ihrer gemeinsamen Haft auf der *Darling* gesehen, doch für die anderen wirkte es so, als wären sie beide schon länger ein Paar gewesen. Selbst die Frau des Pfarrers, die recht kritisch wirkte, erklärte, dass ihr Mann Jeremias gewiss sein Rasiermesser leihen würde, bis dieser in der Lage war, ein eigenes zu erstehen.

»Damit unser Freund Watson nicht glaubt, ich wolle das Gesetz umgehen, soll er dir zwei Soldaten mitgeben, damit sie ein Auge auf … wie heißt du eigentlich? Oder ist John Jones tatsächlich dein Name?« Die Frage galt Jeremias, der sofort den Kopf schüttelte.

»Nein, so heiße ich nicht. Mein Name lautet Jeremiah Simonsen!« Jeremias wählte die englische Form seines Vornamens und sprach auch seinen Familiennamen wie ein Engländer aus. Dann zeigte er auf seine Begleiterin. »Das ist Kathleen, Kathleen Simonsen!«

Watson beorderte zwei Soldaten dazu, die Frau des Pfarrers, deren Magd und das Paar zu begleiten, und wies auf die Siedler, die sich unter den deportierten Frauen eine ausgesucht hatten, die sie heiraten wollten.

»Wir sollten hier fortfahren, sonst stehen wir heute Abend noch da!«

»Mit dem allergrößten Vergnügen!«, erklärte der Pfarrer und winkte das nächste Paar zu sich heran. »Ich hoffe, es ist allen, die heute vor Gott zusammengefunden haben, bewusst, dass sie heute Nachmittag in der Kirche zu erscheinen haben. Dort wird dann der Ehebund für alle endgültig geschlossen.«

»Das wissen wir!«, erklärte der Siedler mit starkem irischem Akzent. Er hatte sich zielsicher eine hübsche Irin ausgesucht und wollte so rasch wie möglich mit ihr zusammengegeben werden, damit ihm nicht noch ein anderer ins Gehege kam.

»Nach dem Gottesdienst bringe ich Ihnen die Gerichtsurteile für diesen John Jones und seine Frau!«

Der Beamte Watson machte keinen Hehl daraus, dass er den Pfarrer für zu weichherzig hielt, weil dieser sich für Kathleen und Jeremias eingesetzt hatte, obwohl beide laut seiner Liste zu lebenslanger Zwangsarbeit verurteilt worden waren. Allerdings fragte auch er sich, welches Verbrechen Kathleen und Jeremias begangen haben mochten, um so streng bestraft worden zu sein.

5.

Reverend Haley bewohnte ein hübsches Haus in einer ruhigen Ecke der Stadt. Zu seinem Anwesen zählte ein Stall, in dem eine Kuh stand und auch ein Pferd, welches er vor ein Wägelchen spannen und damit ausfahren konnte. Kathleen und Jeremias hatten sogleich den Eindruck, dass der Mann ein gutes Leben führte. Da Kathleen aus ihrer Heimat wusste, wie schlecht Geistliche in abgelegenen Gegenden oft bezahlt wurden, nahm sie an, dass er sich nicht zuletzt deshalb für Australien entschieden hatte, weil er hier ein Mann von Bedeutung sein konnte.

»Du«, der Zeigefinger der Magd Sara stach auf Kathleen zu, »kommst jetzt erst einmal in die Wanne. Der da«, ihr Finger wanderte zu Jeremias weiter, »kann hier draußen warten, bis er an der Reihe ist. So schmutzig und stinkend kommt er mir nicht ins Haus.«

Kathleen wollte ihr folgen, da sah sie ein Stück entfernt ein Tier, das größer war als ein Reh und zu ihrem Erstaunen mit den kräftigen Hinterbeinen Sprünge von etlichen Yards Länge machte, ohne mit den erstaunlich kurzen Vorderbeinen den Boden zu berühren. Als sie dann auch noch sah, wie aus dem Bauch des Tieres ein zweiter Kopf herauswuchs, stieß sie einen gellenden Schrei aus.

»Was ist das für ein entsetzliches Wesen?«

»Das ist ein Känguru«, erklärte ihr Sara.

»Es hat zwei Köpfe!«

»Das sieht nur so aus. Sie hat ein Junges im Beutel. Und nun komm!« Sara packte Kathleen und schleppte sie ins Haus. Die Waschstube lag in einem Anbau, dessen Fenster von der Magd verhängt wurde, damit kein neugieriges Auge hereinschauen konnte. Danach steckte sie die rechte Hand in einen Kessel, unter dem allerdings kein Feuer brannte.

»Es ist noch etwas warmes Wasser da. Zieh dich aus und wirf deine Lumpen in die Feuerstelle. Ich werde sie verbrennen!«

Noch während sie es sagte, suchte Sara sich unter mehreren Bürsten eine aus, die ihr passend erschien, und zog einen noch halb vollen Eimer zu sich. »Erst einmal werde ich dich kalt abschrubben, sonst wirst du nicht einmal im Bottich sauber!«

Es klang wie eine Drohung, und das war es auch. Kathleen wurde von Sara in einer Art und Weise mit der Bürste traktiert, dass sie vor Schmerzen weinte. Als sie schließlich in den Bottich steigen musste, wurde es auch nicht leichter. Zwar war das Wasser nur noch gut lauwarm. Dafür aber setzte Sara in einem Maße scharfe Seife ein, so dass Kathleens Haut brannte und die Augen so sehr tränten, dass sie nichts mehr sehen konnte.

Als sie endlich aus dem Bottich herausdurfte, warf Sara ihr ein Tuch zum Abtrocknen zu und erklärte, sie werde Kleidung holen. Das Hemd, das sie kurz darauf brachte, war bereits ein wenig verschossen und das Kleid einfach und an einer Stelle sogar geflickt, doch Kathleen war froh, sich wieder so kleiden zu können, wie es ihrem Geschlecht zukam.

»Ich danke dir!«, sagte sie zu Sara.

Diese sah sie an und fand, dass sie ein hübsches Mädchen war. Hatte sie Kathleen bisher für eine Verbrecherin gehalten, so verlor sich dieser Verdacht immer mehr.

»Schon gut! So kann ich dich der Herrin vorführen. Dein Mann muss sehen, wie er allein zurechtkommt. Es wäre sündhaft, einen Mann so zu waschen, wie ich es bei dir getan habe! Wärst du bei Kräften, würde ich sagen, du solltest es tun. Du bist aber so schwach, dass dir die Bürste aus der Hand fallen würde. Bevor du zur Arbeit taugst, musst du erst ein wenig aufgepäppelt werden. Was kannst du eigentlich? Deinen Händen und Füßen zufolge hast du nie schwer gearbeitet. Wir müssen zusehen, dass du Schuhe bekommst. Wenn wir dich barfuß herumlaufen lassen, würden deine Füße bald blutig sein.«

Kathleen ahnte längst, dass Sara zwar eine raue Schale haben mochte, darunter aber ein weiches und mitfühlendes Herz schlug. »Ich bin noch nie barfuß gegangen«, bekannte sie.

»Dachte ich es mir doch. Und nun komm!« Sara führte das Mädchen zu ihrer Herrin und sah zufrieden, dass Kathleen in einen höflichen Knicks versank. Beide Frauen kamen zu der Ansicht, dass sie aus einem besseren Haus stammen musste. Den Manieren nach mochte sie die Zofe einer Dame gewesen sein oder aber Kindermädchen bei deren Nachwuchs. Nun waren sowohl die Herrin wie auch die Magd gespannt darauf, als was sich der Zottelbart Jeremiah entpuppen würde.

Sara führte ihn in die Waschkammer, legte ihm dort Hose, Hemd und Rasiermesser hin und verließ ihn mit der Maßgabe, ja fein säuberlich wieder herauszukommen.

Jeremias fühlte sich nach der langen Zeit auf dem Schiff steif und schwach, und so wurde es eine harte Arbeit für ihn, sich zu waschen. Als er in das gerade noch lauwarme Wasser im Bottich stieg, dachte er daran, dass kurz vorher Kathleen darin gebadet hatte, und fühlte eine Zuneigung zu ihr wie noch zu keinem anderen Menschen. Viele Frauen und die meisten Männer hätten ihn in der ersten Zeit auf dem Schiff, als sein Geist noch verwirrt gewesen war, schlichtweg krepieren lassen. Kathleen hingegen hatte alles getan, um ihm zu helfen, ihm Teile ihrer eigenen Wasserrationen eingeflößt und ihn sogar wie ein kleines Kind gefüttert. Das war eine Fürsorge, die er niemals wiedergutmachen konnte.

»Ich liebe sie!«

Jeremias zuckte unter dem Klang seiner eigenen Stimme zusammen. Aber genauso war es! Für ihn würde es keine andere Frau im Leben geben. Auch ihretwegen wollte er alles tun, damit er wieder wie ein Mensch aussah und nicht wie ein Zotteltier.

Es kostete ihn viel Mühe, seinen Bart abzuschneiden und den Resten mit dem Rasiermesser zu Leibe zu rücken. Zu seiner Erleichterung schnitt er sich nur ein Mal und konnte die leichte Blutung rasch stoppen. Schließlich zog er Hosen und Hemd an. Es handelte sich um abgelegte Sachen des Pfarrers. Da dieser ein wenig fülliger gebaut war als er, schlotterten diese um seinen Körper, als er an die Tür klopfte und darum bat, wieder hinausgelassen zu werden.

Sara und ihre Herrin nickten zufrieden, als er sauber und rasiert auf sie zutrat, während Kathleens Herz einen Sprung tat. Obwohl man ihm die Strapazen der Fahrt ansah, so war ihr Schicksalsgefährte doch ein ansehnlicher Mann. Vor allem aber war er der liebste und klügste Mensch auf Erden, denn er hatte sie sowohl vor Leutnant Simmons gerettet wie auch verhindert, dass man sie nach ihrer Ankunft in Australien trennen konnte. Zudem versprach der Dienst beim Pfarrer und dessen Frau ein leichteres Leben, als wenn sie wie andere Sträflinge Zwangsarbeit leisten müssten.

»Ihr habt sicher Hunger«, sagte die Pfarrersfrau. »Dagegen kann etwas getan werden.«

»Ich danke Ihnen von Herzen, Madam«, antwortete Jeremias.

Nachdem Kathleen und er auf dem Schiff monatelang von wässriger Suppe und angeschimmeltem Zwieback gelebt hatten, wäre ihm selbst ein schlichter Hering wie ein Festmahl erschienen. So sahen er und Kathleen staunend zu, wie Sara den Tisch in der Küche deckte und dabei köstliches frisches Brot, ein großes Stück Dauerwurst, harten Käse und sogar ein Töpfchen Butter auf den Tisch stellte.

Die Frau des Pfarrers und ihre Magd beobachteten gespannt, wie die beiden sich bei Tisch benahmen, und konnten mit ihren

Manieren zufrieden sein. Bislang hatte Mistress Haley angenommen, die beiden hätten als höhergestelltes Dienstpersonal ihre Herrschaft durch eine heimliche Heirat erzürnt, so dass diese sie deportieren ließ, nun verabschiedete sie sich von diesem Verdacht. Jeremias war unzweifelhaft ein Gentleman und seine junge Frau eine Lady. Nun fragte die gute Frau sich, was dahinterstecken mochte, dass die beiden auf eine solche Weise nach Australien geschafft worden waren. Daher erkundigte sie sich danach und erhielt von den beiden dieselbe Auskunft, die Jeremias auch ihrem Mann gegeben hatte.

6.

Dies fragten sich einige Stunden später auch ihr Ehemann und dessen Besucher Watson.

»Ich bedauere, Reverend, doch ich habe bei den Unterlagen, die uns aus London geschickt worden sind, keine Akte über einen Bill Butcher oder einen John Jones gefunden. Es gibt zwar einen Butcher unter den Gefangenen, doch dieser heißt mit Vornamen Colin und gehört zu denen, die nach fünf Jahren Zwangsarbeit als Siedler anfangen können. Einen Jones habe ich gar nicht gefunden, nur einen Barnet Johnson, und auch dieser ist nicht der Sträfling, den Sie zu sich genommen haben.«

Der Pfarrer bemerkte die Anspannung seines Besuchers. Allerdings wusste er selbst, dass die Berichte aus London oft lückenhaft oder auch gar nicht geschickt wurden. Solche Dinge wurden dann vor Ort geregelt und die Deportierten je nach ihrer Erscheinung entweder zur Zwangsarbeit eingeteilt oder einem der Farmer im Hinterland als Knechte überlassen.

Reverend Haley war froh, dass es Jeremiah Simonsen gelungen war, zu ihm zu kommen. Dieser hätte unter Umständen von seiner

Frau getrennt oder zusammen mit ihr zu den übelsten Schurken gesteckt werden können. Was dies für Kathleen bedeutet hätte, wollte er sich erst gar nicht vorstellen.

»Ich danke Ihnen, Mister Watson«, sagte er nachdenklich. »Da es keine speziellen Anweisungen für die beiden gibt, werde ich sie erst einmal bei mir behalten. Außerdem sollten Sie nach London schreiben und anfragen, was es mit den beiden auf sich hat. Ich werde das ebenfalls tun und Captain Smyth den Brief mitgeben. Die *Darling* wird wohl das erste Schiff von Australien aus sein, das England erreicht.«

»Ich werde Ihren Rat befolgen, Reverend, und nach London schreiben. Würde es sich um einen Mann und einen Jungen handeln, würde ich sie zu den Fünfjährigen stecken, damit sie sich nach dieser Zeit als Siedler niederlassen können. So aber bitte ich Sie, dieses Blatt zu unterzeichnen. Es besagt, dass die beiden Ihnen als Dienstboten überlassen worden sind. Damit ist dem Gesetz Genüge getan.«

Der Reverend ergriff die Feder, tauchte sie in das Tintenfass und setzte schwungvoll seinen Namen auf das Papier. Danach sah er Watson kopfschüttelnd an. »England ist auch nicht mehr das, was es einmal war.«

»Das finde ich nicht, Reverend«, antwortete sein Besucher.

»Es mag sein, dass ich in den über zwanzig Jahren, die ich bereits hier lebe, irgendwie zu einem Australier geworden bin. Ich werde meinem Sohn schreiben, dass er, wenn er sein Theologiestudium in England abgeschlossen hat, hierher zurückkommen soll. Australien ist das Land seiner Geburt, und die Menschen haben es auch hier nötig, Gottes Wort zu hören.« Der Reverend lächelte zufrieden, denn er konnte sich nicht vorstellen, dieses Land wieder zu verlassen. Hier war er eine geachtete Persönlichkeit, während er in seiner alten Heimat keine Chance hätte, eine Pfründe zu erhalten, die ihm ein ähnlich gutes Leben wie dieses hier ermöglichte.

Nachdem Haley seinen Besucher verabschiedet hatte, schüttelte er den Kopf über die Kapriolen des Schicksals, die Kathleen und Jeremias in sein Haus gespült hatten. Dabei fiel ihm ein, dass er diesen noch eine Unterkunft zuweisen musste. Da es sich um ein Ehepaar handelte, sollten sie zusammenbleiben können.

Er trat in die Küche, in der Sara Kathleen eine leichte Arbeit zugewiesen hatte. Jeremias saß ebenfalls darin und versuchte, sich nützlich zu machen. Einen Augenblick lang sah der Pfarrer den beiden zu. Sie wirkten müde und erschöpft, erfüllten ihre Aufgaben aber geschickt. Auch in der Hinsicht konnte er zufrieden sein.

»Es ist spät, Sara, und unsere neuen Hausgenossen sollten ruhen, um bald zu Kräften zu kommen«, erklärte der Pfarrer.

Die Magd nickte. »Wir sind gleich so weit, Reverend. Haben Sie mit der Herrin bereits besprochen, wo sie schlafen sollen?«

»Ich dachte an den Anbau, den ich für meinen Sohn habe errichten lassen. Da er in England zum Studium weilt, braucht er ihn nicht.«

»Sie sollten Wasser mitnehmen, um sich morgen früh waschen zu können. Wo der Abtritt ist, wissen sie mittlerweile«, sagte Sara und nahm Kathleen die Schüssel ab, aus der diese die Bohnen ausgelesen hatte, die als Saatgut dienen sollten.

»Ihr könnt jetzt gehen.«

»Ich danke dir.« Kathleen atmete auf. Auch wenn die Arbeit nicht schwer gewesen war, so hatte sie sich doch konzentrieren müssen, um die besten Bohnen für die Zucht auszusuchen.

Jeremias stellte ebenfalls die Schüssel ab, die Sara ihm zum Abtrocknen gegeben hatte, und stand auf. Längst waren ihm Zweifel gekommen, ob er richtig gehandelt hatte. Vielleicht hätte er dem Pfarrer die Wahrheit sagen sollen. Dies hätte jedoch als Aufschneiderei angesehen werden und dazu führen können, dass man Kathleen und ihn getrennt hätte. Die verzweifelte List, sich als Ehepaar auszugeben, war wohl doch die bessere Wahl gewesen.

Sie folgten dem Pfarrer und fanden sich in einer an das Haus angebauten Kammer wieder, in der es außer einem Bett sogar einen kleinen Tisch und eine Anrichte sowie ein Gestell mit einer Waschschüssel gab, auf dem eine Kanne stand.

»Hier könnt ihr vorerst schlafen«, erklärte der Reverend. »Ihr solltet allerdings euer Waschwasser für morgen noch holen, um Sara nicht zu erzürnen. Wenn diese böse ist, merkt man es am Essen, und das wollt ihr mir gewiss nicht antun.«

»Um Gottes willen, nein!«, rief Kathleen, schnappte sich den Krug und lief los.

»Damit wünsche ich dir und auch deinem Weib eine gute Nacht«, erklärte der Pfarrer, stellte den Kerzenleuchter auf den Tisch und verließ die Kammer.

Kurz darauf kehrte Kathleen mit der vollen Wasserkanne zurück. »Sind wir allein?«

»Das sind wir. Kann ich dir irgendwie helfen?«, antwortete Jeremias.

»Die Tür hat keinen Riegel. Wir können sie nicht versperren! Aber das wird hoffentlich nicht nötig sein.«

»Gebe Gott, dass es so ist!« Jeremias klang gepresst.

Da sie sich als Eheleute ausgegeben hatten, war ihnen diese Kammer gemeinsam zugewiesen worden. Das Bett war für eine Person angenehm breit, doch wenn sie zusammen darin schliefen, würden ihre Leiber sich berühren. Der Wunsch, Kathleen zu besitzen, erwachte in ihm, doch er unterdrückte ihn sofort wieder. Sie war ein so liebes und zartes Wesen, das er um nichts in der Welt bedrängen durfte, so schwer ihm der Verzicht auch fallen mochte.

Um sich abzulenken, stellte er ihr eine Frage. »War es nicht schwer für dich auf dem Schiff als Frau? Es soll da doch etwas geben, einmal im Monat, habe ich gehört?«

Kathleen kniff für einen Augenblick die Lippen zusammen. »Wir Frauen reden nicht gerne darüber«, sagte sie schließlich.

»Das Hemd, das man mir übergestreift hatte, war sehr lang. Ich konnte daher unten mehrere Streifen abreißen. Diese habe ich miteinander verknotet und unter mein Hemd gesteckt, damit sie nicht entdeckt werden konnten. Nachdem du die Stückpforte wieder gangbar gemacht hast, habe ich diese einen Spalt geöffnet und alles ins Meer geworfen. Doch nun sollten wir uns beeilen. Sara würde gewiss böse sein, wenn wir die Kerze zu weit abbrennen lassen. Ich will mir noch schnell die Zähne reinigen und das Gesicht waschen. Zu viel Wasser sollten wir nicht verbrauchen, sonst muss ich morgen früh in die Küche und welches holen.«

»Ich warte, bis du fertig bist«, sagte Jeremias.

Er zog sich aus, ließ jedoch sein Hemd an. Es reichte allerdings nur bis zu den Oberschenkeln, und das erschien ihm arg kurz. Wenigstens war das von Kathleen länger. Es lag locker um ihren Leib, doch seine Fantasie gaukelte ihm ihre Formen vor, und er spürte, wie sein Körper, so schwach er nach der langen Zeit auf dem Schiff auch war, auf sie reagierte.

»Ich bin so weit!«, hörte er Kathleen sagen und glitt an ihr vorbei an die Waschschüssel. Sie war tatsächlich sparsam mit dem Wasser umgegangen, und er beschloss, es ihr gleichzutun.

Schließlich konnte er die Kerze ausblasen und stieg ins Bett. Um nicht doch auf dumme Gedanken zu kommen, kehrte er ihr den Rücken zu. Wie erwartet, stießen ihre Körper gegeneinander, und er spürte die Wärme, die Kathleen ausstrahlte, wie auch den Duft ihres Haares. Zunächst versuchten beide, noch ein wenig Abstand voneinander zu halten. Als sie müde wurde, schmiegte Kathleen sich jedoch instinktiv an ihn. Sie lag neben Jeremias, wie sie es lange Monate auf dem Schiff auch getan hatten, und doch war es anders.

Eigentlich war es eine Sünde, dachte sie. Sie hatten nur behauptet, ein Ehepaar zu sein, ohne dass ein Pfarrer sie zusammengegeben hätte. Dabei war Jeremias ein junger Mann, der es gewiss verdiente, mit der Frau, mit der er das Bett teilte, auch richtig zusammenzuliegen. Kathleen kicherte im Halbschlaf über diesen Gedanken, wurde aber wieder ernst, denn dies wäre eine noch größere Sünde. Dann jedoch sagte sie sich, dass nicht Jeremias und sie die Schuld an der Situation trugen, in der sie sich befanden, sondern jene, die ihnen hatten schaden wollen. Die vorgegebene Ehe war nur eine List gewesen, um einem weit schlimmeren Schicksal zu entgehen.

Wäre es wirklich schlimm, mit Jeremias verheiratet zu sein?, fragte etwas in ihr, und sie schüttelte leicht den Kopf.

Eigentlich konnte ihr nichts Besseres passieren. Obwohl sie nicht getraut worden waren, würde Gott ihnen gewiss verzeihen, wenn sie so zusammenlebten, wie es einem Ehepaar zukam. Selbst die Initiative ergreifen wollte sie nicht. Doch wenn Jeremias es wünschte, würde sie für ihn bereit sein.

7.

Die *Poerava* schwamm. Ruth hatte dies zwar erwartet, dennoch war es eine Erleichterung für sie, das Schiff im Wasser zu sehen. Es übertraf die *Hiva Oa* an Länge um mehr als die Hälfte und wirkte im Vergleich zu den Walfängern, die hier vor Anker lagen, nicht mehr wie ein Zwerg wie ihre anderen Schiffe. Mit der *Poerava,* so sagte sie sich, würde sie nach Hamburg segeln können.

»Wenn wir rasch handeln, kann die *Schwarze Perle* in zwei Wochen aufbrechen, und ich erreiche mit ihr Kap Hoorn, noch bevor die großen Winterstürme toben«, sagte sie mit zufriedener Miene zu Aipua.

Ihre Freundin schüttelte lächelnd den Kopf. »Du wirst zu der Zeit und auf dem Kurs segeln, die Captain Lucky Jim für dich bestimmt hat!«

»Das ist zu spät!«, rief Ruth. »Wenn ich rasch aufbreche und die kürzere Strecke um Kap Hoorn nehme, kann ich Hamburg erreichen, bevor ich mein Kind gebäre.«

»Captain Lucky Jim hat von schlimmen Stürmen berichtet, die um Kap Hoorn toben sollen, und von Schiffen, die viele Monate warten mussten, bis es ihnen gelang, es zu umrunden. Anderen Schiffen ist es nicht gelungen, und sie sind mit Maus und Mann untergegangen! Daher wirst du vernünftig sein und das tun, was für dich richtig ist. Als Erstes werden wir die *Poerava* in einer Fahrt um die Inseln erproben, denn erst, wenn sie sich auf See bewährt hat, können wir darangehen, an die Reise nach Ha'amaburua zu denken!«

Da Aipua deutlich zeigte, dass sie alles tun würde, damit Ruth nicht überstürzt aufbrach, wandte diese sich an den Schiffsbauer Fara. »Wie es aussieht, kann ich mit der *Poerava* bald in meine Heimat aufbrechen!«

Fara schüttelte lächelnd den Kopf. »Die *Schwarze Perle* muss zuerst erprobt werden. Wir sollten mit ihr zumindest bis Samoa oder Tonga segeln.«

»Unmöglich! Dadurch würden wir zu viel Zeit verlieren«, antwortete Ruth scharf.

»Wer zu hastig eilt, fällt zu leicht über eine Klippe«, antwortete der Schiffsbauer mit sanfter Stimme. »Nur wenn die *Poerava* erprobt ist und mögliche Fehler behoben worden sind, kann man eine solche Fahrt wagen.«

Ruth spürte den festen Willen ihrer Getreuen, alles zu tun, um sie am raschen Verlassen Tahitis zu hindern, und verzweifelte fast. Wenn sie zu lange wartete, würde ihr Kind unterwegs zur Welt kommen, und dies erschien ihr zu gefährlich. Auch glaubte sie nicht, beim Verzehr des Schiffsproviants genug Milch für das Kleine zu haben. Es musste also in Hamburg zur Welt kommen.

Was machst du, wenn die *Poerava* Kap Hoorn zu spät erreicht und du fast ein halbes Jahr warten musst, bis du es passieren kannst?, fragte etwas in ihr.

In dem Fall würde sie ihr Kind in einer der übelsten Gegenden der Welt gebären müssen, und ihre Hoffnung, dass das Kleine Kälte und Sturm überleben würde, war nur gering. Doch wenn sie wartete, wie Aipua es forderte, würde ihr Kind irgendwo unterwegs zur Welt kommen und die Hitze des Äquators ertragen müssen. Hier auf Tahiti bleiben und warten, bis James zurückkam, wollte sie allerdings nicht.

»Also gut!«, sagte sie einlenkend. »Wir werden die *Poerava* auf einer Fahrt nach Tonga erproben. Das ist zudem der erste Punkt der langen Reise, an dem wir laut James' Plan Wasser und frischen Proviant aufnehmen sollen.«

»Du wirst nicht von dort weiterfahren!«

Aipuas Mahnung zeigte Ruth, dass ihre Freundin ihr zutraute, die lange Reise vorzeitig beginnen zu wollen. Doch in den Meeren, die sie laut James befahren sollte, würde es Winter sein und *Poerava* sich mit den Stürmen der brüllenden Vierziger messen müssen. Da wäre die Fahrt um Kap Hoorn beinahe vorzuziehen.

»Keine Sorge, Aipua! Damit du beruhigt bist, werden wir auf die Fahrt nach Tonga auch dich, Heirani und Jan mitnehmen. Wenn ich dann die lange Fahrt antrete, werdet ihr auf Tahiti zurückbleiben.«

»Das werden wir nicht tun!«, erklärte Aipua lächelnd. »Ianoa, Heirani und ich werden dich nach Ha'amaburua begleiten.«

»Unmöglich! Jan ist noch zu klein dafür, und Heirani würde die Fahrt nicht überstehen«, rief Ruth entsetzt.

»Wir alle werden sie überstehen, auch das Kind, das jetzt noch in dir wächst. Faras Vater ist bis zu den Hawaii-Inseln gesegelt, und Reias Großvater war auf der großen weißen Wolke, die ihr Neuseeland nennt. Diese Männer sind alt, doch sie besitzen noch das Wissen unserer Vorväter und haben uns viel darüber erzählt. Daher segeln wir nicht nach der Art der Paratane mit Salzfleisch – bäh! – und Zwieback – bäh! –, sondern nach der Art der Enata.«

In diesem Augenblick wusste Ruth, dass selbst ihre Autorität nicht ausreichte, sich gegen Aipua und die mit ihr verschworenen Tahitianer durchsetzen zu können. Sie richtete ein Gebet an Gott, ihr und ihren Freunden beizustehen, im ganz besonderen Maße aber James. Dabei wünschte sie sich inbrünstig, dass es der *Andromache* gelungen war, Kap Hoorn zu umfahren, und das Schiff bereits mit gutem Wind nordwärts segelte, um bald in England anzulanden.

8.

Harding war ein guter Kapitän und hatte überdies das Glück, Kap Hoorn mit dem richtigen Wind im ersten Anlauf umrunden zu können. Auf der Fahrt nach Europa legte er in Montevideo an und später noch einmal in Santa Cruz auf Teneriffa, um seine Vorräte zu ergänzen. Nun lag bereits die englische Küste vor ihnen, und ihre Reise neigte sich dem Ende zu.

Während der gesamten Zeit hatte er James und Tahitoa kein Wort gegönnt. Die beiden waren jedoch mit einigen Matrosen und Maaten ins Gespräch gekommen und hatten festgestellt, dass diese Männer die nautischen Fähigkeiten ihres Kapitäns anerkannten. Ihn selbst hielten sie für einen seltsamen Kauz, denn er machte sogar zu seinen Schiffsoffizieren keine Bemerkung, die über das Dienstliche hinausging, und behandelte alle an Bord gleichermaßen barsch.

James war jedoch bereit, Harding alle Unfreundlichkeiten nachzusehen, denn dieser hatte die Reise von Tahiti nach England in einer ungewöhnlich kurzen Zeit zurückgelegt, die wohl nur wenige Kapitäne vor ihm geschafft hatten. Allerdings hatten er und Tahitoa nicht vor, länger als bis Plymouth an Bord der *Andromache* zu bleiben. Admiral Fitzwilliams Landsitz lag in der Nähe dieser Stadt, und von dort aus würden sie beide sich eine Passage nach Hamburg suchen.

Der Abschied von den Männern, mit denen sie sich unterwegs angefreundet hatten, war herzlich, der von Captain Harding weniger. Dieser machte keinen Hehl daraus, dass er froh war, die »Landratten« loszuwerden.

Ein Boot brachte sie samt ihrem Gepäck an Land. Dort fiel die Zollkontrolle nur kurz aus, da sie nur wenig bei sich hatten. Das kleine Säckchen mit einigen schwarzen Perlen, das Ruth James zur Auffrischung seiner finanziellen Reserven mitgegeben hatte, blieb in der Innentasche seines Rocks verborgen. Zwar beäugten die Hafenbeamten die auf Tahiti ausgestellten Pässe mit einem gewissen Misstrauen, aber da James genügend Bargeld bei sich trug, konnten sie ihm und seinem »Diener« die Einreise nicht verwehren.

Zum ersten Mal seit über fünf Jahren betrat James wieder englischen Boden. Zu seiner Verwunderung verspürte er weder Freude darüber, wieder in seiner Heimat zu sein, noch fand er es besonders angenehm. Es regnete und war kalt. Nach den Jahren in der Südsee fror er nicht weniger als Tahitoa und war froh, als sie nach kurzem Suchen einen Gasthof erreichten.

Hier in Plymouth stiegen oft seltsame Gestalten ab, so dass sie nicht sonderlich auffielen. Der Wirt wies ihnen eine Kammer zu und trug ihnen auf Verlangen ein ausgiebiges Mahl auf.

»Sie sind wohl mit einem Schiff aus den Kolonien gekommen?«, fragte er, da die beiden nicht so aussahen wie die Fischer oder Matrosen, die sonst seine Schenke besuchten.

»Das kann man so sagen«, antwortete James, ohne näher darauf einzugehen. »Auf jeden Fall werden wir als Erstes einen Schneider brauchen. Oder gibt es hier einen guten Altkleiderhändler?«

Die Achtung des Wirts vor Gästen, die sich mit bereits abgelegten Kleidungsstücken zufriedengeben wollten, war gering. Trotzdem verwies er sie an einen Laden eine Straße weiter. »Dort können Sie etwas bekommen. Ob es für Ihren baumlangen Diener auch etwas dort gibt, bezweifle ich allerdings.«

»Ich danke Ihnen von Herzen.« James lächelte freundlich und zahlte das Essen und für zwei Tage das Zimmer, da er ahnte, dass der Wirt sie sonst nicht aus dem Haus lassen würde. Danach brachen Tahitoa und er auf, um den Altkleiderhändler aufzusuchen.

Dieser hatte eine bessere Nase als der Wirt und ordnete James sofort als Marineoffizier ein. Zwar ließen diese sich ihre Uniformen meist auf den Leib schneidern, doch es gab genug Leutnants und Captains auf Halbsold, die es vorzogen, sich billiger zu kleiden.

»Was kann ich für Sie tun, meine Herren?«, fragte er und wies auf eine Tür. »Wenn Sie eine Uniform oder dergleichen wollen, kann ich Ihnen helfen. Natürlich nicht mit der eines Admirals. Die haben es nicht nötig, ihre Sachen zu verkaufen. Doch so manche Ehefrau oder Tochter eines Captains ist froh, wenn sie ein paar Shilling für die Kleidung verstorbener Ehemänner oder Väter erlösen können.«

»Wie steht es mit meinem Diener? Haben Sie auch etwas für ihn?«, fragte James.

Der Händler musterte den tahitianischen Hünen und kratzte sich am Kinn. »Das wird schwierig. Der Kerl ist ja weit über sechs Fuß groß. Ich kann mich nur an einen Mann erinnern, der eine ähnliche Größe hatte. Kleidung habe ich von dem leider keine. Mein gutes Weib kann aber gut mit Nadel und Faden umgehen und Ihrem Diener etwas anpassen. Die Hosenbeine und die Ärmel müssten verlängert werden. Da Ihr Diener um die Hüften und die Taille nicht zu wuchtig gebaut ist, müsste es gehen.«

»Wie lange würde das dauern?«, fragte James. Er war nur deshalb in diesen Laden gekommen, um nicht die zwei oder drei Tage zu verlieren, die ein Schneider für neue Kleidung benötigen würde.

»Nicht mehr als eine Stunde oder anderthalb. Meine Tochter könnte derweil einen Tee aufsetzen. Wenn Sie ein paar Penny übrig haben, könnte mein Jüngster drüben beim Bäcker ein paar Pasteten holen«, meinte der Händler.

»Das ist ein guter Vorschlag!«, sagte James und reichte dem Jungen, der wie gerufen hereinkam, einige Münzen. »Vergiss aber nicht, auch eine Pastete für dich und deine Schwester zu kaufen!«, rief er ihm noch nach, als der Bengel lossauste.

»Mach ich, Sir!«, rief dieser und war verschwunden.

Die unerwartete Großzügigkeit überraschte den Händler, und er rief nach seiner Frau, damit diese Tahitoa ein paar Kleidungsstücke anmessen sollte.

»Ihr Diener wird auch Stiefel brauchen«, erklärte er, als er die Stoffschuhe sah, die Tahitoa von Lu Po erhalten hatte.

»Nicht nur mein Diener. Ich benötige auch welche. Doch die kann man wohl kaum gebraucht kaufen«, sagte James.

»Das würde ich so nicht sagen. Gelegentlich werden mir auch Schuhe und Stiefel angeboten, und großherzig, wie ich bin, kaufe ich sie.«

Der Händler hatte es kaum gesagt, als er den Laden verließ, um wenig später mit etlichen Schuhpaaren im Arm zurückzukehren. »Zum Glück ist Ihr Diener zwar ein himmellanger Kerl, braucht aber keine Kindersärge an den Füßen. Da finden wir schon etwas – und für Sie auch!«

James fand ein Paar, das ihm gefiel und gut passte. Auch Tahitoa wurde mit Schuhen versorgt, machte dabei aber keine glückliche Miene.

»Was ist das nur für ein Land, dass man auf solche Dinger angewiesen ist?«, sagte er brummig.

»Sind sie zu klein?«, fragte James.

Tahitoa machte ein paar Schritte und schüttelte den Kopf. »Nein, das nicht!«

»Mein gutes Weib ist bereits bei der Arbeit. Jetzt brauchen wir nur noch Hosen und einen Rock für Sie«, wandte der Händler sich an James. »Ich habe den prachtvollen Kapitänsrock eines Handelsschiffers, den ich ...«

»Haben Sie die Uniform eines Leutnants der Royal Navy?«, unterbrach James den Mann.

»Ja, so etwas habe ich auch«, antwortete der Mann verwundert, da der Uniformrock eines Handelsschiffkapitäns für sein Gefühl weitaus mehr hermachte.

James ließ sich die Uniform zeigen. Da nur wenige Änderungen nötig waren, kaufte er sie.

Inzwischen war auch der Sohn des Altkleiderhändlers mit den noch warmen Pasteten zurückgekehrt. Als James in die seine hineinbiss, überkam ihn zum ersten Mal ein gewisses Heimatgefühl. Tahitoa aß seine Pastete mit verzogener Miene, während die Kinder des Händlers die ihren mit Begeisterung verschlangen.

Als der Abend dämmerte, waren James und Tahitoa so weit eingekleidet, dass sie in den Gasthof zurückkehren konnten. Dort begriff nun auch der Wirt, dass James ein Marineoffizier war. Als dieser dann noch fragte, wie sie zu Admiral Fitzwilliam gelangten, verstand er, weshalb der Uniformrock und die Kleidung des Dieners so rasch besorgt werden mussten.

»Ich kann Ihnen für morgen ein Gefährt nach Kingsbridge besorgen. Admiral Fitzwilliams Heim liegt etwa anderthalb Meilen außerhalb des Ortes. Sie müssen ...«

»Danke! Ich war bereits dort«, antwortete James und wies den Wirt an, für ein kräftiges Abendessen zu sorgen.

»Das Diner, sehr wohl!«, rief der Wirt eilfertig.

Nun sah er diesen Gast nicht mehr als abgebrannten Schiffer an, sondern als einen Offizier, der zu dem alten Admiral wollte, um von diesem Hilfe für ein neues Kommando zu erhalten. Aus Neugier stellte er James einige Fragen, die dieser jedoch nur ausweichend beantwortete. Als er hinter dessen Rücken Tahitoa auszuhorchen versuchte, tat dieser so, als wäre er der englischen Sprache kaum mächtig.

9.

Admiral Fitzwilliams Heim war ein altes Landhaus mit einem weit herabgezogenen Dach und weiß gekalkten Mauern im Fachwerkstil. Vor allem bot es einen herrlichen Blick auf das Meer und stellte daher das ideale Domizil eines Admirals im Ruhestand dar. Als James auf den Eingang zutrat und den Türklopfer anschlug, öffnete ihnen ein Mann in der Jacke und dem geteerten Hut eines Maates. Dessen misstrauische Miene glättete sich, als er James in seiner Leutnantsuniform vor sich sah.

»Good day, Sir!«, grüßte er.

»Guten Tag«, antwortete James. »Ist der Admiral zu sprechen?«

»Wen darf ich melden?«

»Hansen, Leutnant Hansen, mit Verlaub!« James entschloss im letzten Augenblick, seinen Tarnnamen vorerst beizubehalten.

Der Mann bat ihn, einzutreten und in der Vorhalle zu warten. Tahitoa warf er einen staunenden Blick zu und schritt mit dem schwankenden Gang eines Mannes davon, der mehr als fünf Sechstel seines Lebens auf Schiffen verbracht hatte.

Es dauerte nicht lange, da kehrte er zurück und forderte James auf, mitzukommen. Als dieser Tahitoa winkte, ihm zu folgen, zog er kurz die Stirn kraus, sagte aber nichts.

Der Admiral empfing sie in einem erkerartigen Anbau, dessen Fenster einen traumhaften Blick auf die See ermöglichten. Im ersten Augenblick wirkte er griesgrämig, aber seine Miene hellte sich beim Anblick von James' Uniform auf. Als dieser in das Licht der brennenden Kerzen trat, die auf dem Tisch standen, schnaufte der alte Mann und riss die Augen auf.

»Das gibt es nicht!«, stieß er hervor und schüttelte irritiert den Kopf. »Oder doch? Treten Sie ans Fenster, mein Junge! Ans Fenster, damit ich Sie besser sehen kann!«

James gehorchte.

Der Admiral musterte ihn durchdringend und schien seinen Augen kaum trauen zu wollen. »Beim dreigeschwänzten Teufel, Sie sind es wirklich! Dabei heißt es seit gut zwei Jahren, dass Sie tot sein sollen. Wenn Sie nicht aus der Hölle zurückgekehrt sind, woher kommen Sie dann?«

»Aus Tahiti, mit Verlaub gesagt.«

»Tahiti? Dann sind Sie mit der *Andromache* gekommen. Deren Ankunft wurde mir gestern gemeldet. Aber zum Teufel, wo haben Sie die ganze Zeit gesteckt? Dunstan, zwei Becher Rum, und zwar hurtig! Das muss gefeiert werden!«

»Aber Sir, der Arzt hat gesagt, Sie sollten …«

»Bleib mir mit diesem Kurpfuscher vom Leib! Morgen kannst du mich meinetwegen wieder mit dessen Vorschriften traktieren. Doch heute muss es Rum sein.« Der Admiral verscheuchte seinen Diener mit einer heftigen Handbewegung und wandte sich dann wieder James zu. »Berichten Sie! Das Letzte, was ich von Ihnen hörte, war, dass Sie während Ihrer Wache über Bord gegangen wären.«

»Ich konnte mich auf ein kleines Atoll retten. Dort fristete ich einige Monate mein Leben mit dem Saft und dem Fleisch von Kokosnüssen sowie Fischen und anderem Meeresgetier, das ich mangels Feuer roh verspeisen musste. Irgendwann kam ein amerikanischer Walfänger in die Nähe der Insel. Ich schwamm hin, wurde an Bord genommen und als Matrose schanghait. Nach einiger Zeit konnte ich dann in Tahiti an Land gehen.«

»Und haben sich dort bei Captain Harding gemeldet. Bei Gott, jetzt weiß ich, wie Sie zu Ihrem Beinamen Lucky Jim gekommen sind«, rief der Admiral aus.

»Ganz so war es nicht«, schränkte James ein, wartete aber, bis der Diener den Rum gebracht und das Zimmer wieder verlassen hatte, bevor er weitersprach.

»Sir, was ich Ihnen jetzt berichte, muss unter uns bleiben, denn es handelt sich um eine üble Sache. Wenn Sie mir sagen, Sie wollen nichts damit zu tun haben, werde ich Sie nicht weiter behelligen.«

»Papperlapapp! Verdammt, Mister Hutton! Eigentlich müsste ich ja Sir James sagen, denn nach Recht und Gesetz sind Sie der Earl of Huttonsfield. Sie haben damals als junger Midshipman meine Schwester aus dem Wasser gezogen, in dem diese dumme Kuh unweigerlich ertrunken wäre, und sich bei vielen Aktionen im Dienste Seiner Majestät ausgezeichnet. Bei einem besseren Kapitän als diesem Smyth wären Sie längst Commander oder gar Captain!«

»Admiral, gerade über Captain Gervase Smyth und über Huttonsfield will ich mit Ihnen sprechen.«

Der alte Herr ergriff seinen Rumbecher, um mit James anzustoßen. »Sprechen Sie, junger Mann! Ich habe das unbestimmte Gefühl, dass es eine ebenso abenteuerliche Geschichte sein wird wie das, was ich schon früher über Sie gehört habe.«

»Auch diese abenteuerlichen Geschichten gehören zu dem, was ich Ihnen berichten will«, sagte James, trank einen Schluck Rum und fragte dann: »Ich weiß nicht, wie weit Sie mit der Familie Hutton und deren letzten Erbfall vertraut sind?«

»Wahrscheinlich besser, als Sie denken. Mein Neffe Halverstock, einer der vielen Söhne meiner zweiten Schwester, hatte als Nachlassverwalter damit zu tun. Er hat mir einiges über die neue Countess erzählt – halt! Da Sie zurück sind, ist sie es ja nicht mehr. Mein Neffe wird jubeln, wenn er das erfährt. Er hat sich fürchterlich über Lady Ellinor und deren unmöglichen Mann geärgert.

Daher wird es ihm ein Vergnügen sein, diesem verdammten Bartlett so richtig in die Parade fahren zu können.«

»Er sollte dieses Vergnügen noch ein wenig hinausschieben«, erklärte James und begann seinen Bericht von dem Tag an, an dem ihn Bartletts Schwiegervater Lord Humphrey nach der Beisetzung seines Vaters hatte zu sich holen lassen. Er sprach auch davon, dass Captain Smyth ihm stets die gefährlichsten Aufgaben übertragen hatte.

»Es sind etliche gute Matrosen und Maate dabei gestorben, nur ich bin stets mit heiler Haut davongekommen. Deshalb wurde ich bald Lucky Jim genannt!«, setzte er hinzu.

Der Admiral hörte ihm aufmerksam zu und hob dann den Kopf. »Das hört sich fast so an, als wenn es Smyth daran gelegen gewesen wäre, Sie auf diese Weise loszuwerden!«

»Wenn ich Ihnen nun erzählen darf, wie ich über Bord gegangen bin«, fuhr James fort. »Meine Wache war gerade vorbei, und ich wartete auf meine Ablösung durch Leutnant Simmons. Da erschien Captain Smyth an Bord, angeblich, um zu kontrollieren, ob ein paar Männer, die er auspeitschen und für die Nachtwache hatte einteilen lassen, ihre Arbeit auch taten. Er begann ein Gespräch mit mir und führte mich dabei immer weiter an die Reling. Plötzlich erhielt ich einen Schlag auf den Kopf und fand mich Augenblicke später im Wasser wieder.«

»Das ist ja ...«, rief der Admiral, brach dann aber ab und starrte James an.

Dieser war mit seinem Bericht noch nicht fertig. »Seltsam war, dass kurz bevor dies geschah, ein kleines Handelsschiff unter der Flagge der Reederei Bartlett nach Tahiti gekommen war und Leutnant Simmons mitbrachte. Dieser kam an Bord der *Hesione* und nahm dort seinen Dienst wieder auf, nachdem wir ihn wegen einer Erkrankung in Kapstadt hatten zurücklassen müssen.«

»Zum Teufel noch mal! Das hört sich wirklich nach einer üblen Sache an. Aber jetzt sind Sie hier, und wir werden Bartlett mit vollen Breitseiten beharken!« Der Admiral hörte sich so begeistert an, dass es James leidtat, ihn bremsen zu müssen.

»Bedauerlicherweise wird das noch nicht möglich sein, Sir. Ich muss vorher eine Angelegenheit für meine Ehefrau erledigen.«

Der Admiral sah ihn durchdringend an. »Sie haben geheiratet?«

»Ja, auf Tahiti!«

»Doch hoffentlich keine Eingeborene wie dieser verdammte Fletcher Christian von der *Bounty*. Dieser elende Meuterer hatte die Frechheit, zu sterben, bevor die Navy ihn erwischen und aufhängen konnte!« Der alte Herr klang so grimmig, dass James fast lachen musste.

»Oh nein, Sir! Meine Frau ist – oder war – die Witwe eines Missionars.«

»Eine Betschwester also!« Die Miene des Admirals zeigte, dass eine Missionarsfrau für ihn kaum höher stand als eine Inselbewohnerin.

»Nun, ich weiß nicht, ob man Ruth eine Betschwester nennen kann«, antwortete James lächelnd. »Sie ist die Tochter eines Hamburger Reeders und hat seltsame Nachrichten aus ihrer Heimat erhalten, denen ich nachgehen muss. Ich habe Sie nur aufgesucht, um in Erfahrung zu bringen, ob Sie bereit wären, mir beizustehen, wenn ich gegen Zechariah Bartlett vorgehen will! Deshalb bitte ich Sie auch, diese Angelegenheit vertraulich zu behandeln, bis ich mich ihr widmen kann.«

»Was wollen Sie jetzt tun?«, fragte der Admiral.

»Ich werde nach Plymouth zurückfahren und dort das erste Schiff nach Hamburg nehmen.«

»Papperlapapp!«, rief der Admiral. »Sie werden mich zu meinem Neffen Halverstock begleiten und diesem ebenfalls die ganze Sache berichten. Er wird dann die nötigen Schritte in die Wege leiten, um diesen verfluchten Bartlett mit einer gut gezielten Breitseite zu versenken. Heute Abend sind Sie mein Gast, und morgen nehmen wir die Schnellpost nach London. Dort finden Sie auch leichter ein Schiff nach Hamburg als in Plymouth. Zeit verlieren Sie dadurch keine.«

James begriff, dass es mehr als eine Breitseite brauchen würde, um den alten Admiral von seinen Plänen abzubringen. Vielleicht war es ja auch ganz gut, wenn er bereits jetzt mit einem Anwalt sprach, der diese Angelegenheit übernehmen konnte.

»Wir machen es so, wie Sie es wünschen, Sir«, sagte er daher und stellte dann Tahitoa vor. »Mister Tahitoa ist Kapitän in Diensten der Handelsstation von Tahiti. Er begleitet mich und spielt meinen Diener.«

»Ein Seemann also! Ich habe die Berichte des guten James Cook über seine Fahrten in die Südsee gelesen. Sollen gute Seefahrer sein, aber auch wüste Kannibalen. Wie viele hast du schon gefressen?«

Die Frage des Admirals galt Tahitoa, der grinsend Antwort gab. »Wir Tahitianer sind gute Christen und tun so etwas nicht mehr. Auf den Tuamotu-Atollen hingegen soll es für Missionare nicht ungefährlich sein, sich dort hinzubegeben. Dort wurde erst letztens wieder einer verzehrt.«

»Bedauerlicherweise«, sagte James und war froh, als der alte Herr damit begann, einige Anekdoten aus seiner aktiven Zeit bei der Royal Navy zu erzählen. Dieser hatte noch gegen Napoleons Franzosen, die er immer noch die Frogs nannte, und die Spanier gekämpft, und so wurde es ein langer Abend.

Der Admiral vergaß jedoch nicht, seinen Diener loszuschicken, damit dieser drei Plätze in der Schnellpost nach London belegte. Daher konnten sie am nächsten Morgen aufbrechen. Zwar wunderten sich ein paar Passagiere darüber, dass ein Farbiger wie Tahitoa im Wagenkasten sitzen durfte, während einige Engländer dem Landregen auf dem Dach trotzen mussten. Das Ansehen des Admirals war jedoch so groß, dass keiner es wagte, den Mund aufzumachen.

10.

Halverstock bereitete es Freude, Menschen, die er nicht mochte, eine gewisse Zeit lang warten zu lassen, bevor er sie empfing. Dies war auch Zechariah Bartlett passiert. Als jedoch sein Onkel gemeldet wurde, ließ er diesen sofort hereinführen. Noch während der Begrüßung begriff er, dass dessen überraschender Besuch mit dem jungen Marineoffizier in seiner Begleitung zusammenhängen musste.

»Seien Sie mir willkommen, Sir! Medows, lassen Sie mehrere Gläser Rum bringen, und zwar den aus Jamaika, den der Admiral am liebsten trinkt.«

»Selbstverständlich, Sir James«, antwortete sein Gehilfe und ging hinaus.

»Ich freue mich sehr, Sie zu sehen, Onkel, kann aber nicht glauben, dass Sie bei diesem scheußlichen Wetter die Reise nur unternommen haben, um mich zu besuchen.«

»Falsch! Ich bin genau Ihretwegen gekommen, Neffe«, antwortete der Admiral und wies mit einer ausholenden Bewegung auf James. »Darf ich vorstellen, James Edward Hutton, Earl of Huttonsfield, auch genannt Lucky Jim!«

»Jetzt brauche ich einen Cognac!«, stieß Halverstock aus und starrte James wie ein Wundertier an. Im nächsten Moment verzog sich sein Gesicht zu einer Grimasse des Triumphs. »Jetzt kann ich diesen elenden Bartlett endlich so zurechtstutzen, wie es diesem Kerl zukommt.«

»Nicht so rasch, Neffe! Bevor es dazu kommt, hat Lord Hutton noch eine andere Verpflichtung zu erfüllen. Wir sind zu Ihnen gekommen, damit Sie den entscheidenden Schlag gegen Bartlett in völliger Geheimhaltung vorbereiten können.«

»Als Erstes müsste Lord Hutton unzweifelhaft als der identifiziert werden, der er ist. Dazu braucht es zwei Admirale …«

»Einer bin ich, und ich weiß auch schon einen Zweiten und Dritten«, unterbrach ihn sein Onkel.

»Ebenso müssen es ebenfalls zwei Offiziere, Maate oder Matrosen des Schiffes, auf dem er zuletzt gesehen wurde, nämlich der *Hesione*, tun«, fuhr Halverstock fort, ohne sich von dem Zwischenruf des Admirals stören zu lassen.

»Diese Männer müssen erst ausfindig gemacht und hierhergebracht werden«, wandte James ein.

»Darum werden Sie sich kümmern, Neffe!« Es klang wie ein Befehl des Admirals, der James dann aufforderte, Halverstock seine Geschichte zu erzählen.

James tat es, und der Anwalt machte sich eifrig Notizen. Als er schließlich mit seinem Bericht fertig war, legte Halverstock die Fingerspitzen gegeneinander und sah ihn an. »Da ich Mister Bartlett zur Genüge kennengelernt habe, traue ich ihm das, was Sie mir erzählen, jederzeit zu. Er war so begierig, seine Frau als Countess of Huttonsfield zu sehen, dass er sich über Lord Maine an die Krone gewandt hat, damit die gesetzlich festgeschriebene Wartefrist außer Kraft gesetzt wurde. Bedauerlicherweise können die Aktionen, die Ihnen von Captain Smyth befohlen wurden, in diesem Fall nicht als Beweise gelten, da diese im Ermessen des Captains standen. Auch der Mordanschlag auf der *Hesione* ist leider nicht zu beweisen. Wir werden daher nur erreichen können, dass Lady Ellinor Huttonsfield Castle räumen und Ihnen übergeben muss, aber leider nicht mehr.«

»Das heißt, ich müsste damit rechnen, dass Bartlett weiterhin versuchen wird, mich zu beseitigen!« James klang nicht gerade erfreut.

»Das kann er sich nicht erlauben. Er ist immerhin Baron Bartlett und kann seinem Sohn diesen Titel vererben. Daher wird er es nicht wagen, etwas zu tun, was dazu führen könnte, dass ihm dieser Titel aberkannt wird«, erklärte Halverstock.

»Angenehm ist es trotzdem nicht«, wandte James ein.

»Mehr werden wir nicht erreichen können. Es wäre ein Gentleman's Agreement, auch wenn Mister Bartlett alles andere als ein Gentleman ist. Wir müssen ihn irgendwie darauf festnageln.«

James passte es gar nicht, dass Bartlett, der seit seinem vierzehnten Lebensjahr einiges getan hatte, um ihn tot zu sehen, so leicht davonkommen sollte. Allerdings blieb ihm nichts anderes übrig, als Halverstocks Sachverstand zu vertrauen. Wenn es nicht anders ging, würde es eben so sein müssen. Im Augenblick war es für ihn ohnehin wichtiger, sich um Ruths Familie zu kümmern und darum, wie diese gefälschten Briefe zustande gekommen waren. Daher atmete er tief durch und gab sein Einverständnis.

»Tun Sie, was Sie für richtig halten, Mister Halverstock.«

Der Admiral hüstelte. »Es heißt Sir James! Mein Neffe trägt den gleichen Vornamen wie Sie und hat als Sohn eines Adeligen das Recht, so genannt zu werden.«

»Verzeihen Sie mir, Sir James!«, entschuldigte James sich.

Halverstock hob lächelnd die Hand. »Wenn Sie mir die Gelegenheit geben, mit Bartlett abzurechnen, können Sie mich tausendmal Mister nennen!«

»Damit haben Sie noch neunhundertneunundneunzig Mal gut«, sagte der Admiral lachend und machte seinen Neffen darauf aufmerksam, dass sein Rumglas leer war und neu gefüllt werden sollte.

11.

Da James seinen Aufenthalt in London so kurz wie möglich halten wollte, machte er sich bereits am nächsten Tag auf die Suche nach einer Passage nach Hamburg und wurde rasch fündig. Admiral Fitzwilliams Vorhersage, dass man in London leichter ein Schiff fand, das nach Hamburg fuhr, als in Plymouth, erwies sich als richtig. Während seiner Zeit bei der Royal Navy war James nie in einen deutschen Hafen, geschweige denn nach Hamburg gekommen und war entsprechend neugierig. Seine Leutnantsuniform hatte er abgelegt und trug nun einen Rock und eine Hose, die Halverstock ihm geliehen hatte. In den Schultern spannte die Kleidung etwas, während sie um die Taille einen Hauch enger hätte sein können. Doch wenigstens konnte er sich darin auch in einem besseren Haus sehen lassen. Tahitoa hingegen musste seine in Plymouth angefertigte Kleidung anbehalten, da es in einem so kurzen Zeitraum keine Möglichkeit gegeben hatte, ihm neue zu verschaffen.

James hatte von Ruth genug von dem in Hamburg gebräuchlichen Dialekt gelernt, um verstehen zu können, was die Leute an Bord sagten. Sein Instinkt hielt ihn jedoch davon ab, dies zu zeigen, und so verwendete er die englische Sprache, die fast alle an Bord zumindest rudimentär beherrschten.

Er hätte bereits hier Fragen nach Ruths Familie stellen können. Da er jedoch nicht wollte, dass dies jemand an die falschen Leute weitergeben konnte, hielt er sich zurück und fieberte der Ankunft in Hamburg entgegen. Er wusste zwar, dass Hamburg weiter entfernt von der Elbmündung lag als London von der Mündung der Themse, wunderte sich dann aber doch, als das Schiff bei Cuxhaven einen Lotsen an Bord nahm und dann noch etliche Stunden stromaufwärts segelte.

Endlich in Hamburg angekommen, suchten Tahitoa und er einen Gasthof auf. Obwohl von der Hansestadt aus viele Schiffe zu fernen Häfen fuhren, erregte der hünenhafte Tahitianer hier um einiges mehr Aufsehen als in Plymouth oder London.

»Ihr kommt wohl von weit her?«, fragte der Wirt neugierig.

»Ja, von Südamerika«, antwortete James und dachte sich, dass es nicht einmal gelogen war. Immerhin hatte die *Andromache* in zwei südamerikanischen Häfen angelegt und Kap Hoorn bezwungen.

»Ihr Begleiter kommt wohl von dort?«, fragte der Wirt weiter.

»Kann schon sein!« James blickte durch die kleinen Fenster nach draußen auf die Masten der Schiffe, die in der Elbe verankert lagen. »Ich dachte nicht, dass der Hafen in Hamburg so groß wäre«, sagte er anerkennend.

»Das ist er! An der ganzen Küste gibt es keinen größeren«, erklärte der Wirt stolz.

»Dann gibt es hier wahrscheinlich auch viele Reedereien?«, fragte James, während der Wirt etwas Mühe hatte, auf Englisch zu antworten.

»Die gibt es!«, erklärte er und nannte stolz die Namen einiger Reeder.

Zu James' Verwunderung war zwar der von Ruths Schwager dabei, nicht aber der ihres Vaters. Das war ein Rätsel, das er möglichst bald lösen musste. Allerdings wollte er es nicht hier im Gasthof tun, in dem der Wirt herumerzählen konnte, dass jemand nach Jakob Simonsen gefragt hätte.

Ruth und David hatten vorgeschlagen, er solle sich erst einmal zurückhalten und mit Dolf Sölter, einem alten Freund der Familie, reden, um von diesem Informationen zu erhalten. Dafür aber war James zu unruhig, und so beschloss er, Ruths Familie noch an diesem Tag aufzusuchen.

»Kommen Sie mit, Mister Tahitoa! Sehen wir uns die Stadt ein wenig an«, forderte er seinen Begleiter auf.

Als sie den Gasthof verließen, überlegte James, dass ihre Sorgen vielleicht doch übertrieben waren. Dann aber schüttelte er den Kopf. Wer auch immer die Briefe an Ruth gefälscht hatte, hatte es gewiss nicht aus Spaß getan.

Sie schlenderten durch die Straßen wie zwei Männer, die sich damit die Zeit vertreiben wollten. Unterwegs fragten sie einen Gassenjungen nach der Richtung und näherten sich allmählich dem Heim der Simonsens.

Als sie schließlich vor dem Haus standen, traf es sie beide wie ein Schlag. Die Fensterläden waren geschlossen, der Türklopfer abgeschraubt, und alles sah so aus, als lebte hier seit Wochen oder Monaten niemand mehr.

»Bei Gott, was ist das?«, stieß Tahitoa hervor.

»Wir werden morgen Mister Sölter aufsuchen, um das in Erfahrung zu bringen!«, antwortete James mit knirschenden Zähnen.

Er wusste nicht, was er erwartet hatte. Auf jeden Fall aber schien die Wirklichkeit schlimmer zu sein, als Ruth und er es sich selbst für den übelsten aller Fälle vorgestellt hatten.

NEUNTER TEIL

•

DIE ARCHE NOAH

1.

olf Sölter war der Patriarch seiner Familie und hielt trotz seines hohen Alters die Zügel in der Hand. Die geschäftlichen Belange überließ er mittlerweile zum größten Teil seinem Sohn und traf nur noch die wichtigsten Entscheidungen selbst. Er war daher auf den Engländer gespannt, der ausdrücklich erklärt hatte, mit ihm persönlich sprechen zu wollen.

Als der Mann eintrat, wirkte er auf ihn soldatisch. Nein, änderte Sölter seine Meinung. Eher wie ein Seemann. Dazu passte der baumlange Mann in seiner Begleitung. Der alte Herr konnte sich nicht erinnern, je einen größeren Menschen gesehen zu haben. Dabei hatte dieser eine Hautfarbe, die im Sommer als Sonnenbräune durchgehen konnte, breite Schultern und ein freundliches Gesicht mit interessiert blickenden dunklen Augen.

»Mister Hansen, habe ich mir sagen lassen«, begann Sölter das Gespräch. Er war verwundert, weil James keine Visitenkarte abgegeben hatte.

»Darf ich offen mit Ihnen sprechen, Sir, ohne dass es über dieses Zimmer hinausgeht?«, fragte James.

Sölter kniff verwundert die Augen zusammen. »Ist es so etwas Geheimnisvolles?«

»Es ist zumindest rätselhaft, um es noch harmlos auszudrücken. Sie kennen die Familie Simonsen?«

»Selbstverständlich kenne ich die Familie!«, antwortete Sölter mit einer gewissen Anspannung. »Können etwa Sie mir etwas darüber berichten, zum Beispiel über Jakob Simonsen, den Sohn meines alten Freundes Simon? Er ist vor mehreren Jahren mit seiner *Neuwerk* aufgebrochen, und wir haben nie mehr etwas von ihm gehört.«

Als James unwillkürlich den Kopf schüttelte, fuhr Sölter fort: »Dann vielleicht über David Simonsen, Jakobs jüngeren Sohn?«

Diesmal nickte James. »Von David kann ich Ihnen berichten. Doch erlauben Sie mir, dass ich mich Ihnen vorstelle, ebenfalls mit der Bitte, dass es niemand anderes als Sie es vorerst erfahren soll.«

»Das hört sich ja nach einer sehr eigenartigen Geschichte an. Aber sprechen Sie! Ich werde es nicht ohne Ihre Erlaubnis weitertragen.«

Sölter wirkte nun nicht mehr gelassen, sondern erregt und neugierig. Es war das erste Mal, seit David mit der *Scharhörn* aufgebrochen war, dass jemand etwas über ihn berichten konnte.

»Jim Hansen ist nur ein Tarnname, den ich aus Gründen trage, die hier nicht von Belang sind. Mein richtiger Name lautet James Edward Hutton, und ich bin der zweite Ehemann von Ruth Simonsen, die vor Jahren mit ihrem mittlerweile in der Südsee umgekommenen Ehemann Hinrich Mensing von Hamburg aus aufgebrochen ist.«

Sölter riss es förmlich aus seinem Sessel. Gleichzeitig stieß er einen Schmerzensruf aus. »Verfluchtes Rheuma! Junger Mann, warum müssen Sie mich auch so erschrecken.« Dann schien sein Blick James förmlich zu durchbohren. »Sagen Sie das noch einmal!«

»Ich bin James Edward Hutton, Engländer von Geburt, und habe Ruth, die Witwe von Hinrich Mensing, ein paar Monate vor meiner Abreise auf Tahiti geheiratet.«

»Bei Neptun und dem Klabautermann! Tischen Sie mir etwa Märchen auf?«, fragte der alte Herr streng.

»Das würde ich niemals wagen!«, erklärte James. »Es ist so, wie ich es sage. Ich habe hier einen Brief meiner Frau, der Ihnen alles erklären wird.«

Während James einen dicken Umschlag aus der Tasche zog, schüttelte Dolf Sölter ein ums andere Mal den Kopf.

»Das gibt es doch nicht! Mathias Mensing hat erst vor wenigen Tagen behauptet, einen Brief von seinem Bruder erhalten zu haben. In dem soll Hinrich Mensing berichtet haben, dass er bereits große Fortschritte bei der Bekehrung dieser Wilden mache und es ihm, seiner Frau und ihrem Sohn sehr gut ginge.«

»Was zumindest bei Hinrich Mensing gelogen ist! Ruth selbst und beider Sohn Jan hingegen waren, als ich abreiste, bei bester Gesundheit«, sagte James und reichte dem alten Herrn den Umschlag.

Sölter erbrach das Siegel und begann zu lesen. Dabei räusperte er sich mehrfach, stieß gelegentlich einen leisen Fluch oder einen Laut der Überraschung aus und legte dann den Brief mit einem Gesichtsausdruck hin, als hätte ihn eben ein Blitz gestreift.

»Es scheint absolut unmöglich, und doch muss es die Wahrheit sein. Zwar kenne ich Ruths Handschrift nicht, doch sie hat mehrere Ereignisse erwähnt, die nur sie und ihr älterer Bruder kennen können. Selbst David und den Zwillingen dürften sie unbekannt sein. Junger Mann, Sie sehen mich zutiefst erschüttert.«

»Ruth wird in einigen Monaten nachkommen«, erklärte James. »Ich bin vorausgereist, weil sie in großer Sorge um ihre Familie ist, nachdem sie von David erfahren hat, dass die Briefe, die sie angeblich von ihrer Familie erhalten hatte, allesamt gefälscht waren.«

»David lebt also noch! Nun, wenigstens einer«, sagte Sölter in einem Tonfall, der James alarmierte.

»Von David haben wir erfahren, dass sein und Ruths Vater verschollen ist. Gibt es in der Angelegenheit neue Hinweise?«

Sölter schüttelte den Kopf. »Nein, leider nicht! Es ist nur so, dass auch Jeremias Simonsen vor vielen Monaten spurlos verschwunden ist. Er soll in London ein Schiff bestiegen haben, aber nie an seinem Ziel angekommen sein.«

»Was sagen Sie? Ruths älterer Bruder ist ebenfalls verschollen?«, rief James entsetzt.

»Er hatte sich auf die Suche nach seinem Vater und seinem Bruder gemacht, weil seine Mutter ihm keine Ruhe mehr gelassen hatte. Armes Weib! Diese ganzen Schicksalsschläge haben ihren Geist zerrüttet.« Sölter seufzte und entschuldigte sich dann bei James, weil er ihm und seinem Begleiter noch nichts hatte anbieten lassen. »Möchten Sie Tee?«

James sah Tahitoa nicken und stimmte zu. »Gerne.«

Als Sölter läutete, erschien seine Schwiegertochter. Sie wurde ebenfalls von Neugier getrieben, denn sie fragte sich, weshalb der alte Herr ausgerechnet diesen Gast bei sich behielt, während er sonstige Besucher stets rasch wieder loszuwerden versuchte.

»Wir brauchen Tee und ein Kännchen Rum«, forderte Sölter und sah dann James an. »Wollen Sie Milch in den Tee?«

James schüttelte den Kopf. »Rum reicht, Sir! Auf einem Schiff findet sich selten eine Kuh, die man melken kann.«

»Das wär ja noch was!« Trotz der schlimmen Nachrichten, die Dolf Sölter erhalten hatte, musste er lachen.

Das Gespräch wurde erst wieder fortgesetzt, als der Tee auf dem Tisch stand und Sölters Schwiegertochter den Raum zu ihrem Leidwesen wieder hatte verlassen müssen. Sölter fragte nun nach David und war sichtlich froh, zu hören, dass dieser den Schiffbruch der *Scharhörn* überlebt hatte.

»Der Junge wurde von einem Walfänger aufgelesen, der in die Südsee unterwegs war. Auf die Weise kam er nach Tahiti und erfuhr, dass seine Schwester dort lebte. Nach seiner Ankunft wurde uns rasch bewusst, dass die Briefe, die Ruth in den letzten Jahren erhalten hatte, allesamt Fälschungen waren.«

Sölter senkte betrübt den Kopf. »Und ebenso diejenigen, die laut Mathias Mensing angeblich von seinem Bruder stammen sollen. Bei Gott, waren wir Narren! Wir hätten riechen müssen, dass die Angelegenheit stinkt wie faules Bilgenwasser, und ihn aufhalten.«

»Wobei aufhalten? Mein Freund und ich sind gestern an Haus der Simonsens vorbeigegangen und haben den Eindruck gewonnen, es sei unbewohnt.« James richtete sich auf eine weitere Hiobsbotschaft ein, doch das, was Sölter nun sagte, übertraf seine schlimmsten Befürchtungen.

»Nachdem nach Jakob Simonsen auch dessen Söhne verschwunden waren, übernahm Mathias Mensing die Reederei, um sie, wie er sagte, für die weiblichen Erben der Familie zu führen. Da Frieda Simonsen über all dem Unglück, das über ihre Familie hereingebrochen ist, dem Wahnsinn verfallen war, ließ er sie in ein Sanatorium bringen. Die Zwillinge Anna und Esther schickte er nach Palermo zu einer Freundin der Familie, da er in seinem frauenlosen Haushalt keine halbwüchsigen Mädchen aufnehmen konnte. Bei Gott, wir hätten erkennen müssen, dass dies ein vorgeschobener Grund war, da er nur wenige Wochen später um Godehards Tochter Adele angehalten hat. Ihm ging es offensichtlich darum, die alleinige Verfügungsgewalt über die Reederei zu erhalten. Jetzt wird er den Gewinn selbst einsacken und den Töchtern nur einen Bettel zukommen lassen.«

Sölter trank einen Schluck Tee, um seine Kehle zu befeuchten, und drohte dann mit der Faust in die Richtung, in der er Mathias Mensings Heim wusste. »Dem werden wir jetzt aber in die Parade fahren! Da David lebt und Sie Ruth geheiratet haben, muss Mensing die Reederei hergeben. Wir werden ...«

»Verzeihen Sie, Sir, aber ich bin der Ansicht, wir sollten nichts überstürzen! Es gibt zu viele Ungereimtheiten, die sich für uns als

Stolpersteine erweisen könnten. Ein Mitglied der Familie kann durch Schiffbruch verloren gehen, vielleicht auch zwei. Aber dass von Jakob Simonsen an über David bis Jeremias alle männlichen Verwandten verschollen sind, macht mich misstrauisch. Gut, bei David war es wirklich ein Sturm. Doch was geschah mit dem Vater und was mit Jeremias? Außerdem ist Mathias Mensing derjenige, den wir in Verdacht haben, die Briefe an Ruth gefälscht zu haben.«

»Und ebenso die, die angeblich von ihr und Hinrich gekommen sind. Bei Gott, am liebsten würde ich Mathias Mensing packen und so lange gegen die Wand schlagen, bis er bekennt, warum er es getan hat.«

Bei dem Gedanken, der gebrechlich erscheinende Greis könnte einen Mann Mitte dreißig so behandeln, wie er es angedroht hatte, huschte ein Schmunzeln über James' Gesicht. Er wurde jedoch sofort wieder ernst.

»Wir sollten nicht überstürzt handeln, sondern Ruths und Davids Ankunft abwarten. Wenn ich mich jetzt als Ruths Ehemann zu erkennen gebe, könnte es sein, dass Mathias Mensing mich einen Schwindler nennt.«

»Damit könnte er sogar durchkommen«, gab Sölter bedrückt zu. »Es stände Ihr Wort gegen das seine, und ihn kennt man. Aber ich will die Hände nicht einfach in den Schoß legen.«

»Das sollen Sie auch nicht! Fordern Sie Informationen über Ruths Mutter an und auch über ihre Schwestern. Ebenso über die Geschäfte der Reederei Simonsen. Immerhin ist Mathias Mensing nur der Sachwalter und nicht ihr Besitzer. Legen Sie ihm Steine in den Weg, wo es nur möglich ist. Außerdem brauchen wir dringend Informationen über alle Belange, die für uns wichtig sind!«

James klang drängend, denn mittlerweile traute er Mathias Mensing alles Schlechte zu. »Bedenken Sie, er hat seinen eigenen Bruder als Missionar auf eine Insel geschickt, auf der kriegerische Kannibalen leben. Hinrich wurde weisgemacht, dass es sich um ein friedliches und liebenswertes Volk handele, welches nur darauf warte, von ihm zum Christentum geführt zu werden«, erklärte er und sah, wie sich die Miene des alten Herrn verhärtete.

Dolf Sölter mochte alt sein, doch mangelte es ihm weder an Entschlusskraft noch an dem Willen, sich gegen alle Widerstände durchzusetzen, wenn er es für richtig hielt. Der Gedanke, dass Mathias Mensing ihn und andere Mitglieder der Kommission, die vom Hamburger Senat eingesetzt worden war, um die Belange der weiblichen Mitglieder der Familie Simonsen zu vertreten, auf eine solche Weise hinters Licht geführt hatte, ließ beinahe unerträglichen Zorn in ihm aufsteigen. Zudem erinnerte er sich noch gut an die alte Fehde zwischen den Mensings und den Simonsens und an Mathias Mensings Vater Derek, der Simon Simonsen als angeblichen englischen Spion bei den französischen Besatzern denunziert hatte.

»Wie es aussieht, ist dieser Sohn nicht weit vom Stamm gefallen«, sagte er grimmig und lud dann James und Tahitoa ein, als Gäste in seinem Haus zu bleiben.

James schüttelte den Kopf. »Ich halte das nicht für klug. Mathias Mensing könnte es erfahren und daraus seine Schlüsse ziehen. Es ist besser, wenn ich Sie einmal in der Woche aufsuche, um mit Ihnen die Angelegenheit zu besprechen.«

»Dann soll es so sein!«, antwortete Sölter und bat, ihn zu entschuldigen, da er einen Brief an den Handelsagenten Geert Steeden in Palermo schicken und diesen bitten wollte, den Zwillingen die Heimreise zu ermöglichen.

»Anna und Esther sollten hier sein, wenn ihre Schwester und ihr Bruder kommen«, erklärte er und reichte James die Hand. »Auf Wiedersehen, und kommen Sie bald wieder! Sie auch!« Das Letzte galt Tahitoa, der zwar nicht viel gesagt, aber gut zugehört hatte und James auf einige Punkte ansprechen wollte, die ihm aufgefallen waren.

2.

Eigentlich hätte Ruth zufrieden sein müssen. Ihre Schwangerschaft verlief ohne größere Beschwerden bis auf eine gelegentliche Morgenübelkeit. Auch hatte die *Poerava* sich bei der Probefahrt nach Tonga bewährt und wurde nun für die große Reise ausgerüstet. Doch Aipua und die Tahitianer hatten ihr die Leitung der Organisation aus der Hand genommen. Sie wurde zwar ab und an gefragt, was sie für ihre Bequemlichkeit als nötig ansah, doch was Proviant und dergleichen betraf, hüllten ihre Getreuen sich in Schweigen.

Wenn sie ehrlich zu sich war, hatte sie Angst vor dieser Fahrt, Angst um ihr ungeborenes Kind, das nun auf See zur Welt kommen würde, Angst um Jan, der ruhig noch ein oder zwei Jahre älter hätte sein sollen, und eine Riesenangst um die kleine Heirani. Sie hatte Aipua angefleht, mit Jan und ihrer Tochter zusammen auf Tahiti zu bleiben, doch so sanft und nachgiebig ihre Freundin sonst auch war, ließ diese sich durch nichts und niemanden davon abbringen.

In trüben Augenblicken dachte Ruth daran, ihr Vorhaben aufzugeben und zu warten, bis James mit einem Schiff der väterlichen Reederei nach Tahiti zurückkehren würde. Dies würde jedoch mindestens zwei Jahre dauern. Dabei sehnte sie sich bereits jetzt nach ihm und wünschte sich so sehr, sie könnte ihm mitteilen, dass sie ihr erstes gemeinsames Kind erwartete.

Ein Klopfen an der Tür unterbrach ihr Grübeln. Vaimiti eilte hin und öffnete.

»Es sind Mister Lu und Mister Wong«, meldete sie fröhlich.

Gleich darauf traten die beiden ein. Lu Po trug ein Seidenhemd und eine ebensolche Hose, während sein Schwager Wong in blauen Baumwollstoff gekleidet war. In der Hand trug dieser ein dunkel gebeiztes Kästchen, dessen Deckel mit einem wurmartigen

Drachen verziert war. Während Lu Po nur kurz den Kopf neigte, verbeugte Wong sich so tief, dass Ruth schon befürchtete, er wolle vor ihr den Kotau machen.

»Guten Tag, meine Herren! Ich hoffe, Sie fühlen sich wohl«, begrüßte sie die beiden.

»Wir fühlen uns sehr wohl! Erst einmal will ich mich auch im Namen meiner Großmutter, der alten Drachenfrau, wie auch im Namen meines geringen Weibes bedanken, dass Sie die Patenschaft über unseren Sohn übernommen haben.« Lu Pos Gesicht verriet Stolz, weil das erste Kind, das Lu Mei ihm geboren hatte, ein Junge war, der einmal die Tradition der Sippe würde weiterführen können.

»Ich hoffe, der kleine Lu Ma wächst und gedeiht?«, sagte Ruth, deren trübe Stimmung der Gedanke an das Neugeborene vertrieben hatte.

»Mein Sohn ist seit seiner Geburt bereits einen Fingerbreit gewachsen«, verkündete Lu Po stolz. »Selbst Ihre Majestät, die Königin, hat ihm ein … nun ja, ein Taufgeschenk überbringen lassen.«

Lu Po und seine Familie waren keine Christen, hatten sich aber den Gewohnheiten auf Tahiti gut angepasst. Und so hatte Aimata Vahine Pomare IV. die Geburt von Lus Sohn nicht nur bemerkt, sondern ihm auch ein Geschenk überreichen lassen.

Ruth lächelte. Die Königin war jung, lebenslustig und von den Missionaren um George Pritchard nur mit Mühe zu zügeln. Auch liebte Aimata es, Feste zu feiern. Für diese brauchte sie Geld, und sie wusste genau, wer ihr das verschaffte. Neben Ruth als Leiterin der Handelsstation war dies Lu Po als deren Stellvertreter. Lu Pos Bedeutung war zudem noch gewachsen, seit Ruth angekündigt hatte, Tahiti bald zu verlassen, und der Tag ihrer Rückkehr nicht benannt werden konnte.

»Das ist schön, Mister Lu! Doch nun sagen Sie, was kann ich für Sie und Mister Wong tun?«, fragte Ruth.

»Ich habe Madam vor ein paar Wochen darum gebeten, mir einige ihrer Perlen zu überlassen, da mein ehrenwerter Schwager die hohe Kunst beherrscht, diese zu Schmuckstücken zu fassen, mit denen Madam in Europa Aufsehen erregen wird. Nun ist Herr Wong damit fertig und will Ihnen die Perlen wieder übergeben!«

»Danke, das freut mich.« Ruth unterdrückte einen Seufzer, denn die Rückgabe der zu Schmuck verarbeiteten Perlen bedeutete auch, dass ihre Abreise immer näher rückte. Dabei wurde sie mit jedem Tag unsicherer, ob sie diese Reise überhaupt antreten sollte. Sie schluckte und bat Wong, ihr die gefassten Perlen zu zeigen.

»Madam müssen sie tragen, um zu sehen, wie sie wirken«, antwortete Wong und winkte zur Tür.

Sofort brachte Lu Yi einen großen Spiegel herein. In der Missionssiedlung hätte man darüber wohl die Hände über den Kopf geschlagen und Ruth der Sünde der Eitelkeit bezichtigt. Dort waren gerade einmal Handspiegel erlaubt, und selbst die wurden nur zu seltenen Anlässen benützt und ansonsten weggesperrt.

»Wenn Madam sich mit dem Rücken zu mir setzen würde«, bat Wong.

Ruth tat ihm den Gefallen und sah zu, wie er ihr ein vierfaches Perlenband umlegte, das sich eng um den Hals schmiegte. Es folgte eine ebenfalls vierfache Kette, die auf ihre Brust fiel. Zuletzt arbeiteten Wong und Lu Yi an ihren Haaren herum und befestigten dort ebenfalls ein Schmuckstück, das sich für Ruth wie eine Krone oder ein Diadem anfühlte, wie sie es ähnlich, aber um einiges leichter bei ihrer Hochzeit getragen hatte.

Schließlich brachte Lu Yi den Spiegel und hielt ihn ihr vor. Ruth staunte, als sie sich darin sah. Alle diese Perlen waren schwarz wie die Nacht und vollendet durchbohrt und aufgefädelt. Die Verschlüsse waren aus dem Gold gefertigt, für das Wong englische

Sovereigns eingeschmolzen hatte, und passten ausgezeichnet zu den Perlen. Die Perlen um ihr Haar waren ebenfalls vierreihig wie das Halsband und die Kette auf der Brust und alle so aneinander angepasst, dass die größten vorne waren und sie nach hinten kleiner wurden.

»Ich hoffe, Madam sind über meine bescheidenen Künste nicht zu sehr erzürnt?«, fragte Wong.

»Bei Gott, nein! Die Schmuckstücke sind wunderbar! Sie sind ein Meister Ihres Fachs, Mister Wong.«

»Ich danke Ihnen, Madam! Sie machen mich überglücklich.« Wong verneigte sich noch einmal, während Lu Po zufrieden und stolz wirkte, denn er kannte Wongs Fähigkeiten und hielt viel von ihm. Da sein Schwager bereits die Perlen gefasst hatte, die Ruth bei ihrer Hochzeit mit James getragen hatte, war er überzeugt gewesen, dass Ruth auch die neuen Schmuckstücke gefallen würden. Es gab allerdings noch einen wichtigen Punkt, über den er mit Ruth sprechen wollte.

»Da Madam Tahiti in Kürze verlassen wird, habe ich mit Omoa von Moorea einen jungen, fähigen Schiffer zum Kapitän der *Tahuata* ernannt. Er wird mit dem Schiff die Handelsfahrten zwischen den Inseln übernehmen, während Captain Marble mit der *Hiva Oa* entferntere Ziele ansteuern wird.«

»Sehr gut, Mister Lu! Damit nehmen Sie mir eine große Sorge ab.« Ruth bemühte sich, erleichtert zu klingen. Doch auch diese Nachricht verdeutlichte ihr, dass die Abreise kurz bevorstand. »Ich werde Ihnen für die Zeit meiner Abwesenheit eine Generalvollmacht für die Handelsstation übergeben. Damit kann Ihnen niemand dreinreden, auch die Herren der Mission nicht«, sagte sie mit ernster Miene.

»Ich danke Ihnen, Madam, und verspreche Ihnen, die Handelsstation so zu führen, dass Sie mit mir zufrieden sein werden.« Lu Po klang sehr ernst. Er wusste nur zu gut, dass ihm hier auf dieser

Insel weder ein Engländer noch ein Yankee aus Nordamerika so viel Vertrauen entgegenbringen würde, wie Ruth es tat. Sie zu enttäuschen wäre gleichbedeutend damit, das Gesicht zu verlieren. Dies war jedoch das Letzte, was er wollte.

»Madam werden hoffentlich erlauben, dass ich mich in allen Dingen, die den Handel betreffen, auf Sie berufe, um zu verhindern, dass andere Leute mich zu verdrängen suchen, um selbst die Handelsstation zu übernehmen oder uns Konkurrenz zu machen?«

Ruth nickte. »Tun Sie das, Mister Lu! Doch nun soll Maire uns eine Tasse Tee servieren und uns einen ihrer guten Kuchen auftischen. Vorher aber bitte ich Lu Yi und Mister Wong, mir den Schmuck abzunehmen und ihn in sein Kästchen zu legen. Ich will nicht, dass diesen Schönheiten etwas zustößt.«

Während Lu Yi ein paar Worte in den Nebenraum rief, damit Maire Bescheid wusste, trat Wong hinter Ruth und öffnete die Verschlüsse der Bänder und Ketten. Er zeigte ihr, wie diese sich wieder schließen und öffnen ließen und wie sie in das Kästchen gelegt werden mussten.

»Lu Yi weiß es«, sagte er und setzte sich an den Tisch, um mit Ruth und seinem Schwager zusammen eine Tasse Tee zu trinken und ein Stück Kuchen zu essen.

Lu Po dachte daran, dass von den Europäern und Nordamerikanern, die sich auf Tahiti aufhielten, kaum jemand einen Chinesen wie ihn und seinen Schwager zu Tisch geladen hätte, und bedauerte sehr, dass Ruth die Insel verlassen wollte. Doch wie schon die alten Weisen gesagt hatten: Es musste jeder dem Pfad folgen, der ihm vorgegeben war.

3.

In den letzten Tagen vor der Abreise kam Ruth kaum zur Ruhe. Die Abschiedsaudienz bei der Königin musste ebenso absolviert werden wie ein letzter Besuch bei George Pritchard, dem Leiter der hiesigen Missionsstation. Sie durfte auch ihre tahitianischen Freunde nicht vergessen. Und das waren, wie sie rasch merkte, sehr viele. Ihr wurde so viel an Essen aufgetragen, dass es für Wochen gereicht hätte, und die Frauen umarmten sie. Einige weinten, andere baten sie, bald wiederzukommen, und überall wurde sie mit »Fāna'o maita'i – Hab eine gute Zeit« verabschiedet.

Am letzten Abend versammelte sie die Angestellten der Handelsstation und die Besatzungen ihrer Schiffe um sich. Es gab Essen aus dem Erdofen, Fruchtsaft, das Wasser junger Kokosnüsse und für die Europäer auch ein Glas Rum. Neben Lucius Marble, der nun als Kapitän die *Hiva Oa* führen würde, zählten mehrere Weiße dazu. Zu ihnen gehörte Soames, der beim Walfang einen Arm verloren hatte. Eine resolute Tahitianerin hatte den verzweifelten Mann aufgepäppelt und schließlich vor den Traualtar geschleppt. Jetzt arbeitete er im Ladengeschäft, und das zu Lu Pos großer Zufriedenheit.

Ruth sah mit Erleichterung, dass es zwischen den einheimischen Tahitianern, den Chinesen und der kleinen Gruppe der Weißen keine Animositäten gab. Omoa aus Moorea unterhielt sich eifrig mit Captain Marble über die besten Schifffahrtsrouten zwischen den Inseln, und am anderen Ende des Tisches lachte Lu Pos Neffe Bin fröhlich über einen Witz, den Soames eben erzählte. Dessen einheimische Ehefrau war ebenfalls unter den Gästen und richtete ihrem Mann die Speisen so her, dass er sie ohne Schwierigkeiten verzehren konnte.

Da die Zahl der Eingeladenen die Plätze an den Tischen überstieg, verweilten etliche draußen auf der Terrasse. Bei ihnen saßen

Aipua und Jan. Schließlich gesellte sich auch Ruth zu dieser Gruppe, setzte sich auf eine Matte mit ihrem Sohn auf dem Schoß und spürte, wie Wehmut sie erfasste. Sie hatte nun fast ein Viertel ihres bisherigen Lebens in der Südsee verbracht. Zwar würden sie, wenn sie am nächsten Morgen den Anker lichteten, mit Tonga noch eine der Inseln anfahren, die von diesem Volk bewohnt wurde. Doch Tahiti würde hinter ihrem Heck zurückbleiben, und ebenso Hiva Oa und Mohotani, auf der das Grab ihres ersten Ehemanns lag.

Was würde die Zukunft ihr bringen?, fragte Ruth sich. Als Erstes ging es darum, die Geheimnisse zu lüften, die sich um ihre Familie rankten. Des Weiteren wollten James und sie dafür sorgen, dass Zechariah Bartlett für seine Verbrechen zur Rechenschaft gezogen wurde. Doch was kam danach? Zum ersten Mal fiel ihr auf, dass sie, wenn James als Lord Hutton anerkannt wurde, wohl mit ihm zusammen in England leben musste. Bis jetzt hatte sie immer angenommen, sie könnten in Hamburg bleiben. Das würde wohl nicht gehen, und ob sie je nach Tahiti zurückkehren konnte, stand ohnehin in den Sternen. Vielleicht in ein paar Jahren, dachte sie. Aipua und Tahitoa und auch viele andere, die mit ihr fuhren, würden wieder in die Heimat zurückkehren wollen.

»Du machst dir – wie immer! – zu viele Gedanken«, sagte Aipua sanft und strich Ruth über die Stirn.

»Es ist alles so verworren und seltsam«, antwortete Ruth, während ihr eine Träne über die Wange lief.

»Du bist schwanger, und schwangere Frauen sehen nun einmal vieles seltsam und verworren.« Aipua lächelte und dachte insgeheim, dass Ruth, wenn sie erst einmal den Kurs der *Poerava* bestimmen musste, bald auf andere Gedanken kommen würde. Auch ihr fiel der Abschied schwer, doch sie war bereit, auf das Kanu ihres Lebens zu steigen, gleichgültig, wohin der Wind es treiben würde.

»Wie haben alles vorbereitet«, berichtete sie. »Wenn du die *Poerava* aus der Lagune steuerst, solltest du es voller Freude und Erwartung tun. Am Ende dieser Reise warten Te'ema auf dich und Tahitoa auf mich! Te'ema wird sich sehr freuen, wenn du ihm dein Kind in die Arme legen kannst.«

Te'ema, so nannten die Insulaner James. In dem Augenblick, in dem Aipua seinen Namen genannt hatte, freute Ruth sich auf das Wiedersehen mit ihm. Ihr Wille, die Reise zu überstehen und ihm ein gesundes Kind zu bringen, wuchs, und sie nickte ihrer Freundin dankbar zu. »Was wäre ich ohne dich, Aipua?«

»Du bist Ruhutia, eine kluge und stolze Frau, die im Herzen mittlerweile mehr eine Enata ist als eine Paratane – und meine Freundin! Auch bist du die Frau, die mit der *Schwarzen Perle* von Tahiti in deine Heimat segeln wird.«

»Das wird nicht leicht sein! Es ist ein sehr langer Weg durch Gewässer, die ich nicht kenne und in denen wir vielleicht großen Gefahren ausgesetzt sind.« Ruth atmete tief durch, küsste Jan auf die Wange und blickte dann auf das Meer hinaus. Drüben auf Moorea waren Lichter zu sehen, und der Wind trug ihnen sanfte Melodien zu.

»An diesen Abend«, sagte Ruth, »werden wir uns noch lange erinnern. Er mahnt uns, an schöne Dinge zu denken und an eine Freundschaft, wie sie enger nicht sein kann.«

»'aita pe'ape'a«, sagte Aipua leise. »Wir sollten uns keine Sorgen machen! Die Sonne wird auch morgen scheinen, der Wind wird wehen und die Segel der *Schwarzen Perle* füllen, und am Ende der Reise werden wir unsere Liebsten wiedersehen.«

»Gebe Gott, dass deine Wünsche in Erfüllung gehen!« Ruth seufzte, stand dann auf und winkte allen zu. »Nana 'e mauruuru roa – Auf Wiedersehen und besten Dank!«

»Nana 'e 'ia Maita'i te ori-hāere-ra'a – Auf Wiedersehen und eine gute Reise«, klang es aus vielen Mündern zurück.

4.

Am Morgen wurde Ruth durch Trommeln und Lieder geweckt. Vaimiti und Lu Yi halfen ihr, sich für die Reise fertig zu machen. Dabei berührte Vaimiti kurz ihren bereits leicht vorgewölbten Bauch. »Es ist schade, dass Ihr Kind nicht auf Tahiti zur Welt kommen wird!«, sagte sie, lachte aber und wies mit dem Kopf nach draußen. »Es sind sehr viele Leute hier, die sich von Ihnen verabschieden wollen. Sogar die Königin will kommen!«

»Dann sollte ich nicht trödeln«, antwortete Ruth und sah sich noch einmal um. Sie war länger auf Tahiti gewesen als mit Hinrich zusammen auf Hiva Oa. Anders als dort musste sie nicht überstürzt aufbrechen und fliehen, sondern verließ die Insel aus freien Stücken.

»Es hilft nichts, nur das zu betrauern, das man verlassen muss, sondern man muss nach vorne schauen«, sagte sie und sah Aipua, die mit Heirani auf dem Arm hereingekommen war, über diese Worte lächeln.

»Das, meine Liebe, sollten wir immer tun! Doch nun komm. Die Trommeln sagen, dass die Königin naht.«

Nach einem letzten Blick ergriff Ruth die Hand ihres Sohnes und verließ mit ihm zusammen das Haus. Aipua, Vaimiti, Maire und Lu Yi folgten ihr. Alle vier hatten sich entschlossen, mit ihr zu kommen. Ruth hatte erwartet, dass Lu Po oder zumindest Lu An es der jungen Chinesin verbieten würden, da unbestimmt war, wann ihre Verwandte zurückkehren konnte. Stattdessen hatte die alte Drachenfrau, wie Lu Po seine Großmutter nannte, eine ihrer verwitweten Töchter dazu bestimmt, Ruth ebenfalls zu begleiten. Nun wusste Ruth nicht, ob dies aus Ehrerbietung ihr gegenüber geschah oder ob die Frau nicht eher über die Moral des Mädchens wachen sollte, das in wenigen Jahren ein Alter erreichen würde, in dem Männer sich für sie interessierten und sie sich für Männer.

Als sie zum Anlegesteg gingen, warteten dort viele Menschen auf sie. Sogar George Pritchard hatte sich eingefunden. Ob seine Erleichterung, sie scheiden zu sehen, den Unmut überwog, dass sie die Leitung der Handelsstation an einen Chinesen übertragen hatte, konnte sie seinem asketisch wirkenden Gesicht nicht entnehmen. Er trat auf sie zu und neigte kurz den Kopf. »Ich wünsche Ihnen eine gute Reise, Mistress Hutton. Sie finden hoffentlich spätestens in Australien einen guten Kapitän, der Sie heil nach England bringt.«

»Ich danke Ihnen, Reverend.« Ruth lächelte, sagte sich aber, dass sie in Australien oder Tasmanien zwar Proviant für die lange Fahrt durch den Indischen Ozean an Bord nehmen würde, aber gewiss keinen Mann, der ihr das Kommando entzöge.

Es gab viele Hände zu schütteln und zahlreiche Menschen zu umarmen. Fara, der Schiffbauer, schloss Ruth gleich zweimal in die Arme, denn sein jüngerer Sohn Arenui war zu ihrem Stellvertreter auf der *Poerava* bestimmt worden. Viele Menschen nahmen Abschied, und schließlich legte das Schiff der Königin an.

Es war den alten Doppelrumpfschiffen nachempfunden, mit denen die Ahnen ihres Volkes einst bis zu den fernsten Inseln gesegelt waren. Dieses Schiff war kleiner und ohne Mast, da es nur für kurze Strecken gedacht war, auf denen gepaddelt wurde. Auf der Plattform befand sich eine Art Thron aus Flechtwerk. Sechs junge Frauen standen bereit, um die Königin mit Schirmen vor den Strahlen der Sonne zu schützen.

Aimata war ein hübsches Mädchen an der Schwelle zur Frau, und es wurde auch schon fleißig intrigiert, um einen Ehemann für sie zu finden. In dem Augenblick, in dem das Boot der Königin am Anlegesteg festlag, winkte Aimata Ruth zu sich. Diese trat vor sie hin und knickste.

»Fahre mit Gott! Und möge er gestatten, dass wir uns einst wiedersehen«, sagte Aimata, stand auf und umarmte Ruth.

»Das ist auch mein größter Wunsch!«, antwortete Ruth.

Danach ließ die Königin sie los und kehrte auf ihren Thronsitz zurück. Ruth knickste noch einmal und verließ das Schiff unter dem Klang der Trommeln und der Lieder, die nun gesungen wurden. George Pritchard schienen die Gesänge ein wenig Zahnschmerzen zu bereiten, und insgeheim amüsierte sich Ruth darüber. Es war für sie nicht immer leicht gewesen, mit den Bewohnern der Missionsstation auszukommen. Auch nahm sie ihnen immer noch übel, dass sie, obwohl sie im Besitz von Schiffen waren, nie versucht hatten, mit Hinrich und ihr auf Hiva Oa Kontakt aufzunehmen.

Da es jedoch nichts brachte, sich zu viele Gedanken über die Vergangenheit zu machen, winkte sie allen noch einmal zu und bestieg die *Poerava*. Wegen des Klangs der Trommeln und der Lieder hatte sie nicht auf die Geräusche geachtet, die von dort kamen. Nun vernahm sie das Grunzen von Schweinen und das Gackern einiger Hühner. Noch dachte sie sich nichts dabei, da lebende Tiere auch auf europäischen Schiffen als frischer Proviant mitgeführt wurden.

Während Aipua und ihre Freundinnen noch der Menge am Strand zuwinkten, führte Arenui Ruth zum Ruder. »Glauben Sie, dass Sie die *Poerava* durch die Passage bringen?«, fragte er besorgt.

»Ich werde auf dieser Reise noch viele andere Dinge tun müssen«, antwortete Ruth und fasste das Rad mit beiden Händen. Sie blickte kurz zur Windfahne am Hauptmast hoch und erteilte ihre Befehle.

Das erste Segel wurde gesetzt, damit die *Poerava* Wind fasste. Die Seile, die es noch mit den Pfosten am Anlegesteg verbanden, knarzten, sobald die Spannung stärker wurde.

»Vordere Leine lösen«, rief Ruth und sah erleichtert, wie der Bug vom Steg wegschwang.

»Nun die hintere Leine«, befahl sie.

Augenblicke später war das Schiff frei und segelte mit geringer Geschwindigkeit in die Lagune hinein.

Ruth befahl, weitere Segel zu setzen, damit das Ruder griff. Ein leichtes Drehen am Rad zeigte ihr, dass dies der Fall war, und sie hielt auf die Passage zu. Bei ihrer ersten Ausfahrt mit der *Hiva Oa* wäre sie fast an den Klippen gescheitert. Diesmal wanderte der Bug genau in die gewünschte Richtung, und die *Schwarze Perle* fuhr auf die offene See hinaus.

Jubel klang auf, und die Trommeln auf Tahiti sandten ihnen einen letzten Abschiedsgruß. Ruth beschloss, Moorea nördlich zu umfahren und dann in Richtung Westsüdwest zu steuern. Das war nicht ungefährlich, da sich in diesem Seegebiet etliche Inseln und Atolle befanden. Sie hatte diese Strecke jedoch schon auf der Jungfernfahrt der *Poerava* zurückgelegt. Daher erwartete sie keine größeren Schwierigkeiten, zumal das Wetter und auch die weiteren Aussichten gut waren.

Nach einer Weile konnte sie das Steuer Arenui überlassen und sich an Bord umschauen. Die Käfige mit Hühnern und den beim Bug befindlichen Schweinestall hatte sie bereits entdeckt und trat nun näher, um sich den lebenden Proviant genauer anzusehen.

Die Käfige waren aus Bambus und Bast geflochten und luftig. Über die Zahl des Federviehs, das sich darin befand, wunderte Ruth sich jedoch. Es waren mehr als ein Dutzend Hühner und zwei Hähne. Zwei Hühner führten Küken, und zwei weitere brüteten auf ihren Eiern. Wie es aussah, wollten Aipua und deren Freundinnen ihr so lange Eier und Hühnerfleisch auftischen, wie es nur eben möglich war.

Ruth war damit zufrieden, da sie damit zumindest auf dem ersten Teil der Reise abwechslungsreichere Kost verzehren konnten. Neugierig geworden, ging sie zum Schweinestall und blickte hinein. Hier musste sie allerdings schlucken. Der Stall war dreigeteilt. In einem Teil tummelten sich fünf Schweine unterschiedlicher Größe, im zweiten befand sich eine Muttersau mit sechs Ferkeln, und im dritten Stallbereich hockte eine sichtlich trächtige Sau.

»Nun, was sagst du dazu?«, fragte Aipua, die an ihre Seite getreten war.

»Wie wollt ihr die alle füttern?«, fragte Ruth, die auf der *Hesione* miterlebt hatte, wie die Vorräte für die Menschen an Bord Mangelware geworden waren.

»Wir haben auf den Rat von Fara und anderen alten Männern hin, die noch mit großen Doppelrumpfschiffen gefahren sind, etliches an Futter geladen, aber auch genug Nahrung für uns«, antwortete Aipua. »Möchtest du es sehen?«

»Allerdings!«, sagte Ruth und war gespannt, was an Bord der *Poerava* noch auf sie wartete.

Bei ihrer Abreise aus England hatte Captain Smyth nur wenig Vieh an Bord genommen und auch unterwegs immer nur in geringer Zahl nachgekauft. Im Vergleich dazu waren lebende Tiere hier im reichen Maße vorhanden. Auf die Größe der Besatzung bezogen, hätte die *Hesione* damals mindestens die zehnfache Zahl mitnehmen müssen. Auf einem Kriegsschiff war dies jedoch unmöglich. Auf der *Poerava* reisten neben Arenui noch zwei Dutzend andere Männer. Dazu kamen David, Aipua, Maire, Vaimiti und Lu Yi sowie Lu Chun und Maruata, die in erster Linie für die Tiere verantwortlich waren. Jan und Heirani waren ebenfalls an Bord, doch Aipuas Tochter war noch ein Wickelkind, und Jan konnte nur kleine Aufgaben erledigen.

»Bei all den Gedanken, die dir durch den Kopf gehen, müsste dieser groß sein wie ein Kürbis«, spottete Aipua, während sie nach unten stiegen.

Bevor Ruth antworten konnte, hörte sie das Meckern einer Ziege. »Sagt bloß, ihr habt unter Deck ebenfalls Tiere untergebracht?«, fragte sie fassungslos.

Aipua nickte stolz. »Wir haben vier Ziegen dabei, zwei mit Zicklein und zwei trächtige, so dass wir unterwegs auch Milch haben werden. Wir können zudem die Schweine und Hühner hier unterbringen, falls die See zu stürmisch werden sollte. Außerdem haben wir genug Brotfruchtmehl, getrocknete Brotfrüchte, Yamsmehl, Taromehl und einen gewissen Vorrat an Süßkartoffeln geladen. Dazu gibt es frische Brotfrüchte, Taro und andere gute Dinge. Bis Tonga werden diese Vorräte reichen. Dort werden wir uns neue besorgen.«

Ruth ging zum Ziegenstall weiter und sah die Tiere auf einer dünnen Streu liegen und wiederkäuen. In dem für die Schweine vorgesehenen Teil lagen zwei ausgewachsene Borstentiere in je einem kleinen Stall, von denen das erste Aipuas Worten zufolge bereits in den nächsten Tagen geschlachtet werden sollte.

»Haben wir auch Salzfleisch, für den Fall, dass uns alles andere ausgeht?«, fragte Ruth.

Aipua verdrehte die Augen. »Salzfleisch essen nur die Paratane! Es macht zu viel Durst.«

»Da du gerade von Durst sprichst, was ist mit unseren Wasservorräten?«, fragte Ruth.

»Die reichen aus! Auch werden wir bei Regen Wasser einfangen, um unsere Vorräte zu ergänzen, damit wir immer frisches Wasser haben – und kein fauliges, wie es auf den Schiffen der Paratane üblich ist.«

Da das Erste, was Schiffe, die nach Tahiti kamen, brauchten, stets frisches Wasser war, nickte Ruth. »Ihr müsst die Fässer gut reinigen, bevor ihr sie wieder füllt!«

»Das werden wir!« Aipua lächelte ein wenig über Ruths Art, Dinge, die selbstverständlich waren, stets zu hinterfragen. »Du solltest dich jetzt hinlegen und ein wenig ruhen«, schlug sie vor. »Arenui wird das Schiff schon nicht auf ein Riff steuern!«

»Schiff!« Ruth schüttelte in komischer Verzweiflung den Kopf. »Das hier ist kein Schiff, sondern eine Arche Noah!«

5.

In Hamburg begrüßte Mathias Mensing freundlich die drei Herren, die vom Senat der Stadt beauftragt waren, die Belange der Erben der Familie Simonsen zu vertreten.

»Darf ich Ihnen etwas anbieten, einen Cognac, Rum, Köm?«, setzte er hinzu.

Dolf Sölter schüttelte den Kopf. »Dafür ist es noch zu früh am Morgen!«

»Vielleicht sollten Sie das nächste Mal später kommen«, schlug Mensing den Herren launig vor.

»Wir werden sehen.« Dolf Sölter setzte sich und zog ein zusammengefaltetes Stück Papier aus einer Rocktasche und übergab es Mensing.

»Als Erstes muss ich Ihnen mitteilen, dass Herr Sierk Godehard aus unserer Kommission ausgeschieden ist. Da die Verlobung seiner Tochter Adele mit Ihnen bekannt gegeben wurde, will er den Eindruck vermeiden, er würde sich zu sehr zu Ihren Gunsten verwenden.«

»Herr Godehard ist als seriöser Geschäftsmann bekannt. Also hätte ihm gewiss niemand diesen Vorwurf gemacht«, antwortete Mensing mit hörbarer Verärgerung. Sein zukünftiger Schwiegervater wäre ein nützlicher Gegenpol zu Sölter gewesen. Dieser war nicht gerade ein Freund von ihm und würde durch Godehards Rückzug noch mehr Einfluss in der Kommission gewinnen.

»Das hat Herr Godehard so entschieden! Es soll kein Schatten auf die Arbeit unserer Kommission fallen«, erklärte Sölter, dem es durch geschicktes Taktieren gelungen war, Godehard zu dieser Entscheidung zu bewegen. Die beiden anderen Mitglieder der Kommission standen der ganzen Sache neutral gegenüber, würden aber Mensing auf die Finger schauen und jeden Verstoß gegen Recht und Gesetz ahnden.

Dolf Sölter musterte Mensing mit einem scharfen Blick. »Wie Ihnen bekannt ist, wurde unserer Kommission vom Senat die Aufgabe übertragen, uns um die Belange der Erben der Reederei Simonsen zu kümmern!«

»Selbstverständlich ist mir das bekannt! Immerhin waren Sie ja bereits einmal bei mir. Das ist nicht einmal so lange her«, antwortete Mathias Mensing mit wachsendem Ärger.

»Seitdem sind etliche Monate vergangen, in denen Sie einige Dinge in die Wege geleitet haben, bei denen wir uns gezwungen sehen, ihnen nachzugehen.« Sölter lächelte, doch in seinen Augen lag ein kalter Glanz.

»Ich habe getan, was ich für richtig hielt!«, behauptete Mensing mit Nachdruck.

»Uns kommt es darauf an, ob diese Entscheidungen auch im Sinne der Erben der Familie Simonsen sind. Immerhin geht es um eine Reederei und ein Handelshaus von einer gewissen Bedeutung«, sagte einer von Sölters Begleitern.

»Das bezweifle ich nicht, obwohl die Reederei mit der *Neuwerk* und der *Scharhörn* ihre modernsten und größten Schiffe verloren hat.« Langsam wünschte Mensing die drei Männer, die sich eine Bedeutung anmaßten, die ihnen nicht zukam, dorthin, wo der Pfeffer wächst.

»Wir haben erfahren, dass Sie zwei neue Schiffe auf Kiel haben legen lassen«, fuhr einer der alten Herren fort.

»Das stimmt«, antwortete Mensing knapp.

»Dürfen wir es so verstehen, dass eines dieser Schiffe für Ihre Reederei bestimmt ist und das andere für die Reederei Simonsen?«, fragte der Mann weiter.

»Solange unbestimmt ist, wie es mit der Reederei Simonsen weitergeht, sehe ich keinen Grund, ein Schiff für sie bauen zu lassen!« Mensing klang scharf, denn mit einem solchen Kreuzverhör hatte er nicht gerechnet.

Dolf Sölter bemerkte seinen Unmut und rieb sich innerlich die Hände. Je mehr sie Mensing in die Enge trieben, umso größer wurde die Möglichkeit, dass er sich durch eine unbedachte Bemerkung verriet.

»Der Senat der Stadt Hamburg sieht das anders«, sagte er. »Wie wir zudem in Erfahrung gebracht haben, lassen Sie alle Schiffstransporte unter dem Namen Ihrer eigenen Reederei durchführen, so als wäre die Reederei Simonsen darin aufgegangen. Im Namen der Erben der Familie Simonsen müssen wir hier schärfsten Protest anmelden!«

Welcher Erben?, dachte Mensing spöttisch. Jakob Simonsen und seine beiden Söhne waren aus der Welt geschafft. Beim jüngeren Sohn hatte er nicht einmal selbst etwas dafür tun müssen. Die beiden jüngeren Töchter befanden sich mittlerweile als Sklavinnen in arabischen Ländern, und die Mutter steckte in einem üblen Narrenhaus irgendwo im Königreich Bayern. Dies alles entband ihn jedoch nicht einer Antwort, die so ausfallen musste, als wären die Witwe und die Mädchen noch vorhanden. Eine der Töchter, nämlich Ruth, war es sogar noch, doch die hauste zusammen mit ihrem Balg in der Südsee und würde diese, wenn es seinen Plänen nach ging, nicht lebend verlassen.

»Ich habe die Absicht, ein Drittel des Ertrags, den ich durch Schiffstransporte und Handel erlöse, den Erben der Simonsens gutzuschreiben«, sagte er mit erzwungener Freundlichkeit.

Sölter hob die Augenbrauen. »Nur ein Drittel? Trotz des Verlusts der beiden genannten Schiffe übertrifft die Transportkapazität der Reederei Simonsen immer noch die Ihre. Ihnen steht zwar ein gewisses Maß an Entschädigung für Ihre Mühen zu. Eine solche Aufteilung zu Ihren Gunsten können wir jedoch nicht hinnehmen.«

Der Teufel soll dich holen!, dachte Mensing. Aber noch mehr den Senat, der diesen senilen Greis zum Oberhaupt der Kommission ernannt hatte.

»Ich hoffe, Sie nehmen sich unseren Rat zu Herzen, Herr Mensing«, erklärte einer von Sölters Begleitern. »Sollte unsere Kommission und auch der Senat zu der Überzeugung gelangen, dass Sie die Verwaltung der Reederei Simonsen dazu verwenden, sich zu bereichern, müssen wir Konsequenzen ziehen.«

»Und die wären?«, fragte Mensing schnappig.

»Es müsste ein anderer Sachwalter bestellt werden.«

»Das lasse ich niemals zu!«, rief Mensing aufgebracht. »Immerhin ist mein Bruder mit Ruth Simonsen verheiratet. Der Sohn der beiden ist sowohl ein Erbe der Simonsens wie auch über Hinrich einer der Erben der Reederei Mensing. Sie werden verstehen, dass ich die Belange meines Neffen keinem Fremden überlasse, da er auch mein Erbe ist, solange ich keinen eigenen Sohn habe.«

»Die Kommission könnte zu der Auffassung gelangen, dass Ihr Familiensinn Sie dazu verführt, Ihre Schwägerin und Ihren Neffen den anderen Erben der Familie Simonsen vorzuziehen. Sie dürfen weder die Mutter noch die Zwillinge Anna und Esther vergessen. Auch hegen wir die Hoffnung, dass wenigstens eines der männlichen Mitglieder der Familie Simonsen überlebt haben könnte.« Sölter musste sich zwingen, Mensing nicht schärfer anzugehen. Dieser hatte allen gegenüber so getan, als wäre sein Bruder noch am Leben. Mittlerweile hatte Sölter durch Ruths Brief erfahren, dass Hinrich bereits mehrere Jahre tot war. Im selben Brief hatte Ruth ihn auch über das Überleben ihres Bruders David informiert. Noch war dieser zu jung, um die väterliche Reederei übernehmen zu können. Wenn es jedoch so weit war, sollte diese noch bestehen und nicht in der Mensing-Reederei aufgegangen sein.

Da er Ruths Schwestern erwähnt hatte, beschloss Sölter, in diesem Sinne weiterzubohren. »Die Kommission und auch der Senat sind verwundert, dass Sie die jüngeren Töchter der Familie aus Hamburg haben fortschaffen lassen. Ihre Begründung damals lautete, als frauenloser Haushalt sähen Sie sich nicht in der Lage, die Mädchen bei sich aufzunehmen.«

»So war es auch!«, rief Mensing grimmig.

»Seltsamerweise haben Sie nur einen Monat, nachdem Sie die Mädchen weggeschickt haben, um Herrn Godehards Tochter Adele angehalten. Die Ehe soll, wie ich gehört habe, in einigen Monaten geschlossen werden. Für diesen Zeitraum hätten Sie die Zwillinge bei einer anderen Hamburger Familie unterbringen und sie nach Ihrer Heirat in den eigenen Haushalt aufnehmen können.«

Sölter hatte seinen Mitstreitern zwar nicht die Wahrheit sagen können, sie aber gut auf dieses Gespräch vorbereitet. Nun unterstützten sie ihn nach Kräften und trieben Mensing tatsächlich in die Enge. Dieser fragte sich mittlerweile, ob er bei seinem Bestreben, die Familie Simonsen zu vernichten und sich deren Besitz anzueignen, nicht übereilt vorgegangen war. Er hätte, nachdem Jeremias aus dem Weg geräumt gewesen war, mit der Beseitigung der Zwillinge besser ein oder zwei Jahre warten und sich stattdessen um Ruth und deren Sohn kümmern sollen.

Dabei fiel Mensing ein, dass er, um Ruth loszuwerden, ebenfalls die Hilfe seines Onkels Bartlett benötigte. Hier in Hamburg fehlten ihm die entsprechenden Männer für diese Aufgabe, denn er hatte streng darauf geachtet, nicht mit Leuten in Verbindung gebracht zu werden, deren Ansehen bestenfalls als zwielichtig gelten konnte.

Während Mensing für einen Moment abgelenkt war, schoss Dolf Sölter den nächsten verbalen Pfeil auf ihn ab. »Wir, die Mitglieder der Kommission, und auch der Bürgermeister der Stadt sind zu der Ansicht gelangt, dass Anna und Esther Simonsen hier in Hamburg erzogen werden sollen. Sorgen Sie dafür, dass die beiden zurückgebracht werden. Meine Schwiegertochter ist bereit, sie so lange unter die Fittiche zu nehmen, bis Adele Godehard sich nach ihrer Heirat mit Ihnen in Ihrem Haus eingerichtet hat.«

»Ich finde, dass es dort, wo sie jetzt sind, am besten für sie ist«, würgte Mensing mühsam hervor. Was dachte sich dieser alte Mann nur?, fuhr es ihm durch den Kopf. Am liebsten hätte er Sölter mitsamt den anderen Kommissionsmitgliedern zum Teufel gejagt. Sie türmten ein Problem nach dem anderen vor ihm auf, und er würde seinen gesamten Verstand einsetzen müssen, um unbeschadet davonzukommen.

»Der Bürgermeister und die Kommission sind anderer Meinung!«, gab Dolf Sölter kühl zurück. »Diese Angelegenheit wird aller Wahrscheinlichkeit nach bei der nächsten Sitzung des Senats besprochen. Da wir gerade bei den Töchtern der Simonsens sind: Haben Sie mittlerweile Antwort von dem Arzt erhalten, der deren Mutter in seine Obhut genommen hat? Der Senat wünscht Auskunft über den Verbleib von Frieda Simonsen.«

Hätte Mensing gekonnt, wie er wollte, wäre Dolf Sölter nun ein toter Mann gewesen. Diese Forderungen waren nicht nur unverschämt, sondern auch nicht zu erfüllen. Er wusste zwar, welcher Sklavenhändler die Zwillinge gekauft hatte, doch ihr Rückkauf würde eine erkleckliche Summe kosten, und die Mädchen könnten danach erzählen, dass sein Onkel Zechariah Bartlett sie in seinem Auftrag an diesen Araber verkauft hatte.

Frieda Simonsen konnte er ebenso wenig zurückholen. Da sie seit etlichen Monaten kein Gift mehr erhielt, würde sie mittlerweile wieder bei Verstand sein und die schreckliche Lage erkennen, in der sie sich befand. Furcht davor, dass sie aus dem Narrenhaus entlassen würde, hatte er keine. Wer einmal darin war, der kam nie mehr heraus, und mochte er tausend Mal behaupten, normalen Geistes zu sein. Auch verbot es sich für ihn, sie zurückzuholen. Womöglich würde ihr irgendwann auffallen, dass sie ihre Anfälle jedes Mal nach dem Genuss jener Süßigkeiten bekommen hatte, die von ihm stammten. Daher würde früher oder später der Verdacht aufkommen, dass er sie vergiftet hatte, und bereits das Gerücht würde ihn ruinieren.

Nachdem er kurz seinen Gedanken nachgehangen hatte, wandte Mensing sich wieder an die Mitglieder der Kommission.

»Ich tue, was ich kann!«, sagte er und war froh, als die Herren sich endlich verabschiedeten.

Erst als sie das Haus verlassen hatten, dachte er daran, dass er ihnen eigentlich einen Trunk hatte vorsetzen wollen. Wegen der Beschwerden über seine Verwaltung der Simonsen-Reederei und die üblen Forderungen, die sie gestellt hatten, war er nicht dazu gekommen.

»Sie haben nicht einmal einen Schluck Wasser aus einer Pfütze verdient«, rief er voller Wut.

Er wusste jedoch, dass sie zurückkommen und Antworten verlangen würden, die er ihnen nicht zu geben vermochte. Erneut ärgerte er sich, weil er seine Pläne im Gefühl des sicher geglaubten Sieges zu hastig vorangetrieben hatte. Damit hatte er Krämerseelen wie Dolf Sölter die Gelegenheit verschafft, Schwachstellen zu entdecken. Er würde sich sehr schnell eine gute Lösung einfallen lassen müssen und vor allem seinen baldigen Schwiegervater Godehard dazu bringen, sich beim Senat und dem Bürgermeister für ihn zu verwenden.

6.

Dolf Sölter war ein alter Mann, den so manches Zipperlein quälte. An diesem Tag aber kehrte er beschwingt nach Hause zurück. Er war Kaufmann genug, um Mensings wachsende Verzweiflung zu bemerken. Nun hatte dieser erst einmal an seinen Forderungen zu kauen, und das waren, wie Sölter fand, recht harte Brocken.

Für den Nachmittag hatte er James Hutton zu sich geladen, um mit diesem über das Gespräch mit Mensing zu reden. James erschien auf die Sekunde genau. Wie immer war sein Begleiter dabei, ein Wilder, wie man hierzulande sagte, aber ein Mann mit einem ausgezeichneten Verstand.

Sölter ließ einen Imbiss auftragen und einen Krug Bier bereitstellen. Dann schickte er seine Schwiegertochter und die Magd wieder hinaus.

»Lausche nicht an der Tür«, mahnte er diese noch. »Davon bekommt man ganz große, flache Ohren, so dass man genau sieht, wer heimlich lauscht und wer nicht.«

»Als wenn ich je gelauscht hätte«, antwortete seine Schwiegertochter und stand diesmal aber kurz davor, es doch zu tun. Nur der Gedanke, der alte Herr könnte einen seiner Besucher auffordern, die Tür überraschend zu öffnen, so dass man sie davor entdecken würde, hielt sie davon ab.

»Heute haben wir Mensing mächtig eingeheizt«, erklärte Sölter seinen Besuchern stolz. »Ich glaube, an dem Brocken hat er jetzt noch zu würgen!«

»Hat er gesagt, wo er Ruths Mutter untergebracht hat?«

Für James war dies das Wesentlichste. Mittlerweile hatten sie mehrere Briefe an Geert Steeden und dessen Frau geschrieben, so dass Anna und Esther ihrer Überzeugung nach auch ohne Aufforderung durch Mensing nach Hamburg zurückkehren würden. Sölter und er waren der Meinung, dass Mensing die Mädchen und auch deren Mutter weggeschickt hatte, damit sie ihm nicht auf die Finger schauen konnten.

Sölter schüttelte den Kopf. »Er behauptet, ihn nicht zu kennen, da er dem Arzt, der sich um Frieda Simonsen kümmern sollte, freie Hand gelassen hätte. Das aber glaube ich ihm nicht!«

»Ich nehme ihm das ebenfalls nicht ab«, antwortete James. »Auch wenn Frieda Simonsen als verrückt gilt, könnte sich ihr Zustand bei guter Pflege bessern und sie erkennen, wie frech Mensing dabei ist, sie und ihre Töchter zu betrügen. Auch Anna und Esther hätten dies irgendwann gemerkt.«

»Er betrügt sie tatsächlich! Zumindest versucht er es. Obwohl die beiden Reedereien in etwa die gleiche Transportkapazität aufweisen, wollte er zwei Drittel des Verdienstes für sich beanspruchen!« Sölters Miene verriet deutlich, was er von einem solchen Vorgehen hielt.

»Ich hoffe, dass es bis Ruths Ankunft nicht mehr allzu lange dauert. Mittlerweile müsste sie mit der *Poerava* aufgebrochen sein«, sagte James, dessen Sehnsucht nach seiner Frau täglich stärker wurde.

»Will sie das Schiff wirklich ganz allein von Tahiti bis nach Hamburg navigieren?« So ganz mochte Sölter dies nicht glauben. Dazu gehörte nicht nur Mut, sondern auch Verstand, und den vermisste er bei seiner Schwiegertochter, aber auch bei zweien seiner Töchter und seinem mittleren Sohn allzu sehr. Seiner ältesten Tochter und seinem Jüngsten gestand er zwar die nötige Intelligenz zu, nicht aber die Ausdauer. Er war daher neugierig, wie Ruth Simonsen – oder Hutton, wie sie nun hieß – diese Strecke bewältigen wollte.

Sie sprachen weiter über Mensing. James misstraute diesem noch weit mehr, als Sölter es tat.

»Sobald wir Nachricht aus Palermo erhalten, werde ich mich auf den Weg machen, um die Mädchen abzuholen«, schlug James vor, brachte jedoch gleich selbst einen Einwand. »Es muss mich allerdings jemand begleiten, den Ruths Schwestern kennen und der ihnen versichert, dass sie mir vertrauen können.«

»Da werden wir schon jemanden finden«, antwortete Sölter leichthin. »Es gibt die eine oder andere Schiffersfrau, deren Mann in Simonsens Diensten stand.«

»Das wäre eine Hilfe.« James wollte nicht die gesamte Zeit hier in Hamburg sitzen und warten müssen, bis Ruth erschien. Die Reise nach Sizilien war kurz genug, um vor Ruths Ankunft wieder vor Ort zu sein.

»Als Nächstes wird die Kommission sich die Bücher vornehmen. Hat Mensing diese nicht sorgfältig getrennt geführt, muss der Senat eingreifen. Dieser kann nicht zulassen, dass Waisen – und bei Frieda Simonsens Zustand muss man das sagen – von einem Betrüger um ihr Erbe gebracht werden.«

»Das ist ein guter Vorsatz! Nachdem Mensing das Haus der Simonsens geschlossen hat und deren Speicher wie seine eigenen verwendet, werden Sie gewiss fündig werden.«

Auch wenn es vielleicht nur einen Mückenstich für Mensing darstellte, wenn er die Bücher wie gefordert führte, so würde ihn dies möglicherweise lange genug ablenken, bis Ruth erschien und Aufklärung für die gefälschten Briefe fordern konnte, dachte James und wünschte der *Poerava* eine schnelle und glückliche Fahrt, damit er Ruth so bald wie möglich wieder in die Arme schließen konnte.

7.

Während Ruth sich auf der langen Reise in die Heimat befand und James dort erste Aktionen gegen Mathias Mensing in die Wege leitete, befanden sich die Zwillinge Anna und Esther bereits mehrere Monate als Sklavinnen in Nordafrika. Mittlerweile hatten sie die arabische Sprache zur Zufriedenheit des Eunuchen Halil gelernt, und man hielt den Unterricht durch den blinden Sklaven Jusuf nicht mehr vonnöten. Obwohl der alte Mann ein unleidliches Wesen besaß, bedauerten die beiden Mädchen, dass er nicht mehr zu ihnen kommen durfte. Es war zwar schwer gewesen, ihm Informationen aus der Nase zu ziehen, doch ein wenig über ihre Umgebung hatten sie im Lauf der Wochen doch erfahren. Um aber an Flucht denken zu können, war es lange nicht genug.

Dafür waren sie nun endlich in der Lage, sich mit ihren Schicksalsgefährtinnen Titrit und Chichimma zu unterhalten. Wie sie selbst sollten auch die beiden Mädchen bald arabische Namen erhalten und würden ihre alten ablegen müssen.

»Ich möchte das nicht«, sagte Esther, als wieder einmal die Rede darauf kam.

»Ich auch nicht«, stimmte Anna ihr zu, während Titrit mit den Achseln zuckte.

»Was ist ein Name schon wert, wenn man Sklavin ist?«

»Er ist wichtig, wenn zum Beispiel Verwandte oder Bekannte nach einem forschen! Frau Steeden in Palermo wird uns gewiss schon vermissen und ihr Mann Nachforschungen anstellen, wo wir abgeblieben sein könnten«, erklärte ihr Anna.

Das war derzeit ihre größte Hoffnung, denn eine Flucht aus eigener Initiative erschien ihnen kaum möglich.

»Nach mir wird niemand forschen!«, sagte Chichimma bedrückt. »Unser Dorf wurde überfallen, etliche getötet und die anderen in die Sklaverei verschleppt.«

»Du Ärmste!« Esther ergriff ihre Hand und hielt sie fest. »Weißt du, was mit deinen Eltern und deinen Geschwistern geschehen ist?«

Chichimma nickte. »Meine Mutter ist schon früher gestorben. Vater wurde bei dem Überfall getötet. Was aus seinen anderen Frauen und meinen Geschwistern geworden ist, weiß ich nicht.«

Ihr starres Gesicht zeigte, dass damals Schlimmes geschehen sein musste. Es dauerte geraume Zeit, bis sie berichten konnte, dass die Kinder, die zu klein gewesen waren, um den Weg in die Sklaverei auf eigenen Beinen zurückzulegen, umgebracht worden waren. Auch die Alten hatten die Sklavenjäger erschlagen und die Verbliebenen als lebende Beute mitgenommen, um sie an Sklavenhändler zu verkaufen.

»Ich wurde zu Frauen gesteckt, die für Raschid ibn Wahid bestimmt waren. Auf dem Weg durch die große Wüste kam dann Titrit zu uns«, schloss sie ihren Bericht.

Die Zwillinge blickten die Hellhäutigere der beiden an. »Wie bist du in Sklaverei geraten?«, fragte Anna.

»Einer der Araber, die durch unser Dorf kamen, besaß eine wunderschöne Flinte. Meinem Onkel, bei dem ich lebte, gefiel die Waffe, und er wollte sie kaufen. Der Araber forderte ein hübsches Mädchen dafür. Eine seiner eigenen Töchter wollte mein Onkel nicht hergeben, und so fiel seine Wahl auf mich. Mein Vater und meine Mutter waren da schon lange tot.« Im Gegensatz zu Chichimma, deren Stimme von Trauer und Leid erfüllt war, klang Titrit ruhig. Sie lachte sogar kurz auf. »Wahrscheinlich habe ich jetzt ein besseres Leben, als wenn ich geblieben wäre. Mein Onkel hätte mich einem seiner Männer als drittes oder viertes Weib geschenkt, und ich wäre in dessen Zelt die Sklavin seiner Hauptfrau geworden. Der Mann, dem ich nun gehören werde, wird sehr viel Geld für mich bezahlen und mich daher wie einen kostbaren Gegenstand behandeln. Gebäre ich ihm dann noch einen Sohn, werde ich hoch geachtet sein.«

»So ist es recht!«, mischte sich der Eunuch Halil ins Gespräch. Unbemerkt von den Mädchen war er hereingekommen.

»Wie kann man eine Frau nur kaufen wollen wie ein Stück Vieh!«, rief Esther empört.

»Hat Ibrahim nicht bezahlt für Rabika, damit sein Sohn Ishaq sie heiraten konnte? Hat Yaqub nicht gedient lange Jahre, um Rahil zu erhalten?«, fragte Halil. »So hat Allah es seit Anbeginn eingerichtet. Wie können wir es wagen, seine Weisheit anzuzweifeln?«

Die Tatsache, dass die Mohammedaner, wie diese Gläubigen bei ihnen zu Hause hießen, Teile der Bibel für ihre eigene Religion verwendeten, empörte Anna und Esther. In ihren Augen waren es

Heiden, die damit Gott verhöhnten. Sie hatten sich geschworen, sich diesem Glauben niemals zu unterwerfen. Allerdings hatten sie mittlerweile gelernt, dass der Wille einer Frau in diesen Landen wenig galt, es sei denn, sie war die Mutter eines mächtigen Mannes oder die Lieblingsfrau eines solchen.

»In unserer Heimat ist es Sitte, dass ein Vater seine Tochter mit einer Mitgift versorgt, wenn sie heiratet«, antwortete Anna daher.

»Der Vater bezahlt dafür, damit ein Mann seine Tochter heiratet? Das heißt, der kauft diesen. Bei Allah, welch eine Verworfenheit!« Halil schüttelte sich. Dann besann er sich und musterte die Mädchen mit einem forschenden Blick. »Es ist meine Aufgabe, zu prüfen, ob ihr euch auch richtig sauber haltet! Zieht euch daher aus!«

»Niemals!«, presste Anna zornig hervor.

»Du wirst es tun! Sonst müsste ich dir mit der Peitsche Gehorsam beibringen«, erklärte der Eunuch.

»Du weißt genau, dass du mir keine Narben zufügen darfst«, antwortete Anna hitzig.

»Ich werde die Peitsche so führen, dass keine Narben zurückbleiben«, sagte Halil. »Ich könnte auch dem großen und mächtigen Raschid ibn Wahid den Vorschlag unterbreiten, euch beide zu trennen.«

Für einige Augenblicke überlegte Anna, ob sie es darauf ankommen lassen sollte. Der Gedanke, tatsächlich von ihrer Schwester getrennt zu werden, brachte sie jedoch dazu, Halil zu gehorchen. Mit einer Mordswut im Bauch legte sie ihre Kleidung ab. Esther folgte ihrem Beispiel. Sie brauchten dabei jedoch so lange, dass Titrit weitaus schneller nackt vor Halil stand als sie. Dieser betrachtete das Mädchen, ging einmal um sie herum und schnupperte mehrfach an ihrem Körper.

Schließlich nickte er. »Du kannst dich wieder anziehen! Ich bin zufrieden mit dir!« Danach trat er auf Chichimma zu und lobte auch sie.

Während die beiden Mädchen ihre Kleider überstreiften, trat er zu den Zwillingen. Deren Haut war so weiß wie der Schnee, der im Winter auf den höchsten Bergen des Gebirges lag, und ihr Haar besaß die Farbe von frisch geschmiedetem Rotgold. Ihre Gesichter glichen einander so sehr, als würden sie, wenn sie einander anblickten, in einen Spiegel sehen. Es waren Edelsteine, ja Diamanten, wie sein Herr sie noch niemals besessen hatte, dachte Halil. Trotzdem war er unzufrieden.

»Ihr müsst euch an der Stelle besser waschen«, sagte er und wies mit der rechten Hand auf Esthers und mit der linken auf Annas Scham. »Die Pforte des Paradieses muss duften wie eine Rose. Merkt euch das! Ich müsste sonst doch die Peitsche nehmen.«

Die beiden Mädchen sahen sich mit verkniffenen Mienen an. Gerade an der Stelle wagten sie es nicht, sich fester zu berühren, da sie dabei seltsame Gefühle empfanden. Wenn sie jedoch nicht bestraft werden wollten, würden sie es tun müssen.

Titrit kicherte, als die beiden zurechtgewiesen wurden, während Halil mahnend den Zeigefinger hob. »Ihr solltet besonders auf euch achten, denn nur ein sehr reicher und mächtiger Mann wird in der Lage sein, euch beide zu kaufen. Wenn ihr ihm dann auch noch Söhne schenkt, werdet ihr seine Lieblingsfrauen sein und ein Leben führen können, das dem Paradies auf Erden gleicht.«

Als Kinder hatten Anna und Esther so aneinandergehangen, dass sie sich vorgestellt hatten, gemeinsam einen Mann zu heiraten, um zusammenbleiben zu können. Nun aber schüttelten beide empört den Kopf. »Ich werde ganz gewiss nicht denselben Mann heiraten wie meine Schwester!«, rief Anna empört.

»Dies zu entscheiden liegt nicht in eurer Hand«, antwortete Halil lächelnd und forderte sie auf, sich wieder anzuziehen.

Danach setzte er seine Belehrungen fort. »Da ihr nun die Sprache der Gläubigen sprecht, werdet ihr weiter unterrichtet. Ihr werdet die Oud und andere Instrumente spielen lernen, und nach der Sprache auch die Schrift sowie andere Fertigkeiten, die euren Wert für euren neuen Besitzer erhöhen. Dieser will nicht nur die Glückseligkeit der Liebe mit euch teilen, sondern von euch auch unterhalten und erfreut werden.«

»Die Glückseligkeit der Liebe, wie du es nennst, wirst du als Eunuch niemals kennenlernen!«, rief Anna wütend und verzog keine Miene, als seine Peitsche sie traf.

8.

Zu dieser Zeit befanden sich Frieda Simonsen und ihre Begleiterin Anna bereits seit mehreren Wochen auf der Flucht. Mittlerweile konnten sie hoffen, dass niemand mehr nach ihnen forschte, wenn es überhaupt je geschehen war. Sie zählten nun zu den Bettlerinnen und waren auf milde Gaben angewiesen. Für Anna war dies eine neue Erfahrung und für Frieda im Grunde auch, denn sie hatte bislang immer zu jenen gehört, die Almosen gaben, während sie nun hoffen musste, welche zu erhalten.

Der Beutel, der ihre Vorräte enthielt, war fast leer, als sie wieder auf ein Gehöft zutraten und an die Tür klopften. Unweit des Eingangs war ein Hund angekettet und bellte laut. Eine Frau mittleren Alters riss die Tür auf. Beim Anblick der Frau und des Mädchens, die nach Wald rochen, verzerrte sich ihr Gesicht. »Schert euch zum Teufel, Bettelgesindel!«

»Gebt uns um Gottes willen wenigstens ein Stück Brot, um den ärgsten Hunger zu stillen«, bat Frieda.

Statt einer Antwort ging die Frau zum Hund, löste dessen Kette und zeigte auf sie. »Fass!«

»Nichts wie weg!«, rief Frieda, packte das wie erstarrt stehende Mädchen und lief los. Sie rannten, vom Gelächter der Bäuerin verfolgt, so schnell und so lange, wie sie konnten. Der Hund gab die Verfolgung auf und kehrte zum Hof zurück.

Frieda ließ sich erschöpft auf das Moos im Wald nieder und schüttelte den Kopf. »Was für ein ungutes Weib! Es wäre gewiss nicht verhungert, wenn sie uns ein wenig Brot gegeben hätte.«

»Hat dich der Hund gebissen?«, fragte Anna, da in Friedas Kleid ein großer Riss klaffte.

»Nein, meine Haut ist heil geblieben. Wie ist es mit dir?«

»Mir fehlt nichts. Und meinem Kleid auch nicht«, antwortete Anna.

»Wenigstens etwas! Ich werde das meine flicken, denn es muss genau wie das deine den größten Teil des Weges halten, bevor wir die Ersatzkleider nehmen müssen. Die dürfen auf keinen Fall in Fetzen gegangen sein, wenn wir unser Ziel erreichen, denn sonst lässt man uns nicht in die Stadt hinein. Zu unserem Glück haben wir uns im Narrenhaus gut ausgestattet.« Frieda lachte leise, denn sie hatte neben der Kleidung auch Nadel und Faden und noch etliche andere Dinge mitgenommen, die sie unterwegs sehr gut gebrauchen konnten.

»Ich habe Hunger«, sagte Anna.

Frieda reichte ihr den Beutel. »Sieh nach, was noch drinnen ist. Lass aber ein Bröcklein für mich übrig! Es mag sein, dass wir heute nichts mehr bekommen.«

Während Anna das wenige Brot teilte und sich danach zwingen musste, ihren Part nicht zu hastig zu verschlingen, nähte Frieda ihr Kleid, damit der Riss bei der weiteren Wanderung nicht noch größer werden konnte. Danach aß auch sie etwas Brot, steckte aber ein wenig davon in den Beutel zurück, um es Anna geben zu können, falls sie nichts bekamen. Das Mädchen war im Wachsen und brauchte mehr Nahrung als sie.

Ein Blick zum Himmel verriet ihnen, dass es noch einige Stunden hell bleiben würde. »Wir sollten weitergehen«, sagte Frieda daher. »Vielleicht treffen wir auf ein Dorf. Dort ist die Möglichkeit, einen barmherzigen Menschen zu finden, größer als bei einem einzelnen Bauernhof.«

Anna nickte und stand auf. »Wir sollten uns Stöcke zurechtschneiden, die wir brauchen können, wenn wieder jemand einen Hund auf uns hetzt«, schlug sie vor.

»Das sollten wir tun. Aber erst morgen! Wir müssen erst ein Dorf finden und etwas zu essen erbetteln. Wenn man uns nichts gibt, werden wir notfalls stehlen müssen.« Frieda gefiel diese Lösung wenig, da sie dann als Diebinnen verfolgt werden konnten. Doch wenn der Hunger zu groß wurde, war sie auch dazu bereit. Nun folgten sie dem Weg und erreichten nach einer Weile tatsächlich ein größeres Dorf. Dort trieb sich eine Gruppe fahrenden Volks herum, die mit mehreren Eselskarren unterwegs waren.

»Musste das sein?«, stöhnte Frieda. »Wenn die schon gebettelt haben, bekommen wir gewiss nichts mehr.«

Sie trat trotzdem auf die erste Tür zu und klopfte. Eine ältere Frau musterte sie misstrauisch. »Du gehörst wohl zu jenen dort. Bei euch muss man achtgeben, dass ihr nichts stehlt!«

»Ich bin eine arme Witwe, die mit ihrer Tochter Heim und Haus verloren hat und nun auf die Wohltaten edler Menschen angewiesen ist. Mit jenen dort haben wir nichts zu tun.«

Da die Gruppe gerade weiterzog, ohne sich um die beiden zu kümmern, wurde die Frau zugänglicher. »Ihr wollt wohl wie die über die Grenze?«

»Unser Weg führt nach Norden«, antwortete Frieda. »Dort haben wir Verwandte, bei denen wir unterkommen können.«

Die Frau überlegte kurz, kehrte dann ins Haus zurück, ohne die Tür zu schließen, und brachte einen Viertellaib Brot. »Wir haben gestern frisches gebacken. Das hier ist alt. Wir hätten es sonst den Schweinen gegeben. Doch die können Eicheln fressen.«

»Sei bedankt, und möge Gott es dir vergelten!«, antwortete Frieda, obwohl das Brot steinhart war und sie es, bevor sie es essen konnten, mit Wasser würden aufweichen müssen.

Sie klopften an zwei weitere Türen und erhielten einmal ein Ei und beim anderen Haus zwei Scheiben Brot. Diese waren frisch, und sie konnten sie gleich verzehren.

»Was machen wir?«, fragte Anna, während sie auf beiden Backen kaute. »Schleichen wir uns wieder des Nachts durch den Wald über die Grenze?«

Die letzte Grenze hatten sie auf diese Weise überwunden. Nun überlegte Frieda, ob das nötig war.

»Wir versuchen es auf der Straße«, sagte sie schließlich. »Wenn uns die Wachtposten nicht über die Grenze lassen, können wir es in der Nacht auf die andere Weise tun.«

Anna nickte, und so wanderten sie weiter. Als sie den Grenzposten erreichten, standen die Wachen des Landes, aus dem sie kamen, grinsend vor ihrem Wachhäuschen, während die Grenzer des Nachbarlands sich mit der Gruppe herumschlugen, die Frieda und Anna im Dorf gesehen hatten.

»Ich bin Giovanni Chiodo da Maniscalco, der Impresario der weltberühmten Theatergruppe gleichen Namens!«, rief der Anführer der Gruppe gerade mit weit hallender Stimme. »Wir haben hier eine Einladung nach Hannovera an das königliche Theater. Um rechtzeitig dorthin zu kommen, müssen wir durch euer Land ziehen. Es gäbe sonst großen Ärger, und Seine Majestät, König Wilhelm von Hannover und England, würde schärfstens Protest bei eurem Souverän einlegen.« Bei diesen Worten fuchtelte er mit einem Papier herum und hielt es den Grenzsoldaten immer wieder vor die Nase.

»Was meinst du? Sollen wir die Leute passieren lassen?«, fragte einer seinen Vorgesetzten, der eben aus dem Wachhäuschen herausgekommen war.

»Ich bin mir sicher, dass sie nur zum Jahrmarkt in der Hauptstadt wollen. Beim Teufel! Sollen die sich doch mit dem Gesindel herumschlagen. Ich habe keine Lust, mir dieses Geplärre noch länger anzuhören. Also hoch mit dem Schlagbaum!«

»Der Signore ist ein Freund der Künste. Grazie mille, buon giorno und auf Wiedersehen!«

»Hoffentlich nicht!«, knurrte der Offizier und kehrte in das Haus zurück.

Seine Untergebenen öffneten den Schlagbaum. Sofort drängte sich die Gruppe hindurch, als hätten sie Angst, die Erlaubnis, einzureisen, könnte im nächsten Moment widerrufen werden.

Frieda versetzte Anna einen aufmunternden Klaps. »Komm rasch! Vielleicht können wir mit hinüber.«

Mit wenigen Schritten hatten sie zu der Gruppe aufgeschlossen und zwängten sich dazwischen. Ein paar starrten sie verärgert an, doch niemand sagte etwas. Kurz darauf hatten auch Frieda und Anna die Grenze überquert. Solange sie sich in Sichtweite des Grenzpostens befanden, blieben sie bei der Gruppe, trennten sich dann aber von ihr und setzten ihren Weg auf eigene Faust fort.

9.

Tonga lag hinter ihnen, und Ruth empfand eine gewisse Wehmut. Auch wenn es nicht Tahiti war, so lebten dort doch Menschen des gleichen Volkes, und ihre Sprache war der auf Tahiti sehr ähnlich. Sie hatten dort ihre Vorräte ergänzt, zusätzliche Ferkel und etliches an Federvieh erworben. An Bord waren auch genügend Kokosnüsse, die, wie Aipua spottete, einmal um die ganze Welt reichen würden. Ruth hatte auf Tonga zudem Waren besorgt, die sie in der Heimat verkaufen wollte. Auch wenn sie nicht auf Handelsfahrt war, so konnte sie als Tochter und Enkelin von Männern, die mit ihren Schiffen Güter von einem Hafen zu einem anderen gebracht hatten, nicht anders handeln.

Ihr nächstes Ziel würde Aotearoa sein, die Große weiße Wolke, die von den Engländern New Zeeland genannt wurde. Laut den Überlieferungen der Tahitianer und dem, was sie von James erfahren hatte, lebte dort ein Volk, das mit dem auf Tahiti verwandt sein sollte. Außerdem gab es einige englische Siedlungen. Aipua wollte auch dort lebende Tiere an Bord nehmen, so dass der Beiname »Arche Noah«, den Ruth dem Schiff gegeben hatte, weiterhin passen würde.

Bisher war Ruth mit der Verpflegung sehr zufrieden. Es war kein Vergleich zu dem Salzfleisch, dem Zwieback und dem wässrigen Sauerkraut, was man Hinrich und ihr bei der Reise nach Hiva Oa auf der *Hesione* zugemutet hatte. Maire wusste aus den vorhandenen Zutaten wahre Meisterwerke zu schaffen. Doch wie lange würde das gut gehen?, fragte Ruth sich. Nach Neuseeland würden sie noch einen Hafen in Südaustralien oder Tasmanien anlaufen, doch dann begann die lange Fahrt an Australien vorbei und durch den Indischen Ozean bis nach Kapstadt. Selbst bei bestem Wind würden sie dafür gut zwei Monate brauchen. Wahrscheinlich sogar länger, da sie auf dieser Strecke mehrfach gegen den Wind würden ankreuzen müssen. Die einzigen Inseln, auf die sie treffen konnten, die Amsterdam-Insel und Sankt Paul, waren unbewohnt. Außerdem gab es dort außer Seevögeln und deren Eiern nichts, was sie brauchen konnten. Die als Proviant zu jagen oder zu sammeln war durch die Steilküsten der Inseln jedoch kaum möglich.

»Du denkst wieder einmal zu viel!«, tadelte Aipua sie. Ihre Freundin hielt Heirani auf dem Arm und blickte nach vorne. Vor ihnen dehnte sich das Meer schier unendlich aus, und sie sahen nur einen einzigen Vogel hoch in der Luft.

»Ich muss mir nun einmal Gedanken machen. Wenn ich falsch handle, gefährde ich unser aller Leben«, antwortete Ruth.

»Zu viele Gedanken sind nicht gut für dein Kind! Du solltest dir auch mehr Ruhe gönnen. Arenui weiß, wie er zu steuern hat – und David ebenfalls! Es reicht, wenn du jenes Ding nimmst, das dir die Position des Schiffes nennt, und ihnen sagst, wie sie das Ruder legen sollen.« Aipua klang streng, denn seit sie Tahiti verlassen hatten, stand Ruth länger am Ruder als alle anderen.

»Du hast ja recht!« Ruth seufzte, denn sie spürte selbst, dass sie müde war. Nein, erschöpft, korrigierte sie sich. Sie musste Arenui mehr Vertrauen schenken. Zwar konnte er nicht schreiben und lesen, wusste aber anhand der Wolkenformationen, ob Stürme drohten oder Inseln vor ihnen lagen. Ihr Bruder David wirkte gegen die hochgewachsenen Tahitianer wie ein Hänfling, doch auch er stand selbstbewusst am Steuer, und sie hatte ihn gelehrt, den Sextanten zu bedienen.

Trotzdem gab es vieles zu bedenken. Sie musste die Strömung beachten. Mussten sie gegen diese ansegeln, verringerte es ihre Geschwindigkeit, ohne dass sie es merkten. Ebenso galt es, die Abdrift zu messen, wenn sie die geografische Breite bestimmte. Die Geschwindigkeit des Schiffes hingegen, die ihr den aktuellen Längengrad verriet, vermochte sie nur zu schätzen.

»Schon wieder zu viele Gedanken!«, sagte Aipua, der Ruths Mienenspiel nicht entgangen war.

»Wir werden es niemals schaffen!«, flüsterte Ruth in einem Anfall von Mutlosigkeit.

»Du trägst ein Kind in dir, und darum hüpfen deine Gedanken wie Fliegende Fische umher. Wie sagst du immer? Fasse dich an die eigene Nase! Sie sagt dir, wo es hingeht.« Aipua brachte es so drollig heraus, dass Ruth lachen musste.

»Also gut, ich werde mich jetzt hinlegen und ein wenig schlafen. Vergesst nicht, das Log zu werfen, und merkt euch die jeweilige Geschwindigkeit des Schiffes.«

»Keine Sorge! Du kannst dich auf uns verlassen«, antwortete Aipua, die David bereits mit der Logleine am Heck stehen sah.

Ruth ging nach unten und legte sich hin. Nach einer Weile kam Jan hinter ihr her und wollte in ihr Bett hochklettern. Sie hob ihn hinein, bettete ihn so, dass sie beide Platz fanden, und schlief rasch ein.

Als sie wieder erwachte, hatte sie laut ihrer Uhr über acht Stunden geschlafen. Vaimiti, die zusammen mit Lu Yi und Maire in der Kajüte neben der ihren untergebracht war, schien es gerochen zu haben, denn sie öffnete die Tür und steckte den Kopf herein.

»Soll ich Madam das Waschwasser bringen?«, fragte sie freundlich.

»Bitte«, antwortete Ruth und stand auf.

Auch Jan erwachte und gähnte ausgiebig. »Darf ich an Deck, Mama?«, fragte er.

»Erst, wenn du dir die Zähne geputzt und dich gewaschen hast – und dann auch nur unter Aufsicht!«

Jan war zwar verständig, aber eben noch ein Kind und wusste Gefahren nicht immer einzuschätzen. Nun maulte er ein wenig, blieb aber, bis Vaimiti das Wasser brachte. Dann griff Ruths Zofe lächelnd nach ihm und hob ihn auf. »Aipua wird sich um ihn kümmern«, sagte sie zu Ruth und verließ mit dem Jungen zusammen die Kajüte.

Ruth zog ihr Nachthemd aus und begann, sich zu waschen. Dabei blickte sie auf ihren Bauch und hatte das Gefühl, als wäre er in den letzten Tagen wieder ein Stück gewachsen. Wenn ihre Berechnung stimmte, würde sie in weniger als vier Monaten gebären. Selbst bei schnellster Fahrt der *Poerava* und ohne jeden Aufenthalt würde sie in der Zeit niemals bis Hamburg gelangen. Also galt es wohl, auf Aipua zu hören und sich darauf vorzubereiten, an Bord niederzukommen.

Nachdem sie sich gewaschen und angekleidet hatte, stieg sie an Deck. Ein Tahitianer stand am Ruder und steuerte, wie sie anhand des Sonnenstands ersehen konnte, den richtigen Kurs. Arenui kam auf sie zu und nannte ihr die Geschwindigkeit, die David und er alle paar Stunden mit dem Log gemessen hatten. Die *Poerava* fuhr bei gutem Wind über neun Knoten. Dies war eine Geschwindigkeit, die nur schnelle Fregatten erreichten, aber kein Linienkriegsschiff oder ein großer Handelssegler. Damit konnte sie zufrieden sein, dachte Ruth. Jetzt mussten sie nur noch Neuseeland finden.

Sie spottete über diesen Gedanken. Wenn sie die Große weiße Wolke, wie die Tahitianer diese Insel nannten, verfehlte, so würde sie eben in Australien an Land gehen und in Sydney oder einer anderen englischen Kolonie frischen Proviant aufnehmen. An einem ganzen Kontinent würde sie wohl kaum vorbeifahren.

Aipua kam zu ihr, Heirani auf dem Arm und Jan an der Hand. »Ich freue mich, dich besserer Laune zu sehen als gestern!«, sagte sie.

»Der lange Schlaf hat mich erfrischt«, antwortete Ruth. »Wie ich sehe, machen wir gute Fahrt.«

»Arenui sagt, wir werden in weniger als zwei Tagen die Küste von Aotearoa vor uns sehen.«

»Wenn er es sagt, wird es wohl so sein.« Ruth lächelte zufrieden, denn sie kannte das schier unglaubliche Gefühl für die See mancher Tahitianer. Tahitoa zählte zu ihnen, und ihm hätte sie auf dieser Reise blind vertraut. Doch auch Arenui besaß die Fähigkeit in hohem Maße. Den Überlieferungen seiner Familie zufolge waren seine Vorväter bis nach Hawaii und auch mehrfach nach Neuseeland gesegelt.

Sie trat zum Rudergänger und warf einen Blick auf den Kompass, der das bestätigte, was ihr bereits die Sonne gezeigt hatte.

»Das Schiff segelt gut und schnell, Madam! Fast so gut und so schnell wie die Schiffe der Ahnen«, sagte der Mann und legte das Ruder leicht um, damit die Segel der *Poerava* den Wind noch besser fassen konnten.

»Ich wäre gerne einmal mit einem dieser großen Doppelrumpf-
schiffe gefahren«, sagte Ruth. »In euren Liedern werden Wunder-
dinge davon erzählt.«

Statt einer Antwort stimmte der Mann am Ruder eines dieser
Lieder an, das von seinen Kameraden und auch von Vaimiti, Maire
und den Frauen fröhlich aufgenommen wurde. Selbst Maruata
sang mit, während sie zusammen mit Lu Chung die Ställe reinigte.
Nach einer Weile reichte sie Maire mehrere Eier. Diese sagte zu
Ruth, dass in der Zeit, die die Paratane eine Viertelstunde nannten, das Frühstück für sie bereitstehen würde.

10.

Das Land lag backbord voraus. Schon am Vortag hatten sie es entdeckt und als Nordspitze einer größeren Insel ausgemacht. Da
Ruth nicht um Neuseeland herumsegeln, sondern die Passage zwischen den beiden großen Inseln, aus denen dieses Land bestand,
und Australien nehmen wollte, hatten sie das Kap umrundet und
näherten sich nun von Westen her der Großen weißen Wolke.

Ruth hatte das Steuer übernommen und sah zu, wie David und
Arenui mit mehreren Musketen im Arm an Deck kamen. Ihnen
folgte Reia mit einer der langen, mit Haizähnen besetzten Keulen
in der Hand, die sie eigentlich in Hamburg an Sammler hatte verkaufen wollen.

»Wir sollten uns bewaffnen, Madam!«, rief ihr Steuermann.
»Die Völker der Großen weißen Wolke sind wild und kriegerisch.
Es wäre daher ratsam, auch die Kanonen zu laden.«

Die *Poerava* hatte vier Sechspfünder an Bord sowie eine Drehbasse, die mit Schrot geladen auf kurze Entfernungen große Ver-
heerungen anrichten konnte. Im Vergleich zu einem Kriegsschiff
war dies eine jämmerliche Bewaffnung, doch mochte sie ausrei-

chen, um Kanus mit Kriegern abzuwehren, die nur mit Speeren und Keulen bewaffnet waren.

Da Ruth von James wusste, dass die Maori, wie die Eingeborenen Neuseelands hießen, mehrfach europäische Seeleute angegriffen hatten, nickte sie. »Bereiten Sie alles vor, Mister Arenui!«

»Sehr wohl, Madam!« Der Steuermann lächelte über die Eigenart seiner Herrin, ihn und die anderen Männer der Besatzung mit Mister anzureden. Sie wollte ihnen damit zeigen, dass sie für sie denselben Wert hatten wie die Weißen.

»Sie hat die Haut einer Paratane, aber das Herz einer Enata«, sagte er zu Aipua und rief die Matrosen zu sich.

Ruth drehte sich unterdessen zu Aipua um. »Du solltest mit Heirani und Jan unter Deck gehen. Das wäre sicherer!«

Ihre Freundin schüttelte den Kopf. »Das werden wir nicht! Die Maori sollen sehen, dass wir in Frieden kommen, uns aber«, ihr Blick wanderte zu David, der nun das Laden der Kanonen überwachte, »auch zu wehren wissen, wenn man uns feindlich begegnen will.«

Ruth nickte zustimmend, behielt aber die Küste im Auge. Das Land war grün, wirkte jedoch anders als Tahiti oder Hiva Oa. Der Wind wehte hier kühler als dort, fast so wie im Sommer zu Hause. Ruth wusste, dass sie bereits tief nach Süden gesegelt waren und es noch kühler werden würde, je weiter sie kamen.

Noch bevor sie diesen Gedanken weiterverfolgen konnte, klang Arenuis Ruf auf. »Es kommen Schiffe auf uns zu!«

Jetzt sah Ruth sie auch. Es waren keine Kanus, wie sie sie von Tahiti und Hiva Oa gewohnt war, sondern große Boote ohne Ausleger, von denen jedes mindestens vierzig Mann tragen konnte.

»Es sind drei Stück«, meldete Reia.

»Nimm den Sprechtrichter und rufe sie an«, erklärte Ruth. »Sage ihnen, dass wir in Frieden kommen! Aber wir werden nicht zulassen, dass sie sich mit ihren Booten auf weniger als einhundert Schritt nähern.«

Reia war mehrere Jahre auf einem Walfänger mitgefahren und hatte dort von einem Maori-Harpunier etliche Worte seiner Sprache kennengelernt. Da sie der tahitianischen ähnelte, glaubte er, sich verständlich machen zu können. Er hob die Flüstertüte an den Mund und begann zu rufen.

Von den Booten kam Gebrüll zurück, und etliche der Maori streckten ihnen die Zunge heraus.

»Feuert einen Schuss ab, aber so, dass die Kugel keine zehn Yards vor dem vordersten Boot einschlägt«, befahl Ruth.

David befolgte den Befehl und sah zu, wie die Kugel knapp vor dem Maori-Boot einschlug und dessen Besatzung mit einem Schwall Wasser überschüttete. »Wenn das ihre Kriegslust nicht hemmt, werden wir scharf schießen müssen«, sagte er.

Ruth hoffte, dass es nicht so kommen würde, und wies Reia an, den Maoris mitzuteilen, dass sie Frischwasser und Lebensmittel an Bord nehmen und dafür bezahlen wolle.

Auf Reias Ruf hin stoppten die Maori ihre Boote und schienen sich ihren eifrigen Gesten nach zu beraten.

»Was machen wir, wenn sie trotzdem angreifen?«, fragte Lu Yi besorgt.

»Dann laufen wir ab und steuern Sydney an. Der Wind steht günstig, so dass sie uns nicht einholen können«, erklärte Ruth.

»Und wenn doch, wird unsere Drehbasse sie lehren, dass eine Verfolgung kein guter Gedanke ist«, warf David ein.

Ruth stellte sich vor, wie die erbsengroßen Schrotkugeln in eines der voll besetzten Boote einschlagen würden, und schüttelte sich. »Ich hoffe, das bleibt uns erspart! Aber ich glaube, sie wollen mit uns reden.«

Einer der Maori stand auf, reckte den Arm mit einer kurzen Kriegskeule hoch und rief etwas. Reia übersetzte es als »Sie sind bereit, uns Wasser und Vorräte zu verkaufen, wollen dafür aber Musketen haben«.

»Sage ihnen, sie können Messer, Beile, Kochkessel und dergleichen haben, jedoch keine Musketen«, erklärte Ruth.

Reia tat es und hob nach der Antwort der Maori hilflos die Hände. »Sie sagen, wenn wir ihnen keine Musketen geben, handeln sie nicht mit uns.«

»Dann ist unser nächstes Ziel Sydney! Ich werde diesen Leuten keine Musketen verkaufen, damit sie ihre Nachbarn erschießen können.« Ruth befahl, alles vorzubereiten, um weitersegeln zu können.

Reia rief ihre Entscheidung zu den Maoris hinüber. Diese sahen, wie die Segel der *Poerava* neu getrimmt wurden, dann kam eine Antwort.

»Sie sind bereit, uns Wasser holen zu lassen und uns Vorräte gegen Messer, Beile und Kochtöpfe zu verkaufen«, übersetzte Reia mit gehöriger Anerkennung.

Ruth hatte einige der in China erworbenen Waren mitgenommen, um sie in Hamburg als exotische Besonderheiten verkaufen zu können. Ein Teil davon half ihnen jetzt, sich für die weitere Fahrt zu verproviantieren.

»Wir machen es auf die von James und Tahitoa erprobte Methode. Sechs von uns gehen an Land, und sechs von ihnen bleiben hier an Bord! Sie sollen mit einem kleineren Boot kommen. So sehr traue ich diesen Brüdern nicht, als dass ich vierzig von ihnen an der *Poerava* anlegen lasse«, sagte Ruth und hörte zu, wie Reia ihre Anweisungen zu den Maori hinüberrief.

Diese waren einverstanden und kehrten erst einmal zum Strand zurück. Kurz darauf erschienen sechs auf einem kleineren Kanu und erreichten das Schiff. Als sie überstiegen, sah Ruth staunend auf ihre über und über von Tataus bedeckten Körper. Anders als bei den Bewohnern von Hiva Oa bestanden die Symbole zumeist aus Spirallinien, denen ihr Blick bald nicht mehr zu folgen vermochte. Bekleidet waren sie mit Lendentüchern und Mänteln aus einer Art

Tuch, das Ruth nicht kannte. Tapa, also geklopfte und geflochtene Baumrinde, war es jedenfalls nicht. Die Mäntel waren in unterschiedlicher Art mit Federn verziert, so dass Ruth einen gewissen Rangunterschied bei den Männern auszumachen glaubte.

»Sie wollen die Messer und Beile sehen.« Reia sah Ruth fragend an.

»Bringt je sechs Stück davon hoch, und dazu drei Töpfe.«

So geschah es, und die Maori musterten jedes Stück. »Sie sagen, die Messer und Beile seien besser als die, die sie von Pākehā bekommen. Damit meinen sie wahrscheinlich die Paratane«, erklärte Reia Ruth und verzog dann das Gesicht. »Sie meinen, wir wären Knaben, weil wir keine oder nur wenige Tatau tragen.«

»Meinen sie? Dann sollten wir sie eines Besseren belehren. David, hole eine Kokosnuss und stelle sie auf den Schweinestall am Bug.« Ruth nahm ihre Pistole zur Hand, überprüfte, ob genug Pulver auf der Pfanne lag, und legte an, kaum dass ihr Bruder die Kokosnuss hingestellt hatte.

Die Maori sahen ihr neugierig zu, als sie den Lauf noch einen Hauch korrigierte und dann feuerte. Die Kokosnuss flog wie von einer unsichtbaren Faust getroffen davon. Die erschreckten Schweine schrien, und das Federvieh stob erschrocken in seinen Käfigen umher. Die Tiere beruhigten sich jedoch rasch wieder, während die Maori Ruth mit großen Augen anstarrten.

David machte sich den Scherz, die Kokosnuss zu holen und sie ihnen zu reichen. Das Einschlagloch lag genau in der Mitte, während dort, wo die Kugel wieder ausgetreten war, ein handtellergroßes Stück der harten Schale fehlte.

»Das wird ihnen zu denken geben«, sagte Reia zufrieden und stieg mit Arenui und vier Tahitianern in das mitgeführte Auslegerkanu, um an Land zu paddeln.

Ruth wies Vaimiti und Maire an, den Maoris an Bord etwas zu essen zu reichen. Eines war nach ihrem Schuss sicher: Keiner der fremden Krieger würde jetzt noch daran denken, die *Poerava* anzugreifen. Sie mochten die Tahitianer wegen der fehlenden Tataus für Knaben halten, doch eine Frau, die mit ihrer Pistole so zu treffen vermochte wie sie, war eine Gegnerin, mit der man sich lieber nicht anlegte.

Ruth überlegte sich nun, welches Ziel sie als Nächstes ansteuern sollte. Den Gedanken, nach Sydney zu segeln, gab sie auf, da sie trotzdem Port Dalrymple auf Tasmanien würde anlaufen müssen. Noch waren sie gut versorgt, und wenn sie hier genug frische Lebensmittel an Bord brachten, erschien ihr ein Aufenthalt in Sydney überflüssig.

»Auf nach Tasmanien!«, sagte sie lächelnd und richtete ihre Gedanken bereits auf die Fahrt an Australien vorbei nach Westen.

Da sie die Meeresströmung ausnützen wollte, die in diese Richtung führte, würde sie streckenweise in Sichtweite der Küste segeln müssen. Bei Sturm war dies nicht ungefährlich. Da aber die Strömung weiter südlich gegen ihre Fahrtrichtung verlief, konnte dies einen Gewinn von mehreren Tagen bedeuten, und das war ihr das Risiko wert.

ZEHNTER TEIL

DIE GESEGNETE
DER GÖTTER

1.

James Edward Hutton und Tahitoa hatten auf Dolf Sölters Anraten Quartier bei einer Schifferwitwe an der Beckerbreite genommen. Mittlerweile herrschte in Hamburg Winter, und James dachte mit einer gewissen Anspannung daran, dass Ruth um diese Zeit mit der *Poerava* unterwegs sein würde, um ihm hierher zu folgen.

Als er Tahitoa all die Gefahren aufzählte, die auf seine Frau lauern mochten, musste dieser lachen. »Trauen Sie Madam so wenig zu, Sir?«

James schüttelte den Kopf. »Ich weiß, dass Ruth mutig und entschlossen ist. Auch weiß sie sehr viel über Seefahrt. Aber es ist eine weite Reise, die etliche Monate dauern wird. Die tritt sie dann auch noch mit geringer Mannschaft an.«

»Die *Poerava* ist dafür gebaut, von wenigen Matrosen bedient zu werden. Madam hat sich deswegen gegen einen dritten Mast entschieden. Mit dieser Bauweise wäre das Schiff nur unwesentlich schneller geworden, hätte aber fast um ein Drittel mehr Besatzung benötigt. So aber reichen die Vorräte länger, und Sie, Sir, haben ihr die Route ganz genau erklärt.«

»Und dabei Fehler begangen«, stieß James bedrückt hervor. »Ich sagte ihr, sie solle auf Höhe des vierzigsten südlichen Breitengrads segeln. Mittlerweile habe ich gelesen, dass dort eine starke Oststrômung herrschen soll, die das Schiff langsamer machen wird. Auch kann sie in Stürme von unwahrscheinlicher Entsetzlichkeit geraten. Ich hätte ihr erlauben sollen, Kap Hoorn zu umrunden.«

»Madam ist klug, und sie weiß rasch zu handeln«, erklärte Tahitoa. »Da sie den Breitengrad berechnen kann, wird sie ihren Kurs finden. Auch traue ich ihr zu, mit allen Gefahren fertigzuwerden. Sie hat sehr viel Mana, mein Freund. Sie ist eine Gesegnete der Götter!«

»Ich dachte, Sie sind Christ, Mister Tahitoa?« James konnte schon wieder lächeln.

Sein Freund blickte ihn ernst an. »Ich bin christlich getauft und habe christlich geheiratet. Dennoch habe ich die Götter meines Volkes nicht vergessen. Sie mögen weniger mächtig geworden sein als in früheren Zeiten. Doch es gibt sie noch immer, und solange wir an sie denken, werden sie uns beistehen. Das tun sie auch bei Ruhutia. Sie trägt das Tatau, das sie mit dem roten Oro, mit Tangaroa und Hiro, den Göttern der Seefahrt, mit Makemake, mit Pere und allen anderen Göttern verbindet, zu denen unser Volk einst offen gebetet hat und die wir nun in unserem Herzen bewahren.«

Es war eine Rede von einer Art, wie James sie von Tahitoa bislang nur selten gehört hatte. Er schloss daraus, dass das Werk der Missionare, die Menschen von Tahiti und der Inseln zu christianisieren, nur zum Teil gelungen war. Nach außen mochten diese sich als Christen geben und glaubten wohl auch an den einen Gott, an Jesus Christus und den Heiligen Geist. Ihre alten Götter nahmen jedoch noch immer eine hohe Stellung bei ihnen ein, so als seien es Heilige oder Engel.

Da er sich nicht in theologischen Diskussionen verlieren wollte, lenkte er das Gespräch zurück auf Ruth und schöpfte durch Tahitoas unverwüstliche Zuversicht die Hoffnung, dass seine Frau alle Gefahren überstehen und die Ankunft der *Poerava* in wenigen

Monaten von den Telegrafenstationen an der Elbe gemeldet werden würde.

Da klopfte es an die Tür.

»Herein!«, rief James verwundert, da er in Hamburg bisher nur wenige Menschen kennengelernt hatte.

Ihre Hauswirtin trat ein. »Eben ist ein Bote gekommen und hat gesagt, Sie sollen umgehend zu Herrn Sölter kommen! Draußen wartet eine Droschke auf Sie.«

James und Tahitoa wechselten einen kurzen Blick. Wie es aussah, war etwas passiert, und aus der Art, wie sie zum Kommen aufgefordert wurden, schlossen sie, dass es nichts Gutes war.

»Haben Sie Dank!«, antwortete James der Frau und zog seinen Rock an.

Tahitoa, der andere Temperaturen gewohnt war als die hier herrschenden, hüllte sich in einen gefütterten Mantel. Dann verließen beide das Haus und stiegen in die Droschke. Der Kutscher trieb seine Pferde an und suchte sich seinen Weg durch die wirbelnden Schneeflocken. Es dauerte daher, bis er Sölters Haus in der Grünstraße erreichte.

James ließ ihm eine Münze als Trinkgeld zukommen und eilte zur Tür. Er musste den Klopfer nicht einmal anschlagen, da wurde ihnen auch schon geöffnet.

»Gott sei Dank sind Sie rasch gekommen!«, sprach der Diener James an. »Der alte Herr ist außer sich.«

Das klingt noch schlechter, als ich es befürchtet habe, durchfuhr es James, während sie dem Diener in Dolf Sölters Zimmer folgten. Dort verbreitete ein Kachelofen wohlige Wärme, und die war ihnen nach der Kälte der Droschkenfahrt willkommen. Neben Sölter, der sich trotz des Ofens in einen mit Pelz besetzten Morgenrock gehüllt hatte, saß eine Dame von etwas mehr als dreißig Jahren, die ein modisches, nun aber sehr zerknittertes Reisekleid und Schnürstiefel trug. Sie blickte James neugierig entgegen, wirkte dabei aber müde, erschöpft und ziemlich fassungslos.

Dolf Sölter begann erst zu sprechen, als der Diener gegangen war. »Sie erlauben, dass ich Sie einander vorstelle. Das hier«, seine Rechte wies auf die Frau, »ist Molly Steeden, die Ehefrau des Handelsagenten Geert Steeden, und das hier«, seine Hand wanderte weiter zu James, »ist James Hutton, der jetzige Ehemann von Ruth Simonsen. Frau Steeden stammt aus Hamburg und ist eine sehr alte Freundin der Familie Simonsen, auch wenn das Wort alt auf sie nicht wörtlich zutrifft.«

»Ich kenne Ruth seit ihrer Geburt, und mein Vater war der beste Freund ihres Großvaters. Deshalb gebe ich ehrlich zu, dass ich mich in den letzten drei, vier Jahren gekränkt fühlte, weil die Briefe der Simonsens an mich immer weniger wurden und schließlich ganz ausgeblieben sind. Ich weiß nicht, ob Sie davon gehört haben, doch Ruth hat mich während der Besetzung Hamburgs davor gerettet, von einem französischen Soldaten vergewaltigt zu werden. Ich werde daher immer in ihrer Schuld stehen!«, erklärte Molly Steeden.

James kniff verwirrt die Lider zusammen. »Während der französischen Besetzung von Hamburg? Bei Gott, damals war Ruth doch noch ein kleines Mädchen!«

»Sie war sieben! Doch sie scheute sich nicht, eine Pistole zu holen und diesen Lumpen niederzuschießen.«

Als Tahitoa das hörte, grinste er breit. »Ich sagte Ihnen doch, Mister! Ruhutia ist eine Gesegnete der Götter.«

Sein fast fehlerfreies Deutsch wie auch seine hünenhafte Erscheinung verblüfften Molly.

»Wer ist dieser Mann?«, fragte sie.

James stellte ihr seinen Begleiter vor. »Das ist Herr Tahitoa, geboren auf Tahiti, und der beste Freund, den ein Mensch haben kann. Er und seine Frau haben Ruth nach dem Tod ihres ersten Ehemanns mit aller Kraft beigestanden.«

»Das hört sich nach einer abenteuerlichen Geschichte an. Wenn einmal Zeit bleibt, will ich sie hören. Nun aber geht es um das Hier und Jetzt. Herr Sölter und Sie haben mir einen Brief geschickt, ich solle die Zwillinge Anna und Esther nach Hamburg bringen. Ich schwöre bei Gott, dem Allmächtigen, dass die Mädchen niemals zu mir gekommen sind und ich bis Erhalt Ihres Briefes nicht einmal wusste, dass sie zu mir nach Palermo unterwegs gewesen sein sollten.«

Molly schwieg erregt und sah auf ihre Hände. Ihre Handschuhe sahen aus, als hätte sie diese unterwegs immer wieder ausgezogen und zerknüllt. »Als ich Ihren Brief erhalten habe, wusste ich, dass ich Ihnen nicht einfach zurückschreiben konnte, sondern selbst kommen musste. Zum Glück unterstützt mich mein Mann und konnte einen Freund, der nach Hamburg zurückfahren wollte, für mich als Reisemarschall gewinnen. Der Ärmste glaubte wohl, wir würden gemütlich zurückreisen und uns die nötigen Pausen gönnen. Stattdessen wechselten wir von einer Expresskutsche in die andere und mussten teilweise sogar darin schlafen. Sind Sie je mit einer italienischen Post gereist?«, schloss sie.

Sowohl Sölter wie auch James schüttelten die Köpfe.

»Tun Sie es nicht!«, riet Molly ihnen. »Die Straßen sind schauderhaft, die Postillione peitschen die Pferde zu einer aberwitzigen Geschwindigkeit, und wer wie ich ohne Unfall oder größeren Schaden davonkommt, sollte Gott auf den Knien dafür danken.«

»Sie sagen, die Schwestern meiner Frau sind nie in Palermo angekommen?«, fragte James, um das Gespräch wieder auf das Thema zu lenken, das ihm am Herzen lag.

Molly nickte und nahm nun ihren Hut ab, so dass ihr dunkles, leicht gekräuseltes Haar zum Vorschein kam. Es war das Erbe ihrer Mutter Mabel, die als dunkelhäutige Sklavin in den ehemaligen englischen Kolonien in Nordamerika zur Welt gekommen war.

»So ist es, Mister Hutton! Bei Gott, hätte man mir es angekündigt, dass ich Anna und Esther zu mir nehmen soll, wäre ich selbst nach Hamburg gekommen, um die Kinder abzuholen.«

»Das spurlose Verschwinden der beiden Mädchen ist eine Katastrophe! Wir müssen Mensing zwingen, uns zu sagen, wo sie sich befinden«, rief Sölter entsetzt, brachte dann jedoch selbst einen Einwand. »Dafür brauchen wir Beweise. Wenn wir Mensing jetzt damit konfrontieren, wird er sich herausreden und sagen, dass sein Brief Frau Steeden wohl nicht erreicht habe und er auch nicht wisse, was mit den Zwillingen geschehen ist.«

»Ich werde Ruths Schwestern nachspüren und sie finden«, erklärte James grimmig. »Hier in Hamburg zu sitzen, ohne etwas unternehmen zu können, ist für mich unerträglich geworden.«

»Mister, Sie müssen auf Ruhutia warten. Sie braucht Sie, wenn sie hier ankommt«, mahnte Tahitoa ihn.

»Bis dorthin werden noch Monate vergehen! In der Zwischenzeit kann ich viel erreichen.« James wollte sich nicht aufhalten lassen, doch da hob Sölter die Hand.

»Ich würde Sie liebend gerne fahren lassen, aber ich brauche Sie hier, junger Mann. Allein kann ich Mensings Schliche nicht durchschauen. Sie jedoch können Lüge und Wahrheit unterscheiden. Auch hoffe ich, auf diese Weise schneller zu erfahren, wo wir Frieda und ihre Töchter Anna und Esther finden können.«

James kämpfte mühsam seine Erregung nieder und nickte. »Sie haben wahrscheinlich recht. Auch wenn es mir in der Seele wehtut, werde ich hierbleiben und darauf lauern, Mensing die Maske vom Gesicht reißen zu können! Er wird uns sagen müssen, wohin er Ruths Mutter und ihre Schwestern gebracht hat!«

Molly hatte ihnen zugehört, machte nun aber wieder auf sich aufmerksam. »Sie waren so freundlich, mir Gastfreundschaft zu gewähren. Wenn Sie erlauben, würde ich mich jetzt gerne ein wenig frisch machen und mich danach hinlegen.«

Sie klang zutiefst erschöpft, und so zog Sölter am Klingelzug. Dann wandte er sich an die junge Frau. »Wenn die Frau meines Sohnes zu neugierig wird, berichten Sie ihr, dass Sie wegen der Zwillinge gekommen sind. Kein Wort über Ruths Ehemann! Für alle hier im Haus ist er der Sohn eines Geschäftsfreundes aus England, der einige Monate hier in Hamburg verbringen will und den ich gebeten habe, mich immer wieder zu besuchen.«

»Ich werde mich danach richten«, antwortete Molly, die sich über diese Geheimniskrämerei wunderte. Sie sagte sich jedoch, dass diese einen Sinn haben musste, und erhob sich, als die Türe aufging.

Mit einem spöttischen Lächeln stellte Dolf Sölter fest, dass nicht ein Diener oder eine der Mägde, sondern seine Schwiegertochter eintrat. Deren Neugier wegen der überraschend aufgetauchten Besucherin war wohl doch zu groß, zumal nicht gerade die Zeit war, in der man gerne reiste.

2.

Nachdem die Frauen das Zimmer verlassen hatten, starrte der alte Herr düster zum Fenster hinaus. »Ich wollte, ich hätte die Macht, Mathias Mensing festzusetzen und unter der Folter befragen zu lassen. Es ist einfach zu viel geschehen, um noch an Zufälle glauben zu können.«

»Können Sie denn überhaupt nichts tun?«, fragte James besorgt.

»Wir können Mensing piesacken und ihn mit Forderungen überschütten, aber er ist wie ein Aal, der sich aus allem herauswindet. Wir bräuchten einen handfesten Beweis, doch den haben wir nicht. Dafür muss schon Ihre Frau kommen und unter Eid erklären, dass die Briefe, die Mensing uns als die ihren vorgelegt hat, gefälscht sind. Selbst dann wird es schwer sein, ihn zu Fall zu bringen. Er wird die Reederei Simonsen aufgeben müssen und einen Teil seiner Reputation verlieren, aber immer noch ein Stachel im Fleisch bleiben.«

Sölter hatte sich in Rage geredet, wurde dann wieder ruhig und deutete auf den Schrank. »Machen Sie ihn auf, junger Mann. Durch Frau Steedens Ankunft habe ich ganz vergessen, dass Briefe aus England für Sie angekommen sind.«

Um die Zeit, in der er auf Ruth warten musste, nicht nutzlos verstreichen zu lassen, unterhielt James eine intensive Korrespondenz mit Admiral Fitzwilliam und dessen Neffen Halverstock. Zwar hatte er Sölter nicht in seine eigenen Belange eingeweiht, diesen aber gefragt, ob er die Briefe der beiden Herren an dessen Adresse schicken lassen dürfe.

Nun holte er den Packen Briefe heraus und öffnete ihn. Während er das Siegel des ersten Briefes erbrach und zu lesen begann, läutete Sölter nach seinem Diener und befahl ihm, Tee, Rum und einige Schnitten mit Fisch und Schinken zu bringen, da James' Besuch wohl noch länger dauern würde.

Aus dem ersten Brief erfuhr James, dass es dem alten Admiral gelungen war, Merrick, dem Schiffsarzt der *Hesione*, einen Posten als Arzt in einem Marinehospital bei London zu verschaffen. Der Mann stand also bereit, ihn identifizieren zu können. Fitzwilliam berichtete weiter, dass James' ehemaliger Kapitän Smyth mit dem Gefangenentransportschiff *Darling* nach Australien gesegelt war. Sein Neffe, Leutnant Trevor Simmons, befand sich als dessen erster Offizier auf diesem Schiff. Die beiden waren also derzeit weit vom Schuss.

James war sicher, die beiden würden abstreiten, dass er der frühere erste Offizier der *Hesione* gewesen wäre. Da sie jedoch mit seinem Verschwinden von Bord in Verbindung gebracht werden konnten, galt ihre Aussage nicht viel. Anders war es mit dem Schiffszimmermann Cribbic. Diesem war ebenso wie dem ehemaligen Schiffsarzt eine Stelle an Land zugewiesen worden, und er arbeitete nun als Zimmermann auf einer Werft. Von ein paar abgemusterten Matrosen, die ebenfalls seine Identität bezeugen konnten, kannte man den Aufenthaltsort, so dass er in dieser Hinsicht zufrieden sein konnte.

»Es sieht aus, als hätten Sie angenehme Nachrichten erhalten«, sagte Sölter, der zwar über die Neugier seiner Schwiegertochter spottete, selbst aber nicht weniger interessiert war.

»Ich habe Ihnen doch erzählt, dass ich vor mehreren Jahren in der Südsee über Bord gegangen bin und mich erst jetzt wieder bei der Royal Navy zurückmelden konnte. Da sind einige Vorschriften zu beachten!«, antwortete James ausweichend und nahm sich den nächsten Brief vor.

Er stammte von Halverstock, der berichtete, dass dieser Zechariah Bartlett wie auch dessen Ehefrau und beider Sohn durch Detektive ausforschen ließ. Die ersten Ergebnisse, die James las, erschienen ihm wenig interessant. So gab es wohl keine häusliche Gemeinschaft zwischen Bartlett und dessen Ehefrau mehr. Auch der Sohn hielt sich von seinem Vater zurück und hatte diesen in Gesellschaft schon mehrmals abfällig einen alten Krämer genannt.

Was für ein Früchtchen, dachte James. Immerhin hatte Bartlett alles getan, damit dieser junge Mann sich Viscount Broulie nennen konnte und seiner Mutter als Earl of Huttonsfield hätte nachfolgen können, wenn es Smyth und Simmons gelungen wäre, ihn im Pazifischen Ozean zu ersäufen.

Halverstock hatte diesen Brief noch nicht abgeschickt gehabt, als er den nächsten geschrieben hatte. Plötzlich wurde James aufmerksam.

»Das hier ist interessant!«, sagte er zu Sölter. »Hier steht, dass etwa zu der Zeit, in der Ruths Schwestern nach Palermo gereist sind, zwei junge Mädchen Bartletts Haus betreten hätten. Einige Tage später ist dieser zusammen mit den Mädchen an Bord seines

Schiffes *Rose of Avon* gegangen und mit unbekanntem Ziel aufgebrochen. Ein paar Wochen später sei er ohne die Mädchen zurückgekommen. Es heißt sogar, dass es sich um Ausländerinnen gehandelt habe, da sie untereinander eine andere Sprache als das Englische verwendet hätten.«

»Das müssen Anna und Esther gewesen sein!«, rief der alte Herr erregt. »Damit haben wir eine erste Spur.«

»Und die führt zu Mensings Onkel in London! Dies passt mit den Erfahrungen zusammen, die wir bereits gemacht haben«, erklärte James.

»Nun haben wir einen Hebel, mit dem wir ansetzen können. Allerdings wird Mensing, wenn wir ihn damit konfrontieren, alle Verantwortung auf seinen Oheim schieben.« Sölter ärgerte sich, weil es gerade dieser erste Hinweis Ruths Schwager ermöglichte, sich aus der Angelegenheit herauszuwinden. »Ich sehe noch eine Schwierigkeit«, sagte er, mutloser geworden. »Wir können nicht einmal Mensing hier in Hamburg richtig fassen. Wie sollten wir es bei einem Mann wie Zechariah Bartlett tun, der in der City of London ein hoch angesehener Mann ist?«

»Ich hoffe auf weitere Informationen aus England«, erklärte James und las den letzten Absatz. Dann blickte er auf. »Wann hat sich Jeremias Simonsen auf die Suche nach seinem Vater begeben?«

Sölter nannte ihm den Zeitpunkt und sah, wie James die Faust ballte. »Gibt es etwas?«

»Etwa zu dieser Zeit soll ein junger Mann für wenige Tage Bartletts Gast gewesen sein. Da er das Haus nicht verlassen hat, wurde er nur von einer einzigen Person gesehen. Die Frau, die es erzählt hat, berichtete auch, sie hätte ihn zuerst in Verdacht gehabt, dass er sich vor dem Gesetz verstecken und von Bartlett eine heimliche Passage in einen sicheren Hafen erhalten wollte. Sie habe nicht gesehen, wie er das Haus verlassen habe, doch einer von Bartletts

Dienern soll ihr erklärt haben, der junge Mann wäre in die Karibik gereist.«

»Könnte das Jeremias gewesen sein?«, fragte der alte Herr und zog dann die Stirn kraus. »Wenn Sie solche Briefe aus England erhalten, junger Mann, scheint an der ganzen Geschichte viel mehr dran zu sein, als Sie mir bisher berichtet haben!«

James begriff, dass er Sölter seine Geschichte erzählen musste, wenn er dessen Vertrauen nicht verlieren wollte, und begann damit, wie sein Großvater sich vor vielen Jahren im Streit von dessen Bruder Lord Humphrey Hutton getrennt hatte. Bis er zu seiner Heirat mit Ruth kam, wurde es noch ein langer Tag.

Zuletzt warf auch Tahitoa ein paar Sätze ein und berichtete, wie James Ruth und Jan vor Rave Wally und dessen Komplizen gerettet hatte. »So werden wir auch Ruhutias Mutter und ihre Schwestern retten – und ihren Bruder, sollte auch dieser in Gefahr sein!«

»Das werden wir, mein Guter, und wenn wir auf der Suche nach ihnen sämtliche sieben Meere befahren müssen«, erklärte James mit voller Absicht, dies notfalls auch zu tun.

3.

Auch wenn James Dolf Sölter gebeten hatte, die aus England eingetroffenen Informationen nicht zu verwenden, bot Molly Steedens Erscheinen und die Nachricht, dass die Zwillinge Anna und Esther nicht bei ihr angekommen waren, genug Grund für die Kommission, Mathias Mensing aufzusuchen und ihn zur Rede zu stellen.

Mensing hatte sich seit dem letzten Besuch der Prüfer einige Ausreden zurechtgelegt, mit denen er sich aus der Affäre zu ziehen hoffte. Mit der Tatsache konfrontiert, dass Molly Steeden weder einen Brief von ihm bezüglich seiner Absicht, die Zwillinge zu ihr zu schicken, erhalten hatte noch diese bei ihr angekommen wären, gelang es ihm jedoch nur mit Mühe, ruhig zu bleiben.

»Das ist ja ungeheuerlich!«, rief er scheinbar erschrocken. »Ich habe hundertprozentig angenommen, dass alles so abgelaufen wäre, wie ich es geplant habe.«

»Und wie haben Sie es geplant?«, fragte Sölter in dem Bestreben, sein Lügengeflecht entlarven zu können.

»Eigentlich wollte ich sie auf dem Landweg hinbringen«, erklärte Mensing. »Der Gedanke an stinkende Postkutschen, betrunkene Postillione, schlechte Straßen und Räuber sowie die Dauer einer solchen Reise nach Sizilien und zurück ließen mich davon absehen. Wie recht ich damit hatte, sieht man daran, dass mein Brief, den ich mit der Post geschickt hatte, Frau Steeden nicht erreicht hat.«

»Auf welche Weise haben Sie die Mädchen denn weggebracht?«, bohrte Sölter nach.

Mensing hob in einer unbestimmten Geste die Hand. »Da ich durch die Verwaltung der Simonsen-Reederei zu beschäftigt war, habe ich eine zuverlässige Gouvernante eingestellt und die beiden Mädchen mit dieser nach London geschickt. Mein Onkel Bartlett, der dort nicht nur ein einflussreicher Kaufmann ist, sondern auch der Ehemann der Countess of Huttonsfield und wegen seiner Verdienste um das Königreich zum Baron erhoben wurde, sollte auf meine Bitte hin für die Weiterreise der Zwillinge und ihrer Gouvernante Erdmuthe Künne sorgen.«

Auch wenn er neidisch auf seinen in den Adelsstand erhobenen Onkel war, hob Mensing dessen Titel und den seiner Frau bewusst hervor, um den Herren der Kommission zu zeigen, wie sorgfältig er die Reise von Anna und Esther Simonsen geplant hatte.

Wider Willen musste Sölter ihm großes Geschick zusprechen. Mensings Aussagen deckten sich bis jetzt mit den Informationen, die James Hutton aus England erhalten hatte.

»Wenn Sie erlauben, werde ich meinem Onkel umgehend schreiben und ihn bitten, mir mitzuteilen, auf welche Weise die beiden Mädchen und ihre Begleiterin weitergereist sind«, fuhr Mensing fort. Irgendeine Ausrede wird Bartlett schon einfallen, dachte er, und wenn nicht, konnte er selbst einen Brief in dessen Handschrift aufsetzen, in dem von einem Schiffbruch, einem Piratenüberfall oder sonst einem Unglück die Rede war.

»Dieser Vorschlag wäre akzeptabel«, stimmte ihm ein Kommissionsmitglied zu.

Auch der zweite Herr nickte, und so tat es auch Sölter. Insgeheim beschloss er, selbst Nachforschungen in die Wege zu leiten. Wie hinterlistig Mensing war, bewies allein schon die Tatsache, dass er es noch immer so hinstellte, als wäre sein Bruder Hinrich am Leben, obwohl Ruth bereits seit Jahren Witwe und seit etlichen Monaten in zweiter Ehe verheiratet war.

»Es wäre zu erwägen, zudem nach Jeremias Simonsen fragen zu lassen. Soweit wir wissen, ist auch er über London gereist. Haben Sie ihn ebenfalls zu Ihrem Oheim geschickt?«, fragte Sölter.

Mensing schüttelte den Kopf. »Jeremias hat diese Reise auf eigene Faust angetreten. Ich weiß nur, dass er mit der *Mellum* nach London fahren wollte, um dort ein Schiff zu suchen, das ihn nach Mittelamerika bringt.«

Nachdem bekannt war, dass die Zwillinge bei Bartlett gewesen waren, wollte er nicht auch noch Jeremias mit diesem in Verbindung bringen.

»Vielleicht könnte Herr Bartlett uns in dieser Angelegenheit ebenfalls behilflich sein. Wenn Sie so gut wären, ihm zu schreiben!« Sölter erinnerte sich an den Brief, den James aus London erhalten hatte und in dem von einem jungen Mann bei Bartlett die Rede gewesen war. Wenn es sich dabei um Jeremias Simonsen gehandelt hatte, so war es sehr auffällig, dass sowohl dieser wie auch seine Schwestern Anna und Esther danach spurlos verschwunden waren.

Der alte Herr glaubte, in einen Sumpf zu schauen, der ein Mitglied der Familie Simonsen nach dem anderen verschlungen hatte. Nun hätte er Stein und Bein geschworen, dass Mathias Mensing mehr darüber wusste, als er ihm bis jetzt aus der Nase hatte ziehen können. Sobald Ruth in Hamburg angelangt war, würde sich das alles aufklären, so hoffte er und betete, dass die junge Frau alle Gefahren überstand, die ihr auf ihrer Schiffsreise begegnen mochten.

4.

Jeremias ahnte nicht, dass es seine Schwester nur einen Umweg von wenigen Tagen gekostet hätte, Sydney anzulaufen. Dabei wären sie einander vielleicht begegnet. So aber lebte er zusammen mit Kathleen, die als seine Frau galt, schon geraume Zeit bei Reverend Haley. Mittlerweile wussten beide, dass die Wilden, die einem gleich außerhalb der Stadt ans Leben wollten, nur ein Schauermärchen darstellten, denn die Kolonie reichte bereits weit über Sydney hinaus. Man konnte mehrere Tage lang gehen und traf dabei auf die Farmen der Siedler, aber auf keinen einzigen Ureinwohner.

Weiter im Binnenland sollte es sie jedoch geben, und sie führten einen erbitterten Kampf gegen die Engländer, die das Land Stück für Stück eroberten. Die Waffen waren allerdings ungleich, denn während die Engländer auf Musketen und Bajonette vertrauen konnten, besaßen die hier ansässigen Stämme nur Keulen und Speere. Diese konnten sie allerdings weit und zielsicher schleudern. Deshalb waren die Kämpfe nicht so einseitig, wie die unterschiedlichen Mittel es glauben machten. Trotzdem drängten die Engländer die Einheimischen Stück für Stück zurück und hatten bereits weitere Siedlungen gegründet.

In Jeremias' Kopf entspannen sich die wildesten Pläne zur Flucht durch das Land zu einem anderen Hafen, um dort ein Schiff zu finden, mit dem er in die Heimat zurückkehren konnte. Sie krankten jedoch alle an zwei Tatsachen: Zum einen hätte er Kathleen großen Gefahren aussetzen müssen, und zum anderen waren die meisten Ansiedlungen Sträflingskolonien. Jeder Fremde, der dorthin kam, musste damit rechnen, als geflohener Verbrecher angesehen zu werden. Daher würde er eher hinter Gitter landen als auf einem Schiff, das ihn in die Freiheit brachte.

Rasch lernte Jeremias, dass er über den fernen Zielen nicht das Hier und Jetzt vergessen durfte. Als Reverend Haley Kathleen und ihn vor die Stadt schickte, um dort Feuerholz zu schlagen, versammelte sich wie aus dem Nichts eine Gruppe abgerissener Männer um sie. Einer, dem Anschein nach ihr Anführer, kaute auf einem Grashalm herum und starrte Kathleen begehrlich an.

»Freunde, haltet ihr es für gerecht, dass dieser Sträfling sein Weib mitbringen und behalten konnte, während wir, die ihre Strafe längst abgebüßt haben, uns mit ein paar verlotterten Huren oder Eingeborenenweibern zufriedengeben müssen?«, fragte er seine Kumpane.

»Natürlich nicht!«

Der Anführer trat auf Kathleen zu und streckte die Hand nach ihr aus. »Wenn du jetzt nett zu uns bist, lassen wir deinen Mann in Ruhe, wenn nicht, bist du bald Witwe, und jeder, der dich will, kann dich haben!« Wie um seine Worte zu bekräftigen, zog er mit der anderen Hand ein Klappmesser aus einer Tasche und ließ es aufschnappen.

»Lass meine Frau in Ruhe!«, rief Jeremias zornig.

Der Mann drehte sich grinsend zu ihm um. »Ein Sträfling hat kein Recht, einem freien Mann etwas zu verbieten. Das Weibsstück ist ebenfalls eine Gefangene. Damit ist sie nichts Besseres als eine Hure. Sie sollte sich besser daran gewöhnen, sonst werdet ihr beide es bereuen.«

Im ersten Impuls wollte Kathleen davonlaufen, begriff aber sofort, dass sie auf die Weise den Männern nicht entkommen würde.

Zudem fühlte sie eine entsetzliche Angst um Jeremias. Die anderen waren zu fünft, also würden sie ihn zusammenschlagen, ja, vielleicht sogar umbringen, wenn sie nicht mit sich machen ließ, was die Kerle wollten.

Es war das größte Opfer, das sie für Jeremias bringen konnte, und sie schämte sich, es tun zu müssen. Doch welche Möglichkeit blieb ihr?

Jeremias war jedoch nicht bereit, einfach zuzusehen, wie Kathleen das Opfer dieser wüsten Kerle wurde. Mit einem zornigen Schrei ließ er sein Holzbündel fallen und zog einen kräftigen Knüppel heraus.

Der Mann stach mit dem Messer nach ihm, doch Jeremias wich der Klinge geschickt aus und schlug mit dem Knüppel zu. Er traf den Arm des Wüstlings und sah, wie dessen Messer im weiten Bogen durch die Luft flog.

Kreischend wich der Mann zurück. »Das Schwein hat mir den Arm gebrochen!«

Jetzt gab es für seine vier Kumpane kein Halten mehr, und sie stürmten auf Jeremias zu. Diesem gelang es noch, einen von ihnen zu treffen, dann hatten die Kerle ihn gepackt und rissen ihn nieder. Fäuste trafen ihn, Fußtritte, doch er dachte nicht ans Aufgeben, sondern biss, trat und schlug um sich, so gut er es vermochte.

Kathleen sah voller Entsetzen zu, während der, dessen Arm gebrochen war, seine Kameraden anfeuerte und schrie, sie sollten dieses Schwein erledigen. Da fiel ihr Blick auf Jeremias' Holzbündel. Es war nun locker genug, so dass auch sie einen kräftigen Stecken herausholen konnte. Ohne nachzudenken, schlug sie zu. Der Getroffene schrie wütend auf und drehte sich zu ihr um.

»Das machst du nicht noch einmal, du Biest!«, drohte er.

Voller Angst und Wut schwang Kathleen ihren Stock erneut und traf den Angreifer mitten im Gesicht. Blut strömte aus dessen Mund und Nase, und sie sah mindestens zwei Zähne durch die

Luft fliegen. Sein Schrei hatte nichts Menschliches mehr an sich, doch er wankte beiseite, und Jeremias hatte es nur noch mit drei Gegnern zu tun.

Auch die wären auf Dauer zu viel für ihn gewesen. Doch da klang der durchdringende Ton einer Pfeife auf, und Männer in roten Röcken und mit Musketen in den Händen eilten herbei. Zwei stießen mit ihren Gewehrkolben zu und trennten die raufenden Männer.

Jeremias bekam einen heftigen Stoß ab, der ihm schier den Atem kostete, und kam nur mühsam auf die Beine. Sofort eilte Kathleen zu ihm hin, um ihn zu stützen.

»Was ist hier los?«, fragte der Korporal, während die beiden Soldaten die Gruppe mit vorgehaltenen Musketen in Schach hielten.

»Wir dienen Reverend Haley und sollten Holz holen. Da haben uns diese fünf Kerle überfallen und wollten mir Gewalt antun«, rief Kathleen rasch, da Jeremias noch zu benommen schien, um sprechen zu können.

»Das ist eine Lüge!«, behauptete der Mann mit dem gebrochenen Arm. »Sie wollte mit uns etwas machen, da ist dieser Verrückte dazwischengekommen und hat auf mich eingeprügelt.«

»Dieser Verrückte, wie er es nennt, ist mein Ehemann!«, rief Kathleen empört.

»Sträflinge haben keine Ehefrauen!«

»Maul halten und mitkommen!«, befahl der Korporal und wies in Richtung Stadt.

»Wir haben unsere Strafe verbüßt und sind freie Untertanen Seiner Majestät, des Königs, im Gegensatz zu dem da!« Der Kerl wies auf Jeremias, dessen linkes Auge langsam blau wurde und sich schloss.

»Ich sagte: Maul halten!«, schnauzte der Unteroffizier ihn an und zog seinen Säbel. »Und jetzt ohne Tritt marsch, sonst ...«

Er stach grinsend mit seinem Säbel in Richtung des Kerls, so dass diesem und seinen Kumpanen nichts anderes übrig blieb, als zu gehorchen.

Kathleen und Jeremias mussten ebenfalls mitkommen. Dabei stützte sie ihn und sah ihn mit leuchtenden Augen an. »Du bist so tapfer!«

»Du nicht weniger!«, antwortete er. »Diese Schurken waren zu fünft, doch zwei von ihnen sehen so aus, als wären sie selbst mit fünf Kerlen aneinandergeraten.«

Jeremias hatte zwar einiges abbekommen, spürte aber kaum Schmerzen, sondern eine riesige Erleichterung, weil Kathleen nun vor diesen Schurken in Sicherheit war. Dafür, so sagte er sich, hätte er selbst ein paar gebrochene Knochen hingenommen.

Das Paar und die fünf Kerle wurden zur Wache geschafft und hinter die Gitter von zwei verschiedenen Zellen gesperrt. Die beiden Verletzten jammerten, dass sie einen Arzt bräuchten. Gleichzeitig stießen sie und ihre Kumpane wüste Drohungen gegen Jeremias und Kathleen aus.

Es dauerte, bis ein Arzt kam, um die Verletzten zu versorgen. Besonders zart sprang dieser nicht mit ihnen um. Auch Jeremias bekam das zu spüren, als der Arzt schließlich auch ihn behandelte. Das Tonikum, mit dem dieser seine Abschürfungen einrieb, brannte wie Feuer, und ihm traten die Tränen in die Augen. Kathleens Arm, der ihn sanft umfing, ihre lieben Worte und der bewundernde Blick, mit dem sie ihn anschaute, entschädigten ihn aber reichlich.

Schließlich erschien ein Beamter. Es war Watson, der Mann, mit dem Reverend Haley sich beinahe gestritten hatte, um Kathleen und Jeremias bei sich aufnehmen zu können.

Dieser betrachtete die beiden, musterte dann die fünf Kerle und fragte dann: »Weshalb seid ihr aneinandergeraten?«

»Der Kerl dort ist auf uns losgegangen, als seine Frau mit uns gehen wollte«, behauptete der Anführer, dessen Arm mittlerweile geschient war.

»Das ist eine Lüge! Wir waren vor der Stadt, um in Reverend Haleys Auftrag Holz zu sammeln. Da haben uns diese fünf Schurken überfallen und wollten mir Gewalt antun. Mein Mann und ich haben uns nur verteidigt«, antwortete Kathleen heftig.

»Genauso war es!«, stimmte Jeremias ihr zu.

Der Beamte musterte die beiden Verletzten und verzog das Gesicht. »Wie es aussieht, habt ihr das nach Kräften getan.«

»Sir, wenn eine solche Übermacht auf einen losgeht und gleichzeitig eine solche Schandtat vorhat wie diese, dann wehrt man sich mit aller Kraft!«, erklärte Jeremias.

Watson nickte unwillkürlich. Er hatte Kathleen und Jeremias bei ihrer Ankunft erlebt und nicht den Eindruck gewonnen, als wäre Erstere eine Frau, die bereitwillig mit fünf zerlumpten Kerlen ins Gebüsch gehen würde. Zudem kannte er diese Ganoven. Auch wenn die Männer ihre Strafe mittlerweile abgebüßt hatten, traute er ihnen nicht über den Weg.

»Ich hatte dich letztens gewarnt, O'Bannion!«, sagte er zu dem Mann mit dem gebrochenen Arm. »Wenn du noch einmal Unsinn machst, kommst du in die Strafkolonie nach Tasmanien. Jetzt wird es wohl so sein. Deine Kumpane werden dich begleiten. Und ob die beiden auch nach Tasmanien kommen, muss ich mir noch überlegen.«

»Das können Sie nicht tun! Wir sind frei! Wir haben unsere Strafe abgesessen!«, brüllte der Mann.

»Überfall auf die Bediensteten des Reverends, versuchte Notzucht an seiner Magd. Das reicht aus, um euch für die nächsten zwanzig Jahre nach Tasmanien zu bringen!«, antwortete der Beamte kalt. Es zählte zu Watsons Pflichten, Recht und Ordnung in der Kolonie zu wahren, und das war keine einfache Aufgabe. Die Männer, die hierhergebracht wurden, waren teilweise Schwerverbrecher und wurden auch durch die Zwangsarbeit, die sie hier leisten mussten, nicht gezähmt. Daher hielt er es für an der Zeit, wieder einmal ein Exempel zu statuieren.

»Auf nach Tasmanien!«, sagte er zu den fünf Kerlen und wandte sich dann Kathleen und Jeremias zu. »Was euch betrifft: Sollte Reverend Haley für euch bürgen, könnt ihr das Gefängnis verlassen. Wenn nicht, kommt auch ihr in ein Sträflingslager.«

5.

Die nächsten Stunden saßen Kathleen und Jeremias wie auf glühenden Kohlen. In der anderen Zelle tobten und schrien und fluchten die fünf Kerle und drohten ihnen alles Schlimme an. Für die beiden war es eine Qual, da sie Angst hatten, vielleicht auf demselben Schiff wie diese Schurken nach Tasmanien geschafft zu werden.

Am Abend erschien schließlich Reverend Haleys Magd Sara und musterte die fünf Männer voller Abscheu, bevor sie sich Kathleen und Jeremias zuwandte.

»Ihr habt diesen Schuften ja ganz schön zugesetzt. Dabei seht ihr so harmlos aus. Der Reverend hat lange mit sich gerungen, ob er euch behalten soll. Aber da nicht ihr diese Lumpen angegriffen habt, sondern diese euch, wärt ihr damit zu Unrecht gestraft worden. Daher dürft ihr in den Diensten des Reverends bleiben. Ich hoffe, ihr erweist euch dieser Nachsicht als würdig.«

»Das werden wir gewiss!«, versprach Jeremias, dem in diesem Augenblick ein halbes Felsengebirge vom Herzen fiel.

Die Kerle in der anderen Zelle tobten vor Wut. Ohne sich davon beirren zu lassen, öffnete der Korporal Kathleens und Jeremias' Zelle und ließ sie heraus.

»Seht zu, dass ihr so schnell nicht mehr hier hereingeratet!«, riet er ihnen und zwinkerte dann Jeremias zu. »Für eine Frau wie die Ihre würde ich mich auch mit fünf Kerlen herumschlagen!«

»Wenn es nötig ist, werde ich es wieder tun«, antwortete Jeremias und folgte mit Kathleen zusammen Sara zum Haus des Reverends.

Dieser empfing sie mit gefurchter Stirn, doch sein strafender Ausdruck verlor sich, als er Jeremias' übel zugerichtetes Gesicht erblickte.

»Du siehst schlimm aus!«, sagte er. »Da sei es dir verziehen, dass du einem Mann den Arm gebrochen und einem anderen die Nase zerschlagen und sämtliche Zähne ausgeschlagen hast!«

»Es waren nicht sämtliche Zähne, sondern nur zwei oder drei«, widersprach Kathleen. »Außerdem hat dies nicht mein Mann getan, sondern ich, um ihm beizustehen, als diese üblen Kerle über ihn hergefallen sind, nur weil er mich vor ihnen beschützen wollte.«

»Ein Mann, der auch nur einen Funken Ehre im Leib hat, wird sein Weib, seine Kinder und sein Haus gegen alles und jeden verteidigen«, erklärte Haley und wies auf die Tür zur Waschkammer. »Sorge dafür, dass die Verletzungen deines Mannes richtig versorgt werden. Danach könnt ihr mit uns zu Abend essen und zu Bett gehen. Es war ein aufregender Tag für euch.«

»Das war er in der Tat«, entfuhr es Jeremias.

»Morgen früh werdet ihr das Holz holen, das ihr vor der Stadt liegen gelassen habt. Falls jemand es vom Satan verführt bereits an sich genommen hat, um es selbst zu verwenden, holt ihr neues«, wies der Reverend die beiden an.

»Das werden wir!«, versprach Jeremias und schlug den Weg zur Waschkammer ein.

Kathleen folgte ihm. Bis jetzt hatten sie es vermieden, diese gemeinsam zu benutzen. Nun aber streifte Jeremias mit Kathleens Hilfe sein Hemd ab, und sie sah die vielen Blutergüsse, die er sich durch die Schläge dieser feigen Kerle zugezogen hatte.

»Bei Gott, sieht das schlimm aus!«, rief sie entsetzt.

»So wild ist es nicht«, antwortete Jeremias und stöhnte im nächsten Augenblick auf, da Kathleen mit einem feuchten Lappen seinen Oberkörper wusch und danach die Verletzungen mit Salbe zu bestreichen begann.

»Tut es weh?«, fragte sie erschrocken.

Jeremias schüttelte den Kopf. »Es ist nicht der Rede wert! Mach ruhig weiter. Deine Salbe tut gut!« Jeremias hätte diesen Augenblick um nichts in der Welt eintauschen mögen.

»Ich bin so froh, dass es für uns glimpflich ausgegangen ist«, erklärte er.

»Du warst so tapfer!«

»Du aber auch!«, versicherte Jeremias ihr und hätte sie am liebsten in die Arme genommen und geküsst.

Als sie seine Schrunden mit Salbe versorgt hatte, fühlte er eine gewisse Enttäuschung, weil ihre Hände ihn nicht mehr berührten.

»Was ist mit deinen Beinen? Dort sind gewiss auch blaue Flecken. Diese Kerle haben dich übel getreten«, erklärte Kathleen und öffnete seinen Hosengurt. »Hier sind zwei Stellen«, sagte sie und machte sich daran, auch diese zu versorgen. Obwohl sie es als barmherzige Samariterin tat und nicht aus einem Verlangen heraus, wagte sie einen Blick zu einer gewissen Stelle. Obwohl er die Hände davorhielt, bemerkte sie, dass dort etwas wuchs.

Kathleen atmete tief durch, zog dann seine Hose wieder nach oben und verschloss sie. »Komm! Wir wollen Reverend Haley nicht warten lassen. Ich werde mich waschen, wenn wir gegessen haben. Danach sollten wir zu Bett gehen.«

Sie klang ein wenig enttäuscht. Nachdem Jeremias sie so tapfer verteidigt hatte, war sie bereit, sich ihm ganz zu schenken. Doch so, wie die Kerle ihn zugerichtet hatten, würde es wohl ein paar Tage dauern, bis er dazu fähig war.

Jeremias zog sein Hemd an, stopfte es in die Hose und verließ die Waschkammer. In der Küche hatte Sara bereits den Tisch gedeckt. Der Reverend dankte Gott im Gebet für das Mahl, und alle griffen zu. Niemand sprach, doch ruhte der Blick der Pfarrersfrau anerkennend auf Jeremias. Er hatte sich als Mann erwiesen, wie eine Frau ihn sich nur erträumen konnte.

Dies fand auch Kathleen. Nachdem sie ihr Kämmerchen betreten und sich für die Nacht fertig gemacht hatten, drehte sie sich zu Jeremias um, legte die Arme um ihn und küsste ihn. Danach atmete sie tief durch und sah ihn mit einer Miene an, die ihm wie die eines Engels erschien. »Der heutige Tag hat uns bewiesen, wie schmal der Grat zwischen Glück und Unglück ist. Beinahe wäre ich das Opfer dieser üblen Kerle geworden. Der erste Mann, der mir beiwohnen darf, soll jedoch der Mann sein, den ich liebe. Und das bist du!«

»Du willst dich mir ganz schenken?« Jeremias hatte sich bislang nur mit Mühe zurückgehalten. Nun aber schloss er sie in die Arme und bedeckte ihren Mund und ihr Gesicht mit Küssen. Kühn geworden, zog er ihr das Hemd aus und sah sie in ihrer völligen Nacktheit vor sich.

»Du bist vollkommen!«, flüsterte er und berührte vorsichtig ihre Brüste.

»Willst du es noch heute tun?«, fragte Kathleen und fand, dass es wahrlich an der Zeit war, so Mann und Frau zu sein, wie Adam und Eva es gewesen waren.

»Wenn du es ebenfalls wünschst, würde es mich glücklich machen«, antwortete Jeremias und hob sie, als sie leicht errötend nickte, vorsichtig ins Bett. Auch wenn ihn die eine oder andere Stelle seines Körpers noch schmerzte, wollte er dieses Geschenk annehmen und sich seiner würdig erweisen.

6.

Ruth nickte zufrieden, als David ihr den Breitengrad nannte, den er gemessen hatte, denn sie war zum selben Ergebnis gekommen. »Wir sind noch immer auf Kurs.«

»Kannst du sagen, wie weit wir schon gekommen sind?«, wollte ihr Bruder wissen.

»Wenn ich mich nicht verrechnet habe, müssten wir den hundertsten Grad östliche Länge vor ein paar Tagen überschritten haben. Allerdings bezweifelt Arenui, dass wir wirklich so schnell segeln, wie es scheint«, antwortete Ruth.

»Arenui hat ein sehr gutes Gespür für das Meer!« David blickte auf das Wasser hinaus, das die *Poerava* in schier endloser Weite umgab. »Laut dem letzten Log machen wir mehr als neun Knoten Fahrt«, setzte er zweifelnd hinzu.

»Wenn wir, wie Arenui glaubt, gegen eine Meeresströmung segeln, sind es weit weniger. Das kann Probleme bei unserer Versorgung mit Wasser und Nahrungsvorräten machen!« Ruth starrte auf das Meer, als könnte sie dessen Strömung zwingen, so zu fließen, wie sie es brauchte.

Arenui trat zu den beiden und wies nach Südwesten. Als Ruth dorthin sah, fühlte sie angesichts der schwarzen Wolkenwand, die sich dort innerhalb kürzester Zeit aufgetürmt hatte, ein leichtes Grauen. Das verhieß nichts Gutes.

»James hat erzählt, dass die Stürme in diesen Breiten von besonderer Wucht sein sollen. Wenn dieser Sturm aufzieht, würde er uns auch noch entgegenstehen und uns sogar wieder ostwärts verschlagen.« Sie trat zum Ruder, das Arenuis Stellvertreter führte, und blickte auf den Kompass. Laut Anzeige segelten sie genau auf westlichen Kurs.

»Wir laufen nordwärts ab!«, sagte sie kurz entschlossen. »Ich wollte es sowieso bald tun, um Afrika nicht zu verpassen. Jetzt versuchen wir auf diese Weise, dem Sturm zu entkommen.«

»Das ist eine weise Entscheidung«, erklärte Arenui. »Mit etwas Glück können wir dem Sturm ausweichen. Außerdem wird es weiter im Norden etwas wärmer sein.«

Obwohl sich der südliche Sommer seinem Höhepunkt näherte, waren die Temperaturen für die von der Sonne verwöhnten Tahitianer ungewohnt niedrig. Zwei Matrosen hatten sich bereits eine üble Erkältung zugezogen. Doch gerade die Mittel, um diese richtig behandeln zu können, fehlten in Ruths Medikamentenkiste.

»Steuere Nordwest!«, sagte sie zu dem Rudergänger und befahl den Matrosen, die Segel so zu trimmen, dass die *Poerava* optimal Fahrt machte.

Während der nächsten Stunden blickte Ruth immer wieder nach Südwesten. Nun war deutlich zu erkennen, dass sich dort ein Sturm zusammenbraute, der alles übertraf, was sie bis jetzt erlebt hatte.

»Oh Gott, lass ihn nicht in unsere Richtung ziehen!«, flehte sie mit bleichen Lippen.

Zunächst sah es jedoch nicht so aus, als würde ihr Flehen erhört. Erste Böen trafen das Schiff und zwangen sie, die Segelfläche zu verkleinern. Da der Wind mal von der einen und dann wieder von einer anderen Seite blies, mussten sie die Segel immer wieder neu trimmen, um das Schiff in Fahrt zu halten. An Pausen und Schlaf war auch in der Nacht nicht zu denken. Zudem erhellten Blitze den Himmel, und die Donnerschläge brachten das Schiff zum Vibrieren.

Gegen Mitternacht wurde es noch schlimmer. Sie mussten in aller Eile die meisten Segel reffen, da sonst die Rahen des Hauptmasts gebrochen wären. Kurz vor dem Morgengrauen flaute der Sturm ein wenig ab. Dafür wurde der Regen noch stärker. Sofort rief Aipua alle, die dazu in der Lage waren, an Deck und begann mit ihnen, Matten und Segeltuch aufzuspannen, um das reichlich fallende Regenwasser aufzufangen und in Kalebassen zu füllen.

Eine nach der anderen wurde nach unten gereicht, der Inhalt in die Fässer gegossen und die Gefäße wieder nach oben gebracht, um weiteres Wasser mit ihnen aufzufangen.

Ruth wollte mithelfen, da klopfte Aipua ihr leicht gegen den Bauch. »Du bist hochschwanger und musst dich ausruhen, sonst schadest du dem Kind. Oder soll es dir wieder so gehen wie damals auf Hiva Oa?«

Der Hinweis verfing. Ruth erinnerte sich daran, wie sie ihr noch ungeborenes Kind aufgrund der für das dortige Klima unpassenden Kleidung verloren hatte.

»Macht ihr weiter. Ich …«

»Du wirst dich jetzt ins Bett legen! Vaimiti, Lu Yi, ihr bringt Madam nach unten und lasst sie nicht aus ihrer Kajüte«, rief Aipua den beiden zu.

Ehe Ruth sichs versah, wurde sie unter den Armen gefasst und zum Niedergang gebracht. Vaimiti und Lu Yi führten sie vorsichtig unter Deck und weiter in ihre Kajüte. Dort zogen sie ihr die nassen Sachen aus, frottierten sie von oben bis unten und steckten sie, nachdem sie ihr ein frisches Nachthemd übergezogen hatten, ins Bett.

Ruth nahm an, dass sie bei den heftigen Bewegungen des Schiffes, dem Heulen des Sturms in den Wanten und dem prasselnden Regen nicht einschlafen konnte. Doch ehe sie sichs versah, wurde sie von ihrer Erschöpfung überwältigt und dämmerte weg.

7.

Als Ruth am nächsten Morgen erwachte und an Deck stieg, war von dem Sturm nichts mehr zu spüren. Die Segel der *Poerava* wölbten sich unter einer guten Brise, und sie konnte am Kompass erkennen, dass sie zwei Strich nördlicher als westlich segelten.

»Guten Morgen, Ruth!« David trat zu ihr, fröhlich und munter, als hätte er nicht die halbe Nacht hart gearbeitet, um dem Sturm zu trotzen und Wasser einzufangen.

»Guten Morgen!«, antwortete Ruth und blickte unverwandt auf das Meer, das auf Hunderte von Meilen weder eine Küste noch eine Insel aufwies.

»Arenui glaubt, dass wir jetzt schneller segeln als in den letzten Tagen, auch wenn unser Log das Gegenteil zu behaupten scheint. Wie es aussieht, sind wir in eine Westströmung geraten, die uns vorwärtsträgt. Dazu bläst der Wind in eine Richtung, die uns die Segel füllt. Wir können also hoffen, Afrika bald zu erreichen.«

»Gibt es Schäden?«, fragte Ruth, da ihr diese Frage nach dem gestrigen Sturm wichtiger erschien als das noch ferne Afrika.

David schüttelte den Kopf. »Nein! Die *Poerava* ist ein ausgezeichnetes Schiff. Mit ihr werden wir bis Hamburg kommen.«

»Dort werde ich sie aufs Trockene legen und den Muschelbewuchs abkratzen lassen. Außerdem soll sie einen Kupferbeschlag erhalten«, erklärte Ruth.

»Jeremias wird sich sehr für die *Schwarze Perle* interessieren«, erwiderte David. »Immerhin kommen Schiffe mit einer solchen Beseglung mit weniger Mann Besatzung aus und sind leichter zu steuern. Das wäre für die Ostsee ideal!«

Aipua trat zu ihnen. »Du bist genauso wie deine Schwester. Die denkt auch schon an übermorgen, obwohl der heutige Tag gerade erst begonnen hat.«

»Man muss an die Zukunft denken«, antwortete David.

»Trotzdem darf man den Augenblick, in dem man lebt, nicht vergessen.« Sie wandte sich an Ruth. »Das Schiff fährt gut, und David und Arenui kommen damit zurecht. Deshalb wirst du jetzt nach unten gehen und frühstücken. Danach kannst du wieder an Deck kommen, wirst dich aber in diesen Stuhl dort setzen und an nichts anderes denken als an das Kleine, das in dir wächst. Es ist im Augenblick das Wichtigste für dich.«

Aipua klang streng, denn für ihr Gefühl achtete Ruth zu wenig auf sich selbst und das Kind. Auch wenn sie die Kommandantin des Schiffes war, konnte sie vieles ihrem Bruder und Arenui überlassen.

»Also gut, du Quälgeist! Ich gehe nach unten. Ist Jan schon wach?«, fragte Ruth.

»Das ist er, und er würde gerne mit seiner Mutter zusammen frühstücken. Auch das ist wichtig, damit er weiß, dass er nicht durch das baldige Geschwisterchen aus deinem Herzen verdrängt wird.« Diesmal lächelte Aipua, doch es war ihr Ernst damit. In dem Bestreben, all ihre Pflichten zu erfüllen, vergaß Ruth manchmal Dinge, die nicht weniger wichtig waren.

»Dann übernimmst du die Wache!«, forderte Ruth ihren Bruder auf.

Dieser zog eine Bootsmannspfeife aus der Tasche und entlockte ihr einen schaurigen Ton. »Kapitän geht unter Deck!«

»Du solltest das Ding ölen. So klingt es verflucht eingerostet«, spottete Ruth und folgte Aipua nach unten.

Mittlerweile fiel es ihr nicht mehr so leicht, den Niedergang zu benutzen, doch Arenui hatte ein Seil spannen lassen, an dem sie sich festhalten konnte. Außerdem wartete Lu Yi unten, um sie aufzufangen, wenn sie fallen sollte.

Ruth fragte sich amüsiert, wie die kleine Chinesin dies bewältigen wollte. Yi war um mehr als einen Kopf kleiner als sie und wog gewiss kaum die Hälfte. Da sie selbst im Lauf der Schwangerschaft an Gewicht zugelegt hatte, war es wahrscheinlich noch weniger.

In ihrer Kabine wartete ein ausgezeichnetes Frühstück auf sie. Es gab Spiegeleier, Tee, Popoi aus Brotfruchtmehl und Kekse, die Maire gebacken hatte.

»Zu Mittag gibt es ein zartes Hähnchen«, erklärte die Köchin mit einem nachsichtigen Blick auf Jan, der mit dem Frühstück nicht hatte warten können, bis die Mutter erschienen war, und eben seine Portion Popoi mit Appetit verschlang.

»Wie sieht es mit unseren Vorräten aus?«, fragte Ruth.

»Nach dem gestrigen Regen sind unsere Wasserfässer wieder voll. Die Hühner legen brav Eier, die Ziegen geben Milch, und in den nächsten Tagen wird eine von ihnen zickeln.«

»Was wird sie?«, fragte Ruth verwundert.

»Zickeln! Ein Junges bekommen. Bei Kühen sagt man doch auch kalben und bei Pferden fohlen«, antwortete Maire.

»Ich wusste nicht, dass man das bei den Ziegen so nennt«, meinte Ruth mit einem Augenzwinkern, um dann die nächste Frage zu stellen. »Wie ist es mit dem Futter für die Tiere?«

»Das reicht noch für einige Wochen. Und nun sollte Madam frühstücken!«

Ruth fand, dass Maire mittlerweile eine ähnliche Tyrannin geworden war wie Aipua. Doch auch Vaimiti und sogar Lu Yi legten ein ähnliches Verhalten an den Tag. »Am liebsten würden mich alle in mein Bett stecken und erst wieder herauslassen, wenn das Kleine zur Welt gekommen ist«, murmelte sie, doch dann war der Duft der Spiegeleier zu verführerisch, um ihm widerstehen zu können.

»Möchtest du etwas davon?«, fragte sie Jan.

Der Junge hatte zwar bereits ein eigenes Spiegelei verputzt, nickte aber und lachte seine Mutter fröhlich an, als sie ihm ein Drittel ihrer Portion auf den Teller legte.

8.

Der von Ruth wegen des Sturms befohlene Kurswechsel erwies sich als Glücksgriff, denn die *Poerava* kam rasch voran. Sie hatten den größten Teil des Indischen Ozeans durchmessen, und David glaubte bereits, die Küste Afrikas in der Ferne zu erkennen. Daher hofften alle an Bord, bald Kapstadt zu erreichen und dort an Land gehen zu können.

Auch Ruth bemerkte, wie die Zeit fortschritt. Sie war in den letzten Wochen immer schwerfälliger geworden, und mittlerweile war es ihr nicht mehr möglich, sich so wie noch zu Beginn der Reise ans Ruder zu stellen. Ihre Mannschaft war jedoch durch die lange Fahrt eingespielt, und sie hätte nicht einmal mehr den Kurs vorgeben müssen, da David und Arenui lange über den Seekarten gegrübelt hatten und zu wissen glaubten, wie sie segeln mussten, um das Nadelkap und das dahinter liegende Kap der Guten Hoffnung zu umsegeln.

Wenn sie ehrlich war, genoss Ruth die Fürsorge, die ihre Trabantinnen ihr zukommen ließen. Bei schönem Wetter saß sie in einem Korbsessel an Deck, wurde von einem kleinen Baldachin vor den Strahlen der Sonne geschützt und ließ sich verwöhnen. Es war eine ganz andere Reise als damals, als sie mit Hinrich zusammen auf der *Hesione* in die Gegenrichtung gesegelt war.

Aipua kam mit Heirani auf dem Arm und Vaimiti im Gefolge zu ihr. »Es ist die Küste!«, sagte sie. »Laut David werden wir in Kürze den Kurs wechseln und in südwestlicher Richtung segeln, um einen Bogen zu schlagen, der uns nach Kapasata ...«

»Kapstadt«, korrigierte Ruth ihre Freundin.

»Auf jeden Fall dorthin führt. David schätzt, in drei Tagen werden wir es erreichen.«

»Wenn der Wind mit uns ist«, schränkte Ruth ein.

»Warum sollte er es nicht sein?«, fragte Aipua strahlend und reichte ihre Tochter an Vaimiti weiter. Danach legte sie beide Hände auf Ruths Leib und schien in sie hineinzuhorchen. »In weniger als einem Monat wird dein Kind die Sonne sehen und Luft atmen wollen«, sagte sie nachdenklich. »Vielleicht sollten wir so lange in Kapasata bleiben.«

Ruth schüttelte den Kopf. »Mein Gefühl drängt mich, so rasch wie möglich nach Hamburg zu kommen.«

»Du bist immer so hurtig! Wenn es dir jedoch dein Herz sagt, solltest du darauf hören.«

»Afrika voraus!«, erklang da Davids Stimme.

Er hatte mit der Meldung warten wollen, bis er ganz sicher gewesen war, den Kontinent vor sich zu sehen und nicht nur eine vorgelagerte Insel.

Ruth erhob sich nun mit Aipuas Hilfe und trat zur Bordwand. Auch Jan kam, um zu schauen, hielt sich aber, so wie es ihm befohlen worden war, an ihrem Kleid fest. Außerdem war Lu Yi bei ihm und ließ ihn nicht aus den Augen.

»Das ist Afrika, mein Kleiner«, sagte Ruth zu Jan.

»Ist es größer als Tahiti?«, fragte er, da die Küste etwas weiter im Süden zurückwich, sich nach Norden aber schier endlos bis zum Horizont erstreckte.

»Ein wenig größer ist es«, sagte David, der sich zu ihnen gesellt hatte und den kleinen Mann auf den Arm nahm, damit er richtig schauen konnte.

»Afrika!«, rief Ruth und atmete tief durch.

Damit lag mehr als die Hälfte der Reise hinter ihnen. Den Rest werden wir wohl auch noch schaffen, dachte sie, als sie zu ihrem Sessel zurückkehrte und sich wieder setzte. Eigentlich wollte sie nur die Augen schließen, um ein wenig nachdenken zu können. Doch als Aipua kurz darauf zu Ruth trat, sah sie, dass diese eingeschlafen war und ihrem sanften Gesichtsausdruck nach von etwas Schönem träumte.

9.

Wie von David vorhergesagt liefen sie zwei Tage später in den Hafen von Kapstadt ein. Die Ankunft ihres Schiffes unter einer den englischen Behörden unbekannten Flagge verwirrte die Hafenbeamten. Das Erstaunen wurde noch größer, als ein Beamter an Bord kam und dort nur zwei Weiße vorfand, zum einen eine hochschwangere Frau und zum anderen einen sechzehnjährigen Knaben. Dafür zählte er siebenundzwanzig Tahitianer, darunter vier Frauen und zwei Chinesinnen.

»Sie sind die Eignerin dieses Schiffes?«, fragte der Beamte und starrte Ruth ungläubig an.

Sie hatte ihn in ihrem Sessel an Deck empfangen und sah ihm herausfordernd ins Gesicht. »Hier sind meine Papiere, ausgestellt in der Kanzlei Ihrer Majestät, der Königin von Tahiti! Als Nächstes ist hier ein Schreiben von George Pritchard, dem Leiter der dortigen Missionsgesellschaft, und als weiteres eine beglaubigte Urkunde der Handelsstation auf Tahiti, dass die *Poerava* mir gehört.«

Ruth ließ sich von Vaimiti die einzelnen Blätter geben und reichte sie dem Beamten. Dieser prüfte sie genau, trug einiges in sein Heft ein und musterte dann das Schiff. »Aus welchem Grund haben Sie Kapstadt angelaufen?«, fragte er mit vorgeschobenem Kinn, so als sei dies eine Straftat.

»Weil es auf meinem Weg lag«, antwortete Ruth freundlich. »Ich will hier Wasser und frische Vorräte an Bord nehmen.«

»Haben Sie die Absicht, Handel zu treiben und dazu Waren an Land zu bringen, die zu verzollen sind?«, fragte der Beamte weiter.

»Diese Absicht habe ich nicht! Ich gedenke vielleicht, ein paar Kleinigkeiten zu erwerben. Der Grund unseres Kommens ist in allererster Linie, frischen Proviant aufzunehmen, um weitersegeln zu können.«

»Wohin wollen Sie segeln?«, verhörte der Beamte sie weiter.

»Wohin wohl? Nach England!« Ruth lächelte noch immer, obwohl sie den Kerl ans andere Ende der Welt wünschte. Oder besser nicht, fiel ihr ein. Da war er vielleicht zu nahe an Tahiti und hätte dort ein schönes Leben, das sie ihm aber nicht gönnte.

»Nach England also!« Der Beamte studierte noch einmal alle Papiere und akzeptierte schließlich George Pritchards Schreiben, dass sie die Ehefrau eines gewissen James Edward Hutton, Engländer, sei. Er forderte eine nicht zu hohe Summe als Steuer und Liegegebühr und ging von Bord.

»Ich wünschte, sein Boot würde auf dem Weg zum Strand sinken und ihn die Haie fressen«, sagte Ruth kopfschüttelnd und wies dann Arenui an, das mitgeführte Kanu zu Wasser zu lassen. »Ich werde an Land gehen und zusehen, was ich an Vorräten kaufen kann«, setzte sie hinzu.

»Du wirst mit mir zusammen an Land gehen, dich irgendwo hinsetzen und etwas trinken, während ich die Lebensmittel und das Futter für unsere Tiere besorge«, erklärte Aipua resolut. Am liebsten hätte sie Ruth gebeten, an Bord zu bleiben, doch nach den Wochen auf See hatte diese ein Anrecht darauf, sich ein wenig umzusehen.

»Du fragst mich, wenn du etwas nicht verstehst«, forderte Ruth sie auf.

Aipua nickte, hatte aber längst mit David vereinbart, dass dieser mit ihr gehen und sie bei den Verhandlungen mit den Händlern unterstützen sollte. Ruth würde sie nur dann in Anspruch nehmen, wenn sie beide nicht weiterkamen.

Unterdessen meldete Arenui, dass das Beiboot bereitläge. Ruth trat zur Bordwand und sah, dass ein Bootsmannsstuhl für sie vorbereitet worden war. Auf ihrer Reise in die Südsee hatte sie sich geärgert, weil Hinrich darauf bestanden hatte, dass sie so ein Ding benützte, anstatt die Jakobsleiter hinabzusteigen. Nun war sie froh um diese Hilfe. So schwerfällig, wie sie mittlerweile geworden war, hätte sie die Jakobsleiter nicht bewältigt.

Aipua, Vaimiti und David kamen mit, und schließlich wurden ihnen auch Jan und Heirani heruntergereicht. Aipuas Tochter war während der Fahrt ein ganzes Stück gewachsen und begann, auf den eigenen Beinchen herumzulaufen. Um zu verhindern, dass sie ihrer Mutter oder ihren Wärterinnen entkommen konnte, wurde sie an Bord mit einer Leine an einen Mast gebunden. So konnte sie herumkrabbeln, wie sie wollte, und war zudem immer unter Aufsicht.

Als sie zum Strand paddelten, wurde ihr eigenartiges Gefährt mit dem Ausleger an der einen Seite von etlichen Schaulustigen bestaunt. Auch die hochgewachsenen Tahitianer erregten Aufmerksamkeit, ebenso wie Aipua, die die bereits hochgewachsene Ruth noch einmal um eine Handbreit überragte.

Es zeigte sich bald, dass diese Größe von Vorteil war, denn als sie mit den Händlern zu feilschen begann, wagte es keiner, sie zu betrügen. Ruth saß in der Zwischenzeit auf einem Stuhl vor einem Gasthof, hatte Vaimiti neben sich, die auf Jan und Heirani achtgab, und trank einen Becher schal schmeckenden Bieres. Auch das Essen, das man ihr auftrug, entsprach nicht ihren Erwartungen.

»Ich bin wohl zu sehr von Maire und Aipua verwöhnt worden«, sagte sie, während sie das übermäßig gekochte Gemüse verzehrte. Das Fleisch, das man ihr vorsetzte, war innen noch blutig, und so brachte sie es kaum über die Lippen.

»Als ich das letzte Mal in Kapstadt war, hat es mir besser geschmeckt«, sagte sie zu Vaimiti. »Allerdings lag der Gasthof nicht so nahe beim Hafen, sondern einen Spaziergang weit vom Ufer entfernt. Ich war mit Hinrich dort, und es war sehr schön!« Eine Träne rann ihr über die Wange, und sie bedauerte, dass sie diesen Augenblick nicht mit James teilen konnte.

»Möchtest du dorthin gehen?«, fragte Vaimiti, die ihren Teller kaum angerührt hatte.

Ruth fand, dass sie nach der Zeit auf dem Schiff Lust auf einen Spaziergang hatte, und stand auf. Dabei musste sie sich in Erinnerung rufen, dass man in einer zu England gehörenden Stadt für das, was man verzehrte, auch zu bezahlen hatte. Anschließend schlenderten

Vaimiti und sie die Straße entlang. Während Heirani von Vaimiti getragen wurde, lief Jan neben ihnen her und sah sich staunend um. Da entdeckte er mehrere in einen Pferch gesperrte Strauße.

»Mama, schau mal! Sind das große Hühner!«, rief er und rannte auf den Pferch zu. Bevor er jedoch hineinklettern konnte, hatte Vaimiti ihn erwischt und hielt ihn am Hosenboden fest.

»Das sind keine Hühner, mein Sohn, das sind Strauße«, erklärte Ruth.

»Nehmen wir ein paar davon mit?«, fragte er.

»Die sind zu groß für unsere Käfige!«, antwortete Ruth.

»Ich will eine Feder haben!«, bettelte Jan.

Ruth erinnerte sich daran, wie Hinrich und sie auf ihrer Reise in die Südsee hier in Kapstadt Straußenfedern bewundert hatten, und lachte. »Du bekommst deine Feder, Jan. Wir kaufen sogar mehr als eine, denn ich glaube, die können wir in Hamburg mit gutem Gewinn an den Mann bringen.«

Nachdem Ruth sich erst einmal entschlossen hatte, Straußenfedern zu erwerben, blieb es nicht bei diesem Kauf, und da war es gut, dass Lu Yi ihnen zu Hilfe kam und die Waren, die sie erstand, zum Kanu trug.

Zuletzt kamen sie tatsächlich noch zu dem Gasthof, in dem Ruth damals mit Hinrich gegessen hatte, und hier schmeckte es ihnen. Jan verzehrte mit Begeisterung sein Stück Hühnerstrauß, musste aber zu seinem Leidwesen erfahren, dass es keinen frischen Kokossaft gab.

Die dunkelhäutige Wirtin hörte fasziniert zu, wie der Dreikäsehoch problemlos vom Englischen ins Deutsche und in die Sprache von Tahiti wechselte und dann auch noch versuchte, ein paar der Worte auszusprechen, die er von ihr und ihren Schankknechten aufgeschnappt hatte. Er wollte auch deren Bedeutung erfahren, und so versammelten sich schließlich einige Gäste um die Gruppe und hatten ihre Freude an dem aufgeweckten Jungen.

David schaute einmal nach ihnen, war aber froh, als er seine Schwester beschäftigt sah und Aipua und er ihre Einkäufe in Ruhe weiter tätigen konnten.

10.

So kurz der Aufenthalt in Kapstadt auch gewesen war, er hatte der Stimmung an Bord gutgetan. Zwar hatte Aipua nicht alles bekommen, was sie gerne besorgt hätte. Es war jedoch genug, um weiterhin schmackhafte Mahlzeiten auf den Tisch zu bringen. Auch die Tiere gewöhnten sich an das andere Futter, und so erhielt Ruth stets ihr Frühstücksei und einen Becher Ziegenmilch zum Frühstück.

Kapstadt hatte auch die Erinnerung an Hinrich wachgerufen und an die schönen Zeiten, die sie miteinander verbracht hatten. In den nächsten Tagen sprach Ruth mit Aipua öfter darüber, und sie erinnerten sich gemeinsam an Hiva Oa. Aipua brachte die Sprache auch immer wieder auf James, damit Ruth über ihre Gedanken an ihren ersten Ehemann nicht ihren zweiten vergaß. Sie umsorgte die Schwangere auf eine Weise, die Vaimiti und Lu Yi, die es als ihr Privileg ansahen, Ruth bedienen zu dürfen, eifersüchtig werden ließ.

Ruth beriet sich mit David und Arenui über den besten Kurs nach Europa. Sie mussten nach Möglichkeit jene Teile des Atlantiks meiden, bei denen der Wind zu sehr in die falsche Richtung blies oder die dafür bekannt waren, dass er länger ausblieb. Die *Poerava* war jedoch ein schnelles und wendiges Schiff, das auch beim Kreuzen gegen den Wind gut vorankam.

Eines Tages stürmte David, den Sextanten noch in der Hand, in Ruths Kabine. »Wenn ich mich nicht sehr täusche, haben wir den Äquator erreicht!«, rief er begeistert.

Ruth, die unter der hier herrschenden Hitze litt, quälte sich hoch und bat Aipua und Vaimiti, ihr an Deck zu helfen.

»Das solltest du nicht tun«, bat David. »Die Sonne brennt wirklich sehr stark.«

»Ich will auch nicht lange oben bleiben, sondern nur das Besteck nehmen!« Ruth ließ sich nicht aufhalten, sondern stieg keuchend nach oben und forderte ihren Bruder auf, ihr den Sextanten zu reichen. Als sie den Sonnenstand maß und die Breite berechnete, atmete sie erleichtert durch.

»Nach meiner Messung haben wir den zweiten Grad nördlicher Breite erreicht!« Dann suchte ihr Blick Aipua. »Noch ist es nicht zu erkennen. Doch wenn wir weiter nach Norden segeln, werdet ihr die Sonne im Süden sehen, und nicht im Norden, wie ihr es von Tahiti gewohnt seid!«

»Wie kann das sein?«, fragte Aipua.

Ruth versuchte, es ihr zu erklären, doch erst, als David zwei Kokosnüsse holte und ihr vorführte, wie Sonne und Erde zueinander standen, begriff sie es halbwegs. Es herrschte eine ausgelassene Stimmung, und mitten in die Fröhlichkeit hinein griff Ruth sich an den Leib. Ein kurzer, heftiger Schmerz war zu spüren, und sie blickte Aipua Hilfe suchend an.

»Ich glaube, ihr solltet mich wieder nach unten bringen!«

»Ist etwas?«, fragte ihre Freundin, sah dann, wie sich Ruths Gesicht erneut vor Schmerz verzerrte, und rief Vaimiti und Lu Yi zu sich.

»Madam muss in die Kajüte gebracht werden!«, sagte sie und reichte Heirani an David weiter.

»Kümmere dich um sie! Sollte ich nicht zurückkommen, übergib sie Maruata, damit diese ihr die Windeln wechseln kann.«

David begriff nicht so recht, was jetzt geschehen war, und sah verwirrt zu, wie Aipua Ruth mit Vaimitis und Lu Yis Unterstützung nach unten brachte.

Kaum lag Ruth im Bett, kamen die Wehen rasch hintereinander. Es blieb keine Zeit mehr, viel vorzubereiten, und so konnten alle nur hoffen, dass keine Komplikationen auftraten. Über eines war Aipua froh: Es war zwar heiß, doch das Meer um das Schiff herum war friedlich, und so segelte die *Poerava* ruhig dahin.

Um sich abzulenken, dachte Ruth an den Tag, an dem sie Jan geboren hatte. Dies war in einer großen, angenehmen Hütte geschehen, mit Noha'aia als erfahrener Hebamme und vielen Hanatea-Frauen, die dieser geholfen hatten. Hier lag sie in ihrer kleinen Kajüte, die gerade einmal Platz für Aipua und Lu Yi als deren Helferin bot. Vaimiti und Maire mussten vor der Tür bleiben, standen aber bereit, um Aipuas Anweisungen sofort auszuführen.

»›aita pe‹ ape'a! – Keine Sorge!«, versuchte Aipua, Ruth zu beruhigen.

»Es ist so heiß!«, stöhnte diese.

Sofort drehte Aipua sich zu ihren Helferinnen um. »Holt Wasser!« Dann stupste sie Lu Yi an. »Hilf mir, Madam zu entkleiden. Sobald das Wasser da ist, nimmst du dir einen Lappen, tauchst ihn ins Wasser und reibst Madam damit ab. Das kühlt!«

»Dann wird aber auch das Bett nass«, wandte Ruth ein.

»Das passiert bei der Geburt sowieso! Doch die Sonne brennt heiß auf das Deck, und da wird gleich alles wieder trocken«, antwortete Aipua und half ihr, aufzustehen, damit sie ihr Hemd ablegen konnte. Unterdessen war auch das Wasser da, und Lu Yi begann, Ruth mit einem feuchten Tuch abzureiben. Diese krümmte sich unter der nächsten Wehe.

»Ich wollte, es wäre bald vorbei«, stöhnte sie.

»Das wünschen sich alle Frauen, die Kinder zur Welt bringen. Ich habe es auch getan.«

Aipua lächelte Ruth zu. Bis jetzt ging alles gut. Dennoch hoffte sie, dass es schnell vorbei sein würde, denn in der warmen Kabine ermattete Ruth immer mehr, und sie brauchte doch alle Kraft für die Geburt.

An Bord war es ungewohnt still. Nur eine Ziege meckerte, und im Stall grunzte ein Schwein. David hatte sich Jans angenommen, während Maruata an Deck saß und die kleine Heirani wiegte. Zwar hielt Arenui, der am Ruder stand, den Kurs, doch auch er lauschte angespannt auf das, was unter Deck geschah.

Einige Zeit lang drangen nur Aipuas Anweisungen zu ihnen hoch. Irgendwann stieß Ruth einen Schrei aus, der alle zusammenzucken ließ. Nur wenige Augenblicke später vernahmen sie ein dünnes Stimmchen, das rasch an Lautstärke gewann und langsam wieder verstummte.

Bevor David oder einer der Männer fragen konnte, ob alles gut gegangen sei, steckte Vaimiti den Kopf aus dem Niedergang heraus. »Es ist ein Junge und so gesund, wie man es sich nur wünschen kann!«

»Du hast ein Brüderchen, Jan«, sagte David und versetzte dem Jungen einen leichten Stups auf die Nase.

»Dann ist Mama jetzt nicht mehr so dick?«, fragte Jan, der auf Tahiti gesehen hatte, wie Frauen nach der Geburt ihres Kindes doch einiges an Leibesumfang verloren hatten.

David musste lachen, bis er kaum noch Luft bekam. »So kann man es sagen«, antwortete er, als er sich wieder beruhigt hatte.

»Dann kann ich Mama wieder richtig umarmen«, sagte Jan zufrieden. »Wird mein Bruder auch so herumgetragen wie Heirani?«, wollte er dann wissen.

»Ich glaube schon! Aber um das tun zu können, bist du noch zu klein.« David zog den Jungen an sich und streichelte seinen hellen Schopf. »Weißt du was? Wir warten jetzt, bis Aipua uns erlaubt, hinunterzugehen, und dann schauen wir uns dein Brüderchen an.«

»Das tun wir«, sagte der Junge ernsthaft und fragte sich, ob sein Bruder ebenso süß sein würde, wie Heirani es war.

11.

Das Kind war geboren, und Ruth fühlte sich so schwach, dass sie sich wünschte, sehr lange schlafen zu können. Zunächst aber galt es, die Nachgeburt loszuwerden. Aipua reichte ihr einen Becher Ziegenmilch, den sie durstig trank. Erst als der Becher leer war, merkte sie, dass ihre Freundin Salz mit hineingegeben hatte, damit sie sich rascher erholen sollte.

»Was macht der Kleine?«, fragte sie, da Vaimiti den Jungen übernommen hatte, um ihn zu säubern, und sie ihn daher nur für einen Augenblick hatte sehen können.

Ein protestierendes Kreischen verriet ihr, dass das Neugeborene eine kräftige Stimme hatte.

»Hoffentlich wird es kein Zornnickel«, stöhnte sie.

Aipua lachte und tippte ihr gegen die rechte Brustwarze, die eine winzige weiße Spitze aufwies. »Sobald du ihn stillst, wird er ruhiger werden.«

»Er wird gewiss bald Hunger haben«, sagte Ruth, die sich danach sehnte, das neue Leben, das sie der Welt geschenkt hatte, endlich in den Armen zu halten.

»Vaimiti bringt ihn bereits. Du solltest probieren, ob er schon trinken will, denn lange werde ich Jan und David nicht mehr fernhalten können«, antwortete Aipua. Sie blickte zur Tür hinaus, sah die junge Frau mit dem Kind auf sich zukommen, und nahm es ihr ab.

»Hier ist dein Sohn«, sagte sie zu Ruth und reichte ihr den Jungen.

Ruth nahm das Kind in die Arme und sah es strahlend an. Nun habe ich auch James einen Sohn geboren, dachte sie und legte den Jungen so, dass er ihre linke Brustwarze mit dem Mund erreichen konnte. Zunächst schien der Kleine verwirrt, spürte dann die Milch auf seinen Lippen und schnappte zu, um voller Behagen zu saugen. Etwas später legte Ruth ihn an die andere Brust. Sie konnte sich kaum sattsehen an dem Kind und wünschte sich, sie würden bereits am nächsten Tag in Hamburg einlaufen, damit sie James seinen Sohn in die Arme legen konnte. Bis dorthin würde es jedoch noch ein paar Wochen dauern.

Dieser Gedanke schmälerte jedoch nicht ihr Glücksgefühl. Sie stillte den Jungen, bis er an ihrer Brust einschlief, reichte ihn dann Aipua, die ihn an Vaimiti weitergab, und bat ihre Getreuen, ihr in ein Hemd zu helfen.

»Es mag zwar heiß sein, dennoch will ich Jan und David nicht als Nacktfrosch empfangen«, sagte sie mit gelindem Spott.

Aipua, Lu Yi und Vaimiti mussten lachen. Sie halfen Ruth aus dem Bett, wuschen sie noch einmal ab und streiften ihr, als sie wieder trocken war, das Nachthemd über. Maire brachte unterdessen das Bettzeug nach oben, um es zu reinigen und zum Trocknen aufzuhängen.

»Was ist? Geht es Ruth und dem Kleinen gut?«, fragte David sie, weil er Jan, der unbedingt nach unten wollte, mit Gewalt festhalten musste.

»Madam geht es gut, und der junge Master ist erst einmal satt«, antwortete Vaimiti.

»Dürfen wir hinuntergehen?«, fragte David ungeduldig.

Vaimiti rief nach unten, ob David und Jan kommen könnten. Als Aipua dies bejahte, waren die beiden nicht mehr zu halten. Während David vorsichtig den Kopf in Ruths Kajüte steckte, eilte Jan zu ihr und musterte strahlend sein Brüderchen. Ruth saß auf ihrem Stuhl, hielt den Kleinen auf dem Schoß und wirkte zwar erschöpft, aber glücklich.

»Willkommen in unserer Familie, Neffe«, sagte David lächelnd und sah dann Ruth an. »Hast du schon einen Namen für ihn?«

Ruth schüttelte den Kopf. Bei all den Pflichten, die sie während der Fahrt hatte erfüllen müssen, war ihr ganz entgangen, dass sie einen Namen aussuchen musste. »Eigentlich wäre dies James' Aufgabe. Er müsste bestimmen, auf was sein Sohn getauft wird«, sagte sie ratlos.

»Wenn du Noah wärst, könntest du ihm ja eine Taube schicken«, erwiderte David fröhlich.

Ruth schloss kurz die Augen und horchte in sich hinein. Es war unmöglich, mit einem Namen so lange zu warten, bis sie bei James war. Aber sie hatte auch schon ganz andere Dinge allein entschieden, dachte sie und überlegte. Es musste ein englischer Name sein, doch die Zeit auf Tahiti durfte auch nicht vergessen werden. Da fiel ihr ein, dass sie in Kapstadt gehört hatte, König George IV. sei gestorben und dessen Bruder William neuer König von Großbritannien geworden.

»Er soll William Hiro Hutton heißen«, sagte sie und begriff erst danach, dass die Engländer das Wort Hero, sprich Held, so aussprachen, wie Hiro, der Gott der Seefahrer, im Deutschen klang. Ein kleines Teufelchen brachte sie dazu, den Namen William Hiro Hutton in William Hero Hutton umzuändern. Es würde wohl keiner in England denken, dass Hero für sie eine ganz andere Bedeutung besaß als in jenem Land üblich.

Sie musste lachen und konnte nicht mehr aufhören. Aipua und David starrten sie erschrocken an.

»Was ist mit dir?«, fragte Aipua besorgt.

Nur mit Mühe gelang es Ruth, ihren Lachkrampf zu beherrschen. »Ich dachte eben daran, dass der Kapitän des Schiffs Williams Geburt ins Logbuch eintragen und beurkunden muss. Auch obliegt es ihm mangels Pfarrer, die Taufe vorzunehmen!«

»Und deshalb lachst du?«, fragte David verständnislos.

»Wer ist der Kapitän dieses Schiffes?«, fragte Ruth mit zuckenden Lippen.

»Du!«

»Ich beurkunde daher die Geburt meines Kindes und taufe es auch gleich selbst. Ich glaube, so etwas ist noch nicht oft vorgekommen.« Ruth musste erneut lachen, und diesmal fiel David mit ein. Zwar begriff Jan nicht, weshalb die beiden lachten, tat es aber auch und streckte dann die Hand nach dem kleinen William aus. Dieser war um einiges kleiner als Heirani, doch er erinnerte sich, dass diese früher auch einmal so winzig gewesen und seitdem gewachsen war. Dennoch hoffte er, bald mit seinem Brüderchen herumtollen zu können.

»Dann will ich die Formalitäten erledigen«, erklärte Ruth und bat Aipua, ihr Tintenfass, Feder und das Logbuch zu reichen.

»Wärst du so gut, noch einmal den Breitengrad zu berechnen?«, bat sie David. »Ich brauche ihn für den Eintrag.«

»Mach ich!«, versprach ihr Bruder und verschwand nach oben.

Ruth begann zu schreiben und ließ Platz für die Zahlen, die David ihr nennen würde, und sah dann ihr Söhnchen lächelnd an. »Nun bist du ganz offiziell auf der Welt.«

Sie fertigte eine weitere Urkunde an, trug auch dort, als David mit den Informationen zu ihr zurückkehrte, den Breiten- und ungefähren Längengrad ein. Dann fragte sie nach ihrem Bettzeug, denn sie fühlte sich nun so müde, dass sie nur noch schlafen wollte.

»Einen Augenblick noch!«, bat Aipua. »Vaimiti wird gleich das Bett machen. Vorher aber braucht Master William das seine!«

Sie nahm das Kind auf und verließ mit ihm die Kammer. Nun traten Arenui und einer seiner Männer ein und befestigten eine wunderschön geschnitzte Wiege an vier Haken unter der Decke, die Ruth bisher entgangen waren. Die Leinen, mit denen sie sie aufhängten, waren so lang, dass die Wiege etwa in Ruths Brusthöhe hing.

»Mein Vater hat sie gemacht«, sagte Arenui. »Man kann sie, wenn das Schiff zu sehr schaukelt, mit zwei weiteren Leinen sichern. Auch haben wir darauf geachtet, dass Madam nicht aus Versehen mit dem Kopf dagegen stößt!«

Er prüfte noch einmal, ob die Wiege fest hing, dann verließen er und sein Freund den Raum. Dafür trat Aipua ein und legte das Kind hinein. Gemeinsam mit Vaimiti richtete sie nun das Bett für Ruth her und half dieser, sich hinzulegen.

»Schlaf gut!«, sagte sie, nahm Jan auf den Arm und ließ dann Ruth mit dem kleinen William allein.

Obwohl Ruth müde war, blieb sie noch eine Weile wach. Ihre Gedanken eilten voraus, und sie stellte sich James' Gesicht vor, wenn er sah, wie sie mit William in den Armen am Hamburger Hafen auf ihn zutrat. Sie musste bei dem Gedanken kichern und sagte sich, dass es wohl eine sehr große Überraschung für ihn sein würde.

Das Königreich Tahiti

Das Königreich Tahiti, das von Tu Tina-Mate, dem Häuptling von Pare Arue, später König Pomare I. genannt, und dessen Sohn Pomare II. mithilfe europäischer Söldner und Unterstützung durch England geschaffen worden war, erwies sich trotz seiner feudalen Lehensstruktur als ziemlich robust. Aufstände, die gelegentlich aufbrachen, wurden rasch unterdrückt oder durch Kompromisse entschärft. Die Bevölkerung wurde durch englische Missionare christianisiert, die sich als Stützen der Krone sahen und entsprechenden Einfluss nahmen.

Im Jahr 1842 erschien der französische Admiral Dupetit-Thouars mit Kriegsschiffen vor Tahiti und besiegte die Armee der Königin Aimata Pomare Vahine IV. Die Inselgruppe wurde französisches Protektorat. Die englischen Missionare wurden in der Folgezeit vertrieben und durch französische Missionare ersetzt. Am 29. Juni 1880 musste Aimatas Sohn Ariaue Pomare V. dem Thron entsagen, und Tahiti wurde französische Kolonie.

Mittlerweile bildet Tahiti mit den umliegenden Inselgruppen ein französisches Überseeterritorium. Es gibt dort Gruppierungen, die eine völlige Unabhängigkeit von Frankreich fordern, aber ebenso starke Kräfte, die Tahiti und die Inseln als vollwertiges Übersee-Departement Frankreichs sehen wollen. Auch zwischen den einzelnen Inselgruppen gibt es Spannungen. So fordern viele Bewohner der Marquesas-Gruppe, dass ihre Inseln Frankreich direkt unterstehen sollen, und nicht mehr der Regionalregierung in Papeete. Das Selbstbewusstsein der »Enana« auf Hiva Oa, Nuku Hiva und den umliegenden Inseln äußert sich auch dergestalt, dass sie ihre eigene Zeitzone haben, die um eine halbe Stunde von der Tahiti-Zeit abweicht.

Der Walfang

Bereits im Mittelalter wurden vor den Küsten Europas Wale gejagt. Im Lauf der Zeit wurden die Fanggebiete immer weiter ausgedehnt, so dass bereits kurz nach der Entdeckung Nordamerikas die Fangschiffe bis vor die Küsten Grönlands vorstießen. Als die Erforscher des Pazifischen Ozeans die Nachricht brachten, dass dort noch weitaus mehr Wale zu finden wären als in den alten Fanggebieten, brachen die Walfangschiffe auch dorthin auf. Die großen Entfernungen zu den Heimathäfen bedingten jedoch Stützpunkte, in denen sich die Schiffe neu verproviantieren konnten und in denen sich die Besatzungen, die bis zu mehreren Jahren auf den Schiffen zusammengepfercht waren, vergnügen konnten.

Das ziemlich zentral im südlichen Pazifik gelegene Tahiti eignete sich besonders als Versorgungsstützpunkt. Tahiti war aber nur eine von vielen Inseln, die von den Walfängern angesteuert wurden. Samoa, Tonga, Nuku Hiva und Hawaii zählten ebenso dazu. Für die Besatzungen waren drei Dinge wichtig: Schnaps, Frauen und Vorräte für die Weiterfahrt. War es zu Beginn noch leicht, die einheimischen Frauen mit ein paar Eisennägeln oder Ähnlichem dazu zu bringen, mit einem in die Kokoshaine zu verschwinden, wurde dies mit fortschreitender Missionierung der Polynesier schwieriger, und es mussten Bordelle eingerichtet werden, um die nach Monaten auf See enthemmten Matrosen zu befriedigen.

Doch warum wurden die Wale so gejagt? Da war zum einen ihr Fett, das zu Tran ausgekocht werden konnte. In Lampen gefüllt, spendete Waltran ein brauchbares Licht in einer Zeit, in der es keine Petroleumlampen oder gar Elektrizität gab. Die Alternative waren Kerzen aus Bienenwachs und sogenannte Unschlittlampen. Wachs war jedoch teuer, und so konnten sich nur Reiche solche

Kerzen leisten. Unschlittlampen wurden aus dem ausgelassenen Fett von Rindern und anderen Tieren gefertigt und entsprachen daher in gewisser Weise dem Waltran. Ihr Nachteil war, dass sie fürchterlich stanken. Deshalb versuchten alle, die es sich leisten konnten, ihre Häuser mit Tranlampen zu erhellen.

Sehr begehrt war auch Ambra, das in den Verdauungssystemen von Pottwalen entstand und als Grundstoff für Kosmetik und verschiedene Heilmittel Verwendung fand. Noch wertvoller war Walrat, eine ölige Substanz in den Köpfen von Pottwalen, das ebenfalls für Kosmetik und Heilmittel verwendet wurde. Da es, wenn es verbrannt wurde, ein sehr helles Licht erzeugte, war es in jenen Zeiten auch für die Leuchtfeuer von Leuchttürmen begehrt. Ein kleines Zubrot waren die Zähne der Pottwale. Sie wurden von den Matrosen als Grundmaterial für Schnitzereien benutzt, die als Andenken behalten oder verkauft wurden.

Wegen Ambra und Walrat wurden bevorzugt Pottwale gejagt. Doch stellten die Walfänger auch Bartenwalen wie Blauwalen nach. Hier ging es neben dem Waltran auch um die Barten. Diese fanden Verwendung als sogenanntes Fischbein, das für Korsetts und Schirme, aber auch zur Versteifung hoher Hüte verwendet wurde.

Wie schon erwähnt, dauerten die Fangfahrten oft sehr lange. Die Jagd war gefährlich, denn zum einen war der Weg weit, Stürme drohten, und zum anderen waren Wale große Tiere und haben in ihrem Kampf ums Überleben mehr als nur ein Schiff versenkt. Herman Melville hat dies in seinem Roman *Moby Dick* sehr bildhaft beschrieben. Melville war übrigens auch einmal Matrose auf einem Walfänger, ist aber auf Nuku Hiva desertiert und hat einige Wochen beim Taipi-Stamm verbracht. Diese Episode hat er in seinem Roman *Taipi* (engl. Typee) verewigt.

Das englische Erbsystem

Die Erbregeln des englischen Adels weisen ein paar Besonderheiten im Vergleich zu Mitteleuropa auf. Während hierzulande alle legitimen Nachkommen den Titel der Familie behalten können, sprich als Barone, Grafen, Fürsten und Herzöge gelten, erbt in England im Allgemeinen nur der älteste legitime Sohn den Titel. Seine Schwestern und Brüder zählen zwar zum Adel, führen aber keine eigenen Titel. Der Hauptbesitz der Familie ist mit diesem Titel verbunden und darf nach Möglichkeit nicht geschmälert werden. Die nachgeborenen Kinder werden daher nach dem Familienvermögen ausbezahlt. Diese relativ simple Regel herrscht bei fast allen Titeln vor, die seit dem Ende des Mittelalters vergeben worden sind. Wenn es in einer Familie keinen direkten Erben gibt, fallen der Titel und der Besitz an den nächstfolgenden männlichen Erben einer Nebenlinie.

Allerdings gibt es Ausnahmen. Vor allem bei älteren Titeln ist es möglich, dass der Titel immer in der Hauptlinie bleibt. Ist kein männlicher Erbe vorhanden, kann auch eine Tochter Titel und Besitz erben.

Dabei gibt es gelegentlich recht skurrile Regeln, bei denen es oft darum geht, verfeindete Familienteile vom Erbe auszuschließen. Obwohl in der Vergangenheit nur für einen, damals aktuellen Fall gedacht, sind diese Regeln im Erbrecht der Familie erhalten geblieben und bilden Präzedenzfälle, die auch in Situationen zum Tragen kommen, die mit dem eigentlichen Grund ihrer Einführung nichts mehr zu tun haben. Eine solche Regel haben wir bei der Familie Hutton verwendet. Vor Generationen eingeführt, um einen abgespaltenen Familienzweig vom Erbe fernzuhalten, stiftet er in unseren Romanen genug Verwirrung für ein spannendes Abenteuer.

Iny und Elmar Lorentz

Ariki – Adel auf Tahiti

Ariki rahi – Hochadel auf Tahiti

Barbaresken – Bezeichnung für die Bewohner Nordafrikas, vor allem für Tunesier, Algerier und Libyer

Bark – europäischer Segelschiffstyp

Bei – türkischer Titel des Dej von Algier

Beilerbei – türkischer Titel des Dej von Tunis

Belegnagel – kurzer Stab zum Festmachen von Tauen, kann auch als kurze Keule verwendet werden

Bootsmannsstuhl – eine Art Sitz, mit dem man von einem Boot auf ein Schiff gehoben oder herabgelassen werden kann

Dej – einheimische Bezeichnung für die Herrscher von Tunis und Algier

Dirham – arabische Silbermünze

Drehbasse – auf einem drehbaren Untersatz stehende leichte Kanone, die in jede Richtung schießen kann

Drury Lane – damals eine der übelsten Straßen in London

Enata – polynesische Bezeichnung für Mensch

Guinea – englische Goldmünze, hier als Synonym für den Sovereign verwendet

Haka – kriegerischer Tanz, der außer auf Neuseeland auch auf den Marquesas-Inseln üblich ist

Hanatea – Bucht und Tal auf Hiva Oa

Hawa – Eva (Adams Frau)

Hsi Wang Mu (Xiwangmu) – chinesische Gottheit

Ibrahim – Abraham

Ishaq – Isaak

Jakobsleiter – Strickleiter mit hölzernen Sprossen

Kalebasse – Gefäß aus der Haut eines ausgehöhlten Flaschenkürbisses

Ka'oha nui – Grußformel auf den Marquesas-Inseln

Kapitänsgig – kleines, für den Gebrauch des Kapitäns bestimmtes Beiboot

Karronaden – schwere Schiffskanonen mit kürzeren Rohren, damit sie schneller nachgeladen werden können

Kawa – leicht alkoholisches Getränk

Kombüse – Schiffsküche

Krähennest – Mastkorb für den Ausguck

Leichter – Hafenschuten, mit denen ankernde Schiffe versorgt werden

Log – Leine mit einem Stück Holz am Ende, das ins Wasser geworfen wird. Anhand der Knoten in der Leine wird die Geschwindigkeit des Schiffes gemessen.

Maeva – willkommen

Makemake – polynesischer Gott

Mann vor dem Mast – Matrose

Midshipman – Seekadett, Offiziersanwärter

Odaliske – Liebessklavin

Oro – polynesischer Gott

Oud – arabisches Musikinstrument ähnlich einer Laute

Padischah – ein Titel des Sultans des Osmanischen Reiches

Paratane – Engländer

Pekio – einfache Polynesier, im Gegensatz zu den adeligen Ariki

Pere – polynesische Göttin

Popoi – Brotfruchtbrei

Rabika – Rebekka

Rahil – Rahel

Sanitätsgast – ein für die Versorgung von Verwundeten ausgebildeter Matrose

Schanghaien – einen Mann betrunken machen, an Bord schleppen und ihn zwingen, als Matrose auf dem Schiff zu bleiben

Schebemak – schnelles, arabisches Segelschiff

Sidi – arabisch Herr

Sovereign – englische Goldmünze, Nachfolger der Guinea

Tampen – Tauende

Tane – Ehemann

Tapa – weiches Mattengeflecht aus Baumrinde, das anstelle von Tuch als Kleidung verwendet wird

Tapu – strenges Gebot

Tatau – Tätowierung

Tiki – polynesische Statuen aus Stein und Holz

Vaʼa – Auslegerkanu

Vahine – Frau (auch Ehefrau)

Yaqub – Jakob

PERSONEN

Ruths Familie

Ruth Mensing, geb. Simonsen
Hinrich Mensing – Ruths getöteter Ehemann
Jan (Johannes) Mensing – Ruths und Hinrichs Sohn
Jakob Simonsen – Ruths ermordeter Vater
Frieda Simonsen – Ruths Mutter
Jeremias – Ruths älterer Bruder
David – Ruths jüngerer Bruder
Anna – Ruths jüngere Schwester
Esther – Annas Zwillingsschwester
Künne, Erdmuthe – Annas und Esthers Gouvernante
Steeden, Molly – Freundin der Simonsens

Die Familien Bartlett, Mensing und Hutton

Lord Humphrey Hutton – verstorbener 18. Earl of Huttonsfield
Ellinor Bartlett – Lord Humphreys Tochter
Zechariah Bartlett – Handelsherr in London, Ellinors Ehemann
Anthony Bartlett – Zechariahs und Ellinors Sohn
Mathias Mensing – Zechariah Bartletts Neffe, Reeder in Hamburg
James Edward Hutton – Humphrey Huttons Großneffe

Polynesien

Hiva Oa
Matahi – Häuptling des Hanatea-Stammes auf Hiva Oa
Noelani – Ehefrau Häuptling Matahis auf Hiva Oa
Noha'aia – Noelanis Mutter

Tahiti

Aipua (Anna) – Ruths Vertraute und Tahitoas Ehefrau

Arenui – Sohn Faras, Ruths Stellvertreter auf der *Poerava*

Baker, Harriet – Missionarsfrau

Collins, Archibald – junger Missionar

Fara – Schiffsbauer auf Tahiti

Heirani – Aipuas und Tahitoas Tochter

Hopkins – Schankwirt auf der Eisinsel

Keel – aus Tahuata gestrandeter Matrose

Liang Tse – verwitwete Schwiegertochter Lu Ans

Longfellow, Margery – Missionarsfrau

Lu An – Lu Pos Großmutter

Lu Mei – Lu Pos Ehefrau

Lu Mong – Lu Pos Neffe

Lu Po – Ruths chinesischer Gehilfe

Lu Wei – Lu Pos jüngerer Bruder

Lu Yang – Lu Pos Onkel

Lu Yi – Lu Pos Nichte

Maire – Ruths Köchin

Marble, Lucius – Kapitän in Ruths Diensten

Maruata – Tahitianerin auf der *Poerava*

Omoa – Kapitän in Ruths Diensten

Peabody, Susan – Missionarsfrau

Reia – Tahitianer

Soames – einarmiger Helfer in der Handelsstation

Tahitoa (Thaddäus) – Ruths polynesischer Diener

Vaimiti – Ruths Zofe

Wong – Lu Pos Schwager

Ehemalige Besatzungsmitglieder der HMS *Hesione*

Merrick – Schiffsarzt der HMS *Hesione*
Cribbic – Schiffszimmermann auf der HMS *Hesione*

Die Besatzung der *Darling*

Benson – Captain Smyths Diener
Cushing (der Storch) – Matrose
Torbyn – Aufseher der Sträflinge
Simmons, Trevor – erster Offizier der *Darling*
Smyth, Gervase – Kapitän der *Darling*

Die Besatzung der *Namasket*

Queek, Ismael – Kapitän der *Namasket*
Asher – Steuermann der *Namasket*
Moses – Koch der *Namasket*

Orient

Chichimma – Sklavin Raschid ibn Wahids
Jusuf al Mani – blinder Sklave
Mansur al Ghuni – Kapitän der *Samak al-qir* aus Tunis
Nadir – Scheich
Raschid ibn Wahid – Sklavenhändler aus Tunis
Halil – Eunuch Raschid ibn Wahids
Titrit – Sklavin Raschid ibn Wahids
Toller – Kapitän der *Rose of Avon*

Narrenhaus

Anna – das Tschapperl
Franzi – Köchin im Narrenhaus
Hausgeyer, Emanuel – Narrenarzt
Ludwig – Martins Stellvertreter
Martin – Aufseher im Narrenhaus
Molitor – Hausgeyers Assistent
Ria – Magd im Narrenhaus

Australien

Haley – Pfarrer in Sydney
Haley – Reverend Haleys Frau
Sara – Reverend Haleys Magd
Tremond, Edward – Lord Rowlands Neffe und Erbe
Tremond, Kathleen – Lord Rowlands uneheliche Tochter
Tremond, Rowland – Lord Tremond of Longley, Kathleens Vater
Sir Edward Tremond – Sir Rowlands Neffe und Erbe
Watson – Beamter in Sydney

Weitere Personen

Fitzwilliam – pensionierter Admiral
Godehard, Adele – Godehards Tochter
Godehard, Sierk – Handelsherr in Hamburg
Halverstock, James – Anwalt, Nachlassverwalter
Polliver – Diener bei Bartlett
Sölter, Dolf – Handelsherr in Hamburg
Harding – Kapitän einer englischen Fregatte

Geschichtliche Personen

Aimata Vahine Pomare IV. *(1813–1877)* – Königin von Tahiti und
    den Inseln
Pritchard, George (1796–1883) – Leiter der Mission auf Tahiti
Pritchard, Eliza – George Pritchards Ehefrau

Dramatische Schicksale in der Südsee – die neue Familiensaga

INY
LORENTZ

DIE
PERLEN
PRINZESSIN

RIVALEN

Um die Hand der schönen Mina Thadde zu gewinnen, lassen sich die beiden jungen Kapitäne Simon Simonsen und Jörgen Mensing auf einen Wettstreit ein. Wer mit der wertvolleren Ladung aus der Karibik zurückkehrt, dem will Minas Vater, ein reicher Hamburger Handelsherr, seine Tochter anvertrauen. Zwischen den beiden Männern beginnt eine Feindschaft mit tödlichen Folgen, die noch das Schicksal ihrer Enkel bestimmen wird …

KANNIBALEN

Anfang des 19. Jahrhunderts: Ruth folgt ihrem Ehemann Hinrich, einem Missionar, auf die Südsee-Insel Hiva Oa. Dort ist jedoch nicht alles so paradiesisch, wie man es ihnen weisgemacht hat. Schon bald erkennt Ruth, dass ihrer beider Leben bedroht ist und es Mut und Entschlossenheit erfordert, um die Gefahren bestehen zu können.

MISSIONARE

Nach dem Tod ihres Ehemannes ist es Ruth mit ihrem kleinen Sohn gelungen, Tahiti zu erreichen. Hier glaubt sie, in Sicherheit zu sein. Sie muss jedoch rasch erkennen, dass sie einigen Bewohnern alles andere als willkommen ist. Und auch hier verfolgen sie die Schatten der Vergangenheit …